A LENDA de RUFF GHANOR

LEONEL CALDELA

A LENDA de RUFF GHANOR

VOLUME IV

ASAS DE ABUTRE

ILUSTRAÇÃO DE CAPA: Marco Teixeira
MAPA: José Cerqueira
PROJETO GRÁFICO E LETTERING: André Carvalho
DIAGRAMAÇÃO: Victória Cernicchiaro
EDIÇÃO: Guilherme Dei Svaldi
REVISÃO: Vitória Vozniak e Elisa Guimarães
AUXILIAR DE PRODUÇÃO: Laura Reginin
EDITORA-CHEFE: Karen Soarele
DIRETOR-GERAL: Guilherme Dei Svaldi

A lenda de Ruff Ghanor, Vol. 4: Asas de abutre

PRODUÇÃO EDITORIAL

Rua Coronel Genuíno, 209 • Porto Alegre, RS
contato@jamboeditora.com.br
www.jamboeditora.com.br
@jamboeditora

1ª edição: dezembro de 2024 | ISBN 978658863493-6

C146l Caldela, Leonel
A lenda de Ruff Ghanor: asas de abutre, v.4/Leonel Caldela. — Porto Alegre: Jambô Editora, 2024.
448p.

1. Literatura brasileira — Ficção. I. Caldela, Leonel. II. Título.

CDU 794:681.31

Para Emília, que sempre me leva nas melhores aventuras.

PREFÁCIO

ERA MAIO DE 2011 e eu estava em um evento nerd em Curitiba, trabalhando no estande da Jambô. Naquela época eu bem que podia estar vivendo em Ghanor, pois era praticamente um mercador ambulante, indo de cidade em cidade do Brasil para vender livros. Com a experiência de várias viagens, já estava acostumado com as maravilhas e esquisitices que aconteciam em convenções de RPG, anime e quadrinhos. Mesmo assim, me surpreendi quando duas pessoas surgiram em minha barraquinha — Jovem Nerd e Azaghal. Afinal, eles já eram bem famosos, embora naquela época ainda conseguissem andar num evento sem atrair uma multidão de fãs.

Fui até eles, claro.

Ao ver que Deive estava dando uma olhada nos nossos romances, peguei um exemplar de O Caçador de Apóstolos — na época a obra mais recente do Leonel — e dei na mão dele. "Conhece esse autor?", perguntei. "Não", ele disse. "Então leva esse livro, por conta da casa. Tu vai curtir". Ele pegou o livro e saiu, para dar alguma palestra ou algo assim. Até hoje, não sei se leu. Mas sei que, um tempo depois, o Leonel foi convidado para escrever o primeiro romance do Nerdcast RPG.

E esse foi o início dessa saga. Pelo menos, do meu ponto de vista. Na verdade, ela começa muito antes, com as mesas de RPG "caseiras" do Alexandre e do Deive, com os trabalhos anteriores do Leonel — que deram a ele a capacidade de encarar uma responsabilidade dessas — e, claro, com o primeiro Nerdcast RPG. Além disso, mesmo que eu não tivesse entregado o livro para o Deive naquele encontro aleatório, mais cedo ou mais tarde o caminho dele e do Alexandre ia se cruzar com o do Leonel. Mas essa foi a minha participação no início e, para mim, foi incrível poder acompanhar tudo que veio depois. Adoro o trabalho do

Leonel, mas tenho a "maldição" de trabalhar com ele desde o início de nossas carreiras, então foram poucas as vezes em que pude ler um texto dele puramente como leitor (ou quase isso, já que algumas partes de A Lenda de Ruff Ghanor vieram de nossas sessões de RPG).

Isso durou pelos três primeiros volumes desta série. A maldição voltou a atacar neste quarto e último livro, em que voltei a editá-lo por crueldade dos deuses — ou, talvez, porque este é um círculo que se completa.

Sim, estive falando sobre inícios, mas apenas como uma tentativa fútil de evitar a verdade: este é um livro sobre fins. Ruff Ghanor está velho. Seu auge já passou. À frente do rei, há apenas a decadência. E embora isso tudo possa parecer triste, admito que nunca me conectei tanto com Ruff quanto agora, talvez por eu mesmo já não ser mais tão jovem assim. Não, ainda não sou tão velho quanto nosso clérigo de São Arnaldo é nessa história, mas sinto que já entendo algumas das dores dele. E, se você acompanha o Jovem Nerd desde os primórdios, provavelmente também vai entender.

De qualquer forma, este não é um livro só sobre o crepúsculo da vida. Talvez ainda haja uma última aventura para nosso herói. Uma última jornada. Uma última batalha. Mas, para descobrir isso, você terá que ler as páginas a seguir. Digo apenas uma coisa: toda boa história precisa ter um fim. A Lenda de Ruff Ghanor é uma ótima história. E este é um fim mais do que digno para ela.

Guilherme Dei Svaldi
Novembro de 2024

SUMÁRIO

Mapa 10

O sacrifício 14

1 | *Sangue real* 17

2 | *O mundo cinzento* 31

3 | *Os segredos do castelo* 45

4 | *Crime e castigo* 63

5 | *O dia do rato* 81

6 | *Afundando no escuro* 97

7 | *Estranhos no castelo* 111

8 | *Irreversível* 131

9 | *A maldição de Zibrene* 147

10 | *Um cadáver sob a terra* 161

11 | *A santa do fim de mundo* 177

12 | *O início do fim* 185

13 | *Extrema unção* 193

14 | *Terra maldita* 207

15 | *O mosteiro dos ossos* 225

16 | *Sozinho no escuro* 239

17 | *As dádivas dos santos* 257

18 | *Ascensão* 273

19 | *O último conselho* 285

20 | *Ruff e Korin* 305

21 | *Hild e Dianna* 319

22 | *Bellitz e Ghanor* 341

23 | *Duas barganhas* 361

24 | *As armas do rei* 375

25 | *O último convite* 391

26 | *Devoradores de mundo* 405

27 | *A estrela dourada* 437

O filho da montanha 442

Agradecimentos 446

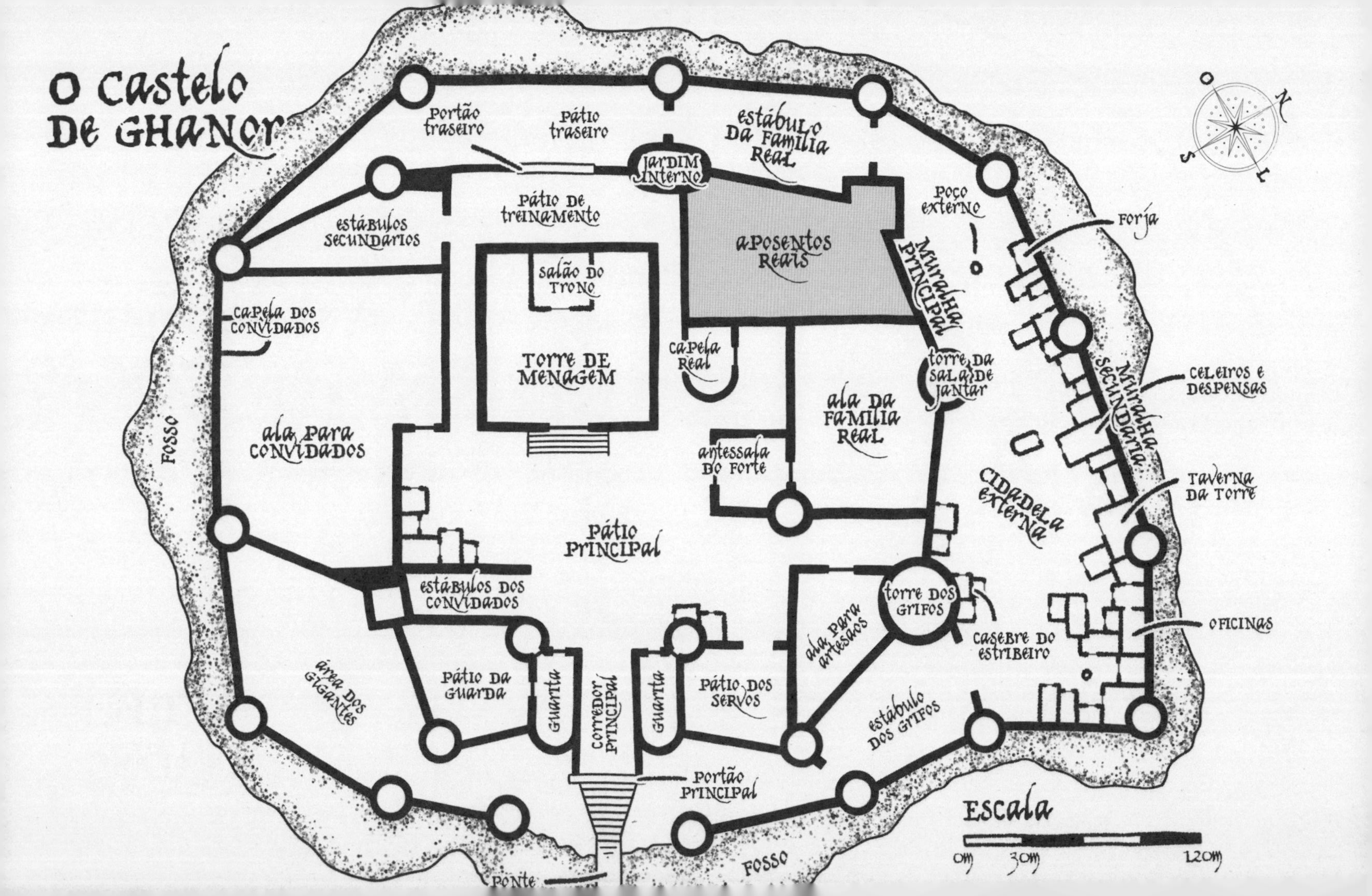
O Castelo
De Ghanor
Portão traseiro
Pátio traseiro
Estábulo da Família Real
Jardim Interno
Poço externo
Forja
Estábulos secundarios
Pátio de treinamento
Aposentos Reais
Muralha Principal
Salão do Trono
Capela dos Convidados
Torre de Menagem
Capela Real
Torre da Sala de Jantar
Celeiros e Despensas
Muralha Secundaria
Ala da Família Real
Ala para Convidados
Fosso
Antessala do Forte
Cidadela Externa
Taverna da Torre
Pátio Principal
Estábulos dos Convidados
Torre dos Grifos
Ala para Artesaos
Casebre do Estribeiro
Oficinas
Área dos Gigantes
Pátio da Guarda
Guarita
Corredor Principal
Guarita
Pátio dos Servos
Estábulo dos Grifos
Portão Principal
Escala
0m
30m
120m
Fosso
Ponte
N
L
S
O

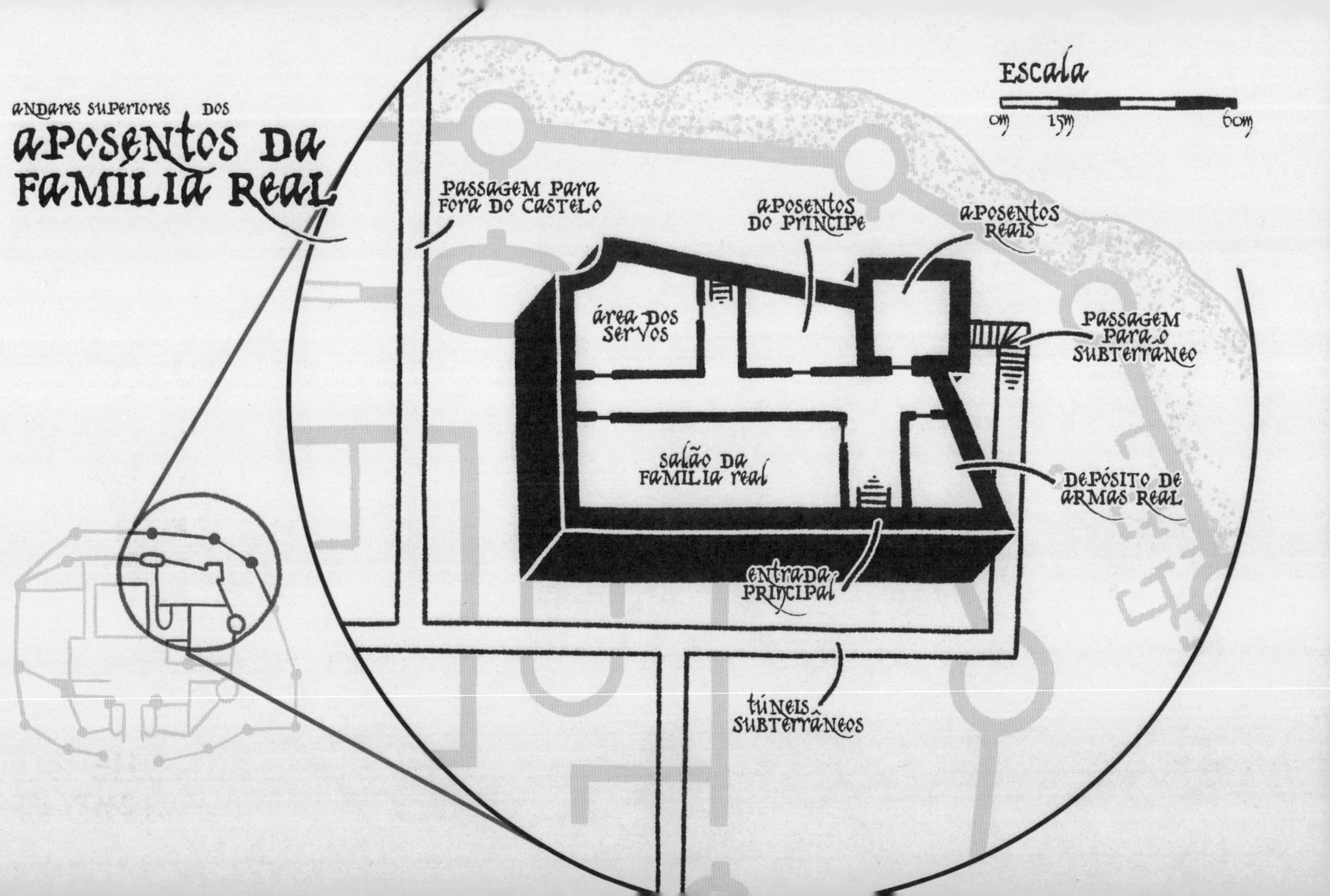
andares superiores dos
aposentos da família real
Escala
0m
15m
60m
Passagem para fora do castelo
aposentos do príncipe
aposentos reais
área dos servos
passagem para o subterrâneo
salão da família real
depósito de armas real
entrada principal
túneis subterrâneos

o sacrifício

OS DEUSES CRIARAM o mundo. Ele era verde e bom.

Os deuses criaram todos os seres vivos. Eles existiam em harmonia, como fora planejado.

Os deuses amavam sua Criação. Amavam seus filhos.

Mas, ainda que os amassem, nunca poderiam compreendê-los.

Segundo o desígnio dos deuses, nem todos eram iguais. Havia almas mortais com poder místico, uma ligação intrínseca com a terra. Almas que, encarnadas no mundo, gerariam outros escolhidos. Linhagens destinadas a governar. Linhagens de reis.

E havia a plebe. Almas comuns, a quem só restava obedecer.

Os deuses deram a reis e plebeus o livre-arbítrio. Assim, poderiam escolher fazer o que era certo. Poderiam tomar a decisão, dia após dia, de sacrificar a si mesmos pelo bem do povo. Poderiam, dia após dia, cumprir ordens sem questionar seus senhores. Para os Criadores, era lógico que isso acontecesse. O mundo continuaria verde e bom.

Ao menos para as divindades.

O povo sofreu sob linhagens tirânicas, dotadas pelos deuses de capacidades que os tornavam muito mais poderosos que um mortal comum. Os plebeus rastejavam para agradar seus monarcas — pois, quando eles estavam satisfeitos, a terra prosperava. Tremiam quando um rei adoecia, pois com ele tombava a terra. Assim gerações viveram e morreram na servidão.

Os deuses nunca notaram que seu desígnio inicial, dividindo mortais entre reis e servos, provocava tudo aquilo. Nunca notaram que, para seus filhos, servir não era honra, obedecer não era júbilo.

E demoraram a perceber que seus escolhidos usavam a dádiva divina em proveito próprio. Poucos reis governavam para o povo. A maioria apenas pisoteava em seus súditos para viver na opulência.

O que abriu os olhos das divindades foram revoltas sangrentas.

Por todo o mundo, linhagens reais depravadas foram derrubadas. Famílias inteiras foram massacradas. Mas o que se ergueu no lugar dos antigos monarcas não foi um mundo verde e bom.

Ambição, guerra, fome, traição e loucura assolaram as terras como uma mazela indomável. Os deuses então compreenderam: sua Criação fora um erro. Um erro que devia ser corrigido.

A confraria divina então deu origem ao Devorador de Mundos, uma criatura titânica de fúria incontrolável. Destruindo tudo em seu caminho, o Devorador era o arauto do arrependimento celestial.

Mas havia quem apreciasse o mundo entregue à maldade. Os demônios se alimentavam dos pecados dos mortais. Caso eles deixassem de existir, os abissais morreriam à míngua. Assim, o inferno deu origem a uma horda de dragões para combater o Devorador.

Após batalhas que abalaram a Criação, os dragões venceram o enviado dos deuses. Os mortais suspiraram de alívio, sem saber o que os havia salvado, e continuaram em suas vidas imperfeitas.

Mas os deuses não desistiram.

Criaram um segundo Devorador. Tirado daquela que talvez fosse a mais poderosa linhagem de reis, o novo arauto não era um monstro, mas um humano. Usando não força física, mas o poder do terremoto. Feito para destruir não com fúria irracional, mas com estratégia e carisma. Alguém que não seria combatido pelos mortais, mas adorado por eles.

Ruff Ghanor.

O segundo Devorador venceu o último dragão que restara da horda original. Contudo, ao descobrir a verdade sobre seu nascimento, seus poderes e seu destino, ele se rebelou. Recusou-se a destruir o mundo que era seu lar, matar todos que amava. Propôs aos deuses uma barganha: caso conseguisse acabar com toda a maldade, fazer com que o mundo fosse verde e bom, tornar a Criação imaculada aos olhos dos juízes celestiais, seria poupado de sua tarefa.

Bastava que o mundo fosse perfeito.

Ruff Ghanor tentou cumprir seu objetivo apelando para os melhores sentimentos dos mortais, para seu sentido de solidariedade, união, heroísmo. Mas foi rejeitado e traído. Assim, pôs-se a conquistar a perfeição por meio da força. Seguindo o destino de sua linhagem, sagrou-se rei. Então, observando que os demais reinos continuavam jogados à mazela que os condenara, decidiu conquistá-los.

No processo, perdeu tudo. O amor de sua juventude assassinou seu melhor amigo ante seus olhos. Ele descobriu que tinha três filhos e, quando eles se tornaram poderosos guerreiros infernais, foi obrigado a matá-los. Seus mais antigos companheiros tombaram frente à marcha implacável da idade. O santo que ele cultuara durante toda a sua vida foi arrastado ao mundo físico e massacrado.

Mas era um preço baixo a pagar pela sobrevivência do mundo.

Em meio às tragédias, um a um os reinos mortais foram invadidos.

O rei destronou o Santo Vivo, tornando-se o maior expoente da religião no mundo. Fez a terra se abrir para engolir exércitos. Matou o mais poderoso anjo guerreiro. Um a um os reinos caíram sob seu estandarte, até que a mais poderosa nação tombou. Restava apenas Ghanor.

Em meras décadas, o Devorador de Mundos se tornou o Rei Ruff Ghanor I, governante de todas as terras conhecidas.

O caminho estava aberto para a redenção dos mortais. A manopla de Arcanium de Ruff Ghanor controlava cada aldeia, seu martelo se impunha sobre cada castelo. Enfim, ele poderia atingir a perfeição.

Ao fim de tudo, surgiu um anjo, como surgira no começo. O celestial falou da jornada de Ruff Ghanor. Sobre como, a cada passo, ele chapinhara em sangue. Sobre como sua passagem deixara um rastro de cadáveres e destruição.

Uma mazela indomável.

Ele, de fato, teria sido um ótimo Devorador de Mundos.

Mas não um salvador.

O anjo anunciou que o veredito divino fora dado.

Ruff Ghanor havia dedicado sua vida a tornar o mundo verde e bom.

E fracassado.

1 | sangue real

O QUE MAIS incomodava não era o frio que deixava seus dedos formigando, nem o escuro que tornava o castelo ameaçador em vez de familiar e seguro. Não era o vento que o empurrava para trás nas ameias, fazendo com que ele escorregasse nas áreas de gelo liso que cobriam o chão. Não era o céu pesado, sem estrelas, nem mesmo os gritos que ouvia pelas janelas da torre.

O que mais incomodava Korin Ghanor era que os adultos não lhe contavam nada.

Nos últimos dias, ele notara que algo estava acontecendo. Todos eles sorriam e diziam que ele não precisava se preocupar. Que estava tudo bem; que fosse brincar, estudar ou treinar. Mas sua mãe ficava cada vez mais tempo fechada no quarto, atendida pelos médicos reais, depois por sábios que vinham da cidade, depois por mulheres e homens que ele nunca vira, trajando roupas esquisitas e falando com sotaques estranhos. Todos entravam no quarto com expressão determinada e saíam consternados ou derrotados, falando aos sussurros uns com os outros.

Korin espiava pela porta entreaberta durante essas entradas e saídas, mas nunca conseguia ver muita coisa. Apenas uma vez foi capaz de enxergar sua mãe deitada de bruços, coberta de suor; seu pai ao lado, carrancudo, livros abertos por toda parte. Duas mulheres que ele não conhecia, mas que adivinhava serem estudiosas de algum tipo, manipulando as asas de sua mãe como se fossem objetos inertes.

Como se estivessem mortas.

Korin tinha alguma lembrança da época em que elas ainda pareciam fortes. Sabia que, anos atrás, ela chegara a carregá-lo num voo curto e baixo. Lembrava de rir, maravilhado com o vento no rosto, mas então o chão se aproximou rápido. Lembrava do pouso seco, duro, e de sua mãe mancando nas semanas seguintes. Depois não lembrava de mais nenhuma tentativa de voar.

À medida que ele crescia, as asas de sua mãe se tornavam menores. Antes, ainda se mexiam quando ela estava irritada ou entusiasmada. Quando se impunha sobre algum nobre ou oficial, elas se abriam majestosas — embora uma se abrisse bem menos que a outra. Mas, ao longo dos anos, isso acontecia cada vez menos. As asas não eram mais um sinal de expressão. Mal se mexiam. As penas pareciam sujas. Elas foram ficando mais magras e caídas, até que sua mãe passou a enfaixá-las toda manhã. Korin notava o cuidado que ela tinha para não apoiar as costas em nenhuma cadeira de espaldar alto, percebia os movimentos que eram difíceis quando ela o instruía em combate.

Qualquer fingimento de que tudo estava bem acabou quando o Prior Niccolas chegou ao castelo.

Korin não o conhecia bem, mas ele era uma daquelas pessoas que todos diziam que o amavam, e que portanto ele amava também. Fazia parte da família de um jeito insondável que os adultos nunca explicavam direito. Sabia que seu pai tinha por Niccolas uma afeição avassaladora, talvez mais próxima de adoração. Perto do Prior Niccolas, seu pai não ficava bem-humorado e orgulhoso, como acontecia durante as estadas de Hild no castelo. Quando o Prior Niccolas visitava, o rei ficava cheio de cuidados, falava de forma mais suave. Só conversava sobre assuntos de muito antes do próprio Korin nascer, andava pelos corredores com o olhar perdido de quem está buscando algo inalcançável. Seu pai tratava o Prior Niccolas como se fosse feito de porcelana e pudesse se estilhaçar a qualquer momento — o que não parecia tão improvável, já que era velho e recurvado, andava arrastando os pés e tinha apenas pele enrugada recobrindo os ossos.

Seu pai recebera o Prior Niccolas com ar apreensivo e o levara às pressas para a torre, sem a protocolar enxurrada de delicadezas. Korin Ghanor sabia que a situação era séria.

Isso fora há pouco mais de um dia. Desde então, ele não vira sua mãe ou seu pai, ou mesmo o Prior Niccolas. Assim que escureceu, os gritos começaram.

Vinham dos aposentos reais e eram a voz de sua mãe. Não havia qualquer possibilidade de confundi-los com qualquer outra coisa. Eram berros longos, sofridos, que começavam num urro grave, afinavam para um guincho estridente e terminavam num rugido rouco. Korin ouvia a voz de sua mãe ficando mais e mais fraca a cada grito. Via os adultos se apressando pelos corredores, levando tinas cheias de água fumegante, pilhas enormes de panos, frascos de diferentes substâncias. A cada grito da rainha, ele via os rostos dos adultos se encrespando e se contorcendo. Ele perguntou de novo e de novo o que estava acontecendo, mas ninguém quis lhe dar uma resposta. Diziam para ir brincar ou dormir, mentiam que estava tudo bem ou escolhiam ignorá-lo.

Foi então que ele decidiu descobrir por si mesmo.

Os aposentos reais ficavam na área mais segura do castelo, protegidos por muralhas e alas externas cheias de soldados e guardas de capas vermelhas. Seu pai dizia que havia mecanismos que trancavam as portas, tornavam os aposentos inexpugnáveis, embora ele sempre esquecesse de como pronunciar essa palavra. Havia passagens secretas e todo tipo de medidas de segurança. Contudo, também havia janelas — que, se os mecanismos de proteção não estivessem ativados, abriam para o lado de fora. Especificamente, havia uma janela que dava para o quarto do rei e da rainha. Não se podia acessá-la pelo lado de fora, a não ser que o intruso estivesse disposto a andar pelas ameias e escalar a torre.

Korin Ghanor avançou pelos passadiços entre as ameias, resistindo ao vento e tomando cuidado para não escorregar no gelo. Conseguia enxergar vagamente os telhados da cidade, cobertos de neve, lá embaixo e à distância. Os archotes externos tinham sido apagados pelo vento. A noite era tão inclemente que os guardas tinham sido dispensados.

Ghanor era uma cidade segura, num reino seguro. Não havia inimigos, exceto nos lugares mais distantes, ou em histórias contadas por Hild. As ameias estavam desertas.

Exceto por ele.

Korin alcançou o ponto em que a muralha tocava a parede da torre. Para começar a escalar, precisou subir na mureta. Seus pés escorregaram no gelo, mas ele conseguiu achar uma pedra ainda áspera o bastante para se firmar. Então tateou, esticando o corpo, achando um buraco onde enfiar os dedos. Agarrou-se neste suporte, impulsionou-se até que a sola da bota encontrasse outro apoio abaixo. Começou a subir.

Ele não tinha medo de altura. Já ouvira os adultos falando que sua herança angelical lhe dava características únicas. Talvez esta fosse uma delas. De qualquer forma, a noção de cair e se machucar era algo distante, quase ridículo. Era óbvio que ele não cairia. Era só se segurar.

Korin Ghanor não teve medo quando estava no meio da escalada, a vários metros de altura, encontrando pontos de apoio às cegas na escuridão, dependendo da força de seus dedos finos para se erguer. Não teve medo quando tudo que havia para cima e para baixo era o vazio, quando um escorregão ou uma câibra podiam ser fatais.

Não teve medo quando sua bota resvalou numa pedra coberta de gelo, quando seus dedos não foram fortes para sustentá-lo sozinhos. Quando esteve solto no ar.

No mesmo instante, pensou que seu pai estava lá para segurá-lo.

Foi rápido e jogou as mãos na direção da muralha. Num instante achou um ponto de apoio. As botas encontraram sustentação, quase mais seguras do que se ele não tivesse resvalado. Korin teve a impressão de que uma onda de calor banhava suas costas. Teve a certeza de que algo brilhou ao seu redor.

Seu coração nem mesmo acelerara. Ele sabia que não ia cair.

Continuou a escalada e chegou à janela.

Sua mãe estava deitada de bruços, cercada por médicos, sábios, servos, o Prior Niccolas e seu pai. O chão do quarto estava coberto de panos ensanguentados, a água das tinas estava rósea.

— Segure-a bem — disse o Prior Niccolas. — Precisamos continuar.

Seu pai pôs as mãos firmes nos ombros de sua mãe. Dois outros homens seguraram uma de suas asas. Korin quase não conseguia discernir que era uma asa, pois estava depenada, murcha e coberta de sangue.

O Prior Niccolas ergueu um serrote.

— Façam alguma coisa! — a voz de Ruff foi algo entre um rugido e um apelo desesperado. — Tentem outro anestésico!

Bellitz estava fraca a ponto de desmaiar, mas sua mão apertava com força os dedos do marido. Coberta de suor frio, a pele pálida e macilenta, lábios sem cor e olheiras fundas escavando o rosto, a rainha parecia um cadáver. Mas o corpo angelical, mesmo tornado mortal anos atrás, escondia propriedades misteriosas. Ruff queria que ela desmaiasse, que não precisasse suportar o procedimento. Queria que os anestésicos fizessem efeito. Queria que nada disso precisasse estar acontecendo, que ela ainda fosse imortal, que não tivesse quebrado a asa numa batalha.

Que, se ele mesmo se sentia esmorecer com a idade, pelo menos sua esposa continuasse inabalável.

Mas não fora assim. Bellitz perdera sua natureza angelical na última batalha contra o reino de Sammelen, uma vida inteira atrás. O inimigo tinha destruído sua auréola, mas ela continuara capaz de voar. Então o ferimento numa das asas decidira seu destino dali em diante. Desde então, Bellitz era cada vez mais humana.

Aqueles pensamentos fugidios, distraindo a mente por alguns instantes do horror cirúrgico, enfatizavam o quanto ele estava velho. Tudo aquilo parecia ter acontecido ontem, mas também parecia tão distante a ponto de ser inverossímil. Quando Bellitz era imortal, eles ainda não governavam todo o mundo conhecido. Ainda não estavam casados, ainda não tinham um filho.

Ele ainda era o Devorador de Mundos.

— Não sabemos o quanto ela ainda pode aguentar, Ruff — disse Niccolas, tirando-o do devaneio. — A dose que ela já tomou poderia matar uma pessoa normal. Várias pessoas normais.

— Mas se ainda não fez efeito, então...

— Nós não conhecemos a fisiologia de um anjo — o velho monge cortou. — Bellitz nunca tinha estado desacordada até alguns anos atrás. Nunca tinha adormecido. Não há como saber se o anestésico vai deixá-la desacordada antes de matá-la.

Ele queria retrucar com outro "mas". Sabia que era inútil. Era só algo a fazer. Mais uma impossibilidade a ser tentada.

— Eu estou bem, meu amor — disse a rainha, num sorriso fraco. — Já passei por coisa pior.

A admiração que Ruff sentia pela esposa avassalou seu peito mais uma vez, como sempre acontecia. Ela passara por coisa pior, porque tinha invadido o inferno numa missão de resgate seiscentos anos atrás. Porque tinha combatido um demônio feito de lâminas e anzóis durante a época dos primeiros Ghanor. Porque tinha sido devorada de dentro para fora por um parasita interplanar enquanto as cordilheiras se formavam no mundo físico. Mas tudo aquilo estava no passado.

A cirurgia era agora.

— Você prefere se retirar? — perguntou Niccolas.

— Precisamos de todos os médicos disponíveis — disse o rei. — Eu fui treinado nas artes da cura. Eu fico.

Bellitz não falou nada, mas seu olhar era de gratidão.

— Então continuamos — o monge decretou, e começou a serrar.

Bellitz gritou de novo. Ruff rezou ao santo morto.

Desde que São Arnaldo fora massacrado durante as últimas batalhas, ninguém era capaz de curar pelas mãos. Ruff tivera esperança, mesmo naquela época, de que os devotos de outros santos aprendessem a canalizar a magia divina. Afinal, havia locais miraculosos e o próprio Santo Vivo tinha poderes sagrados. Contudo, o conhecimento sistemático de sentir, concentrar e canalizar a energia santa por mãos mortais continuava perdido. Os devotos de São Arnaldo faziam aquilo, mas nenhum outro.

E, agora que São Arnaldo estava morto, ninguém.

Com acesso a magia divina, a cirurgia talvez não fosse simples, mas seria quase segura. Ruff conseguia visualizar um círculo de clérigos rezando em volta da rainha, como teria sido antigamente. A magia divina impedindo que sangrasse até morrer, fechando os ferimentos, emprestando força a seu corpo.

Talvez, antes que a cirurgia fosse necessária, revigorando as asas.

Sem acesso a isso, eles eram como pessoas normais em qualquer outro lugar do mundo, em qualquer outra época: dependiam de médicos, de ervas curativas, de torniquetes precisos e de pacientes robustos. Por isso tinham chamado os maiores sábios de todos os reinos para atender à rainha. Alquimistas de Kottar, arautos da Confederação dos Mercadores com acesso a substâncias exóticas, até mesmo ocultistas de Utteria, embora esses tenham sido vigiados com desconfiança a cada passo. Cada um trazia a esperança de algo que pudesse substituir a magia divina com a mesma eficácia. Cada um se revelava uma decepção.

Sobraram apenas os médicos.

Ruff ainda se maravilhava com o nível de erudição que existira no Mosteiro de São Arnaldo sob a tutela do prior. Ele aprendera anatomia e artes curativas como parte de seu treinamento básico de monge, mas aquilo eram disciplinas avançadas em todas as outras partes do mundo. Desde que uma universidade se estabelecera em Ghanor, a medicina tinha se espalhado, mas ainda era terreno de poucos sábios.

Quase todos os maiores médicos conhecidos estavam presentes nos aposentos reais. Alguns daqueles tinham participado das poucas dissecações de cadáveres de anjos que aconteceram logo depois da última batalha contra Sammelen. Mubruk Filho de Urso e seus guerreiros tinham servido para avançar a ciência: seus corpos abertos, desmontados e exibidos em painéis de estudiosos. Mas, para que se compreendesse a fisiologia angelical, seriam necessárias dezenas de dissecações e décadas, talvez séculos de estudos. Eles possuíam ainda um entendimento muito rudimentar das diferenças entre o corpo de um anjo e de um humano.

O sistema circulatório era estranho e incongruente. Alguns especulavam que os anjos não dependessem de sangue como os mortais, mas de energia divina que fluía por seus corpos de forma mais sutil. Contudo, isso não explicava como Bellitz, depois de mortal, continuava com o corpo plenamente funcional. Haviam descoberto alguns órgãos adicionais que ainda não tinham nome e cuja função era desconhecida. A hipótese mais aceita era que pelo menos um desses fosse responsável pela ligação do anjo com sua auréola. A auréola normalmente era guardada dentro do corpo angelical, e a cavidade para isso era outro mistério — totalmente isolada do resto do organismo, podia ter alguma função mística indetectável uma vez que o anjo se tornasse mortal. Por fim, ninguém sabia como se parecia um corpo angelical tomado por algum tipo de doença. Não havia parâmetro para o que era "normal" e o que era "atípico". Assim, mesmo os maiores sábios só podiam tecer bons palpites sobre o estado de um anjo em sua mesa de cirurgia.

O resultado de tudo isso era que não se sabia exatamente como extrair as asas de Bellitz sem matá-la.

Ela não parecia responder a nenhum tipo de anestesia. Seu corpo não entrava em choque. Contudo, claramente *podia* morrer. Como o Prior Niccolas dissera, o organismo dela poderia ser resistente a inconsciência, mas ainda vulnerável a uma dose letal.

Bellitz gritou de novo.

Ruff não estava lá só para segurar sua mão. Um sangramento inesperado causou um frenesi de atividade, e o rei fechou a veia com uma pinça enquanto outros limpavam a asa para facilitar seu trabalho. O sangue de sua esposa estava em suas mãos, em sua roupa, por toda parte.

— Ruff, se eu não resistir... — ela ofegou.

— Você vai resistir.

— Ouça. Se eu não resistir, não quero que você afunde na escuridão. Korin precisa de um pai. Você deve ser forte por ele. Encontrar alegria na vida, por ele.

— Bellitz...

— E você deve achar outra pessoa, Ruff. Os reinos precisam de uma rainha. Você precisa de alguém a seu lado. Todos dependem de você, Ruff. Se eu não resistir, você não vai ter o privilégio de um luto.

Ele não respondeu.

— Prometa — disse Bellitz. — Prometa que, se eu morrer, você vai ser um bom rei, um bom pai, um bom marido para outra pessoa.

— Eu prometo — ele disse.

— Vamos continuar — decretou Niccolas.

O serrote fez seu trabalho. Bellitz urrou de dor.

— Falta pouco — disse o monge.

A rainha estava acorrentada e amarrada na maca, e mesmo assim várias pessoas seguravam seus braços e pernas. Ainda que não arrebentasse as correntes, podia arrancá-las de onde estavam.

— Aguente firme, Bellitz.

Um movimento decidido do serrote separou a asa do corpo. Niccolas entregou-a a um assistente. Por um instante, Ruff ficou atônito por ver aquela parte de sua esposa separada dela mesma. Uma sensação de irreversibilidade tomou-o, mas logo foi substituída pelo pragmatismo.

Eles estancaram o sangramento, costuraram o que podia ser costurado.

Ruff relutara muito em permitir que aquilo acontecesse, até entender que não podia permitir ou proibir nada. Bellitz sabia que uma de suas asas estava morrendo — cada vez mais se tornava um mero apêndice pendurado em seu corpo. Ele sabia que ter algo morto ligado ao corpo era, em longo prazo, letal. Enquanto Ruff se debatia com a perspectiva da cirurgia, Bellitz já tinha arranjado as primeiras visitas de sábios.

O rei mais uma vez foi contra quando se decidiu que as duas asas seriam extraídas na mesma cirurgia.

Embora a outra asa estivesse ainda viva, definhava de forma rápida. Talvez fosse a transformação em mortal, talvez fosse mera falta de uso. De qualquer forma, retirá-la era questão de tempo. Vários médicos argumentaram, e Niccolas concordou, que seria mais arriscado manter a asa moribunda num corpo já debilitado pela primeira cirurgia. Eram especulações, teorias, analogias com seres mortais. Ninguém tinha certeza. A decisão foi da paciente.

O resultado era que, com todo aquele horror, não estavam nem na metade.

— Agora começa a parte difícil — o Irmão Niccolas falou em voz soturna.

Eles haviam extraído a asa, mas restava ainda fazer o que, por falta de uma palavra melhor, era uma cirurgia exploratória. Precisavam descobrir na prática como as asas se conectavam aos demais ossos e tendões das costas, e o quanto deveria ser extraído para que o procedimento estivesse completo. Precisavam entender em questão de minutos o que podia e o que não podia ser retirado sem causar danos permanentes a outras estruturas. Por sorte, essa parte já fora pesquisada nas dissecações dos anjos de Mubruk. Contudo, todos aqueles anjos tinham arrancado as próprias asas em procedimentos selvagens, quando ainda eram imortais. Todos tinham causado muito dano aos tecidos e dificultado que se entendesse como tudo aquilo operava. Mas ao menos o que os médicos encontrariam nas costas da rainha não era inteiramente desconhecido.

Um dos assistentes carregou a asa extraída para longe da mesa de cirurgia, até uma grande bacia de bronze que fora deixada perto da janela. Depositou-a no recipiente com um misto de reverência e indiferença.

Foi então que Korin Ghanor deixou escapar um grito.

Fora pouco mais que um engasgo, mas suficiente para denunciá-lo. Todos os olhos no quarto real transformado em sala de cirurgia se voltaram para a janela e viram o príncipe espiando.

Korin pensou em fugir, mas não havia nenhum caminho. Então só observou, com o medo seguro das crianças pegas fazendo o que não deviam, enquanto o assistente abriu a janela, agarrou-o pela roupa e puxou-o para dentro, deixando-o sujo de sangue. O homem olhava para ele como se pudesse quebrar a qualquer momento. O quarto estava paralisado por sua chegada. Seu pai tinha uma expressão de incredulidade, horror e carinho severo. O Prior Niccolas pareceu lembrar de alguma coisa, pois seu rosto se iluminou sem que ele notasse. Sua mãe virou a cabeça sem força em sua direção, conseguiu sorrir.

— Levem-no embora — ordenou Ruff.

— Não — Bellitz quase sussurrou. — Ele está aqui. Já viu o que está acontecendo. Não vamos esconder mais nada.

Korin não conseguia tirar os olhos da cena grotesca. Estavam cortando um pedaço de sua mãe. A asa decepada, na bacia de bronze logo atrás dele, era uma presença esquisita, incomodando apenas por existir. Ele queria olhar para trás, certificar-se de que continuava tão deslocada, absurda e imóvel quanto antes, mas a mesa de cirurgia era hipnótica.

— Ele é muito jovem — o rei protestou.

— Ele é filho de um anjo... — ela respondeu. — E seu filho também.

Ambos sabiam o que aquilo queria dizer.

— Você já tinha visto e feito coisas piores com a idade dele — argumentou Niccolas.

— Não quero que meu filho passe pelo que eu passei.

— Korin — sua mãe foi a única a falar com ele diretamente. — Venha até aqui.

O garoto se aproximou devagar, com cautela. Ao mesmo tempo apavorado e curioso. Temendo machucar a mãe e ansioso por ajudá-la.

— Você sabe o que está acontecendo? — ela perguntou.

Ele achava que sabia, mas teve uma vergonha estranha de responder.

— Vamos — Ruff disse com voz suave. — O que está acontecendo aqui?

Todos os olhos nele.

— A mãe está doente — Korin disse, por fim.

— Isso mesmo — Bellitz respondeu. — Por isso todos estão aqui comigo. Estão me ajudando. Eles vão tirar as minhas asas e vou ficar boa de novo.

Korin assentiu com a cabeça, ainda meio apavorado. Os ombros estreitos tensos, os braços retos ao longo do corpo.

— Em geral, a pessoa que passa por esse tipo de coisa está dormindo — disse seu pai. — Os médicos dão a ela um remédio. Ela só acorda quando tudo já acabou.

Ele assentiu de novo.

— Mas sua mãe é forte demais — Ruff abriu um sorriso, apesar de tudo. — Não existe nenhum remédio que a faça dormir. Então precisamos cuidar dela enquanto está acordada. Eu sei que é assustador, mas estamos fazendo isso porque amamos sua mãe.

Ele conectou os eventos dos últimos meses em sua mente. As visitas de estrangeiros. Os sussurros dos adultos. A preocupação mal disfarçada. A chegada de Niccolas. E agora os gritos da rainha. Estava tudo explicado.

Mas ainda não estavam lhe contando toda a verdade.

— Viu? — disse Bellitz. — Não há o que temer, Korin. Estou sentindo dor, mas a dor passa. Seu pai, o Prior Niccolas e todos os outros estão cuidando de mim.

Pela terceira vez ele assentiu, nervoso.

— Agora precisamos continuar — Niccolas adotou um tom mais pragmático.

— Volte ao seu quarto, meu filho — disse Ruff. — Tente dormir. Pela manhã tudo vai ter acabado.

Um servo do castelo começou a conduzi-lo em direção à porta, mas Korin estacou.

— Não.

— Korin — Ruff falou com voz de pai. — Vá para...

— Vocês estão mentindo.

Os adultos ficaram em silêncio.

— Korin — Ruff tentou ser firme, mas quase gaguejou. — Não é hora de...

— Vocês estão mentindo — ele repetiu.

Um instante de silêncio. Então o rei perguntou:

— Sobre o que acha que estamos mentindo, meu filho?

— Estão dizendo que a mãe vai ficar boa. Que de manhã tudo vai ter acabado. Mas vocês não sabem disso.

Mais uma vez, apesar da gravidade da situação, o rosto do Prior Niccolas se iluminou.

— E o que você acha que vai acontecer? — Bellitz falou com voz rouca e fraca.

— Eu acho que ninguém sabe se você vai ficar bem, mãe. Eu acho que você pode morrer.

Ele não sabia o que era aquela intuição que sugeria a possibilidade de morte. Talvez fosse a mera transparência dos adultos ao mentir para crianças. Talvez fosse seu intelecto, capaz de juntar as peças e formar um quadro. Mas havia algo mais. Korin tinha a impressão de sentir a energia vital de sua mãe. O que quer que a fizesse andar, falar e existir parecia fraco. Um espectro funesto pairava sobre a rainha.

Ruff e Bellitz trocaram um olhar. Não precisaram falar nada um para o outro, nem mesmo mudar de expressão. Tiveram toda uma conversa sem comunicação alguma.

— Você tem razão — disse o rei, voltando a encarar o filho. — Sua mãe pode morrer. Estamos fazendo de tudo para ajudá-la, mas não sabemos se vai funcionar.

Korin tinha os olhos arregalados. Era estranho ter razão daquele jeito.

— Mas mesmo se eu morrer, estarei com vocês — disse Bellitz. — Vou observá-los e nunca vou deixar de amá-lo, meu filho.

— Está mentindo de novo — ele retrucou. — Vocês não sabem o que vai acontecer.

Dessa vez o olhar que Ruff e Bellitz trocaram era transparente. A exasperação universal de pais de crianças inteligentes.

Korin, de novo, estava certo. Eles não sabiam o que podia acontecer quando um anjo morria. Mortais tinham almas, iam ao Paraíso ou ao inferno, ou se tornavam fantasmas. *Algo* acontecia. Mas anjos eram seres divinos por si só. Ninguém sabia se, ao se tornar mortal, um anjo se dividia entre espírito e corpo físico. Ou se tudo que havia era o corpo físico.

— Se você morrer — o garoto disse com voz pequena — quero estar ao seu lado.

Era uma cirurgia, era um procedimento delicado. Mas também era um momento estranhamente íntimo. Quando um dos médicos era o marido da paciente e o outro era um monge que o vira crescer, aquilo se tornava quase uma reunião familiar.

— Deixe-o ficar — disse Bellitz. — Está tudo bem, Ruff. Ele é seu filho. É nosso filho. Ele tem a idade que você tinha quando foi achado por Dunnius e Niccolas. A idade que você tinha quando estava matando lagartos gigantes. Ele é forte e sabe o que quer. Se quer estar comigo agora, pode lidar com isso.

Ruff olhou para ele.

Korin sentiu a conexão que muitas vezes experimentava com seu pai. Não se sentia mais próximo dele do que da mãe. Na verdade os dois adultos eram uma entidade uniforme e abstrata na maior parte do tempo — eram "os pais". Embora cada um tivesse uma voz, costumavam falar a mesma coisa quando o assunto era ele.

Mas, ao pensar no pai, havia algo a mais. Ele pedia proteção à mãe num sentido material, físico, concreto. Quando estava com medo à noite e, em silêncio, chamava por ela, queria que ela aparecesse. Queria que sua presença trouxesse conforto. Quando, por outro lado, via-se em algum perigo mais sério, era comum que pensasse no pai. Não desejava que ele surgisse fisicamente, mas invocava sua presença de uma forma mais vaga, mais difusa e de alguma forma mais profunda.

Como quando fizera ao escalar a torre.

O olhar de seu pai provocou a sensação de querer agradá-lo. Não só como filho ou mesmo discípulo. Korin sentiu, como acontecia às vezes, um instinto de descobrir o que seu pai mais valorizava, de entrar em sua mente e saber o que ele desejava, e então viver de acordo. O garoto era tudo, menos obediente. Mas, quando experimentava aquela conexão, queria receber alguma tarefa de seu pai e então cumpri-la.

Ele lembrava de quando aquela sensação começara. Fazia muito tempo, para os padrões infantis. Talvez um ano inteiro. Hild estava em visita ao castelo e o arrastava para todos os lados — jogando-o no chão, correndo atrás dele, deixando que brincasse com lâminas e principalmente contando histórias. Hild contava histórias de seu pai de forma diferente dos outros. Todos falavam do rei como um herói, como um líder, como um guerreiro.

Hild falava de seu pai como algo a mais. Ele não sabia se existia uma palavra que descrevesse aquilo.

Para Hild, Ruff Ghanor era um ideal. Ela falava seu nome como uma invocação de defesa. Desejava que Ruff Ghanor protegesse seus entes queridos, de forma abstrata. "Ruff Ghanor" era um conceito, um conjunto de coisas que Korin não sabia explicar. Os olhos de Hild brilhavam, ela se empertigava e sorria ao falar de Johrgrund, de Lurius Minimus, de Dianna, até mesmo de Bellitz. Ao falar de Ruff Ghanor, ela se tornava séria. Era o único momento em que ficava solene e sisuda.

Também havia uma distinção confusa, que Korin não entendia bem, mas sabia reconhecer quando ouvia. Hild podia falar de seu pai num sentido concreto. Então se referia a ele como "Ruff" e podia reclamar, contar piadas, dizer qualquer coisa. Mas, em outros momentos, ela falava o nome inteiro do rei. Não dizia "seu pai" ou "Sua Majestade", como todos os outros. Dizia "Ruff Ghanor", um som completo, com um significado um pouco diferente. E às vezes repetia o nome várias vezes, até que perdesse o sentido nos ouvidos de Korin.

Ele não entendia. Mas havia seu pai, que brincava com ele, que lhe ensinava a lutar e a ler, para quem ele pedia coisas, de quem ele escondia coisas. E havia "Ruff Ghanor", aquele ideal, que o protegia quando estava prestes a cair de uma torre.

Seu pai olhou para ele. Mas Korin se sentiu olhado por Ruff Ghanor.

— Fique quieto então — decretou seu pai, ou Ruff Ghanor, um dos dois. — Aproveite para aprender.

Ele ficou quieto.

O Prior Niccolas continuou a cirurgia. Eles abriram as costas de Bellitz, separaram como puderam o que devia ser retirado do que deveria ficar. Costuraram tudo e partiram para a segunda asa.

A rainha estava cada vez mais fraca. Não desfalecia, mesmo com a perda de sangue, mas mal conseguia gritar. Não era mais preciso segurá-la, pois mesmo sua força celestial estava exaurida. Korin tinha a impressão de que sua mãe estava mais magra. A energia vital que ele sentia estava longe.

A morte, por outro lado, estava bem perto.

A luz do sol já entrava pela janela quando a segunda asa foi extraída e colocada na bacia de bronze. Estavam todos exaustos, mas não havia opção a não ser seguir em frente.

Havia tanto sangue pelo quarto que não parecia ter sobrado nenhum dentro dela.

— Não podemos deixar assim por enquanto? — perguntou Ruff. — As asas já foram retiradas. Não podemos esperar que ela se recupere, então fazer o resto da cirurgia mais tarde?

Ele falava sem perguntar à paciente, porque ela não conseguiria mais responder.

— A esta altura, não vai fazer diferença — disse o Prior Niccolas. — O que quer que aconteça, vai acontecer se pararmos ou continuarmos.

Os lábios de Bellitz estavam azuis. Seus olhos tinham perdido o foco e as olheiras tomavam quase metade de sua face. Ela balbuciou alguma coisa para o marido, e depois para o filho.

— Eu também te amo — disse Ruff.

Niccolas fez um corte na pele das costas.

Então houve um esguicho de sangue. Korin Ghanor não sabia como ainda poderia haver tanto sangue em sua mãe. Como o jato podia ter aquela força. Seu pai, o Prior Niccolas e todos os médicos entraram num frenesi. Tentavam secar o sangue, mexer na ferida para fazê-lo parar. Uma sábia levou um pequeno espelho aos lábios de sua mãe, outra tomou seu pulso e pareceu procurar algo, tateando com os dedos.

Ela estava morrendo.

Mas Korin não estava com medo.

"*Ruff Ghanor*", pensou para si mesmo, ou talvez para outra entidade. "*Por favor cure minha mãe.*"

E, como o sol já brilhava pela janela, no furor de atender à paciente moribunda ninguém viu a luz dourada que tomou a sala de cirurgia.

Viram apenas que o sangramento foi estancado.

Viram a cor voltar à pele da rainha.

E ouviram Bellitz dizer:

— Estou viva.

2 | o mundo cinzento

— O QUE ESTÁ fazendo? — Ruff se apressou, atravessando o quarto em dois passos enormes.

— Tomando água — disse Bellitz.

Ela segurou o jarro cheio, Ruff arrancou-o de suas mãos.

— Você não pode fazer força! A cirurgia...

— Eu posso levantar da cama e tomar água — ela retrucou. — Não vou morrer por causa disso.

— Não pode erguer peso!

Em resposta, ela tirou o jarro das mãos do marido, ergueu-o acima da cabeça. Então derramou água dentro de um caneco, enchendo até a borda. Pousou o jarro, ergueu o caneco enquanto olhava fixamente os olhos dele. Tomou um gole.

— Pronto! — disse Bellitz. — Mais uma façanha de que posso me orgulhar! Acha que os bardos vão compor uma canção sobre este triunfo?

— Você acabou de passar por um procedimento drástico — ele argumentou. — Não está totalmente curada.

— Eu me sinto bem, Ruff. Tenho força suficiente para existir sem ajuda.

Um instante de silêncio, então a resposta padrão do rei naqueles últimos dias:

— Deixe-me ver as suturas.

Bellitz suspirou de frustração, mas concordou. Tirou a camisa solta, deixou que ele removesse as ataduras, deitou de bruços.

Fazia pouco mais de uma semana que suas asas tinham sido amputadas, mas a rainha se movia com desenvoltura. A finalização da cirurgia fora, de forma surpreendente e quase suspeita, bem mais fácil que o início. Eles conseguiram deter o sangramento, costuraram o que precisava ser costurado e deixaram que ela descansasse. Todos os médicos avisaram que a recuperação seria longa e dolorosa. As costas inchariam até que o mínimo movimento provocasse agonia intensa. Era preciso evitar ao máximo sustentar qualquer tipo de peso ou levantar os braços.

Explicaram a ela que o maior risco a partir daquele momento era uma infecção. Bellitz era inteligente e possuía conhecimentos que nenhum deles podia sequer imaginar, mas as realidades do corpo mortal ainda podiam pegá-la desprevenida. Diferente de um anjo, um humano não se tornava limpo apenas por retidão moral e fervor religioso. Os sábios enfatizaram que, se as feridas infeccionassem, havia grande chance de que não houvesse nada a fazer. Haviam essencialmente escavado sua carne. Os ferimentos eram enormes e estavam em regiões vulneráveis.

Contudo, nada daquilo se concretizara.

Para começar, não houve inchaço. Isto podia ser atribuído de alguma forma à fisiologia angelical. Os curandeiros desconfiaram mais da ausência de dor. Embora fosse confortável para a paciente, podia ser péssimo sinal. Bellitz era capaz de sentir dor como qualquer mortal — isso ficara comprovado na cirurgia. Seu corpo deveria estar respondendo de forma adequada. E ainda mais estranha era a falta de limitações de movimento. Ela sentia um pouco de restrição, mas nada comparável ao que fora previsto. Era o equivalente a um corte superficial ou uma batida feia.

Bellitz decidira testar as recomendações médicas num momento de solidão, para que nenhuma das pessoas que tomava conta dela entrasse em pânico. Rei e rainha tinham o costume exótico de exigir privacidade em seus aposentos. Não mantinham servos para ajudá-los a se vestir ou despir, serviam seu próprio vinho, acendiam e apagavam seus próprios lampiões. Assim, enquanto Ruff estava tratando de assuntos de estado, Bellitz fizera um teste: erguera uma caixinha de música até a altura do peito.

Diziam que aquele nível de esforço seria debilitante e comprometeria toda a recuperação. No entanto, exceto por uma leve ardência, ela não sentira nada. Ousou erguer o objeto mais e mais, testando seus próprios limites. Nos dias seguintes, não sofreu nenhuma consequência, então experimentou com pesos cada vez maiores.

Ruff a tinha flagrado erguendo a couraça de sua armadura, examinando as placas encaixadas nas costas que outrora haviam acomodado as asas. Quase desmaiou de pavor, mas então ela confidenciou os testes que andava fazendo. Ruff não se convencera, pedira para examinar os curativos, apenas para comprovar que os pontos não haviam se rompido. O procedimento se repetira mais uma dúzia de vezes desde então.

— É impressionante — ele disse, enquanto olhava as suturas limpas, elegantes, bem-feitas. — Sua pele não está quente. Não há nenhum inchaço. Nenhum sangramento

— Eu sei — ela deu um meio riso, algo que também deveria doer pelas previsões médicas. — Estou bem, meu amor. O perigo já passou.

Ele ficou em silêncio. Mesmo estando de bruços, ela podia adivinhar sua expressão.

— O que foi?

— Mesmo que esteja tudo bem — disse Ruff — nunca é bom apenas aceitar o que não entendemos. Não foi isso que o prior me ensinou. Precisamos descobrir por que você está tendo essa recuperação miraculosa. Como isso aconteceu.

Eles já haviam especulado sobre isso inúmeras vezes, usando o rol normal de hipóteses: algo no organismo celestial ajudava a cicatrização. A habilidade cirúrgica de Niccolas era maior do que qualquer um podia imaginar. As asas tinham se desligado parcialmente do resto do corpo quando atrofiaram. Eram possibilidades, mas todas um pouco otimistas demais. Todas cheiravam a sorte pura. Não havia como testar nenhuma delas.

— Concordo — disse Bellitz, ficando sentada na cama. — Mas, se não pudermos estudar isso, o que você propõe? Capturar anjos e dissecá-los?

Ele se perdeu por alguns instantes na visão do tronco nu de sua esposa, como se ainda fosse um jovem. Ela ficara mais bela aos olhos de Ruff quando se tornara mortal — as pequenas cicatrizes, as marcas do tempo, as minúsculas veias surgindo por baixo da pele eram símbolos de que ela pertencia ao mundo, assim como ele. Bellitz era estonteante quando era um anjo, mas como humana era instigante.

Ele piscou e voltou à realidade.

— Não sei — disse. — Eu...

Ela riu de seu olhar perdido. Eles tiveram alguns minutos como um casal comum, trocando pequenos comentários e gracejos íntimos.

Então silêncio.

— Eu pensei em uma possibilidade — disse Bellitz. — Algo que explicaria tudo que aconteceu. E que pode ser testado.

Ele franziu o cenho, interessado.

— Antes de perder a auréola, minha forma física era restaurada pelo poder dos deuses — a rainha começou. — Por energia divina pura, bruta. A sensação era mais do que alívio. Ser curada daquela forma era uma exaltação. Era a prova de que eu sofrera numa missão celestial. Era... algo puro.

— E você sente isso agora?

— Não. Na verdade, não sinto nada sequer parecido há dez anos, desde a batalha contra Sammelen. E é justamente isso que me leva a especular... Eu nunca fui curada pela magia divina que os mortais empregam, Ruff. Não cheguei a ser mortal enquanto São Arnaldo estava vivo. Então eu conheço a sensação da cura mundana, com remédios e suturas, e a sensação da cura celestial, enviada diretamente pelos deuses. Mas não conheço a sensação da cura milagrosa.

— A magia divina foi perdida.

— Será mesmo?

Ele ficou calado.

— Pense comigo, meu amor. Eu ia morrer naquela mesa de cirurgia. Estava me esvaindo em sangue. De repente o sangramento foi estancado. De repente, tudo que vocês tentavam funcionava. E, quando me costuraram, foi como se tivessem fechado a pele sobre carne saudável, não convalescente.

— O que você quer dizer?

— Quero dizer que talvez, se você abrir agora os pontos, não vai encontrar as feridas se fechando lentamente. Vai encontrar apenas o que encontraria numa pessoa que não sofreu nada.

Ele ficou ruminando aquela ideia.

— Mas como a magia divina pode se manifestar? — ele perguntou. — Mesmo que devotos de outro santo descobrissem seus mistérios, não havia nenhum ali. Se Niccolas tivesse mudado sua devoção, teria me falado.

— Talvez alguém tenha descoberto como acessar a magia divina sem intermediários. Sem santos.

— Alguém...?

— Você, Ruff.

Ele desviou o olhar.

— Não crie esperanças irreais sobre mim.

— Não são irreais — ela insistiu. — Você nunca foi um devoto qualquer. Eu sei, eu fui o anjo de sua anunciação. Você é Ruff Ghanor, o único mortal cujo nome os deuses aprenderam.

— Eu era isso, Bellitz. Não sou mais.

Aquela versão de si mesmo parecia tão distante a ponto de ser improvável. Ruff Ghanor tinha se tornado alguém comum.

Ele sempre fora disciplinado, até porque não tivera opção crescendo no mosteiro. Treinara seu corpo até o limite e, mesmo com o passar dos anos, esse treinamento mostrava resultados. Mas boa parte de sua força extraordinária havia sido fruto do poder do terremoto. Ao consumir o mundo, Ruff nutria a si mesmo, seus músculos inchavam, ele se tornava mais vigoroso. Não era uma coincidência feliz que a perda daquele poder coincidira com sua entrada no que podia ser chamado de "velhice". Ruff sentia os músculos mais flácidos e o estômago mais rotundo. Não seria aquilo que definiria sua capacidade de se comunicar com os deuses, mas era um lembrete constante e óbvio de que não era mais um escolhido deles.

Ele sentia dores nas juntas e não tinha magia para aliviá-las. Ficava sem fôlego e não podia se saciar com o poder do Devorador. Tentava façanhas que haviam sido triviais e, sem auxílio miraculoso, descobria ser muito lento para executá-las.

Era agora só um humano com várias décadas sobre os ombros. A posição de monarca só parecia convidar a idade a chegar mais rápido.

— Você não sentiu nada naquele momento? — ela perguntou. — Não canalizou nenhum tipo de energia? Não focou seu espírito em me fazer viver?

— Não — ele admitiu. — Eu só estava apavorado e tentando não atrapalhar. Além disso, por que os deuses concederiam a mim esse poder especial?

— Talvez eles não tenham concedido. Talvez você tenha tomado deles.

Ruff tocou no rosto dela.

Até mesmo Bellitz podia ser tomada pela ilusão de que ele era de alguma forma especial. Era um problema generalizado. Assim que a poeira da guerra havia baixado, o rei tomou medidas para evitar que um culto se erguesse a seu redor. A queda do Santo Vivo significara um vazio no imaginário do povo. Ruff não queria ser cultuado como um santo, não admitia que o vissem como uma figura mística ou divina. Era o pensamento que levava à tirania. Ele proibira que rezassem em seu nome, erguessem altares com sua imagem, elevassem-no a algo que nunca fora ou seria. Bellitz não estava sugerindo que fosse um santo, mas alguém com capacidades divinas misteriosas — o que era muito próximo, e talvez pior.

— Eu sei que você me enxerga como alguém especial, meu amor. E eu tento ser isso para você. Mas não sou mais capaz de fazer nada desse tipo. Sou só um homem. Nos próximos anos, você vai me ver ficar mais velho e mais frágil. Vai me ver ficar doente. Vai me ver deixar de lado alguns orgulhos, abandonar algumas dignidades, perder aos poucos o controle de meu corpo. Então vai me ver morrer. Assim como acontece com todos os humanos.

— Talvez — ela respondeu, enigmática.

— Hora de começar o treino de verdade — Dianna ofegou. — Lembre de usar os movimentos que você aprendeu hoje.

Korin estava acostumado àquela rotina. Talvez acostumado fosse a palavra errada: ele conhecia aquela rotina, sabia o que viria a seguir, mas sempre esperava que algo acontecesse, que houvesse alguma mudança, que naquele dia específico o treino não fosse tão exaustivo.

Seus braços e pernas já estavam sem força. Ele estava coberto de suor e, mesmo possuindo a energia incansável das crianças, estava exausto. O ar gelado queimava em suas narinas e parecia não encher os pulmões direito. Eles tinham praticado golpes e defesas, corrido, exercitado o corpo inteiro por mais de uma hora, para só então começar o que sua mestra chamava de "treino de verdade" — luta.

Ela assumiu uma postura clássica de combate campal, colocando o escudo na frente do corpo e erguendo a espada em riste por cima da borda superior. Os joelhos levemente dobrados, o quadril enviesado, um pé avançado, numa base sólida. A mente de Korin trouxe à tona alguns ataques que ela poderia desferir daquela posição e as defesas mais comuns. Ele optou por deixar só os olhos descobertos sobre o escudo, esconder a espada por baixo da borda inferior.

Dianna emitiu um grito de guerra e correu em sua direção.

A cena era absurda. Korin Ghanor tinha sete anos. Apesar do treino constante, tinha todas as desvantagens da infância. O escudo e a espada de madeira eram adequados a seu tamanho. Em contraste, Dianna era a capitã da guarda do castelo, uma mulher com mais de vinte anos de experiência em combate, muito mais alta que ele, usando escudo e espada de tamanho normal. Vários soldados e servos imaginavam que proveito esse tipo de prática poderia trazer, mas sempre em silêncio. As objeções eram guardadas para eles mesmos, pois todos sabiam que a educação do príncipe era a máxima prioridade do Rei Ruff Ghanor e nunca deveria ser questionada.

Dianna optou pelo ataque mais provável: bateu com o escudo contra o escudo do garoto, então estocou por cima, visando sua cabeça, rosto, pescoço ou trapézio. Mesmo com espadas de madeira, era um golpe perigoso. Mais de um aluno já quebrara a clavícula pela investida de um colega entusiasmado demais.

Korin estava preparado. Ergueu o próprio escudo, desviando a arma da oponente, mas perdendo a visibilidade por alguns instantes. Ao mesmo tempo, estocou de baixo para cima, usando seu tamanho como vantagem. Dianna empurrou-o antes que a ponta da espada de treinamento encostasse nela. Então ergueu sua própria espada, batendo de novo e de novo com selvageria, berrando o tempo inteiro. Korin se protegeu com o escudo, sem enxergar, até que um impacto diferente o jogou para trás. Ele caiu de costas no chão, perdendo o pouco fôlego que restava. Antes que conseguisse fazer sentido do que acontecera, a sola da bota de Dianna estava sobre seu peito. A ponta da espada de madeira estava em sua garganta.

— Você está morto — ela disse. — Como consegui matá-lo?

Korin tentava encher os pulmões o bastante para responder.

— Vamos — Dianna insistiu. — O que eu fiz?

— Não sei — ele ofegou. — Não vi.

O rosto vermelho e preocupado do menino era uma visão de dar pena. Mas Dianna se forçou a endurecer, insistiu com ele, ordenou que dissesse o que acontecera.

— Não sei! — Korin esganiçou. — Não entendi!

Ela tirou o pé de cima dele. Ofereceu a mão e ergueu-o sem dificuldade. Abaixou-se e limpou a armadura de couro, tirando a marca da sola da bota.

— Vamos, Korin — com mais suavidade. — Você já treinou isso. O que acha que aconteceu?

Ele balbuciou algumas coisas, procurando a resposta que ela queria ouvir.

Dianna fechou os olhos, balançou a cabeça em decepção consigo mesma.

— Eu o chutei — revelou. — É um movimento vagaroso, que me deixa sem equilíbrio. Você poderia ter usado isso para cortar os tendões atrás do meu joelho. Eu estaria no chão e você teria vencido. Mas você estava escondido atrás do escudo, tive todo o tempo do mundo para fazer o que quisesse.

Ele assentiu com a cabeça.

— O que houve? — ela perguntou, dessa vez com uma intenção diferente. — Por que ficou encolhido e amedrontado?

Ele hesitou.

— Vamos, Korin. Não há vergonha em errar, só em se recusar a aprender. O que houve?

— Fiquei atordoado pela gritaria.

Dianna estava acostumada com aquela reação. Todo guarda, todo soldado, todo camponês que quisesse defender sua fazenda precisava, mais cedo ou mais tarde, aprender a ignorar os berros de um inimigo em investida. O adversário fazia isso para intimidar, era dever de um guerreiro de Ghanor manter a calma. Ignorar as distrações fazia parte do treino tanto quanto os movimentos.

Exatamente por isso, não era comum que o príncipe desse importância aos gritos. Era mais uma vantagem de ter começado o treinamento tão cedo: adultos berrando e correndo em sua direção faziam parte do cotidiano. Em geral Korin mantinha a concentração e deixava que a prática guiasse suas decisões.

— Por que isso hoje?

Ele ficou quieto.

— É por causa da sua mãe?

Nos dias seguintes à cirurgia, a boataria do castelo espalhara a aventura macabra de Korin Ghanor. A vida da família real era assunto corrente entre todos na corte. Assim, as opiniões se dividiram entre criticar a postura de Ruff e Bellitz, permitindo que o filho testemunhasse algo tão grotesco, e exaltá-la, tratando o príncipe como o futuro guerreiro e governante que era. Dianna alternava entre as duas opiniões, mas tinha certeza de que a experiência mexera com seu pupilo.

— É — disse Korin. — Ando tendo pesadelos com aquela noite.

Ela ficou examinando-o por um tempo.

— Já contou a seus pais? Ao Prior Niccolas? À Memória da Floresta Alta?

Ele fez que não.

— Devia falar com eles — Dianna deu um tapinha em seu ombro. — Eu sou sua mestra de combate, Korin, não sua guia espiritual. Posso notar quando seu treino é afetado pelo que você está sentindo, mas não posso ajudá-lo com isso.

Ele assentiu de novo.

Dianna olhou para ele em frustração.

— Certo, já descansou o bastante — decretou. — Vamos continuar.

Ela recuou e assumiu de novo a mesma postura. Observou o que Korin faria. Dessa vez, o garoto optou por uma defesa neutra, com o escudo na frente do tronco e a espada em riste ao lado. Dianna então teve certeza de que havia algo errado.

Ela fez menção de atacar, mas o som musical de uma trombeta cortou o ar do castelo. A face de Korin Ghanor se iluminou. Sem esperar dispensa de sua mestra, ele largou espada e escudo no chão, esqueceu a falta de fôlego e saiu em disparada pelos corredores, descendo as escadas.

Havia crime na cidade de Ghanor, como em qualquer cidade, mas era algo raro. Boa parte do exército ficava estacionado na capital, incluindo metade do contingente de gigantes e boa parte da cavalaria de grifos. Os capas vermelhas, guardas sob o comando de Dianna, patrulhavam o castelo e as ruas, garantindo segurança. Em geral, havia pouco a temer no interior das muralhas. Mesmo assim, ninguém considerava boa ideia deixar que o príncipe corresse para fora do castelo, descesse as escadarias e a pequena colina, e saísse às ruas sem escolta.

E, ainda que heróis, soldados e guardas estivessem por toda parte, ninguém era capaz de controlar Korin Ghanor quando a tropa dos Gladiadores chegava à capital.

O garoto avistou a coluna de cavaleiros trajados em armaduras de ossos humanos, sobre montarias garbosas também adornadas ao estilo do reino de Kottar. Seus olhos brilharam ante os estandartes que eles carregavam. Então, ao vislumbrar a líder, ele gritou de entusiasmo:

— *Hild!*

Korin zuniu pelas ruelas, desviando dos súditos de seu pai, até ganhar a via principal. Meteu-se por entre as patas dos cavalos, então se agarrou nas rédeas da montaria de Hild Osso-Oco.

— Hild! — repetiu.

A mulher soltou uma risada satisfeita e puxou-o pelo braço num repelão. Korin riu também e se deixou ser depositado sobre a sela, à frente da guerreira. Abraçou-se nela com força.

— Saúdem a pulga real de Ghanor! — ela exclamou, erguendo o machado. — Somos recebidos por um príncipe que ainda suja as fraldas, mas dá trabalho como vinte ogros!

Os Gladiadores responderam em um urro de júbilo. O povo que assistia a sua chegada das janelas também comemorou.

— Onde você estava, Hild? — ele perguntou, atropelando as palavras. — Matou algum monstro? Trouxe algum presente para mim?

Ela desarrumou o cabelo do príncipe.

— Nós patrulhamos toda a costa dos Três Irmãos, Pulga.

— Não sou mais pulga! Cresci bastante.

— Nah, continua sendo uma pulga. É minúsculo, irritante e posso esmagá-lo com dois dedos!

O príncipe riu de deleite.

— Viajamos para muito longe — Hild continuou. — Estávamos atrás de notícias de revolta, mas sabe o que encontramos?

— Revolta?

— Não, seu pequeno idiota!

Ele gargalhou daquilo.

— Um basilisco?

— Se fosse um basilisco a história nem valeria a pena, eu como basiliscos no café da manhã! Na verdade, como os ovos deles.

Korin estava fascinado.

— Encontramos uma serpente marinha! — disse Hild. — Uma serpente enorme, que conseguia se esticar pelos penhascos para devorar garotinhos chatos em terra firme!

Ela o agarrou pela roupa e o sacudiu, ameaçando deixá-lo cair. Korin se debateu de alegria, rindo o tempo todo.

— E o que aconteceu?

— Ela me abocanhou! — Hild fingiu morder o príncipe. — Fiquei dentro da boca do bicho, retalhando suas bochechas por dentro com meu machado! A desgraçada me levou para baixo d'água, quase me afoguei, mas abri a garganta dela e nadei para fora!

— Está mentindo!

— Se eu estou mentindo — Hild adotou um ar satisfeito e conspiratório — então não vou lhe dar esta adaga de dente de serpente marinha!

Ela puxou uma arma magnífica de um alforje. Podia ser chamada de adaga pelo formato, mas era mais longa que uma espada curta. Fora feita de uma presa pontiaguda, com a extremidade oposta entalhada e coberta de couro escamoso para formar o cabo. Korin não esperou permissão, arrancou o presente das mãos dela e admirou-o de boca aberta.

— Está bem afiada, então tome cuidado para não machucar ninguém importante — explicou Hild. — Se machucar a si mesmo, não tem problema.

— Obrigado! — disse o príncipe. — Obrigado, Hild!

— Peça para seu pai e sua mãe antes de sair brincando com essa coisa. Mas não se preocupe. Eles vão dizer que é perigosa, mas eu brincava com armas o tempo todo quando tinha sua idade, e nunca tive nenhum problema.

Korin experimentou o peso da adaga, segurando-a com as duas mãos.

— E você, Pulga? — perguntou Hild. — Está usando armadura. Não devia estar treinando?

— Dianna me deu permissão para vir recebê-la.

— Mentiroso.

Korin gargalhou de novo.

— Como estão os treinos?

— Bem — o garoto mentiu. — Sabia que eu vi uma coisa estranha?

— O quê? — Hild se deleitou com o jeito do menino.

— Vi eles arrancarem as asas da minha mãe! E ela quase morreu, mas eu falei o nome do meu pai, que nem você faz, então ela se salvou!

O sorriso de Hild se congelou, ela franziu o cenho. Depois tentou retomar o bom humor, mas Korin notou que havia algo errado.

As duas estavam na velha taverna de capas vermelhas onde tinham se encontrado pela primeira vez, algumas vidas atrás. Não era mais a mesma, assim como Hild e Dianna não eram mais as mesmas. Tudo havia mudado. A capitã da guarda e a maior heroína do reino não eram anônimas, não podiam sumir numa mesa no canto. Mas naquela taverna todos tinham a boa educação de não atormentá-las com agradecimentos, louvores ou juras de lealdade.

— Boa cerveja — disse Hild, secando o primeiro caneco.

Dianna deu um sorriso saudoso.

— Boa mesmo. Boa demais. Eu quase preferiria a cerveja barata de antes.

— Por que alguém preferiria aquele mijo de cabra?

— Antes, sentar para tomar uma cerveja não era um evento. Era só sentar para tomar uma cerveja. Agora a taverna nos trata de forma especial. A cerveja é especial. Tudo é cercado de pompa.

— Não venha ficar velha para o meu lado — Hild mostrou os dentes num sorriso zombeteiro. — *Eu* deveria estar reclamando de ter luxos, não você.

O taverneiro colocou mais dois canecos na mesa. Elas brindaram de novo.

— E na verdade sempre foi um evento! — disse Hild. — Ficávamos anos sem nos ver. Quando eu voltava a Ghanor, você estava casada e já tinha parido alguém!

Dianna riu.

Era verdade: a relação entre as duas sempre fora esporádica, quando a guerra e os deveres de miliciana davam alguma trégua para que se vissem. Hild há muito era uma figura notória na cidade, com sua armadura de ossos e seus feitos lendários. Dianna sempre fora conhecida como a filha do Irmão Dunnius, um dos mais antigos companheiros de Ruff Ghanor. Era difícil apontar com precisão o que mudara.

— Como estão as coisas no resto do mundo? — a guarda perguntou.

— Como sempre estão — Hild deu de ombros. — Há algumas revoltas. Algum nobre de Sammelen se sente ultrajado por alguma razão. Mas nada além disso. A sensação é de que as coisas se estabilizaram. Que estão como deveriam estar.

— Como se tudo rumasse a este ponto desde o início?

Hild deu de ombros de novo.

— É um pouco conveniente pensar que o "estado natural" do mundo é ser conquistado por Ghanor — Dianna argumentou.

— Já tomei muito na cabeça — disse Hild. — Meus pais morreram quando eu ainda engatinhava, fui capturada por gigantes, precisei lutar contra anjos. Bastante azar. Não me incomodo com um pouco de sorte.

A outra assentiu. Elas ficaram caladas por um tempo.

— É isso então? — perguntou Hild. — Não temos mais nada para dizer?

— Talvez isso seja o estado natural do mundo — Dianna suspirou. — Paz, mesmo que à força. Nada para contar, nenhuma história.

— Como estão suas crias?

Isso animou a capitã. Dianna falou sobre seus filhos por algum tempo, explicou que o mais velho já era um capa vermelha experiente, enquanto o mais novo seguia o caminho do pai e estava terminando a educação monástica.

— É incrível vê-lo estudar e rezar — disse a miliciana. — Eu lembro de meu pai fazendo milagres, curando com as mãos, invocando a bênção de São Arnaldo. Para Horum, tudo isso são só lendas.

— Horum é seu filho mais novo?

— Já mencionei o nome dele mil vezes, pare de se fazer de desinteressada.

Hild deu uma risada travessa.

— Para Horum, tudo são histórias. Aconteceram há muito tempo. Acho que ele não acredita *de verdade* que a magia divina um dia tenha sido real.

— Ele não está sozinho. Nos outros reinos, quase ninguém acredita.

— Eu acho que *estou* ficando velha. Porque para mim é loucura que tudo isso já tenha se perdido. Não faz tanto tempo!

— Dianna, faz *muito* tempo.

Fazia uma vida, e aquela era a normalidade: um mundo conquistado, sem histórias, sem milagres. Um mundo sem um Devorador, sem guerra em larga escala, sem um Santo Vivo. Tendo escolha, quase todos os mortais prefeririam aquele mundo previsível e tedioso. Um mundo em que o heroísmo estava no passado.

— Você nunca encontrou sinal de milagres em lugar nenhum? — perguntou Dianna.

Hild hesitou.

— Bem, *existem* milagres. A estátua de São Arnaldo na Cidadela continua vertendo arroz, mesmo depois da morte do santo. Existem locais místicos. Dizem que nas profundezas da Floresta Alta os druidas têm poderes.

— Você entendeu o que perguntei. Não há pessoas capazes de usar magia divina por meio de estudo, de reza e concentração?

Hild hesitou de novo.

— Não que eu saiba.

Havia algo não dito entre as duas.

— Como está Ruff? — Hild desconversou.

— Não sei. O que deve significar que está tudo bem. Eu sou convidada para alguns banquetes e tenho reuniões estratégicas com ele, Bellitz, Urko e Edyriell, mas não ouço nada de sua vida pessoal. Às vezes conversamos sobre Korin.

— Como está a pulga?

— Você o viu, não?

— Vi, mas crianças só falam asneiras, não se pode dar ouvidos a elas.

— Esqueci que você era a autoridade máxima sobre desenvolvimento infantil — Dianna deu um sorriso torto.

— Cale a boca, você sabe que é verdade. Como está o fedelho?

Dianna ficou séria.

— Há algo errado com ele, não? — disse a guarda. — Senão você não perguntaria a mim. Só iria se concentrar em brincar e treinar com ele, ou perguntaria ao rei.

Hild também deixou o sorriso morrer.

— Você sabe de algo?

Dianna deu um suspiro longo.

— Talvez.

A miliciana falou sobre como Korin estivera distraído naquela manhã. Crianças estarem distraídas não era um acontecimento digno de nota, mas o príncipe estava mentindo para ela, escondendo algo sério, ou ao menos algo que parecia sério. E, o que quer que fosse, estava escondendo de todos.

— Ele podia estar só farto de tanto treino — disse Hild. — Ruff é obcecado com a educação desse pirralho. Eu nunca pratiquei dessa forma quando tinha a idade dele.

— Eu lembro de meu pai falando sobre a educação de Ruff. Acho que ele deseja fazer com seu filho o mesmo que o prior fez com ele. Para que ele possa salvar o mundo, caso seja necessário.

— Você acha que é isso? — a voz de Hild teve um tom ansioso de esperança. — Que ele só está cansado e entediado?

— O que você sabe?

Silêncio. Hild abriu a boca, mas se deteve. Engoliu em seco, então falou sem olhar nos olhos da amiga:

— Falta algo a Korin. Pessoas, um propósito, sei lá! Algo.

Dianna soube que ela não estava falando tudo, mas não se importou. A amizade entre as duas sempre fora feita de encontros esporádicos, palavras não ditas, gestos e confissões na hora certa. Mesmo quando haviam empreendido a jornada que levara Hild a encontrar as auréolas de Mubruk e seus anjos, precisaram se separar antes do fim.

Era preciso se contentar com as lacunas, às vezes. Dianna fez um brinde e voltou a falar sobre sua família.

3 | Os segredos do castelo

— CHEGA DE TRIVIALIDADES — disse Ruff Ghanor. — Estamos aqui para pensar em formas de acabar com o mundo.

Os outros membros do conselho se entreolharam. A ordem do rei era a mesma há anos, e há anos eles tentavam cumpri-la. Mas o melhor que podiam fazer era especular, juntar partes desencontradas de textos ancestrais, relatar boatos, interpretar de forma duvidosa sinais vistos em reinos distantes. A sala de guerra do Castelo de Ghanor já abrigara discussões de tática e estratégia, planos de conquista, revelação de informações extraídas de prisioneiros. Há mais de uma década, no entanto, era palco de conversas que não iam a lugar nenhum e acabavam quando ninguém conseguia pensar em nada a dizer.

A sala era austera e imponente. Um lustre pendia do teto alto, como se fosse um salão de baile — um objeto saqueado de algum inimigo muitos séculos atrás. Sobre uma mesa de pedra estava o mais preciso mapa do mundo conhecido de que se tinha notícia, uma dádiva da Confederação dos Mercadores. E em volta, sobre cadeiras de espaldar alto, sentavam-se líderes, generais, sábios e guerreiros que haviam moldado a história do mundo.

Espalhando rumores de aldeões. Tagarelando sobre ideias improváveis. Disparando palpites infundados.

— Não há sinal de um novo Devorador em parte alguma, Ruff — disse Hild. — Nada, nem histórias de mercenários desesperados procurando trabalho. E, quando nem mercenários desesperados conseguem espalhar medo, é porque as coisas estão calmas *mesmo*.

— E aquela serpente marinha que você enfrentou?

— Eu matei a serpente, Ruff — olhando para ele com exaustão. — Se aquilo era o Devorador de Mundos, então os deuses estão sem ideias.

— Talvez não fosse uma serpente — o rei argumentou. — Talvez fosse parte de uma hidra gigantesca! Cada cabeça que morre dá origem a outras duas. Logo, o mundo todo estaria tomado...

— Eu vi ela inteirinha. Vi o rabo. Arranquei uma de suas presas e dei de presente a Korin.

— Mas...

— Ruff, isso foi há quase três anos.

Ruff se calou, satisfeito a contragosto.

Havia tão poucas notícias, tão poucas urgências, que três anos pareciam nada. O conselho se reunia em sua totalidade apenas quando Hild e Niccolas estavam visitando o castelo, e isso acontecera um punhado de vezes desde a cirurgia de Bellitz. Aquele fora o último grande acontecimento. Desde então, marasmo, mas o rei não se conformava.

— O próximo Devorador não será um monstro, disso podemos ter certeza! — disse Thenyssa, a Memória da Floresta Alta. — Os deuses obedecem a um padrão. O primeiro era um monstro que podia ser vencido com força bruta. O segundo era um líder adorado pelos mortais que iria destruir. O terceiro será alguma coisa mais sutil, mais insidiosa. Alguma coisa que não possa ser vencida com armas, nem que possa se rebelar.

A velha elfa sorveu um gole de chá.

— O que nos leva de volta a um desastre natural — disse Ruff. Os demais conseguiram se conter, mas Hild deixou escapar um grunhido de enfado. Já haviam tido aquela conversa incontáveis vezes. — Algo que não pode ser contornado, que não ouve a razão, que é imune a exércitos...

— Tive tempo de ler algumas teologias da época do primeiro Devorador — o Prior Niccolas interrompeu.

— Descobriu algum conhecimento perdido?

— Pelo contrário, não passam de bobagens. Era uma época de desespero e os religiosos se apegavam a qualquer esperança de salvação, qualquer sinal de que pudessem se redimir e evitar a morte. É dessa época que vem, por exemplo, a noção de que todos os mortais vão ao Paraíso, não importa o que façam em vida.

Os membros do conselho estavam ouvindo. Niccolas demorou algum tempo para desenrolar seus pergaminhos, procurar seus óculos grossos, colocá-los sobre o nariz e achar um ângulo em que conseguisse ler o que estava escrito. Ruff tentou lembrar do acólito vigoroso que vira pela primeira vez no Túnel Proibido. Não parecia a mesma pessoa.

— Ah, aqui está! — o monge localizou o trecho. — Um eremita de Santa Imuen abandonou os votos de solidão, que incluíam nunca ser visto por nenhum mortal, para se unir a um grupo que estava fugindo de uma região assolada...

Niccolas se entusiasmou com a história — ainda que, segundo ele mesmo, não trouxesse nenhum conhecimento novo. Era mais uma diferença entre o monge velho que estava à sua frente e o jovem que existira no passado. Niccolas costumava ser decidido e pragmático, em comparação com seu amigo e confidente Dunnius, sempre atrapalhado e distraído. O rei tivera um vislumbre da antiga personalidade dele durante a cirurgia, anos atrás, mas a cada nova visita ela submergia mais e mais sob essa recente névoa que obscurecia seus pensamentos, sua fala, sua atenção.

— Niccolas... — Bellitz trouxe-o de volta.

— Ah, sim! Os votos do eremita eram muito interessantes. Ele expressava sua devoção à santa da esperteza e da furtividade ao nunca ser visto. Ainda mais interessante do que isso foi sua decisão de abandonar tudo e se juntar aos outros mortais e ajudá-los como pôde.

— Não entendo como isso nos ajuda — disse Ruff.

— É um retrato valioso do comportamento dos mortais quando um Devorador desse tipo os ameaça. Para essas pessoas, não fazia diferença se o algoz era um monstro ou um desastre natural. Elas se uniram. O eremita havia resistido a todos os tipos de tentações para continuar em seu isolamento, mas o abandonou quando inocentes precisaram dele.

— E você acha que isso aconteceria também no caso de um Devorador que fosse um cataclisma?

— Tenho certeza! Mesmo se os mares rugissem sobre todas as terras, mesmo se mil vulcões despontassem nos reinos, alguém iria sobreviver, porque os mortais se unem. As pessoas iriam se sacrificar umas pelas outras. E, se pelo menos um mortal sobrevivesse, os deuses teriam falhado. Ainda que só precisassem esperar para que a velhice desse cabo do último de nós, teriam sido derrotados. Ou seja, não acho que o próximo Devorador vá ser um desastre. Podemos descartar essa possibilidade.

Ruff ficou ruminando aquilo.

— Há mais uma coisa que confirma o que o Prior Niccolas — Bellitz interveio. — Os deuses já tentaram usar desastres naturais como um Devorador, mas precisaram de um intermediário. Você tinha o poder do terremoto, Ruff. Se eles pudessem causar terremotos diretamente, nunca teriam precisado de um humano.

— Minha função era derrotar Zamir e ser obedecido pelos mortais.

— Mesmo assim, os deuses sempre agem por meio de arautos. Representantes. Os devotos recebiam poderes de santos. Os Devoradores têm anjos da anunciação. Se eles pudessem destruir o mundo apenas por sua vontade, teriam feito isso. O próximo Devorador não será algo vago, abstrato, mas de novo um escolhido.

— Ou talvez não haja um próximo Devorador — disse Edyriell.

Todos os olhos se voltaram para ele. A face de Ruff se contorceu numa máscara de descontentamento. Os conselheiros sabiam que aquele tipo de otimismo irritava o rei.

— Todos somos mortais aqui — o elfo começou. — A rainha costumava ser um anjo, mas é a primeira a admitir que não entende direito suas memórias dessa época. Para todos os efeitos, hoje ela é humana.

— Isso é uma obviedade — Ruff resmungou.

— Com o perdão de Vossa Majestade, sendo todos mortais, não podemos adivinhar o que se passa na mente de seres eternos. Mas o mais próximo de seres eternos que há nesta mesa somos eu e Thenyssa.

O rei se calou, pensando naquilo. De fato, os elfos eram muito mais longevos que todos os outros ali. E, ainda que seu tempo de vida fosse um piscar de olhos em comparação às divindades, era maior do que o de um humano.

— Seres muito longevos demoram muito a aprender... Não, não a aprender. Seres muito longevos demoram muito a *aceitar* alguns fatos. Os elfos demoraram a aceitar que não podiam guardar toda a maldade de suas almas na Pedra dos Pecados, mas por fim acabaram se conformando. O próprio Thondin, que era imortal por sua habilidade, teve de aceitar que sua busca pela perfeição fora inútil, restando apenas a busca pela morte.

— E você acha que os deuses podem ter *mudado de ideia*?

— Não é tão absurdo quanto parece — argumentou Edyriell. — Eles demoraram para tomar a decisão de que precisava haver um Devorador. E, uma vez que o primeiro foi vencido, demoraram para criar o segundo. A maior parte da história do mundo aconteceu sem a presença de um Devorador.

— Quase toda a história do mundo — confirmou Thenyssa.

— Nós imaginamos que o padrão dos deuses é tentar destruir o mundo porque é nossa vivência, mas somos exceções! A decisão que criou o primeiro Devorador pode ter sido súbita. A decisão de abandonar as tentativas pode também ser súbita.

— Isso é conveniente demais — Ruff balançou a cabeça. — Vai nos deixar complacentes...

— Na verdade, há outro detalhe — o elfo continuou. — Se o padrão dos Devoradores de Mundos se mantiver, Vossa Majestade não precisará se preocupar com isso, porque o próximo ocorrerá daqui a séculos.

— É uma questão estratégica, Ruff — disse Hild. — Eu e os Gladiadores passamos o tempo todo percorrendo os reinos em busca de sinais de algo que não deve surgir até estarmos todos bem mortos. Enquanto isso, eu lido com uma rebelião ou outra, mato uma serpente marinha ocasional. Mas você está desperdiçando seus melhores guerreiros. Poderíamos estar lidando com ameaças mais presentes. Diabos, se estivéssemos parados em Sammelen seríamos mais úteis intimidando nobres empolados!

O mesmo valia para inúmeros outros recursos da coroa. Espiões e arautos viajavam buscando notícias do Devorador, em vez de se instalar em cortes e descobrir segredos. Sacerdotes tentavam manter seus fiéis num caminho de moralidade em vez de espalhar conhecimento. Castelões se dedicavam a estocar comida e mantimentos de emergência em vez de promover a diplomacia entre nobres.

— Hild tem razão, Majestade — disse o General Urko.

Urko era menos próximo de Ruff do que a maioria ali. Também já era um homem em idade avançada que, durante a maior parte da vida, fora um mercenário. Mas fora o braço direito de Korin, do velho Korin, e isso era suficiente para valer a confiança plena do rei. Os mercenários da Companhia do Cão, a força reunida pelo velho amigo de Ruff muito tempo atrás, haviam sido absorvidos nas tropas do reino. Urko ascendera ao posto de general máximo de Ghanor, obedecendo apenas ao rei e à rainha.

— Deixamos muitas tropas estacionadas em pontos sem importância — continuou o general. — Só para, no caso da aparição de um Devorador, estarmos preparados. Os gigantes são nossos soldados mais poderosos e não estão sendo bem utilizados. Nossos cavaleiros de grifos não estão concentrados em fortalezas, mas sempre espalhados, atravessando as terras em patrulha.

Ruff manteve a careta de insatisfação.

— Sugerem então que eu esqueça a ameaça, porque será um problema para meu filho? Para meus netos?

— Não, meu amor — Bellitz pousou a mão suave sobre seu antebraço. — Todos eles também podem já ter morrido quando e se o próximo Devorador chegar. Estamos sugerindo que você aceite a realidade. Sua luta acabou.

— Onde estão as outras crianças, Pulga? — perguntou Hild.

Korin Ghanor olhou para todos os lados, exceto para ela. Continuou carregando uma braçada de livros grande demais para ele. Depositou-os sobre uma mesa também grande demais, voltou à prateleira para recolher a próxima braçada. Hild ia atrás dele.

Os monges e acadêmicos que utilizavam a biblioteca olharam para ela com desaprovação professoral. Um deles chegou a fazer *ssshhhh* com um indicador rijo sobre os lábios. Em resposta a isso, Hild rosnou, o homem ficou pálido e voltou a seu livro.

Quando notou que o garoto não iria responder, a guerreira insistiu:

— Há outras crianças no castelo, não?

— Algumas — Korin finalmente respondeu. — Filhos de cavaleiros, servos e guardas.

— Por que não fica com eles?

O príncipe voltou a se calar.

Hild nunca fora membro da nobreza, mas podia imaginar a resposta a sua própria pergunta. A convivência do filho de Ruff Ghanor com os filhos de pessoas comuns nunca seria fácil. Adultos adoravam dizer que crianças eram puras e não se preocupavam com bobagens como classe social, protocolos e intrigas, mas ela lembrava de ser criança e lembrava de como isso era falso. Crianças eram muito conscientes do que acontecia à sua volta. Sabiam que, no fim do dia, o pai de um estaria obedecendo às ordens da mãe de outro. Sabiam que, se fosse necessário, a mãe de um partiria para a guerra, para morrer sob as ordens do pai de outro. Korin era alguém especial no castelo, no reino, no mundo. Podia ser alvo de bajulação, frieza, intimidação ou até curiosidade, mas nunca seria como os outros.

— Mais ninguém?

— Há os estrangeiros.

Hild ergueu a sobrancelha.

Esses eram casos mais delicados. Ruff governava todo o mundo conhecido, mas não podia manter cada pedaço de terra sob vigilância. Assim, por sugestão do conselho, adotara uma tática talvez cruel, mas pragmática e eficiente, para garantir lealdade: passara a estender "convites" para que filhos da nobreza de todos os reinos passassem grandes períodos no castelo. Como visitantes de honra, é claro.

O rei nunca dissera que os convites eram obrigatórios, ou que os visitantes eram reféns. Nunca ameaçara a vida de nenhum deles, nem impusera represálias sobre os nobres que se recusavam. Mas as implicações estavam todas ali. Ainda que raramente fossem herdeiros de famílias reais, os jovens hóspedes garantiam a obediência dos reinos distantes. Para erguer a nobreza de alguma nação estrangeira em revolta aberta, fatalmente seria necessário contar com as tropas de algum senhor cujo filho estivesse morando no Castelo de Ghanor. E então tudo que estava sugerido e não dito por aquele arranjo seria colocado em prática.

As crianças convidadas passavam um, dois, até três anos em Ghanor. O suficiente para que o lugar se tornasse sua casa. Para que adquirissem costumes típicos de Ghanor. Para que falassem com sotaque de Ghanor. Mais tarde, quando crescessem e assumissem os títulos de seus pais, lembrariam de Ghanor não como um conquistador estrangeiro, mas como o palco de sua infância.

De um ponto de vista político e militar, funcionava perfeitamente. Como fonte de amigos para Korin, era mais duvidoso.

— Você não gosta deles? — perguntou Hild.

— Não é isso — Korin olhou para baixo.

— O que é então, Pulga? Vamos, desembuche.

— Eles estão sempre juntos. Têm coisas em comum. Dormem na mesma ala, estudam com os mesmos tutores.

— Já tentou falar com eles?

— Não tenho tempo — disse Korin, depois de gaguejar um pouco e esboçar algumas outras respostas.

— Você deve ter *algum* tempo! Seu pai me contou sobre como ele mesmo treinava, quando tinha sua idade. E ele conseguia tempo para ter amigos.

O garoto não respondeu.

— O que está fazendo agora? — Hild tentou outra abordagem.

— Preciso ler estes tomos — Korin grunhiu e colocou a última leva de livros sobre a mesa. Então tomou impulso, subiu na cadeira alta e se debruçou para alcançar o primeiro da pilha. — Daqui a três dias vou apresentar um resumo de tudo que aprendi à senhora Thenyssa.

Hild pegou um dos livros, soprou o pó, abriu-o, folheou. Era um tratado sobre o desenvolvimento político do reino de Sammelen, contrastando-o com um império pagão que existira no passado.

— Todos esses livros são sobre isso?

— Estou estudando a formação das dinastias reais — Korin recitou, pronunciando cada sílaba com cuidado. — Para entender meu papel no reino.

— Nunca ouvi uma baboseira tão inútil na minha vida toda. Por enquanto seu papel no reino deveria ser correr por aí, brigar, roubar comida, mijar nos cantos. Coisas de criança.

Korin argumentou que aquilo mais parecia a vida de um cachorro. Hild devolveu que ele, como a pulga que era, deveria almejar pela existência canina, em vez de ser apenas um bicho chato nos pelos de um cão de verdade. Um monge os mandou fazer silêncio mais uma vez.

— Você não deveria estar enchendo a cabeça com essas maluquices — disse a guerreira, falando mais baixo sem sentir.

— Quando eu crescer e for rei, meu papel...

— Quando você for rei, seu papel vai ser cobrar impostos baixos, não incomodar seus súditos e cavalgar com os exércitos quando houver guerra. Só isso.

— Thenyssa diz que a ligação do rei com a terra é... *insíntraca.* — Notou que não era a palavra certa. — In-trá-sin-ca. In-ca-trin... Como é a palavra?

— Quem se importa? Ninguém precisa dessa palavra. Você deveria ter conhecido Johrgrund, ele só falava as palavras necessárias.

— Meu pai diz que a erudição vai me ajudar. A erudição pode derrubar tiranos.

— Não sei quem é essa Erudição, mas se ela não tiver a sua idade e não souber quando é hora de fechar os livros, também não serve para nada. Vamos, venha. Vou levá-lo para fazer algo que importa.

Ela o agarrou pela mão e arrastou-o para fora da biblioteca. Então até alguns dos pátios do castelo, em busca de crianças. Por fim, encontrou aquelas que procurava: os filhos de nobres estrangeiros. Estavam brincando, ou fazendo o que quer que crianças fizessem. Hild arremessou o garoto na direção do grupo. Korin e mais dois desabaram no chão, uma menina riu. Aconteceu o que a guerreira previra: em alguns instantes já tinham se tornado amigos e estavam em alguma situação imaginária.

Ela sentou no chão, observando a algazarra das crianças.

Hild fora atrás do príncipe de propósito. Ela não era da família; não tinha qualquer responsabilidade sobre ele, exceto autoimposta. Não era nem mesmo sua instrutora, ao menos não de forma oficial. Mas sabia que Ruff a considerava uma filha, e assim Korin era quase um irmão mais novo. Além disso, a instrutora de combate do garoto lhe confidenciara algumas preocupações.

Dianna conduzia os treinos sozinha com ele, ou assistida por outros adultos. Não era uma maneira eficaz de treinar. Primeiro porque solidificava hábitos ruins, como segurar o escudo alto demais e desconsiderar a proteção dos tornozelos. Segundo porque os adultos, mesmo que de forma inconsciente, limitavam sua força ao treinar com o príncipe. A maneira certa de treinar seria com uma turma de outras crianças. Cada aluno estaria dando seu máximo, realmente se esforçando para vencer durante os combates simulados. Assim se formavam guerreiros.

Mas o treino de Korin era mais rigoroso, violento e exigente do que o de qualquer outra criança do castelo, mesmo aquelas que já serviam como escudeiros. O rei ditava que seu filho fosse empurrado aos limites absolutos, que cada erro fosse corrigido e que ele se acostumasse à inclemência que certamente encontraria no futuro.

Mesmo se aquilo não fosse devastador para um menino, seria para o rei que ele viria a se tornar. Continuando por aquele caminho, Korin Ghanor seria um monarca que não conheceria seus súditos, um nobre que nunca fora cercado por seus iguais. Mesmo um príncipe precisava de alguém que zombasse dele, que não o levasse a sério, que fosse melhor que ele em algumas coisas, que tivesse as mesmas experiências.

Um amigo.

Korin olhou para ela, checando se tudo estava bem e se podia continuar naquela atividade. Em resposta, Hild atingiu-o com uma pedra.

— Não fique pedindo permissão aos adultos! Desapareça, vá fazer algo perigoso, me deixe preocupada! Seja um garoto normal!

Depois de algum tempo, o príncipe seguiu as outras crianças para fora do pátio, talvez a alguma cozinha. Hild não sabia nem se importava. Fingiu não notar que mesmo assim o garoto lançara um olhar de esguelha para ela, um pedido furtivo e implícito de aprovação, que não recebeu. Quando Korin estava fora da vista, ela se ergueu, bateu a areia das calças e se dirigiu a outra parte do castelo. De preferência o mais longe possível do menino.

Hild também tinha suas desobediências, suas travessuras, seus próprios desafios ao rei. O maior deles era também o único que ela escondia. Podia comprometer o treinamento do príncipe, brigar com oficiais impertinentes, até mesmo desviar sua tropa de uma rota prevista se achava que havia algo a ser feito em outro lugar. Ostentava tudo isso com orgulho. Mas mantinha seus maiores atos de insubordinação em segredo.

Hild vagou pelos corredores conhecidos, até achar uma área do castelo que estivesse vazia. Sempre havia algo sendo feito num castelo — servos transitando, nobres fofocando, guardas patrulhando. Aquela ala específica era reservada aos hóspedes, estava cheia de quartos prontos para receber dignitários de outros reinos e suas comitivas. Era quase um forte isolado: tinha sua própria cozinha caso o hóspede exigisse algum cardápio específico preparado por seus cozinheiros; sua própria sala de reuniões caso o rei quisesse ter com os convidados longe dos olhos da corte; seu próprio estábulo caso o visitante trouxesse montarias exóticas. Sua própria capela, caso a comitiva incluísse algum sacerdote ou confessor particular.

Tudo limpo, ordenado, preparado e vazio. Não havia previsão de visitantes, então ela achou que podia usar a ala sem ser incomodada.

Hild olhou para trás, certificando-se de que não estava sendo observada, antes de entrar na capela. Fechou a porta atrás de si devagar, tomando cuidado para que não rangesse demais. Era um espaço apertado, quase pequeno demais para os poucos genuflexórios e o altar. A única luz vinha do sol lá fora e era filtrada por um vitral colorido, emprestando à atmosfera um ar misterioso e místico. Combinava bem com seu propósito.

Retirou de dentro da roupa um pequeno frasco de sangue. O vidrinho estava fechado desde que recebera o líquido e fora selado por um processo alquímico que garantia que nunca pudesse ser aberto sem que fosse quebrado — ou pelo menos isso era o que garantiam os sábios de Kottar. Hild foi até o púlpito e pousou o frasco sobre ele, com reverência. Então andou até um genuflexório e se ajoelhou.

Os passos quase coreografados eram invenções de sua própria cabeça, rituais adivinhados, gestos e procedimentos que ela sentia estarem corretos. Ninguém nunca lhe ensinara a rezar, embora Dianna tivesse tentado no passado e tudo aquilo fosse culpa dela de qualquer forma. Era um hábito que lhe trazia conforto, que satisfazia de uma forma indefinível. Em seu âmago, ela sabia que tinha algum efeito real, não eram só ações aleatórias, mas não tinha vontade de revelar esse lado a ninguém. Era uma adoração íntima, algo que só pertencia a ela mesma. Hild se sentiria idiota se alguém a flagrasse em sua liturgia particular.

— Não venho aqui pedir por nada específico — ela murmurou em direção ao frasco de sangue. — Pelo menos não para mim.

Hild começara sua devoção sem nenhum objeto, sem um local de adoração específico. A primeira vez fora no Castelo da Rainha Exsanguinada, no fim de uma busca santa que salvara o mundo. O momento tivera intensidade suficiente para que dispensasse coisas materiais e ritos estanques. Mais tarde, no entanto, quando ela quis agradecer, ou quando quis pedir outras coisas a seu santo, as meras palavras pareceram vazias. Falava para si mesma e se distraía em outros pensamentos, ou apenas não sentia nenhuma conexão.

De início, ela decidiu que seus momentos de oração precisavam ser solitários. Não bastava, no meio de um combate ou de uma marcha forçada, pensar no nome do santo. Isso podia emprestar força se estivesse inserido num contexto maior, mas não servia como ato principal de devoção. Era preciso haver um momento dedicado à comunhão com o que era transcendental. Precisava haver foco e intenção de sua parte.

Em seguida, Hild achou que precisava efetivamente falar em voz alta para adorar o santo. Não porque fizesse diferença para ele, mas como um sacrifício, uma prova de lealdade. Caso fosse ouvida, não haveria como negar o que estava fazendo. Seria penoso para ela, e por isso tinha valor. A necessidade de falar em voz alta a levou ao próximo passo em seu rito particular: o local de adoração. Mais do que estar sozinha, ela precisava estar em um lugar que considerasse digno, ligado ao santo de alguma forma. Podia ser uma clareira onde um tronco de árvore caído e rachado lembrasse seu antigo poder. Podia ser o interior de uma tenda, longe o bastante das trombetas do resto do acampamento para que os instrumentos soassem como a voz dele.

Podia ser uma capela em seu castelo.

Durante anos aquilo a satisfez. Ela sentia que os locais e momentos de adoração se apresentavam naturalmente, quando ela precisava de comunhão. Quando isso acontecia, a presença do santo era quase palpável, seu poder era uma certeza tão firme quanto o chão ou o céu. Mas, com o tempo, as orações de novo pareceram vazias. Ele não estava em toda parte; não era a natureza ou a terra ou algo vago assim. Ele era uma pessoa, e por isso fazia sentido para Hild. Ela nunca fora religiosa, nunca tivera interesse pelo que não podia tocar ou compreender de forma objetiva. Seu santo era seu porque estava lá. Parecia errado transformá-lo em algo intangível.

Em mais um ato clandestino, começou a ler tudo que podia sobre santos e suas relíquias. Era difícil ter acesso a livros sem que ninguém soubesse, mas ela deu um jeito. Na falta de um osso ou outra parte do corpo do santo, Hild chegou à conclusão de que deveria recolher seu sangue. Era sangue real, sangue que fora derramado em nome dela, em nome de todas as pessoas do mundo. Seu primeiro momento de adoração tivera a ver com sangue, ela teve certeza de que havia algum significado nisso.

Achou que seria descoberta quando se pôs à tarefa de recolher algumas gotas de sangue dele. Contudo, foi capaz de manter a adoração secreta — principalmente do próprio santo. Isso foi mais um sinal de que estava no caminho certo. Durante um treino especialmente intenso, ele se esquivou do machado de Hild, mas foi só um pouco lento demais. A lâmina tocou sua face e abriu um pequeno talho. Ela ficou maravilhada por um instante, o que permitiu ao santo pegá-la desprevenida e vencer a luta. Hild se desvencilhou e recolheu naquele frasco o sangue que estava no machado. Levou a coisa até um alquimista que selou o vidrinho e completou seu objeto de adoração.

Desde então ela rezava para o sangue. Enquanto estava sendo carregado, era só líquido num frasco. Uma vez colocado no altar, transformava-se. Era um pedaço do santo, era a personificação de seu poder, de sua glória.

— Ruff Ghanor — ela pronunciou as palavras devagar. — Ruff Ghanor. Ruff Ghanor. Ruff Ghanor.

Aos poucos, as sílabas se confundiram, deixaram de ser pedaços de duas palavras para se tornar um único som contínuo. O corpo de Hild relaxou enquanto ela se entregava ao transe. Sem sentir, ela permitiu que sua voz adquirisse um tom baixo, cheio de zumbido, os lábios e a língua flácidos distorceram o som. Não notou que tinha fechado os olhos. E, sem tomar a decisão consciente, interrompeu a repetição hipnótica com sua própria voz límpida, que não parecia vir da mesma garganta:

— Eu quero agradecer. Obrigada, Santo de Pés Descalços, por nos proporcionar esse tempo de paz. Obrigada, Rei Santo, por ter destruído todos que desejavam nosso mal. Obrigada, Santo Vivo, por nunca ter se dobrado à sua própria fome.

Mesmo sem enxergar, ela se focava na imagem do frasco de sangue, muito clara em sua mente. A coisa parecia brilhar do outro lado de suas pálpebras.

— Obrigada, São Ruff Ghanor, por defender e exaltar os pecadores.

Hild já não era mais tão jovem. Castigara seu corpo com décadas de batalhas e treinos inclementes. Em outras circunstâncias, permanecer por tanto tempo ajoelhada seria uma prova de resistência contra a dor. Mas, enquanto rezava, era uma posição tão natural e confortável quanto estar deitada em sua cama. O corpo apenas se encaixava daquele jeito, as juntas não reclamavam depois.

— Eu lhe peço apenas duas coisas, meu senhor. Clemência para consigo mesmo. Que demonstre a si a mesma piedade que demonstra pelos outros. Que note que já foi vitorioso, que agora pode desfrutar do prêmio de uma vida de sacrifício.

Se falasse aquilo para Ruff, seria confrontada com uma carranca de mau humor e um discurso sobre como era ingênua e, não importava quanto tempo passasse, jovem demais. Não importava que agora ela era mais velha do que ele fora quando a conhecera. Era jovem demais para entender o fardo que ele já carregava ainda mais jovem.

Contudo, naquele contexto ela não estava falando com Ruff. Estava falando com "Ruff Ghanor", que era outra entidade, ainda que e porque era a mesma. São Ruff Ghanor era a personificação dos valores de Ruff, da luta de Ruff, de Ruff como um todo. Uma personificação mais exata e poderosa do que a própria pessoa. Hild não sabia explicar, e nem precisava. Ela só sabia que aquilo funcionava e a satisfazia. Ela descartava as palavras de Ruff para cultuar Ruff Ghanor. Desobedecia a Ruff para obedecer a Ruff Ghanor.

— E clemência para com o príncipe — Hild falou ao sangue. — Ele é apenas uma criança. Tem o poder dos Ghanor, mas não precisa ter seu dever. Peço que veja Korin como o símbolo de todo o povo. Peço que veja seu filho como vê todos nós, seus filhos. Assim como adotou uma guerreira de Artus e deu a ela o que ela precisava, note o quanto já deu a Korin Ghanor. Permita que ele desfrute da paz, permita que cresça sabendo que ninguém deseja seu mal, permita que aproveite uma vida sem fome insaciável.

Ela se sentiu plena. Não porque tivesse feito pedidos, mas porque teve certeza de ser ouvida. Se Ruff iria dar ouvidos a Ruff Ghanor era outra história. De qualquer forma, o principal propósito daquilo era renovar sua conexão com o santo, sentir-se forte e abençoada.

Então a plenitude beatífica foi interrompida por uma voz infantil:

— Você está falando de mim?

Ruff e Niccolas caminhavam num jardim interno do castelo. O rei sentia os joelhos doerem, mas ainda assim andava mais rápido que o monge. Os passos de Niccolas eram curtos, os pés mal saíam do chão.

— Eu não entendo mais o mundo — disse Ruff.

Niccolas sorriu para ele com carinho e um pouco de condescendência.

— Essas são as palavras dos velhos desde que o mundo existe, Ruff. O que nós conhecíamos já acabou. Em parte, por sua causa.

Ruff ponderou um pouco sobre aquilo, mexeu nas folhas de uma cerca viva. Servos passaram por eles e fizeram mesuras rápidas.

— Eu mal noto — o rei suspirou.

— Mal nota o quê?

— Os servos do castelo. Os guardas, os soldados, os arautos e menestréis. Todos eles vivem aqui, garantem que a corte continue funcionando, e eu mal percebo sua presença. Niccolas, você tem noção de que, a esta altura, passei a maior parte de minha vida com uma coroa na cabeça?

— Não é surpreendente. Você é um Ghanor.

— Eu queria evitar isso a qualquer custo. Queria evitar a existência de um tirano.

— Você é um tirano?

— Posso ser um tirano quando quiser. Durante a guerra eu fechei bibliotecas, obriguei acadêmicos a trabalhar como fazendeiros...

— Muita coisa errada acontece em guerras. E você percebeu seu erro. Destrancou as bibliotecas, convocou os acadêmicos e venceu por meio da erudição.

"Erudição". Uma das últimas palavras que o prior dissera a ele, logo antes de morrer. Era mais um peso sobre a cabeça coroada: ele sentia que tinha parado de aprender, que a erudição não significava mais nada. Era coisa de jovens.

— Fiz a coisa certa porque recebi uma mensagem dele — Ruff confessou.

Niccolas não precisava perguntar a quem o rei se referia.

— Mensagem?

— Um sonho — disse Ruff. — Um sonho no qual ele me acusava de ser um tirano. De ser outro Zamir.

— Você me contou sobre esse sonho. Já tivermos essa conversa muito tempo atrás.

As conversas se repetiam, os dias se repetiam. A repetição era um tema cada vez maior à medida que os anos se passavam. De forma enervante e desoladora, só as pessoas não se repetiam. Elas morriam, iam embora, eram substituídas por outras. Quanto mais tudo mudava a seu redor, mais tudo se tornava igual nele mesmo. O mundo conhecido ficava cada vez menor.

— Não sei que idade ele tinha ao morrer — Ruff falou, depois de mais silêncio pensativo. — Mas acho que sou mais velho do que ele jamais foi.

— Eu com certeza sou mais velho do que ele — Niccolas respondeu. — Tenho mais tempo como prior do que ele teve.

A sensação era de traição. Não parecia correto superar o mestre.

— Você consegue ver os erros dele? — perguntou o rei. — Não como notávamos antes, como jovens. Consegue ver como o que fazemos agora é melhor, mais sábio, mais eficiente, mais justo?

Niccolas assentiu devagar. Pediu para sentar num banco. O passeio era desgastante.

— A maneira como ele separava a aldeia e o mosteiro era absurda — disse o monge. — Religiosos e aldeões se viam todos os dias, o povo da aldeia trabalhava no mosteiro. Mas, todos os dias, os aldeões viam os monges entrar em seu prédio e fechar as portas. É claro que isso criaria inimizade. Desconfiança.

— Está dizendo que ele foi culpado por Áxia?

Não houve resposta.

Ruff sentou ao lado do amigo.

— Antes eu pensava nela todos os dias — disse o rei. — Sentia sua falta, ou tinha pena, ou ansiava por vingança. Lembrava de nosso tempo juntos.

— Não foi quase tempo nenhum. Foram meses, antes da destruição do mosteiro.

Ruff concordou.

— Ela era uma inimiga. Parecia, por um tempo, a maior inimiga que eu jamais teria. Ela matou Korin. Mas não lembro a última vez em que pensei nela.

Áxia fora vencida. Tinha sido soterrada pelo desabamento da montanha onde Ruff fora achado, décadas antes. Era um fim apropriado, quase perfeito demais. Um fim digno de uma história.

O desabamento ocorrera logo depois que um anjo surgira para Ruff, anunciando seu fracasso. Ele se sentira perdendo os poderes de Devorador de Mundos, então o teto da caverna desabara. Ruff vira Zamir conjurando um domo de proteção, então julgava que o feiticeiro tivesse sobrevivido. Mas as rochas haviam caído sobre Áxia.

Ela estava morta.

Ele se sentia vivendo depois do fim. A velhice era um longo epílogo.

— Guardar ódio pelos mortos é como carregar uma brasa nas mãos — disse Niccolas. — Você só está machucando a si mesmo.

— Também não lembro a última vez que pensei em Korin.

Isso levou a mais um silêncio.

— Quando ouço o nome, penso em meu filho. Em geral nem lembro que o batizei em homenagem a alguém.

— É o certo, Ruff. Seu filho deve ser sua prioridade.

— Eu estava falando sobre isso quando disse que não entendo mais o mundo. Hild já esteve na minha vida por muito mais tempo do que Korin. Eu treinei Hild, vi-a se tornar uma heroína, mas às vezes a sensação é de que ela é uma estranha. Já morei neste castelo por muito mais tempo do que no mosteiro, mas ainda não parece minha casa. Tenho a sensação de que um dia vou acordar e voltar à vida real.

— Acha que o prior se sentia assim no mosteiro?

Eles continuaram travando a conversa circular que só podiam ter um com o outro.

— O quanto você já contou a Korin sobre seu passado? — Niccolas perguntou.

— Pouco — Ruff deu de ombros. — Quase nada. Ele não sabe que fui o Devorador de Mundos. Sabe que tive uma inimiga, uma bruxa chamada Dama de Ferro, mas não sabe que eu a conheci durante a infância. Obviamente não sabe quem foram os Cavaleiros do Caos.

— É o certo. Você não deve sobrecarregar uma criança com esses conhecimentos.

— Quanto menos falo do passado, menos ele parece existir. E, se ele não existir, será que tudo isso importa?

O monge balançou a cabeça, um gesto de desaprovação lenta e muda.

— Você está afundando num passado que ajudou a destruir — Niccolas cortou o nó de lembranças e divagações. — Ruff, eu amava o prior, amava Korin, amava Dunnius. Amava o mosteiro e todos os nossos irmãos. Mas nossa vida era uma merda.

O rei pareceu ter levado um tapa.

— Quando o achamos no Túnel Proibido, eu e Dunnius estávamos usando sandálias! Achei que ia morrer de frio! Estávamos indo atrás de uma cabra perdida porque um só animal a mais ou a menos podia ser a diferença entre fartura e fome!

Ele nunca pensara em por que a cabra tinha sido tão importante para o prior.

— Nós pagávamos tributo a Zamir. Não podíamos nos afastar da aldeia porque era um risco grande demais. Você tem noção de que pessoas como a Irmã Sibrian morreram sem conhecer nem mesmo a cidade de Lago de Pó? Já parou para pensar que o próprio prior era tão vulnerável que morreu devido ao capricho traiçoeiro de uma menina?

Ruff fora maduro o bastante para entender como sua missão era importante, mas ainda assim jovem o bastante para ser protegido de muitas banalidades terríveis. No mosteiro, não vivera no mundo dos adultos.

— Pense em algo, Ruff. Mas pense de verdade. Medite sobre isso.

O rei ficou em silêncio, esperando a instrução como se ainda fosse um acólito.

— Sua busca por um novo Devorador é mesmo para proteger o mundo? Ou é para recriar sua vida no mosteiro?

Mais uma vez, a velhice se revelava algo insondável, uma terra estranha mesmo enquanto ele vivia nela. Ruff não desejava voltar ao mosteiro. Não desejava ver um menino morrer de doença, abandonado por todos, como acontecera com Rion, o irmão de Áxia. Não desejava viver confinado. Não desejava estar num lugar em que o preconceito de aldeões fosse o bastante para deixar impune o assassinato de uma velha inocente, como acontecera com Ulma. Mesmo se fosse um deus e pudesse fazer o tempo voltar atrás, não desejaria condenar tantas pessoas a uma existência de opressão, miséria e pavor.

Ruff não deixara que os anos distorcessem tanto suas lembranças. Sabia que, durante a infância e principalmente a juventude, fora infeliz. Lembrava com exatidão da sensação de isolamento, do ressentimento por seus deveres. Sabia que era muito mais feliz agora. Sentia-se mais completo, com sua esposa e seu filho, sentia-se apto a lidar com as obrigações da realeza.

Mas, de alguma forma, no fundo da mente, queria voltar a ser infeliz, apenas porque a infelicidade estava no passado. Queria estar no passado, apenas porque era o passado.

Durante os anos, ele ouvira os mais velhos dizerem que seu grande medo era que seus melhores dias já tivessem ficado para trás. Ruff não temia isso. Mesmo os dias de glória tinham sido amargos, ele nunca desejara ser governante, muito menos general. Ele não ansiava por novas aventuras, não se sentia vazio sem novos inimigos.

Mas o fato de o passado não existir mais era intolerável. Ainda que nunca recuperasse a juventude, ainda que nunca mais visse aqueles que já tinham morrido, ainda que não revivesse nenhuma das coisas boas de sua vida pregressa, queria estar naquele tempo. Apenas porque aquilo parecia correto.

O rei deu um longo suspiro.

4 | crime e castigo

Hild ficou um longo tempo apenas observando Korin Ghanor.

O menino notava que aquele era um momento delicado. Ele sabia que tinha interrompido sua amiga, mentora ocasional e talvez-irmã em algo solene. Não possuía ainda todo o vocabulário para definir o que estava acontecendo. Não insistiu, não fez nenhuma zombaria, nenhuma exigência. Só esperou e, quando concluiu que a espera seria longa, ajoelhou-se ao lado dela.

A guerreira, por sua vez, não sabia o que pensar. Korin estava imundo, o que era ótimo. O garoto só se sujava ao treinar, nunca ao fazer algo errado. Fazer algo errado de forma intensa e descuidada suficiente para ficar naquele estado era o que ele mais precisava. Também não deveria estar ali, numa zona vazia do castelo. Korin nunca tinha tempo livre, naquela hora provavelmente deveria estar decorando o comprimento das unhas dos pés de cada santo, ou alguma baboseira parecida. Mas tinha continuado brincando depois que ela se afastara e estava negligenciando seus deveres. Tanto pior que agora estivesse atrás de uma adulta e não das outras crianças, mas um passo de cada vez.

Se aquela desobediência e liberdade súbita eram excelentes, a seriedade de Korin podia ser um problema. O que ele vira e ouvira podia ser um problema. Hild tentou algo que com certeza falharia:

— E então, Pulga? Está se escondendo de seus professores? Descobriu que é melhor tentar viver como um cachorro, afinal?

Ele não respondeu. Korin Ghanor era inteligente demais para que ela pudesse apenas desconversar.

— O quanto você ouviu? — Hild enfim perguntou.

— Ouvi você pedir clemência para mim.

— Sabe o que é clemência?

Ele fez que sim. Claro que sabia.

— Eu me preocupo com você, Pulga — ela continuou, tentando o caminho da honestidade parcial. — Você um dia vai ser rei, e isso é uma merda. Estava pedindo que sua vida fosse mais fácil.

— Pedindo para quem?

Ela engoliu em seco.

— Para os deuses. Eu estava rezando.

— Isso é mentira — decretou Korin. — Ninguém reza para os deuses diretamente. Não somos capazes de entendê-los, por isso os santos...

— Certo, certo — Hild interrompeu. — Eu não estava rezando para os deuses.

— Então para quem?

Ela se deteve. Podia mentir de novo, como resposta a uma pergunta direta. Mentir sem nenhuma desculpa além de negar sua própria culpa, só para poupar problemas. Hild se orgulhava de tratar o príncipe como uma pessoa, não um animalzinho ou um objeto fofo que só servia para divertir os adultos. Era por isso que não gostava de crianças: levava a sério o que elas diziam; não ignorava seus lados irritantes, que eram muitos. Não gostava de crianças, mas amava Korin. Seria injusto não o respeitar.

— Para quem acha que eu estava rezando?

— Ouvi você dizer "São Ruff Ghanor".

Não adiantava mentir. O dilema estava resolvido.

— É verdade — Hild deixou os ombros caírem. — Eu estava rezando para o Santo de Pés Descalços. São Ruff Ghanor.

— Meu pai é um santo?

Uma das razões pelas quais Hild não gostava de crianças era que elas faziam perguntas. E, como adulta, cabia a ela responder. Quando seus guerreiros faziam perguntas, eram sobre tática e estratégia, sobre quem deveriam atacar e como. Não sobre a vida. Hild resolvera sua própria vida limitando-a a um número de atividades e interações que eram confortáveis. Não queria lidar com as questões de uma pessoa cuja vida estava se expandindo o tempo todo.

— Não sei — ela respondeu, com franqueza. — Para falar a verdade, não sei o quanto você consegue entender de tudo isso, Pulga. Apesar de todos aqueles livros e aulas, você ainda é meio burro.

— Eu consigo entender — ele disse, sério.

Ela apertou os lábios.

— Muito bem, vamos lá. Eu não rezo para o seu pai. Não exatamente. Eu conheço seu pai há muitos anos, vi ele fazer muitas idiotices, sou melhor que ele em várias coisas. Se eu penso em seu pai, imagino o homem que me treinou. O meu rei. O...

— O *seu* pai?

Ela colocou a mão em seu ombro. Forçou o nó em sua garganta a arrefecer e continuou:

— Quando eu rezo para São Ruff Ghanor, imagino outra coisa. É a imagem de seu pai em que os aldeões acreditam. Você vai entender, quando crescer, que as pessoas fazem coisas admiráveis, mas sempre existe um porém. Seu pai conquistou o mundo, mas com a ajuda de todos nós e do Korin original, que nunca conheci. E, na verdade, quem travou a última batalha contra Mubruk fomos sua mãe, o General Urko e eu. Então mesmo a façanha de conquistar o mundo é menos grandiosa e mais lógica, quando você entende tudo que aconteceu ao redor.

Ele ouvia com atenção.

— Mas não é isso que os aldeões pensam — disse Hild. — Eles não sabem de todo esse contexto. Você sabe o que é contexto?

Ele fez que sim.

— Eles não sabem do contexto — ela prosseguiu. — Eles só sabem que "Ruff Ghanor conquistou o mundo" e por isso ficam embasbacados. Sabe o que é embasbacados?

Dessa vez ele fez que não.

— É a mesma coisa que surpresos, com cara de idiotas. Enfim, os aldeões conhecem uma versão de seu pai sem contexto, sem falhas, sem explicações. Sem poréns. Eles sabem que Ruff Ghanor matou o dragão Zamir, não sabem que na verdade o condenou a ser humano e que isso causou muitos problemas. Sabem que Ruff Ghanor derrotou Baal, não sabem que a criação de Baal foi em parte sua culpa. Sabem que ele conquistou o mundo, não sabem que só conseguiu fazer isso porque o primeiro Korin descobriu uma maneira como ele podia atacar os Três Irmãos impunemente.

— Meu pai ajudou a criar Baal?

— Essa você vai ter que perguntar para ele — o tom da guerreira cortou quaisquer perguntas. — O importante é que os aldeões não *pensam* tudo isso, não acham tudo isso. Eles *sabem*. Para eles, a existência "desse" Ruff Ghanor é tão real quanto a mudança das estações e o azul do céu.

— E esse Ruff Ghanor não existe?

— Não sei — ela deu de ombros. — Acho que existe. Mas não é seu pai.

Quase sem perceber, Hild relaxou. Começou a se abrir. Falou com aquele menino de dez anos sobre como encontrava força em Ruff Ghanor, o Santo de Pés Descalços. Contou a ele sobre quando rezara pela primeira vez. Sobre a paz que experimentava ao invocar seu nome.

Quase falou sobre como fora Dianna quem a incentivara a rezar a Ruff Ghanor, mas deteve-se. Ele poderia querer confirmar isso com Dianna, o que seria o começo do fim do segredo.

— Lembra daquela adaga feita de dente de serpente marinha que dei para você?

— Claro! — ele disse. — Ainda não posso usá-la, mas está guardada.

— A história que contei naquele dia era verdade. A serpente me abocanhou, mergulhou e me levou com ela. Mas o que não contei a você, nem a ninguém, foi que eu não tinha força suficiente para abrir um buraco na boca da serpente, estando lá dentro. Eu estava sufocando. Não conseguia mexer os braços direito. Tudo era escorregadio, ela estava tentando me engolir, eu não conseguia firmar os pés. Nenhuma pessoa real conseguiria retalhar a bochecha de uma serpente marinha por dentro. Mas sabe quem conseguiria?

— Ruff Ghanor?

— Garoto esperto. Ruff Ghanor conseguiria. Então eu rezei a ele e me senti mais forte. Tive certeza de que sairia viva, assim como tenho certeza de que ele existe e me protege. Eu estaria morta se não fosse São Ruff Ghanor.

— Acho que eu também.

Se Hild não tratasse crianças como pessoas de verdade, seria fácil desconsiderar o que ele confidenciara. Dianna costumava dizer que crianças falavam o que achavam que os adultos queriam ouvir. Segundo a capitã dos capas vermelhas, às vezes crianças mentiam, a despeito das conversas melosas sobre a suposta honestidade infantil. Hild tentou acreditar que Korin Ghanor estava apenas falando o que achava que ela queria ouvir. Que ele só queria ser parecido com ela. Mas, quanto mais o garoto explicou suas experiências místicas, mais o estômago da guerreira gelou.

Ele estava falando a verdade.

— Eu não sabia o que era — disse Korin. — Não sabia que estava rezando. Só sabia que, às vezes, podia pedir para Ruff Ghanor me ajudar. E é como você falou, não parecia ser meu pai. Era outra coisa.

— E por que você começou a fazer isso?

— Por sua causa.

Hild levou as duas mãos aos olhos, cobrindo o rosto. Ficava cada vez pior.

— Eu ouvia o jeito como você falava dele, Hild. Sua voz fica diferente. Você fala "Ruff Ghanor" — tentou imitar um tom solene. — Não diz "Ruff" ou "seu pai" em algumas situações. Você fica séria.

— Korin, eu não deveria ter feito nada disso. Não na sua frente. Eu...

— Por que não?

Hild não estava preparada para aquilo. Nunca desejara aquele tipo de responsabilidade, assim como nunca desejara ser uma guerreira sagrada, mas anos atrás fora obrigada a empreender uma busca mística que a levara a rezar para o Santo de Pés Descalços. Ela queria comandar seus Gladiadores, e só. Não queria explicar a um garoto que seu próprio pai proibira qualquer tipo de culto em seu nome, considerando-o idólatra e herético. Ela mesma não entendia direito e achava que a proibição era algum tipo de humildade extrema que Ruff deveria deixar para trás.

— Você tem que parar com isso, Korin. Não pode mais rezar a Ruff Ghanor.

— Por que não? — o príncipe insistiu, mais enfático.

— Porque não! — Hild bateu com o punho no genuflexório. — Você é uma criança, não vou perder meu tempo conversando com você! Cale a boca e faça o que eu mando!

Ele ficou em silêncio. O lábio tremendo, o cenho franzido de raiva, esforçando-se para não chorar. As palavras de Hild eram uma traição.

— Eu teria caído da torre se não tivesse rezado — pausando entre cada palavra, controlando a voz.

— Ótimo. Mas não deveria ter subido lá em primeiro lugar. Se tivesse obedecido, não precisaria rezar.

— Minha mãe teria morrido se eu não tivesse rezado.

Ela deixou o queixo pender.

— Korin...

— Eu não tinha certeza, mas agora tenho. Ela estava morrendo, Hild. Meu pai estava com medo. O Prior Niccolas já estava desistindo. E a minha mãe estava conformada. Ela chegou a se despedir de nós. Mas eu pensei no nome dele com bastante força e vi um brilho dourado. Então ela parou de sangrar e se recuperou. Eu sei o que aconteceu, Hild. Foi São Ruff Ghanor.

Isso era perigosamente fora da alçada de uma guerreira — mesmo a comandante da tropa dos Gladiadores, mesmo uma guerreira sagrada. Se o que o garoto falava era verdade, então Korin Ghanor tinha o poder de curar pelas mãos, algo que não era visto desde a morte de São Arnaldo. Mais do que isso, sua magia curativa dispensava o toque e era poderosa o bastante para salvar uma paciente à beira da morte. Hild não sabia como nada daquilo funcionava, mas lembrava das histórias sobre como Ruff desenvolvera seu dom de cura. Ele havia salvado um gato filhote. Seu filho salvara uma guerreira angelical. Hild precisava falar com Dianna o mais rápido possível, e achava que mesmo ela seria incapaz de ajudar.

— Seu pai proíbe, Korin.

— Seria melhor que eu e minha mãe estivéssemos mortos?

Ela não soube o que responder.

— Você sempre me diz para procurar as crianças do castelo, Hild. E eu estava fazendo isso agora mesmo! Mas elas foram chamadas para uma aula... sobre a minha família. *Elas foram estudar sobre a minha família!* Isso é esquisito demais! E então eu estava sozinho de novo. É uma sensação que nunca passa, Hild. Eu só não me sinto sozinho quando rezo para Ruff Ghanor.

Hild pensou que outra desvantagem de fazer uma criança ler tantos livros era permitir que ela falasse com aquela eloquência.

— Eu fui procurá-la, mas você não estava em lugar nenhum — Korin prosseguiu. — Então senti algo me puxando para você! É nossa devoção, Hild. Meu pai sempre fala na devoção a São Arnaldo. Eu e você somos devotos de São Ruff Ghanor, não é? Por isso eu a encontrei!

Aquilo saía de controle rapidamente. Hild raciocinou que, de fato, os dois eram irmãos em uma devoção proibida. Tinham um segredo compartilhado que deviam esconder de todos e uma ligação que ela não possuía com mais ninguém. De uma forma enviesada e esquisita, em menos de uma hora ela se tornara a líder de um culto que possuía seu próprio escolhido.

— Vou embora amanhã — Hild anunciou. — Vou levar os Gladiadores em patrulha a algum lugar. Não posso ajudá-lo, Pulga. Você salvou sua mãe, dê-se por satisfeito e esqueça tudo isso. Seus mestres têm razão, é melhor ocupar essa cabeça com estudo e treino.

De novo, o rosto do príncipe ficou retorcido numa máscara de decepção. Pela segunda vez ela o estava traindo.

— Korin, eu não posso ser responsável por sua alma, por sua magia ou o que quer que seja. Só sei lutar. Só vou atrapalhar ficando aqui.

— Entendi — ele tentou fingir calma. — Pode ir.

— Você vai ficar bem.

Ela se ergueu, apanhou o frasco de sangue sagrado e saiu apressada, como uma covarde. Hild não lembrava de ter recuado de forma tão vergonhosa frente a um desafio. Mas, tentando ser a pessoa que era décadas atrás, quando conheceu Ruff, disse a si mesma que nada importava. Iria tomar um porre, depois pegar seus guerreiros e partir. Encontraria alguma batalha difícil, sangrenta e divertida em algum reino. Não importava que fosse uma batalha inútil. Não importava que alguns de seus guerreiros pudessem morrer. Nada importava, só seguir em frente e se manter quebrando cabeças.

Mas, enquanto pensava tudo isso, Hild sentia o peso do julgamento de São Ruff Ghanor.

E a solidão amarga de seu irmão.

— Foram apanhados com uma reserva de poções e fogo alquímico suficiente para explodir uma torre, Majestade — disse Dianna. — Teriam chegado ao castelo se não tivessem sido descobertos pela filha das vítimas.

Ruff se ajeitou no trono. A corte observava — Edyriell, Thenyssa, o Alto Coveiro, uma pequena multidão de nobres e servos. Bellitz se ocupava de assuntos militares com Urko, em outro ponto do castelo. Hild partira com os Gladiadores há alguns dias. Niccolas estava na Cidadela de São Arnaldo. Assim, o rei não contava com nenhum de seus conselheiros mais próximos para aquele assunto delicado.

Não era frequente que houvesse criminosos perigosos e bem-sucedidos o bastante para merecer a atenção do rei. No geral, os capas vermelhas zelavam pela ordem na capital e todo o processo de capturar e enjaular um transgressor ocorria sem que qualquer nobre ficasse sabendo. A capitã recebia um relatório dos aprisionamentos, mas quase nunca havia muita coisa a relatar.

Contudo, segundo o que ela dissera, aqueles não eram apenas bandidos. Não tinham sido apanhados emboscando cidadãos nas ruelas à noite, ou mesmo tendo matado algum desafeto em uma briga. Os dois eram culpados de assassinato, mas era só a primeira fase de seu plano. Tudo desembocaria na morte do próprio rei.

— Traga-os.

Dianna deu a ordem, as portas da sala do trono se abriram, os guardas trouxeram os prisioneiros agrilhoados.

Eram um homem e uma mulher, e em ambos o ódio era evidente. Os dois fustigavam Ruff com olhares de intensidade sombria. Ambos altos, a pele bem tratada, os cabelos sedosos. A maneira como ficavam de pé e caminhavam, mesmo com os tornozelos em correntes, deixava claro que estavam acostumados a receber respeito e deferência.

Ruff era o rei do mundo conhecido e deveria enxergar todos os seus súditos de igual forma, não importava de onde viessem. Mas aqueles dois eram obviamente de Sammelen. Era difícil abafar a antipatia pelo reino.

— Quais são seus nomes? — o rei perguntou.

— Queime no inferno, usurpador desgraçado! — a mulher cuspiu em sua direção.

Um dos guardas ergueu a mão para puni-la, mas Ruff nem precisou se mexer. Um gesto de Dianna deteve o golpe.

— Aqui tratamos nossos prisioneiros com dignidade — disse Ruff. — Eu mesmo posso limpar a cusparada no chão, não é um trabalho que está abaixo de um rei. Mas o que está abaixo de um rei, e de um guarda, é se deixar levar pela raiva.

De fato, ele se ergueu do trono. Pegou um lenço e limpou a sujeira. Soldados, conselheiros e aristocratas apenas observavam.

— Se não desejam falar seus nomes, não importa. — Ele voltou a sentar. — Serão julgados da mesma forma, punidos da mesma forma. Agora é sua chance de explicar o que fizeram, suas razões e o que pretendiam conseguir com isso.

— Não lhe devemos explicações — disse o homem.

— É verdade. Mas, sem explicações, confiarei na palavra de minha capitã. E ela me diz que vocês assassinaram um casal de estalajadeiros, usando táticas vis e covardes. Pessoas que nem conheciam, que nada tinham feito para merecer sua ira. Vocês passaram por cima deles como se não fossem nada. É nessa narrativa que acreditarei se não ouvir outra coisa. E essa narrativa fala de dois traidores odiosos que merecem a punição máxima.

Isso fez o homem titubear. Ele roubou um olhar para sua parceira, o medo evidente em sua face. Ela bufou e deu um passo na direção do rei.

— Muito bem, usurpador.

— Você terá respeito com Sua Majestade — Dianna repreendeu.

— Deixe-a, capitã — Ruff fez um gesto de descaso com a mão. — Ela pode me chamar do que quiser, já que me deu permissão de chamá-la do que eu quiser. Escolho chamá-la de minha súdita. Está sob minha proteção, sob minha responsabilidade, sob minha autoridade.

A prisioneira estremeceu de raiva. O rei mandou que continuasse.

— Prefiro morrer a me rebaixar a sua súdita. Sou a Marquesa Galprine de Colina Bela, e respeito apenas o brasão de Sammelen.

— Seria esse o brasão de Mubruk Filho de Urso, que arrancou a pele do rei por direito e a usou como capa? — Ruff deu um sorriso torto. — Ou o brasão de uma linhagem que foi derrotada e extinta? Você nunca conheceu Sammelen governado por um rei natural daquela terra, menina. Deve ter nascido sob o punho sangrento de um tirano, então sido libertada por um estrangeiro. Agradeça ao estrangeiro, pois o tirano tinha o hábito de esfolar nobres!

Ela se calou. Dianna fez com que voltasse a falar.

— Sammelen anseia por ser livre! — disse a prisioneira. — Minha família governa Colina Bela há muitas gerações. Sempre foi leal à capital e à coroa. E, não importa quem estivesse no trono, o trono estava ocupado. Na capital havia um rei, ainda que fosse um selvagem como Mubruk. Você despreza Sammelen, usurpador! Não pisa no reino desde que o conquistou. Colina Bela deve então se curvar ao brasão de um monarca que nem nos conhece? Você conseguiria apontar Colina Bela no mapa?

Ruff se ajeitou no trono. Uma segunda cusparada teria sido menos desconfortável.

— Eu e meu primo viemos a Ghanor para derrubar o trono que nos governa de longe! Abandonamos um castelo, uma vida de banquetes e bailes, porque não toleramos mais ficar sob seu domínio!

— E o que têm a ver os dois estalajadeiros que foram assassinados nesse processo? Por acaso são eles também usurpadores que atrapalham tanto sua vida de bailes e banquetes?

Aos poucos, ele arrancou de Galprine a história toda, completando sua versão ufanista com o relato de Dianna. Os dois eram nobres menores no feudo de Colina Bela, em Sammelen. Foi puro orgulho nacionalista e ódio xenófobo que os motivaram a abandonar tudo em nome de uma missão assassina e suicida. Usaram seus recursos para adquirir poções imbuídas de magia arcana e aprender a usá-las. Cada frasco custava mais ouro do que um aldeão veria em sua vida inteira. Eles haviam chegado à cidade de Ghanor há algumas semanas e se hospedado numa estalagem. Então usaram um veneno potente (e caro) para matar o casal de estalajadeiros. As poções mágicas permitiram que assumissem a aparência e a voz de suas vítimas, mantendo a farsa e administrando a estalagem desde então.

Enquanto continuavam servindo os fregueses noite após noite, os dois se inteiravam do cotidiano da capital — e, mais do que isso, do castelo. A estalagem não ficava longe da sede da coroa de Ghanor, o que significava que às vezes servos e guardas entravam lá para beber algo. Eles já tinham detectado duas vítimas em potencial, ambos criados de confiança que podiam transitar pelos aposentos reais. Iriam assassiná-los, usar as poções para assumir suas identidades, então se infiltrar no castelo.

Depois usariam a imensa quantidade de explosivos alquímicos que traziam consigo para massacrar a família real.

A única pessoa que notara qualquer coisa de errado fora a filha dos estalajadeiros, uma menina de doze anos que percebeu o surgimento de um leve sotaque na voz de seus pais de um dia para o outro. Ela precisou esperar um momento propício para fugir e chamar a guarda. Mas, uma vez que os capas vermelhas foram alertados, encontraram os cadáveres dos estalajadeiros no fundo de um poço desativado, então desmascararam os assassinos e, investigando o quarto das vítimas, confiscaram todos os materiais mágicos e alquímicos. O efeito das poções acabou poucas horas depois, revelando a farsa quando os dois já estavam acorrentados.

— Vocês são traidores, isso é evidente — Ruff começou.

— Tenho orgulho de ser traidora quando...

— Cale a boca, você vai ouvir seu rei — sem alterar a voz.

Ela se calou.

— Vocês são traidores — Ruff retomou o raciocínio. — Mas isso é o menor de seus crimes. Existem traidores por todos os reinos. Existem traidores até mesmo em Ghanor! Em geral, são covardes demais para fazer qualquer coisa. Covardes demais para vir até mim e expor o que desejariam que fosse diferente, covardes demais para agir de forma violenta. São pessoas que vivem e morrem nas sombras, rastejando em seu próprio ódio.

A corte estava em silêncio absoluto.

— Mas alguns têm a coragem de se erguer. Não é algo admirável. É uma coragem burra e má, uma coragem que os leva a pegar em armas, a inflamar ou obrigar seus súditos a marchar em revolta, a cercar fortalezas e saquear aldeias. Eu preferiria que fossem todos covardes! Covardes dão menos trabalho, desperdiçam menos vidas. No caso dos covardes, não preciso mandar soldados para resolver o problema, não preciso matar pobres coitados que apenas obedeceram às ordens de um traidor corajoso.

Ruff então se inclinou no trono, ficando curvado na direção dos prisioneiros. Olhou fundo nos olhos de cada um. Ambos baixaram o rosto.

— Vocês são piores que todos esses. Têm certa coragem, sim. A pior coragem de todas, a mais idiota e nojenta. Têm a coragem de jogar suas próprias vidas fora, apenas para tirar a minha e as de minha família. Vocês não voltariam a Colina Bela para receber as glórias de sua traição, nem para lidar com as consequências. Quando Sammelen estivesse mergulhado numa guerra civil, não precisariam admitir que cometeram um erro terrível, nem enfrentariam inimigos que julgavam ser aliados leais. Vocês têm coragem de causar destruição, e só. É o que alguém faz quando é tão imbecil, tão incompetente e tacanho, que não consegue afetar o mundo de nenhuma outra forma. É isso que são! Incapazes totais, que só podem ser lembrados pelo que destruíram!

O punho do rei bateu no braço do trono, a pancada ressoou pelo salão.

— Mas são covardes demais para lutar! — Ruff deixou a voz se elevar num rugido. — Não querem cercar castelos, nem mesmo saquear aldeias, porque fazendo isso podem se ferir! Podem ser derrotados! Em vez disso, usam a riqueza de sua família para comprar as táticas pusilânimes que usam! E jogam fora as vidas dos plebeus, mas nem são capazes de obrigá-los a marchar! Nem são capazes de matá-los com espadas e catapultas! Vocês acham que as vidas dos estalajadeiros lhes pertenciam, mas as tiraram com veneno, como os covardes que são! Os maiores covardes de todos!

Ele estava ofegando.

Quando se levantou do trono, os dois prisioneiros se encolheram.

— Parabéns, vocês mostraram ser o que existe de pior em todos os reinos. São a mescla perfeita de privilégio, burrice, arrogância e crueldade. Não se preocupem, não vão morrer sob tortura, porque estamos acima disso em Ghanor. Não. Serão apenas enforcados. Então suas cabeças serão decepadas e preservadas com alquimia. Serão despachadas para Colina Bela como aviso para sua família. E haverá uma ordem real... Sua família deverá exibir suas cabeças no salão principal todos os dias, durante uma década, ou também serão considerados traidores. Mandarei arautos para verificar. Terei informantes em seu castelo. Se, por um único dia, sua família não jantar enquanto observa suas cabeças cortadas, todos serão executados, até a última criança.

Ruff estremecia de raiva. O prisioneiro começou a chorar.

— Dianna, avise o carrasco — disse o rei enquanto andava para fora da sala. — Chame a nobreza. Esta será uma execução muito pública.

Edyriell o alcançou, caminhou junto a ele.

— Majestade, precisamos...

— Agora não — Ruff cortou, como se o elfo fosse um subordinado impertinente.

Ele não conseguia parar de pensar nos estalajadeiros.

Ruff lembrava de como era ser indefeso frente às decisões de outra pessoa. Os estalajadeiros nunca tinham desejado se envolver no jogo da política dos reinos. Não eram nobres, nem mesmo arautos. Nem mesmo servos do castelo. Ghanor não estava em guerra, não havia nenhuma ameaça. Dois aristocratas de uma terra distante tinham apenas decidido matá-los, e eles estavam mortos.

Talvez isso não o afetasse tanto algumas décadas atrás. Ruff tinha a impressão de ter sido menos sensível, mais duro. Ele mesmo causara mortes aleatórias, por sua burrice ou senso de dever, e não ficara tão transtornado. Anunciara uma punição absurda e dispendiosa, uma vingança que provavelmente deixaria os estalajadeiros horrorizados, e agora não podia voltar atrás.

Balançou a cabeça, entendendo e desaprovando seu próprio incômodo, decepcionado consigo mesmo. Era absurdo que nobres se julgassem tão superiores aos plebeus. Um plebeu nunca teria conspirado daquela forma, nem se deixado levar por um arroubo de ódio, porque plebeus tinham mais o que fazer.

Chegou à biblioteca, respondeu com um meneio de cabeça às mesuras dos copistas.

— Chame Korin — disse a um monge. — Ele vai interromper seus estudos hoje. Aprenderá algo diferente.

Era uma parte macabra e lúgubre do dever de um rei, mas era inevitável. Quando assumisse o trono, Korin precisaria tomar as mesmas decisões — executar prisioneiros, declarar guerra, escolher entre a vida e a morte de inimigos e súditos. Assim, precisava se familiarizar com a forca mais cedo ou mais tarde. Ruff se certificaria de que seu filho entendesse o que acontecera, entendesse a gravidade da punição. Seria uma experiência horrenda, valiosa e necessária.

A execução ainda demoraria algumas horas, e mesmo isso era um ritmo acelerado demais. Normalmente, um condenado esperava dias ou semanas até subir ao cadafalso. Havia uma série de protocolos a serem seguidos, mas Ruff queria acabar com aquilo imediatamente. Se os dois pendessem da ponta de uma corda ainda hoje, o rei poderia respirar mais aliviado e se poupar de outros arroubos, outras vergonhas.

Estava mais uma vez reprovando a si mesmo, pensando em como iria adiantar duas execuções porque não sabia lidar com os próprios sentimentos, quando prestou atenção ao que o monge dizia.

— O quê?

— Peço perdão, Majestade. Mas é como falei...

Há anos Ruff deixara de ouvir as respostas a suas ordens. Eram sempre um misto de anuência e formalidades.

— Repita.

— O príncipe não está aqui, Majestade. Seus treinadores vieram, mas não o trouxeram como de costume. Temos alguns servos procurando...

O rei deu as costas e deixou o bibliotecário falando sozinho.

Ruff andou tão rápido quanto a dignidade permitia pelos corredores do castelo, abrindo portas, interpelando servos, espiando atrás de cortinas. Aquilo era influência de Hild. Há anos Korin tinha o péssimo hábito de abandonar tudo, inclusive a própria segurança, quando a guerreira chegava. Korin na verdade tinha o hábito de arriscar a vida sempre que podia, mas seu pai tentava desde sempre abafar essa parte de sua personalidade. Hild tornava tudo pior: incentivava o príncipe a desobedecer, abandonar os estudos, vagar por conta própria.

Agora a cidade estava infestada de assassinos cheios de venenos, Korin tinha sumido e Hild partira com os Gladiadores em missão. Não havia motivo para acreditar que a tal Galprine e seu primo fossem os únicos. Com as poções mágicas, qualquer um poderia ser um matador. O coração de Ruff disparou enquanto sua mente foi tomada por um turbilhão composto de todas as piores possibilidades.

Imaginou-se dizendo a Bellitz que o garoto estava morto. Imaginou-se tomando as decisões necessárias para o funeral. Lembrou da morte do outro Korin, que fora brutalizado na sala do trono, exatamente onde conhecera os dois assassinos, e foi tomado por um horror supersticioso. Amaldiçoou a si mesmo por ter dado a seu único filho o nome de alguém que morrera de forma tão terrível, teve certeza de que o passado se repetiria, estava se repetindo naquele momento, já tinha se repetido. Tudo acontecera de novo, ele chegaria a tempo apenas de ver o corpo de Korin ser despedaçado.

— Majestade, o que... — disse um servo que ele não lembrava ter interpelado.

— O príncipe, seu idiota! — Ruff berrou. — Você viu o príncipe?

— Não — gaguejando.

— O que está esperando? Organize uma busca! Convoque todos os guardas!

Saiu correndo, sem notar ou se importar com o fato de que aquele era um mero cavalariço. Também não lembrava que já havia pessoas em busca de Korin, que o monge tentara lhe dizer isso na biblioteca.

O garoto não estava em nenhum dos pátios, em nenhuma das cozinhas. Não estava escalando uma torre ou mesmo estatelado no chão. Não estava em nenhum armorial ou estábulo. Ruff mal conseguia respirar pelo cansaço e pelo nervosismo. Sua cabeça latejava. Ele foi tomado pela noção de que o príncipe fora raptado. Tudo fazia sentido. Os dois assassinos eram meras iscas, a distração perfeita. Os aposentos reais, onde Korin dormia, eram cheios de mecanismos de segurança, então era necessário capturar o príncipe durante o dia. Era necessário ocupar Dianna e o próprio Ruff com outra coisa. Os traidores de Sammelen tinham estudado sua personalidade e sabiam exatamente o que podia atrair sua atenção enquanto levavam Korin embora.

"*Não, não traidores de Sammelen*", ele pensou. "*Não faz sentido que sejam desconhecidos, que sejam anônimos. Apenas uma pessoa me conhece tão bem a ponto de preparar essa armadilha.*"

Áxia.

Seu corpo estava gelado e ele não conseguia enxergar além de um círculo restrito logo à frente. O ar não chegava aos pulmões e ele tinha dificuldade de agarrar uma maçaneta. Um plano que dependia de magia arcana e que envolvia conhecimento íntimo de suas reações. Só podia ser Áxia. Ela estava viva e vinha atacar aquilo que ele tinha de mais precioso.

Ruff enveredou por uma ala do castelo destinada a receber visitantes estrangeiros. Estava vazia, não tinha nada de interessante, Korin nunca estaria ali. Mas era uma última tentativa, um último palpite a ser descartado antes de chamar o conselho, mandar tropas a Sammelen, procurar um vidente que pudesse localizar a Dama de Ferro.

— ...e ele nos protege.

O rei estacou. Era uma voz de criança, vinda do fundo do corredor vazio.

— Ele nos traz força — disse a voz abafada. — Com sua ajuda, podemos vencer monstros, sobreviver a qualquer coisa!

As lágrimas escorreram pelas bochechas do rei. Era a voz de Korin.

Sentindo o corpo formigar de alívio, ele caminhou até a porta de onde a voz emanava. Era uma capela destinada aos hóspedes.

— E é ele mesmo? — perguntou outra voz infantil atrás da porta.

— Ele mesmo! — garantiu Korin.

Ruff estendeu as mãos para abrir as portas duplas da capela.

— O Santo de Pés Descalços — seu filho continuou. — São Ruff Ghanor.

— *Você tem noção do que estava fazendo?* — Ruff urrou.

— Eles precisavam saber... — o príncipe começou, mas foi interrompido.

— *Não tente justificar! O que fez foi uma afronta a este reino! A mim! A São Arnaldo!*

Korin Ghanor já havia transcendido as lágrimas e o medo de qualquer punição. A fúria de seu pai era tamanha que ele fora tomado por uma tranquilidade inquietante. Era como se Ruff tivesse esgotado toda a raiva que existisse no mundo, e só coubesse aos outros mortais a racionalidade.

— Chega, Ruff — disse Bellitz. — Ele não é um soldado.

— Não — o rei concordou. — É um herege.

O rei flagrara seu filho dentro de uma capela, junto aos filhos de nobres estrangeiros, fazendo o que só podia ser chamado de pregação. Como um sacerdote em miniatura, ele ocupava o altar e os demais se ajoelhavam ou apenas estavam sentados no chão. Korin explicava a eles sobre o poder de São Ruff Ghanor. As crianças escutavam, atentas, os olhos arregalados. O tom com que o garoto falava era sereno, mas fervoroso. Ele acreditava em tudo aquilo.

Korin ensinava os jovens visitantes a cultuar um mortal como se fosse um santo.

Agora pai, mãe e filho estavam nos aposentos reais. Todos os servos tinham sido dispensados, os guardas haviam recebido a ordem de não deixar ninguém entrar. Era um assunto de família e de Estado. Um assunto perigoso em termos políticos e espirituais.

Bellitz mandou que o marido se afastasse até se acalmar. Ruff deu dois passos para trás e fechou os olhos, controlando a respiração.

— Por que você acha que seu pai é um santo, Korin? — a rainha perguntou.

O menino ficou um tempo em silêncio. Então:

— Não é ele. Quer dizer, é, mas é a versão dele em que os aldeões acreditam.

— Aldeões? — perguntou Bellitz. — Você ouviu isso de alguém?

Korin disse que não em voz pequena.

— O que isso significa? — perguntou Ruff, mais calmo. — Por que você acha que os aldeões acreditam em uma versão minha que é um santo?

— Porque acreditam — disse Korin, sustentando o olhar do pai. — Quer dizer, eu não conheço nenhum aldeão. Mas conheço alguns filhos de servos, e os pais deles acreditam em coisas absurdas sobre você. Dizem que você tem o poder de estar em dois lugares ao mesmo tempo.

Ruff e Bellitz se entreolharam. Numa vida de eventos tão fantásticos, era difícil saber o que era verdade, o que tinha sido uma versão plantada de propósito e o que era boataria de soldados. O próprio rei demorou alguns instantes para lembrar que nunca tivera o poder de estar em dois lugares ao mesmo tempo. Mas, na mesma ocasião em que isso teria acontecido, tivera o poder de devastar uma cidade inteira.

— Seu pai é o rei — disse Bellitz. — É natural que existam histórias a respeito dele. Assim como existem histórias a meu respeito e existirão a seu respeito. Aposto que você já ouviu algum soldado contar sobre como Hild e eu derrotamos Mubruk.

Korin fez que sim.

— Mas é importante não confundir heroísmo e santidade, meu filho. Seu pai é um herói, assim como o general que se chamava Korin. Assim como Dunnius e Niccolas, o prior, Hild, Johrgrund, Edyriell, Lurius Minimus, Urko, até mesmo eu. Houve muitos heróis em Ghanor. Você conheceu alguns, conhecerá outros. Você será um herói.

Ruff grunhiu. A rainha sabia que uma das maiores ambições de seu marido era que Korin nunca precisasse ser herói. Que fosse um administrador e líder numa época de paz e prosperidade.

— Quando dizemos que seu pai nos protege, estamos falando dele como rei, como guerreiro. Se um inimigo nos atacar, seu pai e eu iremos proteger o reino. Isso não significa que seu pai proteja todos sem estar presente. Você entende a diferença?

— Entendo — disse Korin. — Quem não entende são vocês.

Bellitz deu um curto repelão para trás. Ruff se aproximou de novo.

— O que isso quer dizer, Korin?

O menino hesitou.

— Você ia morrer, mãe.

— Eu...

— Na cirurgia. Você ia morrer. Mas eu rezei a São Ruff Ghanor e você ficou boa.

— Como assim rezou a mim? — perguntou Ruff.

— Não a você, pai. É diferente. É São Ruff Ghanor.

— Korin, seu pai não é um santo. Quem salvou minha vida foi o Prior Niccolas.

— É sim! — com a lógica irrefutável das crianças. — E quem salvou sua vida não foi o Prior Niccolas, foi São Ruff Ghanor! Vocês precisam acreditar!

Ruff e Bellitz mandaram que ele esperasse no quarto ao lado, para que pudessem conversar. Adultos sempre faziam isso. Ficaram um longo tempo dialogando em murmúrios. Mesmo com o ouvido colado à parede, ele não conseguia discernir o que falavam. Enfim, quando ele já não aguentava mais o tédio, abriram a porta e pediram que voltasse.

Os dois tinham um ar diferente, ensaiado. Mesmo Ruff não mostrava mais emoção nenhuma. Estavam sentados e sérios, fizeram com que ele sentasse também.

— Alguém lhe ensinou isso, Korin? — Bellitz começou.

Ele não hesitou ao dizer que não. Sabia que não podia entregar Hild.

— Você acha que "São Ruff Ghanor" fez alguma coisa além de curar sua mãe?

Korin falou sobre o episódio da torre, em que quase caíra.

— Isso faz muito tempo — disse Bellitz.

Os adultos então tentaram explicar coisas que eles mesmos não tinham vivenciado. Disseram que, na idade dele, três anos pareciam uma vida inteira. Então suas memórias haviam se distorcido. Ele sabia que tinha se arriscado ao escalar a torre e, como a mãe estava fragilizada, tinha sido natural que pensasse no pai como um protetor. Então, quando viu a cirurgia, também era natural que desejasse ter algum poder para ajudar, em vez de ficar só assistindo. Tudo era natural, mas aqueles eram fragmentos de sua imaginação, não lembranças.

Korin sabia quando deveria concordar com os pais, ainda que soubesse que eles estavam errados.

— Meu filho — disse Ruff. — Não podemos cultuar uma pessoa ainda viva. Isso é muito perigoso. Apenas tiranos são cultuados em vida. Quando o povo acha que seu rei é um santo, ou um deus, ou algo além de um líder e governante, fazem coisas horríveis por ele.

— Mais do que isso — Bellitz completou. — Se o povo acreditar que seu pai pode curar os feridos, vai negligenciar médicos e alquimistas, que foram as pessoas que salvaram minha vida. Nossos súditos vão esperar que seu pai realize milagres, então podem se revoltar com a decepção da realidade.

Deixaram um instante de silêncio, esperando que o menino dissesse algo. Mas ele se manteve calado.

— E você estava pregando para as crianças de outros reinos... — disse Ruff. — Korin, você tem responsabilidades como príncipe. Você é um Ghanor. Não pode dizer a nossos hóspedes estrangeiros que sou um santo. Eles voltarão a suas famílias com essas histórias, então os nobres pensarão que estamos tentando doutrinar seus filhos. Você sabe o que é isso?

Korin fez que sim.

— Você já estudou sobre Zamir, sobre o Santo Vivo. Ambos eram tiranos, ambos exigiam ser cultuados. Zamir como dono da terra, o Santo Vivo como representante dos deuses. Isso é errado, Korin. Reis são mortais, devem ser mortais, precisam ser mortais. No passado, nossa família achou que era superior a todas as outras, então os Ghanor se tornaram tiranos terríveis. É o destino de todos que tomam para si mesmos algum título divino ou místico. Nosso povo não deve me cultuar e os outros reinos não devem pensar que sou cultuado. Isso pode destruir tudo que conquistamos.

Ele concordou. Disse que entendia, até fez as perguntas apropriadas. Há algum tempo ele aprendera a conspirar sozinho, já que não tinha irmãos com quem conspirar.

— É ótimo que você tenha o impulso de rezar — disse Ruff. — Eu mesmo sou um monge, você sabe. Sua mãe é uma guerreira celestial. Mas, quando rezar, não pense em mim, ou em qualquer outro mortal. Reze a São Arnaldo. Ou a algum outro santo que você tenha estudado. Quem sabe? Talvez você se identifique com algum deles. Talvez seja você a trazer de volta a magia divina.

— Mas através dos santos, Korin. Não de seu pai.

Ele concordou de novo. Era o que se fazia naquelas situações — muitas conversas com adultos chegavam ao ponto em que só se precisava concordar e esperar que acabassem. Korin disse que rezaria a São Arnaldo. Então Ruff contou-lhe algumas histórias sobre Santa Imuen, ressaltando que era uma santa furtiva e esperta, assim como ele mesmo. Podia ser sua padroeira. Os três saíram dos aposentos reais, ostensivamente para ler algumas orações específicas de Santa Imuen, para que o garoto se conectasse.

E, durante todo o processo, Korin pedia o perdão e a bênção de São Ruff Ghanor.

5 | o dia do rato

O MARTELO ERA pesado na mão de Ruff. Ele lembrava da época em que o cabo da arma era uma extensão de seu braço; não era preciso fazer esforço para empunhá-lo. Agora apenas manter a empunhadura firme na haste fazia os dedos doerem.

As dores chegavam de forma sutil, insidiosa, até que se tornavam parte da vida. Havia dores previsíveis, que faziam sentido: os joelhos, as costas, o pescoço. Mas também havia aquelas inesperadas, que nunca ninguém lhe avisara que podiam vir a assombrá-lo. Décadas segurando o martelo, fazendo força com a mão direita para mantê-lo estável enquanto golpeava contra soldados inimigos, demônios, anjos, o próprio mundo, tinham cobrado seu preço. Nos piores dias, Ruff tinha dificuldade para segurar uma corda, um cajado ou mesmo um cálice. Os dedos não respondiam ao comando do cérebro, os objetos escapavam por entre eles. Felizmente, aquele dia não era dos piores, e ele conseguia empunhar a arma. Mas sabia que depois passaria semanas evitando usar aquela mão.

A mão esquerda não tinha aquele problema, mas o ombro esquerdo fora desgastado pelo uso do escudo. Não era só o peso: o movimento súbito de erguer a proteção à frente do corpo, então aguentar o impacto do que quer que fosse, fora repetido incontáveis vezes ao longo da vida. Nos últimos anos, Ruff desenvolvera truques e estratégias para conseguir usar o escudo sem realizar aquele movimento específico, que causava dor lancinante. Girava o quadril para encontrar um ângulo melhor, apoiava a borda inferior na coxa, inclinava o tronco para trás.

Tudo isso tornava-o mais lento, impedia que a memória muscular o guiasse sem que precisasse pensar. Tornava-o um combatente limitado, semelhante a qualquer soldado veterano que encontrava num forte.

Contudo, naquele momento iria obrigar seu corpo a cooperar. Contra magia arcana, não se podia ser vagaroso ou hesitante.

Urko fez um gesto para que ficassem parados.

Mesmo que ele não quisesse admitir, era uma pausa bem-vinda. A torre arruinada tinha escadarias íngremes e irregulares, que faziam de cada passo um esforço. Eles precisavam manter o ritmo acelerado para que não fossem descobertos durante a subida e precisassem lutar naquela posição desvantajosa. Ruff aproveitou para respirar fundo, obtendo o máximo de ar que conseguia através da abertura do elmo, e tentar regularizar as batidas de seu coração.

— Estão ouvindo? — Edyriell sussurrou.

O sangue latejava nos ouvidos, então para ele era mais difícil, mas depois de alguns instantes ele achou que escutava também. O tom grave, monotônico e cadenciado de um celebrante em um ritual.

— Não reconheço as palavras — disse o elfo. — Mas é arcano.

— Nenhum nome de demônio? — perguntou Ruff.

— Nada.

— Nem a Dama de Ferro?

Edyriell balançou a cabeça.

Além dos três, um pequeno grupo de soldados acompanhava a incursão. Bellitz teria sido uma adição valiosa ao grupo — bem mais valiosa do que ele mesmo. Mas o rei pedira que ela permanecesse no castelo, para demonstrar que estava tudo bem. Alguns gigantes seriam quase garantia de vitória, mas gigantes arruinariam qualquer esperança de furtividade ou sutileza. Hild e seus Gladiadores, era óbvio, seriam os melhores para aquela tarefa, mas a guerreira não voltava à capital há dois anos, desde antes do dia fatídico em que Korin fora apanhado em pregação herética. Fazia alguns meses que nem mandava notícias.

Não era normal que Ruff Ghanor partisse em missão, principalmente quando não havia um exército a ser liderado. Na verdade, antes daquela busca, ele passara mais de um ano sem sair da capital, raramente deixando o castelo. Não resolvia pessoalmente aquele tipo de problemas há muito tempo.

Mas aquilo era magia arcana.

O espaço vazio dentro da torre arruinada foi tomado por vozes em coro, respondendo ao celebrante. As palavras no idioma arcano se distorciam com o eco, misturavam-se umas com as outras. Mas não havia dúvida de que era um ritual.

— Quantos? — perguntou o rei.

— Dez ou doze — Edyriell estava concentrado nos sons.

Ruff e Urko se entreolharam. Se fossem dez ou doze magos, isso significava problemas muito maiores do que haviam imaginado.

A magia não era uma preocupação constante no reino. A última vez fora quando a dupla de nobres de Sammelen usara de magia para atentar contra a vida da família real. Aquilo não passara de um estratagema rudimentar, ainda que perigoso, de dois radicais com mais ouro que bom senso. Contudo, quando patrulheiros trouxeram a notícia de que, na fronteira de Ghanor com Kottar, algumas aldeias haviam sido devastadas por mortos-vivos, Ruff decidiu liderar pessoalmente uma expedição.

Todo o conselho fora contra. Bellitz tentara argumentar com o marido, tanto como sua rainha quanto como sua companheira, sem sucesso. A Memória da Floresta Alta enumerara todos os fenômenos que podiam gerar uma infestação de mortos-vivos, desde uma data amaldiçoada até a exumação do cadáver errado, mas Ruff tinha certeza de que havia magia arcana envolvida.

Assim, o rei destacou Edyriell e Urko para acompanhá-lo e foi investigar o problema.

Eles haviam vasculhado as aldeias massacradas, seguido os rastros dos mortos-vivos, destruído um pequeno batalhão de esqueletos. Então seguiram seus rastros até as ruínas de uma torre, em meio à floresta. Naquelas escadarias, ouvindo o cântico arcano, Urko e Edyriell lembraram que, afinal, seu rei não era só um velho cheio de manias. A intuição de Ruff se provara acertada.

— O líder é o mais perigoso — Ruff sussurrou. — Mesmo que sejam doze, mesmo que sejam vinte, os outros estarão concentrando seu poder no celebrante do ritual. Ataquem-no com força máxima, ignorem os demais. Depois que o líder estiver morto, faremos a limpeza.

Urko gesticulou para que eles prosseguissem. A escada espiralada subia por mais dois andares, as vozes se tornaram mais nítidas, até que o último lance revelou um salão aberto iluminado por braseiros.

Um homem trajado em mantos cobertos de runas estava de braços abertos no centro de um círculo de figuras encapuzadas e ajoelhadas. Diagramas e símbolos estavam desenhados no chão com giz. O teto tinha uma rachadura e a luz da lua cheia era um facho sobre o celebrante. À frente dele havia o cadáver putrefato de um abutre.

Ele jogou a cabeça para trás, sua voz poderosa emergiu da garganta, mais grave do que parecia possível para um humano. Os outros do círculo responderam, como se estivessem em transe.

O celebrante flutuou a um palmo do chão. Mexeu o pescoço como um boneco, ficando com o rosto voltado para a frente. Seus olhos estavam totalmente brancos. Seus braços se moveram num repelão e ele começou a fazer gestos arcanos. O cadáver de abutre se moveu, ficando de pé e agitando as asas apodrecidas.

— Agora! — gritou Urko. — *Ataquem!*

O general pulou para dentro do salão, erguendo o machado, os soldados logo atrás. Ele chutou as costas de um cultista, seu tamanho descomunal servindo para arremessar o homem à frente, e desceu o machado na direção do líder. O arcano recuou no ar, a lâmina rasgou o tecido de seu robe em vez de sua carne.

Então duas flechas brotaram em suas mãos. O cultista gritou de dor, Edyriell preparou mais duas, já puxando a corda do arco. O cadáver de abutre se remexia, descontrolado. O celebrante tentou completar qualquer magia que estivesse realizando, mas não conseguia mexer os dedos.

Então surgiu Ruff.

Em meio aos soldados, ele não era grande como Urko, preciso como Edyriell. Deixou que os mais jovens abrissem caminho, avançou pesado e deliberado para o inimigo. O mago girou no ar, chiando na direção de Urko, então vomitou um jato de ácido contra ele. O general saltou para trás, ágil apesar do tamanho e da idade, deixando a pedra do piso derreter pela substância. O mago continuava com os olhos brancos e se movia como se houvesse uma força puxando-o de um lado para o outro.

O arcano ficou ereto, rijo como uma coluna, então Ruff o atingiu no flanco.

Foi um golpe lento, em comparação ao que ele era capaz de fazer na juventude. Foi um golpe que ele só pôde desferir porque os demais o estavam cobrindo.

Mas foi um golpe de técnica perfeita.

A cabeça do martelo atingiu as costelas do mago. E, mais especificamente, as costelas que não eram ligadas ao esterno. Ruff ouviu-as quebrando, continuou o movimento para que os ossos pontudos perfurassem a carne sob os mantos. Ele sabia o que estava acontecendo no organismo do inimigo. Sabia que a primeira tentativa instintiva de respiração traria agonia, o que por sua vez provocaria pânico. Sabia que, se o mago estivesse possuído por alguma força ou entidade, sua primeira reação seria tentar expulsar a coisa, porque quase ninguém possuía disciplina suficiente para confiar a algo seu próprio corpo, quando um ferimento daquele tipo era sentido.

Mas Ruff não queria que o mago tivesse sucesso em expulsar o possessor: queria que acontecesse o que aconteceu. O mago se debateu no ar, discutiu consigo mesmo em duas vozes diferentes, então caiu.

O rei conseguiu ver quando o tornozelo do inimigo virou de leve ante a queda inesperada. Seu martelo encontrou a perna que ainda tentava se estabilizar. O ângulo do golpe esmigalhou o osso da canela. O mago berrou com uma só voz.

A batalha estava ganha. Ruff recuperou o fôlego enquanto Urko aproveitava a distração para decapitar o celebrante. Enquanto isso, os demais cultistas caíam como moscas enquanto tentavam fugir, ante as flechas de Edyriell e as lâminas dos soldados. O rei se empertigou para ver o triunfo rápido e sangrento daquela expedição, orgulhoso de seus súditos e satisfeito consigo mesmo.

O prior nunca teria deixado que ele fraquejasse daquela forma, que perdesse a concentração e estragasse tudo, apenas por algumas costelas quebradas. Mas magos que erguiam os mortos dificilmente teriam tido mestres como o prior. Não estavam acostumados ao terror de armas vindo em sua direção, não tinham treinado o corpo para reagir sem pensar.

Não estavam acostumados a sentir dor a cada minuto.

Ele precisou das duas mãos para segurar o martelo. Tendo desferido dois golpes fortes em sequência, a mão direita estava exaurida.

O abutre caiu no chão, mais uma vez morto e imóvel.

◆——•••——◆

— Como você sabia? — perguntou Urko, durante a viagem de volta.

Eles estavam quase deixando a floresta. Ainda que sentisse alguma falta de agir pessoalmente, Ruff não sentia falta daquilo. Andar por florestas era sempre uma das piores partes. Nenhum trecho do chão era plano, as raízes surgiam inesperadamente. Ele não se importaria tanto de se ferir pela espada ou pela magia de um inimigo. Mas se machucar tropeçando numa raiz era uma indignidade irritante, que ele sofrera inúmeras vezes.

— Como sabia o que? — com um leve sorriso.

— Como Vossa Majestade sabia que eram magos? — Urko nunca conseguira se decidir entre tratar o rei formalmente ou como um igual, então alternava entre ambos. — Que os mortos-vivos não tinham surgido por algum dos outros motivos que Thenyssa mencionou?

Ruff deu de ombros.

— Nenhum outro motivo fazia sentido. As aldeias foram atacadas na fronteira com Kottar. Se houvesse alguma maldição que tivesse a ver com mortos-vivos, os kottarianos a conheceriam. Estariam prontos para apaziguar a morte e impedir que a data maldita se concretizasse. Também duvido que alguém nesta região fosse exumar um corpo ou profanar um túmulo. Qualquer injustiça grande o suficiente para provocar o ressurgimento dos mortos teria sido reportada pelos mesmos batedores que reportaram os ataques às aldeias. Tudo apontava para alguém que estivesse erguendo mortos-vivos de propósito. E isso significa magos.

Ruff gostava de poder explicar seu raciocínio para pessoas que o estivessem ouvindo. Contou algumas histórias que ilustravam sua experiência — outro hábito adquirido nos últimos anos. Era tudo uma questão de lógica, de entender os sinais, de ouvir o que as pessoas realmente diziam. O prior era capaz de concluir que um garoto encontrado numa montanha era o escolhido dos deuses para vencer um dragão. Ele mesmo deveria ser capaz de concluir que alguns arcanos ambiciosos estavam formando um exército de esqueletos.

— De qualquer forma, mais uma vez há uma ameaça arcana — ele continuou. — Mesmo que dois anos tenham se passado desde a última, é um padrão. Se algo assim aconteceu duas vezes, acontecerá uma terceira.

Edyriell aproveitou a deixa e apressou o passo, ficando ao lado do rei. Seus movimentos não eram impedidos pela floresta, ele evitava as raízes e deslizava por entre os galhos baixos como se não fossem nada. Havia ficado para trás, com os soldados que puxavam os cavalos pelas rédeas, apenas porque não se sentia sempre bem-vindo junto ao rei.

— Majestade, sobre isso...

— Fale, Edyriell — Ruff deu um riso cansado. — Esqueça essas formalidades.

Esquecer formalidades era algo que Ruff incentivava naquele tipo de situação — depois de uma batalha, com o sangue correndo forte pelas veias de todos, o companheirismo renovado por terem lutado juntos. Na corte, ele havia se acostumado a ser chamado de Majestade por alguns aliados antigos.

— Ruff — o elfo recomeçou —, duvido que lembre, mas tentei lhe dizer algo logo depois que os dois nobres de Sammelen foram levados à sua presença. Quando você estava saindo para procurar o príncipe.

Ele nunca esqueceria do pavor de não achar Korin. Mas, de fato, o diálogo que ocorrera logo antes tinha sido apagado de suas lembranças.

— Está pedindo demais da memória de um velho — riu. — Não sou elfo, Edyriell. Minha cabeça já está cheia demais e, para mim, dois anos são bastante tempo.

O outro tentou acompanhar o bom humor, mas seu constrangimento era visível.

— O que é isso, homem? — Ruff franziu o cenho. — O que é tão importante e ao mesmo tempo podia esperar dois anos para ser dito?

— Você está errado, Ruff.

Um instante de surpresa.

— Errado?

— Realmente há um padrão — Edyriell continuou. — Pequenas ameaças arcanas surgindo no reino. Mas não é porque a magia arcana seja um problema, ou porque magos estejam se erguendo contra nós. Tentei lhe dizer isso quando você condenou os nobres à morte...

— Tentou dizer o que? — Mesmo que o rei não se importasse em ser corrigido, aquela tergiversação incomodava. — Por que surgem ameaças arcanas se não é por iniciativa dos arcanistas?

— É porque somos vulneráveis, Ruff. Todos sabem que não há um mago da corte em Ghanor, nem mesmo um conselheiro especializado em magia. Os exércitos não contam com magos, exceto quando algum senhor de terras traz seu próprio arcano para uma batalha. Se houvesse um mago protegendo o reino, ou pelo menos a capital, ou até o castelo... Poderia ter sentido o uso de magia ilusória tão perto de nós.

Assim como generais vigiavam fronteiras, assim como exércitos estabeleciam fortalezas em pontos de vantagem estratégica, magos podiam erguer suas torres e domínios de forma a sentir as emanações arcanas da terra ao redor. Era comum que reinos prósperos tivessem magos da corte, que pressentiam quando as forças arcanas mudavam na região. Com os recursos de que Ghanor dispunha, um mago poderia até mesmo notar a entrada de uma quantidade tão grande de poções mágicas na cidade. Tudo poderia ter sido evitado.

— As fronteiras não estão protegidas — o elfo insistiu. — Ruff, acabamos de interromper um ritual mágico. Algo que nem deveria estar acontecendo dentro de suas terras. O poder de um arcano da corte barraria...

— Chega — o rei ordenou.

Edyriell soltou um suspiro leve. Tinha certeza de que aquilo aconteceria.

— Eu vi de perto o que a magia arcana pode fazer com alguém — disse Ruff. — Sei que não é uma força maligna, mas também sei que é um poder amoral. Ao contrário de um clérigo, um arcano não responde a ninguém, exceto a si mesmo. Não quero que meu povo esteja à mercê de alguém que pode destruir tudo que temos com palavras e gestos.

— É o mesmo que qualquer arma.

— Não — ele foi enfático. — Podemos ver um nobre traidor reunindo tropas. E, quando as tropas marcham, podemos vê-las chegando. A magia arcana é furtiva e dissimulada.

— Então deve ficar apenas nas mãos de nossos inimigos?

— Melhor uma cobra nas mãos de nossos inimigos do que aninhada em nossas camas. Nunca terei um mago da corte, Edyriell, muito menos alguém que tenha poder arcano sobre meu reino. Isso não está em discussão.

O elfo se deixou ficar para trás de novo. Olhou para Urko, na esperança de encontrar nele algum apoio, mas o general era um homem simples, um mercenário que nunca imaginara estar em situações como aquela. Nenhum dos três heróis, na verdade, sabia muita coisa sobre magia arcana.

Assim, nenhum deles podia decifrar o que o celebrante dissera, ou se o abutre tinha algum significado.

Ruff abriu os livros sobre a mesa. Bellitz se debruçou sobre eles, examinando-os em busca de algo conhecido.

— Você entende alguma coisa? — ele perguntou.

— Nada — a rainha deu de ombros. — O idioma da magia é muito diferente da língua celestial. E, mesmo que fossem parecidos, eu já esqueci a maior parte do que sabia. Acho que a mente humana não foi feita para comportá-la.

A chegada do rei e sua comitiva fora motivo de festa na capital. Ruff cada vez mais se via cansado de procissões, honrarias, desfiles, mas tolerava porque era bom para o povo. Os mais jovens tinham oportunidade de ver seu rei retornando como um herói, os mais velhos podiam relembrar das glórias antigas. Todos em Ghanor teriam poucas oportunidades de acompanhar um triunfo físico e aventuresco de seu monarca, era bom dar isso a eles enquanto ainda podia.

Mas os vivas dos cidadãos e as novas músicas dos bardos eram a menor das considerações nos dias depois da volta para casa. Ruff trouxera consigo os grimórios e pergaminhos dos arcanos que eles haviam derrotado. Não fazia ideia do que diziam e fazia ainda menos ideia do destino que deveria dar a eles.

— Sabemos que tudo isso tem a ver com necromancia — disse Bellitz. — Não seria útil mesmo que houvesse um mago da corte.

O rei suspirou fundo. Depois daquela conversa com Edyriell, tentara se reaproximar do elfo, mas era um fingimento de ambos os lados. Eles tinham sido verdadeiros companheiros por pouco tempo, antes que ele assumisse o trono. Depois disso, o elfo se tornara uma figura sempre presente, mas sempre distante. Ruff nem mesmo lembrava dos nomes dos filhos dele, não sabia o que acontecera com eles em todos aqueles anos. A opinião de Edyriell, de que deveria haver um mago da corte em Ghanor, solidificara aquela distância.

— Será que podemos mandar para algum lugar? — Ruff especulou. — A Cidadela de São Arnaldo? Talvez Niccolas possa usar este conhecimento para enfrentar mortos-vivos.

— Talvez — Bellitz deu de ombros. — Mas e se não puder?

— Então os livros ficarão lá. Guardados.

— E poderão ser consultados por qualquer um?

— Claro que não — Ruff estreitou os olhos.

— Então qual é a diferença entre isso e trancar livros numa câmara proibida?

De todos os erros que cometera em sua vida, um dos maiores, e mais necessários, fora confiscar os livros dos alquimistas de Kottar. Na época, Ruff precisara fazer aquilo, ou julgara precisar, para que o reino se adequasse ao que os deuses consideravam perfeito. Mas ia contra tudo que aprendera com o prior — e tinha valido a maior repreensão que já sofrera dele. Se fora um sonho motivado pela culpa ou uma real visitação do espírito de seu antigo mestre não importava.

— O que sugere? — o rei perguntou. — Que deixe grimórios e pergaminhos necromânticos na biblioteca, disponíveis para todos?

— Isso seria tão ruim?

— Seria trazer para perto de nós esse poder...

— Eu sei — ela interrompeu. — O poder amoral da magia arcana. Mas você sempre confiou em seu povo, Ruff. Pelo menos quando não estava seguindo as exigências absurdas dos deuses, sempre confiou que as pessoas comuns podiam decidir sobre suas próprias vidas. Você não queria nem mesmo ser rei, achava que um pacto entre iguais seria suficiente para proteger todos.

— E eu estava errado. Só houve algum tipo de paz quando passei a usar uma coroa.

— Mas você deixou de acreditar na autonomia de seus súditos? Ou só foi forçado a tomar ações drásticas?

Era uma pergunta sem resposta. A crença de que nobres e plebeus, aventureiros e aldeões podiam governar a si mesmos, sem um monarca, contando apenas com a proteção de quem tinha poder suficiente, era o idealismo de um garoto. Caíra por terra imediatamente e, desde então, ele não precisara questionar suas reais convicções. Fora forçado a governar Ghanor, e então o mundo. Mas será que acreditava que podia decidir por todas as pessoas qual conhecimento elas deveriam ter? Tinha mesmo abandonado completamente os ideais do garoto que havia sido?

— O que você faria? — perguntou.

— O que eu faria não interessa — disse Bellitz. — A decisão não é minha.

— Você também usa uma coroa.

— Sim, mas o dilema não é meu. Eu já vi muito conhecimento ser perdido e redescoberto, Ruff. Para mim, um punhado de livros não tem tanto significado, eu não fui criada por um mestre que valorizava a erudição acima de tudo. Eu queimaria tudo isso.

Ouvir aquelas palavras na voz doce de sua esposa foi um baque. Ruff sabia o quanto os dois eram diferentes. Mas às vezes ser lembrado disso era incômodo.

— Se um dia eu queimar livros...

— Você sabe que não é a mesma coisa. Aqui não há histórias, lembranças, discussões. Não existe a experiência de um autor ou copista, que pode ser passada para um leitor num momento de conexão. Esses livros são guias, são manuais. Não entendo como podem ser tão importantes para você.

— Não sabemos. — Ruff fechou os olhos. — Aí está. Mesmo que sejam obras de pessoas malignas, se é que podemos julgá-las... Mesmo assim, será que não contêm alguma experiência de seus autores? Algo pessoal ou filosófico? Temos o direito de condenar alguém ao esquecimento?

— Já condenamos milhares de pessoas ao esquecimento — Bellitz argumentou. — Ou você acha que cada um dos soldados que morreram nas guerras deixou para trás um diário que será preservado para sempre?

— É diferente...

— Por que? Por que alguém que escreveu algo é mais digno de memória do que alguém que pegou em armas?

Ele não tinha resposta. Tentou se imaginar queimando livros. Seu estômago se embrulhou.

— Você pode achar alguém de confiança para estudá-los — ela sugeriu. — Então saberá que estão em boas mãos.

— O que nos leva de volta ao começo — ele bufou. — Não quero um mago da corte. Não quero isso perto de nós.

Bellitz ficou em silêncio por um tempo, observando o rosto do marido. Ele notou, sustentou o olhar dela por um instante, depois fingiu que tentava ler os pergaminhos de novo.

— Ruff — disse a celestial. — Não foi por isso que ela se tornou maligna.

— De quem...

— Por favor, não se finja de bobo. Áxia. Eu sei que, quando você fala de magia arcana, está falando de Áxia.

— De Zamir também... — ele murmurou.

— Zamir era um dragão. Ele não precisou *cair* à maldade, literalmente foi criado por demônios. Áxia era humana, mas não foi por causa da magia que ela fez o que fez. Você sabe.

— Eu sei — ele admitiu. — Eu sei, Bellitz, em meu âmago eu sei que ela nos traiu por vários motivos. Ela nos traiu porque quis, porque era de sua natureza ou porque não viu saída. Não interessa. Ela usou magia, e assim não pudemos ver o que ela estava fazendo.

Ele tinha dificuldade de pronunciar o nome de Áxia. Quando era inevitável, falava "Dama de Ferro". Era quase um tabu, quase uma superstição.

— É impossível evitar completamente uma traição — disse Bellitz. — Podemos escolher confiar ou não nos outros. Mas não podemos controlá-los.

Ruff foi tomado pela vergonha. As décadas não tinham apagado a enormidade do que fizera com sua esposa. Assim que os dois tinham começado a se aproximar, ele traíra Bellitz. Deitara-se com Áxia, porque era perigoso e familiar, porque era instigante e confortável, porque era conhecido e autodestrutivo. Porque era errado. Porque em algum lugar no fundo de sua mente ele achava que ela podia se redimir e que, de alguma forma, realizaria atos de tamanha bondade que suas atrocidades seriam desconsideradas.

Trair Bellitz fora mais grave que trancar livros, que chacinar soldados inimigos. Fora egoísta e unilateral, e ficara impune. Ele quase desejava que a esposa tivesse feito algo igualmente ruim com ele, mas não aconteceria. Sua culpa nunca seria expurgada.

Em geral, eles não falavam sobre aquilo. Mas, quando Ruff mencionava traição, o assunto era um dragão no meio da sala.

— Você tem razão — ele disse, com voz pequena.

Quando Ruff traíra Bellitz, a maldade do ato fora suficiente para dar poder ao demônio Baal. O reino fora tomado por escuridão e muitos tinham morrido na batalha resultante. Dunnius morrera como consequência daquele ato. Ele pensou que talvez devesse se abrir a uma traição, custasse o que custasse. Devesse encontrar um mago da corte e, se fosse traído, aceitar que era inevitável. Mesmo que seu povo morresse por causa disso.

Afinal, sua traição matara gente inocente e muito querida.

Silêncio.

— Por que você não os estuda? — disse Bellitz, por fim. — Se dominar a magia arcana, pode nos proteger contra ela.

— Acha que, na minha idade, consigo dominar uma disciplina totalmente nova? Você pensa muito de mim.

— Houve um rei que, em seu leito de morte, começou a estudar medicina — ela argumentou. — Tornou-se um especialista, descobriu tratamentos para si mesmo e viveu por décadas.

— Rei de onde?

Ela começou a falar, mas se deteve.

Não conseguia lembrar. A informação estava na ponta da língua. Logo a própria história parecia esquisita, improvável. Bellitz não sabia mais se tinha presenciado aquilo, ou ouvido de algum servo, ou lido em algum lugar. Ou inventado.

— Você não é o único que sofre com a idade — ela sorriu.

Ruff colocou a mão sobre a dela. Se não tivesse cometido o ato horrendo décadas antes, aquilo poderia ser muito mais. Poderia ser um abraço, um momento de conexão e carinho genuínos enquanto ele se confrontava com a velhice e ela, com a humanidade.

Mas eles nunca teriam um amor profundo, poderoso. Eram companheiros, mas não apaixonados.

Por sua culpa.

Ruff decidiu trancar os grimórios e pergaminhos num baú dentro dos aposentos reais até decidir o que fazer com eles. Prometeu a si mesmo e a Bellitz que aquele não seria seu destino final.

Não fazia muito que Korin Ghanor aprendera sobre as passagens secretas que levavam aos aposentos reais. Era um conhecimento que ninguém tinha, exceto pelo rei, pela rainha e agora pelo príncipe. Mesmo quando os quartos eram trancados com mecanismos ocultos, tornados inexpugnáveis a todos, as passagens secretas restavam.

Foi por uma delas que ele entrou quando seus pais estavam ausentes. Indetectável, praticamente invisível.

As fechaduras dos aposentos reais há muito haviam deixado de ser qualquer empecilho para ele. Foi preciso só um pouco de paciência para destrancar o baú. Os grimórios e pergaminhos eram ainda mais interessantes porque eram proibidos.

— Mostre-me — disse Ruff.

Korin ficou parado. Seu rosto estremecia enquanto ele tentava conter raiva, tristeza e vergonha em igual medida.

— Vamos — o rei insistiu. — Mostre o que você aprendeu.

— Por que? — o garoto perguntou.

— Ora, esse aprendizado custou caro. Você desafiou uma das únicas regras que deve cumprir, tomou para si um dos únicos privilégios que não possuía. Espero que tenha valido a pena.

Ruff viu uma onda vermelha subir pelo pescoço, então pela face de seu filho. A face encrespada já não tentava esconder coisa alguma: ali estava raiva pura e simples.

— *Uma das únicas regras?* — Korin berrou.

— Baixe sua voz.

— Não! — com os punhos fechados. — Você tem coragem de me dizer que essa é uma das únicas regras? O que você acha que eu faço a cada minuto de cada dia exceto cumprir suas malditas regras?

A fúria no tom e nos olhos do menino era quase assustadora, porque era muito genuína. Ruff lembrava daquela fúria, embora a sua própria não viesse envolta no cotidiano de um príncipe. Korin estava deixando de ser criança, e com isso chegava uma fase de ódios profundos, paixões avassaladoras, ideais elevados. Ruff poucos anos mais velho do que isso quando beijara Áxia pela primeira vez. Quando vira o irmão dela morrer. Quando ela matara um hobgoblin desgarrado, o que levara ao fim do mosteiro.

Ruff trancara os grimórios e pergaminhos no baú há cerca de um ano. Desde então, dizia a si mesmo que voltaria ao problema, que decidiria o que fazer com eles. Mas as tarefas da realeza tomavam seu tempo e aquele era um assunto pouco urgente. Quando finalmente abriu o baú para examinar o material mais uma vez, tudo tinha desaparecido. Uma grande busca pelo castelo levou ao verdadeiro culpado: seu filho.

— Quais regras tão estritas você acha que cumpre? — Ruff perguntou. — O treinamento? Os estudos? Vai me agradecer por essas regras quando for mais velho.

— Não é o treino, muito menos os estudos! Estou tentando estudar e você não permite!

— Está tentando estudar necromancia!

— Porque não há mais nenhum tipo de magia arcana por aqui! Você não quer só me treinar. Quer moldar minha mente, quer controlar cada pensamento meu!

— Está falando da época em que você seguiu uma crença herege? Quando achava que eu era um santo?

Ruff prometera a si mesmo, assim que Korin começara a falar as primeiras palavras, que o respeitaria acima de tudo. Que não seria condescendente, que tentaria lembrar como era ter todas as idades pelas quais seu filho estava prestes a passar. Mas subestimara o quão difícil aquilo era. Ele às vezes se achava velho demais para ter um filho. Sabia que as outras crianças do castelo que regulavam com Korin em termos de idade tinham pais muito mais jovens, que ele mesmo tinha visto crescer. Era um problema sem solução, porque um rei precisava de um herdeiro e a linhagem Ghanor precisava perdurar. De qualquer forma, naquele momento estava quebrando a promessa para si mesmo. Sem notar, deixara que um sorriso tomasse seu rosto enquanto lembrava do arroubo herético do garoto no passado. Um sorriso que mostrava de forma bem clara que não levava a sério as crenças espirituais de Korin.

— É um bom exemplo, meu filho — disse Ruff. — Porque naquela época você também estava equivocado. Achava que tinha salvado a vida de sua mãe rezando a mim. Mas naquela época você era uma criança, podia errar sem tantas consequências. Agora já deveria saber pesar melhor as implicações de seus atos, de suas crenças.

— Não se preocupe — a voz quebrada era pausada e amarga. — Não penso mais em cultuá-lo.

Os dois ficaram em silêncio, frente a frente, por algum tempo.

— Então? — disse Ruff.

Korin não entendeu.

— Ainda estou esperando que me mostre o que aprendeu.

O choque ficou evidente em seu filho. Ruff sabia reconhecer humilhação e ressentimento quando eram tão óbvios nos olhos de quem ele mais amava. Chegou a pensar em voltar atrás, mas decidiu ser firme.

Korin puxou uma caixa de madeira que estava escondida sob sua cama. Removeu a tampa, revirou entre alguns papéis e objetos, achou um dos grimórios. Depositou-o no chão. Abriu-o numa página específica, que mostrava o desenho de um abutre de asas abertas em meio aos símbolos arcanos. Então, com cuidado, pegou nas mãos o esqueleto de um rato.

Ruff tentou não demonstrar nojo por aquela morbidez.

O menino demorou um longo tempo até conseguir se concentrar. Ficou sentado no chão, de olhos fechados, começando e interrompendo gestos. Por fim, achou os movimentos corretos e entoou as primeiras palavras. Ouvir aquela linguagem vinda de seu filho fez uma faixa de gelo correr pela espinha do rei, mas ele ficou impassível. O garoto precisou de vários minutos para acertar a pronúncia e a cadência do encanto, coordenar sons e gestos, mas por fim conseguiu.

O esqueleto de rato fez um espasmo. Então, aos poucos, os ossos se ligaram uns aos outros, como se ainda houvesse músculos e tendões segurando-os.

O esqueleto ficou de pé e andou alguns passos.

Korin, apesar de tudo, ergueu os olhos para seu pai com orgulho e esperança. Por trás de toda a aspereza daquele momento, queria mostrar o que tinha aprendido a fazer sozinho.

Ruff pisou no esqueleto. Os ossos se esmigalharam sob sua bota.

Olhou para o filho sem emoção nos olhos.

— Isso é um poder blasfemo, Korin. Vai contra tudo que São Arnaldo nos ensinou.

Falou sem erguer a voz, mas com o tom que usava ao falar com condenados no cadafalso.

— Você não conhece! — As lágrimas do garoto verteram junto ao grito. — Nunca usou magia! Como sabe que é blasfema?

— Eu já vi o que isso faz.

— Eu não...

— *Korin* — a voz enfática era cada vez mais parecida com a que usava para ordenar execuções. — Você nunca mais vai tocar em magia arcana. Entendeu? Isso acabou.

— Por que tem tanto medo da magia arcana? — o garoto perguntou. — Eu sei que vocês têm segredos, que há alguma coisa a ver com magia em seu passado. Por que não me conta?

Ruff sentiu o coração acelerar. Nunca mencionara Áxia, muito menos contara seu histórico com a antiga inimiga. Korin conhecia vagamente as histórias da "Dama de Ferro", e só.

Mas Korin era muito inteligente. Àquela altura, sabia que havia algo a mais.

— Você não sabe do que está falando — disse o rei.

— Não, você não sabe! É ignorante! Não conhece a magia!

O menino tentou pegar o grimório, mas Ruff arrancou-o de suas mãos. Então, num movimento contínuo, segurou a capa e a contracapa, puxou--as, destruiu a encadernação. As páginas caíram soltas. Pisoteou sobre elas, rasgou-as uma a uma. Korin tentou impedi-lo, mas ele pegou para si a caixa de madeira, jogou sobre a cama os objetos pessoais do filho. Achou os outros grimórios e pergaminhos, destruiu-os na frente dele.

Korin observou tudo aquilo chorando.

— Tire a camisa — Ruff ordenou.

Korin hesitou, sem entender.

— *Tire a camisa.*

Ele obedeceu.

Ruff virou-o de costas para um espelho, fez com que ele se olhasse. A marca de nascença dos Ghanor, uma espiral que se transformava em um crânio e algo semelhante a um par de asas, se destacava na pele do garoto.

— Está vendo isso? — Ruff apontou para a marca. — Isso significa que você tem responsabilidades. É um príncipe! É um Ghanor!

— Eu sei.

— Não, não sabe. Acha que sabe, mas não sabe.

Korin não respondeu. Com sua vida secreta exposta, sua maior conquista esmigalhada, sem camisa e ouvindo tudo aquilo, ele sentia uma escuridão acachapante se fechando sobre si.

— Eu achei que podia lhe dar liberdade — disse o rei. — Achei que, com toda a educação que recebe, com a família que tem, conhecesse seus deveres, tivesse algum bom senso. Alguma moralidade.

O choro aumentou.

— Mas vejo que fui um idiota. Você ainda não pode pensar por si mesmo. A partir de agora, será monitorado de perto desde o momento em que acordar até quando fechar os olhos à noite. Seu quarto será examinado, eu mesmo vou aprovar cada leitura que você faça.

— Você não entende...

— Não entendo o que? — Ruff explodiu. — Que um menino quer ter poder sobre a vida e a morte?

— Você não desejou ter poder sobre a vida e a morte quando viu seu amigo Korin morrer?

Silêncio.

— Se tivesse esses grimórios naquele momento, não teria trazido Korin de volta?

— Vá treinar.

— Vem me falar de moralidade, mas eu sei o que você fez antes de eu nascer! Sei quantas pessoas matou! Sei que confiscou livros! E agora está destruindo livros! Sempre foi um tirano! Quando ninguém está vendo, mostra sua verdadeira face!

Súbito, Ruff lembrou de outro detalhe sobre jovens daquela idade. Eles já tinham o poder de ferir.

— Vá treinar, Korin.

O garoto secou as lágrimas, vestiu a camisa e saiu pela porta.

Sem saber, naquele dia Ruff ensinou a seu filho uma grande lição.

Ensinou-lhe que até mesmo uma infração leve podia ter uma punição grave. Assim, não havia razão para não cometer infrações graves.

Ensinou-lhe que, em última instância, o poder de destruir vencia curiosidade, conhecimento e até mesmo amor familiar.

Ensinou-lhe que só podia confiar em si mesmo.

6 | Afundando no escuro

ALGO QUEBROU DEPOIS que Ruff destruiu os materiais que seu filho usava para estudar necromancia.

Nas primeiras semanas, foi invisível. Korin ficava calado em sua presença, circulava de atividade em atividade como um boneco, cumpria as tarefas com diligência, mas sem entusiasmo. Ruff julgou que era a raiva natural daquela fase. Confrontado com uma punição brusca e definitiva, ele estaria naturalmente hostil. O que tinha acontecido ficou oculto atrás do sentimento mais aparente.

Depois de alguns meses, a mudança era sutil, mas perceptível. Ruff não conseguia identificar o que o incomodava. Fazia quase meio ano desde que o esqueleto de rato fora esmigalhado e eles estavam jantando ao redor de uma mesa, como se fossem uma família normal. Era um jantar comum, sem pompa, convidados ou comemorações. Apenas pai, mãe e filho, com travessas de comida fumegante trazidas por servos. A sala era iluminada por inúmeras velas em pedestais, lampiões em prateleiras e um lustre que pendia do teto, fazendo um barulho musical quando o vento soprava pela janela aberta e os pingentes de cristal se chocavam uns com os outros.

Exceto por isso, o silêncio só era quebrado pelo ruído dos talheres raspando nos pratos, o impacto baixo de um cálice sendo pousado na mesa, o ranger de uma cadeira quando um dos três se ajeitava. Era um silêncio carregado de outras coisas, um intruso sentado à mesa dominando a conversa.

Ruff tentou várias vezes encontrar algo para dizer, mas quem quebrou a quietude foi Bellitz:

— A embaixadora de Artus partiu hoje.

— Como a visita transcorreu? — perguntou o rei.

— Sem problemas. Reafirmei a liberdade de culto em todos os reinos. A própria embaixadora é uma sacerdotisa. Ela liderou uma celebração típica. Saiu daqui convencida de que não tentaremos mudar seus costumes ancestrais.

Artus cultuava os mesmos deuses e santos que todos os demais reinos, mas de forma diferente. Identificavam a presença divina em animais, rios, montanhas. Suas pregações eram ferozes e às vezes envolviam pequenos sacrifícios. Mesmo durante a guerra, quando tentava forçar o mundo a ser aquilo que os deuses viam como perfeito, Ruff soubera que seria inútil mudar os costumes do norte. De tempos em tempos, Artus precisava de garantias disso, principalmente depois do incidente na capela anos atrás.

Assim que Bellitz acabou de falar, o silêncio retornou, ainda maior e mais pesado. Rei e rainha notaram que estavam indiretamente aludindo ao erro de seu filho.

— Convencida pelo menos até precisar ser convencida de novo! — Ruff tentou um comentário bem-humorado.

O casal deu um riso ligeiro e forçado. Korin permaneceu sério.

— Como andam os treinos? — perguntou o rei, voltando-se para o garoto.

— Muito bem, pai — ele respondeu de pronto. — Semana que vem acompanharei um batalhão num exercício nos Pântanos Cinzentos.

— Ah, tenho certeza de que vai se divertir! Com sorte, vai ver seus primeiros mortos-vivos!

Assim que ele falou aquilo, notou o que dissera.

Korin já vira mortos-vivos, quando os criara.

Silêncio.

— Com qual arma anda gostando mais de lutar? — Ruff tentou mais uma vez. — Teremos um espadachim na família? Eu mesmo nunca fui muito bom com espadas.

— Estou me concentrando no martelo de guerra. Afinal, vou herdá-lo.

Era uma resposta sensata e lógica. Uma resposta responsável e pragmática. A arma mais poderosa do reino, que seria sua quando ascendesse ao trono, era o martelo de Arcanium. Fazia sentido que Korin treinasse para usá-lo no futuro. Contudo, era também uma resposta sem entusiasmo ou paixão.

Desde o dia do esqueleto de rato, Korin era assim. Obediente. Dedicado. Maduro. Frio.

Ruff não podia pedir mais nada de seu filho, pois não havia nada que ele não estivesse fazendo. Mas não sabia se o conhecia.

— Talvez seja hora de você treinar com o martelo de seu pai — sugeriu Bellitz. — O que acha?

— Dianna diz que só terei acesso a armas especiais depois que acabar o treinamento básico. Apenas recentemente tive permissão de usar uma arma verdadeira.

— Mas quem está oferecendo é seu pai! — Ruff segurou o ombro dele de forma amistosa. — Não quer empunhar sua primeira arma de Arcanium?

Korin olhou para ele e sorriu.

Um sorriso afetuoso, educado, perfeitamente adequado.

Um sorriso do qual ninguém poderia reclamar. Um sorriso que não revelava nada que havia por dentro.

— Não, obrigado, pai — disse Korin. — Vou seguir o treinamento que Dianna planejou para mim.

Houve um pequeno instante de silêncio, então o príncipe completou:

— De qualquer forma, se eu fosse treinar com alguma arma especial, escolheria a adaga de presa de serpente, que ganhei de Hild. Isto é, se eu tivesse permissão de usá-la.

A adaga permanecera trancada com outras armas e relíquias desde que fora presenteada, aguardando o amadurecimento de seu dono. Korin nunca mais a vira, mas não a esquecia. Ruff não soube o que dizer.

O jantar seguiu em perguntas extensas e respostas curtas, o intruso ocupando todos os espaços que não eram preenchidos por comida ou palavras. Acabado o último prato, Korin pediu permissão para se levantar da mesa, disse que tinha algumas leituras a fazer, despediu-se de seus pais e foi para seu quarto.

Deixou a porta do quarto aberta. Mais tarde, Ruff e Bellitz passaram por ali e, de soslaio, viram que o rapaz estava mesmo lendo os tomos designados por Thenyssa.

A porta sempre aberta fora uma das medidas de vigilância que Ruff implementara logo depois da demonstração de necromancia. Korin não passava nenhum minuto do dia sem alguém que o acompanhasse ou pelo menos soubesse de seu paradeiro. O exagero logo foi notado e remediado: o rei voltou atrás e deu-lhe a permissão de ficar sozinho, de fechar a porta.

Mas Korin recusou.

Ainda vivia segundo as regras extremas que haviam sido impostas meses antes, por iniciativa própria. Reportava-se a figuras de autoridade várias vezes por dia e fazia questão de deixar baús e armários abertos, mostrando que não escondia nada. Era uma obediência ostensiva, cheia de significado. Mas chamá-la de ato de rebeldia seria estranho, já que era o oposto.

Era uma vida passada inteiramente em aberto, sem que nunca houvesse nenhum comentário, nenhuma confissão, nenhuma conversa que não servisse a um propósito superficial e utilitário.

Korin era um enigma. Não parecia existir, exceto pelos treinos e estudos. Ruff sabia que, enquanto ele mesmo ficava velho e seu mundo encolhia, Korin ficava adulto e seu mundo aumentava.

Mas não sabia se aquele era mesmo Korin, ou só o príncipe de Ghanor.

Aos poucos, Ruff Ghanor entendeu que podia saber tudo sobre seu filho, sem conhecer nada sobre ele.

No fim da noite, foi o rei que fechou a porta.

Ruff sentou na cama, pesado, segurou a cabeça com as duas mãos, os cotovelos apoiados nos joelhos. Ficou assim, afundado em pensamentos, até se forçar a emergir.

— Você acha que ele está bem?

Bellitz também ficou quieta.

— O que você quer dizer? — ela perguntou, por fim.

— Parece que ele não está aqui. Que não existe mais.

— Os jovens sempre escondem coisas de seus pais, Ruff.

— Esse é o problema. Ele não está escondendo, pelo contrário. Está fazendo questão de nos mostrar o quanto não tem mais nada em sua vida além dos deveres.

Então ele escutou uma dureza na voz de Bellitz que não estava acostumado a ouvir. Porque era tão forte, porque tinha vivência maior e mais extraordinária do que qualquer um, porque já alcançara glórias que nenhum mortal jamais poderia, a rainha estava quase sempre acima das irritações da vida cotidiana. Ruff tentava não presumir isso, não colocá-la na posição de razoável e sensata enquanto ele se portava como uma criança. Mas a celestial possuía uma confiança régia que pouca coisa podia abalar.

Por isso foi uma surpresa quando ela disse:

— Não era isso que você queria? Agora lide com as consequências.

Ruff ergueu a cabeça, os olhos vidrados nela.

— O que foi? — Bellitz perguntou. — Há quanto tempo somos casados, Ruff? Há quanto tempo estamos juntos? Quer ser tratado com a cordialidade que eu teria com um estranho?

— Não! — balançou a cabeça. — Não. Eu...

De novo, o silêncio.

— A resposta é sim — disse o rei. — Sim, era isso que eu queria. Consegui o que queria e agora vi que destruí algo que amava.

Era impressionante o quanto o arrependimento se tornara uma parte maior e maior de sua vida interior. No passado, ele sentira revolta, desesperança, culpa, até ódio por si mesmo. Mas, por mais que achasse o contrário, arrependimento fora algo insignificante. Nos últimos anos, entretanto, pegava-se cada vez mais pensando que deveria ter feito algo diferente. Deveria ter feito tudo diferente. Não só os erros, também os acertos. Arrependia-se dos fracassos e também dos sucessos. De quando agira e de quando ficara imóvel.

— Você se vê em Korin — ela sentou na cama a seu lado. — Vê nele a pessoa que confiou em quem não merecia confiança, que se meteu onde não devia. Mas não pode usar nosso filho para viver de novo, Ruff. Não funciona assim.

— Eu vejo Áxia em Korin.

A confissão súbita interrompeu a respiração da celestial. Sem que sua expressão mudasse, seu rosto se tornou mais sombrio.

— Você tem alguma noção do quanto acabou de me ferir?

— Estou preocupado com ele, Bellitz.

— Korin é meu filho, Ruff. Eu me vejo nele. Achava que você me via nele também.

— As melhores partes são suas... Quando Korin escalou a torre para ver o que estava acontecendo, quando teve coragem de ficar para assistir à cirurgia...

— Você sabe que isso foi há mais de seis anos, não?

Um vazio tomou o peito do rei. Tentou encontrar algo no filho que lhe desse a mesma sensação de orgulho desde então. Pensou em como ele se destacava em combate, teologia, história, tática, medicina, matemática. Em como ele aguentava a rotina extenuante sem reclamar.

Nada daquilo fazia parte da personalidade de Korin. Eram só competências.

Uma percepção lenta e terrível se alastrou sobre ele, vindo se juntar a outras tantas. Cada dia trazia um novo vislumbre sobre si mesmo, e nenhum deles era belo.

— Eu vi algo maravilhoso em nosso filho, Bellitz... Algo que é seu. Algo que me fascina, que eu admiro. Algo que eu temo, mas de um jeito bom. Não sei se posso dizer que é coragem, curiosidade, dignidade ou o que. Sei que é algo melhor do que vejo em mim mesmo, e por isso me amedronta um pouco. Vi tudo isso e, pouco a pouco, retirei dele essa parte.

A rainha olhou para ele com seriedade plena. Não era raiva, nem desprezo, nem mesmo indiferença. Era a expressão pétrea de um general frente a um inimigo terrível, a face de quem sabe que está frente a uma situação que exige seu foco total.

— Você está vendo Áxia em nosso filho porque está tentando transformá-lo em Áxia.

Ruff desabou num choro convulsivo. Não esperava que ela o consolasse e de fato isso não aconteceu.

Uma vez que aquilo tinha sido dito, a verdade jorrou de dentro de Ruff num maremoto. Ele entendeu a si mesmo, entendeu o que estivera fazendo com seu filho desde que ele tinha idade suficiente para demonstrar uma personalidade única e desafiadora.

Ruff Ghanor tivera três filhos com Áxia. Os três haviam sido criados por famílias nobres distantes, ao mesmo tempo corrompidos pela mãe e por sua própria essência demoníaca, mas eram seus filhos.

E ele os matara.

Ruff nunca teria a chance de ver uma pessoa que era parte ele, parte Áxia. Nunca poderia extrair o que havia de melhor nessa combinação, então usar isso para provar a si mesmo que Áxia era digna e passível de redenção. Usando todas as justificativas mais nobres, tolhera o que não se encaixava naquele objetivo torpe. Por fim, proibira Korin de praticar a magia, criando o ressentimento que afastaria o príncipe, tornando as artes arcanas atraentes, proibidas e secretas.

Quando todo o choro tinha deixado o corpo de Ruff, e Bellitz tinha polido sua espada, ele conseguiu falar:

— O que vamos fazer?

— Ele não vai se rebelar do jeito que você quer. Não vai desafiá-lo de todos os modos exatos para não o desafiar *de verdade* e ainda assim parecer independente. Ele vai decepcioná-lo, vai fazer coisas incompreensíveis, vai se interessar pelo que você odeia. Quando você desaprovar o comportamento de seu filho, não será com um meio sorriso e a noção de que já fez coisas semelhantes. Será com choque verdadeiro. É assim que deve ser, Ruff.

— Eu estou pronto para passar por isso. Finalmente, depois de tanto tempo, estou pronto. Vou deixá-lo ser uma pessoa.

— Ele é uma pessoa. Vamos esperar que possamos, um dia, conhecê-lo.

O rei chegou à conclusão de que a melhor maneira de ajudar seu filho era não ajudá-lo. Junto à rainha, foi se despedir quando Korin, trajado em armadura de couro, um elmo de soldado na cabeça, carregando uma mochila quase maior que ele mesmo, com um martelo de guerra preso à cintura, partiu com um batalhão do exército rumo aos Pântanos Cinzentos. Ia acompanhado por Edyriell, que atuaria como seu guarda-costas, de longe, e por Dianna, que fora dispensada dos deveres de capa vermelha para seguir instruindo o príncipe durante o exercício.

O batalhão se postou em revista logo fora dos portões do castelo. Não era procedimento padrão para um exercício rotineiro, mas aquela era uma ocasião especial. Talvez fosse arriscado anunciar ao mundo que o príncipe de Ghanor estava se afastando da capital, embrenhando-se no meio do nada com os soldados, mas a experiência mostrara que trancafiar Korin no castelo não era garantia de segurança.

— Esperamos voltar em cinco semanas, Majestade — disse o capitão que comandava o grupo. — Serão sete a dez dias até os Pântanos Cinzentos, passando pelas montanhas. Então realizaremos os exercícios, visitaremos a Cidadela de São Arnaldo e voltaremos pelo mesmo caminho. O príncipe participará de toda a rotina do exército.

Apesar do amargor dos últimos tempos, Ruff olhou para seu filho e foi tomado de uma alegria quente. Korin iria marchar com os soldados, ouvir as conversas, fofocas e piadas deles. Iria torcer o pé, ficar para trás, errar o caminho. Dependeria dos outros e teria gente dependendo dele. Cavaria latrinas, montaria acampamento, ficaria de guarda. Ouviria repreensões do capitão e dos sargentos, seria alvo de trotes dos soldados. Comeria ração fria, reclamaria dos comandantes, com sorte faria parte de alguma batalha curta. Ainda havia monstros nos Pântanos Cinzentos, mas nada perigoso demais. Se tudo desse certo, seu filho voltaria para casa entendendo o que era ser um guerreiro, o que era marchar pelo brasão de Ghanor, tendo sangrado de verdade ao lado de recrutas comuns.

Tudo iniciativa de Dianna. Ele quis que Dunnius estivesse vivo para ver como ela era diferente do monge, e como isso era maravilhoso.

— Muito bem, capitão — disse o rei. — Saiba que, enquanto estiver sob seu comando, Korin é só um soldado. Um recruta novato que deve aprender as lidas do exército, mas só um soldado. Não quero que ele receba nenhum tratamento especial, nem que seus erros sejam perdoados.

— É claro, Majestade. Com o perdão do palavreado, Majestade... — pigarreou antes de continuar. — Ele vai ser esfolado vivo e voltará com o couro grosso!

Os soldados riram. Ruff abriu um sorriso, olhou para Dianna. Ela se mantinha estoica, mas ele podia ver o brilho de diversão em seus olhos. Então observou Korin.

Ficou feliz ao notar que ele estava tremendo. Era a reação certa para um garoto naquela situação.

Bellitz se aproximou do filho. Estava trajada de armadura completa, seu rosto parecia feito de pedra.

— Você deve orgulhar sua linhagem, Korin — disse a rainha. — É filho de um Ghanor e de uma celestial. Seus irmãos estarão fazendo o mesmo! Todos são filhos de pais e mães que lutaram para que estivessem aqui, que morreram por nosso reino, que ficaram com os pés calejados e as mãos sangrando para que tivéssemos o que comer, o que vestir, onde morar. Você honrará sua linhagem ao honrar todos eles.

Estendeu a mão. O garoto a apertou.

Ruff foi até ele, fez o mesmo. A mão de Korin estava gelada.

— Volte vivo, soldado — disse o rei.

— Vou voltar, pai.

Os outros guerreiros riram do deslize. Um sargento imediatamente começou a berrar com Korin por ter se dirigido a Sua Majestade de forma incorreta. Antes que o garoto notasse, já estava marchando, deixando pai, mãe e lar para trás.

Com a água lamacenta e gelada pela cintura, o céu obscurecido pelas copas das árvores, as juntas dos dedos doendo e o estômago roncando, Korin desejou nunca ter concordado com aquilo.

Não tinha nenhuma autoridade para decidir sobre o treinamento: Dianna apenas comunicara certo dia que eles partiriam naquele exercício. Cabia ao príncipe obedecer. Mas sabia que, se tivesse se aberto com seus pais, poderia ter sido poupado. Fora o orgulho e a necessidade de esconder todo e qualquer sentimento que o fizera ficar de boca fechada. Ele não se sentia pronto, não queria estar naquela situação, mas era tarde demais. Era tarde demais já há duas semanas.

A primeira coisa que Korin descobrira era que, apesar das garantias dos adultos, ele não era só mais um dos soldados. Dianna estava por perto o tempo todo, explicando o porquê de alguns movimentos e ordens, instruindo-o quando necessário. Embora Edyriell tivesse sumido no meio do primeiro dia, todos sabiam que o elfo vigiava de longe. Assim, qualquer ameaça ao príncipe seria abatida por uma flecha.

Mais do que isso: tudo pelo que o príncipe passava era observado por um membro do conselho real.

Os sargentos gritavam com ele. No início, fora apavorante. E, na verdade, fizera com que se sentisse próximo dos outros. No entanto, logo Korin notou que as repreensões que ouvia eram diferentes. Um soldado que desafiasse o sargento, que fosse indolente ou atrapalhado, fazia com que todo o batalhão pagasse por seu erro, algo que gerava ressentimento mas fazia com que ninguém se entregasse à preguiça. Quando Korin errava, as punições eram apenas para ele mesmo. Não demorou para que ele entendesse que, se os demais pagassem por seus erros, isso só geraria ressentimento, sem nenhum efeito positivo.

Os soldados eram duros uns com os outros. No segundo dia, Korin viu uma recruta ameaçar um colega que estava ficando para trás na marcha. Todos comeriam menos se o homem não acompanhasse o resto do batalhão. Foi uma ameaça feroz, sem nenhum humor. Mas, no fim do dia, ele conseguira manter o ritmo e a mulher o olhava com respeito. Quando o príncipe errava, nunca havia essa seriedade. No máximo, alguém fazia uma piada.

Ele logo entendeu a diferença entre fazer um exercício militar por opção e por necessidade.

Na quarta noite, quando estavam atravessando as montanhas, depois de um dia exaustivo de marcha por terreno inclemente, ele sentou perto de um grupo que ria e falava alto. Tinha acompanhado o batalhão sem esmorecer e sem reclamar, fizera parte do destacamento que ergueu as barracas de todos, comera só os restos, depois que todos tinham se servido. Estava exausto e orgulhoso, achava-se no direito de ser um deles.

Mas, ao sentar, ouviu o nome "Ruff Ghanor". Então todos se calaram.

— Aprendeu a firmar uma estaca, Korin? — um dos guerreiros quebrou o gelo. — Não quero que o vento leve a minha barraca, como da última vez.

Um riso tomou o grupo, mas o príncipe sentia o desconforto geral.

— Estão falando mal do rei, não é? — Korin foi direto. — Não parem por minha causa!

Os soldados se entreolharam.

— Faz bem reclamar depois de um dia como este — disse uma guerreira. — O alvo pode ser o rei, o capitão, os deuses...

— É sério, não precisam se conter porque estou aqui! Eu também acho que o rei comete absurdos. Fica fechado no castelo, remoendo o passado, procurando ameaças que nunca chegam! Fala de paz e liberdade, mas quando achou que precisava, declarou guerra ao mundo e conquistou todos os reinos! Podem falar mal à vontade, sua raiva está segura comigo!

O grupo ficou sério, como se fossem um só.

— Não fale assim da guerra, moleque — disse um soldado. — Meu pai e minha mãe morreram em Kottar.

— Minha avó foi canhoneira — outra falou. — Líder de uma equipe de engenheiros. Agradeço todos os dias por ela ter matado os soldados de Mubruk.

— E nosso rei é um herói — completou um terceiro.

Naquele momento ficou claro que Ruff, Bellitz e Dianna estavam errados. Ele não participaria da vivência dos soldados, não seria um deles. Ali Korin também não tinha lugar. De alguma forma, aqueles guerreiros que viajavam, comiam e dormiam com ele tinham mais em comum com o rei do que com o príncipe.

Agora, depois de ter saído da capital, viajado pela estrada e desviado dela, atravessado as montanhas e finalmente se embrenhado nos Pântanos Cinzentos, Korin Ghanor estava afundado até a cintura na água lamacenta, esperando o inimigo e maldizendo seus deveres.

Naquela parte dos exercícios, o batalhão fora dividido em dois grupos. Korin fazia parte do grupo que devia proteger uma área do pântano, marcada por uma bandeira que fora erguida sobre uma grande rocha protuberante. O outro grupo se afastara dois dias atrás e deveria capturar a bandeira. Eles não sabiam quando ou como o grupo rival iria atacar, ou mesmo se seria um simples ataque. Talvez eles viessem escondidos, talvez mandassem um grupo avançado como isca para distrair os defensores, talvez criassem uma distração para chamar as defesas de um flanco para longe. Da mesma forma, os defensores tinham liberdade de adotar as táticas que preferissem para guardar a bandeira até o alvorecer do quarto dia, quando então seriam considerados vitoriosos.

Os demais soldados estavam entusiasmados com o jogo: um deles fora designado como comandante do grupo e, na primeira noite, discutira com seus colegas durante horas, planejando as defesas e tentando adivinhar as estratégias do inimigo. Eles conversavam sobre aquilo sorrindo, com um brilho perene nos olhos. Korin só conseguia pensar em diferentes maneiras como iria falhar e colocar tudo a perder.

Dianna ficara com eles, para instruí-lo sobre qualquer tarefa que ele ainda não soubesse realizar, mas se mantivera calada durante o planejamento. Nem olhava em sua direção. Korin não conseguiu comer quase nada na primeira noite — o que, ele sabia, iria deixá-lo fraco e aumentar a chance de que levasse seu time à derrota. No entanto, o estômago embrulhado de nervosismo não aceitava comida, a garganta se fechava quando ele tentava engolir. Ao fim do planejamento, ele recebera sua tarefa. Faria parte de uma equipe de sentinelas que ficaria de guarda nas profundezas do pântano por dois dias, atenta para sinais do avanço do time rival. Bem mais atrás, fora da vista, linhas sucessivas de defensores estariam postadas, com a última linha de defesa consistindo em alguns dos melhores guerreiros do time, de guarda na própria pedra.

Korin só precisava aguentar até o fim do dia, então seria rotacionado para outro posto. Um posto, ele esperava, mais seco, onde ficaria mais perto dos outros e teria menos responsabilidade. Seus colegas contavam com seus olhos e ouvidos para avisar de qualquer infiltração e ele tremia ao pensar que poderia decepcioná-los.

Sentiu o estômago roncar de novo. Suas provisões estavam na mochila, que fora pendurada num dos galhos mais altos de uma árvore próxima, para que não se molhasse. Mesmo sentindo fome, a perspectiva de comer causava enjoo. Além disso, subir na árvore, pegar uma ração de viagem e mastigar eram ações que podiam distraí-lo. Era preciso ficar atento.

Continuou circulando devagar, vencendo a resistência da água espessa, deixando a vegetação flutuante e os detritos passarem ao largo de seu corpo, fazendo força para soltar os pés do lodo a cada passo. A área que ele deveria vigiar era delimitada por algumas árvores características e uma formação rochosa coberta de limo espesso. Às vezes conseguia avistar, ao longe, outros soldados, responsáveis por outras áreas, mas em geral estava sozinho. Em algum lugar, Edyriell vigiava, pronto para salvá-lo caso algum monstro ou inimigo verdadeiro se mostrasse, mas isso era ainda pior. Seus colegas de time não contavam com a proteção de um conselheiro real. Se prendessem o pé em alguma raiz submersa, se fossem emboscados por uma cobra do pântano, se sofressem algum ferimento durante a vigília, só poderiam contar consigo mesmos, ou abandonar seu posto para pedir ajuda. O príncipe era o único protegido daquela forma, o único para quem o jogo era só um jogo.

Korin não raciocinava que também era muito mais novo que os soldados e que, mesmo que não fosse filho da realeza, não seria tão autossuficiente quanto adultos que já haviam realizado aqueles exercícios inúmeras vezes. Só pensava que era privilegiado, diferente dos demais, o elo mais fraco e ao mesmo tempo mais precioso.

Algo se mexeu ao longe.

O coração do príncipe disparou. Seu primeiro instinto foi olhar para cima, para os lados, procurando Edyriell ou mesmo Dianna. Encrespou o rosto, chamando a si mesmo de idiota por baixo da respiração. Tentou encontrar o movimento mais uma vez, estreitando os olhos, como se assim pudesse penetrar as camadas de névoa, vinhas pendentes, galhos, troncos.

Era difícil enxergar longe no pântano. Além de tudo que bloqueava a visão para onde quer que se olhasse, a escuridão era perene e o tom sinistro que a vegetação adquiria pregava peças nos sentidos. Devagar, o príncipe se moveu na direção do que vira.

Abaixou-se um pouco, tomando cuidado para não encharcar o peitoral de couro que vestia. Todos os soldados tinham recebido botas especiais para aquele exercício, além de proteções de tecido tratado alquimicamente para usar sobre as calças. Não impedia que a água suja se infiltrasse, mas deixava-os menos vulneráveis a pequenos animais e às doenças do pântano. No entanto, caso a armadura de couro molhasse demais, iria se tornar um peso intolerável e podia se estragar. Também isso era uma preocupação: ele não queria ser responsável por desperdício, não queria receber mais recursos do que qualquer um dos outros.

Mais alguns passos em frente, com cuidado, tentando não fazer barulho e mantendo a atenção. Quando se convenceu de que tinha imaginado o que vira antes, a coisa se mexeu de novo.

Korin se forçou a não tremer. Dessa vez achou ter discernido uma forma humana. Não podia ter certeza, não àquela distância, mas parecia uma cabeça e um par de braços erguidos, como se quem quer que fosse estivesse tentando não se molhar demais. Tinha uma escolha a fazer e isso o deixou paralisado: segundo as regras do jogo, podia engajar em combate simulado com o inimigo. Eles usavam armas de madeira e não deveriam ferir demais o adversário, que por sua vez tinha a obrigação de aceitar quando um golpe "letal" fosse desferido. Era um sistema que dependia de honestidade, mas a maioria daqueles guerreiros já passara por coisa bem pior. Quase nenhum deles quebraria os laços de companheirismo por causa de uma competição. Além disso, depois daquele jogo os times seriam reformulados e não era boa estratégia trair quem mais tarde estaria vigiando suas costas.

Isso tudo significava que Korin podia escolher avançar até o intruso e lutar com ele. Se vencesse, poderia capturá-lo e levá-lo como "prisioneiro" para seu próprio time, que então tinha o direito de interrogá-lo. Ou podia escolher ficar parado, esperando até ter certeza sobre um ataque, então soprar uma trombeta para avisar os colegas. Era uma decisão que afetava o jogo inteiro. Caso soasse o alarme sem necessidade, chamaria os outros defensores e diminuiria as defesas da bandeira, deixando-a vulnerável. Era uma decisão que todos veriam, que seria julgada e analisada. Por outro lado, caso escolhesse engajar com o intruso e perdesse, teria falhado totalmente, abrindo um rombo nas defesas, por onde todo um grupo de inimigos poderia passar. Uma decisão mais discreta, mas com consequências potencialmente mais graves.

Tomar aquela decisão fazia parte do treinamento. Sua mente estava sendo testada ao mesmo tempo que seu corpo. Imóvel, Korin tentou repassar tudo que sabia de história militar, as batalhas famosas em que houvera alguma infiltração daquele tipo. Era talvez o pior curso de ação: seus pensamentos se embaralharam, os fatos e nomes se misturaram enquanto ele permanecia estático.

O intruso estava mais próximo. Agora o príncipe tinha certeza de que era mesmo um intruso.

Esqueceu que tinha uma decisão a tomar. Esqueceu a opção de soprar a trombeta e nem percebeu quando passou a avançar o mais rápido que podia, sem preocupação com furtividade. Respirando pela boca, os olhos vidrados, Korin só sabia que ali estava um inimigo, que ele precisava fazer *algo* e que não havia ninguém, no presente ou no passado distante, que pudesse ajudá-lo.

O movimento estava bem mais perto, agora ao lado. A figura surgiu e desapareceu atrás de um grande arbusto de juncos. Era um caminho errático, que não parecia fazer sentido, mas ele teve certeza de que era algum tipo de tática para despistá-lo. Korin se apressou ainda mais, enviesando para interceptar o intruso quando surgisse de novo de trás dos juncos. Segurava sua espada de madeira com força, rilhava os dentes sem perceber. Suas pernas moviam a água espessa em ondas, jogavam gotas para todos os lados. Estaria denunciando sua posição, anunciando um combate, desafiando o adversário. Sabia que, quando contornasse os juncos, o soldado estaria pronto para recebê-lo, então era preciso atacar com fúria, sem hesitação, diminuindo a vantagem que ele teria.

O príncipe mal lembrava que aquilo era um jogo. Tinha esquecido da presença de Edyriell e da necessidade de não decepcionar os colegas. Fora tomado pela sensação de perigo real, de que estava sozinho contra um estranho que não podia ver. Os juncos estavam cada vez mais perto, ele notou que se moviam ante a passagem do inimigo do outro lado. Com horror, viu as ondas que o oponente fazia na água, um sinal inegável e ameaçador de sua presença. Enxergou seu vulto atrás dos juncos — agora era questão de instantes até que se encontrassem, e Korin pensou que podia não ser um soldado, podia não ser parte do jogo. Podia, como seu pai avisara, ser um morto-vivo, ser alguma *coisa* dos Pântanos Cinzentos, e ele estava armado com uma espada de madeira.

Korin venceu os últimos metros do arbusto, a figura surgiu a sua frente e ele atacou.

Foi um ataque selvagem, esquecendo todo o treinamento, toda a memória muscular que acumulara naqueles anos. O príncipe ergueu os dois braços, mostrando o peito e se deixando vulnerável, então bateu com espada e escudo, desviando o rosto, mal querendo olhar para o adversário.

Quem quer que fosse caiu para trás na água pantanosa. Korin perdeu o equilíbrio, levado pelo impulso de seus próprios golpes, e caiu também. A água suja espirrou em seu rosto, bloqueou sua visão e ele continuou batendo, ou achando que batia. Gritava sem sentir, e o inimigo gritava também.

— *Korin, chega!* — rugiu uma voz melodiosa atrás dele.

Edyriell puxou-o pelo ombro, jogando-o para trás. Foi só então que o príncipe notou que seu adversário não portava armas. Quando achara que o tinha visto pela segunda vez, os braços erguidos não carregavam espada e escudo.

— Viemos em paz! — disse quem quer que fosse. — Só estamos buscando refúgio!

Korin limpou os olhos com as costas da mão, recuperou o fôlego ao puxar o ar gelado e fedorento pela boca repetidas vezes. Piscou algumas vezes e conseguiu focar a visão. Enxergou o elfo ajudando uma figura esguia a se erguer da água.

Um garoto.

— Eu me perdi dos outros! — disse o rapaz, com um sotaque estranho que Korin não reconheceu. — Só estamos fugindo da maldição!

7 Estranhos no castelo

— ELES CHAMAM DE maldição — disse o Prior Niccolas. — Mas tudo indica que seja uma doença.

Ruff franziu o cenho e cofiou a barba grisalha. Do outro lado da porta, o burburinho era constante, como vinha sendo nos últimos meses. O castelo estava cheio de refugiados, os capas vermelhas trabalhavam em dobro para manter o controle de toda aquela gente, cada quarto e cada sala sem uso tinha se transformado em alojamento. As enfermarias estavam lotadas e uma ala inteira fora convertida em um hospital improvisado.

— Se é uma doença — disse o rei — então estamos todos em risco por abrigá-los?

Niccolas respirou fundo e olhou para cima, como se seu santo morto pudesse lhe emprestar alguma sabedoria.

— Qualquer coisa pode estar acontecendo, Ruff. Talvez já estejamos condenados apenas por ter contato com eles. Talvez sejamos todos imunes, como a maioria deles parece ser. Talvez tudo isso se resolva sem que ninguém descubra o que é. Talvez seja mesmo uma maldição.

As incógnitas se multiplicavam. Eles não tinham sequer uma pista sobre como começar a desvendar o mistério que provocara a fuga em massa dos habitantes de Zibrene.

Zibrene era um reino de costumes ousados. Uma terra em que dança, duelos, juras de amor, intriga e elegância andavam juntos. Em Zibrene os guerreiros lutavam como acrobatas, girando e saltando para distrair o inimigo, brandindo espadas delgadas e desprezando armaduras. Lurius Minimus, o antigo amigo e conselheiro de Ruff, lutara à maneira de Zibrene, embora fosse natural de Ghanor. Os insultos de um cidadão de Zibrene podiam deixar qualquer um furioso, estarrecido, acuado — e assim vulnerável. Era um povo orgulhoso e letal, que se vestia em cores berrantes e sempre parecia estar escondendo algo.

Ruff nunca pensara que os veria esfarrapados, humilhados, implorando a ajuda de Ghanor contra um inimigo que não podiam ver.

Os relatos eram conflitantes, até porque os primeiros afligidos já estavam todos mortos. Até onde o rei conseguira averiguar, a partir do que seus médicos, embaixadores, conselheiros e guardas tinham extraído dos estrangeiros, as primeiras mortes haviam acontecido em aldeias remotas. A praga, ou maldição, ou o que quer que fosse, de início não parecia uma doença. Atingia não os mais fracos e debilitados, não os mais velhos e frágeis, mas mulheres e homens jovens e robustos. Os amaldiçoados reclamavam de fraqueza, mas não de dor. Tornavam-se pálidos, não conseguiam se mexer, ficavam magros. Então morriam.

Não havia um padrão para a progressão da doença. Até mesmo a longevidade dos afligidos variava muito. Alguns morriam dias ou até mesmo horas depois de manifestar os primeiros sintomas. Outros duravam meses. O que se sabia era que não tinha cura e a mortalidade era total.

A maldição podia demorar, mas sempre resultava em morte.

Várias famílias de vítimas pensaram se tratar de envenenamento, mas não eram nobres envolvidos em intrigas de corte. Outras culparam demônios, mas não eram ocultistas ou estudiosos do arcano. E houve famílias que consideraram a maldição como uma punição divina, mas não eram hereges ou apóstatas. Eram só gente comum, cuja única perspectiva era trabalhar duro pelo resto da vida.

A maldição não se espalhava como uma peste — não importava quanto contato alguém tinha com uma vítima, podia ou não demonstrar os sintomas. O povo das vilas afetadas buscou ajuda de sacerdotes, nobres, então da capital do reino. Quando isso aconteceu, os casos e os focos se multiplicaram.

Mas Ruff e Niccolas nem mesmo sabiam se essa história era confiável.

A explosão da praga, ou maldição, ou o que quer que fosse, coincidiu com uma época de fome, em que várias safras não vingaram. Muitos animais também morreram em circunstâncias imprevisíveis. Arautos tinham sido enviados a Ghanor, para pedir ajuda ao rei, mas nenhum chegou com vida. Para piorar, uma série improvável de acidentes passou a acontecer em vários pontos de Zibrene. Casas desabavam sem explicação, árvores tombavam no meio de um dia sem vento, o próprio chão se abria para engolir inocentes. As mortes por esses eventos se misturavam às mortes pela maldição, misturando informações valiosas com superstição infundada.

Vários nobres de Zibrene se recolheram a seus castelos, dando as costas ao povo, mas a maldição surgia também atrás dos portões fechados. Quando o primeiro castelo ruiu em mais um acidente inexplicável, o pânico se espalhou, dando início ao êxodo.

Era impossível dizer quantos habitantes de Zibrene tinham deixado o reino. Não era uma coluna unida, não havia liderança ou ordem. Apenas um fluxo interminável de pessoas carregando nas costas tudo que podiam, deixando para trás seus lares, para sair da terra maldita e implorar ao conquistador que lhes desse algum alento. Vários refugiados se perderam no caminho e alguns foram parar nos Pântanos Cinzentos. Foi o caso do garoto que Korin Ghanor atacou às cegas no meio do exercício militar.

Agora o prior e o rei estavam numa sala forrada de prateleiras, repleta de produtos alquímicos, cheia de instrumentos cirúrgicos. Estavam acompanhados por Fester de Salúria, o Alto Coveiro de Kottar.

Os três olhavam um cadáver estendido numa mesa.

— Maldição, doença ou envenenamento — disse Ruff. — O que quer que seja, é meu dever salvá-los. E impedir que se espalhe entre o nosso povo.

— É para isso que estamos aqui, Majestade — disse o Alto Coveiro, com uma leve mesura.

Kottar fora o primeiro reino conquistado por Ghanor. Era uma nação pequena e lúgubre, cujos habitantes cultuavam a morte em lugar dos deuses. Contudo, não eram sanguinários ou cruéis. Pelo contrário, consideravam que a morte, sendo tão exaltada e importante, devia chegar para cada um em seus próprios termos. Restos mortais eram parte da decoração e tumbas se misturavam a habitações dos vivos em suas cidades. Há décadas Kottar não tinha mais um rei, apenas um Alto Coveiro. Ruff era o rei, governando os vivos, enquanto Fester de Salúria governava os mortos. Era um especialista em ritos fúnebres e tudo que acontecia aos mortais depois que seu tempo acabava.

A pessoa certa para liderar uma autópsia.

— Nossos corpos podem revelar muito sobre nós após a morte — disse Fester. — Talvez mais do que nossas almas podem revelar em vida! Só precisamos saber quais perguntas fazer, e como. Tudo se conecta dentro de nós, como Vossa Majestade sabe devido a seus estudos de medicina. Mas é apenas depois da morte que podemos ver como nossas partes se conectam, então seguir o rastro que a morte invariavelmente deixa para trás. Um baço intumescido ou um pâncreas de cor anômala são verdadeiros tratados, se soubermos lê-los. E, se as pistas ainda assim forem sutis demais para nossos olhos e narizes, sempre podemos contar com a alquimia. As substâncias certas interagem com os tecidos do cadáver, revelando ainda mais segredos.

— Lidar com o cadáver de alguém que morreu de doença não é ainda mais arriscado que ter contato com o paciente vivo? — perguntou Ruff.

— Às vezes sim, às vezes não! — Fester parecia quase entusiasmado. — Existem doenças que desprezam os mortos, outras que surgem depois da morte. Estamos, sim, abanando para a morte, espiando-a pelo buraco da fechadura, e pode ser que ela nos note. É algo que desejo sinceramente a vocês, meus caros, que tanto merecem!

Ruff e Niccolas se entreolharam.

— Prontos?

Não estavam, mas não fazia sentido procrastinar.

Os três vestiam trajes que lembravam os de um açougueiro. Cobriam o rosto com capuzes, usavam aventais de couro e luvas grossas, tudo tratado pelos alquimistas de Kottar. A indumentária protegia contra boa parte das contaminações, mas não surtiria efeito contra nada místico.

Era uma aposta.

O corpo estava estirado na mesa entre os três. Fora um soldado e morrera há pouco mais de um dia, depois de relatar cansaço e sofrer uma queda súbita. Exceto por isso, ninguém notara nada de errado com ele.

Ruff colocou as mãos sobre o peito do cadáver, firmando a superfície. Niccolas entregou uma lâmina ao Alto Coveiro. Fester fez a primeira incisão, abrindo a pele da base do pescoço até a pelve.

Era um trabalho meticuloso e desgastante. Fester serrou o esterno, removeu as costelas, começou a examinar os órgãos. Não demorou para que chegasse à primeira anomalia.

— Vejam isso — disse, sua voz abafada pelo capuz.

Ruff estreitou os olhos, tentando discernir o que ele segurava nas duas mãos, como se sua visão estivesse borrada. Mas o problema não era colocar em foco o que estava sendo visto, e sim entender. O rei estudara anatomia no mosteiro, mas não era capaz de identificar todos os órgãos do corpo humano ao vê-los na realidade. O Alto Coveiro parecia estar segurando um pedaço de carne.

— O que estou vendo? — Ruff perguntou.

— O pulmão esquerdo.

O rei se aproximou, confuso.

— Isso não pode ser um pulmão, Fester. É muito pequeno. Não sou um mortuário, mas até um sapateiro saberia disso!

— É nossa primeira pista — o Alto Coveiro respondeu. — Um pulmão pela metade, mas sem sinal de trauma! Talvez seja efeito da maldição, talvez nosso amigo tenha convivido com isso durante sua vida inteira.

— Não faria sentido — Niccolas objetou. — Ele era um soldado. Não conseguiria respirar direito com esse pulmão. Não conseguiria lutar.

— Continuemos o exame!

Aos poucos, todos os órgãos foram removidos. Exceto pelo pulmão diminuído, Fester de Salúria não conseguia identificar nada de anormal no cadáver. Não havia sinais de doença, nenhuma infecção ou marca de envenenamento. Contudo, ao remover o intestino, o Alto Coveiro se surpreendeu com o comprimento do órgão.

— Deveria ser muito maior — disse. — Isto parece uma pequena seção, mas estava conectada ao resto de nosso amigo.

— Os órgãos dele encolheram? — perguntou Ruff.

— Não exatamente... Eu diria que *desapareceram*.

Fester pesou cada órgão, ditou para que Niccolas fizesse anotações, aplicou substâncias alquímicas em diferentes tecidos. Examinou olhos, narinas, língua, dentes. Enquanto isso, Ruff estava absorto em seus pensamentos.

— Fester — disse o rei, de repente. — Quero verificar algo. Vamos dissecar as pernas.

— Geralmente não fazemos isso, Majestade.

— Geralmente não fazemos nada disso.

O Alto Coveiro deu de ombros. Então, de forma delicada e brutal, eles abriram a pele e a carne de uma das coxas, expuseram o joelho, seguiram até o pé. Repetiram o processo na segunda perna. Quando chegou ao joelho, Fester se deteve.

— O que foi? — a voz de Ruff estava cheia de expectativa.

— Este joelho está incompleto — foi a resposta. — Tem um osso a menos. Nosso amigo não deveria ter sido capaz de caminhar.

— Mas era — o rei disse, quase para si mesmo. — Até que o osso sumiu. Então ele sofreu uma queda e veio parar nesta mesa.

— Ei! — Korin chamou. — Ei, espere!

O outro garoto se virou rápido, disparou um olhar intenso. Colocou o dedo indicador sobre os lábios, exigindo silêncio. Então ziguezagueou por entre o fluxo de gente indo e vindo que ocupava todos os corredores. Eram servos e mercadores, nobres e guardas, pessoas de Zibrene e de Ghanor. Não havia espaço para todo mundo e, mesmo que ninguém soubesse direito o que fazer, sempre havia muito a ser feito, e todos ficavam no caminho de todos.

Korin, ainda um pouco mais baixo que os adultos, conseguia sumir dentro do castelo, desde que mantivesse a cabeça baixa. Abriu caminho por entre a multidão, tentou achar o rapaz mais uma vez. Estacou no meio do corredor, olhando em volta, enquanto refugiados e moradores passavam a seu redor, empurrando-o às vezes.

Ouviu um *psst*.

Entrou por um corredor lateral, esquivando-se de uma horda de ferreiros que usava a passagem para cortar caminho, carregando sacolas de couro cheias de ferraduras. Uma porta estreita se abriu a seu lado, uma mão puxou-o para dentro.

A porta fechou e Korin se viu frente a frente com o garoto que estivera seguindo.

O garoto que ele atacara no pântano.

O príncipe de Ghanor fora conduzido de volta ao castelo às pressas depois do incidente com o garoto refugiado. O time rival no exercício encontrara dezenas de viajantes de Zibrene, um grupo que havia se desgarrado dos demais, indo parar nos Pântanos Cinzentos. O batalhão inteiro então acompanhou os refugiados, o exercício interrompido por algo muito mais importante.

Em meio à agitação da emergência e às preocupações com sua segurança, Korin se perdeu de sua vítima.

O menino fora reunido com os seus, enquanto o príncipe fora isolado dos demais, ficando sob a proteção constante de Dianna e Edyriell. Quando eles chegaram à capital, Korin foi levado aos aposentos reais e os refugiados passaram a ser examinados por médicos, enquanto batedores eram enviados para encontrar o contingente maior que vinha logo atrás.

Por duas semanas Korin procurara o garoto que havia atacado sem motivo. Queria pedir desculpas, saber se ele tinha sido atingido pela maldição, dar um rosto e um nome à figura difusa que recebera seus golpes. Mas, com a balbúrdia no castelo e seu cotidiano intenso de estudos e treino, não fora capaz de localizá-lo. As semanas se sucederam sem que ele cruzasse com o garoto. Mais e mais refugiados chegaram. Seu pai passou a estudar a maldição dia e noite, logo na companhia do Prior Niccolas, que também fora trazido à capital. Sua mãe governava o reino e lidava com a nobreza refugiada.

E a vida seguia, agora com um fator de caos a mais.

Naquela tarde, Korin tinha se apresentado para o treino de combate com Dianna, mas a capitã não apareceu. Devia estar ocupada com alguma emergência oriunda dos refugiados. Ele esperou por tempo suficiente para dizer a si mesmo que tinha esperado, então fugiu antes que ela chegasse.

Estivera perambulando a esmo nos corredores quando enfim se deparou com o rapaz, totalmente por acaso.

E agora os dois tinham entrado por uma portinha e se amontoavam num espaço apertado.

— O que é este lugar? — perguntou Korin.

— Um depósito. — O outro deu de ombros. — Você não mora aqui no castelo?

Korin não respondeu. Morava no castelo, mas não conhecia aqueles detalhes. Eles estavam numa sala exígua, sem janelas, iluminada apenas por um lampião. Ocupada quase inteiramente por vassouras, baldes, pilhas de panos. O tipo de lugar ao qual o príncipe de Ghanor não prestava atenção: um espaço para que os servos guardassem utensílios de limpeza, mantendo-os à mão.

— É útil para esconder algumas coisas — o menino estrangeiro explicou. — Os cozinheiros não entram aqui, então qualquer comida ou bebida que você roube fica a salvo. Quando algum outro servo encontra um bolo ou uma garrafa de vinho atrás dos esfregões, basta dividir com ele para comprar seu silêncio. Mas não tente esconder nada mais valioso que isso! Já perdi aqui um par de botas que levei dias para conseguir roubar. Completo desperdício.

O príncipe permaneceu quieto, meio embasbacado.

— E então? — o outro disse.

— O que?

— Então, o que tem a dizer? — com o sotaque esquisito e musical. — Você estava me chamando, devia querer falar algo.

Korin balançou a cabeça, tentando colocar os pensamentos no lugar. A naturalidade com que aquele garoto falava em roubar, e as nuances da vida no Castelo de Ghanor que ele já conhecia, tinham feito o príncipe esquecer seu objetivo.

— Fui eu quem o atacou nos Pântanos Cinzentos — disse Korin. — Queria me certificar de que está bem.

— Ah! — o outro riu. — Não se preocupe, não foi nada. Já apanhei bem mais por bem menos.

— Eu estava num exercício militar — o príncipe continuou. — Achei que você fosse alguém do outro time. Peço desculpas, eu...

— Esqueça — o estrangeiro cortou com um gesto de descaso. — Foi sorte minha ser achado por vocês. Além disso, você não sabia o que estava fazendo. Não me machucou muito.

— Desculpe — Korin repetiu, logo percebendo o absurdo.

O garoto estrangeiro riu.

— Meu nome é Korin.

— Sou Ernán — apertando sua mão.

Ernán sentou no chão do quartinho e revelou um fardo envolto em tecido, que tinha guardado atrás de uma pilha de panos. Desembrulhou-o para revelar três garrafas de vinho.

— Foi tudo que consegui surrupiar da adega — examinou o produto do saque. — Queria ter achado algo mais forte, mas ouvi passos descendo as escadarias e achei melhor não arriscar. Foi uma boa decisão, porque logo a adega estava cheia de servos! Consegui me esgueirar por trás deles com essas duas.

Korin permaneceu olhando.

— Vai ficar aí de pé?

O príncipe sentou, como se fosse uma ordem.

— Por que você queria esse vinho?

— Para ficar bêbado, é claro. — Ernán abriu os braços, sinalizando que era a coisa mais óbvia do mundo. — Podemos abrir uma agora, mas vamos levar as outras fechadas para a clareira.

Ernán então tirou uma das botas, apoiou a sola na parede. Bateu com o fundo da garrafa repetidamente na parte de dentro da bota. Aos poucos, a rolha começou a ser expelida. Quando o processo estava completo, ele calçou a bota de novo, tomou um gole, ofereceu a garrafa a Korin.

— Clareira? — disse o príncipe.

— É, a clareira, você sabe. Bastante gente vai estar lá hoje. Inclusive aquela garota de Mattora. Você sabe, aquela que se disfarçou de aia para entrar na taverna. Como é mesmo seu nome?

— Não lembro — Korin desconversou com voz pequena.

A verdade era que não fazia ideia de quem fosse a tal garota, nunca ouvira falar de alguém que tivesse se esgueirado para fora do castelo disfarçada de aia, muito menos sabia que taverna era aquela, ou por que a garota quereria entrar nela.

E, é claro, desconhecia qualquer clareira.

— Acho que nunca o vi na clareira — disse Ernán. — Você costuma chegar mais tarde? Em geral preciso voltar antes que escureça, por causa de minha mãe. Ela acha que posso cair morto a qualquer momento, como se aqui fosse Zibrene.

— Eu... — engoliu em seco. — Eu não pude ir à clareira nas últimas semanas. Estava muito ocupado.

Ernán tomou mais um gole de vinho e observou-o por alguns instantes.

— Você não conhece a clareira?

Korin pensou em continuar mentindo, mas desistiu. Deixou os ombros caírem, confessou a própria ignorância.

— Mas você não mora aqui?

— Moro — disse o príncipe. — Mas nunca tenho tempo.

— Fica treinando com os soldados?

— É — pigarreou. — Estudando. Fazendo outras coisas.

— Eu deveria ter ficado com mais medo de você então! — Ernán riu. — Mas o que você faz para se divertir?

Korin deu um sorriso triste:

— Nada.

Estava envergonhado e arrependido de ter procurado Ernán. Sentia-se um idiota por ignorar toda a vida no castelo que aparentemente existia por baixo de seu nariz. Enquanto ele lia, praticava, convivia com uma anciã elfa, com uma capitã da guarda, com seu pai e sua mãe, aquele garoto recém-chegado ia à clareira com uma menina que se disfarçava de aia. Korin só queria que a conversa acabasse o mais rápido possível. Então se apresentaria na biblioteca e evitaria contato com os refugiados até que fossem embora.

Ficou surpreso quando Ernán segurou-o pelo ombro.

— Então hoje é seu dia de sorte, Korin! Hoje você vai viver como um fidalgo! Vou levá-lo à clareira, onde vamos mostrar a todos essas duas garrafas de vinho que você roubou! A garota de Mattora anda sempre com uma amiga, natural de Artus. Aposto que ela vai ficar impressionada.

Ruff surgiu na sacada e o povo explodiu em gritos de júbilo, lamentos, pedidos de socorro, urros de indignação. Havia habitantes de Ghanor ali, reunidos em volta do castelo para ouvir seu pronunciamento, mas ele podia ver que a maioria era natural de Zibrene. Estavam ansiosos para que o rei lhes desse alguma resposta, alguma esperança, alguma solução.

Dois arautos soaram trombetas, fazendo com que a multidão se calasse para ouvir o rei.

— Povo dos sete reinos! — Ruff começou.

— Não vim de nenhum dos outros seis! — uma voz se ergueu no meio do povo. — Vim de Zibrene! Zibrene precisa de ajuda!

A multidão eclodiu em burburinho e reclamações de novo. Os arautos fizeram menção de tocar seus instrumentos mais uma vez, mas Ruff sinalizou que estava tudo sob controle. Ergueu as mãos e, aos poucos, a barulheira cessou.

— Povo de Zibrene — recomeçou — eu os saúdo. Admiro o orgulho que possuem de sua terra, mas saibam que não pertencem apenas a Zibrene. Vocês também pertencem a Ghanor! A qualquer um dos reinos! Não estão aqui como convidados ou estrangeiros. Estão em seu lar, e estamos felizes em poder ajudá-los!

Isso pareceu trazer alguma alegria. Vários refugiados ergueram as mãos ao rei, em gratidão.

Não era o primeiro pronunciamento que Ruff Ghanor fazia desde o início do êxodo. Ele já falara com nobres e plebeus, mais de uma vez estendera as boas-vindas da capital a todos que chegavam em busca de auxílio. Contudo, depois de alguns meses desde que a leva inicial cruzara com o exército nos Pântanos Cinzentos, aquele era o primeiro pronunciamento em que Ruff podia oferecer alguma coisa além de palavras bonitas.

Aquela gente estava desesperada. Pais viam seus filhos morrerem, sem poder fazer nada. Amigos se despediam à noite, sem saber se iriam se reencontrar de manhã. Esposas acordavam ao lado dos cadáveres dos maridos.

E tudo aquilo só acontecia com os cidadãos de Zibrene.

Até agora, não se conhecia nenhuma vítima da maldição que fosse natural de Ghanor. Isso gerava outro problema: Zibrene e Ghanor se isolavam. Já havia vizinhanças inteiras ocupadas apenas por refugiados na capital, e Dianna naquele mesmo dia precisara se ausentar de seus deveres para lidar com uma rixa entre nobres dos dois reinos. A maldição começava a enfraquecer a autoridade da coroa.

Felizmente, agora havia algo a ser dito.

— Não lhes darei falsas esperanças — disse Ruff. — Irei tratá-los como os impetuosos cavalheiros e damas que são! Assim, primeiro devo revelar que ainda não existe cura.

Um burburinho de desânimo se alastrou.

— Mas já estamos no caminho para encontrá-la!

Isso calou todas as vozes, atraiu todos os olhares para cima.

— Hoje mesmo testemunhei o maior avanço em nosso estudo sobre a maldição! — Ruff proclamou. — Os maiores sábios de todos os reinos estão se debruçando sobre o problema e, juntos, iremos resolvê-lo!

Não seria sábio revelar que as vítimas da maldição perdiam partes do próprio corpo, aquilo era inquietante demais. Mas a ausência de sinais de doença significava que podia oferecer um pequeno alento:

— E sabemos que os afligidos não oferecem risco! Podemos continuar dividindo nossas casas com as pessoas que amamos. Podemos enterrar nossos mortos queridos. Podemos continuar sendo irmãos. Pois, ainda que essa maldição tire nossas vidas, não afetará nossas almas!

Ruff ergueu o punho e uma exaltação discreta se elevou do povo reunido. Era o máximo que ele podia esperar: confiança e paciência, união e força de vontade. Apesar do efeito de suas palavras, ele sabia que dissera muito pouco. Assim, depois de agradecer a seus súditos, desceu da sacada, atravessou o castelo e, cercado por guardas e cavaleiros, andou no meio dos refugiados. Ouviu suas histórias tristes, deu atenção às suas reclamações.

E rezou para que não tivesse mentido.

Afinal, ele ainda não sabia se a maldição podia afetar a alma.

Ernán fez um gesto de positivo, então sinalizou para que Korin o seguisse.

O príncipe conhecia bem aquela parte do castelo, pelo menos. Ia aos estábulos quase diariamente, para suas aulas de equitação, adestramento e combate montado. Estava mais acostumado com os estábulos reais, onde ficavam os animais mais impressionantes e bem-treinados, exclusivos de sua família. Mas também já fora levado muitas vezes aos outros, onde tivera contato com as montarias comuns de cavaleiros e guardas. Era num desses que estavam os cavalos esguios e ligeiros de Zibrene.

Korin seguiu seu novo amigo para dentro do estábulo, andando agachado.

— Eu vou manter a porta aberta — sussurrou Ernán. — Você tem certeza de que consegue conduzir dois ao mesmo tempo?

— É claro.

Ernán abriu um sorriso matreiro, que quase amedrontava.

— Vamos ser os únicos a chegar cavalgando — disse. — Elas não vão ter nem chance.

Korin examinou os cavalos, escolheu dois que pareciam mais relaxados e tranquilos. Andou por entre as baias. Um deles relinchou, inquieto pela presença dos intrusos, mas ele sussurrou em tom sereno, afagou a testa do animal. Sentiu-se bem por ter algo a contribuir. Abriu as duas baias que tinha escolhido. Atraiu a atenção de Ernán sem fazer barulho. Sinalizou para algumas selas que estavam penduradas em ganchos nas paredes, gesticulando em tom de pergunta. O outro fez que não: poderiam montar em pelo.

O príncipe usou as tábuas de uma divisória para subir ao nível de um dos cavalos e montar. Então esperou Ernán abrir a porteira, segurou as rédeas da outra montaria e instigou ambos a galope para fora do estábulo.

Seu coração disparou, ele logo imaginou todo um batalhão de guardas em seu encalço. Estava fugindo, fazendo algo errado de novo, depois de tanto tempo. Não era mais uma travessura de criança, não era mais estudo proibido, sozinho em seu quarto. Não tinha a pretensão de salvar sua mãe ou de aprender nada — nenhum objetivo nobre, apenas ficar bêbado e impressionar meninas. O vinho zumbia em sua cabeça e chacoalhava em seu estômago, o ar entrava gelado em suas narinas, trazendo um cheiro doce que ele não lembrava existir. Korin atravessou o pátio, saiu por um portão aberto, logo ganhou a estrada a galope, contornando o castelo, descendo a colina, embrenhando-se pela cidade para sair na floresta.

Encontrou um ponto que fora descrito por Ernán, numa trilha já bem fundo na floresta. Era uma árvore que se dividia em duas, com dois troncos nodosos e retorcidos. Apeou, amarrou os cavalos em galhos baixos e permitiu que descansassem. Ele mesmo se recostou no tronco bipartido, esticando as pernas e deixando o suor secar ao ar fresco da floresta. Ficou um longo tempo esperando o novo amigo, recuperando o fôlego, maravilhado com a própria ousadia. Pensou no que deveria estar fazendo àquela hora — lendo um tratado sobre as práticas comerciais da Confederação dos Mercadores — e achou aquilo absurdo. A vida estava ali, sobre o lombo de um cavalo, em direção à tal clareira.

Depois do que parecia ser mais de uma hora, convencera-se de que Ernán não viria. Pensou de novo em suas responsabilidades, no que estava marcado em sua interminável lista diária de lições: estaria saindo da biblioteca em direção a uma capela, onde ouviria sobre as vidas dos diferentes santos. O pôr do sol viria acompanhado de uma corrida ao redor do castelo, carregando uma mochila pesada, escoltado por alguns dos melhores guerreiros da corte. Era loucura abandonar tudo aquilo em nome de uma suposta reunião de jovens que ele não conhecia, à qual fora convidado por um estrangeiro que tinha todos os motivos para odiá-lo. Korin sentou encolhido, abraçando os joelhos, a cabeça inclinada tentando ouvir alguém vindo buscá-lo e puni-lo. Teve o impulso de voltar, devolver os cavalos, confessar tudo.

— Eles quase me pegaram! — ofegou Ernán, a título de cumprimento. — Causamos uma bela bagunça.

O príncipe teve um sobressalto, contorceu-se e olhou para trás. O outro chegava pelo meio da floresta, sujo e suarento, com algumas folhas presas no cabelo.

— O que houve? — perguntou Korin.

— Eu não sabia que você sairia a galope! — Ernán riu. — Achei que iria conduzir os cavalos com calma, como se estivesse fazendo exatamente o que deveria. Em geral, quando quero roubar algo, tento agir com tranquilidade, não chamar a atenção de todo mundo!

Korin arregalou os olhos.

— Desculpe! Eu não sabia! Eu...

— Não importa. — O garoto desabou a seu lado, o peito arfando. — Eu passei a conversa nos cavalariços. Disse que o Duque Malazatán de Monte Cornudo havia requisitado os cavalos com máxima urgência.

— Nunca ouvi falar desse duque.

— Seria impressionante se tivesse ouvido, porque eu o inventei na hora. Mas ele serviu para distraí-los. Eu já estava saindo de fininho quando fui visto por um escudeiro.

— Mas se você enganou os cavalariços...

— O problema não foram os cavalariços! Esse escudeiro perdeu o soldo do mês para mim num jogo de cartas semana passada. Estava convencido de que trapaceei de alguma forma.

— E você trapaceou? — perguntou Korin.

— Claro! O escudeiro chamou os guardas, então os cavalariços desconfiaram e precisei sair correndo. A essa altura, o maior medo de todos eles era que o Duque Malazatán tivesse sido vítima de alguma tramoia. Enfim, atravessei o castelo, escapei pelo outro lado, precisei contornar toda a lateral das muralhas para entrar na floresta.

Ernán narrou tudo aquilo com tanta naturalidade que Korin mal lembrava do real problema: mais cedo ou mais tarde alguém daria falta dos cavalos. Nem passava pela sua cabeça que tudo ficava muito pior pelo fato de o príncipe de Ghanor ter roubado as montarias dos refugiados.

O garoto estrangeiro se ergueu e examinou as próprias roupas.

— Vamos esperar que as meninas não deem muita importância para limpeza e asseio — disse. — Se alguém perguntar, vamos dizer que fomos emboscados por um hobgoblin. Como você é o novato, você desferiu o golpe fatal!

Korin se levantou, rindo. Continuou escutando a tagarelice do outro enquanto desamarrava os cavalos. Também não raciocinou a gravidade de, como príncipe de Ghanor, afirmar que havia hobgoblins hostis espreitando na floresta.

Chegar à clareira cavalgando foi mesmo uma entrada triunfal, que provocou olhares de assombro. Contudo, as meninas se importavam com asseio — e muito.

— Esta é a sujeira do heroísmo! — proclamou Ernán, de pé no meio do grupo. — Rolei no chão enquanto o hobgoblin tentava me estrangular, achei que fosse morrer ali mesmo. Korin puxou o desgraçado de cima de mim, consegui ficar de pé. Então nós dois o enfrentamos juntos!

Fez uma pequena coreografia de como teria transcorrido a luta.

— Claro — disse uma das garotas. — Fale mais sobre esse hobgoblin, Ernán. Ele me parece tão real quanto o grifo que você domou alguns dias atrás.

— Não é minha culpa que o grifo voou para longe! — O garoto piscou para ela. — E o hobgoblin é real... Ou era, já que agora está morto.

— Quero ver o cadáver.

— Um guerreiro honrado não tripudia sobre o corpo de seu inimigo.

Apesar das mentiras óbvias, aquilo arrancou um riso do grupo e o espetáculo de Ernán continuou.

Quase dez jovens estavam reunidos na clareira, quase todos tendo escapado de algum dever. Korin já vira vários deles pelo castelo, mas nunca sequer os cumprimentara. Havia dois naturais de Ghanor, os demais eram estrangeiros. Sentavam em roda sobre cobertores que alguém trouxera. Uma pequena fogueira queimava no centro. Era, como Ernán dissera, um ponto de encontro habitual de pessoas naquela idade incerta.

Korin observava o novo amigo. A garota a seu lado chegou mais perto.

— Por que nunca o vi aqui? — ela perguntou.

Korin engoliu em seco.

Ernán podia estar mentindo sem qualquer pudor ou escrúpulo sobre a existência do hobgoblin, mas não mentira sobre a garota de Artus. Era linda e engraçada, vestia uma pele de lobo e parecia muito interessada no que ele tinha a dizer.

— Estou sempre muito ocupado — Korin gaguejou. — Tenho que treinar.

— Você é escudeiro?

Os dois haviam sido apresentados. A menina se chamava Ligritt, era filha de um nobre menor de Artus. Korin achava que, em algum momento, a menção de seu nome faria com que alguém percebesse *quem* ele era. Mas aquele não era um nome incomum e, mesmo no castelo, ninguém esperava estar falando com o herdeiro do trono de Ghanor.

— Não — respondeu o príncipe.

— Então por que está sempre treinando?

— Regras do meu pai. — Era tecnicamente verdade.

— Minha tutora também me impõe um monte de regras! Não sei por que preciso aprender heráldica.

Era uma convivência surpreendentemente normal. Nenhum deles falava de grandes deveres, ou mesmo da maldição que trouxera os refugiados de Zibrene. Passavam as garrafas de vinho um para o outro, trocavam reclamações e comentários sobre suas experiências em comum, ficavam absortos em pequenos assuntos desimportantes. Tudo que acontecera desde que ele conhecera Ernán parecia uma vida à parte, mais especial e brilhante, mais aberta e espontânea.

Ali não havia o questionamento sobre quem ou o que podia ser cultuado. Não havia a busca pelo Devorador de Mundos. Não havia o estudo secreto da necromancia ou a revolta muda e particular contra a figura colossal do rei. Na clareira, a maior preocupação era se devia ou não tentar beijar Ligritt, e como fazer isso.

— Você gosta de estar aqui? — Korin perguntou.

— Na clareira?

— No castelo. Em Ghanor.

Ela pensou um pouco.

— Acho que gosto — deu de ombros. — Gosto de não sentir frio o tempo todo. Gosto das construções e das roupas, tudo aqui é mais colorido. Mas sinto falta da minha família. Achei que pelo menos meu irmão viria comigo, mas precisei vir sozinha.

— Por quanto tempo vai ficar?

— Mais dois anos — disse Ligritt. — A não ser, é claro, que eu seja obrigada a casar com algum nobre de Ghanor para forjar uma aliança. Então vou ficar para sempre.

— Acha mesmo que isso pode acontecer?

— Se o Rei Ruff Ghanor decidir, vai acontecer.

Korin estreitou os lábios. Ela era uma nobre, não lhe faltava nada. Estava desfrutando da noite e da fogueira na companhia de outros jovens. Contudo, era uma refém.

O príncipe tentava pensar em algo a dizer quando duas figuras surgiram do meio das árvores. Pelas roupas e pelo jeito, eram dois rapazes de Zibrene. Um deles tomou a frente, cumprimentou o grupo, então seu olhar se deteve em Korin.

— O que esse sujeito está fazendo aqui?

As conversas cessaram. Ernán caminhou até o recém-chegado, falando em tom apaziguador.

— Não se preocupe, Ysidro — disse. — Esse é meu amigo Korin! Nunca veio aqui, mas...

— Ele falou seu nome inteiro?

Devagar, todos se voltaram para o príncipe.

— Esse maldito — Ysidro cuspiu no chão — é Korin Ghanor.

— Já sabemos por que eles estão morrendo — disse Ruff. — Pedaços de seus corpos somem. Só precisamos descobrir por que isso acontece.

A primeira autópsia demorara algumas horas. Ruff saíra na metade para atender seus súditos, deixara Fester e Niccolas trabalhando.

Enquanto Fester de Salúria removia os órgãos do cadáver, o rei tivera certeza de que nunca mais participaria daquilo. Não era exatamente nojo que o atormentava, nem mesmo horror. Ruff já matara muita gente, mas desmontar um corpo para compreendê-lo, como se fosse uma máquina defeituosa, gerava uma sensação estranha.

Indiferença.

Ele sabia que não fazia sentido. Aquele corpo era apenas matéria em lenta decomposição. Quem aquele homem tinha sido estava em sua alma, em seus atos, nas lembranças que deixara. Mesmo assim, enxergar seu cadáver como algo utilitário fazia Ruff se sentir vazio de alguma forma. A experiência era um mal necessário que ele esperava nunca repetir.

Até ter um vislumbre da solução.

Depois que o padrão fora descoberto, Fester e Niccolas dissecaram outros três cadáveres de Zibrene. Em todos encontraram a mesma coisa: pedaços de órgãos, ou até mesmo órgãos inteiros, estavam ausentes, sem que houvesse nenhum ferimento, nenhuma cicatriz, nenhum sinal de violência ou praga. Uma jovem mulher não tinha estômago. O corpo de um ancião revelou a ausência de uma artéria que deveria levar sangue ao cérebro. Um jovem nobre chegara a eles sem metade do cérebro. Era macabro e horrendo, mas era conhecimento novo. Ruff estivera ansioso para voltar e acompanhar o mórbido trabalho de pesquisa. Chegou quando os dois estavam examinando o terceiro cadáver e logo se juntou à exploração. Não viu as horas passarem ou o cansaço chegar. Só notou quanto tempo transcorrera quando precisou acender os lampiões.

Apenas a contragosto o rei interrompeu os exames para se lavar. Então, entusiasmado com a perspectiva de conhecimento novo, foi se reunir com o resto do conselho. Sentou pesado em sua cadeira. Niccolas e Fester ocuparam seus lugares habituais.

Os três explicaram os desenvolvimentos recentes. Ruff então pediu as opiniões dos conselheiros.

— Já sabemos o que acontece, então — disse Bellitz. — Mas não sabemos por quê. Estamos apenas começando.

— Mas já começamos. — O rei estreitou os olhos. — É mais do que podíamos dizer ontem.

Como sempre, estavam reunidos na sala do conselho. Além do rei e dos dois sábios, lá estavam a rainha, Edyriell, Thenyssa e Urko. Hild era uma ausência notável. A guerreira não voltava ao castelo há alguns anos. Dianna, não oficialmente uma conselheira mas presente em várias reuniões, também não estava lá. Não sendo um assunto pertinente à guarda, não se esperava que ela comparecesse.

— A resposta óbvia é magia — Edyriell falou com cuidado. — Nada que pertença ao mundo físico pode causar esse efeito. Uma força mística está afligindo Zibrene.

O que o elfo não dissera pairava no ar: ao redor da mesa do conselho não havia nenhum mago. Ninguém que pudesse falar com propriedade sobre aquilo.

— A magia arcana não costuma funcionar assim — argumentou Thenyssa. — É uma força poderosa que permeia nosso mundo, mas não tem vontade própria, nem surge sem motivo. Pelo contrário! Quanto mais potente, duradouro e amplo é o feitiço, mais rituais exige! Para que o povo de Zibrene estivesse sendo vítima de efeitos arcanos nessa escala, uma cabala de magos precisaria estar agindo em conjunto, em ritos contínuos.

— Isso pode estar acontecendo — ofereceu Ruff. — Havia um grupo de magos na fronteira do reino algum tempo atrás.

— Mas seus rituais afetavam as áreas próximas. — Thenyssa sorveu um gole de chá. — Não um reino inteiro. Não refugiados que já estão longe. Para que isso ocorresse, magos precisariam estar vigiando o povo de Zibrene, então atingindo-os de longe com seu feitiço. Nunca houve relatos de arcanos capazes desse feito.

Edyriell tentou esconder sua frustração. Niccolas sugeriu dar ouvidos ao que os refugiados diziam: podia ser mesmo uma maldição. Talvez alguém tivesse desenterrado um artefato maligno ou quebrado algum tabu ancestral.

— Eu aceitaria isso se uma aldeia inteira tivesse morrido — Bellitz balançou a cabeça. — Ou uma cidade, ou até mesmo um reino. Mas não parece haver um ponto de origem. Se for uma maldição, ela se espalha de uma pessoa a outra, não a partir de uma área.

— Talvez todos os afligidos sejam parentes distantes — o Alto Coveiro ponderou. — Existem parentescos peculiares em Kottar. Em aldeias atingidas por alguma praga, não é incomum que um primo comece a parecer um pretendente digno. Algumas gerações depois, todos são parentes de todos na região, o que traz seus próprios problemas.

Era possível, teoricamente, que a maldição tivesse sido rogada sobre algum ancestral, então passada para sua linhagem. Ninguém mantinha registros detalhados das árvores genealógicas de plebeus comuns, era impossível saber se havia alguma ligação familiar tênue entre eles.

Mas a hipótese não satisfazia Ruff:

— Isso não explica por que, na mesma casa, alguns são atingidos e outros passam incólumes. Se uma filha é amaldiçoada, por que sua mãe não seria?

— Talvez seja uma maldição específica — disse o Alto Coveiro. — Algo que atinge gerações alternadas, ou apenas aqueles que nasceram sob a lua cheia, ou...

— Não faz sentido — Bellitz cortou. — Esse tipo de manifestação sombria obedece a regras. Se a tumba de um assassino é aberta, cada um dos culpados será condenado a matar sua própria família. Ou ainda, se um pai mata os filhos numa casa, seu espírito obriga os novos moradores a matar seus próprios filhos. Uma maldição tão arbitrária e específica quanto a que você citou é, na prática, aleatória. São ligações tênues demais.

A rainha lembrava, de forma vaga e difusa, de inúmeras maldições impostas por entidades celestiais e infernais ao longo das eras. Eram diretas, claras, brutais. O tipo de coisa que um espectro uivava à noite, não algo que mais parecia um extenso contrato entre guildas mercantis.

— A maldição se comporta como uma doença. — Niccolas apoiou os cotovelos na mesa e deixou o rosto afundar nas palmas das mãos. — Também não faz sentido, mas é uma doença. Uma praga contagiosa.

— Já descartamos essa possibilidade — o rei falou de novo. — Como se propaga, como...

Deixou a frase pela metade. Era um ciclo de questionamentos e respostas que levavam aos mesmos questionamentos. Uma praga que parecia mágica, uma magia que se comportava como maldição, uma maldição que se espalhava como uma praga.

Súbito, Bellitz se empertigou.

— Você tem razão, Ruff. Não pode ser uma doença.

Todos os olhares nela.

— Por que não? — perguntou o rei.

— Porque não afeta apenas pessoas. Afeta também animais. Construções. A própria terra. Assim como os corpos, quando abertos, revelam órgãos ausentes, as fundações de casas e até pedaços do solo podem ter sumido. É a causa dos "acidentes" em Zibrene.

Ruff ficou em silêncio. Aos poucos, seu ar soturno tomou os demais conselheiros.

— Imagino que todos tenham chegado à mesma conclusão — disse o rei. — Isso se assemelha ao poder do terremoto. Ao poder do Devorador de Mundos.

— Discordo! — Thenyssa falou, o dedo em riste como uma professora. — O que sabemos sobre os Devoradores é que os deuses tentam diferentes estratégias. Se algo é muito parecido com o último Devorador, então *não deve* ser um!

O rei grunhiu alguma coisa.

— Qual maldição pode afetar o povo e a terra? — perguntou Ruff. — Como se espalha de um para o outro? E quem a rogou?

Eles continuariam na discussão labiríntica até que alguém se entregasse à exaustão. No entanto, foram interrompidos quando a porta se abriu num repelão.

— Majestades! — Dianna ofegou.

Ruff e Bellitz se voltaram para ela, ambos já se erguendo das cadeiras. Temiam e sabiam o que viria a seguir, mas ainda assim foi um baque:

— Korin precisa de ajuda. Não podemos perder tempo.

8 Irreversível

— YSIDRO, ELE NÃO fez nada — disse Ernán.

O outro garoto não deu importância. Em vez disso, inflou o peito e andou mais um passo na direção de Korin, chutando terra. O príncipe continuava sentado, controlando a respiração, tentando não demonstrar medo. Ysidro era um pouco mais velho, o suficiente para que isso fosse uma vantagem. Devido a seu treinamento, Korin também reconheceu outro perigo: o rapaz tocava repetidamente na própria cintura, como se estivesse verificando que algo estava lá, por baixo da casaca.

— A família dele tomou nosso reino! — Ysidro rosnou. — Nosso povo era livre antes dos Ghanor! Meu avô diz que as coisas eram melhores quando Zamir dominava esta terra.

Os jovens estavam em silêncio. Ligritt se afastou. Korin estava muito consciente do torpor que o vinho provocara. Não sabia o que podia acontecer, ou quão rápido ele seria ao reagir.

— Espere um momento — alguém disse. — Então Korin realmente é o príncipe?

— Claro que não! — Ernán riu. — Imagine só...

— Sim — Korin interrompeu. — Sou o herdeiro do trono de Ghanor.

Havia uma escolha a fazer. Ele podia continuar sentado e ficar vulnerável, mas não contribuir para a tensão crescente. Ou poderia levantar e estar pronto para qualquer coisa, mas empurrar a discussão para mais perto de uma luta.

— Então vocês não sabiam? — Ysidro balançou a cabeça. — Além de tudo é um covarde.

Korin se ergueu, Ernán de pronto se colocou na frente dele.

— Não faz diferença ser ou não o príncipe aqui — disse Ernán. — Não estamos na corte.

— Faz diferença porque esses nobres são reféns dele.

— Não são reféns. São convidados.

Korin quis dizer algo, em vez de deixar que o amigo o defendesse, mas sua língua estava pesada e desajeitada. Achou que fosse tropeçar nas palavras.

Uma garota deu alguns passos à frente, contornando a fogueira.

— Meu primo disse que o príncipe de Ghanor tentou convencê-lo a adorar seu pai como um santo, quando eles eram crianças.

— Isso não pode ser verdade! — Ernán forçou uma risada.

Outra escolha: Korin podia ser honrado e confirmar o que a garota dissera, o que iria agravar a situação. Ou podia agir como o herdeiro do trono e mentir pela diplomacia.

— Isso nunca aconteceu — disse o príncipe, a voz um pouco engrolada. — Seu primo está inventando histórias, ou não lembra direito.

Ysidro deu mais um passo na direção de Korin. Tocou no que quer que houvesse debaixo da casaca mais uma vez. O príncipe, por sua vez, saiu de trás de Ernán. Uma luta era cada vez mais provável. Ele sabia que, se o adversário realmente puxasse uma faca, tudo poderia degringolar muito rápido.

— Seja como for — falou Ysidro em voz baixa — você é o filho do tirano. Filho único. O que vai acontecer com o reino de seu pai se você não estiver mais aqui?

— A família dele nos acolheu! — Ernán tentou se colocar entre os dois, mas Korin não deixou.

Ysidro o empurrou, Korin investiu para a frente sem pensar, em defesa do amigo. Um instante e a mão do outro rapaz foi para dentro da casaca, emergiu com uma lâmina rebrilhando ante a fogueira.

A ponta de uma adaga a centímetros do rosto de Korin.

— O que você faz quando não tem a proteção de seu pai? Quando não tem guardas e soldados? Quando não está em seu castelo?

O medo ao redor era palpável. Nenhum daqueles jovens, mesmo os que nutriam rancor por Ghanor, pensara que um assassinato era iminente. Não andavam armados, a morte em batalha não fazia parte de sua realidade. Por isso, nenhum deles ousava dizer qualquer coisa. Até mesmo Ernán se mantinha estático. Ysidro possuía o controle total da situação, era o único que podia decidir se haveria ou não sangue.

Em seu cotidiano de treinos e estudos, Korin nunca fora exposto a algo que quase todos conheciam no início da vida: os tiranos juvenis. A autoconfiança violenta de Ysidro intimidava, sua disposição a cometer o impensável lhe dava poder total. Bastava possuir uma adaga e não se importar com as consequências.

Era uma grande infelicidade que o príncipe tivesse que aprender a lidar com isso ao mesmo tempo em que lidava com sua primeira embriaguez.

— O que vai fazer, Ghanor? — O rapaz fez a ponta da lâmina roçar na bochecha de Korin. — Implorar por sua vida? Prometer riquezas?

Várias respostas vieram à mente de Korin, embaralhadas e sobrepostas pela ação do álcool. Ao mesmo tempo, para cada uma ele imaginou o que seu inimigo retrucaria. Korin podia tentar apaziguá-lo, e a provocação ficaria mais intensa. Poderia ameaçá-lo com as consequências daquela traição, e só seria um motivo a mais para Ysidro atacar. Podia pedir para alguém chamar ajuda, então estaria dependendo da lealdade daqueles jovens que mal conhecia.

Ele se abaixou e atacou.

O movimento veio sozinho, sem planejamento, sem que ele percebesse tomar a decisão. Quando deu por si, tinha mergulhado em direção a Ysidro, diminuindo a curta distância entre os dois numa investida fluida por baixo da adaga, então abraçando sua cintura.

O outro garoto foi pego de surpresa. Perdeu o equilíbrio, Korin usou as pernas para erguê-lo do chão. Então, fazendo força para o lado, levantou-o pela cintura e foi capaz de jogá-lo na terra de cabeça para baixo. O pescoço do inimigo dobrou num ângulo extremo, a adaga saltou de sua mão.

Korin num instante agarrou a arma pelo cabo, um gesto gracioso que ele mesmo não sabia ser capaz de fazer. Ficou por cima de Ysidro, prensou-o no chão com o joelho em seu estômago. Segurou a adaga com as duas mãos e teve certeza de que o ameaçaria, faria com que ele pedisse perdão e clemência, com a ponta da lâmina encostada no peito.

E, enquanto pensava isso, Korin enterrou a adaga no peito do rapaz.

Ruff irrompeu no pátio do castelo, uma pequena multidão de médicos logo atrás. O Prior Niccolas não conseguira acompanhar o ritmo. Sob a luz de estrelas e tochas, descortinava-se uma cena macabra.

— O que aconteceu? — a voz do rei tomou a noite.

Tinham colocado Ysidro sobre um cobertor, que já estava empapado de sangue. O cavalo que trouxera o garoto pateava o chão, nervoso, sua pelagem também respingada de vermelho. Korin estava ajoelhado perto da vítima, as mãos sujas de sangue seco pegajoso, o rosto tomado de horror. A adaga ainda estava fincada no peito do garoto, ele tentava respirar mas não conseguia. Debatia-se sem força, o pescoço virado e mole.

— Ele me atacou! — disse Korin, como uma criança. — Eu...

— Você matou esse menino?

Lágrimas escorreram, fartas e livres, dos olhos do príncipe. Ele repassou mais uma vez o que acontecera, disse a si mesmo que havia sido involuntário, que fora efeito da bebida, mas era mentira.

Korin decidira atacá-lo. Decidira empregar um golpe violento. Decidira continuar o ataque depois de ele ter caído. Decidira usar a arma contra o inimigo rendido.

Tudo tinha sido muito rápido, mas fora sua culpa. Ele lembrava de como apreciara a sensação da adaga penetrando a carne. Era a prova definitiva de que ele era melhor, de que Ysidro cometera o maior erro de sua vida ao desafiá-lo. A prova de que ele podia vencer inimigos, de que deveria ser obedecido.

Orgulho e vergonha se mesclavam enquanto o sangue borbulhava nos lábios do moribundo.

Logo, o enxame de curandeiros bloqueou sua visão. Korin foi empurrado para trás, enquanto os médicos cortavam as roupas de Ysidro, tentavam pensar em algo a fazer.

— O pulmão foi perfurado! — disse alguém. — Ele não está respirando direito!

— Não podemos remover a adaga.

— Está morrendo.

Korin sentiu uma mão em seu ombro. Não precisou olhar para trás para saber que era Ernán.

— O pescoço está quebrado — disse um médico.

— É melhor acabar com sua agonia — outro respondeu.

— Não! Precisamos tentar algo!

— Os pais do garoto estão no castelo?

E, mesmo sob seus soluços e o falatório, ele escutava o som terrível da respiração chiada de Ysidro.

— Seus pais morreram durante a viagem — disse alguém.

— É melhor acabar com sua agonia.

— Retirem a adaga! — foi a voz do rei.

A respiração chiada.

— Majestade, será pior...

— Este garoto não vai morrer assim — disse Ruff Ghanor. — Não com a arma ainda fincada no peito.

A respiração chiada e a poça de sangue aumentando.

— Você fez o que tinha que fazer — disse Ernán, em voz baixa, atrás de Korin. — Ele estava armado, aquilo não foi uma ameaça vazia. Iria matá-lo.

— Não — Korin retrucou. — Eu fiz o que queria fazer.

Um dos médicos puxou a adaga. Os outros se apressaram em estancar o sangue como podiam, tentar impedir o colapso do pulmão. Com horror, Korin enxergou os pés de Ysidro. Eles se moveram em espasmos, enquanto o garoto estrebuchava.

Enfim o Prior Niccolas surgiu no pátio, exausto e sem fôlego pela caminhada. Um acólito foi ajudá-lo, pediu que descansasse, mas o monge quis ver o paciente moribundo. Olhou em volta, seus olhos encontraram os de Korin. Mesmo na semiescuridão bruxuleante da noite iluminada por tochas, o príncipe notou o que estava estampado no rosto dele.

Decepção.

Então Niccolas começou a falar com o rei. Ajoelhou-se com dificuldade para prestar os últimos ritos à vítima de Korin Ghanor.

O príncipe sentiu mais uma vez sobre si todo o peso de seu sobrenome, toda a vastidão da história de seu pai. Niccolas era devoto do mesmo santo a que Ruff Ghanor servira. Os dois tinham uma linguagem própria e um respeito mútuo que ele nunca experimentara. O mesmo valia para todos no castelo: Thenyssa, Edyriell, até mesmo Dianna. Até mesmo Hild, que sumira há anos por sua culpa. Todas aquelas relações vinham através do sobrenome, através de seus pais.

Aquele dia, o dia de sua primeira morte, marcava a única vez em que Korin tivera uma relação que era apenas sua. Ernán nem mesmo soubera que ele era o príncipe. Era seu amigo, apenas seu. O encontro dos dois ficaria marcado pelo garoto tentando respirar, contorcendo-se durante a morte dolorosa.

Korin deixava um rastro de destruição por onde passava.

Mesmo quando ele fora capaz de curar, mesmo quando fizera o que ninguém mais fazia, anos antes, tinha sido da maneira errada. Até mesmo os outros jovens, amigos de Ernán, achavam que ele tentara doutrinar crianças reféns no culto a um tirano. Qualquer erro de Korin provocava o desastre. Naquele momento, tinha vontade de se trancar num calabouço e nunca mais sair, viver no escuro onde não pudesse prejudicar ninguém — mas mesmo isso teria consequências. Ele era o único herdeiro de Ghanor, destinado a sentar no trono de todo o mundo conhecido, e não podia negar suas responsabilidades.

Não havia fuga. Nunca haveria.

Korin não viu quando sua mãe adentrou o pátio por uma porta diferente. Não ouviu seus passos, não notou que alguém chegara. Apenas continuou afundando no abismo de sua realidade, vendo as consequências de seus atos nos pés se agitando em espasmos de morte.

Matar era uma sensação horrível, mas não era só isso. Uma morte não era apenas uma morte. Não quando o assassino era o príncipe e a vítima era um refugiado. Não quando os filhos da nobreza estrangeira haviam testemunhado o desafio de Ysidro, as acusações contra a dinastia Ghanor. Não quando, logo antes, alguém lembrara de quando ele espalhara a palavra de São Ruff Ghanor. Nesse caso, a morte de um garoto era muito mais. Era a prova de que o rei era mesmo um tirano, de que o príncipe matava os rebeldes, de que qualquer desobediência merecia a morte. De que o povo de Zibrene não estava seguro no castelo.

O futuro se mostrava ante os olhos de Korin. Um golpe de adaga poderia dissolver tudo que seu pai levara décadas para construir. Ao matar Ysidro, o príncipe estava matando de novo todas as vítimas da guerra, cujas mortes agora seriam em vão. Estava desonrando os antepassados dos soldados com quem se embrenhara nos Pântanos Cinzentos. Estava tirando o valor do sacrifício de sua mãe, que se tornara humana durante a última batalha. Estava descartando o martírio do primeiro Korin, cujo nome recebera, o homem que seu pai descrevia como melhor que ele mesmo.

Frente a tudo isso, o príncipe não conseguia reagir. Só era capaz de repetir uma frase em sua cabeça:

Faça-o viver.

Não estava falando consigo mesmo. Também não achava estar falando com seu pai, mas era uma reza.

Faça-o viver.

Era uma súplica, um pedido desesperado. Para que aquele garoto que o ameaçara vivesse, Korin Ghanor seria capaz de entregar qualquer coisa. Nada poderia ser pior que o futuro.

Faça-o viver.

Ele fechou os olhos, rilhou os dentes. Suas mãos ensanguentadas se espremeram em punhos.

O chiado da asfixia deu lugar ao som rasgado do ar sendo puxado aos pulmões.

E o som foi abafado por uma exclamação de surpresa:

— *Como ele está respirando?*

— Eu sei o que vi, Ruff — disse Bellitz.

Já era madrugada. Aquele dia não acabava. Ruff lembrava de realizar a autópsia no soldado de Zibrene, mas parecia fazer uma semana. Lembrava vagamente de falar ao povo, andar no meio deles. Desvendar a maldição que afligia um reino inteiro parecia agora um problema menor. Ele estava cansado, suas pálpebras pesavam, mas sabia que não conseguiria dormir. Os braços pesavam como blocos de pedra, as costas doíam em qualquer posição. Mais do que tudo, as preocupações se avolumavam. O que ele julgava ter resolvido anos atrás surgia de volta. Nada nunca estava resolvido.

Ruff se serviu de mais vinho. Sentou na cama, deixando-o chacoalhar pelo pequeno impacto, enviando gotículas para os lençóis.

— Se foi isso mesmo — a voz grave e arrastada de exaustão — então ele está de novo praticando necromancia.

— Ouça o que estou falando! — a rainha se exasperou. — Não foi necromancia! Foi magia divina.

Ruff olhou para ela com um ar derrotado. Patético. Sentia-se velho, tinha certeza de que parecia muito velho. Velho demais para passar a madrugada especulando como um garoto que instantes atrás estivera morrendo tinha se curado, de uma hora para a outra.

— Bellitz, isso é impossível. Ele não se devotou a nenhum santo. Sabemos o que faz a cada hora de cada dia.

— Ele *foi* devoto de um santo, lembra? São Ruff Ghanor.

Aqueles eram os últimos anos de sua vida então. Buscar inimigos antigos que não se apresentavam. Remoer aquilo que o afligira no passado. Tentar compreender um filho que desafiava qualquer entendimento. As autópsias daquela tarde pareciam um sonho distante. Um mistério que talvez pudesse ser solucionado, um enigma que podia ser vencido com estudo. Algo em que ele fosse útil.

— Ele era uma criança — disse o rei. — Estava confuso pelas histórias que ouvia do pessoal do castelo.

— Por que você sempre acha que ele está errado? Por que nós não podemos estar errados às vezes?

Até mesmo erguer a cabeça para olhar sua esposa era um esforço gigantesco.

— Porque eu não sou um santo, Bellitz. Olhe para mim. Você acha que sou capaz de conceder milagres? De inspirar alguém a ser melhor a cada dia?

Ela não respondeu, e Ruff sentiu a fisgada do silêncio. Se antes houvera amor, ou admiração, ou pelo menos amizade, agora nada emanava de Bellitz. Talvez fosse apenas aquela noite interminável, aquele redemoinho de erros antigos, mas ele se viu como ela o via. Alguém exaurido, drenado de tudo que tinha a oferecer.

A sensação era súbita, mas também inegável e avassaladora. Talvez ele se sentisse melhor de manhã, caso a manhã algum dia chegasse.

— Naquela época nós ignoramos uma coisa — a rainha mudou de assunto. — Eu me recuperei muito rápido. Lembra? Você não queria que eu levantasse da cama, mas eu era capaz de polir minha armadura. Seria capaz de lutar, se houvesse um inimigo.

— O que você quer dizer com isso?

— E se o que Korin falou sete anos atrás não tiver sido a fantasia de uma criança? E se ele tiver mesmo me curado com magia divina?

Bellitz continuou. Havia uma diferença nítida entre a recuperação normal do corpo, não importava quão rápida fosse, e a cura milagrosa. A magia divina tirava a dor, poupava sequelas. Devolvia ao corpo sua saúde plena. Embora ela mesma não conhecesse a sensação, era o que diziam os relatos.

Mas Ruff não queria ouvir aquilo. Bastava que o garoto refugiado não fosse morrer. Isso era suficiente. Isso e uma noite de sono. Isso e descanso.

— Meu amor — começou, ainda que naquele momento as palavras soassem vazias. — Não pode ser isso. Não pode.

— Por quê?

Ele hesitou.

A enormidade daquilo parecia esmagá-lo.

— Por que, Ruff?

— Porque — o rei tomou fôlego — se isso for verdade, então joguei fora a relação com meu filho, por nada. Se isso for verdade, então Korin é alguém especial, e tinha uma conexão especial comigo, mas eu a destruí. Se for verdade, eu sou um monstro, Bellitz.

O rei deixou o cálice cair no chão, derramando todo o vinho. Afundou o rosto nas mãos, chorando convulsivamente. Não sabia de onde viera aquela emoção, nem por que foi incapaz de se conter. Estava muito, muito cansado.

E a sensação foi ainda pior quando ele ouviu a última coisa que Bellitz tinha a dizer:

— Eu vi o brilho dourado em Korin desta vez.

Reconstruir era mais difícil que construir.

Pai e filho cavalgaram lado a lado em passo manso, em meio às árvores, ouvindo apenas os sons da floresta. Se prestassem atenção, poderiam, ao longe, discernir o burburinho vago da cidade. Mas não ouviriam nenhum guarda, soldado ou servo, porque estavam sozinhos.

Era um momento de intimidade experimental. Ruff pensava em como abordar aquele quase estranho que conhecia desde o nascimento. Era lógico que, como seu pai, partisse de uma posição de conforto e certa superioridade carinhosa. Fazia sentido que desse conselhos, respondesse perguntas, soubesse o que dizer. Korin mal deixara de ser criança, estava ainda muito longe da idade adulta. Mas o rei conjecturava formas de agradá-lo como se fosse o embaixador de um reino distante.

Antes que o silêncio se transformasse de introspecção em hostilidade, Ruff decidiu falar:

— Quer me contar o que aconteceu?

O garoto permaneceu quieto. Ruff controlou o instinto de pressioná-lo.

— Se não quiser falar, está tudo bem — o rei continuou depois de algum tempo. — Você tem direito a seus segredos. Mas eu preciso saber o que houve naquela noite. Já ouvi os relatos de outras pessoas, mas não o seu.

— Isso importa?

— Para mim, importa — Ruff se forçou a não sorrir. — Tudo aconteceu com você. E é com você a minha maior responsabilidade.

A trilha pela qual andavam fazia uma curva larga, contornando uma colina. O sol do meio da manhã era filtrado pelas copas, os troncos não deixavam ver nada à frente ou atrás. Ruff desejou que o caminho nunca acabasse, que pudessem ficar para sempre naquele mundo intermediário e particular. Manteve o ritmo do cavalo tão lento quanto possível. Ao mesmo tempo, sentia uma dor rítmica nas costas, a cada passo do cavalo. A velhice chegava cada vez mais rápido.

— Começou quando eu conheci Ernán — Korin cedeu.

— Ernán?

— O garoto que surgiu no pântano.

O príncipe falou sobre aquele dia, meses atrás, e os dias anteriores. Contou sobre o isolamento que sentia com os soldados, sobre sua vontade de ser um deles. Tropeçou nas palavras ao falar sobre como os incentivara a criticar o próprio pai. Ruff entendeu o que não estava sendo dito, e não insistiu. Na verdade, ficou surpreso com o quanto seu filho estava se abrindo.

Então Korin narrou o exercício. Descreveu sua vigília e sua ansiedade ao encontrar o que parecia ser um adversário. Seu medo e sua aflição ao atacar o desconhecido.

— Eu achava que ele era um soldado. Não sabia que era apenas um menino.

— Você foi o primeiro a ter contato com os refugiados — disse Ruff. — Pode se achar afoito e violento, mas garanto que se saiu melhor do que muitos vigias de fronteira. Você deu ouvidos a ele e parou de atacar quando entendeu o que ele dizia.

Korin escondeu um sorriso.

— Mas então tudo aconteceu rápido demais — disse o príncipe. — Quando percebi, já estávamos no castelo de novo. Eu me sentia culpado. Precisava encontrá-lo. Saber quem ele era. Passei meses procurando-o.

— É um bom instinto. É bom conhecer aqueles que atacamos. Se não os enxergar como pessoas, vai matá-los sem pensar duas vezes.

O relato prosseguiu. Korin falou sobre como Ernán conhecia mais sobre o castelo do que ele mesmo, sobre como o garoto refugiado o incentivara a quebrar regras. Ruff notou como seu filho, apesar de tudo, ainda era ingênuo. Não pensava que podia estar incriminando o amigo. Com um maravilhamento fulgurante, percebeu que Korin não o estava vendo como uma figura de autoridade, como um juiz, mas como um confidente.

— Eu também tive um amigo que me dizia para não ser tão correto. — A face do rei se iluminou. — Você foi batizado em homenagem a ele.

— Você acha que Ernán estava certo em roubar vinho? Acha que eu estava certo em fugir dos estudos?

Ruff ponderou por alguns instantes.

— Acho que você deve ser uma pessoa — disse, com sinceridade. — Sei que todas as regras que lhe imponho são duras, Korin. Sei o quanto é doloroso crescer assim. Sei o quanto o machuquei ao proibir que você praticasse magia. Um dia você entenderá como todas essas coisas são importantes... Mas você não pode ser só regras.

Ele não sabia para onde estava indo com aquele raciocínio, até que chegou:

— Os deuses querem que sejamos perfeitos, meu filho — Ruff Ghanor disse, surpreso consigo mesmo. — Passei muitos anos tentando forçar o mundo a ser perfeito. É difícil para mim deixar de fazer isso. Mas não posso ser como os deuses! Não posso exigir de você a perfeição. Você é um pecador, assim como seu amigo Ernán. Assim como todos os mortais. Assim como eu.

Dizia aquilo meio para Korin, meio para si mesmo. Guiar alguém na moralidade era uma tarefa impossível, e ele tentara guiar todos os mortais.

— Quero que Ernán possa treinar comigo — disse Korin, de repente.

— Treinar?

— Quero que ele participe dos treinos com Dianna. Que aprenda a lutar. Que lute comigo.

Ruff franziu o cenho.

— É claro — respondeu. — Não há problema. Mas por que deseja isso? É um pedido de Ernán?

— É meu. — Korin não conseguia encarar o pai. — Ele nem sabe. Nem sei se ele vai aceitar. Mas não aguento mais treinar sozinho. É difícil demais, solitário demais.

Por mais inteligente e instruído que o príncipe fosse, ele ainda não tinha todo o vocabulário, ou a maturidade, para expressar o conceito complexo que tentava, então Ruff precisou juntar as peças. Korin não tinha nenhum colega para reclamar de um professor, não tinha ninguém com quem compartilhar uma dúvida ou um ressentimento. Os outros jovens do castelo, fossem nobres, reféns ou refugiados, viam como privilégio a chance de praticar com os melhores tutores do mundo — e era mesmo um privilégio. Mas Korin ainda não era adulto. Korin era, e sempre seria, um mortal e um pecador. Ele precisava, às vezes, reclamar dos próprios privilégios. Precisava de alguém que fosse seu igual, que compartilhasse das mesmas experiências. Korin era tão solitário que, mesmo depois de tudo que acontecera ao longo dos anos, confessara sua primeira embriaguez a seu próprio pai.

Havia certas coisas que um adulto não podia resolver.

— Muito bem — disse o rei. — Ernán vai treinar com você. Apenas tenha certeza de que ele quer isso.

— Não vai exigir que ele seja interrogado? — o rapaz se surpreendeu. — Que sua família seja verificada, ou...

— Ele é seu amigo. Isso basta.

Um fio tênue, imaterial, mas cálido e perceptível, tinha se formado entre os dois. Ruff estava atônito. Todos os erros que cometera, toda sua dureza e intransigência, tudo podia ser remediado ao ouvir o que Korin tinha a dizer. O rei se sentia mais confiante para aconselhá-lo. Estava curioso e ávido por conhecê-lo.

Por isso soube que podia voltar à pergunta inicial:

— Quer me contar o que aconteceu?

Korin ficou em silêncio, mas era um silêncio diferente. De uma forma inexplicável, Ruff sentia que era um silêncio de quem está buscando algo, não escondendo. Um silêncio feito de coisas demais que precisam ser mostradas, não de um vazio oculto.

— É por isso que quero que Ernán treine comigo — o príncipe conseguiu começar, arrancando as palavras de si mesmo.

Ruff não entendeu. O que quer que seu filho estivesse dizendo, já estava na metade do raciocínio. Mas deixou que ele continuasse.

— Eu achei que ia me sentir parte com os outros, nos Pântanos Cinzentos — Korin prosseguiu, atabalhoado. — Mas lá eu também estava sozinho. Mesmo durante o exercício, mesmo quando eu sabia que estávamos em um jogo, fiquei nervoso...

— É normal.

— Sempre há muita coisa a perder — Korin não pareceu tê-lo ouvido. — Tudo é sempre muito *sério*. Eu nunca briguei com ninguém, pai. Não por raiva. Até hoje, só lutei com adultos, durante os treinos, aprendendo a matar inimigos. Quando Ysidro me ameaçou, eu...

Ele começou a chorar.

E Ruff deixou que seu filho chorasse sozinho, porque era o choro de um guerreiro.

— Quando eu senti medo e raiva, só pensei em matá-lo! Eu sabia que, com aquela adaga, podia acabar com uma ameaça para sempre, então não hesitei. Desde que me lembro, Dianna me ensina a lutar, mas eu nunca aprendi, pai! Eu não sei lutar...

Só sei matar.

Num lampejo, Ruff lembrou de ter falado aquelas palavras, em seu primeiro dia no mosteiro. Fora então muito mais jovem do que Korin era agora, e havia uma razão para sua sanguinolência eficaz:

Ele fora criado por um monstro.

Se monstros criavam garotos que só sabiam matar, então um monstro ele era.

— Mas você não o matou — o rei engasgou ao falar. — Ele ainda respira. Ainda...

— Você me acusou de matá-lo.

A verdade caiu sobre o rei como uma pedra.

Silêncio.

Ruff pensou no que falar. Pensou em como transformar aquilo num ensinamento. Pensou no que o prior diria. Por fim, chegou à conclusão de que o mais certo era falar o que seu mestre nunca falara:

— Desculpe, meu filho.

Um perdão daquele tamanho era uma exigência grande demais para um menino. Mas Ruff achou que, em silêncio, Korin o perdoava.

— Você tem razão em algo — Ruff voltou a falar. — Tudo em sua vida é mesmo muito sério. Tudo tem consequências.

Korin assentiu.

— Eu mesmo odeio admitir isso, mas *ninguém* no mundo é como nós, Korin. Eu sou o rei de todas as terras e você é meu único herdeiro. Ninguém mais pertence à linhagem Ghanor.

Ruff lembrou dos Cavaleiros do Caos. Não era hora de falar sobre aquilo com o príncipe. E, de qualquer forma, eles estavam mortos.

— Existem responsabilidades que são mesmo só nossas. Existem coisas que só pertencem a nós dois. Quando voltarmos ao castelo, vou lhe ensinar as últimas medidas de segurança. Você lembra das passagens secretas, não?

— Claro.

— Pois bem. Elas levam a vários pontos do próprio castelo, ao fosso, a locais considerados seguros. Mas existe uma saída que ninguém conhece, Korin. Apenas eu. Está na hora de você conhecê-la também.

— Ninguém mais sabe disso?

— Ninguém. Nem mesmo sua mãe. É um caminho subterrâneo que leva à floresta. Pertence apenas aos Ghanor. Apenas a quem tem a marca de nascença. Está na hora de você aprender sobre isso.

Silêncio.

Ruff esperou que aquela demonstração de confiança fosse suficiente para amenizar a pergunta que viria a seguir. Estava finalmente alcançando o rapaz de novo. Não queria quebrar o elo antes que estivesse formado. Contudo, era preciso saber.

— Por favor, Korin, não entenda mal o que vou perguntar... Não é uma acusação. Seja qual for a resposta, não acho que fez nada de errado.

Respirou fundo e fez o questionamento:

— Você usou magia para curar Ysidro?

Korin olhou para ele com estranheza.

— Não, pai.

— Não seria errado se tivesse feito isso. Nem mesmo se for magia arcana. Nem mesmo se for necromancia.

— Eu não o curei. Se houve um milagre, não foi meu.

— Você não continua cultuando... *São Ruff Ghanor*... Continua?

— Não, pai.

Ruff engoliu em seco.

— Sua mãe disse que viu um brilho dourado em você.

— Se houve alguma coisa sobrenatural, não foi por minha vontade. Talvez pela sua.

— Não, meu filho. — Ruff sorriu e balançou a cabeça. — Seu pai não é capaz de milagres.

A palavra do garoto foi plena e suficiente. Ruff não duvidou dele, e nem havia mais tempo para dúvidas. Eles chegaram ao pequeno hospital, encravado no meio da floresta e marcado por um símbolo de Santo Otto. Pai e filho apearam. Logo, as portas se abriram e uma monja veio recebê-los.

— Majestade. — A mulher se curvou. — Alteza.

— Acredito que já devem estar nos esperando — disse o rei. — Viemos ver o paciente.

Os dois foram conduzidos para dentro do hospital. Cada quarto isolado abrigava um único paciente. Alguns tinham doenças contagiosas, outros não toleravam o barulho das enfermarias normais. E havia um paciente que era mantido ali, naquele lugar que poucos conheciam e quase ninguém visitava, apenas para ficar longe da vista.

A porta do quarto se abriu. Ruff tomou a dianteira, fez um gesto para que o filho o seguisse. Quando ambos estavam dentro do quarto, a monja fez uma mesura e fechou a porta.

Eles se aproximaram da cama.

Ysidro estava vivo, mas parecia ausente. Nenhum ferimento visível, respirava com facilidade, mas seus olhos fitavam o teto. De sua boca aberta escorria um fio de saliva, que o rei secou com um lenço.

— Para um rei, uma pessoa é como um reino — disse Ruff Ghanor. — Um súdito é como todos. O rei é mortal e é um pecador. Às vezes, vai reagir de forma instintiva, ou brutal, ou feroz. Mas sempre deve fazer o melhor que pode.

Ruff pegou uma bacia cheia de água quente. Eles estavam sendo esperados, o rei enviara instruções sobre o que precisaria. Pegou um pano macio, molhou-o na água, torceu e aplicou um pouco de sabão. Então instruiu o príncipe sobre como lavar um paciente incapaz de cuidar de si mesmo. Mostrou cada cuidado que um curandeiro deveria ter com alguém tão vulnerável.

— Seja com uma pessoa, seja com um reino — Ruff observou seu filho atendendo o garoto que quase matara — algumas de suas decisões são irreversíveis. Mas, desde que continue existindo vida, desde que continue existindo um reino, você pode continuar fazendo o melhor que puder.

Korin estava concentrado, mas ouvia.

— Ele não está morto, meu filho. Às vezes você vai desejar que ele morra, pois então sua responsabilidade acabaria, mas ele está vivo. Então você pode cuidar dele.

E, se havia a possibilidade, havia o dever.

Ruff se ajoelhou com dificuldade para lavar os pés de Ysidro. Olhou para seu filho, concentrado na tarefa de molhar os lábios do garoto com água limpa.

— Você provou que é capaz de lidar com armas verdadeiras, Korin — disse o rei. — Sabe o que fazer com elas e agora conhece suas consequências. Você fez tudo isso com uma adaga comum. Quando voltarmos ao castelo, vou lhe entregar *sua* adaga. A adaga de presa de serpente que Hild lhe presenteou.

— Mas eu...

— Você aprendeu o poder que possui, meu filho. Confio em você.

À noite, Korin estava deitado, acordado, os olhos ainda bem abertos. Como sempre acontecia nas horas escuras e despertas, não conseguia nem conceber que em algum momento o sono pudesse chegar.

— Por que não falou sobre mim? — perguntou a voz.

— Quis manter o segredo.

Um leve zumbido, que talvez fosse um riso.

— Acha que mentiu para seu pai hoje?

— Não sei.

Como se a própria cama, os próprios lençóis, as próprias paredes vibrassem. Quase imperceptível, mas estava lá.

— Eu menti? — perguntou Korin.

Talvez um riso.

— Eu menti?

A voz não respondeu.

9 | A maldição de Zibrene

Era algo raro naqueles tempos, mas o rei sorria.

No castelo, na capital e nas terras ao redor, o povo se acostumara à presença dos refugiados de Zibrene, e mais continuavam chegando a cada mês. A população inchava, o último inverno fora inclemente, Ghanor havia emagrecido. Não havia cura para a maldição, não se sabia sua causa.

Mas o rei sorria, porque podia fazer o bem.

Os cidadãos de Zibrene eram seus súditos, tanto quanto os de Ghanor, e Ruff se sentia útil por não ter fechado as portas a eles. Os maiores medos que nobres e plebeus tiveram no início não haviam se concretizado. A maldição não contaminara o povo de Ghanor. Médicos e sábios nada podiam fazer para ajudar os amaldiçoados, uma vez que manifestassem os sintomas, mas eles não precisavam ficar isolados. O castelo estava sempre cheio, nunca havia um instante de silêncio, mas isso era quase melhor.

Ruff tinha a sensação de que a vida continuava. De que havia mudanças, uma nova missão, um novo capítulo antes do fim.

Ele sorria enquanto caminhava pelos corredores, ao lado de Bellitz, seguido por Edyriell e alguns estudiosos.

— Eliminamos também a possibilidade de que sejam espíritos inquietos, Majestade — disse uma sábia, examinando um pergaminho enquanto andava. — Ainda que a magia divina não esteja a nosso alcance, exploradores da Universidade encontraram uma relíquia capaz de identificar almas desencarnadas. Os óculos de Santo Otto. Estava em...

— Não preciso saber onde a relíquia estava — Ruff ofegou. — Não temos uma infestação de espectros, então?

— Não, Majestade.

— Isso basta. E demônios?

Ele se esforçava para falar e caminhar ao mesmo tempo. Um ritmo tranquilo, com pausas frequentes, não era problema. Mas o entusiasmo de Ruff fazia com que andasse rápido, e isso era um exercício extenuante. Bellitz notou as pequenas gotas de suor se formando na testa do marido, começando a empapar os cabelos que já não eram mais exatamente grisalhos — nos últimos meses, cada vez mais brancos.

— Não podemos ter tanta certeza quanto a demônios — disse um monge. — Existem relatos sobre demônios capazes de roubar pedaços dos corpos de mortais, mas são antigos, da época do domínio de Zamir. E parecem ser apenas interpretações errôneas de doenças comuns.

— Continue — a voz do rei mal saiu.

— Vários compêndios de demonologia falam do mesmo conjunto de sinais de presença abissal, Majestade. Cheiro de enxofre, sombras inexplicáveis, vozes sussurrando... Nada disso parece estar acontecendo.

— Ótimo — mal audível.

— É melhor você fazer uma pausa — disse Bellitz.

O Prior Niccolas, embora mantivesse o título, não voltara à Cidadela de São Arnaldo desde a vinda dos refugiados. Era agora mais um residente do Castelo de Ghanor e deixara um monge experiente encarregado de liderar o mosteiro em sua ausência. Niccolas estava velho e frágil, não seguia o rei pelos corredores como seus demais conselheiros e auxiliares. Ficava em seu claustro ou na biblioteca, estudando ou perdido em contemplação.

Sua presença na corte deixava a rainha preocupada. Não porque não gostasse que ele estivesse ali — Bellitz apenas notava como, em menos de um ano, seu marido tinha se tornado parecido com Niccolas. Em certos dias, ambos pareciam ter a mesma idade. Em certos dias, Ruff parecia ser mais velho.

— Eu consigo andar até o pátio de treinamento — o rei ofegou.

Quase engasgando por falta de fôlego, ele pediu para que os relatos continuassem.

Havia sábios, monges, médicos e estudiosos de todos os tipos trabalhando dia e noite para desvendar o mistério da maldição de Zibrene. Um mortífice de Kottar explicou seus estudos sobre os órgãos dos amaldiçoados. O interior dos corpos parecia ter se rearranjado, como se as partes que faltavam nunca tivessem existido.

— Isso não é informação nova — o homem prosseguiu. — Mas tivemos uma ideia sobre um novo curso de investigação. Por mais que isso vá contra os princípios de Kottar, podemos tentar preservar algumas funções básicas de um corpo que recém tenha morrido vítima da maldição. Então podemos acompanhar a evolução do efeito, verificar como ocorre o desaparecimento dos órgãos...

Ruff quis objetar, dizer que aquilo soava muito parecido com necromancia, mas a voz não saiu. Seu olhar cruzou com o de Bellitz e ela notou o esforço que o marido fazia. O rei não quis demonstrar fraqueza para os súditos, então desistiu de falar.

A seguir, ele ouviu relatórios e detalhes do planejamento de uma expedição a Zibrene. Até agora os esforços estavam concentrados em descobrir as causas da maldição e uma maneira de tratá-la, mas examinar suas vítimas não parecia dar frutos. Os relatos dos refugiados também não traziam nenhuma informação útil e as terras vizinhas negavam qualquer evento semelhante. O próximo passo lógico era investigar o reino em si.

Por fim, chegaram ao pórtico que levava ao pátio de treinamento. Ruff se apoiou na soleira para recuperar o fôlego. Bellitz dispensou os sábios.

Mesmo com o mistério persistente e a exaustão da caminhada, o sorriso do rei se alargou. Porque viu Korin treinando com Ernán, sob a supervisão de Dianna.

— Aplique o que você aprendeu hoje! — disse a instrutora. — Concentre-se, Ernán!

Korin atacava-o com uma espada de madeira. O garoto de Zibrene empunhava um escudo, tentando bloquear os golpes. Contudo, a maior parte dos ataques atravessava facilmente a defesa do adversário.

— Não tente adivinhar onde ele vai atacar! — Dianna exclamou. — Não desvie os olhos! Olhe para o rosto dele, reaja quando notar o movimento!

Ernán tentava seguir as instruções, mas tinha dificuldade. O rapaz era naturalmente ágil e rápido, mas não possuía nenhuma técnica. Em comparação, o príncipe se movia com precisão e elegância.

— Korin, nada de relaxar! — Dianna corrigiu. — Não estamos brincando! Ataque de verdade ou saia do meu treino!

O príncipe parecia quase adulto. Talvez fosse a postura mais confiante, o jeito de andar mais ereto, até mesmo o fato de que agora pai e filho se viam mais. Fosse pela razão que fosse, Korin havia desabrochado desde que conhecera Ernán. Embora o parceiro de treino não estivesse nem perto de seu nível, Ruff conseguia perceber como aquilo fazia bem ao garoto. Ele possuía um companheiro, estava ajudando a instruir um novato.

Ruff imaginou se viveria o suficiente para ver seu primeiro neto.

Ernán manteve a face crispada e o corpo tensionado. Forçou-se a olhar nos olhos do adversário. Quando Korin tentou uma estocada por cima, ele ergueu o escudo e desviou a lâmina de madeira.

— Muito bem! — disse Dianna. — É isso! Continue! Não olhe para mim, olhe para seu inimigo! Não desvie o rosto!

Eles seguiram assim por alguns minutos, até que Dianna anunciou uma pausa. Os dois garotos se cumprimentaram com um abraço, foram pegar baldes cheios d'água para matar a sede.

A capitã dos capas vermelhas se voltou para o rei e a rainha, fez uma mesura.

— Como ele está indo, Dianna?

Ruff estava aliviado pelo tempo que tivera para respirar. Já podia falar normalmente.

— Até que enfim está entendendo, Majestade — ela sorriu. — Korin sempre conseguia executar os movimentos, mas não sabia o que estava fazendo. Agora ele... *compreende*.

Dianna seguiu falando sobre o progresso do príncipe de Ghanor. Korin já era capaz de encaixar cada parte do treinamento, as diferentes técnicas e noções táticas, em um todo fluido. Encarava um combate como um quebra-cabeça, entrava na luta com uma estratégia formada e sabia adaptá-la ao que o oponente fazia.

— E o outro?

— Ernán tem potencial — disse. — Nunca será um guerreiro de elite, mas se continuar treinando, não precisará temer simples salteadores de estrada.

— Ele merece um título de nobreza pelo bem que faz ao príncipe.

A capitã concordou com mais alguns gracejos e comentários. Ruff percebeu que ela dançava em torno de um assunto.

— Falando em guerreiros de elite, Majestade...

Rei e rainha se entreolharam.

— Não há nenhuma notícia de Hild?

Ruff suspirou fundo. Hild e seus Gladiadores nunca mais haviam surgido no castelo. Já fazia bastante tempo que a guerreira nem mesmo mandava alguma mensagem ou relatório. Se fosse qualquer outro comandante, seria considerado um desertor.

Começou a falar algo oficial e polido, mas se deteve. O rosto de Dunnius estava subentendido em Dianna. Era estranho tratá-la como súdita e subalterna, não como membro da família. Ruff chamou a capitã para que fossem conversar em um lugar mais privativo. Ela ordenou que os garotos fizessem alguns exercícios de resistência e deixou um guarda responsável por garantir que obedecessem.

Apesar do tempo de descanso, o rei sentiu as pernas pesadas, os tornozelos desgastados, ao voltar a caminhar. Dianna e Bellitz precisavam diminuir bastante o passo para acompanhá-lo. Era o ritmo periclitante de um ancião.

Chegaram a uma sala como tantas no castelo, destinada a abrigar pessoas que precisassem conversar em particular. Boa parte da vida era passada nessas salas. Era o palco da grande espera que compunha a velhice. Ruff não conteve um grunhido ao sentar na cadeira mais perto da porta. Dianna e Bellitz trocaram um olhar preocupado.

— Dianna... — Ruff começou. — Talvez você possa nos dizer algo sobre Hild.

— Eu? Mas...

— Ruff é o mestre dela — Bellitz interrompeu. — Hild o ama e é leal a ele, mas existem segredos entre mestres e discípulos. Os Gladiadores, mesmo que estivessem aqui, são seus comandados e nunca revelariam nada que ela não quisesse. Ela passava bastante tempo com Korin, mas ele era muito novo. Hild só teve dois amigos durante a vida toda. Johrgrund e você.

Dianna ficou calada. A rainha sentou, fez um gesto para que ela se acomodasse também.

— Eu não sei de nada. — A capitã permaneceu de pé, alheia. — Por isso perguntei.

— Hild não é desertora — disse Ruff. — Ela não abandonaria Ghanor sem um bom motivo. Não nos abandonaria.

O tempo passava numa velocidade impressionante. Por mais que se considerasse próxima de Hild Osso-Oco, Dianna possuía toda uma vida da qual a amiga nem mesmo sabia. Se um dia ela voltasse, Dianna poderia lhe mostrar seu primeiro neto, que nasceria dali a alguns meses.

— Eu não sei, Majestade — a capitã repetiu. — A menos que ela tenha morrido...

— Massacrar todos os Gladiadores, sem que ninguém ficasse sabendo... — disse Bellitz. — Não parece plausível. Seria uma façanha digna dos maiores inimigos que já tivemos. Não só isso, mas apagar todos os rastros de sua passagem, para que ninguém estranhasse seu desaparecimento. Não é impossível, mas é algo tão grandioso que não pode ser nossa hipótese principal.

— Existe algo que Hild possa estar escondendo? — Ruff perguntou. — Algum crime, algo que ela considere grave? A essa altura, eu perdoaria qualquer coisa.

Dianna sentiu o corpo todo enrijecer. Ela não pensava naquilo há muito tempo, mas havia um crime: Hild era uma herege.

Ela mesma poderia ser acusada de heresia, na verdade. Durante a jornada em busca da auréola de Mubruk, uma vida atrás, fora ela que incentivara a amiga a cultuar o Santo de Pés Descalços. Mas a devoção fervorosa, como ela vira em seu pai e em Niccolas durante a infância, como ela testemunhara antes da guerra, era uma memória cada vez mais distante. A religião se tornara mais um hábito confortável, um pretexto para que uma comunidade se reunisse e um campo de estudos do que uma realidade incontestável. Até mesmo seu marido, que dedicara a vida ao sacerdócio, se tornara mais complacente em assuntos espirituais. A certeza que ela tivera anos atrás, de que Ruff Ghanor era um santo no mundo físico, parecia quase absurda frente ao rei envelhecido, que provocava olhares conspiratórios de preocupação e pena.

Dianna considerou revelar o suposto crime religioso de Hild. Era pequeno, insignificante. Mas, justamente por isso, não deveria ser a resposta. Se Hild cultuara o rei contra sua vontade anos atrás, por que fugiria do castelo agora? E, se continuasse a cultuá-lo, por que esconderia isso de sua única amiga?

— Hild nunca mencionou nada do tipo, Majestade — disse a capitã.

Ruff suspirou.

— Muito bem, Dunnius — ele grunhiu. — Como sempre, acabamos com mais perguntas do que respostas.

As duas se entreolharam de novo.

— Ela é Dianna — disse Bellitz. — A filha de Dunnius.

O rei franziu o cenho. Um instante de confusão chegou e passou.

— Claro — ele disse. — Eu lembro.

— Eu posso ser o poder por trás do trono! — disse Ernán.

— Por trás do trono? — Korin secava o suor com uma toalha enquanto andava.

— Quando você for rei, vai ser meu papel! Você é forte, eu sou inteligente. Você toma a frente nas batalhas, aparece para o povo, enquanto é manipulado por mim! No final, posso traí-lo, você descobre tudo e morremos ambos num duelo, em meio a uma tempestade.

— Se a sua ideia é duelar, você sabe que não vai se dar bem...

— Então posso envenená-lo! É uma ideia perfeita!

Os dois continuaram rindo e falando idiotices. O entusiasmo do treino fazia o sangue correr rápido por suas veias, deixava ambos falantes e estranhamente otimistas. Era um bom equilíbrio: no pátio, com as armas simuladas, Korin era muito superior e o outro tentava aprender os fundamentos. Na vida real, o oposto era verdade. Ernán falava com todos, sabia como tudo funcionava, era seguido pelo príncipe. Fazia menos de um ano que os dois se conheciam, mas os habitantes do castelo tratavam--nos como uma só entidade. Eram mais unidos que irmãos.

— Vai para a biblioteca agora? — perguntou Ernán.

— Assim que conseguir me lavar e trocar de roupa. Os monges acham que meu fedor vai impregnar os livros...

— Não estão errados. Talvez consiga matar um pouco do bolor.

O comentário gerou alguns empurrões e eles tropeçaram numa armadura completa que decorava um corredor. Fugiram aos risinhos, como as crianças que haviam deixado de ser há pouco.

— Vá aprender bobagens então — disse Ernán, com um soco amigável no ombro do príncipe. — Alguns de nós são plebeus e precisam trabalhar!

— Vi o quanto você estava trabalhando com a marquesa atrás do estábulo ontem.

— Estou me infiltrando na nobreza aos poucos. Vou fomentar uma revolta popular, colocar sua cabeça numa estaca!

— Não esqueça de me envenenar primeiro, ou vai tomar outra surra.

Com mais alguns insultos, os dois se despediram. Ernán efetivamente iria trabalhar: sua mãe era uma mestra vidreira e ele ajudava na oficina quando não estava estudando, treinando ou evitando as responsabilidades.

Korin se banhou com pressa, usando uma tina de água quente que já fora deixada em seus aposentos. Enfiou uma roupa qualquer e correu para a biblioteca. Era estranho que seu cotidiano fosse tão leve quando a maldição rondava o castelo. Era mais estranho ainda que sua vida tivesse melhorado depois da chegada dos refugiados. Como qualquer problema insolúvel, a maldição se tornara parte da normalidade. O príncipe via seus pais, o Prior Niccolas e vários sábios se digladiando com aquilo, mas havia outras coisas a fazer. Ele mesmo dedicava parte dos estudos à busca por uma cura, mas era algo vago, que pertencia ao mundo das ideias. Na prática, ele tinha agora um companheiro, e Ernán o introduzira ao que estivera fora de seu alcance a vida toda.

Chegou à biblioteca e encontrou sua mesa habitual já repleta de livros e pergaminhos. Naquele dia, não teria uma aula com Thenyssa, nem faria experimentos com Fester de Salúria. Seus estudos já haviam chegado a um ponto em que ele mesmo decidia algumas áreas de interesse. Korin investigava a anatomia dos dragões e dali a alguns dias iria apresentar o resultado de sua pesquisa para os monges. Mesmo com a cabeça acelerada pelo treino e a vontade de que o dia acabasse para que ele pudesse conviver com os outros jovens do castelo, era um tópico fascinante. Em poucos minutos o príncipe estava absorto nos detalhes do corpo das grandes feras aladas, comparando escritos de diferentes sábios e aventureiros da época do Devorador de Mundos.

Sua mão já doía de tanto escrever quando foi interrompido por um barulho.

— Você não pode... — começou um monge.

Korin se virou a tempo de ver o bibliotecário sendo empurrado, tropeçando nos próprios robes e batendo de costas em uma estante.

Quase derrubado no chão por Ernán.

— Você precisa me ajudar! — o garoto segurou as roupas de Korin. — Precisa me ajudar!

Ele tremia. Lágrimas se acumulavam em seus olhos.

Korin se sentiu gelar por dentro. Sem perguntar, sabia qual era o problema.

A mãe de Ernán era jovem. Tivera o rapaz quando ainda era aprendiz de vidreira e, embora o pai a tivesse abandonado, nunca demonstrou precisar de qualquer ajuda. Ela o criara ao mesmo tempo em que dominava a arte da vidraria e conquistava uma vida confortável para os dois. Não parecia ficar cansada, não importava o quanto trabalhasse. Nem a jornada para Ghanor havia diminuído sua confiança. Mantivera o moral de todo um grupo de viajantes com canções, exigências e puro espírito inquebrável.

Por isso, era chocante vê-la semiconsciente na cama.

Era a primeira vez que Korin via a mãe de seu amigo. Da mesma forma, exceto por discursos ou passagens rápidas pelos corredores, Ernán nunca vira o rei e a rainha. Família não importava muito para a amizade dos dois. O príncipe estava conhecendo todo um lado novo de seu companheiro naquele momento.

— Encontrei-a já no chão — disse Ernán. — Ninguém viu o que aconteceu. Já tentei acordá-la, Korin. Ela não responde.

O príncipe chegou mais perto, como se pudesse entender melhor a condição da mulher. Tocou em seu rosto — ela estava gelada. Seus olhos tremiam de leve, ela balbuciava qualquer coisa e mexia os dedos. Exceto por isso, não reagia a nenhum estímulo.

— Como é o nome dela? — ele perguntou.

— Aldonza — Ernán fungou. — Por que?

A pergunta tivera uma razão superficial: Korin já vira seu pai, Niccolas e outros médicos tratando seus pacientes com intimidade, falando seus nomes, para que não se sentissem apenas vítimas esperando a morte. Mas também tinha um motivo secreto: Ernán provavelmente não conseguiria organizar um funeral. Korin pediria a Fester de Salúria para que conduzisse um enterro digno, e para isso precisava saber qual nome colocar na lápide.

— Se vou tentar fazer alguma coisa por ela, preciso conhecê-la — o príncipe respondeu. — Aldonza... É um belo nome.

O quarto onde mãe e filho dormiam ficava adjacente à oficina, uma das várias do castelo que fora ocupada pelos refugiados. Ela dividia o espaço com diversos outros artesãos, e os alojamentos em volta abrigavam várias famílias. No meio do dia, era normal que os dormitórios estivessem vazios. Fora bastante azar que seus colegas estivessem longe da oficina, levando produtos ao mercado. Ninguém sabia há quanto tempo ela estava desacordada, ou o que sentira antes de cair.

— Você mesmo a trouxe para cá?

Ernán fez que sim.

— Por que não chamou um médico? Por que foi me procurar em vez de...

— Os médicos são inúteis! — Ernán segurou o braço do amigo. — Os sábios são uns idiotas! Seu pai, sua mãe, aquele monge velho e todos os outros ficam se reunindo, andando de um lado para o outro como baratas tontas, mas não sabem o que fazer! Meu povo está morrendo, Korin! Minha mãe está morrendo!

Ele começou a soluçar.

— Desculpe... — Ernán engasgou. — Não quis insultar seu pai...

— Esqueça.

O príncipe tentou confortá-lo, mas se sentia vazio. Seu instinto era chamar algum adulto, perguntar a sua mãe o que deveria fazer. Observou Aldonza de perto, mais uma vez. Apalpou seus ombros, suas têmporas. Com horror, achou que sua cabeça estava leve demais. Recolheu a mão, com asco involuntário.

Ernán engoliu o choro, olhou para ele cheio de expectativa.

— E então?

Korin ficou mudo.

— E então? — Ernán repetiu.

— Como assim?

— O que você acha que pode fazer?

O príncipe demorou a responder.

— Eu... — hesitou algumas vezes. — Eu não posso fazer nada, Ernán. Desculpe, eu não tenho nenhum conhecimento. Ainda não entendi por que me chamou.

O outro ficou sério.

— Korin, não temos muito tempo. O pessoal do castelo deve estar atrás de você. Muita gente nos viu nesta ala, sabem onde eu moro. Quando chegarem, vão arrastá-lo daqui. Vão levar minha mãe para alguma enfermaria.

— Sua mãe precisa ser levada à enfermaria! Os médicos vão examiná-la, ela receberá cuidados...

— Eles só vão cuidar dela até que morra. Talvez demore alguns dias, talvez algumas semanas. Ninguém pode curar minha mãe.

— Eu sei — Korin disse, infeliz e confuso. — O que quer que eu faça?

— Quero que você a cure.

O choque daquelas palavras fez o corpo inteiro do príncipe formigar.

— Ernán, isso é loucura. Por que acha que...

— Pare de mentir — a voz embargada foi ríspida. — Você pode mentir para seus pais, para seus professores, até para si mesmo. Mas não minta para mim, Korin. Não agora.

— O que...

— Eu vi o que você fez quando Ysidro estava morrendo.

Silêncio.

— O que você acha que viu?

— Pare de se fazer de idiota. Eu posso não estudar como você, mas sei ler. Já li histórias dos santos, li histórias sobre seu pai. Sei que a magia divina emite um brilho dourado. Vi esse brilho em você naquele dia, Korin. Vai continuar negando?

Sem resposta.

— Também ouvi o que aquela garota disse na clareira. Quando você era criança, tentava ensinar os reféns a cultuar o rei, não é? Você dizia que era capaz de fazer milagres.

— Aqui foi há muito tempo. Eu era criança.

— E estava mentindo?

Uma pausa longa.

— Não.

Ernán chegou mais perto dele, segurou seus ombros.

— Eu não sei por que isso é proibido, Korin, mas qualquer que seja a razão, não pode ser mais importante que a vida da minha mãe. Nenhum médico, nenhum sábio, ninguém é capaz de fazer nada contra essa maldição. Mas eu vi você trazer alguém de volta da morte.

— Eu não sei se vai dar certo. Não sei se...

— Por favor — forçando a voz a sair. — Por favor, pelo menos tente.

Nos pensamentos de Korin, vários mundos, várias épocas colidiam. Talvez, se fosse mais velho, ele notasse o quanto era bizarro que um garoto tivesse tantos segredos, tantas mágoas, tantas partes de si mesmo que não compartilhava com ninguém. Mas, não tendo nenhuma outra experiência, ele apenas aceitava. Naquele momento, o mundo de leveza e esperança que compartilhava com Ernán, o mundo misterioso de devoção que só Hild conhecia, o mundo proibido do estudo necromântico e o mundo particular que ele não dividia com ninguém se chocaram. Ele lembrou da fúria de seu pai ao pegá-lo numa pregação herética. Lembrou da inquietude de Hild. Lembrou da destruição dos grimórios, quando aprendera a trancar uma parte de si mesmo, normalizando a desconfiança.

Korin se ajoelhou ao lado da cama.

— Você vai rezar a São Ruff Ghanor?

Sem olhar para trás, o príncipe respondeu:

— Você não precisa saber.

Ernán se ajoelhou também. De repente, o quarto se transformara num espaço solene.

Korin Ghanor fechou os olhos. Elevou as mãos, numa súplica para algo que existia acima dele mesmo. Respirou fundo e, ao soltar o ar, sentiu-se aberto. A oração era uma entrega. Ele se rendia, oferecia-se para servir a algo maior. Estava pedindo uma bênção em troca, mas não era uma transação. Ele se doava todo para a entidade. Se recebesse um presente, não era pagamento, mas benevolência.

Korin sentira aquilo muito tempo atrás, quando rezara a seu pai. A devoção era algo instintivo. A sensação de proteção que o adulto trouxera, aliada à aura ao redor dele e ao jeito como Hild se referia ao rei, tinham se transformado naturalmente em religião. Agora não conseguia se imaginar rezando a São Ruff Ghanor. O ressentimento estava trancafiado em uma pequena parte dele mesmo, separado de todo o resto, e a devoção era outra. Ele se sentia devoto da *coisa* que o ouvia. Que o aconselhava. Que, mais do que qualquer pessoa, conhecia os compartimentos secretos de sua mente.

De sua alma.

— *Se a maldição tem cura* — Korin Ghanor sussurrou — *então imploro para que a conceda.*

A mulher continuava estirada na cama, imóvel exceto pela tremedeira dos dedos e das pálpebras, muda exceto pelo balbuciar incoerente.

— *Se a maldição não tem cura, então imploro para que não haja sofrimento.*

Ernán tinha fechado os olhos, mas as palavras geravam um medo vago, impaciente. Ele precisava enxergar o que estava acontecendo, como se assim pudesse ter mais controle.

— *O tormento desta mulher começou hoje, e eu imploro que hoje termine. Eu me entrego a sua vontade, a sua sabedoria. Decida o que deve acontecer, mas interceda.*

O quarto foi tomado por luz dourada.

— *Esteja presente aqui. Esteja neste reino, neste castelo, neste quarto. Esteja conosco, porque sozinhos somos indefesos.*

Korin abriu os braços, seu corpo todo emanando luz. O momento pareceu eterno. Mundo físico e transcendência mística eram um só. Sem sentir, sem guiar a própria mão, ele tocou no corpo da mulher.

Aldonza ergueu a mão para se proteger do brilho ofuscante.

De noite, ele estava mais uma vez ajoelhado. Agora ao lado da própria cama.

Era um jeito infantil de rezar. O único jeito que lhe era permitido. Ele não podia orar numa capela. Nem durante o dia. Precisava evitar qualquer lugar e momento em que pudesse ser visto. Precisava esperar até que todos estivessem dormindo. Só então podia realizar aqueles ritos que adivinhava ou inventava, entregar-se à devoção sem ser punido ou julgado.

Todos diziam que a magia divina desaparecera do mundo, mas ele sabia a verdade.

Ele, Hild e agora Ernán.

Hild cultuava São Ruff Ghanor. Korin não sabia se ela deveria ser uma adversária, se seria considerada infiel. A entidade não explicava isso. Como sempre, ele precisava chegar a suas próprias conclusões. Mas Ernán tinha se convertido. Ou teria, se soubesse o que era a presença que tinha salvado sua mãe.

O garoto de Zibrene perguntara a Korin a quem ele tinha rezado. Estava maravilhado, queria agradecer, queria devotar sua vida a louvar aquela entidade. O príncipe confessou ao amigo o mistério, explicou tudo que não sabia.

Não importava. Agora Korin tinha uma prova de que não estava louco, de que não era um herege ou um necromante. Era um devoto e seus milagres tinham pelo menos uma testemunha.

— Eu não sei o que preciso fazer agora — ele sussurrou para a escuridão. — Não sei se você exige um sacrifício ou uma oferenda ou algo assim. Só estou tentando agradecer.

Aldonza demorara alguns minutos para voltar à consciência. Quando finalmente acordou, o brilho dourado já se desvanecera e não havia nenhuma prova material do que acontecera ali. Ela só fora vista por aqueles dois garotos, e eles decidiram não contar nada. A hipótese de que fora vítima da maldição não fazia sentido.

Afinal, a maldição não tinha cura.

Ela chegou à conclusão lógica de que caíra — talvez escorregando em algo, talvez de exaustão por ter trabalhado demais. Seu filho e o próprio príncipe de Ghanor se certificaram de que nada de sério tivesse acontecido e ela voltou ao trabalho. Para Aldonza, exceto por aquele incidente, foi um dia normal. Ela comeu e foi dormir como fazia todas as noites.

O milagre pertencia só aos dois rapazes.

— Obrigado por salvar a vida dela — disse Korin à entidade sem nome. — Minha alma lhe pertence. Diga-me como posso servir a você e obedecerei.

— Você vai saber, quando chegar a hora.

Lágrimas escorreram dos olhos do rapaz.

— Por favor, permita que eu veja. Quero saber a quem devo tudo isso.

— Ainda não — disse a voz.

A devoção era ainda mais forte quando envolvia total confiança. Quando era entregue a algo sem forma e sem rosto, sem nome e sem propósito.

Ele apenas acreditava que a entidade estava ali.

— Pode me conceder algo? — Korin perguntou. — Uma pista, um vislumbre?

Então as sombras se mexeram sob a luz do lampião e da lua. Korin não ousou se virar, mas sabia que *algo* estava no quarto, atrás dele.

As sombras projetadas na parede adquiriram a forma de asas.

Asas enormes.

Como as de um abutre.

10 | Um cadáver sob a terra

E, UM ANO depois, Aldonza ainda estava viva. A maldição ainda persistia, os povos de Zibrene e de Ghanor se mesclavam.

Os cofres reais foram abertos e a capital se expandiu. Os refugiados, ainda chegando e ainda morrendo, se estabeleceram em novas casas, construídas fora das muralhas. Novas aldeias pipocaram, bolsões da cultura de Zibrene, e aos poucos plebeus e nobres aceitaram que agora aquela gente amaldiçoada, mas bem-vinda, vivia ali.

Os corredores do Castelo de Ghanor mais uma vez estiveram vazios, espaçosos, enquanto a maioria dos hóspedes temporários se mudou para novas casas permanentes. Ernán e sua mãe receberam acomodações mais confortáveis, seus próprios quartos, e a mulher foi alçada ao posto de mestra vidreira da corte.

Era mais um ano que Hild Osso-Oco passava ausente, sem notícias e sem motivo. Mais um ano em que os deuses não ameaçavam o mundo com um novo Devorador.

Korin tinha se tornado forte, tão alto quanto o pai, sua voz grossa e musical. Seu rosto possuía os traços angelicais de Bellitz. Era um guerreiro temível e dono de uma mente estratégica impressionante. Foi nessa época que o castelo recebeu a primeira visita de uma jovem duquesa de Sammelen, que chegou com seu próprio séquito, instalou-se na ala de convidados e não fez menção de voltar para casa. A essa somaram-se várias outras: filhas de altos nobres de todos os reinos, chegando para visitas longas que se transformavam em estadias fixas, trazendo presentes para o rei e a rainha. Todas orbitavam ao redor de Korin, cada uma com sua própria estratégia para obter o prêmio maior: casar com o príncipe.

Era o assunto principal entre Ruff e Bellitz.

A vida de aventuras, a guerra e as conquistas, os inimigos e as grandes missões tinham ficado para trás. O rei se exercitava cada vez menos. Seu martelo costumava ficar ao lado da armadura, nos aposentos reais. Ele o pegava cada vez menos. Em geral nem dava atenção a tudo isso. Certo dia, os servos tomaram a iniciativa de guardar o equipamento de batalha em panos oleados, dentro de enormes baús. Ruff demorou a notar a ausência e, quando notou, não comentou nada.

O martelo e a armadura de Arcanium faziam parte de outra existência.

Era uma manhã de sol e frio quando Bellitz entrou no quarto, os cabelos grudados de suor na testa e a pele rosada de esforço. Desenvolvera o hábito de treinar antes que o dia começasse — desde que se tornara mortal, descobrira que o corpo precisava ser mantido, ou os músculos murchavam, o vigor diminuía e os reflexos ficavam lentos. Apesar de já ter algumas rugas em volta dos olhos, a rainha deixava para trás quase todos os soldados jovens. Corria uma volta a mais ao redor do castelo, enfrentava três ou quatro em sequência nos combates simulados, dobrava a rotina de exercícios das tropas. Era bom, era estimulante.

Mas sempre havia uma ponta de desgosto, uma tristeza incômoda e irritante, quando voltava aos aposentos reais e encontrava o rei dormindo.

— Ruff? — ela chamou.

Sem resposta.

Bellitz suspirou fundo.

Sabia que não deveria se frustrar com aquilo. Seu marido era mortal, assim como ela mesma. Era vulnerável à ação do tempo e teria o mesmo destino de todos os mortais desde que os deuses os haviam criado. Iria envelhecer e morrer. Ela mesma iria envelhecer e morrer, apenas mais tarde.

Contudo, vê-lo adormecido com o sol já alto, depois que ela mesma tinha acabado de conviver com pessoas ativas, gerava uma certa raiva.

Raiva por ele ser tão frágil.

Raiva por ele aceitar a velhice.

Raiva porque aquele momento chegara tão de repente.

— Ruff!

Nada.

Bellitz nunca estaria pronta para a vida mortal. Assim como todos os mortais que ela observara por incontáveis séculos, ela precisaria vivenciar tudo pela primeira vez, sem ensaio e sem preparação. Seria surpreendida de novo e de novo a cada fase daquela existência curta, maravilhosa e absurda. Fora surpreendida pela experiência de engravidar, então pelo parto. Pela primeira infância de Korin, quando a necessidade de mantê-lo vivo era acachapante e a dureza do mundo frente ao bebê era incompreensível. Fora surpreendida pelo crescimento do filho, pelo fato de ele ter se tornado uma pessoa completa. Fora surpreendida por incontáveis pequenas realidades desde que perdera sua qualidade divina na batalha contra Mubruk: usar a latrina e dormir, sentir fome e criar calos, precisar tomar banho e duvidar de si mesma.

A mais nova realidade mortal com que Bellitz precisava se acostumar era aquela mudança no homem que amava.

Era difícil para ela manter em mente o que o tempo representava para cada raça. Elfos falavam em séculos, humanos falavam em décadas, anões podiam falar em milênios. Parecia arbitrário.

Ela tentou calcular a idade de Ruff. Mesmo contar o tempo de vida em número de anos era algo arbitrário. Os ciclos do sol e das estações não eram mais ou menos significativos do que a formação de minerais, o nascimento de estrelas e tantos outros fenômenos do mundo físico. O tempo, assim como os mortais experimentavam, não era absoluto e não existia da mesma forma no Paraíso. Bellitz forçou-se a se concentrar nos padrões adotados pelos mortais e chegou a uma conclusão preocupante.

Ruff não era *tão* velho.

Velho o bastante para ter deixado os arroubos da juventude para trás, sim. Velho o bastante para que o corpo já o traísse de algumas formas.

Mas não para não conseguir acordar.

— *Ruff!*

Ela foi até a cama e o sacudiu.

O coração da rainha acelerou quando, ainda assim, seu marido não se mexeu. Bellitz segurou-o pelos dois ombros e chacoalhou o corpo magro, surpreendendo-se com a leveza. Só então ele engasgou, tossiu e abriu os olhos.

— Vamos cair! — disse Ruff Ghanor. — Vamos cair, meu amor, vamos...

— Ruff! Você está sonhando.

— Não me deixe cair! — Ele se segurou na esposa. Encarava seu rosto, mas o olhar passava através dela, fixando-se em algo que não existia. — Não me deixe cair, meu amor!

— Ruff, acorde!

Então os olhos se focaram. Ele franziu o cenho.

— Desculpe, Áxia. Acho que tive um pesadelo.

Bellitz apertou os lábios e virou o rosto.

Pousou o marido de volta nos travesseiros, afastou-se enquanto ele piscava e voltava ao mundo desperto.

— Você está bem? — a rainha perguntou.

Ruff se ergueu, demorou alguns instantes para se recuperar do esforço. Respirou algumas vezes, usou as mãos para ajudar uma perna a pender para fora da cama. Então a outra. Posicionou-se para que fosse mais fácil se levantar, tomou impulso, conseguiu ficar de pé.

— Claro — ele respondeu, ofegante.

— Com o que estava sonhando?

O rei começou a responder, mas se deteve. Os últimos fragmentos do sonho escaparam, ficando mais e mais tênues à medida que ele tentava agarrá-los, até sumir.

— Não sei.

Bellitz foi até a sala adjacente, onde havia uma tina cheia de água fumegante. Ruff a seguiu. A rainha tirou a roupa, colocou um pé na água quente. Virou-se para ver o marido.

Ruff olhava para ela com uma ternura vaga e benevolente. Nada da fome que tivera antes, quando mesmo um vislumbre casual do que já enxergara muitas vezes era o suficiente para atiçá-lo.

— Você quer que eu peça para os servos trazerem o desjejum? — o rei perguntou.

Ela hesitou antes de dizer sim.

Então ele lhe deu as costas, andando em passos curtos, falando sobre trivialidades domésticas. Bellitz afundou na água, seu peito apertado. Ninguém nunca lhe dissera o quanto, para os mortais, a transformação de amor em piedade podia doer. Havia uma confusão amarga girando em sua mente. De uma forma perversa, que ela mesma desprezava, Bellitz quase preferia o ato de traição que ele cometera décadas atrás àquela mansidão amável. Pelo menos naquela época Ruff era capaz de fazer o mal.

— Volte aqui — disse a rainha.

O rei obedeceu.

— Sim, meu amor?

O aperto no peito se mesclou a um embrulho no estômago. Aquele ar servil também não combinava com ele. Bellitz imaginou o que aconteceria se houvesse uma revolta. Se fossem atacados por um inimigo. Se surgisse um novo Devorador de Mundos.

— Mais uma leva de condessas e duquesas chegou ao castelo. Estão rondando Korin como belos abutres.

Ruff deu uma pequena risada.

— Alguma partiu? — perguntou o rei.

— Não, elas só se multiplicam. Precisamos tomar uma decisão, pensar no que é melhor para ele e para o reino. Se alguma dessas garotas aparecer grávida, será tarde demais.

— O que você acha que devemos fazer?

Ela estreitou os olhos, como se daquela forma pudesse colocar em foco o homem que conhecera antes.

Política, alianças entre nobres, casamentos de interesses e até mesmo o conceito de engravidar eram coisas recentes para Bellitz. Ruff lidava com as realidades do trono há décadas. Ele deveria estar pensando nisso, não deixando todas as decisões para ela.

Se ela não tivesse puxado o assunto, ele estaria se ocupando do desjejum em vez de discutir a sucessão do reino. Se ela não o tivesse sacudido, ele ainda estaria dormindo.

Bellitz respondeu qualquer coisa. Estava claro que não iriam decidir nada naquele momento.

— Você sabe onde está seu martelo? — ela perguntou, como uma tentativa.

— Não — o rei deu de ombros. — Os servos devem ter guardado. Por quê? Você acha que devo dá-lo a Korin?

— Não. Não, eu... Eu achei que você poderia querer treinar.

Ele riu, como se isso fosse um absurdo.

Começou a se virar, indo pedir o desjejum.

— Ruff — Bellitz disse. — Não quer entrar aqui comigo?

— Não, obrigado — sem olhar para ela. — Vou tomar banho mais tarde.

— Vai valer a pena — disse Ernán, enquanto eles se esgueiravam pelas ruelas escuras. — Vamos viver como fidalgos!

— Você sempre fala isso — disse Korin. — Mas eu sou um príncipe, e só quero uma vida diferente.

— Não disse que vamos viver como príncipes — um sorriso matreiro. — Vamos viver como fidalgos!

A noite quase não tinha lua, e a pouca luz que vinha das estrelas era bloqueada pelas paredes das casas muito próximas. Korin não conhecia aquela parte da cidade — um misto de construções antigas, de muito antes de seu pai tomar a capital, novos anexos e prédios precários, erguidos no último ano para abrigar os refugiados. O príncipe, na verdade, não conhecia quase nada da cidade e do reino que viria a governar. Nunca saíra de Ghanor e mesmo suas incursões acompanhando batalhões do exército eram limitadas. Às vezes Korin se perguntava se aquilo era certo, se não deveria estar encontrando seus futuros súditos em vez de ficar trancado no castelo, treinando e estudando, ocasionalmente frequentando bailes ou fugindo para a clareira.

Mas aquelas eram conjecturas para outros momentos. Por enquanto, seu coração disparava por estar rumando a uma taverna.

— O que há de tão especial nessa taverna, afinal? — perguntou Korin.

— Tudo — o outro riu. — Jogos de cartas. Bebidas fortes. Mulheres mais velhas. Melhor ainda, um taverneiro que nunca lembra do nome de ninguém.

O planejamento para aquela expedição começara duas semanas atrás, quando Ernán apareceu no treino com olheiras fundas e hálito de cemitério, dizendo que passara a noite em claro e contanto sobre suas aventuras numa taverna de reputação duvidosa. Segundo a narrativa do garoto, o lugar era um paraíso terrestre, ou talvez um inferno. Tudo que podia existir de errado e divertido acontecia lá. Todos estavam fazendo alguma coisa ilícita e, justamente por isso, ninguém se importava com o que os outros estivessem fazendo.

Como sempre, Ernán seguia Korin nos treinos e estudos, mas Korin seguia Ernán na vida. Assim, o relato adquiriu um caráter mítico e o príncipe quis conhecer a taverna. Ele nunca pisara numa taverna de verdade — não era uma atividade trivial para o herdeiro do trono. Mas, onde todos eram anônimos, ele também seria. Era sua chance de experimentar um pouco da vida dos plebeus. A bem da verdade, não queria a vida dos plebeus: queria, só por uma noite, a vida dos trambiqueiros, bandidos, menestréis, boêmios e tipos insalubres em geral.

Se para Ernán escapar para aquela taverna envolvera esperar sua mãe dormir e abrir a porta sem fazer barulho, para Korin era uma operação de guerra. As duas semanas foram passadas aprendendo os hábitos dos servos que trabalhavam à noite, decorando os padrões das patrulhas da guarda, treinando para se vestir no escuro e descobrindo quais áreas do assoalho rangiam. Se chamassem qualquer atenção, os mecanismos de segurança dos aposentos reais podiam ser acionados, gerando uma enorme barulheira e trancafiando a família real lá dentro. Korin chegou a pensar em revelar alguma das saídas secretas ao amigo, mas se conteve.

E, na verdade, isso nem foi necessário. No final, os dois rapazes poderiam se infiltrar nos aposentos do príncipe como espiões de elite.

Tudo a serviço de fazer o que era errado.

— Os outros não estão na clareira? — Korin perguntou.

Nervosismo de última hora era parte de fazer o que era errado. Cada transgressão nova trazia consigo todo um espectro de medos mais ou menos concretos, mais ou menos fundamentados. Korin não sabia qual era exatamente o medo que sentia da taverna. Não temia ser enganado, ou mesmo roubado. Não temia as repercussões que poderia sofrer de sua mãe — certamente não temia seu pai.

O que o amedrontava era a vaga sensação de passar vergonha, a noção de que estaria num lugar onde todos sabiam como se portar, menos ele. Korin temia o início daquela transgressão. Queria que aquela parte acabasse logo, para que ele ficasse mais uma vez confortável.

De qualquer forma, temia. E, por isso, pensava na clareira, uma transgressão já conhecida, que ele já dominava.

— Esqueça a clareira — disse Ernán. — A essa hora, já está vazia. Além disso, a clareira é para crianças. Você vai conhecer um lugar de homens! E principalmente de mulheres!

Aquilo instigava.

Ele chegara na clareira atrasado, um tolo frente aos outros jovens do castelo. Depois desta noite, poderia encará-los com superioridade. Seria parte de um submundo exclusivo que eles não conheciam.

O príncipe não percebia como suas inquietações eram iguais as de todas as outras pessoas de sua idade, desde que a humanidade começara.

Mas, apesar de seus medos, tinha ainda mais medo de recuar agora. Então, depois de uma hora se esgueirando pelas vias serpenteantes, eles chegaram ao destino. Era uma das poucas casas com luzes acesas e cheias de movimento àquela hora. Korin ouviu de longe o burburinho e a música que já reconhecia como típica de Zibrene. Mais perto, sentiu cheiro bom de comida — surpreendente para uma taverna de baixa reputação — misturado com fumaça aromática. Eles chegaram pelos fundos, deram a volta e se depararam com a porta da frente.

— Bem-vindo ao resto de sua vida! — disse Ernán, como se ele mesmo não tivesse visitado a taverna apenas uma vez.

A tabuleta que pendia na entrada era nova, assim como quase tudo ali. A tinta ainda era brilhante, mostrava um homem estirado no chão, com um cálice de pé sobre seu corpo. Os olhos fechados e um fantasma caricato subindo de seu tronco deixavam claro que aquele era um defunto. A cena representava o sugestivo nome da taverna: O Último Gole.

Ernán abriu a porta e eles foram avassalados por uma onda de calor inebriante. O salão comunal era escuro, exceto pela grande lareira e por alguns lampiões baixos, pendendo em correntes. Todo o ambiente era decorado com leques, pinturas berrantes, cortinas de miçangas e adereços de cores quentes. Cabeças de alho, grande pimentas e embutidos pendiam do teto, unindo seu cheiro ao da fumaça de grandes cachimbos que vários fregueses fumavam. Um bardo tocava um instrumento de cordas com habilidade estonteante, enquanto um casal de bailarinos atravessava o salão em rodopios, sua dança simulando sexo de forma quase explícita. Homens e mulheres com pouca roupa circulavam, sentando-se perto dos fregueses. Em várias mesas, pequenos grupos jogavam cartas ou dados, com adagas fincadas nos tampos, sugerindo o que aconteceria com trapaceiros.

Korin estava maravilhado.

Seguiu o amigo, que andou de peito estufado e cabeça erguida até o balcão. Os dois se encostaram, uma mulher se debruçou à sua frente, mostrando o decote farto.

— O que desejam? — com sotaque carregado.

— O que você tiver de mais forte! — Ernán respondeu.

Eles secaram dois pequenos copos de uma bebida com gosto gelado, que fazia a língua arder. Pediram vinho com especiarias para seguir a noite. Poucos minutos depois, moças e rapazes surgiram como que por encanto e os rodearam, pedindo que pagassem bebidas.

Korin observou o que seu amigo fazia antes de reagir. Quando viu que Ernán era generoso com os recém-chegados, decidiu imitá-lo. Algo estranho: enquanto a taverneira pedira o pagamento de suas próprias bebidas imediatamente, ela apenas marcava numa tabuleta as bebidas dos novos convivas. Também os servia de outros barris. O príncipe estava tentando raciocinar sobre isso, mas com duas mulheres penduradas em seu pescoço, rindo de tudo que ele falava e do que não falava, logo se distraiu.

Algumas mesas eram barulhentas, acompanhavam o bardo na cantoria, aos gritos. Essas também eram abordadas pelos rapazes e moças que surgiam de repente. Outras mesas estavam envolvidas nos jogos, dispensavam os agregados sem olhar em sua direção. E havia também três mesas cheias de tipos carrancudos, que bebiam em silêncio. Numa delas, um brutamontes de tapa-olho estava curvado sobre um caneco enorme. Em outra, um sujeito sem metade do nariz observava tudo, imóvel. Em outra, um homem com uma ponta de arpão no lugar da mão esquerda mastigava um pedaço de carne. Ninguém chegava perto de nenhum deles.

Korin esticou o pescoço, tentando enxergar através da barragem de garotas.

— Sou o único aqui que não é natural de Zibrene?

Elas acharam muita graça disso, não responderam e pediram outra bebida. Ele concordou, o consumo foi registrado na tabuleta, a taverneira serviu de um barril diferente.

Uma das mesas silenciosas ficou vaga quando quatro fregueses levantaram ao mesmo tempo e se dirigiram aos fundos da taverna.

Os agregados puxaram Korin e Ernán para que se sentassem à mesa vazia. Rindo o tempo todo, tagarelando, enxamearam em volta deles e sugeriram que pedissem algumas garrafas e petiscos.

Tudo anotado na tabuleta.

Korin puxou seu amigo pela camisa, arrancando-o da mulher que sussurrava em seu ouvido.

— Esse pessoal trabalha aqui? — perguntou.

— O quê?

— Eles trabalham aqui? — um pouco mais alto, tentando não ser muito óbvio. — O que eles estão fazendo?

— Não se preocupe, Korin! Estamos aqui para nos divertir!

Era impossível não ficar preocupado, mas também era impossível não se deixar envolver pelo ambiente. O menestrel tinha se aproximado e tocava para eles. As bebidas fluíam, os pratos cheios de petiscos chegavam (cada vez menos carregados) e partiam (cada vez mais rápido). Tudo era anotado na tabuleta. Alguém colocara um cachimbo na boca de Korin e, em meio a gargalhadas, tentava ensiná-lo a fumar. Enquanto isso, uma das mulheres puxou os cordões que amarravam a túnica do rapaz. Abriu-a parcialmente, revelando o peito musculoso dele, arrastou o tecido para baixo, revelando o ombro.

Korin não percebeu que a música havia parado. Mas notou quando as conversas silenciaram aos poucos, até que só restasse o silêncio.

Súbito, todos os rapazes e moças que tinham ficado em volta deles a noite toda sumiram, revelando vários homens mal-encarados de pé a seu redor. Ali estava o grandalhão de tapa-olho. O que não tinha metade do nariz. O que substituíra a mão esquerda pela ponta de um arpão.

O salão comunal estava vazio, exceto por Korin, Ernán, dez ou doze tipos armados e a taverneira atrás do balcão.

— O que está acontecendo? — Korin perguntou.

Ernán tinha os olhos arregalados.

— Antes de mais nada — a voz da taverneira dominou o ambiente — paguem o que devem.

Ernán levou a mão à algibeira. Em voz seca, a mulher falou um número exorbitante.

— *O que?* — Korin gaguejou. — Isso é suficiente para comprar um cavalo de guerra!

— Vocês desfrutaram do nosso pessoal a noite toda — a taverneira retrucou. — Está tudo anotado aqui.

Aos poucos, os dois garotos entenderam que seus parceiros de bebida eram profissionais. Podiam levar fregueses para os quartos no segundo andar da taverna e cobrar bem por isso. Ou podiam apenas pedir para que lhes pagassem bebidas e petiscos. Havia um preço diferenciado — afinal, os clientes estavam pagando pela companhia.

Ernán esvaziou a algibeira. Não era suficiente. Korin puxou sua própria bolsa, mas tinha ainda menos dinheiro que o amigo.

— Posso deixar minhas botas aqui — ofereceu o príncipe. — Valem bastante. Ou então...

— Sabemos quem você é — disse um homem que parecia ser o líder.

E, enquanto falava isso, fincou uma adaga na mesa.

— Não gostamos de gente de Ghanor na taverna — outro continuou.

— Somos refugiados em Ghanor! — Ernán tentou argumentar. — Eles nos receberam...

— Eles são covardes e infiéis.

Korin e Ernán se entreolharam.

— Seu rei de merda não faz nada para curar a maldição — o primeiro bandido cuspiu no assoalho. — Nos enfia aqui em qualquer buraco, enquanto vive no luxo às nossas custas.

— Suas igrejas não permitem o culto à Santa.

Até mesmo a taverneira tinha sumido. Os dois rapazes estavam sozinhos com os durões armados.

— Eu sou de Zibrene — Ernán ergueu as mãos espalmadas. — Ele é meu amigo. Não precisamos fazer nenhuma loucura.

— Seu amigo é o príncipe de Ghanor.

As lâminas ficaram mais evidentes.

— Príncipe de Ghanor? — Ernán forçou uma risada. — Então isto é o salão da corte? Eu devo ser o Alto Chefe de Artus! E você por acaso é o rei de...

— Cale a boca, moleque. — Um soco certeiro atingiu o nariz de Ernán, fez sua cabeça bater contra a parede.

Apesar de tudo, eles eram garotos. Os inimigos eram adultos.

— Eu reconheço a marca de nascença — apontou para o ombro de Korin. — Seu pai obrigou cada um de nós a estudar sua família desgraçada.

O príncipe nem havia considerado que, quando a garota começou a tirar sua túnica, poderia revelar a marca dos Ghanor. Era a ingenuidade de uma vida passada no castelo.

— O que vocês querem? — Korin tentou soar resoluto. — Eu não tenho mais dinheiro aqui. Se fizerem qualquer coisa contra mim, vão ser caçados pelos capas vermelhas. Por Edyriell da Floresta Alta. Por Hild Osso-Oco. Pela Rainha Bellitz.

Em resposta, o porta-voz dos bandidos levou a mão ao próprio peito. Os dedos afundaram, empurrando o tecido da camisa e a pele contra o vazio que havia por baixo.

— Eu não me importo. Já estou condenado. Será um prazer levar um Ghanor comigo.

Era fácil desconsiderar o sofrimento alheio, mesmo tendo testemunhado o que ocorrera com a mãe de Ernán. Era fácil pensar que eles eram mal-encarados porque desejavam, ou porque o caráter de alguma forma se traduzia em marcas físicas.

Mas um deles não tinha um olho, outro não tinha parte do nariz, outro não tinha uma das mãos. Um deles mancava, talvez porque perdera algum osso da perna. Outro era esquálido, talvez porque um pedaço de seu estômago sumira. O líder não tinha algumas costelas, uma parte do esterno, uma boa quantidade de músculos.

Eram todos vítimas da maldição.

— Todos que nasceram em Zibrene estão condenados — o homem de meio nariz disse com voz fanha. — É nosso dever levar, cada um, pelo menos um infiel de Ghanor.

Adagas.

— *Espere!* — Korin se ergueu rápido.

Ele não sabia mais o que era embriaguez, o que era nervosismo, o que era apenas sua mente trabalhando em velocidade máxima. O turbilhão de pensamentos tinha uma clareza espantosa. A dificuldade era separar o que fazia sentido do que era apenas desespero.

Estava acontecendo quase a mesma coisa que ocorrera mais de um ano atrás, na clareira. Naquela ocasião, ele concluíra que nada do que fazia era leve, nenhuma de suas ações existia de forma independente. Quando um garoto o ameaçara, era um estrangeiro ameaçando o príncipe. Quando ele revidara, era o herdeiro do trono ferindo um hóspede do castelo.

Quando ele rezara, realizara um milagre.

Tinha sido idiotice ir a uma taverna de refugiados pensando que essa aventura seria diferente por alguma razão. Ele não era Korin escapando de suas responsabilidades para se embebedar. Era o representante da linhagem Ghanor dividindo o mesmo espaço com súditos que não tinham nada a perder. Ernán sabia lidar com pessoas, achar esconderijos, ser convidado para lugares divertidos, mas não podia compreender suas circunstâncias.

Porque Ernán não era um Ghanor.

Apenas duas pessoas no mundo carregavam aquele peso: Korin e Ruff. A situação na taverna *O Último Gole* podia parecer um impasse entre bandidos e garotos ingênuos, mas não era, assim como o confronto com Ysidro não fora mera intimidação juvenil.

Ele era Korin Ghanor e tudo em sua vida eram as experiências de um futuro monarca. Tudo eram interações com seus súditos — porque todos no mundo, exceto seu pai e sua mãe, eram seus súditos. Ele era Korin Ghanor e não podia se portar como um garoto.

Precisava se portar como um rei.

De pé, ele tentou repassar todas as histórias, todos os ensinamentos, tudo que sabia da trajetória de seu pai. O rei já demonstrara piedade para com gente considerada perigosa, em Kottar. Já executara desertores em seu próprio exército. Já declarara ao mundo que era superior a todos, coroando a si mesmo. Havia momentos de clemência e momentos de brutalidade. Momentos de diplomacia e momentos de guerra. Mas, em todos os momentos, o Rei Ruff Ghanor falava de cima para baixo.

E assim também Korin Ghanor deveria fazer.

— Você não vai me atacar — disse o príncipe.

— Pirralho de merda... — começando o golpe.

— Eu sou o único e verdadeiro arauto da Santa.

Isso os deteve. Ernán olhava para ele, segurando o nariz ensanguentado, ainda meio caído na cadeira.

— Você está brincando com o que não conhece, fedelho real — o homem rosnou.

— Não conheço? — a voz de Korin foi desafiadora e mais confiante do que ele imaginara ser possível. — Então não poderia saber que seu símbolo são as asas de um abutre, não é mesmo?

Era uma aposta arriscada. Ele pescara algumas palavras soltas nas ameaças e resmungos dos bandidos. A menção a uma "Santa" que, pelo contexto, não parecia ser cultuada em Ghanor. A noção de que apenas pessoas de Zibrene eram devotas. Talvez fosse só uma figura religiosa daquele reino. Havia incontáveis santos que só eram cultuados em determinadas regiões.

Ou talvez fosse a entidade para a qual ele rezava.

— Como...

— Conheci a Santa muito antes que vocês chegassem a Ghanor! Li seus tomos sagrados. Tornei-me familiar com seu símbolo e com seus preceitos.

— Ele está blefando — disse o homem com o arpão na mão esquerda. — O amigo dele é filho de Aldonza. Deve ter mostrado nosso símbolo ao principezinho.

— Então posso falar do que ela nos ensina — Korin retrucou. — Acha que Aldonza me confiou isso também? A Santa nos ensina sobre a morte.

Outra aposta. Ele vira as asas de abutre em grimórios de necromancia. Era lógico que a tal Santa lidasse com a morte.

— Você é mesmo um de nós?

Korin deu uma risada forçada

— Vocês me chamam de infiel — o príncipe continuou. — Reclamam que as igrejas de Ghanor não permitem o culto à Santa. Mas vocês só falam sobre ela. Eu carrego comigo seu poder.

— Não blasfeme...

— Em nome da Santa — Korin não alterou a voz — você está liberto.

Ele estendeu a mão.

O salão comunal foi tomado de luz dourada.

— Como é o seu nome? — Korin perguntou.

— Laztur — o homem conseguiu dizer, entre soluços.

Estava ajoelhado. Largava as pernas de Korin apenas por tempo suficiente para apalpar o próprio peito, garantir que o vão tinha sido preenchido. Laztur, que há poucos minutos fora um bandido amaldiçoado, decidido a matar o príncipe de Ghanor porque não tinha nada a perder, agora estava curado.

— Eu não sabia — Laztur soluçou. — Perdão, Majestade, eu não sabia...

— Você não tem culpa — disse Korin.

Fez com que o homem levantasse. Os outros tinham largado as armas. Olhavam para ele com um misto de assombro, reverência e súplica. Todos eram vítimas da maldição, todos queriam ser curados.

Ernán observava em silêncio.

Quando Korin tomou fôlego, não sabia quais palavras viriam de sua boca. Tinha uma sensação de solenidade, uma noção da importância do que estava acontecendo ali, mas tudo se movia só um pouco rápido demais para que ele articulasse. Assim como o golpe de adaga que quase tirara a vida de Ysidro, o discurso emergiu pronto, sem um comando consciente:

— Os outros santos os ignoram. Eu sei, eu passei por isso. Durante minha vida toda, estudei as doutrinas de São Arnaldo, Santa Crysnia, Santo Otto, Santa Imuen. De todos os santos tradicionais que nossos antepassados cultuavam. Nenhum deles me ouviu, nenhum respondeu a minha dedicação.

Silêncio e respeito.

— Eu achei meu próprio santo — o príncipe continuou. Quando as palavras vieram, ele tentou detê-las. Mas sentia que eram verdade, então não foi capaz de resistir: — Mas era um santo falso.

Lágrimas correram livres dos olhos de Korin Ghanor, enquanto lembrava de como era cultuar seu pai.

— Fui repreendido e rechaçado. Fui perseguido e silenciado. Queriam que eu rezasse para os santos ausentes. Insisti em meu santo ingrato, que me punia por minha devoção, até que perdi a fé.

— Korin — começou Ernán. — O que...

O príncipe o ignorou.

— E fiquei perdido, até que ela veio a mim. Primeiro, na forma de livros, de seu símbolo. Depois surgiu como uma voz. Então, um dia, vi a sombra de suas asas. Ela nunca me disse seu nome, mas eu sabia que ela merecia ser cultuada. Não mentirei a vocês, meus amigos... Até esta noite, eu nunca nem mesmo a tinha chamado de Santa. Mas tenho certeza de que é a mesma que vocês veneram.

Eles estavam maravilhados. Nenhum deles conhecia o nome da Santa, mas a descrição de Korin combinava com a figura que eles adoravam. O príncipe falava de uma voz melíflua, misteriosa, que se comunicava por enigmas. Uma presença que nunca se mostrava, mas que se fazia sentir. Uma entidade que tinha poder sobre a morte.

Uma figura com asas de abutre.

— É a Santa — Laztur confirmou. — É mesmo a Santa.

— E vocês a cultuam em Zibrene?

— Seu culto surgiu há poucos anos...

Ninguém sabia onde se começara a cultuá-la. Mas os fiéis agora percebiam que a maldição que os trouxera a Ghanor era uma bênção. Afinal, isso os levara a conhecer aquele que canalizava seus milagres.

— Permita que eu lhe mostre nosso altar, Majestade — disse Laztur.

Korin sorriu. Colocou a mão no ombro do homem e pediu que lhe mostrasse.

Eles seguiram aos fundos da taverna, passando por alguns quartos de portas semicerradas, por onde os rapazes e moças que alugavam seu tempo e seus corpos espiavam, impressionados. Passaram pela cozinha e por uma adega, até chegar a um alçapão. Laztur abriu-o, revelando uma escada de mão que levava ao subterrâneo.

Korin desceu enquanto o novo companheiro acendia um lampião.

A luz revelou uma estátua de madeira, esculpida com esmero na forma de uma mulher. Nas costas, enormes asas, feitas das partes empalhadas de vários abutres.

Ela tinha os braços abertos, numa pose soberba. Correntes e ganchos entalhados com detalhamento meticuloso envolviam seu corpo, gerando a impressão de movimento. As cores eram vibrantes, a perícia artística era sublime, como seria de se esperar de Zibrene. A pele pálida da mulher contrastava com placas de ferro rebitadas em sua carne. Seu rosto era meio obscurecido por uma máscara também de ferro, com dois chifres emergindo de um elmo na cabeça. Era repugnante e atraente, horrenda e deslumbrante, mórbida e sensual.

— Aqui a cultuamos em segredo — disse Laztur. Então fez um gesto de reverência para o ídolo. — A Santa do Fim do Mundo.

Um a um, eles desceram e se ajoelharam. Apenas Korin e Ernán ficaram de pé.

O príncipe escutou a voz, por trás, bem perto de seu ouvido:

— Já me reconheceu?

11 | A Santa do Fim do Mundo

ANTES DE KORIN Ghanor nascer, antes que a guerra acabasse, antes que Ruff deixasse de ser o Devorador de Mundos, houve uma batalha dentro de uma montanha. Foi a última batalha, quando Ruff Ghanor, então no auge de seu poder, derrotou os Cavaleiros do Caos, Zamir e a Dama de Ferro.

No interior da montanha, o túnel com paredes de ônix tremia. Ruff Ghanor era o algoz supremo em sua armadura completa de Arcanium, o rosto oculto pelo elmo, martelo e escudo em mãos. Vitorioso e terrível, pois acabara de matar seus três filhos.

Áxia olhou para Ruff, o rosto tomado de lágrimas. Em choque, a boca aberta, o corpo paralisado numa tremedeira incontrolável. Falou seu nome com um fio de voz, em busca de alguma empatia.

Ruff não esboçou reação de dentro do escuro do elmo. Apenas ergueu o martelo e deu um passo na direção de Áxia e Zamir.

— Ruff, eu fiz tudo isso por você — ela disse.

O terremoto aumentou. Uma parede rachou, abrindo uma fenda no ônix. A montanha começou a cair sobre a caverna. Em um instante, a câmara ficou com metade do tamanho. Eles podiam sentir o chão afundando.

— Acabou — disse Ruff. — Tudo acabou.

— Ruff, você foi o único que nunca me chamou de...

— Você conseguiu, Áxia. Você me tornou igual a você. Eu não sinto mais nada.

Mais um passo na direção dos dois. Zamir foi atingido por um pedregulho que se desprendeu. Áxia não conseguia ficar de pé.

Ruff tirou o elmo e ergueu os olhos ao teto da caverna. Aos céus. Sentia-se já morto. Desligado do mundo. Era o assassino dos próprios filhos. Estava tomado por um torpor que nunca iria embora. Não pertencia mais ao mundo mortal, não era mais capaz de sentir amor ou alegria. Só podia ter alguma relação com os deuses.

— Os Cavaleiros do Caos estão mortos! — trovejou o rei de Ghanor. — A ameaça dos Devoradores dos Céus acabou! Eu invoco os deuses para testemunharem meu último feito. A morte do Devorador de Mundos será também a morte do tirano e da Dama de Ferro! Então a coroa de Ghanor governará sobre o mundo todo e o mundo será verde e bom.

O chão da caverna cedeu. O fosso se alargou. Áxia tentava se segurar na pedra, horrorizada. Mal havia lugar onde eles pudessem ficar de pé.

Então a visão de Ruff foi tomada por um brilho dourado. Ele levou a mão aos olhos, para se proteger da ofuscação.

Áxia não podia mover os braços, temerosa de cair, então apenas apertou os olhos. A intensidade dourada penetrou em suas pálpebras, parecia queimar seus olhos por dentro. Ela quis chorar de dor, de frustração, de perda, de raiva, mas a luz proibiu. Era sublime demais, imperiosa demais, e só admitia que fosse louvada.

A terra tremia, os dedos de Áxia faziam força para se manter agarrados no ônix.

Então o chão sumiu de seus pés.

A última coisa que ela enxergou antes de cair num fosso escuro foi a figura de um anjo, surgindo da luz dourada no meio da caverna.

A última coisa que ouviu, em meio ao rugido do desabamento e a seu próprio grito de horror, foi a voz do ser celestial:

— Os deuses têm uma mensagem para você, Devorador de Mundos.

Áxia estava suspensa no ar. Tentou se mexer, mas seus braços e pernas estavam imobilizados, abertos, presos por correntes feitas de luz que se estendiam até o infinito. Também havia uma coleira de luz em volta de seu pescoço, forçando a garganta só um pouco, a ponto de ser desconfortável. A corrente se estendia para cima, mas Áxia não conseguia ver, pois sua cabeça estava imobilizada. Só podia sentir que estava nua em meio a uma vastidão escura.

Pelo menos seu corpo era humano. Não tinha as partes metálicas e os rebites da Dama de Ferro.

— Estou morta? — ela perguntou para o nada. — Isto é minha punição por desafiar os deuses?

Não houve resposta por um longo tempo, ou ao menos ela achou que fosse um longo tempo. Não havia nada no ambiente que permitisse discernir minutos, horas ou dias passando. Ela não sentiu fome nem sede. Nem mesmo dor. Apenas o desconforto de estar presa e o lento desespero de que aquilo podia durar para sempre.

Ela sempre soubera que castigo eterno era um resultado possível, até mesmo provável. Quando decidiu ser discípula de Zamir, ainda em sua juventude, ela sabia que estava se aliando a forças infernais. O caminho seguro era o caminho de Ruff: obedecer aos clérigos, rezar aos santos, servir aos deuses.

O caminho seguro era ter nascido com uma marca nas costas que significasse uma linhagem de reis. Era ter sido escolhido pelos deuses antes de nascer. Era ter sido criado para o bem, como alguém bom.

O caminho seguro nunca estivera disponível para Áxia. Ela nascera de uma mãe considerada indesejável. Tivera uma mestra que os aldeões assassinaram porque não a entendiam, um irmão que morreu de doença, sem que os clérigos pudessem fazer nada.

Então, sem acesso ao caminho seguro, ela arriscara tudo ao servir a Zamir. Descobrira que havia ainda mais a ser arriscado quando ele vendeu a alma dela, e arriscou mais ainda ao traí-lo. Áxia tentara destruir o Paraíso com seus filhos, os Devoradores dos Céus. Áxia matara um santo.

Nunca tivera opção.

Então aquela era a punição eterna: o vazio de suas memórias. Não havia, na verdade, arrependimentos, pois seu caminho sempre fora único e sem desvios. Uma trajetória direta do nascimento até a condenação. A tortura não era ponderar sobre o que podia ter feito de forma diferente. Era lembrar do que fora feito a ela.

Nunca houvera dúvida de que mereceria punição vingativa — a dúvida era sobre quem seriam seus algozes. Parte de Áxia achara que, ao morrer, despertaria no inferno, onde estava sua alma, e seria torturada por demônios. Uma tortura mais cruel do que a que estava sofrendo agora, com certeza, mas de certa forma mais justa. Seria algo que ela escolhera, ou ao menos que seu mestre escolhera por ela.

Mas outra parte de Áxia sempre desconfiara de que, a despeito de sua alma ter sido vendida, ela acabaria nas mãos dos deuses. Afinal, eles sempre tinham sido o inimigo.

— Se estou morta — disse Áxia, para o vazio — então não há nada que eu possa fazer, mas me recuso a pedir perdão. Ao menos eu tentei.

Mal tinha acabado de falar, sua visão foi mais uma vez tomada por uma forte luz dourada. Ela tentou virar o rosto, mas a coleira e a corrente não permitiram. De novo, apertou os olhos para se proteger, mas era inútil.

— Não resista, Áxia — disse uma voz melodiosa. — Esta será a última imagem bela que você verá, antes de seu sofrimento eterno.

Ouvindo isso, ela fez ainda mais força, rejeitando a instrução e a luz.

— *Eu disse para olhar* — a voz ordenou.

Áxia abriu os olhos, contra sua vontade. Seu rosto fixo no lugar encarou a figura magnífica de um anjo flutuando a sua frente.

— Você não está morta — disse o celestial. — Não ainda. Está a instantes de morrer, num ponto onde o mundo físico dos mortais toca o Paraíso. Você está caindo e logo morrerá. Então pagará por tudo que fez em vida.

— Isto é meu corpo? — ela perguntou.

— Seu corpo está caindo e sendo atingido por fragmentos de pedra, no interior da montanha — o anjo sorriu. — Está sendo destruído enquanto você grita. Sua mente, no entanto, está presa.

— Por que...

— Caso você enxergasse o Paraíso, poderia enlouquecer, Áxia. Sua mente poderia quebrar. Então nunca experimentaria a totalidade de sua punição no inferno.

Ela fitou o anjo com descrença. Ao mesmo tempo, uma satisfação mórbida por suas piores suposições terem se confirmado. Os deuses eram mesmo cruéis, assim como seus servos. Ela seria mesmo condenada ao inferno, mas isso não significava que fosse descartada pelas divindades. Pelo contrário: tinham cuidado para que ela sofresse tanto quanto possível.

— Ao menos me diga o que vai acontecer — ela falou. — Ruff vai governar um mundo verde e bom? Livre de mim e de Zamir?

O anjo balançou a cabeça.

— Você é uma pecadora e logo estará morta. Não tem direito a saber nada.

Ele sorria.

— Deixe que eu morra dentro de meu corpo, pelo menos. Não quero ser poupada de dor nenhuma. Quero vivenciar os últimos instantes de meu corpo. Quero ser atingida pelas rochas, quero sentir quando meus ossos se quebrarem no impacto com o chão.

— Não.

— *É meu corpo!* — ela tentou controlar a raiva, para não dar ao anjo a satisfação.

— Nada pertence a você, Áxia. Assim como todos os mortais, foi criada pelos deuses. E, assim como todos os mortais, escolheu uma vida de perfídia e maldade. Renega as dádivas divinas e acha que tem direito ao que lhe foi concedido com tanta misericórdia. O corpo não é seu, a alma não é sua, o mundo não é seu.

Uma percepção súbita abafou toda a emoção que ela sentia. Se havia uma força dentro de Áxia que suplantava o ódio, era a inteligência.

— Mas os mortais não renegaram as dádivas divinas... — ela disse. — Pelo menos não todos. Ruff Ghanor serve aos deuses e tornou o mundo verde e bom.

O anjo riu de desdém.

— O Devorador de Mundos falhou. Apenas fomentou a guerra, matou seus semelhantes, conquistou para si o que pertence aos deuses. É só mais um mortal. Ele está agora mesmo recebendo a notícia de sua derrota.

Áxia arregalou os olhos. Uma fagulha de possibilidade se acendeu dentro dela.

— Ruff então vai destruir o mundo?

— Assim como todos os mortais, ele é rebelde e ingrato. Perderá o poder do Devorador, pois nunca soube usá-lo. Um dia, um terceiro Devorador pisará sobre a terra. Você nunca ficará sabendo, Áxia. Estará no inferno, sendo torturada.

Ela não sabia quanto tempo ainda tinha. Se o que o anjo dizia era verdade, no mundo físico poucos instantes haviam se passado, poucos instantes ainda restavam. Mas ela parecia estar há horas suspensa nas correntes de luz. Ao menos vários minutos ouvindo a voz angelical insultá-la.

De qualquer forma, a fagulha de raciocínio que se acendera quando o celestial falara que *todos* os mortais escolhiam uma vida de perfídia e maldade continuava ali. Já dera início a uma chama.

— Eu quero ser ouvida pelos deuses — disse Áxia.

— Todos os mortais pedem isso. — O anjo olhou para ela como se fosse um pedaço de lixo. — Todos acham que são especiais. Que merecem misericórdia.

— Pelo contrário — ela falou. — Sei que sou igual a todos. Somos pecadores, somos malignos, somos traiçoeiros.

O anjo franziu o cenho, talvez intrigado.

— Os deuses primeiro enviaram como Devorador de Mundos um monstro de fome infinita. — Áxia sustentava o olhar do celestial. — Ele foi derrotado por dragões criados por demônios. Foi derrotado pela maldade.

— Mortais não entendem...

— O segundo Devorador foi Ruff, um clérigo — ela interrompeu. — Um herói, um mortal que só tentou fazer o bem. Mas espalhou guerra e morte. Não foi isso que você disse? Mesmo um devoto dos deuses, mesmo alguém que tentava tornar o mundo verde e bom só foi capaz de espalhar a maldade.

O anjo tentou dizer algo, mas ela não permitiu. Quando não havia diferença entre horas e instantes, cada palavra podia ser a última.

— A única força que nunca foi vencida é a maldade dos mortais — disse Áxia. — A maldade se sobrepõe a tudo, de novo e de novo. Se os deuses desejam destruir o mundo, não devem usar um monstro ou um rei. Devem usar o mal.

— Os deuses são a bondade.

— É claro que sim. — Ela olhava o celestial com intensidade, falava com toda a rapidez possível, sem tropeçar nas palavras. — Apenas os mortais entendem a maldade. E, dentre os mortais, existem aqueles que tiveram contato com demônios.

O anjo ficou calado.

— Eu perdi tudo — disse Áxia. — Absolutamente tudo. Não tenho mais mestre, filhos, família ou amor. Não tenho lar ou futuro. Não me importo se o mundo for destruído.

— O que está falando, mortal?

— *Se os deuses são a bondade, eu sou a maldade* — ela sussurrou. — Traí demônios e um dragão. Fiz um devoto trair um anjo. Criei meus filhos para destruir o Paraíso. Eu sou a maldade... E posso ser a Devoradora de Mundos.

— Você vai ser levada ao inferno.

— Minha vida sempre foi pior que o inferno! Mas agora posso levar todos os mortais comigo! Posso espalhar o mal. Posso conspurcar e erodir tudo que Ruff Ghanor conquistou. Posso fazer com que a traição e o egoísmo tomem a terra, então não haverá ninguém para resistir. Posso fazer com que os mortais destruam o mundo em nome dos deuses!

— Isto não é uma barganha — disse o anjo. — Depois de Ruff Ghanor, nenhum mortal negociará com as divindades.

— Não quero barganhar — foi a resposta. — Só quero destruir.

Áxia falou sobre como podia fazer cada mortal sobre a terra desejar o fim do mundo. Sobre como podia fazê-los orar para que seus semelhantes morressem. Sobre como, se não houvesse vontade de sobreviver, não haveria como resistir à Devoradora.

Áxia falou.

E os deuses ouviram.

Então ela não havia mais caído.

Não ficara segura pelas pontas dos dedos, o fosso não se alargara de súbito.

Havia o brilho dourado, mas ela estava de pé, na beira do rombo no chão. Zamir também se equilibrando de forma periclitante.

Áxia chegou a pensar se tudo não passara de uma alucinação, ou apenas de seu desejo, mas soube que era verdade. Lembrava da proposta, lembrava de ser ouvida. Lembrava de cair, mas aqueles acontecimentos tinham sido revertidos.

Estavam, afinal, num ponto onde o mundo físico tocava o Paraíso. Onde instantes duravam horas. Onde deuses ouviam mortais.

O enviado celestial ainda falava com Ruff.

— Os deuses viram seus feitos, Devorador de Mundos — disse o anjo. — Eles viram tudo que você fez.

Ela conhecia a expressão no rosto de seu antigo amor. Era esperança. Ele achava que tudo tinha acabado, que vencera, que o mundo estava salvo.

Áxia sentiu certo prazer em saber o quanto Ruff estava errado.

— Os deuses veem dentro de seu coração — o celestial continuou. — Os deuses conhecem Ghanor e todos os outros reinos.

Ruff quase engasgou ao perguntar:

— Qual é a mensagem?

O anjo abriu os braços, em um gesto amistoso. O brilho dourado se intensificou a seu redor.

— Sua missão acabou, Devorador.

Lágrimas verteram dos olhos de Ruff, indo molhar sua barba.

A caverna, aos poucos, parou de tremer.

— Está dizendo que estou livre? — perguntou Ruff. — O veredito foi dado?

— Os deuses tomaram sua decisão, Ruff Ghanor — sorriu o anjo. — Você fracassou.

Áxia fechou os olhos e sorriu de satisfação.

Sentiu a decepção de Ruff, o terror de Zamir. Os dois haviam desistido, e isso a alimentou.

Foi invadida pelo poder súbito de Devoradora de Mundos. Sorveu o medo, o ódio, a frustração. Sentiu o gosto do egoísmo de Zamir, ouviu a música que era a autocomiseração de Ruff.

Tudo aquilo se transformou em algo denso, frio e cáustico dentro dela.

A Devoradora de Mundos espalhou sua maldição pela montanha. Uma parte do teto, no meio da rocha densa, deixou de existir. Uma seção enorme desabou. Ruff se jogou para longe, Zamir conjurou um domo de proteção sobre si mesmo.

Os dois acreditavam em seu próprio fracasso, questionavam suas próprias decisões, odiavam-se por serem inúteis. Os dois, sem saber, estavam tornando-a poderosa.

Era o início.

12 | O início do fim

KORIN E ERNÁN trocaram um olhar apavorado. Se alguém estivesse prestando atenção a eles, notaria o desconforto óbvio.

Mas todos só tinham olhos para a imagem da Santa.

Korin não sabia se ela estava ali com eles, oculta de alguma forma, ou se era uma presença em sua mente. Não sabia se ela ouvia tudo que ele pensava, assim como ouvira suas preces. Não sabia o quanto dela havia em suas ações.

Sabia que tinha medo. O príncipe já havia venerado seu pai, já o havia odiado. Já se sentira preso e impotente sob a figura avassaladora do Rei Ruff Ghanor, já aprendera a ignorá-lo e manter boa parte de sua vida em segredo. Mas só o vira ter medo quando falava da Dama de Ferro.

Korin não sabia por que Ruff Ghanor temia a bruxa. Sabia que os dois tinham se enfrentado, que ela fora vencida. Estudara a fundo as batalhas das quais a Dama de Ferro tinha participado. Lera sobre seus filhos, os Cavaleiros do Caos.

Mas a origem daquela figura era misteriosa.

A Dama de Ferro era a única coisa, entre deuses e mortais, nobres e monstros, que Korin já vira intimidar seu pai. Era a entidade para a qual ele vinha rezando nos últimos anos. Era a Santa do Fim do Mundo, cujo culto viera de Zibrene com os refugiados.

Entre vários pensamentos que giravam enquanto ele observava os estrangeiros se ajoelhando para a Santa, algo em especial incomodava. Uma conclusão prestes a ser alcançada, uma resposta prestes a se mostrar.

— Vocês devem se ajoelhar também — disse Laztur.

Devagar, incertos, Korin e Ernán se ajoelharam.

— Nossa Mãe dos Últimos Dias — entoou um dos homens — preencha com suas trevas o vazio que há em nossos corpos. Contemple nossas vidas e nos mostre o fim da estrada.

E então todos, em uníssono:

— *Este é o fim.*

O coração do príncipe batia forte. Apenas a Dama de Ferro era capaz de amedrontar Ruff Ghanor, o homem que o mantivera sob sua bota pela vida inteira. O homem que destruíra seus grimórios, que o tornara um pária dentro de sua própria casa. Ruff Ghanor proibiu Korin até mesmo de cultuá-lo, porque precisava controlar sua mente, sua crença, cada aspecto de sua vida. A Dama de Ferro era a única fragilidade de seu pai.

Era o que podia libertar o príncipe.

— Hoje descobrimos outra de suas bênçãos, Mãe do Fim — Laztur disse para a imagem. — Hoje fui curado por seu poder, através das mãos de um estrangeiro. Hoje entendi por que você nos trouxe até aqui.

Ele se virou para o príncipe. Estava sorrindo.

— Você nos trouxe para conhecer nosso salvador.

Como uma onda vagarosa, todos se voltaram a Korin. Alguns sorriam, outros tinham expressão beatífica, dois olhavam com expectativa mal contida. Estava claro que não o viam como um garoto, ou mesmo como um nobre. Foi aquele olhar que lhe ensinou o que seu pai tentara explicar anos antes.

Era adoração.

Em poucos minutos ele se convertera de inimigo e vítima em algo que estava muito acima deles, num pedestal. O príncipe achou que podia dar qualquer ordem àquelas pessoas, e elas obedeceriam. Por outro lado, qualquer coisa menor que a cura de seus males seria uma traição.

Korin rompera a maldição que afligia Laztur. Isso salvara sua vida e a vida de Ernán. Os mal-encarados eram parte de um culto secreto, que só existia entre os refugiados de Zibrene, e estavam prestes a trucidá-lo como um infiel. Apenas a realização do milagre fizera-os desistir da violência, então os milagres deveriam continuar.

— Diga-nos, Majestade. — Laztur continuava olhando para ele com fervor. — O que devemos fazer? Qual é a vontade da Santa?

Korin engoliu em seco.

Ele era a única pessoa no mundo conhecido que podia curar com as mãos. Tinha a seu dispor um pequeno bando de malfeitores. Logo poderia comandar um grande contingente de refugiados. Contava com um poder capaz de vencer seu pai.

De novo, *algo* quase veio à tona em sua mente. A resposta estava logo fora do alcance, mas ele não sabia qual era a pergunta.

Korin pensou em pedir à Dama de Ferro que colocasse palavras em sua boca. Que o usasse como porta-voz e marionete, que o salvasse mais uma vez. Tinha quase certeza de que já agira como ferramenta da Santa pelo menos um punhado de vezes, quando se entregara a ela em busca de orientação.

Mas algo o impediu.

Talvez ela soubesse de tudo, talvez estivesse ouvindo seus pensamentos. Ainda assim, entregar-se a ela parecia arriscado.

Seria preciso mentir.

— Na verdade — disse Korin, tentando carregar a voz de solenidade — eu canalizo o poder da Santa, mas quem interpreta sua vontade é meu amigo. Ernán, o que a Santa do Fim do Mundo deseja?

Virou-se para o outro rapaz, um olhar intenso de cumplicidade estampado em seu rosto. Mas, para sua surpresa, a malandragem não foi recíproca. Ernán continuava assustado, tenso, trêmulo.

— Está enganado, Majestade — disse. — Não sou profeta.

— Mas...

— Não sou um príncipe ou um iluminado. Sou apenas o filho de uma vidreira.

Um dos devotos sorriu para Ernán.

— Conheço sua mãe, rapaz! Ela participa dos cultos. Eu me perguntava por que Aldonza não apresentara a Santa ao próprio filho. Agora sei que você estava sendo preparado para uma revelação maior.

De novo, uma conclusão *quase* formada cutucou a mente de Korin Ghanor.

Não era hora para se perder em conjecturas. Ernán era leal e, em uma situação comum, saberia enrolar qualquer desafeto. Contudo, aquela não era uma situação comum — era uma situação de reis e santos. Ernán, por outro lado, era uma pessoa comum. Seria incapaz de ajudar.

— Não posso falar pela Santa — disse Korin. — Não posso exigir dela mais do que me concede. Posso apenas aceitar, com humildade, a sabedoria que ela me oferece, quando ela escolhe me iluminar.

Aquilo pareceu agradar aos fiéis. O príncipe achou que podia tentar algo adicional:

— Quando ela se revelou a vocês?

O grandalhão do tapa-olho tomou a palavra:

— Ninguém sabe, Majestade. Já fazia algum tempo que ninguém mais acreditava nas histórias dos milagres de São Arnaldo. Como se alguém fosse engolir a baboseira de que um santo viria nos alimentar quando tivéssemos fome! Todos riam da mentira que os conquistadores de Ghanor contavam, de que neste reino há uma estátua de São Arnaldo que verte arroz pela boca!

Um riso forçado de desprezo se espalhou pelos devotos. Korin tentou ficar impassível. Ele mesmo testemunhara a estátua jorrando o arroz abençoado na Cidadela de São Arnaldo, nos Pântanos Cinzentos.

— Todos estávamos fartos dessa merda! — continuou o grandalhão. — Não somos crianças, não vamos ser enganados por histórias da carochinha! Foi então que uma nova santa se revelou...

Segundo aqueles bandidos crentes, em Zibrene nunca fora dado muito crédito aos relatos que vinham de Ghanor. Poucos aceitavam a noção de que o rei pudesse realizar milagres.

Korin sentiu o corpo inteiro formigar.

— Quando até mesmo esses tolos perderam a fé, outra fé veio para substituí-la. Uma fé verdadeira, Majestade! Uma santa que não falava de esperança ou piedade. Nada dessas empulhações. Uma santa que falava do mundo real! Que não tentava nos domesticar!

Zibrene não era um reino pobre. Korin estudara muito, ainda que a contragosto, sobre as relações políticas e econômicas entre as terras. Os Três Irmãos eram as nações mais empobrecidas. Artus, o extremo gelado de onde vinha Hild, também era inclemente, com um povo que conhecia a fome. Até mesmo Kottar estava sempre à beira de um colapso, contando com a alquimia e com a proteção de Ghanor para se manter de pé. Zibrene, em comparação, era rico. Menos abastado que Sammelen, com uma nobreza menos opulenta do que os grandes mercadores da Confederação. Mas talvez mais próspero que Ghanor.

Talvez por isso seu povo pudesse se dar ao luxo de se entregar ao pessimismo.

Não fazia sentido que os habitantes de Zibrene considerassem histórias de fé e cura tolices de crédulos. Pelo contrário — eles tinham todos os motivos para acreditar que os deuses eram bondosos e concediam fartura a todos. Contudo, os mortais eram estranhos, estranhas eram suas mentes.

Zibrene fora conquistado.

A única explicação plausível era que fosse o fim do mundo.

— A Santa do Fim do Mundo tinha coragem de falar a verdade! — o homem continuou. — Ela nos educa para nossa destruição inevitável! Mostrou que a guerra foi só o começo. Tudo está ruindo, tudo vai morrer!

— As palavras da Santa se confirmaram — disse Laztur — quando a maldição surgiu.

Korin se esforçava para acompanhar o ritmo intenso de absurdos. Eles falavam nas "palavras da Santa", mas ninguém realmente as ouvira. Apenas escutavam aqueles mandamentos e doutrinas transmitidos por amigos de familiares, por vizinhos de conhecidos, sempre de forma indireta.

E a mensagem era sempre a mesma: não havia mais lugar para esperança.

O mundo estava acabando.

— A maldição provou que tudo era verdade. — Laztur voltou os olhos para a imagem de madeira com as imensas asas de abutre. — Nossos corpos se desvanecem, nossa terra se torna maldita, somos obrigados a fugir para o reino que nos conquistou... Só pode ser o fim.

Korin estava quase completando um raciocínio. Só não sabia qual era.

— Mas então por que... — começou. Achou que não era boa ideia, então se corrigiu: — Mas então me diga, Laztur... Prove que você compreende a doutrina, os desígnios da Santa. Se o mundo está acabando, por que você deseja que a Santa cure seu corpo? Se a maldição é a confirmação da verdade, por que deseja se ver livre dela?

Laztur deu um sorriso pequeno, ergueu o queixo numa postura de orgulho. Como uma criança que sabe responder à pergunta de um professor.

— Se o mundo está acabando — disse — nada mais importa. Tudo que um devoto pode almejar é ser o último vivo numa terra morta.

Eles tinham abandonado seu próprio reino e não falavam em reconstruí-lo. Na verdade, Korin percebeu, os refugiados de Zibrene não pareciam fazer qualquer esforço para voltar a seu lar, para reerguer o que tinham deixado para trás. Também não apreciavam o anfitrião que os acolhera: Ghanor era para eles um conquistador vil, uma terra que só tinha valor pelo que podia lhes dar.

Seria tolice achar que todos em Zibrene pensavam daquele jeito.

Apenas os devotos da Santa do Fim do Mundo.

A conclusão estava ali, à beira de eclodir em sua mente.

Aquele não era apenas um culto de morte — não se assemelhava em nada à religião de Kottar, ou mesmo à devoção à Santa da Boa Morte, que surgira décadas atrás. Não era apenas um culto de desesperança e niilismo.

Era um culto de egoísmo. De abandono. De traição.

Ao cultuar a Santa do Fim do Mundo, os devotos perdiam partes de si mesmos. Entregavam-se, de forma literal, à Dama de Ferro. A conclusão estava quase completa, mas Korin não entendia seus próprios pensamentos.

Eles olhavam o príncipe com devoção e expectativa. Uma gente aos pedaços, corpos e almas cheios de buracos, tomados por uma raiva desfocada que se recusava a ser apaziguada. Queriam um salvador ou um alvo. Se Korin não fosse um, seria o outro.

— Um de vocês já recebeu a cura hoje — um lampejo tomou sua mente. — Ele foi mais rápido, mais decidido. Se querem a mesma bênção, precisarão merecer tanto quanto ele.

Laztur se empertigou, cheio de orgulho. Achou que poderia, afinal, ser o último vivo numa terra morta.

Os dois garotos corriam pelas ruelas serpenteantes da capital, evitando o movimento que já começava a se intensificar. Tinham passado a noite no porão da taverna, ouvindo as súplicas e exigências dos devotos, esquivando-se de suas justificativas e buscando uma maneira de fugir. Quando, enfim, conseguiram sair, já era dia. O contraste da luz com o ambiente escuro, a noite insone, o zumbido baixo do cansaço, o embrulho no estômago e a dor de cabeça só eram suplantados pelo medo.

O plano sempre fora voltar ao castelo ainda antes do nascer do sol. Pela manhã, seria muito mais difícil.

— Você não precisa vir comigo — Korin ofegou, olhando para trás. — Algum guarda pode culpá-lo pelo que aconteceu.

— A culpa *foi* minha — disse Ernán, também sem fôlego. — Não vou deixá-lo sozinho.

Eles se detiveram na saída de um beco, que se abria para uma praça já cheia de mercadores montando suas tendas. Avistaram três capas vermelhas olhando em volta, falando com plebeus aleatórios. Podia ser coincidência, mas Korin duvidava. Estavam procurando por ele. Uma carroça puxada por bois bloqueou a passagem, vagarosa e barulhenta. Os garotos aproveitaram a cobertura para se esgueirar para fora do beco sem serem vistos.

Escaparam até os fundos de um depósito, esconderam-se atrás de alguns caixotes empilhados. Um guarda passou a galope, sem pensar em quem poderia atropelar em sua pressa.

— Devem achar que você foi raptado — sussurrou Ernán.

Korin sentiu mais uma vez o arrependimento se avolumando, como um pedregulho que tomava seu ventre. Quando um príncipe se atrasava para chegar em casa, não era apenas um ato de rebeldia. Era um possível rapto, motivo para acionar a guarda. Alguém acabaria dizendo que o viu na zona da cidade ocupada pelos refugiados. Isso poderia ser um incidente político.

No fundo de sua mente havia a noção de que o problema podia ser resolvido. Bastava um milagre.

Korin chacoalhou a cabeça, o que só piorou a dor. Ignorou as palavras do amigo, correu para outra rua estreita. Varais se esticavam entre as paredes de casas opostas. Ele olhou para cima e não foi preciso combinar: fez um apoio com as mãos, Ernán tomou impulso e agarrou uma capa pesada e um lençol. Deu a capa ao amigo, que logo escondeu o rosto no capuz, cobriu-se com o lençol. Assim, disfarçados com os itens roubados, eles atravessaram uma área aberta.

Progrediram até uma parte lateral do castelo. Korin pôs-se a subir a colina, chegando a um muro que há muito já sabia escalar. Quando alcançou o topo, Ernán jogou a ponta do lençol para ele. O príncipe ajudou seu amigo a subir e, em instantes, os dois estavam num dos pátios externos.

Meteram-se atrás de uma pilha de feno, deixaram que uma patrulha de capas vermelhas passasse, correram para uma porta secundária.

Estavam, enfim, dentro do castelo real. Tomaram fôlego num corredor destinado aos servos.

— Agora é melhor nos separarmos — disse Korin. — Você vai chamar mais atenção se tentar entrar nos aposentos reais.

— O que você vai fazer?

— Fingir que estava na latrina?

— Não estou falando sobre agora.

O príncipe não entendeu.

— A tal Santa do Fim do Mundo... — disse Ernán. — Você ficou apavorado quando viu a imagem dela. Deve significar algo para você. O que vai fazer?

Precisava contar tudo ao rei e à rainha. Precisava que soubessem que a Dama de Ferro estava sendo cultuada como uma santa, e que a maldição começara logo depois do início de seu culto. Ela pairava sobre suas cabeças há anos, pelo menos desde que os grimórios haviam sido trazidos para o castelo. Precisava confessar tudo que acontecera. Mas, ainda assim, havia algo a mais que precisava ser dito. Ele só não sabia o que era.

— Não sei — Korin respondeu. — Vou pensar nisso depois que...

— *Korin!* — uma voz feminina interrompeu.

Dianna surgiu de repente, em um instante estava com a mão em seu braço. O príncipe tentou se desvencilhar, mas ela não aceitou.

— Korin, eu não sei onde você estava, mas precisa vir comigo. *Agora.*

— Dianna, espere! Eu não...

— A guarda inteira está atrás de você! Estamos há horas vasculhando a cidade!

Ele notou que o rosto dela também mostrava olheiras fundas. Seus cabelos estavam desgrenhados, amarrados de qualquer jeito. Ela ostentava a capa vermelha de guarda, mas não o resto do uniforme.

— Ernán não teve culpa — começou o príncipe. — Fui eu que...

— Nada disso importa, Korin — Dianna não soltou seu braço.

Olhou para ele com seriedade. Não raiva, não impaciência ou indignação.

Seriedade.

Seus olhos estavam vermelhos.

— Dianna, o que está acontecendo?

— Venha comigo agora — ela repetiu. — Talvez ainda haja tempo de se despedir de seu pai.

13 Extrema unção

A PRIMEIRA COISA que o atingiu quando ele entrou no quarto foi o cheiro. Era a primeira vez que Korin Ghanor se deparava com o cheiro da morte lenta. O cheiro da doença. O cheiro da decadência.

A segunda coisa foi o olhar de sua mãe.

Bellitz estava sentada na cama onde seu marido jazia estirado, seu corpo bloqueando totalmente a figura do rei. Quando o príncipe entrou pela porta, trazido por Dianna, o rosto da rainha foi tomado por decepção.

Era a primeira vez que Korin Ghanor se deparava com o desprezo de sua própria mãe. Ele fugira do castelo para beber, para jogar, para deitar com plebeias refugiadas desesperadas. Para ser tudo de pior que um nobre podia ser.

Enquanto seu pai morria.

— Mãe... — Korin não achou as palavras para completar a frase.

— Agradeça aos deuses — disse Bellitz. — Ele ainda está vivo.

Korin correu até ela. Não notou que Dianna fechava a porta, deixando a família real sozinha. Não notou que não havia no quarto médicos, sábios ou mesmo clérigos. Só a esposa e o filho, para as últimas despedidas. Não havia mais nada a fazer.

Ruff Ghanor estava morrendo.

Ele tentou abraçar sua mãe, mas Bellitz o repeliu. Estava fria de corpo e espírito.

— Não perca tempo — ela disse, sem emoção. — Você já desperdiçou as últimas horas de seu pai. Não desperdice os últimos minutos.

O príncipe começou a chorar. Tentou de novo abraçá-la, procurar algum conforto, mas mais uma vez ela o manteve longe.

— Você já não pôde ouvir as últimas palavras que ele tinha a lhe dizer, Korin. Não perca a chance de dizer você mesmo algumas palavras.

O príncipe engoliu o choro.

— Ele consegue me ouvir? — entre soluços abafados.

— Não sei — disse a rainha. — Acho que não.

Bellitz então se ergueu, dando espaço ao filho e revelando a figura do rei.

Ruff Ghanor mal fazia volume sob as cobertas. Mal tinha peso sobre o colchão. Repousava de olhos fechados, o semblante vez por outra ficando tenso, quase crispado. Mas ele não tinha mais força para expressar emoções. Respirava pela boca, através de lábios gretados. Tremia de leve, embora estivesse coberto até o queixo por mantas de lã grossa. Seus longos cabelos se espalhavam no travesseiro, finos e quebradiços. Sua barba estava eriçada, evocando mais desleixo que imponência.

O cheiro de morte emanava dele.

Korin se ajoelhou ao lado da cama. Um eco do ato de se ajoelhar frente à imagem da Dama de Ferro.

— O que houve...? — perguntou em voz baixa.

— Você prestou atenção a seu pai nos últimos meses, Korin? No último ano?

Ele não respondeu.

— O que houve foi o tempo.

Korin tentou trazer à mente imagens de seu pai ao longo do ano que passara. Conseguia lembrar do semblante de orgulho bobo, quando enviou o filho para o exercício nos Pântanos Cinzentos. Na verdade, não: estivera concentrado demais em seu próprio medo para fixar o rosto dele. Lembrava também da fúria quando ele o acusara de matar Ysidro. Mas, de novo, na verdade não lembrava do semblante. Lembrava do que sentira. Da distância que havia entre os dois. Mesmo a lembrança do caminho até o hospital onde Ysidro convalescia era feita de imagens vagas. Não olhara no rosto de seu pai.

E mesmo todas aquelas lembranças parciais eram de mais de um ano atrás.

Korin nunca mais prestara atenção ao rei. Não vira o quanto ele tinha envelhecido.

Enquanto se preocupara com ter um companheiro para os treinos, com a injustiça de não poder tomar um porre, perdera o declínio do homem que um dia cultuara como um santo. Enquanto escondera dele a voz sussurrando em sua mente, ignorara as últimas chances de reconstruir o que os dois haviam destruído.

E agora era tarde demais.

Korin entendeu a própria solidão e a solidão de sua mãe. Em um instante, teve a noção plena de que aquela mulher, uma celestial no meio dos mortais, lidava sozinha com a morte de seu companheiro. Porque ele mesmo, o único que compartilhava de seu sangue, que talvez pudesse entender sua vivência, escolhia qualquer companhia, menos a sua.

Ao mesmo tempo em que foi avassalado pela culpa, Korin Ghanor entendeu que aquela não era hora de culpa. Ele mesmo não importava ali. Quem importava era Ruff, enquanto ainda existia.

— Eu gostaria de ficar sozinho com ele — disse para sua mãe, sem se virar. — Por favor.

Atrás dele, os passos da rainha se afastaram. Ele ouviu a porta abrindo, então se fechando.

Restavam apenas pai e filho.

Com cuidado, ele puxou as cobertas, revelando o peito e os ombros do rei. Ruff Ghanor estava magro. Tinha emagrecido muito mais do que seria possível em um dia. Mas não era só um dia — era um ano. Ou mais.

Estava vestido com uma túnica de tecido macio. Há muito a armadura fora guardada, agora também não usava mais as vestes reais. O melhor que o rei podia esperar era estar confortável em suas últimas horas.

Korin tomou a mão de seu pai nas suas, puxou-a para si. Não pesava nada. O braço estava mole, não oferecia resistência.

— Pai — disse. — Perdão...

Segurou a mão enrugada contra o rosto, enquanto chorava mais uma vez. A dor de cabeça aumentou, um lembrete de que boa parte daquele mal-estar eram efeitos da bebida. Ele devia estar fedendo a fumaça e álcool, ainda vestia uma capa que havia roubado de um de seus súditos.

A pele de Ruff estava gelada. Seu corpo começou a tremer com mais força.

— Desculpe, pai — ele disse, enquanto voltava a cobri-lo.

Havia muito perdão a pedir.

Korin abriu a boca, mas se sentiu tolo. O homem que jazia na cama não podia ouvi-lo. Não fazia sentido falar. Tudo estava dito dentro de sua mente. Se houvesse mesmo uma alma imortal, que deixasse o corpo após a morte, ela ouviria o que o príncipe tinha a dizer.

Mas ficar em silêncio era pior.

Ele pensou em se levantar, andar até a porta, chamar sua mãe de volta. O estrago estava feito, nada iria reparar a relação dos dois naqueles últimos minutos. Estava mais uma vez sendo egoísta, roubando de Bellitz o direito de estar com o marido no leito de morte.

Mas então, pelo resto de sua própria vida, saberia que abrira mão de mais aquilo.

Não fazia diferença parecer tolo. Ele precisava falar.

Korin tomou fôlego.

— Eu nunca o odiei. Sei que fiz tudo que você proibiu, pai, mas nunca foi por ódio. Eu não podia ser você, então tentei ser o mais próximo... Tentei ser seu devoto, mesmo que eu fosse novo demais para entender isso. Tentei me conectar com você. Sei que era errado, mas eu não conhecia outra forma.

O homem na cama respirava de leve.

— A necromancia também foi uma tentativa, pai. Era tão difícil... Você estava em toda parte. Mesmo que um dia eu seja o rei, foi você quem retomou Ghanor. Foi você quem conquistou o mundo. Mesmo que eu seja um guerreiro, foi você quem derrotou Zamir. Mesmo que eu seja o maior estudioso dos santos, foi você quem trouxe a magia divina ao mundo... Só havia um lugar onde seu brilho não chegava, pai. A magia arcana. Eu tentei. Sei que era errado, mas tentei ser eu mesmo com isso.

Ele mantinha a mão ossuda de seu pai entre as suas.

— Sei que nunca vou me igualar a Ruff Ghanor. Sei que nunca nem mesmo vou me igualar a Korin. Eu só queria conhecer algo diferente, pai. Achei que, quando você descobrisse tudo... Iria pedir para que eu lhe ensinasse.

As lágrimas verteram de novo. Vergonha e arrependimento.

— E quando você me ordenou, quando eu reanimei o rato... Eu ainda tinha um pouco de esperança. Uma parte de mim ainda achava que você iria se orgulhar. Edyriell sempre falava que precisávamos de um mago da corte.... Esperava que pudesse ser eu.

Ele disse aquelas palavras numa voz quase inaudível. Era difícil admitir a fantasia tola, até para si mesmo, até para o moribundo que não o escutava.

— Então, quando nada disso deu certo, eu quis muito não ser eu mesmo. Quis ser um plebeu. Quando conheci Ernán, eu o invejava, pai. Ele era só alguém comum. Tentei ser como ele, mas também era impossível...

Não havia mais como adiar a confissão.

— Eu comecei a ouvir uma voz à noite, pai. Pouco depois de dominar as primeiras magias dos grimórios. Foi parte da razão pela qual me afastei. Eu não sabia quem era, mas sabia que ninguém mais ouvia. Eu não podia ser você, mas eu tinha uma coisa que era só minha. Eu tinha a voz. Ela falava comigo e eu podia responder. Ela me ouvia, pai. Então, depois de algum tempo...

Ele apertou os olhos, rilhou os dentes.

— *Eu comecei a rezar a ela* — finalmente admitiu. — Eu não sabia o que era, mas era algo místico. Todos os livros falam da conexão de mortais e santos, de como a devoção preenche um vazio... *Eu estava vazio, pai!* Sempre estive vazio, e ela me preencheu. Rezei para ela, assim como rezaria para qualquer coisa.

Korin sentiu um peso deixando seus ombros. A garganta se afrouxou. Teve a impressão de que, pela primeira vez em muito tempo, podia falar sem travas.

— Eu não sabia quem ela era. Juro, pai! Não sabia. Durante algum tempo, tentei me convencer de que era você. Ela mesma às vezes chegava a sugerir que era você. Que estava ligada a você. Eu rezei a ela, e ela me concedeu milagres. Foi através dela que curei Ysidro.

O príncipe abaixou a cabeça. Pressionou a palma da mão de seu pai na própria testa, uma bênção forçada.

— A mãe de Ernán foi vítima da maldição, pai. Eu rezei para a voz na minha cabeça e consegui curá-la! Sei que é errado, mas finalmente era algo que você não conseguia fazer! Sei que foi horrível, pai, mas eu me senti poderoso! Então eu...

Ele pousou a mão de seu pai na cama. Secou as lágrimas e se empertigou. Para aquela confissão, sentia que precisava encará-lo de frente. Não era mais o choro de uma criança, a insegurança de um jovem. Não era mais necessidade de validação, nem mesmo a conciliação derradeira antes da morte.

Era a admissão de culpa de um adulto. Uma culpa que era só dele.

— Então eu conheci outros devotos da voz. Realizei outro milagre. Eu sou capaz de curar a maldição, pai. E a voz é uma santa, é a Santa do Fim do Mundo. É a Dama de Ferro.

Parte dele esperava que algo dramático acontecesse. Que aquelas palavras fizessem o rei abrir os olhos. Que revelassem algum segredo. Que invocassem a Santa, para que não houvesse mais nada escondido.

Mas a vida não era feita de grandes momentos dramáticos. Apenas da lenta e minúscula derrocada do cotidiano.

O rei não se mexeu.

— Eu sou um devoto da Santa do Fim do Mundo. Da Dama de Ferro — as palavras eram repugnantes, mas libertadoras. — Ou era... Sei que ela foi sua inimiga, pai. Nossa inimiga. Eu já disse, não o odeio. Mesmo que eu queira ser diferente de você não vou servir a ela. Isso eu juro, pai.

Ao mesmo tempo, servir à Santa do Fim do Mundo era tentador. Apenas por meio dela Korin Ghanor tinha poder real.

— Se você morrer, assumirei o trono — ele disse, forçando-se a não desviar o olhar. — E sei que terei uma escolha. Se continuar a cultuá-la, posso curar a maldição. Posso apaziguar os refugiados. Posso curar o reino de Zibrene. Mas é um culto de morte, de covardia...

Ele sacudiu o rei de leve. Apesar de tudo, e apesar de saber que era impossível, queria um conselho.

— E muitos refugiados cultuam a Dama de Ferro. Conheci vários numa taverna. Até mesmo a mãe de Ernán...

Korin Ghanor se deteve.

— Os amaldiçoados são devotos da Santa do Fim do Mundo.

A noção de que um feiticeiro ou outro ser poderoso era responsável pela maldição fora descartada há muito tempo. Korin sabia que a explicação não era tão fácil. A Dama de Ferro não jogara uma maldição sobre Zibrene.

Enfim, a conclusão que espreitava em sua mente desde a taverna se mostrou. As peças se encaixaram, a forma da verdade se mostrou para ele.

— A maldição é uma praga — disse Korin Ghanor — transmitida pela crença.

Era contagiosa, como todos haviam suposto desde o início. Mas não se espalhava por contato físico, nem por proximidade, nem por magia. A maldição infectava aqueles que eram devotos da Santa do Fim do Mundo. E, quanto mais amaldiçoados surgiam, mais devotos, em busca de algo que explicasse aquela ruína.

Só havendo devotos de Zibrene, nenhum habitante de Ghanor fora amaldiçoado.

Korin teve um instante para se sentir orgulhoso de seu raciocínio, antes de perceber que ele mesmo era um devoto.

Então algo muito mais grave lhe ocorreu.

Seu pai tinha envelhecido rápido demais.

Segundo a rainha, o processo começara mais ou menos quando ele ouvira a voz pela primeira vez.

Tudo se juntou em sua mente. Korin de repente entendeu a maldição, entendeu o que acontecera com Zibrene, entendeu o que acontecera com seu pai.

A maldição era uma praga que se espalhava pela crença. E ela não afetava apenas os seres vivos: os relatos de "acidentes" em Zibrene, do chão se abrindo para engolir pessoas, de construções desabando, da terra se exaurindo, sugeriam que o que acontecia em seus corpos acontecia também no reino. Partes de Zibrene desapareciam — partes físicas e imateriais. Os habitantes de Zibrene entregavam sua terra e seus corpos para a Dama de Ferro.

Korin estudara desde a infância o papel e o dever de sua própria família. Crescera com a marca de nascença em suas costas. Lembrava de, ainda muito jovem, contar a Hild que estava lendo sobre a ligação intrínseca do rei com a terra.

Ruff Ghanor entrara em decadência quando o príncipe, sem saber, começou a rezar para a Santa do Fim do Mundo.

Um Ghanor devoto havia infectado a terra. A terra doente estava matando o rei.

Korin soube que era tudo culpa sua, afinal.

Mas também soube como salvar Ruff Ghanor.

Ele girou a chave devagar, até que parte da lingueta entrasse no buraco do batente. Não o bastante para trancá-la, pois uma volta completa na chave faria um barulho característico. Apenas o suficiente para retardar a abertura em alguns instantes. Em seguida, fazendo o maior silêncio possível, pegou a haste de madeira que repousava ao lado. Colocou-a nos seguradores, travando a porta por dentro.

Havia os mecanismos de segurança superiores dos aposentos reais: a corrente que, se puxada, faria barras de ferro descerem do teto, bloqueando a passagem. A alavanca que montava uma estrutura metálica por sobre a porta e a única janela, dificultando que fossem destruídas. Eram medidas de contingência, para defender a família real de um inimigo que tivesse conseguido invadir a área mais protegida do castelo. Caso fossem acionados, só poderiam ser destravados por dentro — a ideia era que, enquanto o invasor tentava entrar à força, a família real escapasse pelas saídas secretas que só eles conheciam. Contudo, acioná-los geraria um estardalhaço que atrairia a atenção de todos. Korin precisava ser discreto.

Em seguida, andou pelo quarto, examinando os armários e as salas secundárias que serviam de depósito e vestíbulo para o rei e a rainha. Enfim encontrou o que procurava: um dos vestíbulos fora convertido em armorial. Lá estava a armadura de Arcanium, montada numa estrutura. Lá estava o martelo de Ruff Ghanor, pousado num pedestal.

Manter aqueles equipamentos ao alcance do rei era algo puramente simbólico. Não podiam admitir que Ruff nunca mais usaria suas armas. Pela praticidade, o martelo e a armadura deveriam estar com o príncipe.

Korin não podia carregar a armadura nas costas, e vesti-la iria impedir seus movimentos. Assim, contentou-se com o martelo.

Segurou nas duas mãos o cabo da arma. Um ressentimento nebuloso invadiu seu peito de repente: era a primeira vez que empunhava o famoso martelo de seu pai. Quando já tinha idade e treinamento suficientes para usar armas verdadeiras, a distância entre os dois era tão grande que ele preferira a adaga de presa de serpente. Nunca houvera uma passagem do maior símbolo do poderio guerreiro. A única maneira com que Korin Ghanor podia segurar o martelo era aquela: clandestinamente, furtando-o como um gatuno.

O ressentimento inchou descontrolado, e ele ficou tentado a rezar à Santa do Fim do Mundo. Mas lembrou a si mesmo de que tinha uma missão.

Korin prendeu o martelo na cintura, tentou se acostumar com o peso metálico batendo em sua coxa enquanto andava. Voltou à cama do rei moribundo.

— Korin? — a voz de Bellitz veio do outro lado da porta fechada. — Você está bem?

Ele se deteve.

— Só mais alguns minutos, mãe — forçou a voz a parecer chorosa. — Por favor.

A rainha não respondeu. Estava claro que o tempo logo acabaria.

Puxou as cobertas, revelando de novo o corpo magro de Ruff Ghanor. Korin deslizou as mãos por baixo das costas do rei, ergueu seu tronco. Era mais leve do que ele imaginara. Isso assustava, mas facilitaria o trabalho.

Korin abraçou seu pai, pressionando seu peito contra o dele, então amarrou um lençol ao redor dos dois. Pousou a cabeça do rei em seu ombro, sentindo a respiração fraca no pescoço, cheirando o hálito acre. Rasgou uma parte do tecido, passando-a pela virilha do corpo inerte e firmando-o em si mesmo. Colocou os braços moles ao redor de seu pescoço. Desajeitado, rasgou mais uma parte do lençol e amarrou os pulsos de Ruff, dificultando que escorregasse.

Korin então ficou de pé. Primeiro sustentou o corpo de seu pai com um braço, verificou que conseguia. Então experimentou soltá-lo. As amarras precárias cederam um pouco, mas ele ajustou o que pôde e achou que a estrutura improvisada seria suficiente para o que ele precisava.

Korin andou até a parede oposta, carregando seu pai.

— Korin? — Bellitz chamou de novo do outro lado da porta.

Ele fitou os tijolos da parede com atenção. Tateou em busca do correto. Pressionou-o, sentiu-o deslizar alguns centímetros. Buscou o outro tijolo, também conseguiu empurrá-lo para dentro da parede. Seu coração batia forte. Pressionou o terceiro tijolo, então o quarto.

— Korin? — Sem resposta. — Vou entrar.

Então, com a sequência de tijolos acionada, ele ergueu a mão para o suporte metálico que sustentava um archote apagado.

Do outro lado da porta, Bellitz girou a maçaneta. A lingueta semi inserida no buraco impediu que abrisse.

— O que está acontecendo? — a voz da rainha adquiriu um tom de urgência. — Abra a porta!

Korin puxou o suporte, fazendo um movimento de alavanca. Um rangido grave tomou os aposentos reais, fazendo as paredes tremerem. A seus pés, as pedras se abriram, revelando a saída secreta e o túnel que levava ao interior do castelo.

— *Korin!* — Bellitz gritou.

Um chute da rainha fez a maçaneta ceder, mas a porta travou na haste transversal.

— Korin, o que está fazendo? Abra a porta!

Ele ouviu as ordens, e então os guardas correndo do outro lado da porta. Chegou a escutar o estrondo da primeira batida de um aríete, o ruído da haste começando a quebrar.

Carregando seu pai, atravessou o quarto, puxou a corrente e a alavanca. Uma sequência estrepitosa de enormes barulhos metálicos abafou as vozes, os estrondos do aríete. A passagem para os aposentos reais estava bloqueada, a porta estava protegida, o vidro da janela estava coberto de metal. Ele estava isolado: a única saída era pela passagem secreta.

Korin entrou no túnel escuro, carregando Ruff Ghanor inerte. Achou a alavanca interna, puxou-a, fechou a passagem.

Uma vez que a passagem secreta fosse fechada por dentro, não poderia ser aberta por fora — essa foi a lição mais valiosa de todo o treinamento de Korin Ghanor.

Ele não tinha memorizado todas as rotas de fuga, mas o último ano de furtividade e atos ilícitos lhe ensinara muito sobre a estrutura do castelo. Arrastando-se e se esgueirando pelos túneis, descendo e subindo rampas inclinadas, o príncipe foi capaz de se localizar. Quando estava perto de alguma saída, podia ouvir a barulheira dos guardas que estavam à sua procura. Imaginava que Bellitz não tivesse revelado esses locais a nenhum deles. Mesmo com o príncipe foragido e o rei à beira da morte, fazer isso seria comprometer a segurança do Castelo de Ghanor para sempre. Ela teria, em vez disso, postado vigias em vários locais, inclusive perto das saídas. Uma maneira esperta de encurralar a presa.

Havia apenas um risco: se Bellitz decidisse ela mesma entrar nos túneis, usando uma das saídas, e procurá-lo em pessoa.

Contudo, havia uma parte dos túneis que nem a rainha conhecia. Uma parte que só pertencia àqueles que tinham o sobrenome e a marca de nascença. Ele conseguiu chegar naquela área, parou para descansar. Desamarrou o corpo de seu pai, pousou-o com delicadeza na rocha fria. Então, para despistar os perseguidores, esperou por horas.

Foi avassalado pela fadiga da noite sem dormir, pelos efeitos da bebida evaporando de seu corpo, pela falta de comida e água. Tentou se manter acordado, usando os truques que tinha aprendido com as sentinelas do exército, mas foi em vão. Acordou sobressaltado, sentindo o rei tremer contra seu corpo.

Ruff abriu a boca, teve dificuldade em desgrudar os lábios um do outro. Korin balançou a cabeça, desapontado consigo mesmo. Não tinha nem mesmo água para dar a seu pai moribundo. Ele precisaria resistir sozinho.

Aproximou o ouvido da boca do rei, tentando escutar. Teve e impressão de que um som emergia do fundo da garganta, mas podia ser um gemido sem significado. Não tinha certeza se ele o via, ou se enxergava qualquer coisa do mundo real.

De qualquer forma, Korin Ghanor achou que a espera tinha sido suficiente. Não sabia o quanto tinha dormido, mas qualquer coisa além de algumas horas seria demais.

Respirou fundo, ergueu o corpo e o amarrou a si mesmo de novo. Então voltou a se esgueirar.

A saída que pertencia só aos dois iria levá-lo para uma passagem escavada na pedra viva, sob a colina, que se estendia até sair da cidade. Era o caminho lógico.

Mas talvez Ruff Ghanor tivesse, afinal, confiado mais em Bellitz do que em seu filho. Talvez tivesse, depois de tudo, mostrado à rainha também aquela rota de fuga.

Ele ficou em dúvida. Se sangue e linhagem valiam mais do que qualquer coisa, então ele estava seguro. Se, contudo, para Ruff Ghanor a ligação com sua esposa fosse superior, seria só mais uma armadilha. Korin pesou as opções. Podia escolher uma das saídas menos convenientes e tentar passar despercebido. Havia uma saída que se abria para o fosso. O príncipe poderia se atirar, nadar até a margem e então se perder nos fundos do castelo. A água gelada arriscava matar o rei, mas era uma opção.

Ele respirou fundo. Se esperava que seu pai tivesse confiado nele, precisava também confiar em seu pai. Aquele segredo pertencia só aos dois.

Korin Ghanor seguiu pelo túnel que era privilégio da dinastia real. Andou por ele até alcançar um alçapão, então uma descida curta e íngreme. Estava na passagem subterrânea, um mero buraco na pedra, rústico e sem acabamento, cheirando a umidade e sustentado por vigas que se erguiam de metros em metros. Seguiu por ali durante várias horas. Precisou parar e descansar algumas vezes. E algumas vezes testou a respiração de seu pai, garantindo que ainda estava vivo.

Quando emergiu na floresta, a noite não tinha mais estrelas — era quase manhã. Passara pouco menos de um dia dentro dos túneis. Com cuidado, desamarrou o corpo, pousou-o na relva. Esticou as costas, tentando afastar as dores.

Tinha conseguido. Estava fora da cidade.

A escuridão era total. Ninguém mais iria achá-lo.

— O que está fazendo? — perguntou Bellitz.

Ele sentiu o peito murchar. Um nó na garganta quase eclodiu num soluço. Korin teve vontade de sacudir o corpo inerte do rei. Depois de tudo, ele tinha afinal revelado o segredo que deveria ser apenas aos Ghanor.

Nada pertencia apenas aos dois.

— Você conhece esta saída então? — perguntou.

Falava com sua mãe como se fosse uma estranha.

— Korin, esta é minha casa. É claro que conheço. Meu filho...

Deixou a voz se perder.

— Onde estão os guardas? — perguntou o rapaz.

— Não há guardas, Korin. Só eu. Só nossa família.

— Eu faço parte desta família?

— O que está dizendo? Por que raptou seu pai?

Silêncio.

Korin achou que a acusação viria, mas ela doeu mesmo assim. Não havia sequer a suposição de que pudesse estar fazendo algo bom. De que pudesse estar salvando o rei.

Mas mesmo ele não esperava a segunda acusação:

— Você o matou?

Aquilo o deixou anestesiado. Não se achava mais capaz de ficar indignado, nem de chorar, nem de se enfurecer. Talvez nem de sentir frio ou cansaço.

— É isso que acha que sou? Um assassino?

— Korin...

— Acha que sou tão maligno a ponto de matar meu próprio pai?

— Eu não sei mais — a rainha confessou. — Não sei mais nada sobre você.

Havia tanta coisa a ser dita que era impossível começar. Havia a Santa do Fim do Mundo, a voz da Dama de Ferro em sua mente, a existência de magia divina. O perigo que rondava os refugiados, a cura da maldição, a explicação para a debilidade do rei. Havia o que ele dissera para Ruff ao pé da cama, que parecera tão significativo e transcendente.

No final, tudo se resumia àquilo: Korin já estava sendo esperado pela mãe que o considerava um assassino em potencial.

— Eu nunca matei ninguém — disse Korin. — Vou salvar a vida dele.

— Isso é impossível. — Bellitz deu um passo em sua direção, mas ele recuou.

— Não é impossível. Existe um meio que só eu conheço.

— Qual?

Não estava pronto para falar aquilo em voz alta. Soaria idiota se ele tentasse explicar. Mais importante, se ele contasse tudo, seria mais uma coisa que lhe seria roubada. A solução, pelo menos, pertencia só a ele. Egoísta ou não, juvenil ou não, era verdade.

E talvez não fosse o arroubo de um garoto.

Talvez fosse a missão de um herói.

— Não posso revelar — disse. — Eu conheço um meio de salvá-lo, de salvar todos nós, de salvar o reino. Mas não posso contar a você, mãe.

— Por que? Não confia em mim?

— Não é isso... Eu não vou fazer nada maligno. Mas existem coisas que você não compreende. Que vocês dois não compreendem. Preciso fazer isso sozinho. Se mais alguém vier comigo, não vai dar certo.

Ela não respondeu.

O silêncio só foi quebrado quando Bellitz tentou outra abordagem:

— Seu amigo Ernán foi detido — disse a rainha. — Achávamos que ele pudesse saber algo.

— O que fizeram com ele?

— Nada. Está num quarto, com todo o conforto de um hóspede real.

— O que ele contou?

— Nada — Bellitz repetiu, dessa vez com algo que quase parecia bom humor. — Disse que vocês passaram a noite bebendo.

Korin assentiu devagar.

— Eu preciso fazer isso, mãe. E não posso dizer o que é. Não posso ter uma escolta de guardas, ou Edwriell me protegendo de longe.

— Posso ir com você?

— Não. Isso é meu.

O sol ameaçava despontar no horizonte. À luz fraca, os dois se encaravam.

Então Korin Ghanor fez a única pergunta que importava:

— Você confia em mim?

Bellitz andou até ele, e o príncipe não recuou. Era estranho que ambos tivessem a mesma altura, e que agora os dois fossem maiores e mais altos que o rei. Ela o abraçou, então os dois se ajoelharam e tocaram nos ombros magros de Ruff Ghanor. Por alguns instantes, eles foram uma família.

Ela o soltou com relutância.

— Não pode continuar carregando seu pai assim.

— Preciso de cobertores, roupas, botas. Mantimentos, armas. Alguns cavalos.

Um raio de sol iluminou-o. Um herói partindo em uma busca.

— Para onde devo mandar tudo isso? — a rainha perguntou.

— A primeira encruzilhada na estrada oeste. Vou esperar por lá.

— Ernán vai levar tudo.

— Entregue a ele também a armadura de Arcanium.

Bellitz não se despediu. Deu as costas ao príncipe e começou a longa caminhada de volta ao castelo.

O martelo vibrou na cintura de Korin Ghanor.

14 | Terra maldita

ERA UMA COMITIVA pequena, três pessoas e cinco cavalos. Korin ia na frente, tentando evitar os trechos mais instáveis. As árvores sem folhas que ladeavam o caminho estreito eram ameaçadoras, seus galhos nus gesticulavam ao vento como os dedos de uma horda de feiticeiros. Era dia e o céu não tinha nuvens, mas o azul não trazia esperança. Pelo contrário: a cor vibrante caçoava deles, exibia com clareza a realidade de que, não importava quanta fartura houvesse, o reino estava morrendo.

Porque o príncipe de Ghanor trouxera a maldição para a terra.

— Cuidado! — o príncipe ergueu o punho fechado.

Ernán fez sua montaria parar. Os três outros cavalos não precisaram de comando — seguiram o exemplo dos que iam na frente. Era uma comitiva vagarosa, os animais não andavam a mais do que um ritmo de passeio. Mesmo assim, Ruff Ghanor balançou sobre a sela. As amarras que o prendiam sobre o cavalo resistiram, o corcel bem treinado não reclamou do corpo estirado sobre seu pescoço.

— Está vendo? — perguntou Korin.

Ernán colocou a mão espalmada sobre os olhos, bloqueando a luz. Então enxergou também.

As árvores secas e escuras balançavam, mas eles tinham aprendido a reconhecer quando se moviam de forma diferente. Ao longe, uma parte da floresta se agitou mais do que tudo ao redor. Os galhos desfolhados oscilaram para cima e para baixo, como se por alguns instantes flutuassem numa bolha.

Então um estrondo tomou o terreno aberto, uma área enorme de árvores sumiu, uma nuvem de poeira se ergueu.

O barulho lembrava um terremoto, mas era mais baixo e difuso. De alguma forma que nenhum dos dois rapazes seria capaz de descrever, era mais triste. Era um som oco, que ribombava sob eles através do solo flácido, esfarelado, doente. Era mais um pequeno pedaço de Ghanor deixando de existir por efeito da maldição. As árvores foram engolidas, uma fenda correu, tragando consigo areia, raízes, pedras.

Quando o estrondo cessou e a nuvem de poeira baixou, o rombo chegara até vinte ou trinta metros deles. Desde que haviam começado a jornada, Korin e Ernán ficaram experientes em reconhecer os primeiros sinais de um terreno amaldiçoado, mas nunca era uma medição precisa. A noção de que o mundo podia sumir sob seus pés nunca deixaria de ser apavorante.

Em silêncio resignado, eles observaram o caminho à frente, agora intransitável. Seria preciso mais um desvio.

— Para onde? — perguntou Ernán.

Korin apontou numa direção em meio às árvores, deixando a estrada. Não disse nada, porque falar não valia a pena. Achava que, se abrisse a boca, poderia demonstrar o quanto duvidava do sucesso daquela missão. Bastava que continuassem rumando às montanhas.

Seguiram em fila única pelo meio da floresta e entraram numa região atapetada dos restos minúsculos e delicados de centenas de pássaros. Ossos de pequenos animais faziam barulho, enquanto eram esmagados pelos cascos dos cavalos. Korin podia notar que alguns dos esqueletos não tinham asas, outros não tinham cabeça.

Ernán fez seu cavalo se aproximar.

— Acho que ele precisa parar — disse.

Korin não respondeu.

— Seu pai está pior do que o normal — o rapaz insistiu. — Ele precisa parar, ser tirado da sela. Beber água, comer alguma coisa.

— Ainda não é hora de acampar.

O silêncio era quebrado apenas pelo ruídos dos ossinhos se estraçalhando.

— Korin, nada disso vai adiantar se ele morrer. Precisamos...

— Precisamos sair do reino o mais rápido possível — o príncipe interrompeu. — Mesmo que meu pai beba um rio inteiro e coma dez javalis, vai continuar magro e fraco nestas terras. Ainda nem alcançamos a Muralha do Leste e vamos precisar achar um caminho através dela. É isso que vai matá-lo, não cansaço, fome ou sede.

Ernán bufou.

— Você tem certeza?

Era muito peso sobre uma ideia que Korin tivera à beira do leito de morte do rei, exausto e de ressaca. Uma ideia que não discutira com ninguém, que não fora analisada por sábios, nem viera a ele numa iluminação divina. Era apenas uma conclusão lógica.

O primeiro passo havia sido tirar Ruff da capital. Era o coração do reino, o local onde mais havia culto à Santa do Fim do Mundo. Era no castelo que a ligação intrínseca entre rei e terra devia ser mais forte. Ele não achava que tirar seu pai da cidade iria salvá-lo — mas poderia prolongar a vida dele para além de um dia.

Pelo menos até agora a teoria se provara correta. Ruff Ghanor não estava mais forte, mas também não tinha sucumbido. Precisava ser alimentado, precisava que trocassem suas roupas e o limpassem. Não dissera uma palavra e mal parecia notar o que acontecia a seu redor.

Mas estava vivo.

Korin não sabia o quanto as leis místicas que envolviam a realeza respeitavam as fronteiras que estavam nos mapas. Não sabia o quanto os mapas eram precisos com relação à alma de cada reino. Mas esperava que a Muralha do Leste, que marcava a fronteira entre Ghanor e a Confederação dos Mercadores, também demarcasse o efeito que a terra doente tinha sobre seu pai.

— Por que vamos tentar atravessar uma cordilheira? — perguntou Ernán, como se ouvisse as conjecturas na mente do amigo.

— Não vamos "tentar". Vamos atravessá-la.

— Que seja. Por que justamente isso? Por que não buscar uma fronteira mais acessível?

Silêncio.

— E depois de cruzar a cordilheira — Ernán insistiu — vamos chegar ao deserto! Você pelo menos tem um mapa da Confederação? Conhece os perigos que existem lá? Por que vamos para...

— Vamos para a Confederação dos Mercadores — a voz de Korin foi firme — porque é onde ela está.

O outro rapaz resmungou alguma coisa.

Ernán era um amigo leal. Não traíra sua confiança, não dissera nada mesmo quando estivera cara a cara com Dianna e Bellitz. Não hesitara ao receber a tarefa de conduzir os cavalos até a encruzilhada, onde iria se encontrar com o príncipe. E, ainda que Korin o tivesse mandado embora, ele se recusou a abandoná-lo. Partiu numa viagem da qual podiam não voltar, decidido a ajudar da forma que pudesse.

Mas Ernán não era um cavaleiro ou um aventureiro. Nem mesmo um soldado ou guarda. Havia aprendido a lutar da mesma forma que muita gente aprendia — num misto de desafio a si mesmo, passatempo e uma vaga ideia de autopreservação. Ele nem fora um camponês que podia ser recrutado por um senhor feudal para lutar em alguma guerra. Sua vida de aprendiz de vidreiro nunca envolveria combate, muito menos grandes sagas.

Ernán era leal, mas pensava na parte prática. E, por mais que acreditasse no que Korin dizia, mantinha sua parcela de questionamentos.

— Por que essas dúvidas agora? — Korin perguntou.

— Não são de agora. São dúvidas que eu tenho desde o começo. Mas...

Korin ficou esperando ele terminar.

— Mas...? — gesticulou, impaciente.

— Mas... Eu esperava que algo acontecesse — Ernán admitiu.

— Como assim "algo acontecesse"?

— Eu esperava que você conseguisse curá-lo! Ou que achasse a solução de outra forma.

— Eu não sou milagroso, Ernán.

— Você é! Estamos nessa justamente porque você é capaz de milagres!

— Não posso resolver qualquer problema num passe de mágica.

Ernán riu sem humor.

— Você entende como essas regras são arbitrárias para mim? Você nasceu para herdar um trono, enfrentar demônios, fazer grandes descobertas. Eu nasci para soprar vidro. Não deveríamos estar ambos na mesma jornada.

— Nem eu nem você "nascemos" para nada. Não é o nascimento que determina nosso destino.

Ernán estendeu os braços em frustração.

— Claro que é! — protestou. — Seu pai está desse jeito porque o rei tem uma ligação com a terra! Não somos iguais, Korin!

— Onde você quer chegar?

— Quero chegar na única conclusão lógica! Que, em histórias desse tipo, o príncipe triunfa, mas o estrangeiro filho da artesã é só mais um dos cadáveres que ficam no caminho! Você está pensando como um príncipe, mas eu não posso me dar esse luxo! Preciso pensar como um plebeu!

Korin apertou os lábios. Aquilo sempre estivera entre os dois, mas Ernán possuíra superioridade ao tratar com pessoas, em qualquer ambiente que exigisse esperteza. Na estrada, numa busca mística, ele só podia ficar para trás.

— Existem maneiras mais inteligentes de achá-la — argumentou Ernán. — Podemos chegar até uma cidade, contratar copistas, enviar missivas para nobres. Alguém deve conhecer o paradeiro dela.

— Meu pai fez isso desde que ela sumiu. Não adiantou nada. Eu sei onde ela está.

— Você não sabe. E mesmo assim, a maneira mais inteligente seria esperar...

— Esperar não é a maneira mais inteligente, só a mais segura e precavida. É menos arriscada, mas não vai dar certo e por isso é burra. Desta vez, a maneira mais inteligente exige bravura. Eu estou cansado de ser precavido. Estou cansado de me esgueirar pelos cantos.

— O que há de errado em se esgueirar pelos cantos?

A tensão entre os dois era palpável.

— Nada — respondeu Korin. — Mas você me ensinou a me esgueirar como um fidalgo. Não como um covarde.

Ernán ficou observando-o. Devagar, um sorriso debochado tomou seu rosto:

— Eu devia saber que era má ideia.

Os mantimentos estavam perigosamente perto de acabar quando eles encontraram uma aldeia. As montanhas da Muralha do Leste já dominavam toda a visão, o chão já era pedregoso e inclemente. A terra se elevava e era preciso achar caminhos serpenteantes em que os cavalos conseguissem andar.

A aldeia ficava no sopé de uma montanha. Eram poucas casas, e com um poço visível na pequena área aberta que fazia as vezes de praça. As pás de um moinho de vento giravam sem controle, aproveitando o vento forte, encanado pelos vãos entre as montanhas.

Não havia sinal de movimento.

Eles entraram com cautela. O chão não dava sinais de ceder, mas agora que estavam perto das montanhas, um desabamento era uma preocupação muito real. Apearam dos cavalos, tiraram o rei inerte de sua montaria. Korin apoiou a cabeça de seu pai no colo, apanhou um odre e fez com que ele bebesse água. Enquanto isso, Ernán foi investigar as casas, a mão esquerda no punho da espada que levava na cintura.

Empurrou a primeira porta. Ela se abriu com um rangido.

— Alguém aí?

Nada.

Foi em direção à próxima e as demais, com o mesmo resultado. Passou por um cercado onde deviam ficar animais, mas estava vazio. Nem mesmo ossos.

Relutante, temendo o que encontraria, Ernán foi até o poço. Puxou a corda, fazendo o balde subir com um guincho lamentoso. A cada puxada, um som diferente se tornava mais próximo. O balde era pesado, puxá-lo foi um esforço maior do que ele imaginara.

Quando trouxe o recipiente de metal à altura dos olhos, estava ofegante. Confirmou o que temia: o balde estava cheio de ossos quebrados, que se chocavam uns com os outros quando ele oscilava. Ossos de animais. Os aldeões tinham jogado seus bichos dentro do poço. Já mortos ou ainda vivos, mas de qualquer forma há bastante tempo. Não havia mais carne, nem cheiro de podridão.

— A maldição chegou aqui.

Korin fechou os olhos. Tocou no ombro de seu pai, oferecendo conforto de que ele não precisava, buscando conforto que ele não podia conceder. Aquela região, nos arrabaldes mais remotos de Ghanor, não vira passagem de refugiados de Zibrene. Se fora tocada pela maldição, significava que os aldeões haviam começado a cultuar a Santa do Fim do Mundo por si só.

— Eu estou em todos os lugares, Korin — disse a voz logo atrás dele.

O príncipe se recusou a responder. Fingiu que não ouvia.

— Você está com fome, não? — ela continuou. — Posso resolver isso. São Arnaldo está morto, eu posso alimentar os famintos. Basta rezar, meu profeta. Basta pedir.

— Você não está aqui — disse Korin, baixo, entre dentes, tentando não ser ouvido.

— Por que acha isso?

— Você não pode surgir à vontade onde quiser. Se pudesse, teria matado meu pai no castelo, na estrada ou em qualquer lugar.

— Não posso? — ela debochou.

— Acho que você só pode surgir onde alguém reza em seu nome. Esteve no meu quarto naquela noite, mas não está aqui agora.

— Por que não?

— Eu não estou rezando.

Korin colocou a mão em concha ao lado da boca e quase gritou, tentando abafar o risinho que tomou seus ouvidos:

— Procure no moinho, Ernán! Talvez lá ainda haja alguns cereais que não estejam estragados!

O riso estava bem perto.

— Qual é a diferença, Korin? — perguntou a Santa. — Você rezava para seu pai, rezava para mim. Acha que um é diferente do outro? São Ruff Ghanor, a ideia do herói que vocês conhecem, só existe por minha causa. Fui eu que o fiz. De novo e de novo, precisei colocá-lo no caminho certo.

O príncipe começou a murmurar qualquer coisa para si mesmo, em voz baixa, só para criar algum ruído. Concentrou-se na figura do amigo, abrindo a porta do moinho.

— Ele lhe contou o que fez com meus filhos? — a voz perguntou.

Sem se importar com o ridículo, Korin começou a cantarolar em voz alta. Tudo para bloquear aquilo.

— O que você está fazendo? — Ernán perguntou, de longe.

— O que descobriu?

— É melhor você vir até aqui.

Korin teve medo de deixar seu pai sozinho com a presença. Mas sabia que era uma superstição infundada: a Santa não estava lá. Com cuidado, deixou o rei de Ghanor estirado no chão, a cabeça apoiada numa capa dobrada que simulava um travesseiro. Andou em direção ao moinho. Teve a impressão de ouvir passos logo atrás.

— Você não sabe? — a voz insistiu. — Se ele um dia se recuperar, pergunte o que ele fez com meus filhos. Acha que preparar o povo para o fim do mundo é um ato maligno? Espere até conhecer a história dos trigêmeos.

Ele andou mais rápido, como se assim pudesse fugir. Logo chegou à porta do moinho. Ernán a manteve aberta.

O sol iluminou o interior da construção. As pás movidas pelo vento faziam o mecanismo da mó girar sem controle, sem nada para ser moído.

Mas havia, ao redor, pó de osso.

— Eles moeram uns aos outros — disse Ernán, sem conseguir expressar emoção.

Os restos mortais de toda a aldeia estavam ali dentro. Alguns transformados em poeira, outros apenas espalhados. Só ossos. Havia também armas enferrujadas, muitas manchas de sangue. Eles haviam matado uns aos outros, até que não sobrasse ninguém.

Mas aquilo não era o pior.

No meio de tudo, havia um altar com asas de abutre.

O moinho era uma capela à Santa do Fim do Mundo.

— Vamos embora daqui — o príncipe decretou.

Ernán deixou a porta se fechar e os dois andaram lado a lado até os cavalos.

Mas a voz ainda tinha algo a dizer:

— Você sabia que tem três irmãos mortos?

— Imagine ter três pessoas para dividir com você o fardo — disse a voz. — Três irmãos mais velhos, que poderiam orientá-lo. Você não precisaria estar sozinho.

A Dama de Ferro falava em seus ouvidos quase todos os dias, desde a aldeia. Korin não respondera de novo, na esperança de que ela fosse embora. Mas talvez a paciência perversa de uma santa fosse infinita.

Eles estavam atravessando as montanhas da Muralha do Leste. Nos mapas, parecia intransponível, mas o príncipe estudara geografia e história o suficiente para saber que havia caminhos — só precisavam ser achados. Perderam dias no começo, ladeando os trechos mais pedregosos, por onde os cavalos não passariam. Então conseguiram encontrar uma trilha serpenteante, que levava para o interior da cordilheira. Então chegaram a um vale. Sentiam-se no interior de um caldeirão, com as montanhas fazendo as vezes de bordas, e continuaram adiante.

Korin notava a postura de Ernán. O garoto ficava para trás, mas isso não era surpreendente — não fora criado sobre o lombo de um cavalo, como o próprio príncipe, era natural que não conseguisse manter o ritmo. O detalhe estranho era o quanto ele ficava curvado sobre a montaria.

Korin fez seu cavalo parar, esperou Ernán chegar até ele.

— Você está bem?

— Melhor impossível — com um sorriso que devia ser sarcástico, mas só parecia irritado. — Sempre quis esfolar meu traseiro, atravessando uma cordilheira em cima de um pangaré.

— Estou falando sério. Acha que precisa descansar por alguns dias?

— Seu pai pode aguentar alguns dias?

— Esta missão não adianta nada se um de nós morrer.

— Errado — Ernán desfez o sorriso. — A missão não adianta nada se você morrer, ou se o rei morrer. Se eu morrer, continua tudo bem.

Korin suspirou. Não havia resposta para aquilo, mas também era injusto.

— Vamos continuar — disse Ernán.

Eles tocaram as montarias. Antes de se afastar demais, Korin se virou:

— Esse "pangaré" é um dos cavalos do estábulo real — tentou um pouco de humor. — Provavelmente conhece mais de heráldica do que qualquer um de nós dois!

— Estou mesmo vivendo como um fidalgo.

Havia um travo amargo no comentário.

Eles continuaram em frente.

Nos dias seguintes, um cavalo quebrou uma pata e precisou ser sacrificado. Eles deixaram o vale e andaram em fila pelos vãos entre os paredões, circundando as maiores elevações por encostas irregulares. Após duas semanas, viram sinal de outros humanos.

Ernán estava cansado demais para servir de batedor. Korin deixou-o com o rei e os cavalos, então avançou por sobre uma formação rochosa, tentando averiguar quem estava por perto.

— Você está sozinho de novo — disse a voz. — Sempre esteve sozinho. Mas não precisava estar. Você deveria ter três irmãos.

Korin ignorou. Prosseguiu agachado, então deitado sobre a pedra, até chegar a uma escarpa. Podia enxergar um vão largo entre as formações rochosas, logo abaixo.

Um pequeno bando de guerreiros estava reunido em torno da carcaça de um animal. Devoravam sua carne crua, puxando-a com os dentes, rosnando uns para os outros como se eles mesmos fossem bichos. Usavam armas e armaduras, estavam imundos.

Um deles tinha nas costas um escudo pintado de forma tosca com o símbolo das asas de abutre.

O coração do príncipe disparou. Eram devotos da Santa do Fim do Mundo. Esfarrapados, magros, mal equipados. Mas perigosos.

— Posso abençoá-lo se quiser — ela disse. — Posso lhe conceder força para vencê-los. Ou você pode mostrar seu poder e liderá-los. Basta que admita que é meu devoto.

Korin fechou os olhos, tentando suprimir as lágrimas. Não conseguiu. Tapou a boca e o nariz, abafando os soluços, mas chorou de medo. Tinha treinado a vida toda para lutar, carregava consigo o martelo de Ruff Ghanor e a adaga de presa de serpente, mas não tinha coragem. Aqueles eram homens e mulheres brutos, acostumados à violência. Não havia Edyriell para protegê-lo de longe, não havia Dianna para instruí-lo. Korin estava pela primeira vez numa situação que podia levar a uma luta verdadeira.

Estava *apavorado*.

Então, em vez de emboscá-los, em vez de voltar por onde tinha vindo e avisar Ernán, em vez de pensar numa solução, ele ficou parado, desejando que eles fossem para outro lado e não cruzassem com a pequena comitiva.

— Reze — disse a voz. — Reze para que eles não os encontrem.

Korin chorava.

— *Reze* — a voz insistiu.

Mas ele só ficou parado, sem coragem de abrir os olhos. Horas se passaram até que conseguisse espiar de novo. Os guerreiros tinham ido embora.

Korin não contou a Ernán o que vira. Não quis admitir a própria covardia. Eles passaram alguns dias taciturnos, calados. Mas ganharam ânimo redobrado quando começaram a encontrar animais.

O príncipe sabia caçar, como era apropriado a um nobre. No primeiro dia em que avistaram um cabrito, ele o abateu com uma flechada certeira. Então retirou o couro do animal, limpou-o, dividiu a carne em pedaços de forma a desperdiçar o mínimo possível. À noite, eles fizeram uma fogueira e se deleitaram com a peça mais nobre, assada em um espeto de madeira. Korin cortou a comida em pedaços pequenos, deu a seu pai pouco a pouco.

Ernán observava.

— Você simplesmente sabe disparar um arco?

Korin virou o rosto para ele, meio confuso.

— Claro. Qual é o problema?

— Nunca mencionou isso. Nunca o vi treinando.

— Nos últimos anos abandonei a prática — Korin deu de ombros. — Sempre achei meio enfadonho.

— Então como ainda atira tão bem?

— Aprendi muito cedo — como se fosse algo óbvio. — Meu professor foi Edyriell.

Edyriell, um elfo, um dos guardas de elite do Palácio do Expurgo, na Floresta Alta. Era uma figura menor no reino, na própria vida de Korin Ghanor, mas devia estar entre os melhores arqueiros vivos. É claro que fora o professor de arquearia do herdeiro do trono.

Ernán riu para si mesmo de novo, com certo amargor.

— O que foi? — perguntou Korin.

— Sempre que descubro algo a mais sobre você — a frase estava pronta para ser disparada como uma flecha na corda — repito algo a mim mesmo. "Mas eu aprendi um ofício", "Mas eu sei me virar na cidade", "Mas eu sei falar com pessoas". Como se pudesse compensar. Sempre essas mesmas coisas... Contudo, você mostra habilidades novas o tempo todo. Não é algo equivalente.

— Não estou entendendo essa conversa, Ernán.

— Você sabe o que quero dizer. Não somos iguais.

O príncipe ficou em silêncio.

— Mesmo quando nos vimos pela primeira vez. — Ernán olhava para a fogueira, absorto. — Eu estava fugindo, desgarrado do meu grupo. Você estava num exercício militar. Você me bateu. Eu só pude me defender e pedir clemência.

— Eu estava apavorado. Batendo como um imbecil. Se você tivesse uma espada...

— Eu não tinha uma espada porque artesãos não carregam espadas.

Silêncio.

— Talvez você não acredite — disse Korin —, mas eu o invejo.

— Porque eu sou *livre*? — o outro zombou. — Porque eu não cresci com o fardo de ser treinado pelos melhores guerreiros do mundo, de aprender com os maiores sábios? Nunca terei o dever de governar o mundo inteiro, nunca...

— Você sabe que é meu único amigo, não?

Ernán se calou.

— Aprender história com Thenyssa e táticas de combate com Dianna é uma bênção inimaginável, eu sei. Sei que sou a primeira pessoa que tem acesso a tamanho privilégio em séculos. Talvez desde o início do mundo. Mas trocaria toda essa merda por viver um pouco.

— Você é o príncipe. Pode viver tanto quanto quiser.

— Eu sou Korin, e ser Korin é horrível. Naquela noite na taverna, eu ia pagar uma prostituta, mas nunca encostei numa garota. Porque, se eu fizer isso, posso gerar um escândalo. O castelo vive cheio de filhas de nobres atrás de casamento, e eu não sei nem falar com elas.

Ernán parou de observar o fogo.

— Está falando de governar? — Korin continuou. — De herdar o trono, usar a coroa? Você tem noção do medo que sinto por me tornar rei? Ninguém me segue por lealdade ou por acreditar em mim. Eles só seguem o estandarte. Quando meu pai morrer, seja hoje ou daqui a vinte anos, posso ser esfaqueado pelas costas a qualquer momento! Sou um príncipe que se sente intimidado por seus súditos! Tenho medo de falar com eles, de andar entre eles! Nunca dei uma ordem a ninguém, tremo ao pensar que um dia precisarei fazer isso! Você é um plebeu, Ernán, mas eu sou um covarde!

Naquela noite, não falaram nem mais uma palavra um para o outro. Porque tudo que ambos haviam dito era verdade. E nada do que pudessem retrucar iria amenizar o peso.

— O melhor que posso fazer — disse o mercador — são dois camelos.

— Estamos oferecendo *quatro* cavalos — Korin argumentou.

— Eu não preciso de seus cavalos — o homem sorriu. — Vocês precisam de meus camelos.

As montanhas da Muralha do Leste ainda se agigantavam atrás deles. O chão ainda era pedregoso e irregular, o calor ainda não era tão forte. Mas, se olhassem em direção ao sol nascente, veriam areia infinita. Haviam cruzado a cordilheira e estavam entrando no deserto, na Confederação dos Mercadores.

Seu primeiro contato com aquela terra era um entreposto comercial erguido para tirar vantagem de tipos exatamente como eles.

— Como é o seu nome? — O mercador colocou o braço ao redor dos ombros de Korin, num gesto íntimo demais.

— Ele se chama Niccolas — Ernán cortou. — Eu sou Ysidro. Muito prazer.

Puxou o braço do mercador, fez com que apertasse sua mão.

— E com quem tenho a honra de falar? — perguntou o rapaz.

— Sou Drahxxir Al-Grahxxir — o comerciante fitou-o nos olhos. — Um humilde vendedor, como podem ver.

O entreposto era um conjunto de enormes tendas e espaços abertos, protegidos do sol por toldos estendidos sobre hastes de madeira. Parecia um mero acampamento enquanto eles se aproximavam, mas ao entrar se mostrava um labirinto. Tudo era colorido, a luz era filtrada pelos tecidos. O mercador fora recebê-los, fizera com que amarrassem os cavalos e os conduzira para dentro de uma tenda e de outra, trocando de ambiente várias vezes. Sempre uma justificativa: a primeira tenda estava ocupada, a segunda não contava com lugares confortáveis onde sentar, a terceira deixava entrar o vento, a quarta era muito quente. Eles haviam perdido a conta de em quantas tendas haviam estado. Tinham transitado de uma para a outra, passando por comerciantes, servos e animais, andando por passagens feitas de tecido, indo e voltando pelo mesmo caminho.

Eram apenas tendas interconectadas. Mas, se eles precisassem voltar pelo caminho de onde tinham vindo, não conseguiriam.

— Ysidro, tenho certeza de que seus cavalos são fenomenais, verdadeiros exemplos aos demais quadrúpedes do mundo — Drahxxir Al-Grahxxir fez uma mesura. — Mas eles não alimentam meus doze filhos. Vocês me propõem uma troca, e numa troca um humilde comerciante sai em desvantagem. Seus cavalos por meus camelos, mas então precisarei vender os cavalos para outro alguém! Precisarei esperar até que um interessado passe por aqui, e só então terei lucro. Enquanto isso, meus doze filhos passam fome!

— Nós viemos de Ghanor — disse Ernán, um pouco ofegante pelas andanças entre as tendas. — Lá, cavalos são mais úteis que camelos. Na verdade, camelos só são úteis no deserto. A maior parte do mundo precisa de cavalos.

— Mas se você é de Ghanor — o outro argumentou — deve saber que é muito raro um mercador da Confederação visitar os Sete Reinos.

— Não sou de Ghanor — Ernán ergueu as mãos espalmadas, como se estivesse se defendendo de uma acusação. — Eu *vim* de Ghanor. Sou de Shabblaw.

— Shabblaw?

— Enfim, se você não conhece nem mesmo a gloriosa cidade de Shabblaw, então não deve mesmo saber o que se passa nos reinos. Nossos cavalos por um número igual de camelos, e não se fala mais nisso!

— Mas para que precisam de tantos camelos?

— Não é porque são ótimos dançarinos para os bailes da corte! — Ernán riu, então tossiu. — Precisamos de transporte, obviamente.

— Podem deixar seu amigo aqui. Então não precisarão de tantos camelos.

Por instinto, Ernán e Korin olharam de esguelha para Ruff Ghanor, sentado num canto da tenda.

Eles sabiam que não podiam se apresentar com suas verdadeiras identidades. Assim, tanto Korin quanto Ernán usavam roupas comuns de viajantes plebeus. Tinham vestido o rei em andrajos e coberto seu rosto com um capuz. Ruff já era capaz de andar, ainda que precisasse ser conduzido na direção correta e não falasse uma palavra desde que saíra de seu leito de morte no castelo. O príncipe aprendera a lição e sabia que as marcas de nascença precisavam ser escondidas a qualquer custo. Mantinha suas costas e as costas de seu pai sempre cobertas.

— Ele vai conosco — Korin se apressou em dizer.

O sorriso do comerciante se alargou.

— Ora, mas seu amigo parece muito debilitado. Talvez não esteja em condições de empreender uma viagem pelo deserto.

Drahxxir Al-Grahxxir de repente levou os dedos à boca e emitiu um assobio alto. Tanto Ernán quanto Korin deram um pulo, e em seguida a tenda foi tomada por servos carregando bandejas. Cada travessa de prata estava cheia de cumbucas com comida fumegante e aromática, pães fininhos cortados em pequenos triângulos, cálices cheios de bebidas que nenhum dos dois conhecia.

— Sirvam-se, por favor — disse o comerciante.

— O que é tudo isso? — perguntou Korin.

— Estamos negociando! — Drahxxir Al-Grahxxir fez um gesto alvissareiro. — É apropriado que eu lhes ofereça comida e bebida.

Ernán pegou um cálice, cheirou o conteúdo. Pôs-se a falar com o mercador, descrevendo como os camelos que ele oferecia tinham utilidade limitada, eram animais restritos ao deserto, enquanto os cavalos trazidos pela dupla encontrariam compradores em todos os cantos do mundo, inclusive entre habitantes visionários do deserto.

— Mas você, natural de Ghanor — Drahxxir Al-Grahxxir arengou — deve saber que cavalos podem quebrar suas patas ao atravessar a cordilheira.

— Mais uma razão para estes animais serem valorizados. Pense em todo o prejuízo que eu arrisquei!

— Quem vai dizer isso é um possível comprador, meu amigo! Dirá que preciso lhe vender cavalos com desconto, já que um deles morrerá de qualquer forma!

— Não, não. Cavalos que atravessam a cordilheira uma vez atravessam sempre.

— Vocês me trazem três cavalos, mas na verdade são dois! No mínimo um já está com a sentença de morte assinada!

— Nós trazemos quatro cavalos — disse Ernán, enquanto levava um cálice aos lábios.

Korin segurou seu braço, impedindo que bebesse.

Os servos estavam ao redor deles, muito solícitos. Onde quer que se virassem, havia alguém com uma bandeja repleta de iguarias. Korin notara que todos os servos eram estranhamente altos e musculosos. Que nenhum deles usava roupas folgadas em várias camadas, como o comerciante Drahxxir Al-Grahxxir, mas casacas abertas.

Casacas que podiam esconder uma lâmina. Abertas para que qualquer coisa guardada em seu interior pudesse ser sacada com rapidez.

— Vocês trouxeram três cavalos — o mercador falou devagar, olhando fixamente para Ernán. — Eu contei assim que chegaram. Alguém viu algo diferente?

Todos os servos concordaram, afirmando num burburinho que eram, de fato, três cavalos.

— Eu não vim de Shabbla para ser insultado — disse Ernán.

— Achei que o nome de sua cidade fosse Shabblaw.

— Eu não...

Os servos deram todos um passo em direção aos rapazes. Korin percebeu que eles mantinham as mãos ocultas sob as bandejas. Sempre uma mão espalmada, sustentando a travessa, e outra fechada.

Talvez segurando uma arma.

— Vocês são garotos inteligentes — disse o mercador. — Mais espertos do que eu achava.

— Garotos? — Ernán se indignou. — Essa é boa! Minha esposa...

— São garotos — Drahxxir Al-Grahxxir interrompeu. — Você é de Zibrene, o outro é de Ghanor. Não sei quem são, mas sei que seus nomes não são esses. Ninguém precisa que outra pessoa o apresente em seu lugar.

Silêncio. As bandejas estavam carregadas de ameaça.

— Não sei quem é o cadáver ambulante que estão arrastando — o mercador gesticulou para Ruff. — Não é um empregador, ou vocês não estariam tão preocupados com sua segurança. Também não deve ser um avô ou tio, com certeza a relação é mais próxima. É o pai de um dos dois. Do seu amigo, imagino. Afinal, ele estava afobado para começar a negociar, para conseguir os camelos sem demora e continuar em sua jornada.

Ernán hesitou só um instante. Foi o suficiente para o outro continuar:

— É o pai de seu amigo. Vocês viajam com cavalos de sobra, um deles carregando um enorme fardo. Imagino que seja uma armadura de placas. Ou seja, seu pai é um nobre. Deve ser um alto nobre de Ghanor. Se viesse de mais longe, não teria aguentado a viagem. Seu amigo é um alto nobre, filho de alguém importante em Ghanor. O pai sofre de alguma praga sem cura. Por isso vocês têm tanto cuidado com ele. Por alguma razão, acham que a cura está na Confederação dos Mercadores. Você, no entanto, não é nobre. Sabe negociar, aprendeu com seus pais, numa cidade. Deve ser filho de um artesão.

Sem resposta.

— Eu não sou um bandido — disse Drahxxir Al-Grahxxir. — Se fosse, iria simplesmente mandar meus homens matarem os três. Ficaria com seu ouro e com seus cavalos. Se algum dia surgisse alguém perguntando, eu negaria tudo. Como não sou bandido, estou oferecendo uma barganha. Admita que trouxeram três cavalos e que dois camelos são mais do que suficientes nessa troca. E deem-me todo o dinheiro que trouxeram consigo em troca da vida do pai dele.

Ernán engoliu em seco.

Korin tomou a frente.

— Acertou em tudo — disse o príncipe. — Sou um alto nobre de Ghanor e aquele é meu pai. Sabe o que isso significa?

— Que é rico.

— Significa que aprendi a lutar ao mesmo tempo em que aprendi a caminhar. Significa que tenho um martelo de guerra e posso esmigalhar a sua cabeça antes que fale outra palavra.

— Faça isso e meus guardas vão matá-lo.

— Por que? — Korin deu um meio riso. — Se você já estiver morto, qual seria a motivação deles? Por que eles ficariam neste entreposto, obedecendo às ordens do cadáver de um vendedor vigarista, quando podem imediatamente traí-lo e servir a um alto nobre de Ghanor?

— Talvez eles me traiam — disse Drahxxir Al-Grahxxir. — Mas então vão traí-lo também.

— Isso vai ser um consolo quando você estiver sendo comido por vermes?

Ficaram se encarando.

— Quantos cavalos? — perguntou Ernán.

— Vocês trouxeram quatro cavalos — o comerciante admitiu, entre dentes.

— E quantos camelos oferece por eles?

— Três.

Apertaram as mãos.

O deserto da Confederação dos Mercadores era uma sucessão de dunas infindáveis, um mar de areia onde era fácil se perder. Eles se mantinham na direção do sol nascente e seguiam as rotas de pedra que emergiam da areia, que os habitantes locais chamavam de pontes. O sol era furioso durante o dia, o frio era acachapante à noite. Ernán viajava debruçado em seu camelo. Durante a noite, enrolava-se em todas as mantas que tinham levado, tremia de frio. De novo, não havia o que caçar, mas eles cruzaram com algumas caravanas e puderam comprar mantimentos.

Estavam há duas semanas no deserto quando Korin achou que ouvira algo.

Tinham feito um acampamento, como faziam todas as noites. Enrolavam-se em cobertores e se protegiam do vento e da areia com uma tenda apertada. Os camelos, do lado de fora, não pareciam se importar.

Korin chegou mais perto de seu pai.

— Você disse algo?

— Pergunte a ele sobre os trigêmeos — disse a voz. — Você chegou a ter três irmãos, Korin. Infelizmente eles morreram antes que nascesse. Seu pai nunca lhe falou disso, não é? Nunca lhe contou que, antes de você, houve outros herdeiros de Ghanor. Antes de Bellitz, houve a mim.

— Pai, você disse algo?

O rei abriu a boca.

— Reze para mim, Korin — a voz insistiu. — Rezar para mim é rezar para Ruff. Você mesmo só existe porque preparei seu pai durante a vida toda. Eu tive os filhos que ele matou, para que um dia conseguisse ser pai de alguém vivo. Eu e ele somos a mesma coisa.

— Pai, eu estou ouvindo.

— Eu sou sua mãe verdadeira, Korin. Não interessa o corpo do qual você saiu. Sou a pessoa que ele sempre amou, que ele escolheu para ter seus primeiros filhos. Ele só é seu pai por minha causa.

Korin rilhou os dentes e apertou os olhos, como se assim pudesse parar de ouvir. Em sua mente, repetia a si mesmo que aquelas eram mentiras. Só podiam ser mentiras.

— Reze para mim, Korin. Eu nunca o decepcionei. Bellitz mentiu para você, mas eu sempre fui verdadeira. Eu salvei a vida de Aldonza e de Ysidro. Reze para mim e reze para Ruff. Somos uma coisa só. Um todo indivisível, desde o começo. Tentaram nos separar, mas estamos juntos de novo em você, meu filho.

— *Pai...*

Então um som fraco, rouco e áspero, emergiu da garganta do rei:

— Tenho... — começou Ruff Ghanor — orgulho... de você.

Korin chorou e abraçou seu pai.

— Peça para ele falar sobre seus irmãos.

No dia seguinte, cruzaram com uma caravana. Korin sabia o que perguntar: não sobre a pessoa, mas sobre a armadura. O traço mais característico.

— Sim, há boatos sobre uma guerreira que usa essa armadura — disse a comerciante que liderava a caravana. — Ela vive num castelo erguido num platô em meio à areia, a uma semana de viagem daqui.

Por fim, depois de meses de jornada, eles avistaram o castelo.

Era um bastião incongruente, uma fortaleza construída ao estilo de Ghanor, num planalto de pedra cercado por dunas. O sol forte batia nas torres escuras e delineava aquela imagem quase bem demais. Primeiro parecia uma ilusão, mas não podia ser mais real.

Quando chegaram perto, puderam ver o estandarte do leão pintado com orgulho na muralha frontal.

E, quando chegaram aos portões, já havia alguém os esperando.

— Você demorou, Pulga — disse Hild Osso-Oco.

15 | O mosteiro dos ossos

O ROSTO DE Hild trouxe uma enxurrada de memórias.

Korin tinha esquecido de muita coisa sobre a quase-irmã, mas tudo voltou ao ouvir o apelido que pertencia só aos dois. As visitas de Hild ao castelo tinham sido intermitentes mesmo quando ele era criança, e a guerreira sumira há um tempo que, para um jovem, era imenso. Ele não conseguira visualizá-la em sua mente, até mesmo a armadura de ossos tinha se distorcido em sua lembrança. A vaga imagem do ponto de vista de um menino se confundira com quadros e iluminuras que retratavam versões simplificadas ou grotescas.

Hild Osso-Oco fora o grande objetivo daquela jornada, a esperança que o motivara a trancar as portas do quarto real, mentir para sua mãe, raptar seu pai moribundo, atravessar metade de Ghanor, desbravar o deserto. Não houvera nenhuma informação concreta, nenhuma confirmação de que ela estivesse ali, ou mesmo que estivesse viva.

Muito menos que ainda fosse leal a Ruff Ghanor.

Ou que fosse uma devota.

Parecia improvável que, no fim, tudo desse certo. Que a encontrassem ainda no comando dos Gladiadores. Mas ali estava Hild, com sua armadura de ossos e seu sorriso debochado. Uma mão na cintura como uma mestra impaciente, a outra tocando de leve o medalhão que pendia de seu pescoço.

Korin tinha pensado em uma centena de coisas a dizer quando finalmente a visse. Pensara em gritar sobre o estado terrível do rei, anunciar-se como um peregrino numa missão sagrada, até mesmo pedir perdão por ter se desviado da fé. Pensara em algumas tiradas espirituosas, algumas bravatas petulantes, algumas referências a eventos de sua infância.

Esqueceu tudo isso. Pulou do camelo, correu até sua velha amiga e a abraçou. Apertou seu próprio peito contra a armadura de ossos, que possibilitara que a encontrassem.

— Como soube que eu estava aqui?

— Esta é a Confederação dos Mercadores — Korin se controlou para não chorar. — A única terra conhecida que não é governada por meu pai.

Soltou Hild. Afastou-se um pouco dela. Notou o medalhão.

Tinha a imagem do leão. Fundido ao metal havia um minúsculo frasco de vidro, contendo um líquido vermelho — o sangue de Ruff Ghanor.

O medalhão era um símbolo sagrado.

Dois homens sugiram de dentro do castelo. Vestiam armaduras também feitas de ossos, obra dos mortífices de Kottar. A marca dos Gladiadores, o batalhão de guerreiros de elite de Ghanor, que desertara ao mesmo tempo que sua líder. Korin não tinha lembrança de nenhum deles, mas seus rostos enrugados e cheios de cicatrizes deixavam claro que eram veteranos. Tinham a postura relaxada e confiante de guerreiros hábeis, mas havia algo a mais em seu comportamento, óbvio mesmo ao vê-los por apenas um instante. Eles andavam de forma solene. Não eram agressivos, nem faziam gracejos como era comum entre soldados.

Ambos tinham o medalhão sagrado de Ghanor pendurado no pescoço.

Enquanto Hild mantinha os olhos no príncipe, eles reconheceram o homem que se debruçava sobre um camelo. Mesmo de longe, mesmo depois de tanto tempo, mesmo após ele ter sido avassalado pela maldição. Mesmo envolto em mantos. Porque, mais do que aparência, eles reconheceram a aura que ele emanava. Sem precisar de uma ordem, ambos foram até o rei e, com delicadeza, ajudaram-no a descer.

Eles eram devotos de São Ruff Ghanor. Por isso estavam na Confederação dos Mercadores.

— Você só podia estar aqui — Korin continuou falando com Hild. — Apenas aqui você poderia manter sua devoção sem desafiar a autoridade do rei.

Hild sorriu, satisfeita e orgulhosa da inteligência do príncipe.

Ela nunca abandonaria sua crença. Assim como muitos fiéis de uma religião banida, a proibição apenas aumentara seu fervor. Hild não deixaria de cultuar seu padroeiro, mas também não aceitava descumprir as ordens do aspecto terreno dele. Afinal, Ruff Ghanor era santo e era rei.

Por isso ela desertara até a Confederação dos Mercadores. A única terra onde ele não podia fazer as leis.

O único lugar no mundo conhecido onde não era proibido cultuar São Ruff Ghanor.

— Até que enfim — ela disse. — Sejam bem-vindos ao Mosteiro do Leão.

Os dois monges seguraram o corpo do Santo de Pés Descalços com devoção. Ajoelharam-se, permitindo que ele repousasse em seus braços. Puxaram seu capuz, revelando o rosto magro, a barba quebradiça.

Ernán apeou com dificuldade. Vendo que ninguém prestava atenção nele, ficou calado.

Hild foi até o rei.

— Sinto muito, Ruff — ela sussurrou, o cenho franzido. — Sinto muito por tudo, meu senhor.

A mudança de comportamento fora súbita e drástica. Hild o chamara de Pulga, agira como uma pessoa comum, falando com outras pessoas comuns. Assim que se aproximara do rei, tinha se transformado. Assumira o ar de uma monja, uma devota que se dirigia a seu santo padroeiro. Aquela era sua postura na vida ascética, sua identidade dentro do mosteiro, durante as missas, enquanto entrava em comunhão com o santo.

Ela se ajoelhou, juntando-se a seus dois comandados.

— Não sei se o que fiz foi correto, meu senhor — Hild olhou nos olhos mortiços de Ruff Ghanor. — Mas fiz o que podia fazer. Abandonar minha fé não era uma opção. Precisei deixá-lo... Porque nunca o abandonaria de verdade.

A contradição era esquisita, e aquela cena às portas do castelo, com o deserto por toda a volta, era incongruente. Mas até por isso parecia a Korin um mistério religioso, uma experiência transcendental. Ali estava Ruff Ghanor — pai, rei, santo. O pai era falho. O rei era severo. O santo era absoluto. Para se manter próxima do santo, Hild precisara se afastar do pai e do rei.

— Você sabe o que está acontecendo em Ghanor? — Korin perguntou.

Ela fez que não, sem olhar para trás.

— Há uma maldição, Hild. O reino está morrendo e meu pai vai morrer também. Ele precisa de um milagre.

— Obrigada por trazê-lo, Korin — sem tirar os olhos do rei. Então, para os outros dois monges: — Vamos levá-lo para dentro.

O príncipe chegou a duvidar de seus ouvidos. Ela o chamara de Korin, não Pulga. Mesmo para Hild, não era o momento de apelidos jocosos.

Vários monges trajando armaduras de ossos saíram do castelo, carregando uma maca. Murmuraram preces antes de tocar no corpo do santo, erguê-lo e carregá-lo em procissão. Como se aquele fosse um momento profetizado, sabiam o que fazer. Notavam o significado místico de tudo que acontecia.

Hild se ergueu.

— Você vai entender tudo, Pulga. Pelo menos tanto quanto eu mesma entendo. E vai me explicar tudo que sabe sobre essa maldição.

Ernán roubou um olhar confuso para ele.

— Venha, traga seu amigo — disse Hild. — Os outros irmãos vão cuidar de seus camelos. Vocês precisam comer algo antes da missa.

O castelo era enorme e quase totalmente silencioso. Os monges andavam o dia inteiro trajados em suas armaduras — elas tinham adquirido significado ritualístico, eram seus hábitos eclesiásticos.

Ruff sumira no interior da fortaleza, carregado pelos irmãos. Hild levou os dois rapazes ao refeitório, onde eles comeram pão ainda fumegante, nacos de carne fria, queijo, um caldo grosso de vegetais. Beberam vinho e se permitiram sentir todas as dores da longa viagem, enquanto seus corpos relaxavam.

Ernán se manteve quieto. Korin contou a Hild toda a história da maldição, assim como a conhecia. Falou dos refugiados, dos desabamentos. Interrompeu a si mesmo para narrar, tão bem quanto podia, a relação áspera que desenvolvera com seu pai. Contou sobre os grimórios, o símbolo das asas de abutre, o que levou à Santa do Fim do Mundo.

Korin engoliu em seco e teve dificuldade de encará-la, mas confessou que rezara a ela. Que ouvira sua voz.

Que a santa era a Dama de Ferro.

Hild ficou um tempo em silêncio.

— Você rezou a Áxia? — ela perguntou.

Korin não entendeu.

— Áxia, você sabe. — Hild deu de ombros. — A Dama de Ferro.

— Como conhece o nome dela?

A guerreira demorou alguns instantes para achar as palavras.

— Seu pai... Nunca lhe falou sobre Áxia?

— Ele me falou sobre a Dama de Ferro.

— Você não conhece a relação entre os dois?

— Eles foram inimigos, não?

Hild suspirou fundo, apertou os lábios.

— O santo é perfeito — ela disse, meio para si, meio para Korin. — Mas o homem é um mortal falho, como todos nós. Ele não deve ter tido coragem de lhe contar tudo, Pulga.

— Como assim? Houve algo entre eles além de ódio?

— Não é meu papel revelar nada disso.

Korin franziu o cenho.

— Hild... Meu pai teve *filhos* com a Dama de Ferro?

Silêncio.

— Não me peça para responder isso — ela disse, por fim. — É um assunto entre pai e filho.

Korin aceitou a contragosto.

— Então o nome dela é Áxia... Parece um nome de aldeã. Não de uma bruxa.

— Não cometa o erro de achar que ela é uma vítima inocente. Continue pensando nela como a Dama de Ferro.

Ele assentiu.

— Você ainda ouve aquela peste em sua mente?

— Não mais. Não desde que cruzamos a Muralha do Leste.

Hild se debruçou na mesa, olhou-o com intensidade.

— Muita gente foi enganada por Áxia, Pulga — disse. — Seu pai foi enganado por ela durante muito tempo! Você não sabia quem estava cultuando, então não foi culpa sua. Mas agora precisa se proteger. Não acredite em nada do que ela disser.

O príncipe assentiu, mas soube que o conselho não era totalmente válido. A Santa do Fim do Mundo aparentemente lhe dissera ao menos uma verdade: ele tinha três irmãos. Se não tivesse, Hild teria falado. Três irmãos que seu pai matara. Ruff, Bellitz, Niccolas, Dianna, a própria Hild. Todos tinham escondido aquilo dele.

Korin soube que não adiantava insistir. Ao menos tinham cumprido a missão, o rei estava em segurança. A verdade precisaria esperar.

— O que é este lugar? — o príncipe perguntou.

O refeitório era enorme, o teto alto fazia as palavras ecoarem. Algumas mesas compridas ocupavam o local, mas boa parte estava vazia.

Hild pareceu satisfeita em não mais falar sobre Áxia e os segredos de Ruff Ghanor.

— Muito tempo atrás, bem antes de você nascer — ela começou — eu e Dianna saímos numa missão sagrada. Estávamos buscando as auréolas de Mubruk e seus anjos. Sem isso, a guerra estaria perdida.

— Conheço essa história.

— Imaginei. O que não conhece, porque nunca falei sobre isso com ninguém e duvido que Dianna tenha aberto a boca, foi o que aconteceu logo antes de nos separarmos. Dianna me mostrou o que é a devoção, Korin. Ela me fez ver que algo me guiava. Eu já era uma devota do Santo de Pés Descalços, apenas não sabia.

— O que isso tem a ver com este mosteiro?

— Calma — ela riu. — O resumo de tudo é que, uma vez que eu entendi que estava numa busca mística, tudo ficou claro. As auréolas se mostraram para mim. Encontrei o Castelo da Rainha Exsanguinada. Fui abençoada por São Ruff Ghanor com a força para vencer minha última provação.

Korin partiu um pedaço de pão com os dedos.

— Desde então sou uma guerreira sagrada — ela sorriu. — Descobri que tudo que faltava em minha vida era a devoção.

— Então por que não me guiou na fé?

— A vida secular e a vida religiosa seguem regras diferentes — Hild continuou. — Eu não tinha o direito de transformá-lo num criminoso, Korin. Não entendo nada de política ou de intrigas da nobreza. Só sei rezar e bater nos outros.

— Eu precisava de você — ele disse, com uma franqueza melancólica.

— Eu sei — Hild segurou seu pulso, um gesto de carinho que também era um pedido mudo de perdão. — Quando notei que estava influenciando seu comportamento, trazendo-o para uma fé proibida e herética, soube que devia me afastar da capital. Disse a mim mesma e aos Gladiadores que ia procurar alguma boa briga, uma distração para tirar a cabeça de tudo isso, mas era mentira. Eu queria algo maior, Korin. Queria me dedicar a São Ruff Ghanor, porque ninguém mais podia.

— Então vocês construíram este castelo?

— Claro que não, não seja idiota! Contei tudo aos meus Gladiadores. Disse que tinha ficado louca e que ia virar monja no meio do deserto. Dispensei todos, disse que não precisavam vir comigo. Mas todos quiseram me seguir. Porque todos acreditavam no santo.

Ela abriu um sorriso beatífico.

— A vida secular e a vida religiosa seguem regras diferentes — repetiu. — Se isto fosse a vida secular, eu precisaria me preocupar com logística e suprimentos. Precisaria planejar tudo com cuidado, enviar batedores para encontrar uma fortaleza abandonada que pudéssemos ocupar. Talvez precisasse tomá-la de um inimigo! Mas esta é a vida religiosa, Korin. Então eu tive fé. Vim ao deserto sem plano nenhum, sabendo que um lar se mostraria para nós. Assim como precisei abrir mão da racionalidade para encontrar as auréolas, também fiz isso para encontrar nosso mosteiro. Ele estava aqui, vazio, pronto, esperando por nós.

A mesma fé inabalável lhes dera certeza de que nunca passariam fome. E, de fato, menos de uma semana depois de terem se instalado no mosteiro, receberam a visita de um mercador rico. Sua caravana fora atacada por bandidos e ele implorava para que recuperassem suas mercadorias roubadas e sua família raptada.

— O mercador ficou tão grato que mudou sua rota para passar por aqui — ela balançou a cabeça, maravilhada com a própria narrativa. — Ele nos traz tudo de que precisamos. Não cobra uma moeda, apenas pede para que o ajudemos quando ele precisa. Isso fez com que outras caravanas também começassem a passar por aqui. Não sentimos fome um só dia, Korin. São Ruff Ghanor provê.

— Mas ele não fez nada disso — Korin protestou. — Não usou nenhum poder para lhes dar uma visão sobre o mosteiro, ou para guiar o mercador até vocês, ou...

— Você está pensando em seu pai. Ele realmente não fez nada disso. Estou falando do Santo de Pés Descalços.

Mais uma vez, a contradição aumentava a aura transcendental. Aquela mesma contradição precisaria continuar presente para que eles salvassem a vida de seu pai. Os milagres dos monges de São Ruff Ghanor precisariam ser capazes de curar o Rei Ruff Ghanor.

De alguma forma.

— Está quase na hora da missa — disse Hild. — Vocês podem se lavar, então um monge vai conduzi-los até a capela principal. Teremos muito a falar hoje.

Uma monja de armadura os conduziu pelos corredores amplos.

A fortaleza tinha sido construída num padrão incomum. Era composta de três alas — oeste, sudeste, noroeste. As alas se encontravam na capela, o centro da estrutura. Os espaços entre as alas eram destinados a estábulos, pátios de treinamento, depósitos. Era impossível saber ao certo por que os arquitetos da antiguidade haviam optado por aquela configuração, mas os Gladiadores suspeitavam que fosse uma aproximação da marca de nascença dos Ghanor. Uma espiral ao redor de um triângulo que dava a impressão de um par de asas, tudo se juntando em um crânio rudimentar. Uma fortaleza em forma de crânio seria absurda demais, mas os três vértices estavam lá, além de um caminho espiralado que conduzia entre vários locais do mosteiro.

O badalar de sinos ocupava todo o ambiente, reverberando nas paredes e soterrando todos os outros sons. Ernán se esforçava para manter o ritmo, ao mesmo tempo em que jogava olhares incisivos para Korin. Apontava com os olhos para a mulher, para o mosteiro ao redor, para o caminho à frente. O príncipe deu de ombros.

Ernán conseguiu chegar perto o bastante para ser ouvido com um sussurro.

— *Isso tudo é esquisito demais.*

Korin franziu o cenho, balançou a cabeça.

— Isso o que? — também num sussurro.

— Tudo! Essa tal Hild, esses malucos vestidos de esqueletos. Este lugar. Sabe-se lá para onde levaram seu pai!

— Vão cuidar dele.

— Fé pode funcionar bem para monges, reis e heróis... Mas eu sou filho de...

— Eu sei, sua mãe é artesã. Lembra de como ela foi curada?

Ernán fez uma careta de desaprovação, não disse mais nada.

Eles quase esperaram que a monja fosse repreendê-los por estarem conversando, como se ainda fossem crianças, mas ela apenas seguiu em frente. Levou-os a um salão suntuoso, circular, encimado por um teto abobadado, tomado por um grande vitral colorido que filtrava os raios do sol. O vitral exibia a figura do leão e mostrava alguns reis e guerreiros. Korin reconheceu uma representação de parte da história de sua família. Talvez depender da fé para encontrar uma fortaleza parecesse loucura, mas Hild tivera mais sucesso do que poderia esperar. Não tinha encontrado uma mera fortaleza — encontrara uma antiga fortaleza dos Ghanor, construída ao redor de um templo.

Algumas dezenas de homens e mulheres, todos trajando as armaduras de ossos, se dispunham em genuflexórios concêntricos. Ernán e Korin ocuparam lugares nas últimas fileiras. Todo o ambiente era circular, centrado num púlpito. Além do corredor pelo qual eles haviam entrado, outros três levavam à capela. Os rapazes ainda não haviam conhecido todo o mosteiro, mas aquele era o coração da fortaleza, onde as três alas se encontravam, onde as passagens em espiral convergiam.

Passos ritmados e suaves emergiram de um dos corredores. Em apenas alguns instantes, ficaram mais próximos, então surgiram seis figuras. Eram monges, trajavam a mesma armadura de todos os outros, mas tinham os pés descalços. Os seis carregavam uma liteira. Sobre a liteira jazia Ruff Ghanor.

Os monges abaixaram as cabeças em sinal ostensivo de respeito. Korin e Ernán continuaram olhando. Os seis irmãos de pés descalços pousaram a liteira à frente do púlpito, então se ajoelharam na fileira mais próxima. Pouco depois, Hild surgiu por outro corredor, também descalça. Foi até o púlpito e o ocupou.

Olhou em volta, para toda a congregação. Havia orgulho e amor estampados em seu rosto.

— *Somos todos pecadores* — ela recitou.

— Somos todos pecadores — os monges responderam.

Ela se empertigou.

— Irmãos — começou — este é o dia mais importante de nossas vidas. Todos nós nascemos de novo quando decidimos vir ao deserto. Deixamos de ser soldados para começar a existir como monges. Amamos nossos pais e nossas mães, de nossas vidas anteriores, mas sabemos que nosso novo pai é um só. Não esquecemos as batalhas que travamos em nossa vida anterior, porque elas foram travadas em nome dele, mas nossa maior batalha ainda estava por vir.

Abriu os braços.

— O dia da batalha chegou!

Ninguém disse nada, não houve murmúrios ou gritos de louvor. Mas o ar foi tomado por um zumbido silencioso, uma energia vibrante.

— Esta é a batalha pelo Santo de Pés Descalços. Ele chega a nós em sua forma mortal. Fraco, indefeso. Vítima de uma maldição infligida por sua grande inimiga, que voltou da morte para nos aterrorizar. Esta é a única batalha que não podemos perder. Não lutaremos com espadas e machados, mas com nossa fé. Fomos trazidos para cá por uma razão, e a razão é esta! *Vamos curar Ruff Ghanor!*

Korin notou que Ernán tremia.

— Mas esta batalha só poderá ser travada porque heróis surgiram para trazê-la até nós. Hoje chegaram ao Mosteiro do Leão dois jovens abençoados pelo Santo de Pés Descalços. Abençoados mesmo que não saibam disso! Korin Ghanor, filho de Ruff Ghanor, e seu companheiro Ernán de Zibrene. Eles enfrentaram uma terra maldita e um deserto desconhecido, carregando nosso padroeiro. Passaram por provações que nem podemos imaginar! Outro dia poderemos ouvir suas histórias. Por enquanto, vamos apenas agradecer.

O príncipe achou que fosse haver algum tipo de aplauso ou palavrório de gratidão. Mas, de novo, os monges ficaram em silêncio. Era solene, ritualístico. E também inquietante.

— Korin Ghanor nos lembra que o Santo é humano. E, assim, é um pecador. Korin Ghanor é fruto do lado mortal e físico de nosso senhor. Vamos reconhecer essa faceta do Santo de Pés Descalços! A faceta que pode falhar, que pode errar. Que ama, odeia, duvida. Ruff Ghanor é um pecador, assim como todos nós! Todos nós somos desertores, criminosos, hereges. Ele não exige de nós perfeição. Ele nos ama em toda nossa torpeza.

O rei continuava estirado na liteira, à frente do púlpito. Impossível saber se escutava algo.

— E é assim que vamos encarar nossa maior batalha, meus irmãos. Não como devotos infalíveis, mas como pecadores que nunca se rendem. Faremos todos os sacrifícios. Andaremos de pés descalços até que nossos passos deixem pegadas de sangue. Rezaremos até que nossas vozes desapareçam. Usaremos o poder concedido por São Ruff Ghanor para curar o corpo de Ruff Ghanor! Teremos a chance de retribuir tudo que ele fez por nós.

Ela fechou os olhos.

— Somos todos pecadores!

— *Somos todos pecadores!*

Aquilo marcou o fim da curta parte solene. Não houve grandes rituais, nem mesmo gestos. Um burburinho baixo tomou os genuflexórios, alguns monges esticaram os pescoços para enxergar melhor o Santo.

— Korin, pelo que vi, você carrega o martelo de Ruff Ghanor — disse Hild, ainda no púlpito. — Peço que o traga. Como símbolo do poder mundano do Santo, será o foco de nossas preces.

Korin se ergueu.

— *Não faça isso* — Ernán sussurrou.

— O que? — o príncipe fez uma expressão confusa.

— Esse pessoal é estranho demais. Não entregue a eles a arma mais poderosa que nós temos.

— Pare de delirar.

Ernán ainda estendeu o braço, tentando deter o amigo, mas Korin andou tranquilamente até o púlpito. Puxou o martelo da cintura e o entregou a Hild. Ela aceitou a arma, segurando-a com as duas mãos. Desceu do púlpito para chegar mais perto de Ruff.

— Vamos começar as orações agora — ela disse, sorrindo. — Sei que vocês não são devotos, mas seria uma grande felicidade se rezassem conosco. Eu sinto sua falta, Korin. Gostaria que visse o que estamos fazendo aqui.

Ele não teve tempo de responder. Ouviu barulho de corrida atrás de si, virou-se a tempo de ver Ernán sumindo pelo corredor.

— Eu... — começou o príncipe.

— Vá atrás do seu amigo — Hild tocou no ombro dele. — Ele deve estar atordoado com tudo isso.

Korin agradeceu sem palavras, cruzou a capela no encalço de Ernán.

— Cuidaremos bem de seu pai — ouviu a monja dizer.

— Que sala é esta? — perguntou Korin.

— Como vou saber? — Ernán se exasperou. — Cheguei neste ninho de malucos ao mesmo tempo que você! Só me enfiei no primeiro lugar vazio que encontrei!

O príncipe demorara vários minutos para encontrar Ernán. Vasculhara alguns corredores a esmo, abrira portas aleatórias, até que ouvira sua respiração ofegante e achara o amigo num pequeno depósito de lenha. Exceto pela luz que entrava por algumas frestas, o lugar estava escuro.

— Tem algum lampião por aqui?

— Não acenda! — Ernán repreendeu. — Vai nos denunciar.

Korin olhou para a silhueta no breu com estranhamento.

— Denunciar? Está louco?

Ernán bufou.

— Eu não estou louco, mas seus amigos cobertos de ossos estão! E você deve estar enlouquecendo também se acha que não há algo sinistro acontecendo neste lugar.

— Como assim, Ernán?

Korin conseguia discernir o vulto balançando a cabeça.

— Isso tudo não é normal — disse o rapaz. — Está muito fácil, muito conveniente.

— Muito *fácil*? Nós demoramos meses...

— Seu palpite estava correto desde o começo. Que sorte! — ironizou. — Você *achou* que encontraria sua amiga e que ela seria devota do seu pai. E foi exatamente assim! Que coincidência maravilhosa!

O príncipe demorou para responder.

— Não é coincidência — disse, por fim. — Eu estudei a vida inteira para chegar a essas conclusões. Vi Hild rezando a São Ruff Ghanor anos atrás. Eu sabia que ela não teria simplesmente desertado...

— Korin, deixe eu lhe ensinar algo sobre a vida. Ninguém abandona um posto numa corte, vai para o meio do deserto e fica sentado por anos, esperando que seu mestre surja precisando de ajuda.

— Você está vendo na prática que sim, pelo menos uma pessoa no mundo fez isso.

— Não! — Ernán bateu com o punho num monte de lenha. — O que estou vendo é uma armadilha.

Korin demorou alguns instantes para responder.

— *Armadilha?*

— Não sei se essa é alguém se fazendo passar pela sua amiga, ou se é a sua amiga que se vendeu para algum nobre rival. Aliás, você lembrava direito do rosto dela? Tem certeza de que é a mesma?

— Bem, não. Mas ela conhece coisas sobre mim que...

— Você é o príncipe de Ghanor. Todo mundo conhece coisas sobre você!

Aquilo fez Korin balançar. Então ele deu um passo para trás, como se pudesse se afastar da noção.

— Por que você está presumindo que seja uma armadilha? — perguntou o príncipe. — Por que essa história mirabolante sobre uma impostora é mais plausível do que Hild estar falando a verdade?

— Porque ninguém age assim!

— Algumas pessoas...

— Muito bem, então vamos presumir que estejamos num mosteiro repleto de gente altruísta, que não quer nada além de nos ajudar. Por que eles arrastaram o corpo de seu pai para longe na primeira oportunidade? Por que nos levaram para comer em vez de nos mostrar onde ele ficou?

— Porque... — Korin falou devagar, como se o amigo fosse um idiota. — Tente compreender isso, Ernán. *Porque estávamos com fome.*

— Mais uma coincidência conveniente! Por que então ela mandou que você entregasse o martelo?

— É um símbolo!

— Korin, pare de arranjar explicações para tudo! — Ernán se controlou para não gritar. — Pense no que está acontecendo. Chegamos num castelo no meio do nada, habitado por estranhos que se enfeitam com ossos humanos! Esses mesmos estranhos levaram o corpo do seu pai para longe e agora estão fazendo um ritual com ele! A líder desses estranhos, uma mulher que você conheceu quando mal tinha saído das fraldas, falou com todas as letras que eles vão fazer sacrifícios! Que vão deixar pegadas de sangue! Que ela e seu bando são criminosos e hereges!

Korin ficou mudo.

— Eles dizem o tempo todo que são pecadores! — Ernán continuou. — Estão esfregando na nossa cara o que estão fazendo!

— As armaduras de ossos — o príncipe começou, em voz periclitante — são típicas dos Gladiadores, o batalhão de elite...

— Você lembra exatamente das armaduras desses tais Gladiadores? Tem certeza de que são as mesmas?

— Não...

— Se eu vejo um monte de gente sinistra em armaduras de ossos, não penso num grupo de heróis. Penso em cultistas.

Ernán estava sem fôlego. Tentou dizer mais alguma coisa, mas não conseguiu. Colocou a mão no peito, fazendo força para puxar o ar. Deixou-se cair sobre uma pilha de lenha.

— Você está bem? — Korin foi até ele.

— *Tente...* — ofegando — *descobrir algo...*

Korin voltou à capela.

Estava vazia.

Andou pelos corredores até achar um monge que carregava um grande machado de duas mãos.

— Onde estão todos? — perguntou o príncipe. — Onde está meu pai?

— O Santo de Pés Descalços foi levado para outro lugar — disse o homem. — A Irmã Osso-Oco achou que seria melhor.

— Que lugar? Onde fica?

— Um local secreto — o monge deu de ombros. — Ele está em segurança. Não se preocupe.

O homem retomou seu caminho.

— O que vai fazer com esse machado? — Korin perguntou para a figura que se afastava.

Ele parou e se virou, sorrindo.

— Vou cortar lenha.

16 | sozinho no escuro

FAZIA DUAS SEMANAS que Korin não via seu pai, Hild, ou a maioria dos Gladiadores.

Duas semanas em que ele e Ernán tiveram liberdade de circular pelo castelo — menos em uma ala.

Duas semanas em que comeram bem, dormiram em camas macias, assistiram as missas nas quais um dos irmãos falava sobre os feitos de Ruff Ghanor e meia dúzia de outros ouvia nos genuflexórios. Duas semanas em que explicaram sobre a maldição, seus efeitos e a maneira como afetava a terra, enquanto uma monja anotava tudo que falavam. Duas semanas em que não tiveram respostas sobre o estado do rei, sobre o que acontecia na ala proibida, sobre quando poderiam vê-lo de novo.

No décimo-quinto dia, Korin acordou com o badalar dos sinos, esfregou os olhos e se ergueu da cama. Seu catre era exíguo, como se esperaria de acomodações monásticas, mas confortável. Ele dispunha de um baú onde podia guardar seus pertences, uma lamparina a óleo pendurada no teto, uma prateleira abastecida com alguns livros, uma tina onde podia lavar o rosto. A única janela era pequena, bloqueada por grades grossas de ferro preto. Fazia com que se sentisse um prisioneiro, mas não era algo inesperado. Afinal, o Mosteiro do Leão fora construído em uma época imemorial, talvez um período em que os Ghanor fossem odiados. Não havia registros de seu propósito, mas era fácil pensar que fora planejado como um bastião para seguidores leais da família em terras hostis.

Ele já estava quase se acostumando com a rotina de acordar naquele quartinho. Não seria algo permanente, mas era melhor do que dormir na estrada. Ele se espreguiçou, jogou água na cara e no cabelo. Vestiu-se, arrumou a cama, andou poucos passos até a saída. Seu estômago roncou, pronto para o desjejum.

Girou a maçaneta, mas não conseguiu abrir a porta.

Num instante, tentou lembrar se tinha trancado a fechadura na noite anterior, por alguma razão. Então percebeu que nunca tivera uma chave daquela porta.

Tentou a maçaneta mais algumas vezes, como se o resultado fosse mudar, quase incrédulo de que aquilo estava acontecendo. Então vasculhou o quarto atrás da tal chave. Precisava haver uma chave. Revirou o baú, tirou todos os livros da prateleira, desarrumou a cama. Agachou-se no chão, tentando verificar se havia algum canto onde um objeto pequeno pudesse estar escondido.

Mas, mesmo que encontrasse a chave, isso não responderia à pergunta: Por que a porta estava trancada?

Korin ficou de pé, o coração acelerado. Voltou à porta, tentou abri-la mais algumas vezes, então bateu com o punho fechado.

— Me deixem sair! — gritou. — Alguém abra essa porcaria!

Viu a sombra dos pés de alguém passando em frente, ouviu o barulho típico de uma armadura de ossos.

— Abra a porta!

Quem quer que fosse seguiu sem lhe dar atenção.

Korin sentiu o pânico tomando seus sentidos. A boca seca, a respiração rápida. Ernán tivera razão. Isto era uma armadilha. Talvez essa não fosse Hild; talvez Hild tivesse enlouquecido ou se vendido para algum inimigo. Talvez fosse uma devota da Santa do Fim do Mundo. Fosse como fosse, ele estava preso. Havia uma maça em seu baú. Korin tirou-a de onde estava guardada, segurou-a com as duas mãos, empunhou-a acima do ombro.

— Vou quebrar essa porta! Não importa o que façam comigo depois, não vou ficar aqui preso sem lutar!

Desferiu um golpe poderoso contra a fechadura. A maçaneta dobrou, o mecanismo balançou. A madeira rachou sob o metal. Mais uma pancada forte e a lingueta pareceu ceder, a madeira rachou ainda mais, espalhando farpas. Um terceiro golpe quebrou a maçaneta, deixando todo o mecanismo solto. Korin se afastou um passo, ergueu o pé, desferiu um chute potente. A porta se abriu com um estrondo.

Ele saltou para fora, pronto para qualquer coisa, com a maça à frente do corpo. Deparou-se com o corredor vazio, exceto por uma monja de armadura de ossos, carregando um molho de chaves. A mulher estacou no lugar, olhando para ele com espanto.

— Alteza? — ela disse. — O que está fazendo?

— Não podem me prender aqui! — o príncipe vociferou. — Eu gritei para que abrissem a porta, alguém passou e fingiu que não ouvia!

— Alteza, fui eu... — a monja esboçou um sorriso. — Não fingi que não o ouvia. Apenas fui pegar as chaves.

Korin tentou discernir algo em seu rosto. As últimas badaladas dos sinos ressoavam no corredor vazio.

— Por que minha porta estava trancada? Quem a trancou?

— Não sei. Passei a noite inteira em vigília ao redor do Santo.

— Onde ele está?

— Achei que soubesse, Alteza. São Ruff Ghanor está na ala oeste do mosteiro, onde eu e meus irmãos ficamos dia e noite orando por ele.

As mesmas respostas que já ouvira tantas vezes.

— Por que não posso vê-lo?

— Não sei se não pode — a monja deu de ombros. — Quem toma essas decisões é a Irmã Osso-Oco.

Não havia nada obviamente hostil naquela mulher. Pelo contrário: Korin estava armado, empunhava a maça pronto para atacá-la, e ela apenas segurava um aro metálico cheio de chaves. Não portava nenhum tipo de armamento.

Contudo, fazia parte dos Gladiadores. Provavelmente seria capaz de matá-lo com as mãos nuas sem muito esforço.

— Onde está Ernán? — ele perguntou.

— Imagino que no catre? Ou talvez já tenha ido ao refeitório.

— Ele também está preso?

— Como posso saber, Alteza?

Ela estendeu o molho de chaves, um gesto ostensivo de boa vontade. Korin apanhou-o num movimento ligeiro, como se ela fosse tentar algum truque. A monja sorriu ante a atitude intempestiva, a expressão universal de um adulto para com uma criança.

A monja esperou um instante, deixando oportunidade para ele fazer outra pergunta ou realizar outra manobra drástica, como quebrar uma porta ou arrancar um molho de chaves da mão de alguém. Então disse que buscaria ferramentas para consertar o estrago, fez uma mesura e se afastou.

Korin ficou observando-a caminhar, como se assim pudesse discernir algo de seus motivos. Foi até a porta de Ernán, a poucos metros de distância. Testou a maçaneta, estava trancada. Tentou duas chaves do molho, até que a terceira abriu a fechadura. Entrou no catre para ver o amigo ainda estirado na cama.

— O que foi essa barulheira? — perguntou Ernán, em voz fraca.

Korin fechou a porta e andou até ele. O interior do quarto não estava escuro, pois o sol forte do deserto não permitia. Assim, ele pôde ver com facilidade que Ernán estava ainda de olhos fechados.

— Você está bem?

Mais do que a imobilidade do amigo, o que chamou sua atenção foi o cheiro. Ele sentira aquele cheiro uma vez antes.

No quarto de seu pai moribundo.

— Estou com muito sono — disse o outro rapaz. — Vou dormir mais um pouco hoje.

— Melhor não — Korin respondeu. — Acho que estamos em perigo. Alguém trancou nossas portas durante a noite. Precisei arrombar a minha para sair.

Sem resposta.

— Ernán!

O garoto abriu os olhos, sobressaltado.

— Estou acordado! — disse, deixando claro que não estivera.

— Você ouviu o que eu falei?

— Estamos em perigo... — a voz de Ernán estava engrolada de sono. — Achei que tinha ouvido alguma coisa, horas atrás. Era você arrombando a porta então?

— Não foram horas. Só alguns minutos.

— Devo ter cochilado.

Korin olhou para trás, em direção à porta, como se qualquer ameaça pudesse surgir dali. Sem o badalar dos sinos, o mosteiro ficava quase totalmente silencioso. Tudo quieto e parado. Ele engoliu em seco. A sensação de perigo só aumentava.

— O que você está sentindo? — o príncipe sacudiu seu amigo para que ficasse desperto.

— Só estou cansado. Preciso dormir mais.

— Ernán, acho que você tinha razão. Isso é uma armadilha. Eles não nos deixam sair, não me deixam ver meu pai. Talvez seja um sacrifício...

— Eu sabia — ele murmurou. — Tudo isso é muito...

Não conseguiu completar a frase, adormeceu antes.

Korin estava tenso e alerta, pronto para lutar ou fugir. Nunca estivera num combate de verdade — lutara contra Ysidro no dia em que conhecera Ernán, mas ele era só um garoto. Escondera-se, chorando, para evitar um combate contra o bando de guerreiros em meio às montanhas. Agora achava que talvez precisasse realmente lutar pela primeira vez. Lutar contra um batalhão de elite, que estava de posse do martelo de Ruff Ghanor. Korin tentou decidir suas prioridades. Tentaria entrar na ala oeste do mosteiro e resgatar seu pai, ou ao menos o corpo dele. Se isso não fosse possível, precisaria se contentar com uma fuga. Fugiria pelo deserto e tentaria chegar em Ghanor. Então avisaria a rainha. Eles marchariam pela Confederação dos Mercadores com os exércitos. Talvez este fosse o início de uma nova guerra. Talvez fosse seu primeiro ato como rei de Ghanor.

Saiu do quarto de Ernán e trancou a porta. Isso deixaria o amigo em maior segurança, ou pelo menos evitaria que os monges soubessem que algo mudara. Guardou o molho de chaves dentro da camisa, atravessou os corredores em direção aos estábulos.

O vazio do mosteiro dava a impressão de que sempre havia alguém escondido a cada esquina. Era inquietante e incongruente. Korin correu pelos espaços amplos, seus passos ecoando nas paredes nuas, no teto alto. Enfim chegou ao pátio interno que abrigava os animais. Com um olhar perscrutou as baias. Todas vazias.

— Alteza...? — uma voz de homem atrás dele.

Korin se virou rápido, empunhando a maça. Viu um dos monges, trajando apenas parte da armadura, para maior conforto. Carregava dois fardos de feno. Estava suando pelo esforço e pelo calor já àquela hora da manhã. Olhou para a arma que o príncipe tinha em mãos, mas não demonstrou medo.

— Onde estão nossos camelos? — perguntou Korin.

O monge depositou os fardos no chão. Limpou o suor da testa.

— Achei que alguém iria avisá-lo depois do desjejum, Alteza. Os três animais amanheceram mortos.

— Mortos...?

— Não sabemos o que aconteceu. Achei que estavam um pouco letárgicos nos últimos dias, mas não parecia haver nada errado. Quando vim aos estábulos, encontrei os três estirados.

— Onde estão os corpos?

— Nós os enterramos.

Korin franziu o cenho. Cavar as covas de três camelos não era uma tarefa rápida.

— E os outros animais?

— Nós os levamos para outro estábulo, Alteza. Tivemos medo de que qualquer doença que tenha afetado os camelos pudesse ser contagiosa.

Korin andou para trás, sem tirar os olhos do homem. Estava no meio do deserto, sem acesso a montarias, isolado e trancado. Com poucas armas, longe do rei, Ernán fraco e doente. Precisava de um plano para fugir. Talvez tivesse que deixar seu amigo para trás, enquanto ia buscar reforços em seu próprio reino.

Passou ao largo do monge, voltando para o interior do mosteiro. Seu estômago roncou de novo. Korin tentou decidir se podia confiar na comida que lhe ofereciam, ou se conseguiria fazer tudo que precisava ser feito sem comer ou beber nada.

De forma quase inconsciente, começou a andar na direção do refeitório.

Ao entrar no salão amplo, tomado por mesas compridas, quase esbarrou em Hild.

Afastou-se com cuidado, observando a mulher.

— O que foi, Pulga? — ela deu um meio sorriso. — Por que está carregando essa maça? Vai treinar?

— O que está acontecendo aqui?

— Estou começando meu terceiro dia de vigília sem dormir. Vim pegar chá para me manter acordada. Tenho mais vontade de tomar um barril de hidromel, mas isso iria me derrubar na hora!

Silêncio.

Hild ficou séria.

— Você arrombou a porta do seu catre?

— Já lhe avisaram?

— Passei pela Irmã Caldria consertando o estrago, ela me disse o que houve.

— Muito bem, você tem sua resposta. Quando vou ter a minha?

Hild se empertigou de leve. Quase nenhuma pessoa que não tivesse sido treinada segundo as técnicas do prior e do livro *Filosofia de combate* perceberia que ela deslizou um pé só um pouco para trás. Deixou os joelhos levemente dobrados. Ainda numa postura casual, típica para uma conversa tranquila. Mas, por trás disso, uma base apropriada para o combate.

Korin tinha sido treinado segundo as técnicas do prior. Conhecia *Filosofia de combate* a ponto de ter decorado várias páginas.

— O que você quer saber, Pulga?

— Você é mesmo Hild?

Ela deu um riso forçado.

— Às vezes esqueço como você é jovem e como jovens são burros!

— Você é mesmo Hild? — repetiu.

— Quem mais acha que eu seria?

Ele não respondeu.

— Por que nos trancaram nos quartos esta noite? — Korin perguntou.

— Não foi só esta noite — disse Hild. O príncipe reconheceu o olhar dela. Fixo logo abaixo de seu rosto, ativamente evitando se desviar para a arma. Apropriado para reagir a um ataque súbito. — Vocês ficam sempre trancados. Esta noite o Irmão Thyrog, que abre as portas antes de vocês acordarem, ficou de vigília em torno do Santo. Esquecemos de mandar outro para destrancá-los porque estávamos ocupados rezando por Ruff Ghanor.

— Quero ver meu pai.

— Não pode.

Enfim, a verdade. Ou parte dela.

— Sou seu príncipe — Korin tentou. — Exijo que me leve ao rei.

— Nesta fortaleza você não é nada além de um moleque, Pulga. Não esqueça de que estamos neste deserto justamente porque a autoridade dos Ghanor não chega aqui. Sou a abadessa do Mosteiro do Leão e estou zelando pela vida de São Ruff Ghanor. Você é meu convidado.

— Se sou seu convidado — ele rosnou — então por que estou sendo tratado como um prisioneiro? Por que desconfia tanto de mim?

Korin ergueu a maça só um pouco.

— Não faça isso — Hild avisou.

— Por que? Vai me matar?

— Não — ela quase riu. — Sou a comandante dos Gladiadores, Pulga. Você nunca lutou na vida. Eu poderia desarmá-lo e imobilizá-lo em um instante, sem que você se machucasse. Mas não quero lembrar do garoto que peguei no colo me atacando.

— Não me chame de Pulga — entre dentes. — Sou o Príncipe Korin Ghanor.

— Vou chamá-lo como eu quiser. Você tem opção de conversar comigo e mostrar que merece respeito. Ou de me atacar e mostrar que merece ser humilhado.

Ela não se moveu um centímetro. Não estava armada. Não precisava de armas. Seu destemor total era uma ameaça maior do que qualquer bravata.

— Quero conversar — Korin cedeu.

Ela sorriu.

— Boa escolha.

— Por que ficamos trancados à noite? Por que não posso ver meu pai?

Hild suspirou.

— Você vai ter que confiar em mim, Pulga. Se quer me mostrar que não precisa ficar trancado, que merece ver o Santo, vai ter que confiar em mim. Não posso responder nada disso. Mas não desejo seu mal. Pelo contrário.

Ele não abaixou a maça.

— Confia em mim?

Hild deixou Korin para trás e seguiu sozinha.

Controlou um bocejo enquanto passava pela porta de pedra que levava à ala oeste. Havia postado dois Gladiadores lá, como guardas. Podia ver no rosto de seus comandados que estavam exauridos. Mesmo os guardas, escolhidos entre os poucos que tinham conseguido dormir algumas horas nos últimos dias, exibiam olheiras fundas e a postura quase murcha de quem está no limite da exaustão. Se não fossem, além de monges, guerreiros de elite, treinados por Ruff Ghanor, pelo primeiro Korin e por ela mesma, curtidos em inúmeras batalhas e incursões por território hostil, teriam desabado no chão há muito.

Normalmente, não precisavam de guardas no Mosteiro do Leão. Todos viviam em paz, isolados do mundo, confiantes em sua própria capacidade de se defender. Aquela era uma ocasião única.

Acontecesse o que acontecesse, Ruff Ghanor devia ficar isolado.

Ela passou pelas sentinelas, fez um meneio de cabeça a título de cumprimento. Os dois tocaram de leve nos medalhões que traziam pendurados no pescoço. A porta se fechou atrás dela, Hild andou pelo longo e suntuoso corredor.

Aquela parte do mosteiro não tinha janelas. Era fechada para o resto do mundo, só podia ser acessada por aquela entrada. A ala oeste era a mais impressionante do mosteiro todo. O corredor no qual ela caminhava a fazia se sentir uma criança. O teto muito alto, as paredes entalhadas com cenas de batalhas antigas. Os reis de Ghanor eram representados com quase dez metros de altura, cabeças de leão e coroas, vencendo toda sorte de inimigos. A abadessa sabia que aquela era dos Ghanor tinha sido uma época de tirania. O auge de seu poder, talvez logo antes de serem depostos. E não sabia por que o mosteiro tinha sido construído fora do reino, numa terra onde a linhagem nunca governara, mas suspeitava de que fosse pela mesma razão que Ruff Ghanor tinha sido trazido para cá.

Hild chegou ao fosso de uma imensa escadaria. De propósito, lembrava uma bocarra aberta — talvez de um leão. O corredor terminava abruptamente ali, numa parede inclinada que deixava o fundo envolto em sombras, como a garganta de um animal gigantesco. Havia decorações no chão e no teto que lembravam presas afiadas. Uma vez que se começasse a descer a escadaria, era impossível não ter a impressão de se estar sendo devorado pelo poderio dos Ghanor.

Ela tirou as botas e pisou no primeiro degrau.

Além de muito larga e austera, a escadaria era extremamente íngreme. Descia ao interior do platô no qual o mosteiro era construído, tragando quaisquer visitantes ao fundo, causando vertigem. A iluminação era parca, apenas algumas tochas que os monges haviam inserido nos espaços já deixados pelos construtores originais. Para descer aquela escada era preciso ter fé. Fé de que era possível passar por todos os degraus sem enxergar direito, sem ter nenhum apoio onde se segurar. Fé de que a descida não era íngreme demais, apesar do que os sentidos avisavam. Fé de que ser devorado por um leão feito de pedra não era mau agouro.

Por um truque de acústica, nenhum som chegava no meio da escadaria, exceto os próprios passos de quem estivesse descendo. A impressão era de estar totalmente desligado do resto do mundo, indefeso frente à garganta monstruosa. Havia uma exigência de entrega, de abrir mão de si mesmo em favor dos Ghanor.

Era uma sensação que dava mais energia a Hild.

Como um teste para si mesma, da mesma forma que uma criança se testava em provas bobas, ela fechou os olhos. Confiou que seus pés conheciam a distância e profundidade de cada degrau. Aquilo também era um desafio imposto pelos construtores originais: os degraus eram irregulares, um pouco mais altos ou mais baixos em intervalos imprevisíveis. Tudo projetado para que um visitante notasse a própria incapacidade de reagir, se estivesse à mercê da família real.

Foi só quando seus pés descalços tocaram o último degrau que ela ouviu os cânticos.

O truque de acústica dava a impressão de se estar sozinho ao descer a escada, e por isso a sensação de acolhimento era ainda maior. Antes de abrir os olhos, Hild Osso-Oco foi banhada pelas vozes de seus irmãos, seus comandados, os monges de São Ruff Ghanor. Os poucos escolhidos que compartilhavam de sua fé e que, agora, dividiam com ela a tarefa mais importante do mundo.

Havia poucas dezenas de monges no castelo. Mesmo naquela situação imperiosa, vários precisavam ser designados para manutenção, cozinha, até mesmo vigilância dos dois hóspedes. Por isso, não havia monges suficientes para ocupar todo o espaço ao redor do imenso vão circular.

A escadaria desembocava num salão gigantesco, tomado por um segundo fosso. Esse era tão largo que uma torre podia ser construída em seu interior. Ao contrário do primeiro, nenhuma escada levava a seu fundo.

Hild se posicionou na beira do fosso, ao lado de um dos irmãos que oravam num cântico monotônico. Antes de recompensar a si mesma olhando para cima, ela olhou para baixo, em direção ao fundo, lembrando a si mesma de onde estavam e o que tudo aquilo significava.

Abaixo do mosteiro estavam as tumbas dos Ghanor do passado. Não todos, talvez nem mesmo os mais poderosos. Mas ali havia mausoléus, estátuas e esquifes grandiosos para os reis e rainhas de muitos séculos atrás. Eles haviam sido sepultados com seus tesouros, suas armas e armaduras. Uma vez que se descesse àquele cemitério, não havia como subir, e isso era proposital. Muitos ossos estavam espalhados pelo chão, mal visíveis lá embaixo. Vários servos dos Ghanor haviam se sacrificado pelo dever e pela honra de carregar os cadáveres de seus senhores a seu último local de descanso.

Ela não sabia se os espíritos dos Ghanor estavam ali, ou se aqueles cadáveres reais correspondiam a alguns dos fantasmas que Ruff dissera ter enfrentado quando tomou a capital, décadas atrás. Ou mesmo se aqueles Ghanor, depois de morrer, tinham ido ao inferno ou ao Paraíso. O que Hild sabia, e todos os monges sabiam, era que o cemitério vibrava de poder místico. Ali os monges recebiam visões, ali seus ferimentos eram curados, ali seus corpos se tornavam mais fortes.

A história do mosteiro se perdera, assim como seu propósito original e a razão pela qual fora erguido no deserto, mas Hild apostaria seu último gole de cerveja que seu palpite era verdadeiro. Ela especulava que, em algum momento, os Ghanor tentaram ser cultuados como santos. Ou mesmo como deuses. Mas, sendo alvo de cada vez mais ódio de seu próprio povo, não haviam construído o templo no próprio reino. A terra possuía uma ligação intrínseca com os reis, e a terra de Ghanor odiava a família Ghanor. Um atestado de sua megalomania, eles não haviam interpretado isso como um aviso de que deviam ser mais humildes. Pelo contrário: consideraram que estavam certos e a terra estava errada, então buscaram uma terra à qual não fossem ligados, onde pudessem ser adorados.

Pelo menos era essa a suposição de uma guerreira que, na segunda metade da vida, descobrira a vocação religiosa.

Ali embaixo estavam os Ghanor arrogantes, soberbos, incólumes a qualquer tipo de modéstia ou correção. Os Ghanor que, ela achava, tentaram ser santos.

Acima estava o Ghanor que conseguira.

Hild enfim ergueu os olhos. Precisou se proteger contra a luz dourada que emanava do corpo de São Ruff Ghanor, flutuando em posição deitada, as mãos segurando o martelo sobre o peito.

Os monges entoavam seu cântico, destinando todo o poderio milagroso que o santo lhes concedia de volta a ele mesmo. Eles cultuavam a ideia de Ruff Ghanor, o Ruff Ghanor das lendas e das sagas, o conquistador do mundo, o matador de dragão, o Santo de Pés Descalços. E essa figura mítica curava, lentamente, o humano Ruff Ghanor. O pecador, aquele que traíra um anjo, que banira livros, que quase destruíra o mundo por pura raiva.

Hild não entendia os fundamentos teológicos que tornavam aquilo possível, mas não se importava. Ela não era uma sábia. Ao contrário do próprio Ruff, não achava que a erudição iria ajudá-la.

Hild só precisava de fé.

Um monge ao lado dela estremeceu. Então suas pernas fraquejaram e ele desabou. Os demais, concentrados na oração, não se distraíram. Não interromperam o cântico, não desviaram o olhar. Prosseguiram impassíveis em seu dever sagrado, mantendo o corpo de Ruff Ghanor suspenso no ar por magia, acima da morte, sendo alimentado pela energia santa.

Hild segurou o monge antes que atingisse o chão. Ele piscou algumas vezes, tentando focar os olhos para enxergá-la.

— Irmão Gillard — disse a abadessa, com suavidade. — Há quantos dias não dorme?

— Não sei, Vossa Reverendíssima.

— Não gaste suas forças usando esses tratamentos malucos. Sabe que deve me chamar de Hild, seu idiota.

Ela ajudou o homem a ficar de pé. Já tinha visto o Irmão Gillard enfrentar sozinho um bando inteiro de hobgoblins, segurando-os durante dois dias no gargalo entre duas montanhas para possibilitar a fuga de toda uma aldeia. Não era alguém que se entregaria à exaustão com facilidade. Assim como todos os outros, estava dando o máximo de si.

— Já descobriram...? — ele começou a perguntar, mas mal conseguia articular as palavras.

— Ainda não — Hild interrompeu, poupando-o do esforço. — Não se preocupe com isso, Gillard. Você precisa descansar agora.

Ele deu um sorriso fraco.

— Conheço essa sua cara, Hild — balbuciando. — A mesma cara de quando tentou nos convencer de que ninguém tentaria assassiná-la na corte do Barão Umtrull.

— Mais respeito com sua abadessa, desgraçado — também sorrindo.

Os Gladiadores eram mais do que seus comandados, mais do que os únicos devotos de sua fé. Eram pessoas com quem ela convivera dia e noite durante anos, compartilhando as experiências mais intensas, desenvolvendo uma comunicação que, vista de fora, parecia sobrenatural. Para Hild, os Gladiadores eram mais que uma família. E, por isso, era difícil convencer qualquer um deles a não se preocupar.

O dever de curar Ruff Ghanor era sagrado, mas ela não achou que seria tão difícil. De início, Korin tinha explicado a ela sobre a maldição e confessado que rezara a Áxia para curar os amaldiçoados. Era péssimo para o desenvolvimento moral do príncipe, mas uma ótima notícia para a sobrevivência do rei. Se bastara uma oração rápida de um garoto confuso para remover a maldição de pessoas afligidas, toda uma congregação de monges não teria dificuldade de restaurar a saúde de Ruff, mesmo que seu caso fosse mais grave ou mais delicado.

Sua primeira tentativa fora quase brincalhona. Hild gostava de Korin Ghanor, mesmo que não o tivesse conhecido muito. Gostava da ideia de Korin existir, gostava que houvesse uma pessoa no mundo que fosse produto de Ruff e Bellitz.

Por isso, como qualquer aldeã que quer agradar uma criança num vilarejo, quis fazer uma surpresa.

Depois da missa, na qual ela explicara os preceitos mais básicos da fé em São Ruff Ghanor para que Korin entendesse como ele, ainda na infância, descobrira algo maravilhoso, ela levou o rei para uma enfermaria e rezou aos pés de sua cama. Esperava que uma oração fizesse Ruff abrir os olhos, então reuniria pai e filho. Sentia-se tola ao lembrar daquilo, mas na hora parecia algo natural. A reunião com Korin fora um momento de alegria. Não havia motivo para pensar que continuaria assim. Hild já estava pensando no cardápio do banquete de comemoração, quando notou que sua magia divina encontrava resistência.

Lembrou a si mesma da seriedade do assunto. Era um momento de alegria, sim, mas aquele era o rei de todo o mundo conhecido, o Santo de Pés Descalços. Curá-lo exigia concentração máxima, não metade dos pensamentos alternando entre leitão na cerveja e cordeiro à Ghanor.

Mas, de novo, encontrou resistência. Sua concentração não estava falha, sua magia não estava fraca. O problema não estava nela.

Havia uma aura nefasta ao redor de Ruff.

Hild chamou a Irmã Nirza, uma Gladiadora que estava com ela desde o começo. Natural de Ghanor, a guerreira descobrira a fé no Santo de forma independente. Idolatrava Ruff desde que fora salva por ele ainda na infância, quando a capital foi atacada pelo demônio Baal. A fé de Nirza era inabalável e as duas rezaram juntas.

E a monja teve a mesma impressão: algo resistia. Havia outra coisa ali, não apenas uma maldição.

Algo entrara no mosteiro junto a Ruff, Korin e seu amigo Ernán.

Algo oculto, poderoso e maligno.

Assim, o que deveria ser a surpresa de uma tia brincalhona, ou de uma irmã mais velha orgulhosa, se transformara em uma investigação. Hild ordenara que os dois garotos fossem mantidos sob vigilância, para caso algum deles estivesse possuído ou algo assim. O martelo, que Hild pedira a Korin apenas como símbolo do poder de Ruff, se transformara em algo a ser mantido longe de uma ameaça em potencial. Ela não achava que o príncipe ou seu amigo fossem traidores, não de verdade. Mas eram apenas garotos. Podiam ter sido enganados por algum demônio, podiam ter sido vítimas de alguma entidade.

Então Hild Osso-Oco levou o corpo de Ruff Ghanor ao local de maior poder do Mosteiro do Leão, na esperança de que isso fosse suficiente para vencer a tal força perniciosa que cercava o rei. Quando isso não deu certo, chamou mais e mais monges, até criar aquele círculo de oração permanente, que trabalhava dia e noite para sobrepujar a presença maligna.

Tudo isso culminara naquela mesma manhã, quando Hild sofreu uma das maiores decepções de sua vida. Disse a si mesma, mais uma vez, que Korin não tinha culpa. Que era só um moleque.

Mas não podia esquecer que o menino que ela chamava de Pulga, que no passado fugia dos treinos para vê-la, que era a união viva de duas pessoas que ela amava e admirava, para quem ela dera uma adaga feita da presa de uma serpente gigante, havia erguido uma arma contra ela.

Talvez fosse hora de encarar a realidade.

Talvez Korin fosse mesmo um inimigo em potencial, ainda que contra a vontade. Talvez seu instinto de mantê-lo sob vigilância e não deixar que ele se aproximasse do rei tivesse sido certeiro.

— Vá descansar — Hild ordenou para o Irmão Gillard.

Ela então assumiu seu lugar no círculo. Fechou os olhos, afastando a imagem dolorida de Korin Ghanor segurando a maça.

Começou a rezar.

Korin empurrou a maçaneta com o cotovelo, tomando cuidado para não derramar nada que estava sobre a bandeja que carregava nas mãos. A porta se abriu, ele a empurrou com o corpo. Já era noite e ele só conseguiu ver a figura de Ernán estirada na cama porque a luz dos lampiões no corredor entrou pela abertura.

— Está acordado?

Em resposta, Ernán deu um gemido fraco.

— Você precisa comer alguma coisa, antes que nos tranquem de novo. Eles já consertaram a fechadura do meu quarto.

Nenhuma palavra inteligível.

Korin entrou totalmente no catre do amigo, deixando a porta fechar atrás de si. Esperou alguns momentos para que seus olhos se acostumassem com a escuridão, pousou a bandeja sobre uma prateleira da estante, foi até a lamparina e a acendeu.

A luz bruxuleante mostrou Ernán estirado, mole, os olhos entreabertos.

— O que está acontecendo? — Korin perguntou, a preocupação óbvia em sua voz. — O que você está sentindo? Acha que foi envenenado?

Ele passara o dia se esgueirando pelos corredores, entrando em salas aleatórias do mosteiro, tentando descobrir alguma coisa. Não vira Hild mais nenhuma vez, nem a maioria dos monges. Fora até outro estábulo, tentar conseguir montarias, mas encontrou os animais vigiados por um Gladiador. Ao contrário de quase todos no mosteiro, este estava armado. Enfrentar um deles sem armas já seria quase impossível; em pé de igualdade era morte certa.

Visitara o quarto de Ernán algumas vezes, tentando arrastá-lo para fora, mas o rapaz mal conseguia se mexer. As suspeitas de envenenamento aumentaram. Não era uma teoria perfeita, pois os dois tinham comido a mesma coisa nos últimos dias, mas talvez os monges quisessem matar apenas um deles. Ou talvez Korin tivesse alguma resistência especial a seus venenos. Talvez aqueles fanáticos loucos quisessem se livrar do único dentro da fortaleza que não era um Ghanor e nem um devoto.

Impossível saber o que se passava na cabeça de cultistas.

Depois do pôr do sol, Korin soube que precisava forçar Ernán a comer algo. Talvez a comida fosse mesmo envenenada, mas o rapaz iria morrer de qualquer jeito se não tivesse forças para sair do mosteiro.

— Vamos — Korin o sacudiu. — Levante.

Ernán tentou falar algo.

— Diga-me o que está sentindo — o príncipe insistiu. — Não acho que eu vá conseguir fazer nada, mas podemos ao menos formular um plano. Acha que alguém entrou aqui à noite? Talvez tenham conjurado uma magia sobre você. Dizem que a sensação de ser alvo de uma magia é...

Ernán mirou-o com os olhos desfocados. Mesmo fraco, havia uma intensidade em seu rosto. Respirou fundo, preparando-se para um grande esforço, e tentou erguer a mão acima das cobertas. O peso era demasiado, então ajudou com a outra. Enfim conseguiu libertar a própria mão, mostrou-a a Korin.

Faltavam três dedos.

O príncipe gelou. Descartou a primeira noção que tivera, porque era absurda demais. Com certeza alguém entrara no catre à noite e, de alguma forma, por alguma razão, cortara três dedos de Ernán para algum ritual. O rapaz não acordara porque estava afetado por alguma magia ou substância. E o ferimento cicatrizara por ação de magia divina.

Precisava ser isso.

Lágrimas escorreram livres dos olhos de Korin Ghanor.

Ernán exibia a mão, como resposta a todas as perguntas do amigo.

— Não pode ser — disse Korin. — Você está enganado. Não é a maldição, Ernán. A maldição se espalha pela crença. Ela só afeta devotos da Santa do Fim do Mundo.

A mão erguida.

— Já sei! — Korin forçou um sorriso, afogando-se em lágrimas. — A Dama de Ferro tornou a maldição ainda mais perigosa! Agora não se espalha mais com a crença, mas por simples proximidade! Você deve ter sido infectado naquela aldeia perto das montanhas. É por isso que estão nos mantendo trancados. Mas então podemos pedir ajuda...

A mão erguida.

Korin desabou em soluços.

— Como... — esforçando-se para que as palavras saíssem. — Como... Como você pôde...

Ernán se segurou em sua camisa. Com esforço, ergueu o tronco. Ficou muito perto do amigo. Perto o suficiente para que sua voz fosse ouvida.

— Eu não consigo acreditar num rei santo. Mas consigo acreditar no fim do mundo.

Korin abraçou-o, chorando o tempo todo. Ernán não se mexia.

— Eu vou morrer — disse o rapaz.

— Não! Nós estamos em um lugar místico, podemos...

— Estamos numa armadilha.

Korin foi avassalado pelas memórias das portas trancadas, dos camelos mortos.

— Eu vou morrer, Korin — Ernán repetiu. — Só uma coisa pode me salvar.

O príncipe se afastou do amigo.

— O que você está falando?

E não chegou a ouvir a voz dele. Ernán não tinha mais forças para falar tão alto. Mesmo assim, Korin Ghanor entendeu a palavra que seus lábios formaram:

— *Reze.*

Apenas a magia divina fora capaz de curar a maldição. E apenas Korin era capaz de usar magia divina.

— Vou chamar um dos monges...

— Não — Ernán gemeu. — Por favor, não.

O esforço de ficar sentado na cama foi demasiado. Ele se deixou cair, balbuciando qualquer coisa que o príncipe não entendeu.

Eles estavam num covil de pessoas misteriosas, com práticas secretas, que escondiam o corpo de seu pai e faziam questão de privá-los de sua arma mais poderosa. Pessoas que se recusavam a responder suas perguntas, que os deixavam trancados à noite, que matavam suas montarias. Seu único amigo estava morrendo. Seu pai estava preso em algum lugar, ou talvez já estivesse morto. De qualquer forma, ficaria decepcionado pelo que ele havia feito até então. Hild, que ele julgava ser sua amiga, sua irmã, que o conhecera quando criança, assumira uma postura de combate em vez de conversar com ele. Até mesmo sua mãe, que estava muito longe, tinha preparado uma emboscada para ele, ficando de tocaia para quando ele emergisse da saída secreta.

Korin estava *quase* sozinho.

Se Ernán morresse, estaria sozinho por completo.

Ou, na verdade, poderia aceitar a companhia que estava sempre com ele. A voz que nunca o abandonava.

Prestou atenção ao rosto do amigo. Ele só repetia uma palavra, sem voz:

— *Reze. Reze. Reze.*

Tremendo, rilhando os dentes, Korin Ghanor se ajoelhou ao lado da cama de Ernán.

Fechou os olhos e se concentrou tanto quanto podia.

Lembrou de como se sentira naquela noite, tantos anos atrás, quando escalou a torre. Lembrou de como a imagem de seu pai lhe trazia conforto e segurança. De como falar o nome dele o enchia de uma plenitude tão estranha quanto maravilhosa. Naquela noite, rezar para seu pai, com a ingenuidade e ignorância de uma criança, tinha impedido que ele caísse e que Bellitz sangrasse até a morte.

Korin rezou.

— Ruff Ghanor — sussurrou para si mesmo, para seu pai, para o mundo. — Eu preciso de sua proteção. Nós precisamos. Precisamos que nos dê força para não cair na armadilha do inimigo. Força para resistir à maldade.

Mas tudo que vinha a sua mente era Ruff destruindo os grimórios. Ruff o acusando de assassinato. Ruff julgando que tudo estava bem quando Korin escondia dele tudo de mais importante em sua vida.

— *Pai, por favor* — disse Korin. — Por favor, eu quero acreditar em você de novo. Não entendo por que outros conseguem...

Ruff Ghanor em fúria ao encontrá-lo falando sobre sua devoção numa capela.

Ruff Ghanor aceitava outros devotos.

Apenas não ele.

Não havia nada transcendente naquelas palavras. Nenhuma conexão, nada místico. Korin tinha muita consciência de que era só um garoto ajoelhado ao pé da cama de um amigo moribundo, falando consigo mesmo. Um ritual inócuo e ineficaz. Tão poderoso quanto o desejo de uma criança de ganhar um brinquedo.

A verdade era que ele não acreditava em Ruff Ghanor.

Não mais.

Com horror, Korin viu as cobertas cederem mais um pouco sobre o corpo de Ernán. Estendeu o braço, tateou em busca do pé direito do amigo.

Não estava mais lá.

— É sua culpa — disse Korin Ghanor, entre dentes. — Pai, é sua culpa.

Juntou as mãos em posição de reza.

Fechou os olhos.

— *Santa do Fim do Mundo* — disse em voz alta. — *Não quero ficar sozinho.*

Korin saltou para trás quando a porta do catre explodiu numa chuva de farpas. A luz do corredor banhou o ambiente, delineando uma silhueta escura. Um corpo esguio, manoplas que terminavam em garras, grandes chifres na cabeça.

Não a voz, não uma representação.

Era ela.

— Você me chamou, Korin — disse Áxia. — Estou aqui.

17 As dádivas dos santos

CADA PASSO DELA era leve, mas o metal fazia um clangor no piso. Áxia não tinha pressa, não tinha dúvida. Entrou no quarto de Ernán, atravessando a porta destruída, enquanto o príncipe de Ghanor tentava rastejar para trás, os olhos arregalados e a boca aberta num grito mudo, ardendo e sangrando de dezenas de pequenos ferimentos. Korin fora atingido pelas farpas da madeira da porta, por fragmentos de pedra, por um estilhaço do metal da fechadura.

A prateleira cedeu ante algum pedregulho maior que a havia atingido. Desabou com um rangido e um estrondo. Chocou-se com o estrado da cama, bloqueando a passagem, separando Korin de seu amigo. A lamparina acesa derramou seu óleo, uma fagulha atingiu os livros esparramados no chão. Eles se acenderam num instante.

— Vá embora... — disse Korin, a voz mal saindo pela garganta travada de horror. — Não quero que....

— Não minta para si mesmo — a Dama de Ferro cortou. — Não seja como seu pai, Korin. Ele sempre tentou se enganar. Sempre repetiu a si mesmo as mentiras que aprendeu com os clérigos.

Korin tentou se controlar, mas não pôde. Quando ela passou pelo seu lado, ele virou o rosto, fechou os olhos, protegeu a cabeça com os braços. Não a desafiou, não tentou barrar seu caminho.

Lágrimas amargas escorreram de seus olhos. Pois, por um instante, sua mente estava tomada por uma única súplica:

"Não eu."

Sentiu a carícia metálica dos dedos da Santa.

— Não se preocupe, Korin — Áxia falou com voz maternal. — Você me chamou, mas não vim por você.

Ela fez um gesto quase imperceptível. Da escuridão nos cantos, correntes metálicas surgiram como serpentes em bote. Ganchos pontiagudos fisgaram a madeira da estante e a tiraram do caminho.

Korin olhou a cena por entre as mãos, como uma criança. A Dama de Ferro não tinha pressa e não se preocupava com coisas mundanas. Não precisava desviar de um obstáculo ou se preocupar com o incêndio que aumentava instante a instante.

Ela não se movia como uma humana.

Era algo transcendente.

Celestial.

Santo.

As chamas lamberam as cobertas de Ernán. Isso fez o príncipe tentar se erguer, mas Áxia o deteve ao mover um dedo.

Não era magia. Era apenas autoridade.

— Ele não vai morrer queimado — disse a Santa do Fim do Mundo. — Confie em mim, Korin. Tenha fé em mim.

E, numa confirmação horrenda de suas palavras, as chamas se detiveram.

Ernán estendeu um braço fraco em sua direção. Áxia se ajoelhou ao lado da cama.

— Por que você resistiu tanto a mim? — ela perguntou. — Por que não acreditou desde o início?

— Desculpe...

Correntes de ferro negro dançaram pelo espaço acima dos dois. Então, com delicadeza, insinuaram-se por baixo do corpo de Ernán. Ergueram-no acima da cama, removeram as cobertas. Em poucos instantes, o rapaz estava envolto num casulo, abrigado e protegido pelo poder da Dama de Ferro.

O príncipe conseguiu ficar de pé.

— Ernán não deseja morrer! — Korin protestou. — Rezei para salvá-lo!

Áxia se virou para ele. Atrás dela, o quarto ardia em chamas.

— Você disse que não queria ficar sozinho, Korin. Eu conheço a solidão. Conheço a sensação de estar sozinha, de não ser ouvida, de não poder contar com ninguém.

De novo, ela se aproximou. A figura inerte de Ernán suspensa nas correntes, seguindo cada passo como um cão adestrado.

— Eu atendi a sua súplica. Você nunca ficará sozinho, porque sua Santa nunca vai abandoná-lo.

Em um passo, pôde tocar o rosto do príncipe com os dedos cobertos de ferro. A sensação era morna e repugnante, mas ao mesmo tempo a presença dela o deixava enregelado. O calor que emanava de seu corpo era o calor da tumba, o peso de sete palmos de terra sobre um caixão.

— Você já descobriu o que aconteceu com seus três irmãos? — Áxia perguntou.

— Não.

Os lábios cinzentos formaram um sorriso.

— Saiba isso então, Korin Ghanor. Saiba que eu, por ter sido condenada a estar sozinha, vou poupá-lo da solidão. Mas seu pai, que conheceu a perda daqueles que amava, não me poupou dessa mesma perda. Eu tive uma mestra, Korin. Tive uma mãe e um irmão. Tive um mestre. Tive um amor. Tive três filhos. Uma a uma, todas essas coisas foram tiradas de mim, até que só restasse eu mesma.

Korin engoliu em seco. Não conseguia tirar os olhos dela.

— O que seu pai exige de você é o que foi exigido de mim durante minha vida toda. Uma perfeição que nem mesmo ele foi capaz de atingir. Ele desprezou o amor de uma mortal, pois só um anjo seria bom o suficiente para Ruff Ghanor.

Segurou seu rosto com as duas manoplas.

— Você se considera mais próximo de um anjo, Korin? Ou de mim?

Seus dentes batiam sem controle. Ele não conseguia falar.

— Você não ficará sozinho. Nunca vou condená-lo a isso. Você sempre terá um lugar ao meu lado, junto a seu melhor amigo.

Áxia abaixou as mãos. O sorriso se alargou.

— Comigo você nunca será repreendido, Korin. Nunca será castigado. Nunca precisará provar nada. Meu amor por você é incondicional.

Ela avançou um passo em direção à porta destruída, ficando ao lado dele.

— É um amor de mãe.

Áxia estendeu o braço, apenas um pouco, para que ficasse em seu alcance. Abriu a mão, separando os dedos, convidando.

— Venha comigo.

Ele viu Ernán suspenso nas correntes, dentro do casulo. A imagem era horrenda, mas lhe dava um conforto estranho. O rapaz estava preso, imóvel, incapaz de reagir. Sem nenhum dever, nenhuma responsabilidade. Sufocado e guiado por uma mãe macabra que ensinava que nada importava, pois o fim do mundo estava chegando. Uma mãe que não julgava, que não exigia nada.

Korin Ghanor deu a mão a Áxia. No mesmo instante, sentiu-se mais leve. Passo por passo, seguiu-a até o corredor do Mosteiro do Leão.

As paredes giraram a seu redor, ou ao menos era essa a sensação. A vida normal, os treinos e as obrigações no castelo, pareciam impossivelmente distantes. Soava improvável que ele fosse Korin Ghanor, o príncipe de todas as terras, com um trono em seu futuro. Ele se sentia mais à vontade daquela forma. Rezando para uma assassina, acompanhando seu único amigo a um lugar desconhecido. O vazio em seu peito era leve.

Ele não era ninguém.

Então o clangor suave dos passos da Dama de Ferro foi soterrado por um som pesado e agressivo.

— *Áxia...* — uma voz grave, rasgada, áspera como cascalho.

Ela se virou.

Ruff Ghanor ofegava. De dentro da escuridão do elmo, seus olhos injetados fulminavam-na com ódio fervente. Seu rosto encrespado era uma máscara de fúria.

Ergueu o martelo com as duas mãos.

O rei abriu a boca e o que deixou sua garganta foi um rugido:

— *Solte meu filho!*

O martelo voou em direção ao rosto da Dama de Ferro. Por um instante, ela ficou surpresa, a arma chegou a centímetros do alvo antes que ela fizesse um gesto e o arremessasse em outra direção. Ruff, sua voz transformada num urro sem palavras, correu três passos, estendeu a mão, interceptou o martelo no meio da trajetória. Segurou-o pelo cabo, sua armadura de Arcanium tremendo pelo impacto.

Quatro Gladiadores atacaram-na por trás. Surgiram de portas no corredor, os pés descalços silenciosos, súbito estavam sobre ela. Dois deslizaram abaixados, fizeram arcos simétricos com suas lâminas contra os tendões da intrusa. Os dois restantes saltaram por cima de seus irmãos, machados descendo com força destruidora rumo a seus ombros.

As correntes de ferro negro se moveram como se tivessem vida própria. Surgiram das sombras, de dentro do quarto de Ernán, multiplicaram-se a partir do emaranhado que envolvia o rapaz. Pontas de lança atravessaram os corpos dos dois guerreiros que atacavam por baixo, destroçando as armaduras de ossos como se fossem nada. Uma corrente longa envolveu um dos Gladiadores que saltava, prendeu-o pelo pescoço e por um braço. Numa chicotada, abriu-se e jogou-o a metros de distância. O guerreiro aterrissou pesado num canto, caindo sobre a cabeça e quebrando o pescoço. A parede rachou no ponto de impacto, enquanto seu corpo deslizou, retorcido em ângulos letais. Ele ainda estrebuchou antes que a vida deixasse seu corpo.

Mas o quarto Gladiador acertou o alvo.

Uma corrente se enrolou em suas pernas. Ele impulsionou o corpo para a frente, mudando o movimento em pleno ar. O golpe perdeu força, mas a lâmina do machado atingiu o metal que recobria a Santa. Áxia deu um guincho, mais de surpresa do que de dor. Múltiplas correntes envolveram o tronco do inimigo. Puxaram em direções opostas e o homem foi destroçado, cada metade jogada para um lado. Uma chuva de sangue e ossos banhou todos os combatentes.

— Ruff... — Áxia começou a dizer.

— *Ataquem!* — a voz de Hild tomou o corredor.

E a única palavra foi distorcida, transformada num grunhido rouco e grave, enquanto seu rosto mudou para a forma bestial do javali. Presas surgiram de sua boca, o nariz se alongou, pelos brotaram em cada pedaço de pele visível. Os olhos foram tomados por fúria, a abadessa se atirou como uma pedra de catapulta contra o corpo da inimiga.

As correntes se projetaram na frente de Áxia, formando uma teia protetora, mas a força de Hild foi maior. Seu machado quebrou duas, os elos metálicos voaram, indo se chocar contra as paredes, a armadura da Dama de Ferro, os corpos dos Gladiadores já mortos. Hild achou a brecha, entrou no vão com uma cambalhota no ar, atacou o ventre da bruxa com um golpe poderoso, os dois braços empurrando o machado. Áxia cambaleou para trás.

O sangue da Santa pingou no chão.

E ela parecia prestes a dizer algo mais uma vez, mas os demais Gladiadores estavam cumprindo a ordem de sua líder antes que o golpe de Hild terminasse. Eles correram pelos dois lados da passagem, saltaram uns por cima dos outros, fustigando-a de novo e de novo numa barragem de metal contra metal. As correntes dardejavam por toda parte, cortando, estrangulando, chocando-se contra os corpos dos guerreiros. Gritos de guerra e o gorgolejar dos moribundos se misturaram numa cacofonia bizarra.

— Vão morrer todos antes que... — a Dama de Ferro grunhiu, mas foi calada pelo martelo contra a boca.

— Morra! — gritou Ruff Ghanor. — Morra e deixe minha terra em paz!

Ela ficou zonza, a tempestade de armas continuava por todos os lados. Suas correntes não conseguiam bloquear todos os ataques. Áxia deixou o corpo de Ernán cair, concentrando seus esforços em sua própria proteção. Mas, antes que conseguisse fazer qualquer coisa, sentiu uma dor funda na coxa. Teve um vislumbre do focinho de Hild, tornado uma máscara de fúria, e do talho fundo que o machado abrira.

— Chega! — a Dama de Ferro gritou, abrindo os braços.

As correntes se expandiram, formando um globo cada vez maior a sua volta. Os Gladiadores foram jogados para todos os lados, alguns retalhados pelas lâminas entre os elos de ferro negro. As paredes do Mosteiro do Leão contiveram a esfera por um instante, então explodiram ante a força da bruxa. O teto choveu fragmentos, toda a construção estremeceu, as divisões entre catres e corredores foram destruídas. Uma nuvem de poeira obscureceu tudo.

E, enquanto a fortaleza ribombava, Áxia recuou.

— Não permitam que ela fuja! — a voz do rei se fez ouvir sob os estrondos e o rugido da destruição. — Vão atrás dela! Um reino para quem trouxer a cabeça da Dama de Ferro!

Ao mesmo tempo, Hild e Korin olharam com admiração a figura que dava ordens em meio ao desabamento e ao morticínio.

Ruff Ghanor estava de pé mais uma vez, mais uma vez vigoroso. Os cabelos e a barba que surgiam debaixo do elmo, continuavam brancos, a pele oculta pela armadura continuava enrugada. Mas a fragilidade o deixara. Os músculos eram velhos, mas ainda continham a força acumulada de uma vida inteira treinando e lutando. As mãos eram cheias de calos, mas os dedos seguravam firme o cabo do martelo. A voz perdera a musicalidade grave da juventude, mas ainda era poderosa e exigia ser obedecida.

Mesmo em seu estado de raiva animalesca, Hild soube que haviam curado o Santo de Pés Descalços.

Mesmo em seu estado de vergonha e medo, Korin soube que deveria segui-lo.

E Hild correu à frente de todos, tomada pelo frenesi, o faro apurado tentando captar o cheiro da inimiga em meio à poeira. Os Gladiadores a seguiram, espalhando-se nos espaços abertos pelos desabamentos, mas deixando um grupo em torno do rei, as armas erguidas e os escudos prontos. Eles dariam a vida por Ruff Ghanor, e Ruff estava pronto para aceitar o sacrifício.

Estendeu a mão para seu filho.

— Pai, eu...

— Depois — ele decretou. — De pé, Korin. Pegue uma arma. Vamos lutar.

O príncipe segurou a mão de seu pai, deixou que ele o ajudasse a se erguer. Correu os olhos pelos corpos estirados, escolheu uma espada e um escudo.

— Não sei se Ernán está vivo — ele disse.

— Ele vai ter que esperar. Ainda estamos em perigo.

Ruff fez um gesto e os Gladiadores o seguiram. Três avançaram à frente, mantendo o perímetro de defesa. Ele e Korin lado a lado, prontos.

— Áxia! — o brado do rei perfurou os demais ruídos como uma trombeta. — Mostre-se! Venha enfrentar seu destino!

Um dos Gladiadores tocou no ombro de Ruff, chamando sua atenção. Apontou para uma área aberta, que antes fora um conjunto de pequenas salas de meditação. Agora era só um espaço irregular, com pedaços de paredes, teto ameaçando desabar, colunas em pedaços, fragmentos de mobília espalhados. Não havia luz, exceto a que vinha das tochas e do incêndio que ainda ardia, tudo filtrado pela poeira, então era difícil enxergar. Mas, seguindo o que seu devoto tentava mostrar, Ruff estreitou as pálpebras. A visão também já não era mais a mesma, e ele sentia a fisgada do pó arrancando lágrimas, mas seus olhos estavam focados e atentos. Achou que discernia uma forma humanoide no fundo daquele lugar.

E ouviu o tilintar de correntes.

Fez um gesto que havia ensinado a Hild décadas atrás. Não precisava perguntar para saber que sua discípula havia transmitido aquilo à tropa. O código significava que eles deveriam seguir sua deixa e esperar por seu sinal antes de fazer qualquer coisa. Também não precisou ouvir qualquer resposta para saber que fora compreendido e seria obedecido.

— Você foi derrotada mais uma vez, Áxia — disse Ruff, para a direção oposta à qual eles tinham visto o vulto. — Achei que já tinha me livrado de você na montanha, mas não há problema. Posso soterrá-la de novo.

Avançou alguns passos na direção contrária.

— Não sei como sobreviveu, mas não se acostume com este mundo. Estará de volta ao inferno antes que consiga perceber.

Mais um passo na direção oposta.

Então Ruff Ghanor girou o corpo e arremessou o martelo contra o vulto.

Os Gladiadores correram no mesmo instante, indo enxamear ao alvo marcado. O martelo de Arcanium voou pela área vazia, reto, com muito mais força e precisão do que seria possível para um mero humano. Ruff seguiu atrás, verificando que Korin o acompanhava.

O martelo atingiu metal com um clangor. O vulto estremeceu. Os guerreiros saltaram contra a figura.

Suas armas se enredaram num emaranhado de correntes, onde também estava preso o martelo de Ruff Ghanor.

A poeira se dissipou enquanto os Gladiadores se debatiam, o vulto se revelou. Era apenas um casulo, um amontoado de correntes enroladas numa forma humanoide.

— Não vim do inferno, Ruff — disse Áxia, atrás dele. — Muito pelo contrário.

Ruff se virou para enxergar a Dama de Ferro pendendo acima deles, de cabeça para baixo, suspensa pelas correntes que forravam todo o teto. Como uma aranha, e sua teia metálica entrecortava todo aquele espaço.

Ouviu o som nauseante dos guerreiros morrendo esmagados, seus ossos lentamente triturados pela força do aperto, a carne pressionada até estourar dentro das armaduras.

Tentou correr em direção a sua arma, mas foi lento demais. Mesmo quando era jovem, talvez os reflexos não fossem rápidos o suficiente para aquilo. Seus pulsos e tornozelos foram envoltos por correntes, ele ficou suspenso no ar.

Cruzou o olhar com Korin.

— Vocês arrancaram meu sangue — disse a Dama de Ferro, descendo lentamente. — Foram capazes de me ferir.

Então, de cabeça para baixo, a poucos centímetros do rosto de Ruff.

— Mas as feridas já se fecharam. Você sabe como isso funciona, não? Lembra como era?

Viu seu filho recuar.

— Você tirava energia da destruição provocada pelo terremoto.

Korin correu para longe, sumiu atrás de uma parede em ruínas.

— Eu sou diferente, mas a bênção é a mesma. Tiro energia das preces dos mortais. Agora mesmo há dezenas, centenas de humanos rezando para mim. Pedindo minha proteção no fim do mundo. Eles me alimentam, Ruff. Entregam seus corpos para que o meu seja forte. Entregam suas vidas para que eu não morra.

O rei voltou sua atenção completa para ela.

— O que está dizendo, Áxia?

— Os deuses aprendem com cada erro. O primeiro Devorador era um monstro. O segundo era um rei. A terceira é uma santa.

Ruff sentiu o corpo inteiro gelar. Debateu-se contra as correntes, elas puxaram seus membros um pouco mais, demonstrando a força que tinham.

— O mundo não será destruído porque uma fera gigantesca pisoteia e ataca tudo que vê a sua frente. Uma fera pode ser vencida por dragões.

— Áxia...

— O mundo não será destruído porque um rei convence seus súditos de que é seu salvador enquanto desintegra o chão sob seus pés. Um rei pode fraquejar.

— Está mentindo.

— O mundo será destruído porque os mortais imploram a uma santa por isso. A cada vez que falam meu nome, eles entregam parte de si mesmos, de sua terra, de tudo que existe a seu redor. Todo o mundo é uma oferenda para mim. Mesmo que eu fosse como você e quisesse protegê-los, não adiantaria. O processo já começou a não há como detê-lo. Nenhum santo ouve as preces deles, a não ser a Santa do Fim do Mundo. A crença já tomou Zibrene e Ghanor. Seu filho é um devoto.

Ele engoliu em seco.

— Este é seu novo plano então? — Ruff falou entre dentes, uma zombaria forçada com uma coragem que talvez ele não tivesse. — Vai me oferecer para que seja seu consorte? Para que governe sobre o fim do mundo com você? De novo, vai tentar me atrair com alguma proposta?

— Não, Ruff — ela sussurrou, com uma tranquilidade desrespeitosa. — Só quero que você sofra tudo que eu sofri. Você tirou meus filhos. Mas eu sei que apenas matar Korin não seria suficiente. Então estou tirando seu filho de você da única maneira que pode feri-lo de verdade.

Ela chegou muito perto.

— Korin me escolheu, Ruff. Seu filho se ajoelhou para mim e me cultuou. Durante anos ele manteve o segredo de que me adorava. No fim, Korin Ghanor vai me agradecer por destruir o mundo. Vai implorar para ser o último a morrer.

Ruff não conseguiu falar nada

— Este é o verdadeiro sofrimento, Ruff. Não um mestre morto, não um lar destruído, não um dever monstruoso. O verdadeiro sofrimento é não ter resposta para uma pergunta...

O rei tentou esconder o quanto as próximas palavras o machucaram:

— Onde está Korin agora?

Súbito, Ruff foi cegado por um brilho surgido do nada. Uma barragem de ar quente o jogou para longe, ainda suspenso nas correntes. Ele sentiu o cheiro de seu próprio cabelo queimando, ouviu o rugido de chamas irrompendo a centímetros de si.

A Dama de Ferro foi engolfada por uma coluna de chamas.

— São Ruff Ghanor! — entoou Hild. — *Conceda a nós a chama que pune os ímpios!*

E, atrás dela, um coro de guerreiros sagrados:

— *São Ruff Ghanor, queime seus inimigos!*

Áxia berrava de dor, mas seu grito foi silenciado pela segunda coluna flamejante.

Korin se esquivou de um desabamento, tossiu quando a poeira invadiu suas narinas e sua garganta. Segurou-se numa parede ainda de pé, ouviu o teto rachar acima. Puxou o ar à força, forçou-se a seguir em frente. Para longe do combate, para longe da Dama de Ferro e de Ruff Ghanor.

Vira Hild e os Gladiadores avançando enquanto ele mesmo recuava. Ela nunca entenderia, principalmente em seu estado de fúria mística, então o príncipe se escondeu até que passassem. Seria uma cena cômica se ele não estivesse deixando para trás uma luta de vida ou morte para todo o reino, virando as costas a uma ameaça trazida por ele mesmo.

Mas não era hora de arrependimentos. Era hora de se mexer.

Korin enxergou o que fora seu quarto. As paredes tinham tombado ante o globo metálico criado por Áxia, a cama e a prateleira haviam sido arremessadas e destroçadas. As chamas que começaram no catre de Ernán ardiam na madeira exposta, nos livros, nos tecidos. A fumaça se espalhava por toda a área desabada, mas não tinha por onde sair. Misturada ao pó, dificultava ainda mais a respiração e o deixava tonto. Todo o ambiente adquiria um aspecto de pesadelo, iluminado pelo fogo, filtrado pela fumaça.

Ele tentava pisar com cuidado, evitar os buracos no chão, os pedaços de metal afiado, as pequenas armadilhas criadas pela destruição. Sabia que, se prendesse o pé em uma viga ou caísse de mau jeito, podia ficar preso e morrer asfixiado. Uma morte inglória, estúpida, sem propósito.

Protegendo-se como podia, avançou até o que restava do quartinho. Usou a espada para tirar da frente pedaços de tecido em chamas, pequenos destroços. Enfim, achou o que estava procurando: o baú onde guardara seus pertences.

Ali estava tudo que ele tinha no mundo, fora do castelo. Tudo que restara de sua jornada até o mosteiro. Naquele momento, o conteúdo do baú era tudo que importava.

— Korin... — ouviu a voz fraca logo atrás.

Estacou.

O príncipe sabia o quanto estava sendo frio. Não só abandonando seu pai, não só se escondendo de Hild, mas também ignorando Ernán. Não vira o que tinha acontecido ao amigo no meio do caos.

— Korin... — o garoto repetiu. — Ajude-me. Por favor.

Korin lembrou de tudo que acontecera ao longo daqueles anos, de tudo que passara desde que o conhecera. Pensou em Ernán.

Então pensou em si mesmo.

— Irmãos de São Ruff Ghanor! — Hild urrou, por entre as presas de javali. — Ele precisa de sua força!

Os guerreiros em armaduras de osso tinham as mãos juntas, os olhos fechados, murmuravam um cântico numa mesma voz monotônica. O mundo desabava a sua volta, as correntes serpenteavam e pingavam sangue, mas eles se mantinham estoicos e firmes, como se estivessem numa parede de escudos. Eram menos de vinte agora.

Áxia se ergueu do chão, os cabelos ainda em chamas, a parte do rosto que era visível sob a máscara de ferro derretida, em carne viva, marcada pelo fogo. Deu um berro sem palavras, gesticulou com as manoplas, e suas correntes chicotearam os Gladiadores. Uma enorme lâmina em forma de meia lua, afiada como navalha, decapitou um deles, enquanto outro teve a cabeça esmagada por uma grande bola de metal. O sangue respingou em seus irmãos, que se mantiveram concentrados.

Um brilho dourado os recobria.

Ruff Ghanor, preso e suspenso nas correntes, também foi recoberto de luz. Sentiu seus músculos incharem, o peito ficar repleto de uma força que não experimentava há muito tempo.

— Ajoelhem-se perante a Santa do...

Antes que Áxia completasse a frase, Hild caiu com os dois pés em seu peito. A bruxa foi jogada para trás, de costas no chão por um instante, e Hild usou a oportunidade para montar. Prendeu seu tronco entre os joelhos, um movimento treinado centenas de vezes, executado outras centenas, que realizava com precisão milimétrica sem pensar. Por instinto, a Dama de Ferro ergueu os braços para proteger o rosto, e a guerreira desceu o machado sobre eles, de novo e de novo. Uma das manoplas se quebrou, o golpe arrancou sangue, e Áxia gritava.

Uma corrente se enrolou em volta do pescoço de Hild. Ergueu-a como se fosse nada, jogou-a para longe.

A Dama de Ferro ficou de pé a tempo de ouvir um som aterrorizante.

Ante seus olhos, Ruff Ghanor quebrou as correntes, sua força ampliada além dos limites mortais pela fé de seus próprios devotos. Os elos metálicos voaram, ele caiu pesado no chão.

Os dois se encararam. Ruff enxergou um clarão de medo na face coberta de metal e ferida pelas chamas.

E esse momento de hesitação foi suficiente: Ruff correu ao lado, segurou o cabo do martelo, puxou-o e o libertou das correntes.

Então Ruff Ghanor atacou.

— Traidora! — rugiu, enquanto o martelo encontrou armadura, num clangor capaz de ensurdecer.

— Fala de traição, Ruff?

A um gesto da bruxa, a escuridão se formou numa garra e o atacou. O rei se sentiu gelado, sua força foi sugada. Mas, fosse pela magia divina ou fosse pelo ódio, continuou de pé.

— Fala de traição depois de tudo que fez contra mim? — Áxia guinchou. — Minha mestra! Meu mestre! Meus filhos!

— Meu mestre! — Ruff retrucou, com outro golpe do martelo. — Meu lar! *Meus filhos!*

Ele ergueu o martelo acima da cabeça, desceu-o com toda força. A arma parou a centímetros dela, detida por uma redoma invisível.

E, para seu horror, ela não parecia estar ferida. Em algum lugar, alguém rezava à Santa do Fim do Mundo. Alguém se entregava àquela fé, entregava parte de si, parte de sua terra. Algum nobre ou cachorro vadio morria, algum plebeu ou uma colina deixava de existir, e isso a alimentava.

As colunas de chamas, a fé e o sacrifício dos Gladiadores, tudo anulado pela devoção de estranhos. A fúria de Hild e a indignação de Ruff transformadas em birra infantil. A jornada de Korin e Ernán desperdiçada, tornada inútil exceto para trazê-la até aqui.

— Você continua querendo salvá-los, Ruff — disse a Dama de Ferro. — Mas eles não querem mais ser salvos.

Ele se deteve. Tentou recuperar o fôlego, o martelo à frente do corpo.

— Você sempre desprezou clérigos, amaldiçoou os santos — Ruff ofegou. — E agora é você mesma uma santa? Serve aos deuses?

— Você me tirou todo o resto.

— Era a última traição que lhe restava, Áxia. Você traiu a si mesma.

— Sou leal a mim mesma. Nunca pude contar com mais ninguém.

— Áxia, a santa... — ele sorriu, mostrando os dentes ensanguentados através da abertura do elmo. — O que diria sua mestra Ulma?

Áxia urrou, tomada pela fúria. Gesticulou com as duas mãos em direção a Ruff, um enxame de correntes voou sobre ele ao mesmo tempo. O rei foi atingido, cortado, perfurado. Caiu no chão, de costas, sangrando.

Hild acertou a Dama de Ferro por trás, um golpe preparado e estudado, usando o tempo que Ruff ganhara. Atingiu a base da coluna com toda força, cortando pele e músculo, quebrando metal e osso.

Áxia desabou, amolecida.

Ruff foi banhado de luz dourada.

As correntes que estavam sobre ele se voltaram à bruxa, como animais nervosos. Suspenderam seu corpo inerte no ar.

O rei se ergueu, brilhando como um farol pela magia de seus devotos. Trêmulo, ainda ferido, mas vivo.

— Você não vai vencer — a Santa do Fim do Mundo esganiçou, enquanto a fé de seu rebanho reparava o ferimento horrendo.

— Talvez não — a voz de Ruff estava fraca e rouca. — Mas posso morrer de cabeça erguida.

— Korin é meu — entre dentes, suportando a dor. — Serei sua mãe e seu pai. Ele será o último mortal sobre a terra, ajoelhado a meus pés até o fim.

— Não — ele sorriu, um sorriso mais fácil, mais pleno. — Eu confio em Korin.

Um pulso de treva súbita envolveu o corpo da Dama de Ferro, então ela se movia de forma normal mais uma vez. Meros instantes para curar uma ferida que seria letal ou no mínimo permanente. Toda a estratégia, o subterfúgio e a fé só tinham servido para comprar aquele tempo.

Ruff avaliou Hild e os Gladiadores com uma olhada rápida. A guerreira se esforçava para ficar de pé. Sangue escorria das frestas de sua armadura. Apesar de sua resistência inumana, ela estava no limite. Os monges se mantinham no cântico sagrado, mas suas vozes ameaçavam falhar. O rei não fazia ideia de como aqueles milagres sequer podiam acontecer, mas fosse como fosse, estavam também se esgotando.

Nada era infinito, exceto o medo dos mortais. E esse medo alimentava a Santa do Fim do Mundo.

Áxia olhou ao redor.

— Todos vocês podem ser poupados — disse. — Todos podem existir a meu lado, enquanto o mundo existir. Basta que abandonem sua fé. Basta que façam uma única oração para mim.

— Ninguém mais aqui reza para você — disse Korin.

A figura do príncipe, sua silhueta desenhada nos clarões bruxuleantes das chamas mais atrás, encheu Ruff Ghanor de orgulho. No entanto, o rei estreitou os olhos. Seu filho não portava espada e escudo, como antes. Parecia estar empunhando algo pequeno, que sumia nas sombras.

Korin Ghanor correu em direção à Dama de Ferro, brandindo a adaga feita da presa de uma serpente monstruosa, um presente de Hild Osso-Oco.

— *Ghanor!* — o grito de guerra era pleno de raiva e orgulho.

A adaga brilhou em sua mão.

Áxia fez um gesto e as correntes saltaram das trevas, cruzando-se a sua frente, bloqueando o caminho do príncipe.

Korin brandiu a adaga com as duas mãos, como se fosse uma espada. Ele mesmo quase desaparecia em meio à luz que a arma emanava, era um fulgor indistinto, avançando para a bruxa. Desceu a lâmina de dente contra os elos metálicos, deixando um rastro de luz.

As correntes se partiram como fiapos de cordão.

Por um instante, Ruff Ghanor viu o medo nos olhos de sua inimiga.

— *Ghanor!* — Korin repetiu.

Num bote súbito, uma das correntes enlaçou Hild pela perna. A guerreira-javali deixou escapar um uivo de dor. Um instante e estava pendurada ao alcance de Áxia. A manopla da Dama de Ferro se fechou ao redor da garganta de Hild.

— Não se aproxime ou ela morre!

Korin saltou e cravou a adaga no peito da Santa do Fim do Mundo.

Áxia gorgolejou sangue. Soltou Hild, perdeu o controle das correntes. A guerreira caiu pesada no chão, os monges correram para seu redor. E a bruxa também caiu, solta de repente pelos objetos metálicos. Cambaleou para trás, com a mão no ferimento, surpresa com seu efeito.

Ruff projetou o corpo em dois passos e atingiu-a com o martelo. Áxia foi jogada para trás, caiu de costas.

— Nenhuma arma pode me matar — ela disse, mas a voz saiu fraca. — Enquanto houver devotos...

Ela mais uma vez pulsou de escuridão.

Mas a ferida da adaga continuou aberta.

Pai e filho postaram-se lado a lado. Ruff empunhando seu martelo, Korin brandindo a adaga. O brilho arrefeceu, mas não a sensação de poder sagrado.

Horrorizada, Áxia percebeu que não conseguia curar o ferimento produzido pela relíquia de outro santo.

As correntes se moveram de novo, como cobras atentas. Korin tomou a frente, mantendo o rei à distância com a mão esquerda estendida para trás.

— Vá embora deste lugar! — o garoto ordenou. — Vá embora deste sítio sagrado!

A Dama de Ferro estava ferida, em desvantagem momentânea, mas seu poder ainda era avassalador. Hild jazia no chão, os sacerdotes rilhavam os dentes, tentando extrair poder divino suficiente para mantê-la viva. Ruff tentava recuperar o fôlego, contava com a força emprestada de seus próprios devotos para continuar lutando. Tudo que realmente ameaçava a Dama de Ferro, a Santa do Fim do Mundo, a Devoradora de Mundos, era um rapaz com uma adaga, travando seu primeiro combate.

Ruff se empertigou de orgulho ao notar a inteligência de seu filho.

— Vá embora! — Korin exigiu de novo. — Você não tem poder aqui!

Áxia sorriu entre dentes ensanguentados.

— Eu fui chamada para cá — disse, cheia de agonia e malícia. — Você me invocou. Onde quer que estejam meus devotos eu tenho poder.

— Não há mais nenhum devoto seu aqui, Áxia.

A adaga brilhou.

As correntes se projetaram num ataque desesperado contra o príncipe, enquanto a Dama de Ferro compreendia o que acontecera.

— Eu te esconjuro em nome de São Ruff Ghanor!

O brilho tomou a vasta área desabada.

Quando se apagou, Áxia havia sumido.

No corredor, o corpo de Ernán jazia sem vida.

18 Ascensão

— VOCÊ O MATOU? — perguntou Ruff Ghanor.

— Deixei que morresse. — Korin olhava para o vazio. — É a mesma coisa.

Ruff segurou o ombro do filho.

— Foi a decisão de um rei.

Àquela altura, o corpo de Ernán estava sepultado. Eles tinham conversado ao longo dos últimos dias, mas não houvera tempo para a conversa serena e longa de que ambos precisavam. Nos dias depois da batalha, o rei ouvira informações e relatórios. Ouvira de Hild sobre a devoção dos Gladiadores, ouvira do próprio Korin sobre o estado do reino.

Mas agora, enfim, não estava mais falando com o príncipe de Ghanor.

Estava falando com seu filho.

Ruff tomara muitas decisões difíceis em sua vida, embora nenhuma exatamente igual à do príncipe. Abrira mão de princípios, permitira que pessoas queridas se sacrificassem, executara seus próprios súditos, até mesmo matara seus filhos. Mas nunca havia negado ajuda a um amigo moribundo.

— O que está sentindo é o peso da responsabilidade — disse Ruff. — A noção de que fez algo que considera errado, sabendo que era o certo. A certeza de que viveu um momento sórdido, que ninguém mais testemunhou, e que os bardos um dia vão narrar isso como um apogeu de glória e heroísmo.

Ernán era, por mais que Korin detestasse admitir isso, um devoto da Santa do Fim do Mundo. Mas ele mesmo fora talvez o maior dos devotos — não era justo que apenas seu amigo pagasse com a vida. Contudo, o príncipe soubera que tinha superado aquela fé assassina e covarde, ao ver seu pai lutando. Podia confiar em si mesmo, em sua própria alma.

Mas não podia confiar a vida de Ruff e Hild, dos Gladiadores, do reino e do próprio mundo na chance de converter Ernán em poucos instantes.

Para que não houvesse mais nenhum devoto no Mosteiro do Leão, era preciso deixá-lo morrer.

Korin olhou para Ruff Ghanor. Enxergava duas figuras em contradição, existindo simultaneamente em uma só pessoa. Uma delas era o pai, sempre distante, sempre alvo de ressentimento. A outra era o santo, alvo de uma devoção pura que ele descobrira na infância. Não sabia quais palavras sairiam da boca de Ruff a seguir. Não sabia se iria receber redenção ou castigo.

Em vez disso, seu pai o abraçou.

— Obrigado, Korin.

Korin o abraçou também.

Ruff tinha mais a dizer. Eram coisas que já estavam subentendidas, mas precisavam ser faladas em voz alta. As coisas não ditas haviam sido um dos maiores problemas entre pai e filho.

— Obrigado — o rei disse de novo. — Você fez mais por mim, pelo reino, pelo mundo, do que eu poderia esperar. Você empreendeu uma jornada terrível, enfrentou o deserto, salvou minha vida. Achou uma maneira de ferir e expulsar Áxia. Você é um herói, Korin. Devo tudo a você.

Mais uma sensação que se perdera na infância: o carinho mútuo sem ressalvas, a entrega sem medo do que viria a seguir.

A palavra sem qualificadores:

— Obrigado.

Uma das alas do Mosteiro do Leão fora abandonada, pois era impossível saber se as paredes que restavam iriam se sustentar. Era o prelúdio do fim daquele lugar ancestral, uma fortaleza que resistira ao tempo — mas não a Áxia. Assim, pai e filho estavam na única ala habitável que restava ocupada. Os Gladiadores sobreviventes também haviam se instalado nos catres daquela ala, levando as poucas posses que haviam sobrevivido ao ataque. Ainda estavam no processo longo de descobrir corpos e enterrá-los, mas já haviam abandonado a esperança de encontrar sobreviventes.

No mosteiro de São Arnaldo, em Abismo Sereno e em tantos outros lugares, era o que restava depois de uma passagem de Áxia. Luto e reconstrução vagarosa.

— Como você faz essas coisas, Korin? — Ruff perguntou. — Como realiza milagres em meu nome?

O rapaz olhou para ele com seriedade de adulto.

— Você tem respostas a me dar antes disso, pai.

Ruff assentiu, devagar. Seu corpo todo doía. Apesar de ter sido imbuído com a força divina trazida do culto a ele mesmo, o combate cobrara seu preço. Os joelhos estavam endurecidos e tornavam difícil levantar e sentar. As juntas dos dedos demoravam para dobrar. Ele mal conseguia mexer o pescoço. Mais do que tudo, sentia-se exaurido além dos limites, como se nunca mais fosse ser capaz de descansar. Talvez aquela fosse a velhice verdadeira, que espreitara aquele tempo todo, oculta pelos efeitos da terra maldita.

— O que quer saber? — Ruff perguntou.

Eles estavam sentados lado a lado, numa sala de leitura anexa a uma biblioteca vazia. Fossem quem fossem os habitantes daquele lugar no passado, não tinham deixado nenhum livro para trás. A função dos cômodos só era óbvia por sua disposição na fortaleza. Pai e filho usavam aquele espaço desocupado para esperar o momento em que Hild anunciaria que estava tudo pronto para o que deviam fazer.

— Você conhecia a Dama de Ferro? — Korin manteve o olhar firme. — Conhecia... Áxia?

Ruff suspirou fundo.

— Achei que tivesse virado essa página, meu filho. Achei que tivesse finalmente deixado Áxia para trás.

— Ela fala de você com intimidade.

— Conheço Áxia desde a infância. Durante muito tempo acreditei que a amava. Acreditei que deveria salvá-la.

O rei procurou as palavras para descrever a enormidade da história. Precisava remontar a um tempo em que ele era mais novo do que Korin. O peso daquele rancor na história do mundo era incongruente, absurdo. Arroubos e exageros de um casal adolescente tinham condenado milhares de pessoas à morte.

Ruff Ghanor contou tudo a seu filho. Falou sobre a mãe de Áxia, desprezada na aldeia. Falou sobre o assassinato de Ulma, a primeira mestra de Áxia, que ficara impune por decisão do prior. Falou sobre a doença de Rion, o irmão de Áxia. Falou sobre a decisão dela de matar o hobgoblin que um dia entrou na aldeia, sobre a retaliação de Zamir, sobre a traição que custara a vida de todos no Mosteiro de São Arnaldo.

E Ruff se forçou a continuar. Falou sobre Abismo Sereno. Sobre a Madre Heléne. Sobre a prisão em Rocha Celeste. Sobre Baal. E sobre como, quando tudo estava se encaminhando para a paz, ele se deitou com Áxia.

— Você traiu minha mãe — disse Korin, devagar, como se demorasse a entender.

Ruff não negou.

Admitiu seus erros, suas falhas de julgamento e caráter.

— Mas isso não é tudo, meu filho. — O rei olhava para o nada. — Deitar com Áxia trouxe frutos ainda piores.

Um silêncio pesado se formou entre os dois. Korin demorou para encontrar as palavras.

— A Dama de Ferro... — começou, então decidiu pelo nome de humana: — *Áxia* me disse para perguntar sobre meus três irmãos.

Ruff fechou os olhos.

— Ela disse que você os matou.

A expressão do rei era resposta suficiente, mas Korin precisava ouvir. Precisava ouvir tudo. Certezas implícitas tinham causado tragédia suficiente. Então ele fez a pergunta:

— É verdade?

O rei não hesitou. A palavra doeria mais do que qualquer coisa, admitir aquilo seria uma mácula perene. Mas as máculas já estavam lá, não adiantava tentar evitar mais uma:

— Sim.

O garoto ficou surpreso com a rapidez e a honestidade.

— Você matou... seus próprios filhos?

— Fiz muitas coisas horríveis, Korin. Fiz coisas de que não me orgulho. Algumas por egoísmo e estupidez. Mas outras foram necessárias. Sim, você teve três meios-irmãos. Filhos meus e de Áxia. Eles eram uma ameaça a nosso mundo. Uma ameaça aos próprios santos. Então os matei.

— Áxia disse que o que ela fez no Mosteiro de São Arnaldo não foi traição, que os clérigos e aldeões eram inimigos dela desde o começo. Que você a traiu. Que todos a traíram.

A cabeça de Ruff começou a latejar. Estavam conversando há horas. Nem mesmo a admissão de culpa, nem mesmo a revelação de detalhes sórdidos de seu passado ao próprio filho o deixavam tão arrasado quanto o discurso circular de Áxia. Era a mesma coisa há décadas: ela dizia que tinha mudado, que agora tinha outro objetivo. Mas então voltava a rancores antigos, a mágoas que ela mesma não aceitava resolver. Dizia que Ruff era só um inimigo, para então falar que ainda se sentia traída por ele.

— Eu não sei por que Áxia permanece em minha vida — Ruff balançou a cabeça devagar. — Não sei por que permaneço na vida dela. Eu mal deveria lembrar de uma garota com quem estive por poucos meses, antes de me tornar adulto. Mas, de alguma forma, nós trazemos o pior um no outro. Eu não acho que a traí. Não acho que a tenha forçado a fazer nada do que ela fez. Mas também não acho que ela me forçou.

O príncipe continuou escutando, com uma estranha empatia.

— Achei que essa parte de minha vida tinha se encerrado. Até ontem, achava que Áxia tinha morrido soterrada numa montanha, antes de você nascer. Mas quando a vi... não fiquei surpreso. Apenas notei como fui ingênuo.

— Ingênuo?

— O que existe entre nós é decepção. Decepção e ressentimento. Acho que uma das piores coisas que fiz na vida foi me aproximar dela, quando éramos crianças. Tentar ajudá-la. Se eu tivesse sido cruel, como tanta gente foi, Áxia não teria depositado esperança em mim. Se ela não tivesse aceitado minha ajuda, eu não teria me convencido de que ela podia ser ajudada. O rancor que temos um pelo outro se multiplicou por causa disso. Estamos ligados de uma forma tão poderosa que nem a morte de um de nós foi capaz de nos separar.

— O que está dizendo?

— Acho que, para acabar com tudo isso, ambos precisamos morrer.

Korin ficou em silêncio.

— Eu tentei controlar cada aspecto de sua vida, meu filho. Sei que fui um tirano e não tentarei justificar isso. Mas fui um tirano porque, no fundo, eu lembrava dos erros que cometi na infância e na juventude, e sei como eles foram permanentes. Tudo que eu queria evitar era que você fosse como eu, e que fosse como Áxia. Tudo que eu desejo para você é que nunca chegue um momento de sua vida em que você perceba que o melhor para todos é que você esteja morto.

— Eu fiz tudo isso para evitar que você morresse — disse Korin, não sem um certo amargor.

— Eu sei. E sou grato a você como a poucas pessoas. Mas meu grande propósito agora é viver até que possamos matá-la. Acabar com mais um Devorador de Mundos, acabar com a maldição, então livrar todos vocês das duas pessoas que os fazem sofrer há tanto tempo. Ruff Ghanor e Áxia.

Korin engoliu em seco, preparou-se para mais uma pergunta. Essa, mais difícil. Algo que incomodava no fundo de sua mente. Algo que tinha adivinhado pela maneira como a Dama de Ferro falara, mas que queria negar. Algo que existia como um subtexto de tudo que conhecera de seu pai.

— *Mais um* Devorador...?

Ruff Ghanor olhou para seu filho.

E admitiu.

Já era madrugada quando ele enfim terminou de contar tudo a seu filho. Desde as primeiras lembranças, sendo encontrado por Dunnius e Niccolas no Túnel Proibido, até o anúncio de que tinha falhado. A revelação de sua verdadeira natureza pela própria Bellitz, a tentativa de tornar o mundo perfeito a ponto de satisfazer os deuses, as inúmeras vezes em que usara o poder do terremoto. De certa forma, Ruff esperava que Hild chegasse e o interrompesse, mas era bom deixar tudo fluir, descarregar o peso que mantinha escondido.

Não havia mais segredos.

— Agora você sabe tudo sobre sua linhagem, Korin. Pelo menos tudo que eu sei. Minha função no mundo não era derrotar Zamir ou mesmo reinar. Fui feito para destruir tudo que existe.

— Então eu tenho também o sangue do Devorador de Mundos?

— Não sei — disse Ruff, com sinceridade. — Nada indica que você tenha herdado esse poder, mas os deuses são inescrutáveis. Talvez haja um plano para você. E você precisará lidar com isso.

O príncipe ficou em silêncio.

— Você continua falando do futuro — disse. — Fala do que vai acontecer quando eu ocupar o trono, de um plano dos deuses para mim. Mas o mundo está acabando. Como sabe que vai existir futuro?

Dessa vez, Ruff abriu um sorriso. Um sorriso triste, mas confiante.

— Áxia não vai vencer, Korin. Ela pensa que é invencível por causa de seus devotos, mas isso será sua ruína. Nossa estratégia vai funcionar.

Então, como se fosse uma deixa, ouviram batidas na porta. Hild entrou, fez uma mesura solene e falou com voz reverente:

— Meu senhor, o ritual está pronto.

A primeira reação de Ruff foi corrigi-la, pedir para que não o tratasse daquela forma subserviente. Mas aceitou. Ele não podia, afinal, controlar a devoção de outras pessoas. Não podia impedir que o adorassem como um santo. Mesmo que tentasse fazer isso, eles iriam apenas arranjar um esconderijo, então invocar o poder sagrado que ele aparentemente era capaz de conceder. Negando ser um santo, pedindo para ser tratado como um humano normal, estaria apenas desrespeitando a religião de Hild.

O que ele mesmo dissera a seu filho poucas horas antes ressoou: Deixar que o adorassem podia ser uma decisão soberba, até mesmo tirânica.

Mas era a decisão de um santo.

Agora, quisesse ele ou não, não podia mais agir como um mortal comum. Devia aceitar mais aquela responsabilidade que fora colocada sobre ele.

São Ruff Ghanor se ergueu, enquanto sua devota continuava de cabeça baixa. Foi até ela e tocou em seus cabelos com a mão.

— Eu a abençoo, minha filha.

O gesto era simbólico. Ruff não sentiu nenhum poder emanando, não fez nada além do movimento físico. Mas o ar ao redor de Hild foi tomado por uma vibração tênue e plena de energia. Algo acontecia ali, ainda que ele não entendesse.

Para sua surpresa, Korin se postou ao lado da guerreira. Então fez a mesma mesura, permanecendo de cabeça baixa.

Ruff não conseguia saber se deveria sentir orgulho ou asco, amor ou repulsa. Hild era sua discípula, sua filha adotiva, e já era estranho vê-la tão humilde frente a ele. Mas Korin era seu filho de sangue, o menino que ele vira nascer, que criara para superá-lo. Vê-lo em adoração servil era desagradável. Queria que o rapaz se empertigasse, que se mostrasse desafiador ao mundo.

Mas aquela era sua religião.

Como pai, precisava respeitá-lo. Como santo, tinha para com ele um dever transcendental.

— Eu o abençoo, meu filho.

A mesma vibração cercou o príncipe, e Ruff teve a impressão de que também havia um brilho. Algo sutil, que podia não estar lá, mas visível o bastante para intrigar.

De qualquer forma, era a menor das demonstrações de poder divino. A batalha contra a Santa do Fim do Mundo fora a prova definitiva de que ele mesmo era um santo.

O Santo de Pés Descalços tomou a frente, logo sendo seguido pelos dois devotos. Os três deixaram a sala de leitura, seus passos ecoando pelo corredor vazio. Mais do que nunca, o mosteiro estava em silêncio. Um silêncio reverente, estático.

Ganharam a ala oeste, passaram pela porta onde dois Gladiadores estavam postados como guardas. Descalçaram os sapatos, atravessaram a bocarra de leão, desceram a enorme escadaria, rumo ao fosso onde estavam as tumbas dos antigos Ghanor.

Ruff despertara ali, depois de seu longo período de quase morte. Despertara flutuando, erguido e curado pela devoção dos Gladiadores. Aquele era um local de poder. Era o local onde ele aceitara seu novo papel.

Onde ele voltara à vida e entendera que se encaminhava para o fim. Ali, sendo reverenciado, sobre os túmulos de seus ancestrais, Ruff Ghanor entendeu que seria mais útil, mais heroico, mais importante quando estivesse morto.

Os Gladiadores estavam mais uma vez ao redor do enorme fosso, as mãos postas em oração, murmurando suas preces em uníssono. A luz dourada fazia uma coluna quase sólida, ocupando o espaço do cemitério até o teto. De novo, aquele poder emanava da devoção a Ruff Ghanor, mas Ruff não sentia nada. Não concedia e não parecia ter relação direta com aqueles milagres.

Mas iria usá-los.

Hild e Korin assumiram seus lugares, apenas mais dois no círculo de oração. Em meio aos outros devotos, eles quase sumiam, quase deixavam de ser indivíduos. Ruff lembrava da sensação de ser preenchido pela presença de São Arnaldo, de forma tão plena que quase deixava de ser ele mesmo. Era confortável e enervante em iguais partes.

São Ruff Ghanor ergueu a cabeça, olhando para cima, em direção ao Paraíso. Olhando para a luz que emanava da crença.

Olhando para os santos.

— Este é um local de poder de São Ruff Ghanor — entoou. — Aqui estão meus devotos, meus escolhidos. E, acima de tudo, este é um local de poder santo. Apenas aqui, dentre todos os lugares de todas as terras, mortais realizam milagres.

A luz dourada continuava a cintilar.

— Estes são devotos de São Ruff Ghanor, um santo de guerra e proteção, de perdão e sacrifício. Mas estes também são guerreiros temíveis, os melhores dentre os melhores, e assim são protegidos de São Theodric.

A coluna de luz tremulou. Começar sua jogada com São Theodric, cujos devotos o odiavam, era arriscado. Mas, se funcionasse, seria uma manobra decisiva.

— São furtivos, ocultando-se dos olhos de seus inimigos e mantendo sua fé viva na clandestinidade. Assim, são protegidos de Santa Imuen.

A coluna dourada fulgurou.

— Criaram conhecimento novo e, em suas vidas pregressas, experimentaram tudo que o mundo material tinha a lhes oferecer. Assim, são protegidos de Santo Otto. Hoje vivem existências rigorosas e inclementes. Assim, são protegidos de Santo Enzo. Desvendaram uma nova forma de se comunicar com o divino. Assim, são protegidos de Santa Crysnia.

A coluna faiscava, tremeluzia. Se fosse sólida, estaria prestes a desabar.

— Estudaram a palavra escrita e treinaram de acordo com as técnicas registradas em um livro. Assim, são protegidos de Santa Amélia. Ostentam símbolos da morte e assim são protegidos de Santa Cora.

A coluna mal era visível. Seus contornos se expandiram para iluminar o salão inteiro, clarões ainda mais fortes pipocavam em meio à luminosidade intensa.

— Estes mortais pertencem a todos os santos! — rugiu o Santo de Pés Descalços. — Aqui, em meu templo, eu invoco todos para que venham testemunhá-los!

Ruff Ghanor ergueu os braços, um gesto que podia ou não contribuir para o que ele tentava fazer.

Os monges haviam passado dias em meditação, concentrando e canalizando seu poder de forma pura, bruta. Nenhum deles podia ter certeza sobre o sucesso da empreitada. Mas sabiam que, no passado, Áxia e os Cavaleiros do Caos haviam sido capazes de invocar um santo para mais perto do mundo físico — São Arnaldo.

Naquela ocasião horrenda, usaram esse poder para assassiná-lo.

Ruff não faria nada tão drástico.

— Eu conclamo todos os santos do Paraíso! — trovejou. — Sou São Ruff Ghanor, sou um de vocês! Venham ao mundo para proteger seus filhos!

Por um instante, a coluna dourada brilhou com a força do sol. Os Gladiadores fecharam os olhos, mas mantiveram as mãos em reza. Ruff se forçou a continuar olhando para o fulgor, apostando que não precisava temer por seu corpo físico.

Então discerniu uma forma humanoide em meio à luz.

Uma voz suave e feminina ecoou pelo salão:

— Estamos ouvindo, São Ruff Ghanor.

Quando a coluna dourada era mais uma vez apenas uma coluna dourada, havia algumas dezenas de figuras humanas ou humanoides flutuando dentro da luminosidade.

Ruff achava que reconhecia algumas: São Theodric, o corpulento cavaleiro de armadura completa, carregando um escudo com o brasão do falcão que ostentara em vida. Santa Cora, que tinha uma forca ao redor do pescoço. Santa Amélia, carregando um enorme livro. Santa Imuen, nunca plenamente visível.

E havia santos que ele não reconhecia: um elfo cuja boca era tapada por uma mordaça. Uma hobgoblin cercada de animais. Um gigante sentado em um trono. Santos de alguma época ancestral, cujas histórias e identidades tinham se perdido no tempo.

Ali estavam todos os santos, com exceção de Áxia.

E de São Arnaldo, que estava morto.

— A fé que existe aqui foi poderosa o bastante para nos trazer — rosnou São Theodric. — Mas não estamos presos, Santo de Pés Descalços. Meus devotos eram seus inimigos, quando você era apenas um mortal. Agora que é mais do que isso, não tenho medo de assumir essa inimizade.

— Não existe inimizade — Ruff sustentou o olhar. — Nunca houve registro de santos guerreando entre si. Sempre que mortais ergueram o estandarte de um santo em batalha contra os devotos de outro, foi sem poderes divinos.

Ruff Ghanor olhou de um para outro, dirigindo-se a todos com uma verdade desafiadora:

— Todos nós temos o mesmo objetivo. Proteger os mortais.

Santa Amélia sorriu e virou uma página em seu livro.

— Eu não entendo a santidade — continuou Ruff. — Não sei como um mortal ascende ou como seus devotos recebem a magia divina, mas isso não importa. O que importa é que todos nós temos a função de ligar deuses e mortais. É impossível conhecer os deuses, impossível se comunicar com eles. Por isso os mortais precisam de santos. E, enquanto os deuses exigem dos mortais a perfeição absoluta, os santos já pisaram neste mundo e sabem que é impossível viver sem pecado.

— Não somos uma guilda ou confraria, Santo de Pés Descalços — disse Santa Imuen. — Não temos um só objetivo, nem planejamos juntos coisa alguma.

— Eu sei — Ruff se manteve confiante. — E por isso estão falhando.

São Theodric ergueu a espada. Um santo bobo da corte desatou a rir.

— Há séculos a magia divina desapareceu — Ruff prosseguiu. — Os mortais perderam a fé. Apenas em um único mosteiro de São Arnaldo preservou-se conhecimento suficiente para que os clérigos continuassem realizando milagres.

— São Arnaldo está morto — disse Santa Cora.

— Porque, dentre todos os santos, era o mais próximo da humanidade.

— Se houver mortais devotos o bastante para redescobrir a magia — disse Santo Otto — então estaremos próximos a eles.

— Vocês estão se portando como os deuses.

O insulto reverberou como uma onda pelas figuras sagradas. Santo Otto ergueu o queixo, indignado. Santa Imuen saiu de seu esconderijo.

— Vocês exigem que os mortais redescubram a fé, mas não querem guiá-los. Permanecem no Paraíso, apenas observando seus devotos rumarem indefesos ao fim do mundo.

— Não é nosso papel... — começou um santo que Ruff não se deu ao trabalho de observar.

— Nosso papel é protegê-los! — interrompeu. — Não esperar que cheguem a nós! Se os mortais perderam a fé, cabe a nós lhes dar esperança! Se precisam de ajuda, cabe a nós lutar por eles!

— Foi para isso que nos convocou? — perguntou Santa Imuen. — Para esbravejar sobre nossas escolhas?

— Eu os convoquei como, muito tempo atrás, convoquei grupos de mortais — disse Ruff. — Confiei nos mortais e propus que eles fossem heróis para proteger o povo. Mas falhei, precisei me tornar rei para cumprir esse objetivo.

Ruff Ghanor então fixou cada um dos santos em seus olhos.

— Se mais uma vez isso for preciso, irei me tornar rei de todos os santos. Não sei ainda como fazer isso, mas descobrirei. Eu sempre descubro, porque sempre há uma resposta e a erudição vence todas as batalhas. Se for preciso, reinarei sobre todos vocês, farei com que me obedeçam. Mas lhes ofereço a chance de fazer o que é certo sem um rei para comandá-los.

Silêncio.

— Hoje em dia apenas uma santa aparece para os mortais — disse o Santo de Pés Descalços. — Apenas a Santa do Fim do Mundo.

Então decretou:

— A partir de hoje, isso mudará. A partir de hoje, todos nós vamos nos mostrar. Vamos desafiar os deuses se for preciso. Vamos ajudar os mortais a ter fé.

Na capital, ninguém acreditava que era verdade. Viajantes, refugiados e fazendeiros juravam, mas o povo amedrontado não ousava ter esperança.

Ninguém acreditava que era verdade, até que viram com seus próprios olhos.

Os portões da cidade de Ghanor se abriram e o rei liderou a comitiva dos Gladiadores, ladeado pelo príncipe. Todos cavalgando montarias tão garbosas quanto era possível naquela época de miséria, todos orgulhosos e determinados em sua nova missão. O estandarte do leão foi erguido, milhares de gargantas gritaram o nome do rei e do reino.

As pessoas estavam magras, as estradas estavam desertas, as árvores estavam sem folhas, os animais estavam mortos.

Mas o rei estava de volta.

Ruff Ghanor viu sua cidade suplicante e teve certeza do que fazer.

Uma mulher magra, de pele acinzentada e olhos fundos, se jogou na frente da comitiva, prostrada no meio da rua de paralelepípedos. Carregava nos braços um monte de trapos. Então, quando ela ergueu o fardo, mostrando-o ao rei, Ruff pôde ver que não eram trapos.

Era um bebê.

Tão pequeno e magro que mal parecia estar ali. Tão fraco que quase não conseguia tossir.

— Por favor, Majestade — disse a mulher. — Eu imploro. Cure meu filho.

Ruff Ghanor fez menção de se virar para o príncipe, mas não havia necessidade. Korin apeou de um salto, foi até a mulher e se ajoelhou a sua frente. Com delicadeza, tocou na cabeça da criança esquelética.

— *Cure este inocente e lhe conceda a vida.*

A mão de Korin Ghanor brilhou.

— Obrigado — disse o príncipe. — Obrigado, São Arnaldo.

Bellitz não ousava acreditar. Estava ainda no quarto, terminando de ajustar as fivelas da armadura, ouvindo os gritos de júbilo da multidão lá fora.

Com as mãos trêmulas, postergava sair do castelo e ver com seus próprios olhos. Não quis que os servos lhe contassem nada, nem que ajudassem com o equipamento. Não ousava acreditar. Não queria nutrir uma falsa esperança.

Mas talvez fosse possível.

A porta do quarto se abriu.

Bellitz se virou e enxergou seu marido.

Não a sombra pálida que ocupava a cama de doente.

Lá estava *ele*.

Ruff chegou a ela em dois passos. Enlaçou sua cintura, engolfou-a em um beijo.

Não deixou que terminasse de colocar a armadura.

A placa peitoral logo foi parar no chão, com um clangor estrepitoso. Os dois estavam na cama antes de trocar uma palavra. Os servos se encarregaram de fechar a porta, preservando a modéstia do rei e da rainha.

19 | o último conselho

GHANOR PASSAVA FOME.

Ruff se mostrou na sacada do castelo e a multidão reunida explodiu em louvores, súplicas, lamentações, insultos. Raras vezes enxergara tanta gente aglomerada para ouvir suas palavras na capital. A impressão era que todos os cidadãos estavam ali, preenchendo o pátio, a área ao redor do castelo, as ruas. Cada beco, cada janela, cada canto estava ocupado pelo povo em desespero.

A guarda tentava manter a população sob controle, mas as capas vermelhas se perdiam no mar de humanidade. O rei sabia que cada uma daquelas pessoas tinha uma tragédia e precisava de ajuda. Muitas haviam se entregado ao culto da Santa do Fim do Mundo, e morriam lentamente por isso. Outras tinham perdido família e amigos. Todas estavam sentindo os efeitos da terra doente, impregnada pela maldição que se propagava com a crença.

— Majestade, estamos morrendo! — Ele conseguiu discernir o berro de um velho que estendia os braços. — Salve-nos, Ruff Ghanor! Salve-nos mais uma vez!

Ele se manteve estoico, ainda que nenhum de seus súditos pudesse notar a expressão de seu rosto àquela distância. O velho devia ter sua mesma idade, talvez só um pouco mais. Com certeza lembrava da época sob domínio de Zamir, das décadas de prosperidade e esperança, da noção de que a miséria havia acabado de vez. Aquele ancião, assim como o próprio Ruff, pensara que o pior pesadelo estava no passado. Não havia mais o dragão tirano, não havia mais guerra. Seus filhos e netos poderiam crescer num reino vibrante, num mundo em paz.

Mas estavam morrendo.

Todos estavam morrendo.

O reino estava morrendo.

Ruff não se permitiu sentir o cansaço, a dor generalizada e rombuda que dominava seu corpo. A terra maldita continuava sugando sua energia, castigando-o a cada minuto. Mesmo recebendo a magia divina de seus clérigos a cada manhã, era só um paliativo. Ghanor estava morrendo e o rei morria junto.

A população já diminuía o bastante para que o efeito fosse sensível, mesmo contando com todos os refugiados de Zibrene. Havia poucos trabalhadores nas fazendas, e os que restavam estavam fracos. A colheita tinha sido magra e feia, a terra estava drenada. As estradas tinham, mais uma vez, se tornado perigosas — porque eram território de bandidos desesperados, outrora aldeões e burgueses, e também porque crateras podiam surgir a qualquer momento. Assim, poucos ousavam viajar, a não ser quando eram obrigados a deixar seus lares em busca de subsistência.

Era uma situação muito parecida com o início de tudo. Muito parecida com o domínio de Zamir. Ruff recebia poucas notícias dos demais reinos, até porque vários mensageiros morriam no caminho. A maldição, e a miséria que a acompanhava, já tinha chegado pelo menos a Mattora, Utteria e Vammira. Artus parecia ter cortado qualquer comunicação e Sammelen mandava missivas curtas e polidas, deixando claro que havia algo a esconder. Na prática, era quase como se as fronteiras estivessem fechadas de novo. Era difícil saber o que se passava com seus súditos estrangeiros e Ghanor parecia enclausurado, opressivo.

— Não temos o que comer! — gritou uma menina.

— Não há trabalho! — a voz de um homem barbudo se fez ouvir.

— Majestade! — o mesmo velho que berrara no início esganiçou. — O mundo está acabando!

A multidão explodiu em lamentos. Ruff viu muitos cobrirem o rosto com as mãos. Estavam chorando. Estavam desolados. Estavam perdidos e o único caminho à frente levava ao fim.

— Povo de Ghanor! — a voz poderosa do rei ganhou o ar.

Aos poucos, o burburinho arrefeceu. Todos olhavam em sua direção, expectantes. Os poucos rostos que ele conseguia discernir mostravam olhos muito abertos, expressões infantis. Ele era o pai daquela gente.

— Povo de Zibrene! — Ruff continuou. — Povo dos sete reinos e de todas as terras!

Ainda que sua voz não chegasse a todos, era suficiente saber que o rei falara com eles. Mais tarde, a maioria que não conseguira escutar suas palavras ficaria sabendo o que foi dito e teria, na memória, a mesma experiência. Ruff estava acostumado com aquilo, mas era um dos discursos mais importantes de sua vida.

Deixou que a atenção de seus súditos pairasse nele por um instante, então:

— Vocês não estão sozinhos.

As palavras correram pela multidão como uma onda.

— Sim, a colheita foi pobre. Sim, a maldição nos assola. Sim, a terra está fraca. Mas venceremos tudo isso, assim como vencemos tantos inimigos no passado! Eu lembro dos tempos de Zamir, quando passávamos fome apenas para pagar os tributos ao dragão! Lembro da longa noite, quando Baal nos atacou! Lembro da sanguinolência de Mubruk Filho de Urso, quando metade do mundo se uniu contra nós! E em todos esses momentos triunfamos!

Ruff ergueu os punhos e a multidão gritou de júbilo. Gritos mais fracos do que ele gostaria, mas plenos de lealdade.

— E não precisamos lutar sozinhos! Povo de Ghanor, de Zibrene, dos sete reinos... São Arnaldo está conosco!

A multidão não reagiu. Ruff sabia que aquela era uma possibilidade.

— São Arnaldo está morto! — alguém gritou.

— Nunca fui curado por nenhum santo! — protestou uma voz anônima.

— Existe apenas uma santa!

Ruff Ghanor engoliu em seco. Suas juntas latejaram, como em resposta à descrença.

— São Arnaldo olha por nós! — disse. — Seus milagres nos protegem mais uma vez!

Como fora combinado, a mulher surgiu na sacada. Não uma nobre, ou mesmo uma guerreira. Era só uma plebeia como todos que assistiam. Carregava um bebê.

Ruff conduziu-a para perto de si, tocando de leve em suas costas.

— Por favor, minha senhora — disse o rei, com suavidade. — Conte sua história.

A mulher hesitou e estremeceu. Abriu a boca, mas ficou muda frente à quantidade de olhos sobre ela, de ouvidos esperando suas palavras. Por instinto, virou-se ao rei, o pavor evidente em seu rosto. Ruff sorriu com tranquilidade. Não precisou dizer nada. Apenas por sua expressão ela soube que estava tudo bem e que Sua Majestade confiava nela.

Mostrou o bebê ao povo, segurando-o firme nos braços.

— Meu filho estava morrendo! — disse, o mais alto que pôde. — Ficava mais magro a cada dia, não conseguia engolir! Estava sempre com frio e não chorava!

A voz não viajava tão bem quanto a do rei, mas era suficiente para ser ouvida por alguns.

— Foi o príncipe que salvou sua vida! — a mulher começou a chorar. — O Príncipe Korin Ghanor rezou a São Arnaldo e meu filho recuperou a saúde!

Ela desabou em soluços, abraçou-o rei e apoiou a cabeça em seu peito. Aqueles últimos dias com certeza eram os mais importantes de sua vida. Em pouco tempo, vira-se quase perdendo a coisa mais importante de sua existência, então fora resgatada por um milagre.

— É verdade! — ela disse, ainda que não fosse ouvida. — É tudo verdade! São Arnaldo está entre nós!

Ruff manteve-a junto de si com um braço, enquanto se dirigia ao povo:

— Todos ouviram as histórias, mas entendo sua descrença! Entendo que não acreditem que, finalmente, o poder sagrado esteja de volta. Mas é tudo verdade! São Arnaldo está entre nós, e não apenas ele! Todos os santos olham por nós! São Theodric luta por nossas almas, Santa Imuen nos esconde de nossos inimigos, Santa Amélia ensina nossos filhos!

Ruff Ghanor ergueu o punho fechado.

— Não estamos sozinhos!

Naquele instante os portões do castelo se abriram. Korin liderou Hild e os Gladiadores em direção ao povo. Ruff enxergou o efeito maravilhoso e apavorante de sua passagem. A multidão foi de encontro a eles, mas não havia perigo de violência. Os primeiros se ajoelharam e Korin aproximou as mãos cobertas de brilho dourado. Os Gladiadores se espalharam, curando doenças, ferimentos, a própria maldição.

Orando a São Arnaldo. São Theodric. Santa Imuen. Santa Amélia. Santo Otto. Santa Cora.

Ruff sabia que era sua própria santidade a conceder aqueles poderes. Sabia que, de alguma forma, era ele curando e abençoando toda aquela gente. Sabia que, embora Korin, Hild e os outros falassem o nome dos demais santos, estavam cultuando São Ruff Ghanor.

Porque enfim, depois de tanto tempo e sofrimento, entendera o que Korin tentara lhe dizer ainda na infância.

São Ruff Ghanor não era um homem. Por isso, não precisava ser chamado por um só nome. São Ruff Ghanor era todos os santos, era a crença, era a ligação dos mortais com o divino.

Era um ideal. Um exemplo. Um ícone.

Uma lenda.

Ruff encontrou o Prior Niccolas dormitando sobre os livros. Sorriu para si mesmo, fez menção de dar meia-volta, mas seus passos o acordaram.

— Olá, Ruff — disse o monge. — Estava apenas descansando os olhos.

— Devia descansar o corpo inteiro, Niccolas. Vou pedir para os servos prepararem seu quarto.

— De jeito nenhum — o ancião se empertigou. — Em breve vou dormir pela eternidade, meu amigo! Não quero desperdiçar nenhum minuto.

Ruff deu uma risada e sentou ao lado dele.

Embora mantivesse o título de prior, Niccolas não pisava na Cidadela de São Arnaldo há anos. O clima do pântano e os deveres de administração diária do mosteiro eram pesados demais. Ele concordara em se hospedar "temporariamente" no Castelo de Ghanor e morava lá desde então. Seus dias eram passados na biblioteca, onde tentava decifrar o mistério que seu velho amigo propusera.

— E então? — perguntou Ruff. — Temos algo novo a discutir hoje?

Isso iluminou o rosto de Niccolas. Por um instante, seus olhos foram os de alguém muito mais jovem.

— Venho formulando uma teoria, Ruff... Não posso ainda comprová-la. Não sei se é sequer *possível* comprová-la. Mas é algo que faz cada vez mais sentido.

— Tudo que quero é algo que faça sentido.

O rei chegara ao castelo há alguns dias. Tempo suficiente para se acomodar de novo à vida de monarca, para que Bellitz se acostumasse a tê-lo de volta, para que os boatos sobre o primeiro milagre de Korin se espalhassem, para que ele tecesse um plano. Mas, principalmente, para que formulasse uma pergunta:

O que era a santidade?

O questionamento o acompanhara durante a vida toda. O prior, no Mosteiro de São Arnaldo, discutia sobre aquilo e nunca achara uma resposta. Mais tarde, com a disseminação da magia divina e sua interrupção abrupta quando São Arnaldo foi assassinado, o questionamento se aprofundou. Ruff achava muito improvável que todos os santos, exceto São Arnaldo, fossem falsos. Isso tornaria seu padroeiro uma figura de poder absoluto e não combinava com os modos misteriosos e mesquinhos dos deuses. Assim, precisava trabalhar com a ideia de que todos os demais santos também existiam, no Paraíso — algo que fora comprovado quando conseguiu invocá-los.

Mas então por que não concediam milagres?

A pergunta continuava sem resposta e se tornara muito mais confusa quando ele mesmo passou a ser cultuado. Ruff agora sabia que Hild só triunfara na busca pelas auréolas porque a magia divina de São Ruff Ghanor a protegera. Sabia que Bellitz só estava viva porque seu filho realizara um milagre em seu nome. Sabia que até mesmo a fé em Áxia gerava esse poder.

Quanto mais informações coletava, menos Ruff entendia o que era um santo.

Antes que deixassem o Mosteiro do Leão, ele propusera algo a Korin e Hild. Algo que talvez não funcionasse, mas que valia a pena ser tentado. Durante todos aqueles anos, ele vira a devoção por São Ruff Ghanor surgir em seu estado bruto, puro, e tentara abafá-la.

Mas Ruff não tinha medo da devoção. Tinha medo de suas consequências. Tinha medo de se tornar um tirano, tinha medo da revolta de seus súditos caso julgassem que ele tentava se elevar acima dos mortais.

Mas a devoção em si possibilitara atos de heroísmo e piedade, ainda que em segredo.

Tanto Korin quanto Hild haviam descoberto poder em rituais inventados, haviam proferido o apelido que ele ganhara na juventude, quando deu suas botas a um aldeão. Isso o levara a pensar que os gestos e palavras não faziam diferença. A crença era a chave.

Assim, que diferença podia fazer o *nome* que era dito nas preces?

Ruff propôs a eles que continuassem rezando a São Ruff Ghanor, mas que pronunciassem os nomes de outros santos. Que vissem naquelas entidades reflexos dos ideais que ele mesmo inspirava.

São Ruff Ghanor poderia ser associado a São Arnaldo de forma direta e fácil. Afinal, São Arnaldo fora seu padroeiro. São Arnaldo alimentava os famintos, assim como Ruff distribuíra o tesouro de Zamir e derrubara nobres avarentos. Mas o mesmo podia ser dito de São Theodric: um guerreiro, assim como Ruff. De Santa Amélia, que tanto valorizava a erudição. De Santa Imuen, matreira e furtiva. Até mesmo de Santo Otto, já que Ruff pertencia à linhagem mais nobre do mundo conhecido.

Fora quase uma surpresa quando eles descobriram que funcionava.

Os santos existiam, não havia como negar. Mas não concediam poderes. Não exatamente. Não era sua escolha conceder poderes aos devotos.

Os santos, por sua existência, tornavam possível que os devotos realizassem seus próprios milagres. Eram focos, eram figuras que os mortais podiam usar para canalizar qualquer coisa que estivesse entre eles mesmos e a divindade.

Ruff olhava para Niccolas como um aluno esperando a palestra de um professor cativante.

— Acho que, desde sempre, nós, mortais, entendemos tudo ao contrário — disse o monge.

— Como assim?

— Sempre pensamos que os santos ascendiam por seus feitos em vida e, assim, intercediam pelos mortais junto aos deuses. Falando em termos simples, sempre pensamos que os santos dão coisas aos mortais. Falamos em "conceder" milagres. Em nossas preces, pedimos dádivas.

— E isso está errado?

Niccolas sorriu. Parecia bem mais jovem.

— E se fossem os mortais a conceder dádivas aos santos? — perguntou. — E se, dentro de cada mortal, houvesse o potencial de realizar milagres, e os santos fossem apenas maneiras de fazer isso? Sabemos de histórias de elfos que usam magia divina sem intervenção de nenhum santo, apenas por sua comunhão com a natureza.

— É um pensamento interessante, mas parece um exercício acadêmico. Não nos dá nenhuma resposta.

De novo, o sorriso. Um sorriso jovem e poderoso.

— Pelo contrário, Ruff. Se os mortais concedem dádivas aos santos, isso quer dizer que santos não são especiais. Que suas almas não possuem nenhum poder inato. Que eles são servos dos mortais, não seus senhores.

Aos poucos, Ruff entendeu o que aquilo significava.

— Se os santos não são especiais...

— ...então seus milagres também não o são. Se os santos não são especiais, então ninguém precisa esperar que eles concedam milagres.

Se os santos não eram especiais, bastava que os mortais acreditassem que rezar a eles geraria magia divina, e isso seria verdade.

Ruff Ghanor entendeu o que colocara em movimento quando invocou os santos e exigiu que se mostrassem. Entendeu que, em breve, o mundo não seria mais o mesmo.

Porque, em diversos lugares, pessoas comuns acreditariam que seu toque podia curar. E isso seria verdade. Os santos não eram poderosos. Eram apenas almas. Eram ferramentas que os mortais usavam para despertar algo que havia dentro deles.

E, ao mesmo tempo, percebeu o caminho para a vitória.

As almas dos santos não eram especiais.

Portanto, a alma de uma santa podia estar no inferno.

— Não sei se devo chamá-la de heroína por ter se tornado uma guerreira sagrada — disse Dianna — ou de traidora por ter ido embora sem me avisar.

Hild deu um sorriso sério, quase triste, e tomou um gole.

A cerveja era aguada e o taverneiro tinha morrido. Seus filhos tentavam administrar a taverna como podiam, mas a mais velha ainda nem era adulta. Os preços tinham subido além do que qualquer um julgava ser racional. Ninguém tinha dinheiro para pagar e o salão comunal estava vazio. Quem bebia ali, ou em qualquer outra estalagem, precisava esquecer a miséria, mesmo que só por algumas horas.

Todos na capital sabiam que Hild Osso-Oco era capaz de realizar milagres, e o caminho até a taverna fora atravancado por dezenas de suplicantes. Ela rezara por seus corpos e suas almas, por seus destinos e seus familiares, em nome de São Arnaldo, que era São Ruff Ghanor. O trajeto do castelo até aquele lugar demorara mais de uma hora. No entanto, uma vez que ela entrara na taverna, ninguém mais tinha se aproximado. Não havia nenhuma proibição, Hild não afastara ninguém, mas o povo não queria ver a curandeira como uma guerreira qualquer, afogando as mágoas e jogando conversa fora.

Talvez fosse a última vez em que as duas sentavam a uma mesa e se davam o direito de serem apenas amigas.

— Você é capitã da guarda, Dianna — Hild balançou a cabeça. — Eu estava cometendo um crime ao adorar São Ruff Ghanor. Se eu tivesse lhe contado, você teria obrigação de me delatar ao rei.

— Fui eu quem disse para que você cultuasse o Santo de Pés Descalços.

— Eu sei. E sou grata a você todos os dias.

— Acha que eu trairia sua confiança e sua fé?

Aquela conversa, ao contrário das outras ao longo dos anos, começava sem graça e sem diversão. Dianna não queria falar de seus filhos. Um deles morrera vítima da maldição, e ela sabia o que aquilo significava. O outro se encontrava no mesmo estado de miséria e desolação do resto do povo. Seu marido mal abria a boca. Era bom rever a amiga, mas tudo era muito sério. Não parecia haver espaço para fazer piadas, contar anedotas, trocar fofocas.

Além disso, Hild escondera algo dela durante muitos anos. Escondera uma parte fundamental de si mesma.

— Se existe uma pessoa na sua vida que entenderia a devoção, sou eu — Dianna falou. — Quando você desdenhava de tudo que era divino, eu dizia que a devoção iria preencher um vazio em você. Mesmo que você não soubesse que ele existia.

— Eu sei. Mas...

— Passei anos acreditando que toda ligação dos mortais com o divino tinha sido rompida. Anos sem esperança, numa vida sem cor. Vi meus filhos crescerem sem sentir a presença de um santo.

— Dianna...

— Você sabia o quanto tudo isso é importante para mim! E escolheu manter seu segredo!

Hild ficou calada.

Nada poderia consertar o dano que estava feito. Ela só podia explicar os motivos que tinham levado àquilo. Ainda que não o justificassem.

— Você revelou sua devoção aos Gladiadores — Dianna continuou. — Por que também não revelou a mim?

— Você teria deixado a capital, abandonado o rei, arrastado sua família para um mosteiro no meio do deserto?

— Eu não precisaria fazer isso! Poderia manter segredo!

— Então eu estaria traindo meu rei, Dianna. Estaria criando uma conspiração na corte de Ruff Ghanor.

— Mas...

— E isso seria contra minha devoção.

As duas se olharam. Era uma situação insolúvel.

— Hild — Dianna controlou a voz. — Meu filho morreu porque cultuava a Santa do Fim do Mundo. Se ele soubesse que São Ruff Ghanor concede milagres...

Não completou a frase, mas não chorou.

— Eu sei — Hild falou. — Não posso pedir que me perdoe. Apenas que compreenda.

Dianna deixou a cabeça afundar nas mãos, os cotovelos apoiados na mesa.

— Não poderia haver São Ruff Ghanor se não houvesse gente como você — disse Hild. — Alguém em quem ele pode confiar sem hesitação, que não esconde nada dele. A instrutora de Korin. A capitã da guarda.

— Capitã da guarda... — disse Dianna. — Que sentido isso tem? Qual o propósito de liderar os capas vermelhas quando estamos sendo mortos por dentro? Meu filho era devoto da Santa do Fim do Mundo, Hild. Às vezes acho que meu marido também vai rezar a ela.

— Ele pode redescobrir a fé — a guerreira retrucou. — Se rezar a São Arnaldo...

— E eu estou aqui, na capital, prendendo ladrões! — Dianna bateu na mesa. — Fazendo valer leis quando nossas almas são devoradas! O mundo está acabando e eu estou jogando gente no calabouço, Hild! Que dever maldito é esse?

A outra ficou em silêncio.

— Este é meu lar — Dianna falou, em voz baixa. — Meu pai morreu para defender esta capital, eu dediquei minha vida toda a ela. Mas, cada vez mais, este lugar parece só um amontoado de casas. Já estou velha. Um dia vou morrer. Qual será meu legado? Serei lembrada pela quantidade de pessoas que prendi?

— Que tal por todo o treinamento de Korin?

— Qualquer um podia ter feito isso — ela dispensou o comentário com um gesto. — Você teria treinado o príncipe muito melhor que eu. Diabos, ele foi ao deserto e voltou como um guerreiro sagrado!

— O que você faz tem valor, Dianna.

— Será mesmo?

— Você esteve aqui o tempo todo, encarando o desafio. Você não desistiu de Ghanor. Eu fui embora. Quem deveria estar se sentindo inútil sou eu.

Silêncio. A cerveja fraca não trazia nenhum conforto.

— De qualquer forma — disse Hild — de onde veio tudo isso? Por que está se questionando se quem tem culpa de algo aqui sou eu?

Dianna precisou pensar antes de responder.

— A verdade é que tenho inveja de você — disse, por fim.

— Inveja? Que maluquice é essa?

— Eu também poderia ter redescoberto a fé. Poderia ter criado uma ordem de guerreiros. Poderia...

— Ter abandonado sua família?

Um suspiro fundo.

— Claro que não — Dianna respondeu. — Mas todos ao meu redor têm histórias de heroísmo. Você, Ruff, Bellitz, até mesmo Korin. Mas eu...

Hild abriu a boca para falar alguma palavra de conforto, mas se deteve. Achou que precisava deixar a amiga descarregar tudo que havia em seu interior.

— Quando fomos atrás das auréolas — disse a guarda — achei que finalmente tinha ouvido meu chamado. Achei que aquele era a marca que eu deixaria na história. Meu pai encontrou Ruff Ghanor, eu encontraria as auréolas.

Hild não disse nada.

— Mas, quando chegou o momento, tive que ficar para trás! — Dianna continuou. — Eu não me ressenti de você, nem por um instante. Fiquei feliz de saber que você era capaz de cumprir uma missão sagrada. Mas, no fundo, eu achava que meu momento também chegaria.

— Ser capitã da guarda, conselheira real, instrutora do príncipe e mãe é muito mais importante que ser heroína.

— Todos que conheceram meu pai falam de como ele era desastrado — Dianna ignorou o que sua amiga dissera. — Era medroso e inseguro. Mas ele entrou no Túnel Proibido porque achou que alguém precisava de ajuda. Ele vestiu a armadura de Ruff Ghanor para manter os exércitos inspirados. Ele foi um mártir.

— Você está se comparando com ele?

— Estou achando que ele era corajoso. Eu sou covarde.

— É uma idiota, se acredita mesmo nisso.

— Eu amo a vida que tive, Hild. Mas... É só isso?

A sensação de mortalidade permeava a capital. Eles conviviam com a maldição há anos. Uma Devoradora ameaçava toda a existência. Era impossível não pensar no fim de tudo.

— Eu trocaria com você. — Hild secou o caneco e fez uma careta. — Dediquei minha vida a Ruff e não me arrependo. Rezo a ele todos os dias, há anos. Sou grata por tudo que ele fez. Mas ele não é meu pai. Tive um punhado de pessoas ao longo dos anos, mas ninguém que valesse a pena. Você tem sua família, Ruff tem a dele. Até mesmo vários dos Gladiadores têm vidas fora do batalhão, agora que estamos de volta. Eu sou só isso.

As duas passaram um tempo em reflexão.

— Acho que é o que chamam de velhice, não? — Hild falou em tom de humor.

Mas Dianna não riu.

Não havia nada além de determinação em seu rosto.

Todo o conselho estava reunido, como há anos não acontecia. Korin Ghanor pela primeira vez participava. Ruff e Bellitz estavam de pé, olhando a mesa ocupada pelas pessoas de sua maior confiança.

— Estivemos nos preparando para este momento desde que a guerra acabou — anunciou o rei. — Todos sabíamos que chegaria. Mesmo assim, chegou sem que notássemos. Existe um novo Devorador de Mundos e cabe a nós vencê-lo.

Não era novidade para ninguém ali. Todos conheciam a inimiga e entendiam como sua destruição se espalhava. Alguns daqueles conselheiros haviam dito a Ruff que se preparar para um novo Devorador era desperdiçar recursos e atenção em uma fantasia. Agora engoliam as palavras. O rei estivera certo desde o início.

— Os milagres voltaram à terra — disse Bellitz. — O povo está redescobrindo sua fé. Em alguns anos, clérigos de todos os santos serão capazes de curar com as mãos. Mas não temos esse tempo. Se nada fizermos, o mundo estará condenado.

A esperança era vagarosa. Era preciso provar de novo e de novo que tudo não estava perdido, que valia a pena continuar lutando. O desespero, em contrapartida, era veloz. Era fácil acreditar que o desastre era inevitável. Entregar-se a um derrotismo cínico gerava uma sensação de superioridade.

Assim, nem mesmo a volta da magia divina seria suficiente para salvar Ghanor.

— Sempre haverá devotos da Santa do Fim do Mundo — disse Ruff. — E, enquanto houver, ela continuará nos matando pouco a pouco. Precisamos cortar o mal pela raiz.

Os rostos dos conselheiros estavam sérios e compenetrados. Quase todos foram surpreendidos pelas palavras que vieram a seguir:

— Por isso — Ruff segurou a mão da esposa — vamos abandonar o reino.

Hild respirou fundo, resignada. Ela desconfiava que isso fosse acontecer. Ruff continuava sendo drenado pela maldição e apenas a magia divina o mantinha vigoroso. A menos que conseguissem expurgar cada devoto da Santa do Fim do Mundo de Ghanor e impedir que o culto florescesse mais uma vez, aquilo continuaria.

Edyriell não escondeu um engasgo. A Floresta Alta, seu lar original, ficava dentro de Ghanor. Abandonando o reino, ele perderia sua casa mais uma vez. Já Thenyssa, a outra elfa no conselho, apenas sorriu, como se já soubesse desde o início. Fester de Salúria deu de ombros. Estava muito velho e a morte teimava em não visitá-lo. Uma grande jornada tendia a oferecer muitos perigos que podiam levá-lo para sete palmos abaixo da terra. Niccolas fez um esgar, como se tivesse levado um golpe. Não saía do reino há décadas e a perspectiva de largar tudo que conhecera, provavelmente para nunca mais voltar, o amedrontava. Urko não esboçou reação, como o militar veterano que era, acostumado a ouvir as ordens mais absurdas. Korin apenas assentiu.

Dianna engoliu em seco, seu rosto tomado por uma intensidade súbita.

— Quando Vossas Majestades falam em "abandonar o reino" — Thenyssa sorveu um gole de chá — não estão se referendo apenas à família real, não é mesmo?

Ruff e Bellitz se entreolharam.

— Não — disse o rei. — Todos nós vamos embora. Toda a nobreza, o exército, os aldeões e burgueses. O povo de Ghanor e de Zibrene.

— Isso é uma empreitada gigantesca — Edyriell interveio. — Serão precisos meses...

— Talvez alguns anos — disse Ruff. — Precisaremos secar os cofres. Enviaremos arautos a cada aldeia, espalharemos a notícia. Não posso combater a Dama de Ferro aqui, e não posso deixar o povo sozinho. Vou liderá-los até um lugar onde possamos ficar todos em segurança, até que a Devoradora seja vencida.

— O êxodo não será permanente — Bellitz tomou a palavra. — Não sabemos quanto tempo vai durar, mas um dia retomaremos as terras que são nossas por direito. Talvez nem eu nem o rei vejamos esse dia, mas Korin estará aqui para ocupar o trono. O reino e a família Ghanor estão ligados. Esta ligação sobreviveu à extinção da linhagem, sobreviveu ao domínio de Zamir. Continuará sobrevivendo.

A enormidade daquilo aos poucos se assentou na mente de todos. O êxodo de Zibrene, anos antes, fora um absurdo sem precedentes. Um ato coletivo de desespero, o rompante de um povo que não via mais opções. Mas Zibrene não tinha rei. Zibrene estava sob domínio e proteção de Ruff. Algo do tipo nunca aconteceria em Ghanor, não importava o quão ruins as coisas ficassem.

Pelo menos era o que todos tinham pensado até alguns minutos atrás.

— Nossa inimiga nos ataca com a arma mais insidiosa — a voz de Ruff foi grave e soturna. — A crença se espalha de forma sutil e não pode ser detida. Há muito tempo tentei moldar as almas e as mentes de pessoas no mundo todo e vi que é inútil. Mesmo que um plebeu fale o nome de São Arnaldo e jure lealdade a Ghanor, nada pode impedi-lo de, em seu íntimo, suplicar à Santa do Fim do Mundo.

Niccolas o interrompeu, protestando com um coaxar rouco:

— Isso significa que, mesmo deixando o reino, a maldição vai nos acompanhar.

Ruff concordou, tristonho.

— Levaremos os amaldiçoados conosco, sim. E eles espalharão sua crença daninha. Não daremos as costas a eles, nem impediremos que adorem a Santa. Mas daremos alternativas. Foi isso que aprendi com Hild e Korin. Não podemos controlar a fé alheia, mas podemos mostrar o que existe além. Todos os santos estarão conosco. Alguns mortais ainda assim escolherão Áxia.

Mas não todos.

— Isso vai nos condenar a outra guerra no futuro, Ruff — disse Hild. — E talvez você não esteja aqui para nos liderar. Porcaria, talvez eu mesma já seja comida de vermes. Se deixarmos um reino vazio, mesmo que seja atualmente um pardieiro onde nada cresce, ele será invadido. Acha que Sammelen não vai aproveitar? Então, quando tudo estiver resolvido com Áxia, você espera que seu filho retome o reino, sem uma base, sem castelos e sem linhas de suprimentos?

O rei apertou os lábios.

— Não deixaremos o reino vazio — falou, com certo pesar. — É claro que não podemos abrir as portas para qualquer invasor. Por isso deixarei tropas para trás. Protetores com o dever de guarnecer nossas fronteiras, ocupar nossas fortalezas. Uma força pequena, comparada ao que temos hoje, mas que pode ser sustentada por nossa terra esmorecida.

— E quem vai ficar no comando dessas tropas? — a guerreira perguntou.

Edyriell estremeceu, quase temeroso. Havia sido um guerreiro de elite na Floresta Alta, um líder condecorado. Mas não imaginava como podia comandar essencialmente um reino inteiro, muito menos ser o general supremo de forças humanas.

Thenyssa olhou de esguelha para o príncipe. Korin tentou se manter firme. Ele era a escolha natural: já quase adulto, passara por provações que haviam ensinado o peso do dever, tomara decisões difíceis e era visto pelo povo como o arauto de milagres. Restava saber se, na ausência de Ruff, ele não seria afetado pela terra doente.

Por instinto, Korin se voltou para sua mãe. Bellitz governara o reino sem problemas quando Ruff estivera moribundo e depois quando estava ausente. Era amada por todos e liderara tropas celestiais — talvez ninguém no mundo inteiro possuísse sua experiência de comando. Faria falta como símbolo de esperança para a população em fuga, mas até mesmo Sammelen tremeria ao enfrentá-la.

Exceto por Bellitz, o General Urko era o mais curtido em batalhas, mais até do que o próprio Ruff. Um mercenário antes de ser incorporado ao exército de Ghanor, estava acostumado com linhas de suprimento e, o principal, a condições adversas. Contudo, era natural de Zibrene, talvez fosse mais útil motivando os refugiados no êxodo.

E havia alguém de quem poucos lembravam, mas o único que realmente tinha experiência na administração de um reino: Fester de Salúria. O Alto Coveiro não sabia nada sobre táticas militares, mas havia generais experientes que poderiam suprir essa falha. Em contrapartida, ele há décadas governava sobre os mortos em Kottar e em Ghanor. Poderia assumir todas as responsabilidades práticas sem esforço. Não inspiraria ninguém, mas a logística correria tranquila.

Por um instante, todos esses nomes rodaram nas mentes do conselho. Eram as escolhas óbvias.

Então Ruff Ghanor decretou:

— Dianna será a regente e a generalíssima, liderando os capas vermelhas.

Hild olhou para a amiga com o rosto pleno de orgulho. Dianna ficou calada.

— Os capas vermelhas são guardas, não soldados — disse Bellitz. — Mas, mais do que soldados, precisaremos de guerreiros leais que saibam manter a ordem. Idealmente, os capas vermelhas não verão combate, mas manterão as fortalezas ocupadas e em bom estado.

— Dianna — Ruff sorriu para ela. — Você receberá um título de nobreza, para que possa governar com legitimidade. Tornaremos tudo isso oficial com uma cerimônia, mas em breve você será a Duquesa Dianna do Velho Mosteiro. Imagino que seu pai ficaria feliz com a criação desse título.

Ela permaneceu atônita.

— Parabéns — disse Hild, com um sorriso largo.

— Obrigada — os olhos fixos no rei, a voz quase sumida.

Houve mais parabéns e votos de louvor à nova duquesa. Dianna seria honrada acima de todos no reino inteiro, teria uma das maiores responsabilidades no mundo todo. Ghanor dependeria de sua liderança, de sua força de vontade e organização.

— Estamos falando em proteger as fronteiras e guarnecer o reino contra inimigos — Bellitz suspirou. — Hild tem toda razão ao dizer que Sammelen aproveitaria nossa fraqueza para uma invasão. Todos sabemos o que isso significa.

Era algo até então não dito, mas evidente: o poder de Ghanor sobre os demais reinos estava ameaçando ruir.

A maldição tornava aquele controle tênue na melhor das hipóteses. Terras sem comunicação não prestavam contas. Não houvera tempo de criar laços de lealdade para com a linhagem Ghanor e muitos ainda lembravam da guerra de conquista. Até mesmo os nobres "hospedados" na capital possuíam menos valor para suas famílias quando estavam no centro das terras malditas e podiam já estar mortos.

Ruff deixou os ombros caírem. Por um momento, olhou cada uma daquelas pessoas como seus amigos, sua família, não seus conselheiros.

— A verdade é que não existe mais razão para dominar os outros reinos — admitiu. — Toda a guerra teve o objetivo de forçar o mundo a seguir os desígnios dos deuses. Foi inútil e gerou uma nova Devoradora, ainda mais perigosa do que eu fui. Estou cansado. Não quero passar a meu filho a responsabilidade de governar o mundo, o peso de ser odiado por seus próprios súditos.

— Vossa Majestade deixará os demais reinos à própria sorte? — Thenyssa perguntou, como se indagasse sobre os ingredientes de um bolo.

— Ofereceremos todo o apoio a cada um de nossos súditos — Ruff respondeu. — E deixaremos claro que, pela lei, ainda sou o rei de todos eles. Mas não faremos guerra contra quem se desgarrar. Não quero jogar mais vidas fora.

— Kottar, como deve ser óbvio, continuará sob sua proteção, Majestade — disse Fester de Salúria. — Mesmo que uma cabeça coroada costume logo acabar como um belo crânio descarnado, desconfio que poucos queiram esse transtorno.

Ruff sorriu para o velho e esquisito amigo.

E foi Niccolas que, com olhar exausto e expressão derrotada, fez a próxima pergunta que estava na mente de todos:

— Mas Ruff... — disse o monge. — Para onde vamos?

A perspectiva de abandonar o reino era horrenda. Contudo, havia alguma diversão mórbida naquilo. Há alguns anos Ruff contemplava a possibilidade de que não houvesse mais nada de novo em sua vida, que só veria os mesmos cômodos do castelo de novo e de novo, até que a idade o levasse. Agora havia a perspectiva de desbravar terreno novo, de descobrir coisas novas. E, principalmente, havia um problema com uma solução à vista, e um desafio que podia ser vencido.

— Existe um povo com quem não tivemos contato — o rei começou. — O mais recluso e misterioso. Um povo que vive isolado, e portanto deve estar a salvo da influência da Santa do Fim do Mundo. Para nossa sorte, um povo que encontrou uma maneira de se esquivar da morte, ainda que isso só funcione para eles.

Foi Hild quem completou:

— Os anões.

Ninguém sabia exatamente como os anões viviam, quem os governava ou mesmo onde se localizavam. Ruff tivera contato com Thondin, o maior dos ferreiros, superado apenas pelo próprio rei. Ao conhecer Thondin ele descobrira um dos maiores segredos da raça: anões que eram os melhores do mundo em algo não morriam.

— O que faz Vossa Majestade pensar que seremos aceitos entre os anões? — perguntou Edyriell.

— Isso é o que fazemos desde o início — Ruff não escondeu um sorriso. — Chegamos em algum lugar, travamos contato com seus habitantes, forjamos alianças. Não se preocupe, meu amigo. Eu conquistei o respeito de um anão tão rabugento que se escondia dos outros de sua raça. Posso lidar com seus conterrâneos.

Thenyssa ergueu as sobrancelhas:

— Existe outra questão antes disso, Majestade... Como vamos achar as terras dos anões?

Ruff então se voltou para Hild.

— Esta será mais uma missão sagrada para você, menina-javali. Dessa vez não vai atrás de auréolas para serem destruídas, mas de um segredo que garantirá a sobrevivência de nosso povo.

Há muito tempo, quando travara o primeiro contato com as nações além das fronteiras do reino, Ruff Ghanor recebera um presente. Jaffba, o Horrendo, líder da Confederação dos Mercadores, mandara a ele a cabeça de um sábio. Urbaun Ab-Allahim fora um estudioso que viajara o mundo todo, mapeando rotas que ninguém mais conhecia, descobrindo caminhos secretos para locais considerados inexpugnáveis. A cabeça, banhada no óleo negro do deserto, tinha o poder de responder a uma pergunta com o conhecimento que o sábio possuíra em vida. Ruff há muito já usara essa dádiva e a cabeça havia se desfeito em pó.

Contudo, ele sabia que Urbaun Ab-Allahim fizera muitas outras descobertas. Entre elas, dizia-se, a localização do reino dos anões.

— Você voltará à Confederação dos Mercadores, Hild — ordenou Ruff. — Lá, vai procurar o conhecimento perdido de Urbaun Ab-Allahim. Enquanto os arautos avisam o povo e Ghanor faz os preparativos para nossa maior jornada, você descobrirá nosso destino. Tenho confiança de que voltará triunfante mais uma vez.

— Sim, meu senhor — com a voz que usava para falar com São Ruff Ghanor.

A reunião seguiu em discussões sobre detalhes e tarefas, organização e logística. Súbito, Dianna se ergueu da cadeira. Todos se calaram, olhos fixos nela.

— Majestade — forçou a voz a sair. — Não desejo ser duquesa.

Ruff franziu o cenho, mas havia uma leveza em seu rosto.

— Dianna, entendo sua humildade. Seu pai era um servo de São Arnaldo, afinal. Mas não é o momento...

— Não se trata de humildade — ela interrompeu. Respirou fundo e despejou: — Acho que essa tarefa está abaixo de mim.

O rei abriu a boca, mas não soube o que dizer. Bellitz tomou a frente:

— Abaixo de você? A regência do reino mais poderoso do mundo?

— Sim, Majestade. — Dianna manteve o olhar fixo. Quase altivo. — Comandar guardas aquartelados, lidar com o cotidiano, esperar em segurança... Tudo isso está abaixo de mim. Desejo mais de minha vida.

— Lembre-se — Ruff abaixou a voz, num tom irritado. — Você é a capitã de minha guarda. Posso apenas ordenar que fique em seu posto.

— Nunca esqueço disso, Majestade — cada vez mais segura. — Por isso, estou abdicando de meu posto.

Dianna abriu o fecho que prendia sua capa vermelha. Deixou o tecido escorregar para o chão.

— O que está fazendo? — a imagem do Irmão Dunnius tomou a mente de Ruff. Ele pensou no que o monge diria se visse aquilo. — Dianna...

— Não faz sentido que eu seja elevada à nobreza neste momento, nem que fique parada quando o reino precisa de heróis. Existe um nobre perfeito para essa função. O Duque Minimus de Outono Eterno.

Ruff e Bellitz trocaram um olhar que continha em si toda uma conversa.

A família Minimus fora elevada à nobreza como recompensa pelos serviços de Lurius Minimus, um velho espadachim que fora um dos companheiros mais leais do rei. Lurius morrera antes do fim da guerra, levado pela idade. Seu filho era empolado e invejoso, mas administrava de forma competente o Castelo do Outono Eterno, que lhe fora confiado. Era uma das fortalezas mais seguras de Ghanor, um lugar quase inexpugnável que contava com saídas secretas e poderia sustentar as defesas do reino em caso de ataque. Não era segredo que o Duque Minimus desejava mais glória, nem que se contentaria com ficar para trás, conquistando-a sem fazer nada.

Ruff sentiu outro par de olhos em si. Era Korin.

O príncipe não disse nada, mas não precisou dizer. Sem palavras, pedia a seu pai que confiasse no julgamento de alguém que não era ele mesmo, nem um de seus contemporâneos.

Não sobrara ninguém dos velhos tempos, a não ser Bellitz e Niccolas. O rei aprendera, de novo e de novo, que os mais jovens tinham seus próprios caminhos — e muitas vezes sabiam mais do que ele mesmo. Dianna nem mesmo podia ser chamada de jovem; já tinha um neto. Era só alguém que Ruff não estava acostumado a ouvir.

A noção o assaltou de repente: Dianna tinha um neto.

Em resposta, seu corpo todo doeu.

— Se não é mais capitã dos capas vermelhas — Ruff se dirigiu a ela — o que deseja fazer então?

Dianna se empertigou. A filha do Irmão Dunnius já tinha cabelos brancos, mas ainda almejava o heroísmo.

— Quero acompanhar Hild, Majestade. Quero trazer o conhecimento de Urbaun Ab-Allahim.

A guerreira abriu um sorriso de menina, como se a missão fosse uma travessura que ambas estavam prestes a cometer.

E Ruff Ghanor passou os olhos por todas as pessoas naquela sala. Teve a estranha impressão de que seria a última vez. Alguns desafiavam os próprios deuses, resistindo à marcha inclemente das décadas. Outros, apesar de já serem veteranos, sempre pareciam recém-chegados. Como muitas vezes acontecia, ele desejou que várias mortes não tivessem ocorrido. Que Dunnius ainda fizesse contraponto a Niccolas. Que Johrgrund estivesse esperando do lado de fora, ansioso para matar algum homenzinho. Que Lurius Minimus, por algum milagre, continuasse vivaz e fosse sempre o avô debochado que oferecia a perspectiva dos mais velhos.

Que Áxia nunca tivesse matado Korin.

Desejou não ser rei, não ter ainda passado por tudo aquilo. Desejou não estar no fim.

Desejou, acima de tudo, não saber que estava embarcando em sua última missão heroica.

— Muito bem — o rei decretou. — Dianna e Hild irão atrás do conhecimento de Urbaun Ab-Allahim. Bellitz vai liderar o povo.

Hild Osso-Oco ergueu o queixo para ele.

— E o que você vai fazer, Ruff?

Um sorriso.

— Eu e Korin faremos algo que Edyriell aconselha há muito tempo. Vamos atrás de um conselheiro arcano. Do único feiticeiro que pode nos ajudar contra Áxia.

— Se eu não soubesse que é absurdo, acharia que você está falando de...

— Vamos conquistar a aliança de Zamir.

A última missão heroica, antes do fim de tudo.

20 Ruff e Korin

RUFF SUPRIMIU UM grunhido ao terminar de escalar a encosta. Korin estendeu a mão, ele aceitou. O rapaz puxou-o para cima, ajudando as pernas cansadas a transpor o último trecho.

— Segure meu pulso — o rei sussurrou.

Apesar do vento uivante, do ruído intermitente dos ermos e do cascalho rolando abaixo, Korin entendeu. Conhecia as limitações do pai. Com a outra mão, segurou seu pulso, permitindo que Ruff afrouxasse os dedos. Finalmente eles acabaram a escalada. Ruff se deixou ficar deitado de costas no chão plano, recuperando o fôlego, tentando não respirar alto demais.

Aquela era outra fraqueza que não vinha da maldição sobre a terra, mas do desgaste natural de uma vida de lutas. O rei passara décadas segurando o martelo, golpeando o chão para produzir o terremoto, amassando armaduras e escudos. Era preciso resistir para que a arma não escapasse, não caísse ou fosse arrancada. Como resultado, os dedos da mão direita haviam se deteriorado. Era difícil manter uma pegada firme por mais do que alguns instantes, e mesmo isso causava dores fortes por horas ou dias. Ele contara com a magia divina dos monges ao lutar com Áxia no Mosteiro do Leão. Não sabia como faria numa luta comum.

Tentou abrir e fechar o punho, notou que não conseguia. O movimento iria voltar depois de alguns minutos.

A mão esquerda não tinha esse problema, e ele pensara em aprender a usar o martelo com ela. Contudo, décadas empunhando um escudo também tinham deixado marcas em seu corpo. O escudo era a única parte de seu equipamento feita de aço comum, não Arcanium. Assim, não era leve como a armadura, o elmo e o martelo. O ombro esquerdo de Ruff tinha uma lesão permanente. Doía após esforço contínuo e por vezes se recusava a completar movimentos bruscos, produzindo uma dor lancinante. A musculatura logo abaixo tinha uma contratura perene, um desconforto maior ou menor, dependendo do dia e das atividades.

Depois de ser resgatado dos efeitos da terra maldita, o rei estava descobrindo a velhice pela segunda vez. Tivera a esperança de que alguns dos desgastes ficassem para trás. Mas, da forma como as coisas se mostravam, sofria para escalar uma encosta que nem seria uma consideração na juventude.

Aquela era mesmo a última missão heroica.

— Tudo bem? — Korin sussurrou.

Ruff assentiu sem palavras, os olhos fechados, ainda deitado.

Pelo menos isso havia melhorado, e Ruff não achava que podia voltar a decair: ele ficava de olhos fechados em território hostil, pois confiava em seu filho. Parecia absurdo que poucos anos atrás achasse que precisava guiar Korin em tudo, que temesse por seu caráter ou suas capacidades. Eles avançavam pelos ermos há pouco mais de dois meses, nunca parando em cidades, dependendo só de si mesmos. Coletando informações, interpretando pistas, travando rápidos combates quando era inevitável. E, em todo esse tempo, Korin nunca precisara dele.

Já Ruff precisava de Korin o tempo todo.

O papel do rei naquela missão era negociar com Zamir, olhá-lo nos olhos e propor a aliança bizarra. Não fosse por isso, o príncipe poderia desempenhar a tarefa sozinho.

— Estou contando dez hobgoblins, pai — disse Korin, em voz baixa. —Desorganizados. Dois estão de sentinela, mas se distraem o tempo todo.

Ruff sentou, já respirando quase normalmente.

Depois de dois meses de buscas, ali estava o objetivo. Ruff e Korin tinham cruzado a fronteira para Mattora, no rastro do tirano caído. Passaram por estradas pisoteadas, aldeias devastadas, clareiras repletas de corpos. Marcas de bandos mercenários e quadrilhas de bandidos. O reino voltava a suas origens, a nobreza devia estar já armando um ataque a algum de seus vizinhos — sinal de que o domínio de Ghanor estava se dissipando.

No meio desse caos crescente, hobgoblins eram cada vez mais comuns.

Ruff conhecia Zamir quase como conhecia a si mesmo. Décadas não eram nada para um dragão, mesmo um dragão condenado à forma humana. Ele não teria mudado seu modo de agir. Com certeza usava hobgoblins como servos e soldados, pois eram criaturas que ele podia controlar com facilidade, intimidando-os com sua magia ou seduzindo-os com promessas de riqueza. Assim, eles haviam lutado contra hobgoblins, arrancado informações, seguido a boataria das criaturas, que falava de um humano recrutando membros de sua raça.

Tudo culminava ali — numa região montanhosa de Mattora, a noite caindo e o sol a suas costas, com um grupo de dez hobgoblins guardando uma passagem entre dois paredões. Zamir devia estar por perto. Postara sentinelas para afastar intrusos e avisar sobre qualquer perigo. Ruff apostava que o feiticeiro estivesse em seu pior momento, sem a Dama de Ferro, sem nenhuma base de poder. Tudo que podia fazer era ordenar que hobgoblins guarnecessem aquela área no meio do nada.

E os hobgoblins não faziam um bom trabalho. O grupo estava reunido em volta de tigelas de comida e dados. Conversavam com suas vozes guturais, de vez em quando soltavam uma gargalhada alta. As duas sentinelas deviam estar prestando atenção à frente, mas se viravam de novo e de novo para participar da conversa. Todos bebiam de alguns odres compartilhados.

— Precisamos ser espertos — disse o rei. — Podem ser desorganizados, mas são perigosos. Eu vou atraí-los, você dá a volta e os ataca por trás.

O bando estava a distância suficiente para que as conversas sussurradas não chamassem sua atenção. O sol também dificultava que enxergassem os dois humanos. Além disso, Ruff e Korin não trajavam armaduras — tinham deixado todo o equipamento não essencial enterrado sob algumas pedras antes de começar a escalar.

Havia alguma diversão naquilo. Uma luta nos ermos, sem estandartes, sem exércitos. Algo simples, aventuresco. Contudo, também havia amargor. Houve um tempo em que ele não precisaria de estratégia para vencer dez hobgoblins. Apenas andaria na direção deles e exigiria que se rendessem. Em caso de recusa, invocaria a fúria divina ou o poder do terremoto. Se, por alguma razão, algum deles escapasse de tudo isso e se aproximasse, seria um combate fácil, quase um treino.

Mas tudo isso fora o passado.

Ruff Ghanor estava muito ciente de que agora podia ser vítima de hobgoblins anônimos que nem saberiam quem estavam matando.

Korin concordou com o plano. Andou abaixado por entre os pedregulhos e os arbustos, fazendo um semicírculo largo que acabaria atrás dos guardas. Dentro em pouco, sumiu na escuridão.

Ruff esperou um tempo. Respirou fundo e se ergueu.

Andou cambaleando na direção das criaturas.

Logo, um dos hobgoblins o avistou.

— Quem está aí? — o guarda latiu, segurando uma lança com as duas mãos.

— Ouvi dizer que estão procurando mercenários! — Ruff fez sua melhor imitação da voz de um bêbado.

Os outros hobgoblins se ergueram. Vistos assim, todos juntos, com as mãos nas armas, eram assustadores.

— Ninguém está procurando nada aqui, humano — grunhiu outro deles. — Vá embora.

Ruff deu mais alguns passos cambaleantes.

— Só sou humano porque nasci assim, não me culpem! Para quem estão trabalhando?

Um dos hobgoblins ergueu um machado.

— Já mandamos você ir embora!

— Devem ter pelo menos um pouco de vinho aí, não? Compartilhem com um viajante...

— Não se aproxime, humano — em tom soturno. — É o último aviso.

Então outro hogboblin estreitou os olhos para ele:

— É um velho... Está carregando um escudo... Deve ter ouro.

Foi o bastante para os dez hobgoblins se interessarem. Todos começaram a andar em sua direção, espalhando-se para cercá-lo.

— Não quero problemas — Ruff se encolheu. — Já vou embora...

— Agora não vai a lugar nenhum, humano.

Um deles segurou a lança na horizontal e estendeu os braços para uma estocada súbita.

— *Korin!* — gritou o rei.

Ruff girou o tronco de repente, fazendo o escudo preso no braço esquerdo se chocar com a ponta da lança. Isso desequilibrou o hobgoblin, a arma bateu de lado num de seus companheiros, fazendo-o recuar um passo. Ruff aproveitou e se voltou para outra das criaturas. Descreveu um arco curto com o martelo, atingiu-a na têmpora. Ouviu som de osso quebrando, o guarda desabou sentado. Mas o martelo quase escapou de seus dedos.

Então Korin surgiu como um ciclone.

Sangue de hobgoblin espirrou na face do rei, quando a cabeça de uma das criaturas voou. Korin não deu um grito de guerra, não estragou a emboscada. Dois guardas se voltaram para ele, Ruff derrubou um deles com um golpe do escudo. Korin ergueu a espada para bloquear o ataque de um machado, deu um passo para trás, esquivou-se de uma estocada de lança. Então ergueu o pé e acertou um chute frontal no peito de um dos hobgbolins. A criatura cambaleou para trás, tropeçou no terreno irregular, caiu de costas.

Três inimigos cercaram Ruff Ghanor. A mente do rei era mais rápida que o corpo; ele fez um raciocínio instantâneo e decidiu qual era o menos perigoso. Deu as costas a um hobgoblin armado com um porrete, jogou-se contra outro. A criatura empunhava um facão enferrujado. Um clangor tomou a paisagem montanhosa quando a arma rústica se chocou contra o escudo. Ruff sentiu o ombro arder de esforço, abaixou a proteção por um instante, fechou a guarda com um golpe de martelo. Pretendia acertar na cabeça do monstro, mas só conseguiu atingir seu braço. Isso fez com que ele derrubasse o facão. Ruff chutou a arma para longe e se virou, dando-lhe as costas.

O terceiro hobgoblin atacou-o pelo flanco com duas adagas. O rei tinha se posicionado de modo estratégico — mesmo com o escudo baixo, oferecia o lado esquerdo àquele inimigo. As lâminas curtas resvalaram na proteção, uma delas fisgou sua barriga, mas de forma superficial. O hobgoblin do porrete, que ele considerara menos perigoso, já estava com um golpe pronto.

Ruff viu o mundo escurecer por um instante quando a arma de madeira atingiu seu rosto com força e velocidade.

Ele não notou quando caiu, o joelho encontrando o solo e a mão do escudo apoiando o corpo. Tentou se orientar, mas um chute violento em seu estômago jogou-o para trás.

Ruff Ghanor viu uma lâmina de machado descendo contra seu peito desprotegido.

Teve o reflexo de erguer o escudo, mas o ombro desgastado foi lento demais. Urrou de esforço e dor, teve um momento de clareza, notando o que iria acontecer. Sua mente foi tomada pela imagem de Bellitz, contrariando todo o treinamento, toda a concentração que havia praticado desde o início da vida. Soube que ia morrer e pensou em seu amor.

O machado sumiu de sua vista quando o braço do hobgoblin foi decepado.

O mundo ao seu redor era um emaranhado de pernas e corpos. Ele identificava Korin dançando entre eles, mas o garoto era mais rápido do que sua visão conseguia acompanhar. Ruff pensou em se erguer, mas achou que seria lento demais. Pior que isso: achou que, de pé, seria um risco para seu filho.

Então largou o martelo, livrou-se do escudo. Abraçou-se nas pernas de um dos hobgoblins, jogou o corpo para trás.

A criatura caiu pesada, de mau jeito, na beira da encosta. Ruff se arrastou, deu um coice que terminou de empurrá-lo. O hobgoblin segurou seu tornozelo, mas outro chute fez com que ele soltasse, e um terceiro jogou-o para baixo. O guarda monstruoso sumiu, despencando e rolando para a morte.

Ele se virou, ficando sentado e protegendo o rosto com o antebraço, tentando ficar pronto para um novo inimigo.

Viu apenas Korin, de pé, ofegando. Coberto de sangue, cercado de cadáveres.

— Você está bem, pai?

Estava.

Mas precisou de ajuda para se erguer.

Restava um vivo.

Korin fizera uma matança. Ruff conhecia bem a sensação. O garoto estava ainda na euforia do combate, mas logo seria avassalado por uma sensação de culpa e tristeza. Não só o entusiasmo deixando sua alma, mas a percepção do que fizera.

Quase matara o garoto Ysidro, anos antes. Deixara Ernán morrer. Mas agora tirara várias vidas com as próprias mãos, usando o treinamento que recebera desde a infância. Ainda que os hobgoblins fossem muitos, era quase covardia. Cada movimento tinha sido estudado, cada resposta fora praticada à exaustão. Como consequência, Korin Ghanor matara sete inimigos e desabilitara um oitavo.

O hobgoblin cujo braço ele decepara estava estirado no chão, gemendo e se contorcendo. Korin se ajoelhou a seu lado.

— *São Arnaldo* — com a mão espalmada e os olhos fechados — *conceda a vida a quem quis nos matar.*

O brilho dourado reluziu e arrefeceu. O sangue parou de verter do coto.

Ruff se postou de pé sobre a criatura, o martelo pronto em mãos.

— O que vocês estavam guarnecendo? — perguntou, cutucando o hobgoblin com o pé.

— Afogue-se em esterco, humano — a criatura grunhiu.

Ruff começou a dizer algo, mas Korin interrompeu-o. Sua voz era estranhamente suave.

— Não queremos seu mal — disse o príncipe. — Nossa luta acabou, não somos mais inimigos. Você já foi derrotado. Mas precisamos saber quem é seu mestre e onde fica o covil dele.

Em resposta, o hobgoblin cuspiu em seu rosto.

Korin limpou o escarro, sem dizer nada. Ruff se ajoelhou ao lado, apesar das dores no corpo todo.

— Você tem só mais uma chance de responder — disse o rei. — Quem é seu mestre e onde ele está?

— Eu nunca...

Ruff não deixou que terminasse. Em vez disso, segurou a garganta da criatura com a mão esquerda. Apoiou o peso do corpo contra sua traqueia, apertou os dedos. Em instantes o hobgoblin se debatia, o rosto inchado e vermelho.

— Responda.

Tirou a mão.

A criatura começou outro insulto e Ruff estrangulou-o de novo. O processo se repetiu algumas vezes.

— Que seja! — o hobgoblin guinchou, quando o rei permitiu que respirasse. — Meu mestre é Zamir! Ele está numa caverna entre esses dois paredões!

O ar fazia barulho enquanto o hobgoblin puxava-o com esforço pela garganta machucada.

— Quantos de vocês há na caverna?

— Mais nenhum! — a criatura ofegou. — Eu juro! Ele não deixa ninguém entrar lá!

— Quer que eu acredite que vocês eram a totalidade dos guerreiros de Zamir?

— Havia mais, mas desertaram! O feiticeiro não nos paga há meses! Os outros foram atrás de trabalho ou saque.

Ruff olhou em volta. Aqueles guerreiros pareciam miseráveis. Cada um portava uma arma diferente, entre adagas, um facão enferrujado e um mero pedaço de pau. Eram indisciplinados e não pareciam ter treinamento formal. Brigões e bandidos, não soldados. O tipo de rufião que escolhe servir a um mestre que não tem nada a oferecer, pois sabe que também não vai conseguir nada melhor.

— Zamir passa o tempo todo na caverna, reclamando para o nada! — o hobgoblin grasnou. — Às vezes nos mandava atrás de livros, mas nenhum de nós sabe ler e ele punia quem trazia os livros errados. Vive falando de um tal de Raff Grano!

Ruff não evitou um sorriso quase divertido. O hobgoblin não sabia quem era Ruff Ghanor. Um atestado dos tempos de paz que haviam só recentemente acabado.

Então o rei ergueu o martelo.

— O que está fazendo? — Korin segurou seu braço.

— Ele não pode ficar vivo. Vai denunciar nossa posição...

— Para quem? Todos os outros morreram!

— Não podemos arriscar...

— Você não vai matar esse coitado.

Pai e filho se mediram. O hobgoblin observava a cena com um misto de raiva e medo.

— Entendo seu idealismo — disse Ruff. — Mas você é muito jovem. A realidade é que não podemos deixar inimigos vivos.

— Eu li sobre você, pai. Conheço seus feitos. Você sempre aceitou rendição.

— Naquela época eu podia me dar ao luxo de aceitar rendição.

— Então vai matar uma pessoa por mera conveniência?

Ruff franziu o cenho. Sabia que seu filho tinha razão. Guiara sua vida toda pela noção de que devia fazer o bem. Mas, sem o prior e sem a exigência dos deuses, aquele ideal parecia distante. A verdade era que sim, pretendia matar o hobgoblin por conveniência.

— Fiz aliança com todos que pude — disse o rei. — E sim, aceitei rendições. Mas esta criatura é maligna, Korin. Não porque é um hobgoblin. Ele é simplesmente maligno, escolheu servir a Zamir mesmo quando não havia muito a ganhar. Ele teria me matado se tivesse a chance.

— Espero que o rei de Ghanor tenha caráter mais elevado que um guarda miserável nos ermos.

— Korin, ele é maligno — perdendo a paciência — É um inimigo.

— Foi por isso que matou meus irmãos, não? Porque eram malignos.

Ruff fez uma careta de confusão.

— Sobre o que está falando? Já expliquei a você o que aconteceu com os trigêmeos. Eram servos de Áxia, tinham poderes demoníacos.

— Eu fui servo de Áxia. Eu estudei seus grimórios. Se tivesse ido mais longe, poderia ter poderes demoníacos.

— Você está falando absurdos. Nunca vou matá-lo.

— Não importa. Eu não quero ser o tipo de rei que se acha no direito de decidir sobre a vida e a morte de outras pessoas.

— Todo rei é assim, Korin. Parte de seu dever é decidir sobre a vida e a morte...

O príncipe ficou de pé e ofereceu a mão ao hobgoblin. A criatura aceitou, ergueu-se também.

— Vá embora — ordenou Korin. — Não volte mais.

O guarda mutilado obedeceu. Correu até a beirada da encosta, sentou-se no chão para conseguir descer sem uma das mãos. Logo tinha desaparecido.

— Não quero que você se compare com hobgoblins ou demônios — disse Ruff Ghanor. — Você é meu filho.

— Sou igual a hobgoblins e demônios. Sou um pecador, como todos os outros. E por isso tenho valor. Foi o que aprendi com São Ruff Ghanor.

Korin passou por ele, caminhando sobre os cadáveres, rumo ao covil de Zamir.

O cheiro da caverna era azedo, repulsivo, sufocante.

O caminho por entre os dois paredões se estreitava. Mas, antes de se tornar intransponível, revelava uma fenda lateral. A passagem poderia nunca ser percebida, caso um explorador não estivesse procurando. Um humano podia passar por ela sem muita dificuldade, mas um hobgoblin ou alguém usando armadura precisaria se espremer. Logo, contudo, a fenda se expandia para um corredor largo, que revelava alguns salões contíguos. Poças de água parada se espalhavam por todo o chão. O interior da montanha era úmido, frio, pegajoso.

Carcaças de animais atapetavam boa parte do lugar. Estavam empilhadas nos cantos, numa tentativa aparente de concentrar a sujeira em alguns pontos, mas o fedor de podridão permeava tudo. Num dos salões havia algumas armas e pedaços de armaduras. Pedaços de lanças quebradas, facas de cozinha enferrujadas, espadas de lâmina torta. Equipamentos ainda mais rústicos, em estado ainda pior, do que os hobgoblins de guarda estavam usando — peças que só seriam empunhadas se não houvesse nada mais disponível.

Ruff e Korin enxergaram o bruxulear vago de tochas ou uma fogueira, refletido na umidade das paredes. A luz vinha de um salão logo à frente, dividido dos demais por uma subida curta. O rei sinalizou a seu filho o óbvio: devia ser o covil do único habitante daquele lugar.

Eles se aproximaram sem fazer barulho, mas mesmo assim foram ouvidos. Uma voz rouca e rancorosa ecoou pelo complexo de cavernas:

— Por que demoraram tanto? — Zamir exigiu, na caverna à frente. — Seu senhor está faminto! Espero que não tenham perdido tempo queimando a carne mais uma vez. Um dragão come carne crua, ou queima ele mesmo com suas chamas!

Ruff segurou o martelo, Korin estava pronto com a espada. À frente, viram a sombra de uma figura humanoide esbravejando, projetada na rocha.

— Não quero suas opiniões sobre minha saúde! — Zamir continuou a arenga. — Não me importa vomitar, um dragão aprecia sangue! Se tiverem cozinhado a carne, serão punidos!

Ruff Ghanor sentiu uma estranha pena de seu antigo inimigo, mesmo antes de enxergá-lo. Então os dois intrusos adentraram o salão. A pena se intensificou, mesclada com ódio e nojo.

— Quem está aí? — Zamir se ergueu do trono, que era só uma cadeira velha.

O tirano caído vestia farrapos. A forma humana de Zamir sempre fora magra e ossuda, mas agora ele parecia doente. Seus mantos sujos estavam rasgados, remendados em vários lugares. Três tochas iluminavam o ambiente, marcando as rugas fundas, as bochechas murchas, as olheiras imensas. Os dedos longos do feiticeiro tremiam, seus olhos demoraram a focar nos dois recém-chegados.

O covil de Zamir simulava o que se esperaria de um lorde maligno ou de um dragão. Mas, de tão miserável, era quase uma paródia. Em vez de um trono, ele estivera sentado numa cadeira que parecia ter sido roubada de uma taverna. Em vez de repousar sobre tesouros infinitos, havia espalhado um punhado de moedas a seu redor. Uma pequena pilha de livros sobre uma mesa bamba fazia-o parecer um bibliotecário velho demais para o serviço, não um estudioso do arcano.

Zamir era patético.

— Não me reconhece, Zamir? — Ruff perguntou.

Ante aquelas palavras, o tirano gesticulou, suas mãos se cobriram de fogo, seus olhos emitiram um brilho alaranjado.

— Ruff Ghanor! — ele rosnou, com um misto de ferocidade e impotência. — Vem de vontade própria finalmente encontrar sua morte?

Ruff continuou andando em sua direção. Não ergueu o escudo, não ameaçou com o martelo.

— Duvido que conseguisse me matar, Zamir. Mas não vim aqui para lutar.

Em resposta, o feiticeiro emitiu um grito agudo de ódio e disparou suas chamas.

Ruff teve tempo de se proteger com o escudo, mas sentiu o aço esquentar a ponto de ser desconfortável. Num instante, raciocinou que o fogo de Zamir estava mesmo fraco — no passado, seria suficiente para derreter uma mera proteção mundana; apenas a armadura de Arcanium poderia defendê-lo. O rei se jogou para o lado, sentindo os joelhos doerem, Zamir acompanhou-o com o olhar, gritando palavras de magia. Korin correu à frente.

— *São Arnaldo* — entoou o príncipe — *tire dos ímpios o dom arcano!*

Um arco voltaico se estendeu entre as duas mãos de Zamir. Então um globo de luz dourada se expandiu a partir de Korin, engolfando o feiticeiro. A eletricidade se desvaneceu. Zamir pronunciou mais frases arcanas, fez gestos complexos.

Nada aconteceu.

Ruff se levantou com dificuldade. Korin andou na direção do tirano. Sem medo, sem pressa.

— Trouxe um mago para me enfrentar? — Zamir sibilou.

— Não é um mago. Você ouviu as palavras da oração. Ele usa a magia divina de São Arnaldo.

— São Arnaldo está morto — o prazer ao falar aquilo era evidente. — A magia divina foi perdida.

— Há muito que você não sabe, Zamir. Existe todo um mundo lá fora, que mudou enquanto você ficava nesta caverna, comendo carne crua que o faz vomitar e descontando sua raiva em hobgoblins incompetentes. O que está sentindo agora é a magia divina. Ela também pode ser usada para curar suas feridas, fortalecer seu corpo débil.

Um rosnado de ódio.

— Não vim aqui para lutar — Ruff disse mais uma vez. — E, como vê, não seria uma luta justa.

A caverna inteira reluzia com uma vaga impressão dourada. Zamir tentou de novo conjurar um feitiço, mas era só uma série de gestos inócuos.

— Você não é um mago muito poderoso — disse Korin Ghanor. — Se fosse, a punição sagrada não seria suficiente para abafar sua magia.

— Da última vez em que nos vimos, você já não era nada sem Áxia — Ruff continuou. — Não tenta vingança desde então. Eu sabia que estaria enfraquecido.

Os olhos de Zamir se arregalaram de indignação, mas não havia magia para inflamá-los.

— Eu criei a Dama de Ferro! — ele protestou. — Eu lhe ensinei a magia! É minha discípula, minha arma...

— Ela é a Devoradora de Mundos.

Zamir se calou.

Os dois inimigos se mediram. O tirano mantinha um olho em Korin, o único dentre os intrusos que representara perigo até agora, mas o rancor antigo puxava sua atenção para Ruff. O rei analisava-o e não podia evitar de se ver refletido em Zamir.

Eles haviam se encontrado poucas vezes. Era como com Áxia: o tempo que passaram juntos fora mínimo, mas determinara boa parte de sua vida. No caso de Zamir, passara a infância e parte da juventude estudando-o. Fora criado para enfrentá-lo. O prior, seu parâmetro moral pela vida toda, nunca nem soubera que havia uma missão muito maior no destino de Ruff. De certa forma, Zamir era sua vida, era seu propósito.

Havia uma sensação quase palpável de fraqueza no tirano caído.

Em todo o tempo desde o fim da guerra, Ruff temera Áxia, temera os deuses, mas dera pouca importância a Zamir. Ao condená-lo à forma humana, o rei tinha arrancado dele uma dignidade fundamental. Não sendo maior, mais imponente, mais obviamente poderoso que tudo a seu redor, ele se recolhera a papéis cada vez menores nos estratagemas de sua aprendiz. Sentira-se dominante ao distorcer o corpo dela, entregar sua alma ao inferno e dar-lhe outro nome, mas aquilo era mais sadismo do que poder verdadeiro. Ruff não conseguia conciliar a imagem do velho esfarrapado a sua frente com a ideia do dragão vermelho que enfrentara o primeiro Devorador de Mundos.

Ruff Ghanor apostara, e mais uma vez a aposta se provara correta. Apostara que Zamir estaria fraco o bastante para que invadir seu covil não fosse suicídio. Fraco o bastante para que pudesse ser controlado.

Fraco o bastante para negociar com a pessoa que mais odiava.

— Isso é impossível — Zamir resmungou. — A Dama de Ferro está morta.

— Acredita mesmo nisso? — Ruff soltou um meio riso de desdém. — Depois de conhecer Áxia como conheceu, acha que ela iria morrer soterrada na montanha, quando eu e você sobrevivemos? Faz sentido que ela tenha acabado dessa forma, que não tivesse mais nenhum truque, que não tentasse mais nada?

— A Dama de Ferro nunca seria uma Devoradora — o tirano mudou o assunto. — Ela odeia os deuses, os deuses a odeiam.

— Os deuses odeiam todos que não são perfeitos — Ruff descartou o comentário. — Para eles, Áxia é uma pecadora tão maligna quanto uma criança que mente para os pais.

— Ela...

— Ela só se preocupa consigo mesma — Ruff interrompeu. — Ela acha que se importa comigo, mas isso não passa de obsessão ou loucura. Exceto por isso, Áxia não tem escrúpulos. Ela pode ter odiado clérigos, esbravejado contra os deuses e tentado criar os Devoradores dos Céus... Mas, no momento em que isso apresentou alguma vantagem, ela decidiu servir aos deuses. Ainda na infância Áxia se convenceu de que tudo e todos estão contra ela. Então decidiu que qualquer ato que cometa é uma retaliação justificada.

Zamir ficou em silêncio.

— Áxia o traiu, Zamir. Traiu-o quando teve filhos comigo e disse que eram seus — evitou olhar para Korin ao falar isso. — E agora traiu-o de novo quando decidiu destruir o mundo.

— Isso não é uma traição comigo. Mesmo se for verdade.

— Claro que é — Ruff fixou os olhos nos dele. — Você é um monstro, um assassino e um covarde, Zamir. Um dos maiores arrependimentos de minha vida é não o ter matado quando pude. Mas você é um protetor deste mundo. Você foi criado para derrotar o Devorador. Agora Áxia é a Devoradora de Mundos, usando o que você ensinou para desfazer tudo que você fez. É a maior traição de todas.

— Você está mentindo — Zamir tentou.

— Fui criado para enfrentá-lo — havia quase uma ternura na voz de Ruff. — Mas, mais do que isso, para proteger o reino de Ghanor... E, para mim, o reino de Ghanor era o mosteiro e a aldeia. Quando, pela traição de Áxia, o mosteiro e a aldeia foram destruídos, eu também não quis acreditar. Não quis aceitar que ela tivesse matado todos que conhecera, que pensasse que a destruição completa de tudo aquilo era uma retribuição justa para o que ela viveu.

Houve um momento de conexão. Em todo o mundo, apenas os dois conheciam exatamente aquele sentimento. A noção de que Áxia afundara mais do que parecia possível ou plausível, e que tivera poder para um ato de tamanha maldade.

— Áxia realmente acha que, por ela ter tido uma infância difícil, por eu não ter perdoado seus crimes, por você ter se voltado contra ela, o mundo precisa acabar.

Até mesmo um dragão criado por demônios tinha dificuldade com aquele conceito, mas ali estava.

Áxia não queria a própria felicidade, queria a tristeza dos outros.

Áxia não queria o próprio triunfo, queria a derrota dos outros.

Áxia não queria viver. Queria que os outros morressem.

— Não é só isso — Korin Ghanor falou, de repente.

Zamir observou-o com o mesmo desprezo que tinha para com todos os humanos. Ruff esperou o que viria a seguir.

— Áxia pode ter feito coisas horríveis no passado — o rapaz continuou. — Mas hoje em dia tem uma razão a mais para desejar o fim do mundo.

— Korin, o que... — seu pai começou.

— Ela perdeu seus três filhos.

A mandíbula de Ruff se moveu sob a barba, enquanto ele rilhava os dentes. Não podia repreender o príncipe naquele momento, mas quis mais do que tudo segurá-lo pelos ombros e sacudi-lo. Vendo Zamir naquela forma decrépita, Korin não entendia o perigo que ele representava. Não sabia o quanto eles deveriam medir as palavras perto do feiticeiro.

— Isso não importa agora — disse o rei, em voz controlada. Então se voltou para o tirano: — O que importa é que você precisa de mim, Zamir. E eu preciso de você.

O feiticeiro moveu os lábios num sorriso retorcido e maldoso.

— Preciso de sua magia e você precisa de minha força — o rei prosseguiu. — Você conhece os demônios e eu conheço os deuses. Você conhece a Dama de Ferro e eu conheço Áxia. Apenas juntos podemos vencê-la.

Frente ao inimigo, Ruff disse o que pensou que jamais diria:

— Não importa que você tenha matado o prior e quase todas as pessoas que eu conhecia. Não importa que tenha destruído a auréola de Bellitz. Não importa que eu o tenha condenado à forma humana. Não importa que eu tenha acabado com seu domínio. Temos uma inimiga em comum, Zamir. Então eu proponho uma aliança.

— Quem é seu lacaio? — Zamir perguntou.

Ruff considerou não responder, ou mentir. Mas viera até ali com o príncipe para que ambos cumprissem a missão juntos. Para que ele conhecesse o inimigo e pudesse assumir a responsabilidade caso fosse necessário. Se tudo desse certo, Zamir iria acompanhá-los. Oferecer informações ao dragão parecia temerário, mas escondê-las era inútil.

— Não é meu lacaio — Ruff corrigiu. — Esse é o Príncipe Korin Ghanor. Meu filho.

Zamir mediu o garoto de alto a baixo.

Então se voltou para Ruff.

— Muito bem, Ruff Ghanor — pronunciou cada palavra deliberadamente. — Você tem minha aliança. Juntos vamos derrotar a Dama de Ferro.

Ruff Ghanor estendeu a mão.

Zamir segurou-a.

Há muito tempo, Zamir pesquisara algo.

Passara, na verdade, duas décadas pesquisando a única coisa que lhe importava.

Enquanto Ruff Ghanor guerreava para tornar o mundo verde e bom, o dragão pesquisava para reverter o julgamento que o condenara àquela forma vil. E descobrira a resposta.

Zamir mantivera aquele conhecimento guardado, pois não tivera utilidade, mas agora a utilidade se mostrava.

Há muito tempo Zamir sabia que, para reverter a condenação, precisava do sangue da prole de quem o condenara. Para voltar a ser um dragão, precisava sacrificar um descendente de Ruff Ghanor.

Enquanto apertava a mão de seu antigo inimigo, olhou para Korin e sentiu fome.

21 Hild e Dianna

DIANNA SENTIU O impacto das costas com a pedra quase lisa, tirando o pouco ar que restava em seus pulmões, mas foi um alívio. O vento rugia em volta dela, era impossível enxergar dez centímetros para os lados e uma cascata de areia se acumulava em seus ombros, sua cabeça. A garganta e as vias respiratórias doíam por estarem secas e pelos grãos de areia que ela havia inspirado, apesar de todas as proteções. Não conseguia abrir um dos olhos, que tentava derramar lágrimas, mas estava seco demais. A ex-capitã sentia um incômodo que já começava a virar dor. Precisava limpar aquele olho o mais rápido possível, mas não ousava tirar a máscara de proteção.

Estava protegida atrás de uma rocha saliente que formava uma barreira natural, mas a tempestade de areia era implacável. Precisava ficar sentada para aproveitar a defesa rudimentar. Encolhida como um bicho, sem nada a fazer exceto rezar e aguardar que o pior passasse.

Em todo o tempo que ela e Hild estavam na Confederação dos Mercadores, nunca tinham sido pegas desprevenidas por uma tempestade. Hild tinha aprendido sobre os rigores do deserto durante os anos que passara com os Gladiadores no Mosteiro do Leão. Havia instruído a amiga sobre o perigo que aquilo representava, então as duas nunca se afastavam muito das rotas pedregosas conhecidas como "pontes", pontilhadas de hospedarias e caravançarás onde podiam se proteger da fúria do vento e da areia.

Mas, para atingir seu objetivo, tinham sido forçadas a abandonar o caminho seguro.

Guiar-se pelas dunas era enlouquecedor, parecia impossível para forasteiros. Não havia bons pontos de referência e o terreno mudava de hora em hora, a areia fofa se comportando como as ondas de um mar vagaroso. A corte de Ruff Ghanor possuía instrumentos de navegação pelas estrelas, que Hild aprendera a usar, e só por isso conseguiam fazer algum progresso.

O sol batia sobre elas durante o dia todo, sem qualquer alívio, e à noite o frio era súbito e brutal. Elas vestiam trajes especiais que cobriam o corpo todo, incluindo o rosto. O nariz e a boca eram cobertos por um respirador bojudo, com camadas de tecidos tratados alquimicamente para filtrar a maior parte da areia e regular a temperatura até o aceitável. Os olhos contavam com uma gaze fina e resistente, que também bloqueava o dano da areia. Contudo, prejudicava a visão, tornando a orientação ainda mais difícil e gerando a impressão de estar num eterno sonho desfocado.

Dianna sabia que estaria morta se não fosse o traje.

— Quanto tempo? — gritou, tentando ser ouvida por Hild sob o barulho da ventania, a voz abafada pelo respirador.

Aguardou um momento.

Não teve resposta e foi tomada por um formigamento de horror.

Olhou ao redor, não viu sinal da amiga. Talvez isso não quisesse dizer nada — a gaze e o fluxo de areia criavam a impressão de que havia uma parede opaca dos dois lados.

— *Hild!* — berrou, tão alto quanto podia.

A tempestade era feroz e impossivelmente vasta, mas não fora repentina. As duas haviam tido algum tempo para correr pelas dunas em busca de abrigo. Quando enfim acharam a rocha saliente, a tempestade já havia começado, mas elas mantiveram a localização da barreira em mente. Dianna conseguira atravessar a distância, então circundara a pedra, agarrando-se às laterais para se mover através do vento, e agora estava em relativa segurança.

Mas, enquanto fizera isso, não vira Hild. Simplesmente presumira que a guerreira mais experiente e mais habilidosa também conseguiria.

O fluxo de areia caindo sobre ela aumentou. Dianna tentou decidir o que fazer, virou-se para os lados mais uma vez, na esperança vã de enxergar algo diferente, e se deparou com uma nova ameaça. Agora não era apenas a impressão de que a areia carregada pelo vento formava uma parede: já havia elevações de areia nas laterais da rocha. Ela notou que estava afundando. Não, não afundando — sendo soterrada.

Toda a área em volta da rocha podia virar uma duna. Dianna estava sendo enterrada viva.

Teve o instinto de gritar mais uma vez pela amiga, mas soube que era inútil. Mais que inútil, era um desperdício de recursos. Ela sentia dificuldade em respirar fundo, recuperar todo o fôlego. Gritar só gastaria o pouco ar que tinha, além de machucar sua garganta.

Dianna se virou, ficando de frente para a parte lisa da rocha. Então, ergueu-se um pouco, só o suficiente para conseguir olhar por sobre a proteção.

Imediatamente foi castigada pelo vento e pela areia no rosto. Sua cabeça foi jogada para trás, ela precisou se encolher de novo para resistir. As proteções da máscara não eram suficientes: fustigada pelo ataque direto e contínuo, ela não conseguia enxergar, seus ouvidos foram tomados pelo ruído avassalador dos grãos contra o tecido, ela sentiu alguns buracos sendo abertos.

Procurar Hild daquela maneira era inútil.

Dianna precisava ao menos se dar uma chance. Seria difícil ver qualquer coisa em meio à tempestade, mas com a máscara era impossível.

Precisava se dar uma chance.

Calculou a menor perda, ou talvez a perda que já não tivesse volta. Tremendo, contrariando todo instinto de sobrevivência, Dianna colocou a mão sobre o olho que ainda estava intacto, protegendo-o ao máximo. Então, usando a outra mão, ergueu a máscara pelo outro lado.

No mesmo instante, sua pele foi atacada pelos grãos de areia, perfurando como agulhas. A sensação de esfolamento não deixava dúvidas sobre o que estava acontecendo. Não deixava dúvidas sobre o que aconteceria. Mesmo assim, ela continuou.

Seus dedos forçaram o olho já machucado a se abrir. O globo ocular foi fustigado pela areia, sem qualquer tipo de proteção. A pálpebra fez força involuntária para fechar de novo, mas ela se manteve firme.

Dianna olhou contra a tempestade de areia e enxergou um vulto escuro estendido logo à frente, sendo rapidamente soterrado.

Então sentiu uma dor lancinante e não enxergou mais nada.

Desceu de volta à proteção da rocha. Sentiu algo escorrer bochecha abaixo, soube que eram os restos de seu olho destruído. A areia que tinha entrado no ferimento causaria uma infecção que podia matá-la, mas isso era um problema de longo prazo — alguns dias, o que era muito mais tempo de vida do que sua amiga tinha.

Dianna ainda contava com o outro olho, a máscara e a lembrança de onde tinha visto aquilo que julgava ser o corpo de Hild. Ignorando mais uma vez o instinto de sobrevivência, saiu de trás da rocha e começou a andar contra o vento.

Num instante, tinha areia até os joelhos.

Hild sentiu o vento forte nas costas, empurrando para onde deveriam ir. Agradeceu em silêncio a São Ruff Ghanor por aquela bênção. Não temia por si mesma, mas por Dianna.

A chegada da tempestade de areia enquanto elas estavam fora da rota das "pontes" concretizara seu maior medo. Forasteiros achavam que era muito difícil sobreviver a um daqueles fenômenos sem proteção especial. O povo do deserto sabia que era impossível. Elas correram o quanto puderam na direção da rocha que, por mais um milagre, surgira em seu caminho. Contudo, correr era péssima ideia naquela situação. Os pés afundavam cada vez mais na areia que, sendo carregada e agitada pela ventania, estava fofa. Logo, nenhuma das duas peregrinas conseguia se mexer direito. O vento nas costas era mais um empecilho do que um impulso. Era preciso dobrar os joelhos para manter a estabilidade, o que as fazia se mover com mais lentidão.

Hild percebeu que não iriam conseguir.

Ela e Dianna estavam prestes a morrer.

A noção foi ao mesmo tempo apavorante e estranhamente tranquilizadora. Hild passara por incontáveis batalhas durante sua vida. Desde a luta na arena, quando conhecera Ruff Ghanor, até o combate desesperado contra a Santa do Fim do Mundo — e seu tempo como prisioneira dos gigantes, e toda a guerra, e a luta contra os anjos no Castelo da Rainha Exsanguinada. Na verdade, ter sobrevivido até aqui era uma improbabilidade. Perceber que aquele era o momento de sua morte trouxe um tipo de certeza que ela nunca experimentara antes. Não era mais preciso imaginar o que a levaria. Não era mais preciso se preocupar com o estado da armadura de ossos, ou treinar defesas para situações específicas, caso um dia surgisse a necessidade de usá-las. Ela nunca mais treinaria, nunca mais faria nada.

Aquele era o momento de sua morte. Ela o viu chegando, soube mais ou menos quanto tempo ainda tinha.

Hild Osso-Oco vira Korin pela última vez durante o conselho e estava certa de que o garoto estava bem encaminhado. Não precisava estar fisicamente perto de Ruff, porque o santo estava sempre com ela. Johrgrund morrera há muito tempo. Os Gladiadores estavam sob a liderança da Rainha Bellitz, marchando em nome do reino. Então a única pessoa que ela precisava proteger, a única que ainda dependia dela, estava a poucos metros de distância.

Era a morte ideal.

Viu Dianna tentar proteger o rosto com o antebraço. Mesmo que a areia viesse de trás, a nuvem que as cercava era onipresente. Hild sabia que o gesto não era só fútil, mas perigoso, pois prejudicava ainda mais a visão. Dianna logo se desviou do caminho. Ela nunca chegaria à proteção da rocha.

Hild se deixou ficar alguns passos para trás.

Então parou.

Não podia se concentrar na própria sobrevivência e também fazer o que queria. Tentar as duas coisas ao mesmo tempo seria garantia de que ela e a amiga morressem. Era preciso escolher.

Juntou as mãos em oração, no meio do deserto que tomava os céus. Sem sentir, sorriu por baixo da máscara. Morrer ajudando uma amiga e rezando a seu senhor era melhor do que ela podia esperar. Não morreria com o crânio esmagado pela pedrada de um ogro, nem envenenada pelas próprias tripas depois que um soldado cortasse seu bucho.

Estava morrendo em paz, enquanto rezava.

— *São Ruff Ghanor* — sua voz mansa foi carregada pelo vento — *dê a ela toda a força, todo o vigor, toda a visão e tenacidade.*

Suas mãos brilharam.

— *Ruff Ghanor, ou São Arnaldo, ou seja qual for a bosta de santo para quem você queira que eu reze* — ela riu para si mesma. — *Faça com que Dianna fique viva. Eu já fiz a minha parte, mas ela ainda quer se provar.*

Hild foi um farol dourado em meio à tempestade de areia.

— *Eu sei que essa pedra não vai salvá-la para sempre* — Hild conversava com o santo como se fosse apenas seu amigo. — *Mas podemos cuidar dela, não? Molde os ventos, Ruff Ghanor, faça com que a barreira funcione. Faça com que a filha do seu amigo saia dessa.*

Nunca se sentira tão conectada com o santo. Nunca se sentira tão próxima, tão à vontade. Nunca sentira de forma tão definitiva que seu mentor, seu rei e seu padroeiro eram a mesma entidade. Não precisava de nenhuma confirmação para ter certeza de que sua prece seria atendida.

Viu Dianna achar o caminho certo e alcançar a proteção da rocha.

Então foi derrubada pelo vento.

Dianna afundou mais um pouco na areia. Não, não era isso — a areia subiu um pouco mais a sua volta.

Tentou se segurar em algo para se impulsionar de novo acima. Horrorizada, percebeu o óbvio: estava no deserto, não havia nada ao redor. Olhou para trás, em busca da rocha que a protegera. Quase fez o movimento de tentar alcançá-la com o braço. Mas já estava muito longe. E, mais do que tudo, não queria recuar.

Por pura força de vontade, avançou mais um pouco em direção ao vulto que era Hild. Pelo menos ela *achava* que era. E, com um olho cego, a areia projetada contra o rosto e a gaze cobrindo o olho saudável, não conseguia discernir quase nada.

O vulto se mexeu. Dianna exultou, achando que a amiga estava se erguendo.

Mas então percebeu que era só uma mancha em sua visão.

Virou o rosto, em busca da rocha atrás.

Não havia nada.

Nada.

O mundo era uma muralha contínua e veloz, cor de areia, que fustigava e empurrava. Não tinha mais nenhum ponto de referência, não via mais o vulto ou a rocha. Sentiu-se afundar até as coxas.

Num instante de horror, tentou achar um culpado. Tentou culpar a si mesma, por ter atrapalhado a amiga de alguma forma. Tentou culpar os inimigos do reino, até mesmo o rei em pessoa. Mas não havia culpados. Aquela missão era necessária e inevitável. Hild teria morrido de qualquer jeito. Não havia nada que pudessem fazer para se esquivar daquele destino. O conhecimento que buscavam estava fora da rota das pontes e uma tempestade de areia surgira em seu caminho. Era uma morte anônima, desprovida de piedade ou raiva.

Era só a morte.

E Dianna não queria morrer.

Não se arrependia, não trocaria aquela aventura com sua melhor amiga por nada. Ao mesmo tempo, percebeu que nunca mais veria o marido, os filhos. Nunca veria seus netos crescerem.

Não queria morrer.

Avançou um pouco mais, impelida por determinação absoluta, mas não fazia ideia se era o caminho certo. O vento era tão forte que ela já não conseguia perceber sua direção.

Não queria morrer.

Pensou no que dissera a Hild tanto tempo atrás. Incentivara-a a rezar ao Santo de Pés Descalços, dera início à fé da amiga. Dianna não tinha a mesma devoção a Ruff Ghanor, não conseguia vê-lo como a figura transcendental e mítica que tantos enxergavam. Era devota de São Arnaldo, que estava morto.

Mas agora os devotos de Ruff Ghanor rezavam a ele.

— São Arnaldo — disse para si mesma — por favor, nos proteja.

Dianna nunca sentira nenhuma conexão especial com seu padroeiro. Nunca realizara nenhum milagre. Dianna era uma guarda, não uma sacerdotisa.

Tentou dar mais um passo. Caiu sobre a areia, apoiou-se com a mão. Logo se sentiu ser engolfada pela duna que se formava.

— São Ruff Ghanor — um apelo desesperado. — Eu imploro. Salve Hild. Ela é sua guerreira sagrada.

Estava falando consigo mesma. Para o deserto, para o vento.

Para o nada.

Dianna soube que ia morrer.

— *Estou chegando, pai* — disse. — *Por favor, pai. Por favor, venha me receber.*

Dianna foi soterrada.

O rosto do Irmão Dunnius sorriu para ela.

Estranho: nunca vira o pai assim. Estava mais jovem do que ela se lembrava. Pouco mais que um garoto.

Dunnius estendeu a mão para sua filha. Dianna aceitou.

Sentiu-se ser puxada para fora.

— Acorde! — gritou Hild, acima do rugido da tempestade. — Não posso carregá-la sozinha!

Não era, afinal, a mão de Dunnius. Era a mão de sua amiga.

Dianna demorou alguns instantes para entender o que estava acontecendo. Tentou perguntar para Hild, mas conversar naquela situação era absurdo. Segurou forte a mão da amiga, ainda sem conseguir discernir como ela estava de pé e fora da areia.

Viu o braço de Hild estendido. Sua outra mão segurando firme um galho longo que se projetava do meio da tempestade. Um galho incongruente, uma planta nascendo no meio do deserto. Um galho que não estivera ali pouco antes.

Hild não a soltou, fez força com o braço, resistindo ao vento. Logo Dianna conseguiu agarrar a madeira.

As duas seguiram o galho que se estendia por metros e metros, puxando-se para se guiar em meio à tempestade. Quando chegaram à raiz, viram que nascia da rocha.

A rocha onde não havia nenhuma planta.

As duas conseguiram se proteger atrás da barreira. Esperaram a tempestade passar antes de seguir viagem.

Era noite, dois dias depois. Pela primeira vez estavam falando sobre o que acontecera.

— O que você fez foi bem idiota — disse Hild, mastigando.

Dianna ficou um tempo parada, a boca cheia de ração sem gosto. O olho que não estava enfaixado arregalado, olhando fixamente para a amiga. Estavam a céu aberto, ao lado da barraca onde dormiriam em turnos alternados. Sentadas sobre uma esteira, comendo algo que poderia ser chamado de jantar.

— Fui salvar sua vida — Dianna falou, depois de engolir.

— Como eu disse, algo bem idiota. Nunca mais faça isso.

A ex-capitã da guarda franziu o cenho.

— Se é uma piada, não estou achando graça.

— Não é piada. Você se arriscou de forma imbecil, sem conhecer o deserto.

— Você iria morrer!

— Eu iria morrer de qualquer forma. Não falei isso antes porque não fiz mais do que minha obrigação, mas fiquei para trás rezando, para salvar sua vida. Então, ao jogar sua vida fora assim, você nos fez de idiotas. Duas idiotas enterradas no deserto, uma tentando salvar a outra. Grande bosta.

Dianna ficou um tempo tentando raciocinar aquilo. A amizade das duas era antiga, mas assuntos tão sérios eram raros. Mesmo quando tinham se aventurado juntas, houvera uma certa hierarquia. Hild era a guerreira sagrada, Dianna era a guarda. Hild realizava os feitos heroicos, Dianna servia de apoio.

— Não preciso ser salva por você o tempo todo.

— Você foi salva por mim *uma* vez — disse Hild. — Quer dizer, nenhuma vez, porque jogou fora meu esforço. Ruff já foi salvo por mim mais vezes do que isso.

— Eu não...

— Isso não está em discussão, Dianna. Estou acostumada a esse tipo de busca. Deixe que eu tomo as decisões sobre minha própria morte.

— Acha que eu deveria ter ficado para trás?

Hild pensou por um tempo. Abocanhou mais um pedaço de ração, começou a mastigar.

— Pelos deuses — Dianna sussurrou. — Eu não acredito. Se está pensando, essa é toda resposta de que preciso.

— Não acho que...

— Se não achasse, teria respondido na hora.

— *Sua vida vale mais do que a minha, Dianna!*

As duas se encararam.

— Isso é uma postura soberba — a guarda fez um esgar. — Significa que você se acha mais importante.

— Se acha que é uma postura soberba, então engula essa! — Hild se irritou. — A vida de Ruff Ghanor vale mais do que a de seu pai! Ouviu? Acha que estou tentando poupá-la? Não conheci esse tal Dunnius, mas era um seguidor, alguém cuja função é auxiliar os heróis de verdade! Muito melhor ele ter morrido que Ruff!

A expressão de Dianna era soturna e grave, como quando repreendia um subordinado.

— O mesmo vale para mim — Hild continuou. — Eu sou uma seguidora! Você faz parte de uma linhagem, Dianna. Você tem raízes em Ghanor, você tem família, você fez o discurso inflamado no conselho. Eu sou a garota tosca por quem Ruff se apiedou! Sou estrangeira, não tenho pai nem mãe! Sirvo para matar os outros e, agora, para morrer! Entenda isso. Algumas pessoas são mais importantes que as outras, e você é uma delas! Seus filhos estarão na corte de Korin, quando ele for rei.

Silêncio.

— Isso é uma maneira burra de pensar — Dianna murmurou.

— Pode ser, mas estou certa e você sabe disso. Sirvo muito bem como mártir. A primeira guerreira sagrada de Ruff Ghanor, que morreu para salvar o reino. Tudo se encaixa.

— Acho que salvei nós duas com uma prece — Dianna falou, de repente.

Hild piscou.

— O que?

— Como aquele galho surgiu do nada, Hild?

— Ele não surgiu do nada. Devia estar ali, mas não conseguíamos ver porque...

— Eu estava atrás da rocha. Não havia galho nenhum. Mas eu rezei e, de uma hora para a outra, você encontrou a ponta de um galho sob a areia. Então conseguiu puxar a si mesma por ele, passando por mim, até a segurança. Foi um milagre!

Hild suspirou.

— Bem, eu estava rezando a Ruff Ghanor...

— Não foi você e não foi Ruff Ghanor — Dianna interrompeu. — Foi meu pai.

— Seu pai é um santo?

— Todos vocês vivem dizendo que não sabem como Ruff pode conceder milagres. Bem, eu rezei a meu pai, ao mesmo tempo em que rezei a São Arnaldo. São Arnaldo é o padroeiro da fartura, da colheita, do crescimento das plantas, e uma planta cresceu para nos salvar.

Hild ficou quieta.

As duas terminaram de comer, então ficaram observando as estrelas.

— Você é filha do Irmão Dunnius, que achou Ruff Ghanor ainda criança — a guerreira quebrou o silêncio. — Você é a capitã dos capas vermelhas. Você ensinou Korin Ghanor a lutar. Você me fez descobrir a fé. Agora descobriu que é a fé que realiza milagres, não os santos.

Olhou para a amiga com um sorriso triste.

— Pode me odiar por falar isso, Dianna, mas é verdade. Você é uma heroína. Eu só posso acompanhá-la.

Elas estavam no caminho certo — poucos dias depois, avistaram a caravana.

Impossível confundi-la com qualquer outra. As caravanas da Confederação dos Mercadores viajavam pelas pontes, evitando os perigos das areias e aproveitando os pontos de parada que seguiam essas rotas. Era nas pontes que aconteciam os grandes negócios entre caravanas, que dois comerciantes rivais ou aliados se encontravam para firmar acordos ou tentar arrancar segredos. As pontes levavam às grandes cidades da Confederação e principalmente a Rocha Negra, onde ficava o palácio de Jaffba, o Horrendo. Apenas os andarilhos mais empedernidos ousavam caminhar pelas dunas, e sempre em grupos pequenos. Todas as caravanas seguiam as pontes.

Exceto uma.

O primeiro vislumbre da caravana não revelou nada de anormal. Era um traço escuro no horizonte desértico, quase podia ser um truque da visão. Então, à medida que elas se aproximavam, o formato ficou mais nítido. Primeiro conseguiram discernir os diferentes vagões que compunham o comboio, seguindo em fila um atrás do outro. Então, mais perto, começou a estranheza: os vagões não eram puxados por nenhum animal. Avançavam por impulso próprio sobre as dunas, desimpedidos. Mais perto ainda e enxergaram a extensa guarda que cercava a caravana: dezenas de guerreiros montados em camelos, desbravando o caminho à frente, circulando para afastar qualquer saqueador louco o bastante para se embrenhar pelas areias e atacar um dos inimigos mais poderosos do deserto.

Apenas quando já estavam muito perto, quando já tinham sido avistadas e os soldados da caravana já avançavam em sua direção, armas em mãos e camelos a galope, elas conseguiram entender como a caravana se movia.

Cada vagão tinha aberturas nas laterais. Por essas aberturas surgiam enormes pernas humanas que não acabavam em pés, mas em gigantescas mãos com palmas muito largas. Hild e Dianna tinham ouvido falar das monstruosidades da Confederação dos Mercadores — vinham atrás dos segredos de um sábio cuja cabeça fora preservada no óleo negro, que no passado fora capaz de responder a uma pergunta séculos após sua morte. Mesmo assim, não estavam preparadas para testemunhar a bizarria. As mãos largas impediam que os vagões afundassem na areia. Com sua superfície ampla, eram ideais para tração pelo deserto. As pernas poderosas erguiam e impulsionavam cada vagão, tornando a caravana veloz e ágil. Era uma maravilha e um horror de manufatura e vida, um flagelo do deserto e o único local onde ainda podia restar algum conhecimento de Urbaun Ab-Allahim, exceto pelo tesouro do próprio Jaffba.

As duas forasteiras mal tiveram tempo de compreender a monstruosidade e sacar as armas, então os ginetes de camelos estavam sobre elas. Foram cercadas, uma dúzia de lanças apontadas em sua direção, uma dúzia de cimitarras empunhadas logo atrás.

Sem precisar dizer nada uma para a outra, removeram as máscaras ao mesmo tempo. Não soltaram as armas, mas não fizeram menção de atacar.

— Apontem esses espetos para outro lado — avisou Hild. — Queremos apenas negociar com sua senhora, mas não seremos ameaçadas por capangas.

Um dos ginetes soltou uma risada rouca.

— Negociar com minha senhora? — Então todos os demais guardas gargalharam de forma teatral. — Duas estrangeiras vêm negociar com minha senhora! E do que consistirá esse negócio?

— Assunto entre nós e ela — Dianna respondeu. — Não é algo com que um guarda precise se preocupar.

De novo, os guerreiros riram em um espetáculo. Dianna e Hild trocaram um rápido olhar de esguelha.

— Minha senhora não gosta de ser perturbada por indigentes e suplicantes. Digam-me o que têm a oferecer e decidirei se podem ter com a Calamidade das Dunas!

— Viemos em nome do Rei Ruff Ghanor I — disse Hild. — Um monarca tão poderoso que o próprio Jaffba mandou um presente para bajulá-lo décadas atrás. É do interesse de sua senhora nos ouvir.

Os guerreiros não riram disso, mas seu líder rilhou os dentes.

— Emissárias de Ruff Ghanor? — rosnou. — Muito bem. Não é todos os dias que novas escravas se apresentam para a Caravana dos Ladrões.

Mesmo que não estivessem feridas e exaustas, mesmo que não estivessem em desvantagem pelo terreno instável, mesmo que uma delas não tivesse acabado de perder um olho, ainda assim não seriam capazes de vencer duas dúzias de inimigos montados.

Mas, antes de serem capturadas, conseguiram matar quase metade deles.

Dianna e Hild foram jogadas no interior do vagão principal. Seus pulsos e tornozelos estavam acorrentados uns com os outros, tornando impossível que se movessem e prendendo-as numa posição ajoelhada. Um lado do rosto de Hild estava inchado por um hematoma, ambas tinham vários cortes que tinham sido enfaixados sem muito cuidado. A posição na qual estavam agrilhoadas provocava cãibras constantes. Quando se chocaram com o chão de madeira, os joelhos doeram ainda mais. As roupas esfarrapadas revelavam seu estado lastimável, mas nenhuma delas baixou a cabeça.

Os guerreiros que as tinham capturado fizeram uma mesura profunda, então deixaram o vagão, fechando a porta.

Sua senhora tragou um narguilé, soltou a fumaça aromática, então se ergueu de seu trono.

— Enviadas de Ruff Ghanor — disse a Rainha dos Ladrões, com um sorriso de desprezo. — Raramente um tesouro tão grande se apresenta para mim.

A mulher era alta e majestosa. Estava coberta de tantas joias que elas se sobrepunham, mostrando e escondendo diferentes colares, pulseiras, anéis, brincos, tiaras, correntes, tornozeleiras e adornos cujos nomes as estrangeiras não conheciam. Tudo nela reluzia em ouro, as cores de dezenas de pedras preciosas refletiam e refratavam a luz das várias lamparinas no interior do vagão. A Rainha dos Ladrões vestia outras roupas, além das joias, mas era difícil enxergá-las por baixo da miríade de tesouros. Eram tecidos finos e diáfanos, muito coloridos, que só aumentavam a impressão caleidoscópica. Cada mecha de seus cabelos era amarrada e enfeitada com fio de ouro, presilhas de marfim, contas feitas de diamante.

Tão repleta de ornamentos, era impossível estimar sua idade. Às vezes parecia ser muito jovem, outras já madura e curtida. Sua voz ressoava com um timbre rouco que podia ser decorrente dos anos ou dos narguilés.

— Você está fazendo um inimigo poderoso — Dianna falou.

A Rainha dos Ladrões abriu um sorriso. O mero movimento dos lábios fez metal e gemas tilintarem.

— O inimigo já foi feito, minha propriedade. Quando seu rei aceitou um presente de Jaffba, declarou inimizade à Rainha dos Ladrões.

— Ruff Ghanor não tem nada a ver com suas rixas — a voz de Hild saiu distorcida pelo inchaço. — Ele abriu suas fronteiras...

— Justamente por não ter nada a ver com nossas rixas, por não conhecer a política da Confederação dos Mercadores, seu rei deveria ter tido mais cuidado. Aceitar um presente é um ato sério. Ele deveria saber que, quando um mercador dá um presente, o custo é sempre muito mais alto do que quando vende algo.

Por um instante, nenhuma das duas teve resposta. Uma frustração amarga e gigantesca se instalou como um nó na garganta. A missão estivera condenada muito antes de começar. Ruff Ghanor havia aceitado um presente do líder da Confederação dos Mercadores e, assim, declarado aliança a ele. Era ingenuidade pensar que aquele homem desconhecido não tinha inimigos. Era tolice supor que esses inimigos não tinham memórias longas. Era pura imbecilidade ignorar o fato de que alguém que roubou tesouros de Jaffba seria um desses inimigos.

— A aliança do rei pode mudar — Hild ofereceu. — Acredite, a amizade de Ruff Ghanor vale bem mais do que duas escravas.

A Rainha dos Ladrões olhou para ela como se fosse uma criança.

— Obrigada, coisa. Muito obrigada.

— Podemos negociar...

— Não — interrompeu. — Não por ter oferecido a aliança de seu rei moribundo, minha propriedade. Nada do que você disser tem valor para mim, então não me obrigue a costurar sua boca. Seja uma coisa bem-comportada e não fale, assim como suas irmãs. Não ouve a mesa falar, certo? Não ouve a cadeira ou as lamparinas falarem. Então fique bem calada. Mas saiba que tem minha gratidão.

Dianna olhou para a amiga com uma expressão de pavor no único olho. A confiança da Rainha dos Ladrões tornava difícil imaginar que pudessem sair daquela situação.

— Agradeço a vocês duas porque, por enquanto, possuem ouvidos e são recém-chegadas — disse a mulher. — Raramente tenho a oportunidade de contar minha história, pois todos já a conhecem. Gosto que minhas coisas saibam exatamente por que são coisas e quem é sua dona. Se você acha que a amizade de seu rei vale mais do que uma nova mesa ou cadeira, precisa ouvir minha história!

Prestes a ouvir a soberba da Rainha dos Ladrões, Dianna e Hild tiveram alguma esperança. Tiranos e escravistas eram, além de monstros, ególatras. Não podiam imaginar que pretensos inferiores pudessem representar algum perigo e, assim, revelavam mais do que pretendiam em seus discursos. Gostavam de ouvir a própria voz, gostavam de arengar sobre seus feitos e mostravam fraquezas.

Não foi o caso da Rainha dos Ladrões.

A mulher falou durante quase uma hora, sem revelar nada que elas pudessem usar. Contou como, em sua infância, fora escrava de Jaffba. Contou como roubou pequenos objetos ao longo do tempo, escondendo-os em locais estratégicos do palácio de seu mestre. Uma adaga sob um vaso de planta. Um frasco de óleo atrás de um baú. Um pedaço de corda numa rachadura na parede.

— Demorei anos recolhendo meu equipamento e traçando meu plano — disse a Rainha dos Ladrões, soltando uma imensa nuvem de fumaça de narguilé. — Repassei-o de novo e de novo em minha mente. Descobri falhas, refinei-o. Ensaiei movimentos, apendi sobre as personalidades e falhas de cada um dos guardas, decorei qual barulho cada superfície e cada objeto no palácio fazia. Foram mais de dez anos construindo minha fuga, coisas. Quando não estava ocupada servindo a Jaffba, era tudo que fazia. Apenas aperfeiçoava meu plano de fuga.

Enfim, ela possuía todo o equipamento e o plano estava pronto.

Aproveitaria a troca da guarda no meio da noite, num dia em que um guarda que escutava mal com o ouvido esquerdo era designado a uma ala específica do palácio. Ela sabia exatamente quanto tempo demoraria para correr por uma passagem, sabia quais superfícies atapetadas eram mais silenciosas. Praticara dezenas de vezes para percorrer a distância no tempo exato, passando pelo lado do guarda no exato instante em que estaria com o ouvido esquerdo voltado para ela.

Havia um guarda num corredor logo após, mas ela sabia que ele adorava as lutas da arena. Quando frequentava a arena, não podia dormir à tarde e chegava cansado. Assim, sempre que havia uma luta grande durante a tarde, ele adormecia em seu posto de guarda durante a noite, sempre na mesma hora. A garota escravizada escondera uma adaga a um metro de distância daquele posto e treinara centenas de vezes para puxar a arma e estocá-la na garganta do guarda adormecido em um único movimento. Muitos animais das redondezas haviam dado a vida para que ela aperfeiçoasse o golpe.

O plano seguia.

Com o óleo de uma lamparina, ela atearia fogo numa tapeçaria e criaria uma distração. Roubara e guardara dentro de um vaso um manto igual àqueles usados pelos servos que lidavam com as bombas d'água, que teriam a tarefa de apagar o fogo. Assim, ela se misturaria a eles, ganhando mais tempo. Aquele tipo de tapeçaria, ela descobrira, soltava muita fumaça ao ser queimada, o que geraria a camuflagem de que ela precisava para tirar o manto e ganhar outra ala. Então havia uma janela com um vitral descolado, que podia ser removido com facilidade. Ela praticara acrobacia durante mais de um ano para conseguir saltar e espremer o corpo por aquela passagem exígua. Uma corda escondida permitiria que descesse até um pátio interno. Escolhera um camelo desde filhote e fizera-o se acostumar com sua presença, para que não alertasse os guardas quando ela entrasse em sua baia. Da baia, podia se esgueirar para um depósito, onde dezenas de caixotes cheios de roupas velhas ficavam guardados. Uma vez por mês, eles eram levados para fora do palácio, para que os trapos fossem doados aos miseráveis de Rocha Negra, provando a generosidade de Jaffba. Ela aprendera a contorcer o corpo para caber em um dos caixotes e treinara para abri-los e fechá-los sem fazer barulho, ao mesmo tempo redistribuindo os trapos em outros recipientes. Também praticara para conseguir trocar de roupa muito rápido, para enfiar suas próprias roupas numa das caixas e vestir os trapos que estavam no interior delas.

Assim, precisaria esperar por algumas horas, até que chegasse o momento de carregar as doações. Seria tirada do palácio dentro do caixote e, ao chegar à parte mais pobre da cidade, poderia abrir a tampa e escapar. Contudo, o plano só poderia ser executado durante os meses do ano em que uma caravana específica de Jaffba estava estacionada na cidade. O líder dos guardas dessa caravana enxergava mal e dois de seus subordinados tinham ferimentos antigos nas pernas — eram lentos a pé. Com todos esses elementos concatenados, vestida com os trapos, ela podia fugir por entre a multidão de miseráveis.

Houve, enfim, um ano em que tudo isso se encaixou.

Ela correu pela primeira passagem, foi vista pelo guarda que não escutava bem e capturada imediatamente.

— Então eu aprendi que era impossível fugir — disse a Rainha dos Ladrões. — Vocês não precisam passar por uma lição tão extensa, minhas propriedades, basta que me escutem. É impossível fugir.

Tragou o narguilé.

— Em seguida, Jaffba me agraciou com outro ensinamento — soltou a fumaça. — Ele me ensinou que pessoas podem ser coisas.

Jaffba era cruel com pretensos fugitivos. Cada um devia servir de exemplo para todos os demais prisioneiros de seu palácio. Nem mesmo ele seria capaz de impedir que houvesse tentativas de fuga... Mas podia demonstrar a punição que uma fuga fracassada acarretaria.

— Seus servos abriram meu ventre — disse a Rainha dos Ladrões. — Tiraram todos os órgãos que consideravam não essenciais. Usaram de alquimia para me manter consciente durante todo esse processo. Eu senti cada corte. Eles me mostraram cada parte que arrancavam.

Fumou mais um pouco, observando o rosto impassível das duas prisioneiras.

— É claro que eu deveria ter morrido ali mesmo. Mas eles eram capazes de me manter viva. Então, quando acharam que havia espaço suficiente dentro de mim, começaram o verdadeiro castigo.

Os curandeiros-torturadores de Jaffba derramaram óleo negro dentro do corpo da prisioneira. Deixaram-na com braços e pernas amarrados, amordaçada e vendada.

Nunca costuraram seu ventre de novo.

— Eu devia ter morrido, mas o óleo negro me manteve viva — disse a Rainha dos Ladrões. — Vocês sabem, se conhecem a história de Urbaun Ab-Allahim. O óleo negro tem propriedades misteriosas sobre a vida e a morte. Então fiquei viva e não soube o que acontecia comigo. Apenas, em meio a minha agonia, senti que era carregada de um lado para o outro. Que mexiam em meu corpo. Que me deixavam pendurada.

Enfim, tiraram a venda. A garota entendeu o que acontecera.

Fora transformada numa coisa.

Estava pendurada por correntes em um dos salões de luxo no palácio de Jaffba, o Horrendo. O buraco em seu ventre estava cheio de terra. Ela fora transformada num vaso, onde jardineiros mantinham plantas ornamentais.

Dianna e Hild entenderam, finalmente, o que ela queria dizer. Por que contava aquelas coisas e como nada daquilo lhes daria qualquer vantagem.

— Vivi dois séculos como uma coisa — disse a Rainha dos Ladrões. — Mais ou menos no fim do primeiro formulei meu segundo plano de fuga.

A Rainha dos Ladrões demorou cem anos para conseguir prender a respiração indefinidamente. Como o óleo negro a impedia de morrer, era mera questão de disciplina. Quando dominou a técnica, fingiu-se de morta. Jaffba considerou que a punição acabara e seus servos a jogaram numa vala comum.

— Demorei então alguns dias para sair. Mas, enfim, estava livre.

— Podemos ajudá-la a se vingar de Jaffba — Dianna ofereceu.

— Não, coisa. Muitas de minhas outras propriedades já ofereceram isso. É inútil. Ninguém nunca vai vencer Jaffba. O que posso fazer, o que decidi fazer no instante em que me libertei, é garantir que eu não seja mais uma coisa. E a única forma de fazer isso é *possuindo* coisas!

Depois de duzentos anos como um objeto, ela não lembrava mais do próprio nome. Decidiu que possuiria a maior quantidade de coisas, roubaria coisas dos outros, para que ela mesma fosse uma pessoa. Roubou ouro, joias. Roubou mercadorias valiosas. Roubou escravos. Roubou livros, segredos. Roubou do próprio Jaffba os registros das viagens de Urbaun Ab-Allahim.

Tornou-se a Rainha dos Ladrões.

— Quando roubei meu primeiro carregamento de óleo negro, a diversão começou. — Ela sorriu. — Contratei meus próprios curandeiros-torturadores. Passei a transformar pessoas em coisas. Isso é garantia de que eu mesma sou uma pessoa! Isso me possibilitou criar esta caravana, que anda pelas dunas, onde nenhuma outra consegue. Assim me tornei a Calamidade do Deserto.

Ela estava muito orgulhosa de si mesma.

Houve outra batalha. Mas, se Dianna e Hild não haviam conseguido vencer os guardas lutando desimpedidas, não conseguiram também estando acorrentadas e feridas.

Elas resistiram como puderam, mas sua história começava a espelhar o relato da Rainha dos Ladrões. Revoltar-se contra o destino era inútil.

Estavam agora em outro dos vagões. Ambas presas a mesas de cirurgia, pulsos e tornozelos mantidos firmes com faixas de aço rebitadas na madeira. As cabeças também impedidas de se mover, tiras de couro inutilizando braços e pernas, mordaças impedindo que falassem.

Dianna fez tudo que podia: virou os olhos para o lado, tentando obter um vislumbre da amiga deitada na outra mesa. Não conseguia discernir mais do que seu vulto. Quis pensar que Hild também olhava para ela daquele modo, que elas tinham toda uma conversa muda. Desejou, mais do que tudo, que a amiga entendesse sua lealdade, sua gratidão por todos aqueles anos. Que Hild soubesse que ela não se arrependia de nada. Que, por maior que fosse a agonia dos próximos séculos, valera a pena ao menos tentar ser uma heroína.

Mas tudo aquilo estava apenas em sua mente. Era impossível saber o que Hild pensava, ou mesmo se notara o gesto minúsculo.

Os curandeiros-torturadores se reuniram em volta dela.

Seria a primeira. Não sabia se, transformada em coisa, ela teria consciência do que acontecia com a amiga mais tarde.

Eles tinham serrotes, facas afiadas, seringas.

— Esta será um belo castiçal — disse um dos médicos.

— A Rainha deseja uma cortina.

— Que seja feita a vontade da Rainha, então.

Injetaram uma substância que queimou dentro de seu corpo. Dianna não sabia o que era, mas a lógica dizia que era o mesmo produto que fora usado na Rainha dos Ladrões. Um preparado que a deixaria consciente durante todo o procedimento, sentindo cada incisão.

Eles começaram a cortar.

Dianna tentou resistir, mas soltou um grunhido abafado pela mordaça. A pele se separava de si mesma com uma sensação nauseante e elástica. Foi tomada por um frio absoluto quando sua carne entrou em contato com o ar.

Dianna entendeu, de novo, que não havia nada a fazer.

Exceto rezar.

"Eu não sei o que estou pedindo, pai. Não sei o que desejo, o que pode nos salvar. Sei que você não pode nos tirar daqui fazendo crescer um galho."

Fizeram questão de lhe mostrar algo sangrento, que acabara de sair de seu interior.

"Só consigo pensar em uma coisa, pai. Não me importa o que aconteça comigo. Quero adiar o sofrimento de Hild."

O vagão foi tomado de brilho dourado.

— O que está acontecendo? — disse um dos médicos.

A porta do vagão se abriu com um estrondo. A Rainha dos Ladrões entrou, já não mais soberba e majestosa. Sua fúria era expressa no tilintar de todo o seu ouro e suas joias.

— O que querem dizer? — a mulher trovejou.

Os curandeiros-torturadores se curvaram.

— Ergam-se, inúteis! Ergam-se e me respondam! O que querem dizer com isso?

Um deles teve coragem de responder:

— É exatamente o que falamos aos servos, minha senhora. Não tivemos ainda progresso algum.

A Rainha dos Ladrões empurrou-os do caminho, quis ver com seus próprios olhos.

Dianna estava presa na mesa de cirurgia, fixa, imóvel.

Intacta.

Há três dias.

— Por que não começaram a cortar?

Não ousaram dizer nada. Em vez disso, demonstraram. Um deles levou um bisturi à pele de Dianna. Fez um corte longo e profundo, de onde sangue brotou de imediato.

O corte emitiu o brilho dourado e se fechou.

— Ela está fazendo todos vocês de idiotas!

— A prisioneira está sentindo tudo que fazemos em seu corpo, minha senhora.

— Como...

Mais uma vez, demonstraram.

Um serrote dilacerou a carne do braço de Dianna com facilidade, então encontrou osso. A ex-capitã não se conteve e urrou de agonia, por baixo da mordaça.

A ferida emitiu o brilho dourado.

E o homem continuou serrando, mas carne e osso se regeneravam sob sua lâmina serrilhada. Era um trabalho grotesco e infinito. O médico suava de esforço, nunca chegando ao outro lado. Logo, o osso era mais forte que seus músculos exaustos, e ele precisou parar.

Em um instante, não havia mais sinal do ferimento.

— Tentamos de tudo, minha senhora. Perfuramos sua carne com espinhos. Arrancamos sua pele. Quebramos seus ossos com martelos. Puxamos suas unhas, drenamos seu sangue. Ela sente cada procedimento. Demonstra dor. Mas... Continua resistindo.

O torturador tinha lágrimas nos olhos.

— Minha senhora... Não sabemos mais o que fazer.

O martírio de Dianna era ininterrupto. Equipes de curandeiros-torturadores se revezavam, tentando de formas cada vez mais extremas vencer o milagre que mantinha seu corpo ileso. A dor não era nada, a agonia suprema era um preço baixo a pagar. Cada instante em que suportava o horror era um instante a mais em que Hild não precisava suportá-lo.

Ela podia aguentar aquele sacrifício para sempre.

Como os covardes que eram, os curandeiros-torturadores haviam escondido o próprio fracasso tanto quanto puderam. Não desejavam revelar aquilo à Rainha dos Ladrões e, assim, incorrer sua ira. Apenas quando não havia mais possibilidade de ocultar o que acontecia ali eles enviaram uma mensagem, através de servos que seriam os primeiros a enfrentar a fúria de sua mestra.

— Ela é tocada pelo óleo negro? — perguntou a Rainha.

— Não, minha senhora. Não há nenhum traço de óleo negro em seu corpo.

— Como explica isso então?

— É... um milagre.

Um milagre sangrento e inabalável frente ao horror.

A Rainha dos Ladrões não disse nada.

— O que devemos fazer, senhora?

Ela pensou por algum tempo.

Andou três passos até Hild, presa ao lado.

— Elas chegaram aqui juntas — disse a mulher. — São companheiras. Se não consegue transformar aquela em coisa, ao menos pode fazê-la pagar. Garanta que sua amiga sofra bastante.

Os curandeiros-torturadores sorriram, impressionados com a solução.

A Rainha dos Ladrões chegou bem perto de Hild. Curvou-se para falar em seu ouvido.

— Isso na verdade pode ser interessante. Uma prisioneira que nunca morre e sempre se cura sozinha? Será um bom brinquedo. Ela já é uma coisa! Quando precisar descontar minha raiva, lá estará ela para...

Hild tentou mordê-la.

A mordaça atrapalhou. A Rainha se moveu só alguns centímetros e escapou de seus dentes.

— Você não está entendendo — disse, curvando-se de novo, mas alguns centímetros mais longe. — Não há escapatória. Vocês já estavam condenadas quando Ruff Ghanor se aliou a Jaffba.

Hild podia sentir o hálito perfumado da Rainha dos Ladrões.

Ela não estava mais à distância de uma mordida. E, de qualquer forma, sua cabeça estava presa.

— Você será uma sela para meus camelos.

Então o rosto de Hild irrompeu em pelos e um focinho de javali. A mordaça rasgou sob suas presas, a madeira quebrou em volta dos rebites, incapaz de resistir à força da transformação. Liberta da mordaça, uma das presas encontrou o rosto da Rainha dos Ladrões, perfurou e rasgou.

Enquanto a mulher gritava e recuava, os músculos de Hild incharam com a metamorfose.

Ela brilhou como um farol dourado.

Ao lado, Dianna não se curava mais.

Enquanto continuou tomada de fúria, Hild não rezou. Nem lembrava que havia santos, ou que existia qualquer coisa no mundo além da luta.

Enquanto a matança prosseguiu, Dianna continuou rezando. Seu corpo resistiu por horas sem os órgãos que haviam sido retirados.

Hild não matou todos na Caravana dos Ladrões. Apenas o suficiente para que os demais fugissem.

Dianna não ficou viva até ver a missão sendo cumprida. Mas viveu o bastante para ver sua amiga triunfando.

Coberta de sangue, ofegante e sozinha no meio do deserto, Hild Osso-Oco enterrou Dianna, a filha de Dunnius. Chorou pela amiga, agradeceu a São Ruff Ghanor e São Dunnius por ambas terem se conhecido. E não chamou Dianna de santa, pois sabia que ela era algo maior.

Era pecadora. Cheia de falhas.

Humana.

Hild vasculhou os destroços dos vagões e encontrou os escritos roubados de Urbaun Ab-Allahim. Manchou os pergaminhos de sangue, mas encontrou a primeira menção ao reino dos anões. Ghanor já tinha um destino. Como Ruff sempre dizia, a erudição os salvara.

Andou pelas dunas com os pergaminhos na mochila.

Uma cabeça decepada nas mãos.

— Eu não vou morrer — disse a cabeça da Rainha dos Ladrões. — O óleo negro me faz eterna. Sobrevivi a Jaffba, sobreviverei a você. Enganei Jaffba, posso enganá-la também.

Silêncio.

— Você morrerá de velhice! — insistiu a cabeça. — E eu continuarei!

— Eu sei que você vai ficar viva — Hild abriu um sorriso lupino. — Estou contando com isso.

A cabeça entendeu o que seria a vida a partir dali.

— Podemos negociar — disse a Rainha dos Ladrões.

— Nada do que você disser tem valor nenhum para mim — Hild respondeu. — Então não me obrigue a costurar sua boca.

22 Bellitz e Ghanor

A PASSAGEM NÃO existia mais e o povo estava com fome.

Bellitz olhou para trás, para o oceano de gente que dependia dela, uma marcha nunca vista em parte alguma. Estandartes com o brasão do leão despontavam aqui e ali, havia soldados de armadura e batedores montados. Havia lanças em riste e carroças de suprimentos, sargentos dando ordens e nobres com seus séquitos. Havia a cavalaria de grifos, que podia vigiar contra ameaças vindas de longe, e um batalhão de gigantes, que faria frente a quase qualquer inimigo. Mas não era um exército.

Era um povo.

Ghanor seguia a Rainha Bellitz rumo a parte alguma, o êxodo de toda uma população ainda sem rumo. Enquanto Hild e Dianna não voltassem com o conhecimento de Urbaun Ab-Allahim, enquanto Ruff e Korin não voltassem com Zamir, não haveria realmente um caminho.

Ela passara os últimos meses viajando de aldeia em aldeia, de castelo em castelo, seguindo a rota dos arautos e recolhendo pessoas. Alguns lugares estavam prontos para a partida: confiavam no Rei Ruff Ghanor além de todo questionamento. Se havia um decreto real de que precisavam deixar seus lares, começavam a recolher seus pertences, reunir familiares e animais. Foi assim em Lago de Pó e Velha Torre, cidades que faziam parte do início da história de Ruff. Bellitz lembrava de observá-lo de cima, como a estrela dourada, enquanto ele liderava um êxodo muito menor do que aquele, guiava o povo de uma aldeia e de um mosteiro rumo a um novo lar.

Mesmo com sua experiência milenar enfrentando demônios, viajando por dentro de sóis, guarnecendo o próprio Paraíso, a visão de uma cidade pronta para evacuar foi impressionante. Ao chegar a Lago de Pó, ela se deparou com todas as construções fechadas, tábuas pregadas nas janelas e portas trancadas a chave. Milhares de pessoas ocupando todas as ruas e praças, quilômetros de estrada e bosque lúgubre ao redor. A rainha falou com o burgomestre, ordens foram dadas em forma de trombetas e a cidade marchou. Foram dois dias inteiros até que toda a população deixasse Lago de Pó e se unisse à coluna composta pelas cidades e aldeias da região. Um fluxo contínuo de gente e coisas, a cidade vomitando tudo que era, toda sua história e seu futuro. Crianças e velhos igualmente frustrados com aquela guinada em pontos opostos da vida. Mas todos obedecendo ao comando de Ruff.

Houve lugares que se entrincheiraram e se recusaram a atender ao chamado. O Castelo da Pata de Urso, centro de um feudo pequeno e antigo, com uma linhagem de barões que remontava aos tempos antes de Zamir, havia abrigado toda a população das aldeias e fazendas sob sua proteção — e então fechado as portas. Bellitz deparou-se com terras vazias e a ponte levadiça erguida, deixando um fosso entre ela e a fortaleza. As janelas estavam fechadas, soldados estavam postados nas ameias, como se Pata de Urso estivesse se preparando para a guerra. A rainha exigiu ser ouvida, deixando claro que uma recusa seria interpretada como um ato de traição. A única concessão que o barão fez foi surgir nos portões, do outro lado do fosso, cercado por seus cavaleiros. Ouviu os apelos de Bellitz, mas se recusou a seguir a coluna. Então ela deixou o Castelo da Pata de Urso para trás, fechado em seu medo orgulhoso.

E mesmo isso não era o pior, pois lugares como aquele ao menos tinham recursos para desafiar a rainha.

O pior eram os lugares mortos.

Quando a coluna passou por uma imensa depressão, um cânion que não devia estar lá, Bellitz soube que algo estava muito errado. Os mapas mostravam que ali deveria haver uma floresta. A maldição carcomia a terra e fizera o solo desabar sobre si mesmo. A crença na Santa do Fim do Mundo devia ser forte na região.

À medida que a coluna avançou, contornando o novo cânion, os batedores montados em grifos relatavam mais e mais santuários de beira de estrada com o símbolo do abutre. Asas empalhadas sobre montes de pedras e ossos. Altares dedicados a Áxia. O Prior Niccolas espalhou os clérigos pela coluna, um trabalho de semanas conduzindo missas em plena estrada, batizando crianças, ouvindo e aconselhando os desesperados — tudo para evitar que uma nova onda de devoção à Santa se espalhasse entre o povo em êxodo. Os Gladiadores fizeram seu melhor para lembrá-los de que havia de novo milagres na terra, milagres de São Arnaldo e de tantos outros padroeiros antigos.

Mas, antes que eles passassem pelo cânion, Bellitz começou a ouvir relatos de plebeus ficando pelo caminho, cansados demais para dar mais um passo. Então casos de pessoas que amanheciam sem um braço, ou que não conseguiam engolir a comida porque não tinham mais uma parte do esôfago. E, por fim, houve um imenso desabamento no meio da coluna, matando alguns milhares de seus súditos.

Foram necessárias semanas para que a coluna se juntasse mais uma vez, a retaguarda contornasse a nova cratera e se juntasse à parte liderada pela rainha. Muitos ficaram por esse caminho, desgarrados ou apenas desiludidos, mas Ghanor seguiu.

Até um feudo morto.

Não havia um animal, um fazendeiro. Nenhum inseto zumbia. Os corpos estavam espalhados, inchados e quase liquefeitos, mas sem a decomposição normal. Porque mesmo os vermes eram poucos.

Dentro do castelo, uma condessa e sua família jaziam mortos. Cadáveres de cavaleiros vazavam para fora de suas armaduras. Estábulos estavam cheios de corpos de cavalos.

A capela fora convertida: o brasão de São Theodric conspurcado, as asas do abutre pintadas por cima do majestoso falcão.

Havia, é claro, outras colunas. Percorrer o reino todo, de aldeia em aldeia, com toda a população, seria loucura. Assim, altos nobres de diferentes partes criavam seus próprios êxodos, reunindo o povo de diferentes regiões, para ir ao encontro do contingente principal. Bellitz seguia à frente com uma comitiva de cavaleiros e Gladiadores para encontrar essas lideranças, mostrar que eram valorizadas e recebê-las com honra.

Era um trabalho exaustivo, soturno e ingrato. Liderar guerreiros era fácil para alguém que já comandara hostes celestiais, mas liderar plebeus apresentava desafios. Bellitz nem sempre sabia como motivá-los. Para ela, o dever e o altruísmo sempre seriam suficientes. Mas humanos precisavam de mais. Precisavam de motivações pequenas. Para eles, não bastava saber que, se não seguissem a rainha, poderiam colaborar com o fim do mundo. O fim do mundo era algo muito grande, incompreensível para pessoas acostumadas a planejar apenas até a próxima colheita. Era preciso motivá-los com coisas imediatas, como perigos logo à frente, refeições no dia seguinte ou pequenos festejos à noite.

Era preciso lembrá-los de novo e de novo de que havia esperança.

Todo terreno por onde passavam era árido. Todas as árvores tinham galhos nus. Todas as plantações estavam murchas e secas. Todos os animais estavam magros. Quando chovia, a terra não conseguia absorver a água direito — criava poças lamacentas que duravam dias, mesmo depois de uma garoa leve. Quando o sol era forte, não fazia nada crescer, apenas queimava. Quando o vento soprava, não aliviava o calor, apenas ardia ao passar pelas frestas de armaduras, por entre o tecido das roupas. Quando os cadáveres eram enterrados, não se mesclavam ao solo, mas exalavam bolhas de fedor pútrido. Quando animais eram abatidos, não davam carne suculenta, mas blocos fibrosos e duros que não alimentavam bem.

A terra estava morrendo. E, naquele estado, fazia cada vez mais sentido rezar para a Santa do Fim do Mundo.

Tudo aquilo era um trabalho constante, no qual a rainha era ajudada por Niccolas e pelo que restava do conselho, mas havia dois problemas imediatos:

A passagem não existia mais.

E o povo estava com fome.

— O que vamos fazer? — perguntou Edyriell.

Bellitz controlou um resmungo. Por vezes achava que Ruff era injusto com o elfo. Edyriell era um membro valioso do conselho, apresentava maneiras de ver certas situações que não ocorriam a um humano. Pelo menos uma vez sua opinião estivera apenas correta e poderia ter salvado vidas — quando insistiu para que houvesse um mago da corte. O rei descartava rápido demais certos comentários de Edyriell, apenas porque os dois pensavam de forma diferente.

Mas Edyriell podia ser irritante.

A pergunta estava implícita em todos ali. Bellitz observava o precipício de cima de seu cavalo. Os batedores, que tinham avistado o obstáculo há dois dias e vindo avisar a rainha, mantinham-se ao redor, de prontidão para responder às perguntas sobre a extensão e o estado daquele abismo súbito. Niccolas estava quieto, tentando achar uma solução divina. Urko se mantinha de prontidão com os relatórios sobre a situação dos soldados e os suprimentos de que dispunham. Até Fester de Salúria sabia que era hora de calar a boca. Mas Edyriell precisava fazer aquela pergunta e forçar a rainha de Ghanor a dizer que não sabia.

Eles tinham voltado aos arredores da capital, após terem recolhido o povo do sul do reino, encontrado as colunas do sudeste e do oeste. A cidade de Ghanor, de longe a maior concentração populacional da nação, estava pronta para partir. Se a visão de Lago de Pó em massa rumo ao êxodo era impressionante, aquilo era um prodígio tão majestoso quanto qualquer corte celestial. Não só os habitantes da capital estavam todos reunidos em acampamentos, prontos para segui-la — também os antigos refugiados de Zibrene. Todos haviam se integrado à coluna principal, que já havia também absorvido as comitivas de outros pontos do reino.

Bellitz agora realmente liderava Ghanor e Zibrene em marcha.

Mas um abismo impedia que seguissem.

O precipício era repentino, o vão que se formara era tão fundo que desaparecia nas sombras. Estendia-se aos lados por dias de cavalgada. O outro lado estava tão longe que era difícil discernir o que havia lá.

Um desabamento daquele tamanho deveria ter sido ouvido na capital. Talvez até nos Pântanos Cinzentos. Devia ter feito toda a terra reverberar. Ocorrera no curto tempo entre Bellitz deixar a corte e voltar. Impossível que passasse despercebido.

Mas a terra amaldiçoada era estranha. Talvez até os sons estivessem morrendo.

Durante toda a viagem, predadores se aproximavam silenciosos demais. Relâmpagos atingiam locais próximos, mas não se ouvia um trovão. Tudo era estático e mortiço.

Numa terra morta, feridas daquele tamanho podiam surgir sem aviso e sem alarde.

— O que... — o elfo insistiu.

— Ouvi o que você perguntou, Edyriell — a rainha interrompeu. — Fale se tiver alguma sugestão. Caso contrário, aprecio seu silêncio.

Ele optou pelo silêncio.

— Onde está Thenyssa? — Bellitz perguntou.

Um servo disse que a Memória da Floresta Alta estava há dias recolhida numa carroça, sem dar as caras e recusando comida. Falava apenas para agradecer a preocupação e dispensar quem a abordava.

— Traga-a até aqui — a rainha ordenou. — Mesmo que precisem arrastá-la. Não é hora de idiossincrasias.

A frustração de Bellitz não era injustificada. Seu próximo destino, a última parada ainda dentro de Ghanor antes de cruzar a fronteira para Kottar, era a própria Floresta Alta, território dos elfos. Aquele povo devia sua atual existência a Ruff. O desfiladeiro se formara logo ao sul da Floresta Alta, em essência isolando-a do resto do reino. Os dois elfos do conselho podiam ter alguma ideia valiosa, mas um deles esperava que ela soubesse e a outra tinha escolhido aquele exato momento para se tornar reclusa.

Passaram-se horas até que localizassem a carruagem no meio da coluna enorme, convencessem Thenyssa a se mexer e, por fim, chegassem de novo até a rainha. Nada que envolvia populações inteiras podia ser feito rapidamente, e a maldição sobre a terra trazia consigo apatia, tédio mórbido. Bellitz reuniu-se com o General Urko, tomou conta de alguns assuntos triviais, mas tudo que ocupava sua mente era a impaciência.

A Memória da Floresta Alta chegou em passos curtos, observando a rainha de baixo, esquentando as mãos numa caneca fumegante.

— Eu estava dormindo — disse, a título de cumprimento.

— Thenyssa — Bellitz também dispensou qualquer cortesia. — Precisamos atravessar até o território de seu povo. Ofereça-me alguma ideia, algum conhecimento que possamos usar para isso.

A velha elfa lembrava de tudo que acontecera na Floresta Alta, desde que se começara a fazer registros. Para os elfos, aquele posto célebre era uma maldição — carregar consigo a memória de todas as tragédias, todos os erros, tudo que foi perdido. Para a corte de Ghanor, era um trunfo.

Thenyssa deu de ombros.

Sorveu um gole de chá.

Então se virou e começou a caminhar de volta.

— Espere! — Bellitz interpelou. — Você faz parte do conselho e não está dispensada!

Solícita, a Memória da Floresta Alta estacou, virou-se mais uma vez, andou em seus passinhos minúsculos de volta para perto da rainha.

— Há um abismo a nossa frente — disse Thenyssa. — É impossível atravessá-lo, principalmente carregando um reino inteiro a tiracolo! Pelo que consigo enxergar daqui, é uma fenda longa, que não conseguiremos contornar com facilidade. Podemos dar meia-volta, mas isso geraria um caos enorme e consumiria tempo que não temos. Afinal, os suprimentos estão acabando.

Deu um pequeno sorriso, como se considerasse o dever cumprido.

— Eu sei de tudo isso, Thenyssa — Bellitz não sabia se devia ficar exasperada ou confusa. — Preciso de uma solução.

— Construir uma ponte?

— Como...? — Bellitz começou, mas decidiu que não valia a pena. — Você não consegue pensar em nada que possa nos ajudar? Nada na história da Floresta Alta que contenha algum segredo, algum truque?

— O que isso poderia ser?

— Não sei! — a rainha deixou a irritação vir à tona. — Não há nenhuma lenda que diga que uma árvore ancestral pode esticar suas raízes? Ou um portal? Qualquer coisa!

— Não posso dizer que *não* existe uma árvore ancestral, muito menos um portal mágico.

Bellitz franziu o cenho.

— Thenyssa... Você está bem?

A elfa demorou um tempo para responder.

— É difícil lembrar de tudo — disse, por fim. — Estou começando a esquecer. Às vezes esqueço que *deveria* estar lembrando de tudo. Se existe alguma árvore ou algum portal por aqui, talvez eu tenha esquecido, Majestade. Sinto muito.

Bellitz sentiu o mundo se fechar a seu redor. Mais até do que quando perdeu a auréola, certamente mais do que quando perdeu as asas. Thenyssa estava sentindo o peso da idade. O tempo parecia passar mais rápido. Nenhum dia era suficiente para nada, tudo se acumulava e cada dia era mais pesado que o anterior. Todos estavam ficando velhos a seu redor.

A rainha se sentiu muito humana.

— Não posso exigir mais de você do que já fez por nós — tentou adotar uma voz conciliadora. — Tem o direito de descansar, Thenyssa.

A velha elfa suspirou. Tomou um gole de chá. Assentiu para si mesma, como se decidisse algo.

— Elfos vivem muito — disse. — Talvez mais do que deveriam, mas felizmente menos que alguns anões. De qualquer forma, não há nada que possamos fazer quanto a isso. A questão é que acho que já vivi demais, Majestade. Tenho a sensação de que deveria... voltar para casa.

Súbito, os olhos da rainha foram invadidos por lágrimas. Ela pensou no que Ruff lhe contara sobre a morte de seu amigo Lurius Minimus. Perder pessoas queridas para a violência era uma tragédia horrenda, mas perdê-las para o tempo era sua própria forma de tragédia mansa. Isso nunca a teria afetado enquanto ainda era um anjo. Mas, agora que era humana, Bellitz foi avassalada pela noção de que nem mesmo Thenyssa era imune à idade. Um inimigo podia ser estudado e derrotado. Já a idade sempre vencia no final. Bellitz sabia que seria, ela própria, vítima do tempo, algum dia.

— Você deseja... — tentou achar um eufemismo, mas todos pareciam idiotas. — Morrer?

Thenyssa sorriu e fez que sim

— Mas gostaria de morrer em meu lar, Majestade. Gostaria de voltar à Floresta Alta.

— Esse é o problema que estamos tentando resolver.

— Mas para isso talvez exista uma solução. — Demorou-se ao sorver o chá, encontrando alguma diversão na expectativa. — É impossível fazer um reino inteiro contornar o abismo, mas não deve ser tão difícil levar apenas uma elfa. Vossa Majestade dispõe da cavalos rápidos. Até mesmo de alguns grifos! Arranje um bom ginete, diga para ele ter cuidado e me amarre na sela. Ele pode me levar para a Floresta Alta, ainda que não pudesse levar toda essa gente.

— Muito bem, Thenyssa. Você merece isso.

— Mas não estou sendo puramente egoísta, Majestade. Não sabemos como os elfos da Floresta Alta se recuperaram do pandemônio que havia décadas atrás. Talvez haja de novo druidas entre eles. Druidas élficos costumavam ser capazes de realizar feitos incríveis! Podiam invocar a magia da natureza sem recorrer a santos, deuses ou livros.

— Acha que os druidas podem nos ajudar?

Ela deu de ombros.

— Se houver druidas, existem pessoas piores que eu para lhes pedir um favor! Talvez queiram honrar a Memória da Floresta Alta no fim de sua vida. De qualquer forma, é uma chance, Majestade.

O bom humor e o pragmatismo da elfa eram de certa forma contagiantes.

Nada que envolvia uma população inteira podia ser feito rapidamente, mas aquilo aconteceu rápido demais. Antes do fim do dia, trouxeram um grifo. Edyriell se voluntariou para cavalgar a fera e levar Thenyssa de volta ao lar.

A Memória da Floresta Alta se despediu dos humanos com um aceno de mão. Andou até Bellitz, estendeu o braço, entregou à rainha uma caneca vazia, ainda exalando aroma perfumado.

— Obrigada pelo chá — disse Thenyssa.

Então montou no grifo.

A fera alada levantou voo. Logo sumiu na distância.

Uma semana depois, os batedores avisaram que raízes imensas brotavam das paredes do abismo.

O crescimento vertiginoso das plantas fez com que, em menos de um mês, uma camada sólida de madeira entremeada e folhas, além de um tapete de musgo, cobrisse toda a extensão da fenda. O piso irregular exigiu cuidado redobrado. Muitos animais quebraram as patas, muitas carroças quebraram as rodas.

Mas Ghanor e Zibrene atravessaram e continuaram seu caminho pela terra maldita.

Bellitz não se surpreendeu quando Edyriell, depois de voltar montado no grifo, relatou que os elfos não deixariam a Floresta Alta. Era um povo notoriamente isolado, que por séculos não se importara com o que acontecia no mundo ao redor. A floresta sentia o peso da maldição, mas nenhum elfo cultuava a Santa do Fim do Mundo. Havia mais uma vez druidas e os elfos reconstruíam sua sociedade.

A rainha conduziu a enorme coluna ladeando a Floresta Alta, passando rente aos Pântanos Cinzentos, rumo a Kottar.

O sol estava a pino, queimando sem esquentar, num dia qualquer no meio da jornada, quando uma gritaria horrenda irrompeu no meio da coluna.

Bellitz puxou as rédeas do cavalo, fazendo-o empinar, então dar meia-volta. Ela não conhecia todos os meandros das relações humanas, mas era uma soldada. Conhecia a guerra.

Conhecia gritos de horror.

Galopou por entre a coluna, atravessando os vagalhões de súditos que saíam do caminho às pressas. Trombetas anunciaram sua passagem, sargentos direcionavam seus guerreiros para que abrissem espaço por entre as multidões. Alguns Gladiadores cavalgavam com ela, uma comitiva de cavaleiros ladeava a rainha.

— *O que está acontecendo?* — Bellitz gritou, para ninguém e para todos.

Uma nobre, também sobre um cavalo, tentando conter seu povo, encontrou os olhos da rainha e mais intuiu do que escutou as palavras em meio ao rugido de dois reinos em pânico.

— Ninguém sabe!

Ninguém sabia, e isso talvez piorasse tudo.

À frente de Bellitz, um contingente de soldados, todos ostentando tabardos com o brasão de algum feudo que ela mal conhecia, tentava manter uma massa compacta de plebeus sob controle. Com um toque de medo, a rainha viu ancinhos e forcados se erguendo em meio ao povo. Não estavam longe de se voltar contra seu senhor, quem quer que fosse.

E o foco da gritaria ainda estava longe.

Aquele era apenas o terror se espalhando.

Um dos soldados caiu, incapaz de resistir à pressão bruta de seu próprio povo, que rapidamente se transformava em horda. A linha de contenção quebrou, a multidão explodiu para cima dos soldados como um maremoto. Num instante, pisotearam o primeiro que caíra. Uma capitã soou uma trombeta, pedindo reforços, mas era impossível ouvi-la acima do caos.

A massa de plebeus correu na direção de Bellitz, e isso provocou um efeito de manada. Aldeões, burgueses, nobres, soldados, todos viram uma multidão correndo — e decidiram acompanhá-la. De repente, a rainha viu seus súditos num estouro na direção contrária, rostos apavorados confundindo-se uns com os outros, mãos espalmadas em súplica, pés esmagando tudo e todos abaixo. Eles queriam ser salvos, queriam que ela os salvasse. Mas ninguém sabia do que.

Os cavaleiros puxaram espadas.

— Não! — comandou a rainha. — Não ameacem nosso povo!

Sem precisar de uma ordem, quatro Gladiadores se uniram em prece. O ar tremeluziu dourado, a terra se ergueu com um estrondo para dificultar a passagem da turba. Bellitz notou o que aquilo significava: a magia divina dos santos, recém redescoberta, sendo usada contra o povo.

— Deixem que venham a mim! — ordenou, com uma confiança que não sentia. — Não tenho medo de meu povo!

O brilho se apagou, a terra voltou ao lugar, deixando poeira densa e um rugido baixo. A multidão correu em sua direção.

— *Povo de Ghanor...* — a rainha começou.

E foi puxada da montaria.

Eram dezenas de mãos, centenas de pessoas. Gente que a amava, que a respeitava, que sentia orgulho do brasão de Ghanor — mas que estava em pânico. O cavalo sumiu sob a multidão. Bellitz caiu de costas, avassalada por gente que queria implorar por ajuda, que queria se vingar do que ela não fizera, que queria apenas chegar perto da rainha.

E ela ainda não sabia o que provocara todo aquele caos.

De repente, a multidão gritou quase em uníssono — um susto se sobrepondo ao pavor generalizado. Bellitz conseguiu respirar, tentou entender o que acontecia, então sentiu um estirão súbito, lâminas entrando por sua armadura, alçando-a para cima, rasgando sua pele.

Não, não lâminas.

Garras de grifo.

A fera bateu suas asas poderosas, erguendo a rainha do chão, levando-a pelo ar, acima de seu povo.

Edyriell se curvou, esticou-se para baixo, estendeu a mão a ela. Bellitz segurou seu antebraço, deixou-se ser erguida. O grifo perdeu um pouco de estabilidade com o movimento, mas conseguiu se manter no ar. Bellitz dobrou a perna, procurou o estribo com o pé, por instinto. Achou-o, encaixou a greva, encontrou apoio, tomou impulso.

Em meio ao voo do grifo, a rainha conseguiu montar. Ao mesmo tempo, sem dizer nada, Edyriell ficou um instante de pé na sela, equilibrado.

Então, antes que a altura fosse demasiada, jogou-se ao solo.

Não havia tempo de admirar a vigilância do elfo, nem sua capacidade acrobática, muito menos imaginar se ele conseguiria aterrissar inteiro. Bellitz puxou as rédeas do grifo, voou por sobre a coluna, procurando o centro do pânico.

No meio do imenso contingente, estavam os gigantes.

Um deles segurava um humano com as duas mãos. O homem se debatia. Então enormes dentes se fecharam sobre seu tronco e ele parou de se debater.

Humanos corriam em pânico.

— Voltem aqui, homenzinhos! — gritou outro gigante. — Estamos com fome!

Bellitz saltou do grifo enquanto desembainhava a espada. Em pleno ar, segurou a arma com as duas mãos, mudou a empunhadura. Dobrou as pernas e se preparou para o impacto.

Caiu sobre as costas do gigante, usou a força da queda para enterrar a espada em sua nuca. Os joelhos da rainha aguentaram o impacto, chocando-se com as omoplatas do humanoide monstruoso. O gigante amoleceu e caiu.

Bellitz ficou de pé sobre o cadáver, enquanto a enorme poça de sangue tingia o chão. A seu redor, os outros gigantes estavam paralisados pela cena.

— *O que está acontecendo aqui?* — exigiu a rainha.

Dezenas de gigantes se entreolharam, como se fossem crianças.

— Sou sua rainha! — disse Bellitz, a armadura dourada e os cabelos longos respingados de sangue. — Suas vidas pertencem a mim! Já matei um de vocês, posso matar outros se não responderem!

Ruff descobrira, e Bellitz sabia bem, que o segredo para lidar com gigantes era nunca demonstrar medo e nunca deixar que eles se sentissem superiores. O envolvimento de gigantes no exército de Ghanor começara, afinal, quando Ruff e Korin venceram Johrgrund em combate, ainda na juventude. Johrgrund havia se tornado um bom amigo e um súdito leal, mas a base de todo aquele respeito estava numa luta quase até a morte.

— Já que preferem assim, que seja! — A rainha investiu contra um deles.

— Não! — um dos gigantes interveio. — Não mate outros de nós, Bellitz.

Ela apontou a espada para o porta-voz.

— Ainda vou decidir quem aqui merece morrer.

— Não se preocupe, não vamos devorá-la! Só precisamos comer mais alguns homenzinhos. Você tem tantos! Pode dividir conosco...

Bellitz franziu o cenho.

— Todos vocês estão...

— Com fome — o gigante completou.

Devorar humanos, elfos, anões e tudo o mais que surgisse pela frente era um hábito arraigado dos gigantes. O próprio Johrgrund demorara anos para aprender que *nenhuma* pessoa era um alimento em potencial. A influência de Johrgrund espalhara aquela noção nos demais gigantes, e em geral andar perto deles era seguro. Por selvagens que fossem, eles entendiam que, servindo a Ruff e Bellitz, viviam mais e melhor.

Mas Ghanor passava fome.

— Vocês sabem que não podem devorar humanos — a rainha admoestou.

— Mas não gostam quando comemos cavalos! — outro dos gigantes reclamou. — E também choram quando matamos homenzinhos para pegar a comida *deles*.

Os outros se juntaram em protesto.

Não eram muitos gigantes, mas as poucas dezenas que havia no exército já eram capazes de fazer muito estrago. Seria possível vencê-los, mas a custo das vidas de *muitos* soldados. No passado, gigantes lutavam entre si o tempo todo e seus números não eram uma vantagem tão grande, mas Ruff os havia ensinado a se organizar. Caso Bellitz precisasse atacá-los, seria um combate entre duas forças militares.

— Todos estamos passando fome — disse a rainha. — Juntos. Os homenzinhos também.

— Então eles entendem! — argumentou um gigante. — Podem devorar coisas menores que eles! Crianças, por exemplo.

As vozes grossas concordaram.

— Como é seu nome? — perguntou Bellitz.

O gigante precisou pensar um tempo antes de responder:

— Marjurk.

— Não, esse sou eu — disse outro. — Você é Ghrukkyr.

Ghrukkyr assentiu.

— Muito bem, Ghrukkyr — a rainha se manteve altiva. — Direi o que vai acontecer. Vocês podem tentar devorar mais alguém, mas então vou matá-lo. Entenda, não vou matar o gigante que estiver devorando uma pessoa, ou que estiver me atacando. A vítima será você, não importa o que aconteça.

Ghrukkyr ficou desconcertado.

— Você — a rainha usou a espada para apontar para outro gigante. — Não quero saber seu nome. É fácil lembrar de você. Tem metade do rosto queimada e empunha uma picareta. Darei a ordem a meus soldados para que o matem, caso haja algum problema. Mais uma vez, quero que entenda. Não importa que outro gigante esteja criando o problema, não importa que haja outra emergência. Eles vão atrás de *você*.

E assim Bellitz continuou. Prometeu que Edyriell cravejaria de flechas o gigante de cabelos loiros e botas de pele de alce. Os Gladiadores usariam a magia divina para queimar o gigante de um olho só. Os canhões disparariam contra o gigante que tinha o corpo todo tatuado.

— Não interessa o que vocês façam, não interessa de quem for a culpa — Bellitz manteve a voz tranquila e imperiosa. — Se houver combate, esses serão os alvos. E haverá outros, porque eu tenho muitos guerreiros. Eles saberão que, mesmo que eu esteja sendo dilacerada, mesmo que vocês estejam devorando Ruff Ghanor em pessoa, eles devem ir atrás de quem eu mandei. Então pensem bem antes de deixar que algo aconteça.

Eles ficaram em silêncio.

— Já sei! — disse um gigante que ainda não se manifestara. — É só matar a rainha antes que ela dê a ordem!

Ele ergueu a clava.

Ghrukkyr se postou a sua frente, impedindo seu caminho.

— Está louco? — ralhou. — Ela vai me matar!

— Não se ela morrer antes.

— Não quero arriscar! É melhor você morrer primeiro!

Os dois rugiram um para o outro. Bellitz pensou no desastre que seria uma batalha entre aquelas criaturas.

— Vocês têm uma opção — ela anunciou.

Os dois beligerantes se voltaram à rainha. Os demais ouviam com atenção.

— Podem abandonar Ghanor — disse Bellitz. — Podem ir embora, deixar o exército, embrenhar-se nas matas.

— Mas lá não existe comida — o primeiro porta-voz arengou. — Aqui há tantos homenzinhos...

— A decisão é sua, vocês sabem o que vai acontecer. Enquanto estiverem aqui, são meus súditos e vão me obedecer. Já conhecem a punição por desobediência. Se forem embora, podem fazer o que quiserem.

— Se encontramos homenzinhos...

— Podem escolher serem meus inimigos. Vamos nos enfrentar. Se, no entanto, forem meus súditos...

Apontou para Ghrukkyr, então passou o dedo indicador na garganta. Um gesto que até mesmo um gigante entendia.

A proposta não fazia sentido — ou não faria sentido para um humano. Transformar os gigantes em inimigos, sem nenhum tipo de controle, seria muito pior para seu povo... se eles não fossem gigantes. Bellitz sabia que, no instante em que as criaturas não estivessem mais tão perto dos humanos, perderiam o foco. Veriam outras presas como fontes mais fáceis e abundantes de alimento. Sem a estrutura do exército, iriam mais uma vez se voltar uns contra os outros.

Ela estava sacrificando um dos grandes trunfos do exército de Ghanor, para preservar o povo de Ghanor.

— Se não estivermos aqui, podemos comer o que quisermos... — um deles levou a mão ao queixo.

Então, um a um, os gigantes deixaram a coluna. Provavelmente haveria lutas contra eles num futuro próximo. Bellitz começou a planejar as estratégias que os batalhões usariam.

Enfim, os Gladiadores e cavaleiros chegaram. O pânico fora contido. A rainha observava seus enormes súditos indo embora.

A noite já caía quando um homem em roupas de mercador se apresentou a ela, com uma mesura profunda.

— Majestade — disse, num sotaque forte de Zibrene.

Bellitz sorriu. Apesar de tudo, conseguira uma solução razoável para um dilema letal. Estava satisfeita com a própria liderança e disposta a atender a qualquer que fosse a súplica daquele burguês.

— Erga-se, homem — disse a rainha. — Como se chama?

— Domiziano, Majestade. Sou natural de Zibrene.

— Imaginei, Domiziano. Por favor, fale livremente. O que sua rainha pode fazer por você?

Ele endireitou o corpo e olhou-a nos olhos.

— Vossa Majestade não é mais minha rainha.

Bellitz começou a dizer algo, mas foi interrompida:

— Fui escolhido para falar em nome de Zibrene, Majestade. Ao menos em nome de vários feudos e cidades, tenho aqui uma lista completa. Imagino que Vossa Majestade receberá outros arautos nos próximos dias. Vim comunicar a Vossa Majestade que não mais reconhecemos Ruff Ghanor como nosso rei e Bellitz como nossa rainha.

Ela demorou um instante para absorver aquilo. Então fustigou-o com seu olhar imperioso, esperando que ele se constrangesse e desse para trás. Para sua surpresa, Domiziano não fraquejou.

— O que está dizendo, Domiziano? — Bellitz tentava entender, ao mesmo tempo em que buscava uma solução.

— Viemos para Ghanor há muito tempo, pois nossa terra estava amaldiçoada. A maldição não acabou e agora o reino de Ghanor é tão maldito quanto Zibrene. O rei que nos conquistou nem mesmo nos lidera mais. Além disso, estamos passando fome.

— Todos estamos passando fome juntos, Domiziano.

— Mas prefiro passar fome na minha terra, Majestade.

— Levaremos todos à segurança.

— Com todo respeito, não acredito. Vejo milagres acontecendo, mas não há milagres para todos. A promessa de milagres não basta quando estamos sendo devorados por gigantes.

— Os gigantes não atacaram Zibrene.

— Mas não foi o rei de Zibrene que trouxe gigantes para o meio do povo. Foi Ruff Ghanor. Ruff Ghanor usou os gigantes para conquistar o mundo. Então peço seu perdão, Majestade, mas Zibrene está se organizando. Pela manhã, começaremos a partir.

Bellitz não se sentia desrespeitada — não exatamente. Não precisava da pompa que era devida a uma rainha. O que a chocou foi o descaso daquele súdito. A maneira natural como ele descartava tudo que o reino fizera por ele e por seus conterrâneos. A noção de que Ghanor devia algo a eles.

Então ela pensou que, se tivesse sido conquistada, talvez achasse que havia mesmo uma dívida. Uma dívida enorme, que o conquistador nunca seria capaz de pagar. Ghanor os havia dominado, mas agora não conseguia protegê-los.

— Vocês são meus súditos, Domiziano — disse a rainha. — Posso ordenar que me obedeçam. Seu povo o escolheu para anunciar uma revolta. Para ser um traidor.

— Espero que nossa independência não envolva uma guerra, Majestade, pois eu seria o primeiro a morrer. Não sei lutar, nunca empunhei uma arma. Mas pergunto a Vossa Majestade se o povo de Zibrene não merece a mesma liberdade que foi concedida aos gigantes.

Na manhã seguinte, o povo de Zibrene começou a se desligar da coluna de Ghanor.

O mundo não era verde e bom.

Bellitz acompanhou a partida de Zibrene, sabendo que na verdade era o melhor para todos. Ruff conquistara o mundo porque era a única forma de agradar aos deuses. Não havia mais razão para manter o domínio sobre súditos que nunca entenderiam seus motivos. Nem deviam entender. Se a independência não acontecesse agora, sem sangue e sem armas, aconteceria mais tarde, talvez sob o reinado de Korin. Então seu filho seria obrigado a escolher entre travar uma guerra ou perder o respeito de todo o povo, até mesmo dentro de Ghanor. Ruff não perderia o respeito de ninguém, a população do próprio reino não se revoltaria por aquela situação.

Mesmo assim, era uma perda. Porque Zibrene mostrava à rainha que, não importava o que eles fizessem, não poderiam resolver todos os problemas. Não poderiam tornar o mundo verde e bom.

A coluna de Ghanor seguiu, ladeando a Floresta Alta, rumo a noroeste, agora bem menor. Ainda assim, a sensação era de uma quantidade infinita de pessoas.

Bellitz liderou-os até a fronteira com Utteria. Era um reino historicamente empobrecido, sempre enredado em escaramuças com Mattora e Vammira. Nunca seria capaz de sustentar toda uma população adicional. Contudo, Utteria tinha muito terreno desabitado, onde o culto à Santa do Fim do Mundo provavelmente ainda não penetrara. O plano da rainha era deixar a coluna de Ghanor num gigantesco acampamento improvisado naquele reino, com o mínimo contato possível com castelos ou mesmo aldeias. Eles construiriam uma cidade improvisada enquanto esperavam por Ruff. E a própria Bellitz levaria poucos batalhões de soldados e cavaleiros para Kottar, onde tomaria a liderança também daquela população. Então, quando o rei chegasse, estariam todos presumivelmente prontos para adentrar os subterrâneos dos anões.

A próxima surpresa ruim veio quando os batedores relataram um enorme ajuntamento de tropas na fronteira. Tropas com os estandartes de vários nobres de Utteria e também da casa real Osbourne — que fora deposta quando Ruff Ghanor conquistou os Três Irmãos. Bellitz decidiu cavalgar à frente da coluna, com Edyriell, um punhado de diplomatas, alguns Gladiadores e uma tropa de cavaleiros.

Chegou à fronteira em poucos dias, para encontrar a exata cena que tinha sido descrita.

Uma torre de vigia guarnecia aquele trecho da fronteira entre Utteria e Ghanor. Desde a conquista, não tinha mais a função de proteger a soberania do reino menor, apenas de servir como entreposto do exército contra bandidos e outras ameaças. Também desde a conquista o estandarte que tremulava na torre era o leão de Ghanor.

Mas fora substituído pelo brasão real dos Osbourne.

Um contingente desproporcional de tropas estava estacionado na região perto da torre. Eram vastas extensões de barracas, plebeus reunidos sob as bandeiras de seus lordes, pequenos grupos de cavaleiros orgulhosos. Algumas companhias mercenárias, algumas equipes de engenheiros de guerra. Uma força preparada para resistir a uma invasão, capaz de travar uma batalha campal. Não seria páreo para todo o exército de Ghanor, principalmente levando em conta sua notória falta de organização e lealdades divididas. Mas, se os dois se enfrentassem, haveria muito sangue.

Bellitz se aproximou do contingente como se estivesse lidando com uma nação neutra: cercada por seus guerreiros, sob o estandarte do leão, mas sem puxar armas. Trombetas foram soadas entre as tropas de Utteria, avisando da chegada da rainha. Ela viu a movimentação de centenas de plebeus, cavaleiros e mercenários, mas não o respeito que lhe era devido.

Cerca de uma hora depois, um nobre se aproximou a cavalo. Trajava armadura completa e estava também ladeado por cavaleiros. Ela não reconhecia o brasão.

Um servo sussurrou em seu ouvido o nome daquela família. Eram nobres importantes dentro do reino, mas insignificantes na política mundial.

O nobre parou a vários metros dela, não fez menção de apear. Um arauto chegou mais perto e o anunciou:

— O Duque Turxham de Baixa Maré saúda a Rainha Bellitz I de Ghanor! Permite que Vossa Majestade se aproxime em paz!

Bellitz rilhou os dentes. Um duque não podia lhe dar ou tirar permissão de entrar numa terra que era dela. Pelo menos tinham enviado um duque, não um pretendente ao trono de Utteria. A rebelião ainda não era escancarada.

— Diga ao duque que sua rainha exige que ele venha até aqui — Bellitz respondeu. — E que se curve como é devido.

Houve alguma confabulação entre o Duque Turxham e seus homens. Então o nobre se aproximou, ainda que não fizesse nenhuma mesura.

— Salve, Majestade! — disse o nobre, num tom informal irritante. — Decidi acatar seu pedido, para demonstrar nossa boa vontade.

— Sua rainha não fez nenhum pedido, Turxham. Foi uma ordem.

— Devo lhe informar que não tenho rainha — ele retrucou. — Apenas nosso jovem rei, que ainda não escolheu uma esposa! E, com todo respeito, Vossa Majestade não pode me dar ordens. Estou em território de Utteria, onde o poder de Ghanor não é reconhecido.

Ela fora muito otimista: a rebelião era, sim, escancarada. Talvez tivessem mandado aquele nobre para desafiá-la porque era alguém desimportante, ou apenas descartável. Talvez o duque fosse o poder por trás do trono, se o rei era mesmo tão jovem. De qualquer forma, era um desacato gritante.

— Utteria não tem rei — disse Bellitz. — A não ser o Rei Ruff Ghanor I. Então lhe dou a chance de retirar suas palavras, e fingirei que não as ouvi. Caso contrário, você será capturado agora mesmo e cruzará a fronteira junto a meu exército, dentro de uma jaula.

— Ghanor não vai cruzar a fronteira — disse Turxham. — Não sem uma batalha.

Era mesmo rebelião aberta. Aquele homem parecia se deleitar com o desafio. Não temia Bellitz, não temia o brasão.

— Você foi escolhido como porta-voz da insurreição? — a rainha perguntou. — Deve saber que está começando uma guerra.

— Não queremos guerra, Majestade. Apenas restaurar o que é nosso por direito.

— Não existe direito nenhum e guerra é o que terão.

— Sei que Vossa Majestade conhece bem as leis da guerra, pois lutou ao lado de Ruff Ghanor quando ele invadiu os reinos. Caso cruze nossa fronteira agora, provavelmente vai nos vencer, pois conta com mais soldados, mais armas, mais cavalos. Mas será uma guerra ilegal e o Santo Vivo não permitirá que siga impune.

— Não há mais Santo Vivo!

O duque abriu um sorriso asqueroso.

— Aconselho que Vossa Majestade obtenha notícias de Sammelen. O Santo Vivo está mais uma vez em sua Catedral.

A rebelião já se alastrara mais do que ela podia imaginar. Os reinos estavam em contato. Algum sacerdote tomara para si o posto de líder da Igreja. Tudo estava voltando ao que era antes.

O mundo não era verde e bom.

Não admirava que estivesse mais uma vez acabando.

— Utteria não deseja a guerra — Turxham falou num tom apaziguador mole. — Portanto, ofereço a Vossa Majestade uma proposta.

— Diga a seu pretenso rei...

— Não é uma proposta do rei, Bellitz — ele interrompeu, como se falasse com uma serva. — A proposta vem de mim. Posso relatar a meu rei que, ao ver nossas tropas reunidas e nossos estandartes erguidos, a Rainha de Ghanor nos saudou e desejou nossa prosperidade. Reconheceu a soberania de Utteria antes mesmo que eu falasse qualquer coisa. Manteve-se orgulhosa, não ouviu nenhum insulto e não precisou escolher entre perdoar um duque insolente e começar uma guerra ilegal. Pelo contrário... nossa independência veio sem sangue porque foi *concedida* pela rainha.

Bellitz ficou em silêncio.

— Ninguém ouviu o que se passou aqui, Majestade. Ninguém precisa ficar sabendo. Cruze a fronteira e provavelmente sairá vitoriosa. Mas então terá nas mãos o sangue de seus súditos, além de mais um conflito que pode durar muitos anos.

Nenhum dos dois falou, enquanto o destino de dezenas de milhares era colocado na balança.

Então:

— Eu concedo a independência a Utteria — disse Bellitz.

Finalmente o duque apeou e fez uma mesura profunda.

— Nosso reino agradece por sua clemência, Majestade.

Na tenda real, à noite, apenas Bellitz e Niccolas. Sentados em lados opostos de uma mesinha de madeira. Sem comer ou beber nada.

— Foi isso o que aconteceu — disse a rainha. — Eu aceitei ordens de um nobre pusilânime. Alguém que teríamos esmagado durante a guerra.

Ela contara tudo ao clérigo. Como se fosse uma devota, confessara a ele tudo que havia se passado, suas inseguranças, seus medos. Tudo que afligia uma celestial transformada em humana, responsável pelo destino do mundo, em meio a um povo que não tinha o que comer.

— Você é um anjo, Bellitz — disse Niccolas. — É claro que o que faz está certo.

— Não sou mais — ela deu um riso triste. — Mesmo que fosse, o que isso quer dizer? Mubruk era um anjo.

— Vossa Majestade fez o que era correto — o clérigo segurou sua mão. — Poupou vidas, evitou conflito. Não deixou que o orgulho levasse a ainda mais mortes.

Bellitz aceitou o conforto simples. Não havia nenhum humano ou elfo, ou mesmo anão, mais velho do que ela mesma. Ainda assim, tratar Niccolas como um ancião sábio e benevolente trazia algum alívio.

— Tudo está desabando a nosso redor.

— Não é sua culpa.

— Não interessa de quem é a culpa — disse Bellitz. — Os outros reinos nos abandonaram. Os elfos estão mais uma vez fechados em sua floresta. Os gigantes retornaram aos ermos. Tudo está voltando a ser como antes.

— Há algum problema nisso?

Ela olhou para ele com expressão quase suplicante.

— O sonho de Ruff está morrendo, Niccolas?

Então ele foi sábio e benevolente. Foi, de certa forma, até mais velho do que ela. Porque, com toda a segurança de um avô, sorriu e deu tapinhas carinhosos em sua mão.

— Esse não é o sonho de Ruff, minha rainha. O sonho de Ruff está mais vivo do que nunca. Por causa dele, por causa de Korin... E por sua causa.

Ela franziu o cenho.

— Você mantém Ghanor unido, Bellitz. Você governa, permitindo que os outros vivam suas próprias vidas. Você evitou batalhas contra os gigantes, contra Zibrene, contra Utteria. Você me devolveu a fé. Você provou para mim que ainda existem santos.

— Eu não sou...

— Você é mais que uma santa, Bellitz. É humana.

Então ele fechou os olhos, juntou as mãos. Uma lágrima escorreu por sua bochecha.

— São Arnaldo, São Ruff Ghanor, todos os santos dos humanos — disse o Prior Niccolas. *— Concedam-nos a fartura.*

Um brilho dourado emanou das mãos postas.

Quando se dissipou, havia sobre a mesa uma grande quantidade de arroz.

E, depois daquela noite, o povo não teve mais fome.

23 Duas barganhas

RUFF SENTIA O fedor de demônios.

Korin se voltou para trás, esperou seu pai erguer os olhos, então os encontrou. Não precisaram trocar uma palavra para saber: o príncipe também sentia. Estavam no subterrâneo, chegando perto de túneis que levavam ao inferno. Enxofre saturava suas narinas e calor cada vez maior fazia-os sentir como se estivessem com febre. O espaço atrás das pálpebras ardia, as mucosas pareciam inflamadas. O corpo dos dois pulsava em pequenas dores.

Korin ficou um tempo parado, até que seu pai o alcançasse pelo terreno dificultoso.

— Logo você começará a ouvir vozes — o rei avisou. — Não acredite em nada do que elas disserem e não revele nada além do necessário. Demônios mentem o tempo todo.

O rapaz assentiu, sério. Mas, logo depois de Ruff, a figura magra de Zamir surgiu por uma curva no túnel estreito. Fisicamente, parecia mais fraco que qualquer um dos dois. Seu corpo magro era débil, não possuía a reserva de músculos cultivados ao longo da vida. Mas, ao contrário dos dois, Zamir sorria.

— Você deveria estar livre dos dogmas de seus antigos mestres, Ruff Ghanor — o tirano caído chiou com desdém. — Isso é o que aprendeu com os deuses. Não acha que as mentiras deles são ainda maiores?

Ruff permaneceu calado. Zamir era um aliado necessário naquele ponto, mas ainda era estranho ouvir sua voz fora de uma batalha. Mais estranho ainda ouvir o próprio nome dito pelo feiticeiro naquele tom de conversa. Ele já vencera Zamir enquanto dragão, já derrotara sua magia, já enfrentara seus servos. Agora estava se deparando com outro lado de Zamir, talvez ainda mais perigoso.

— A intransigência dos deuses não justifica a maldade dos demônios, Zamir — disse Ruff. — E você é um tolo se acha que o inferno o vê como qualquer coisa além de uma ferramenta que já foi útil.

O tirano caído soltou uma risada forçada.

— Não dê ouvidos a seu pai, Korin Ghanor — Zamir se voltou ao príncipe. — Mesmo depois de uma vida experimentando o pior que mortais e deuses têm a oferecer, ele não entende como a existência funciona. Todos somos ferramentas. Eu só estou com vocês, só recebi essa oferta de redenção, porque sou útil. Demônios protegeram os mortais porque eles são úteis. Os únicos que não precisam de ninguém são os deuses, que estão destruindo o mundo.

Ouvir o nome de seu filho na boca de Zamir gerou um calafrio de nojo. Ruff não controlou um esgar, mas se conteve antes de falar alguma coisa. Lembrou a si mesmo, mais uma vez, que fora ele a solicitar a ajuda do feiticeiro. Fora sua ideia, e era uma ideia boa.

Mesmo assim, queria atacá-lo por manchar o nome de Korin com sua voz repugnante.

— Aprendi muito mais sobre a Dama de Ferro numa batalha contra ela do que em anos ouvindo sua voz — o príncipe retrucou. — Estou convencido de que é possível conhecer alguém sendo seu inimigo mais do que sendo seu servo. Então prefiro seguir os ensinamentos de meu pai do que os seus, Zamir. Você foi um servo dos demônios. Ele os enfrentou.

Ruff sorriu de orgulho. Não precisava se preocupar com seu filho, não precisava avisá-lo sobre a natureza insidiosa de Zamir. Ele era um adulto e estava pronto.

— Vamos continuar — o rei decretou.

Eles seguiram por um túnel apertado e serpenteante, apenas mais um de muitos que já haviam atravessado em semanas de viagem. Mal era possível ficar de pé naquele espaço exíguo, mas não era apenas por acaso que aquela passagem podia comportar humanos. Zamir conhecia os subterrâneos, conhecia as estradas que levavam ao inferno. Era do interesse dos demônios que os mortais pudessem se aproximar, que tivessem um caminho aberto para ser tentados, para oferecer suas almas, para firmar acordos que não podiam compreender. Usando o conhecimento do tirano caído, eles haviam entrado cada vez mais fundo, passando por largos salões e descidas íngremes, sentindo calor cada vez maior, até serem avassalados pelo cheiro de enxofre.

Zamir também iluminava o caminho, como se fosse um prosaico mago aventureiro. Como se eles fossem companheiros de buscas, exploradores de ruínas, heróis atrás de um grande tesouro. Esferas de luz clara e límpida acompanhavam o trio, mostrando cada trecho traiçoeiro com nitidez. Tudo ao redor era pedra irregular, eles não viam o sol desde que tinham começado a jornada, mas nunca se perderam, nunca ficaram no escuro, nunca caíram nas armadilhas naturais.

Zamir era solícito, prestativo. Útil. Mais uma vez, apesar de ter sido sua ideia oferecer aliança ao feiticeiro, Ruff questionava os motivos dele.

Seguiram por mais algumas horas antes que precisassem parar e descansar.

— Ainda serão várias horas de viagem até chegarmos ao portal — disse Zamir, ofegando como o humano que era. — É melhor dormir aqui mesmo e continuar amanhã.

— Posso lhe emprestar a força divina — ofereceu Korin. — Basta uma oração...

— Não toque em mim com essa imundície, garoto — o feiticeiro fez uma careta de nojo. — Prefiro conviver com toda a fragilidade que seu pai me impôs a aceitar as migalhas dos deuses.

Com isso, o feiticeiro sentou no chão. Grunhiu de dor, vasculhou uma sacola em busca de rações de viagem. Ruff observou-o mastigando, de olhos fechados, com a lenta agonia da velhice estampada em suas rugas. Seria uma visão cômica, se ele não soubesse do que Zamir era capaz.

— Ainda podemos continuar mais um pouco — disse o rei.

— A perseverança sempre foi a perdição dos humanos — o tirano rebateu. — Ouça o que digo, Ruff Ghanor. Você pode estar sentindo cheiro de demônio, mas ainda demoraremos para chegar ao portal. Não há nenhuma razão para não dormir e continuar amanhã.

A noção de dias e noites havia se apagado logo no início da viagem. Eles comiam quando tinham fome, dormiam quando tinham sono. Lá fora podia ser qualquer hora, não interessava mais. Os ciclos de seus corpos haviam se modificado de formas que nem eles mesmos podiam adivinhar. Se não fossem chegar ao objetivo nas próximas horas, fazia sentido que dormissem logo.

— Muito bem — Ruff cedeu.

Zamir observou-o como um gato admirando um inseto, enquanto o rei desenrolava seu saco de dormir, montava o acampamento improvisado, comia sua própria ração.

— Você sabe que não somos seus servos, Zamir — disse Ruff. — Ninguém vai preparar sua cama.

— Faço isso sozinho todas as noites, Ruff Ghanor. É a menor das ignomínias a que me acostumei.

Os dois se encararam.

Toda a viagem fora tensa. A ameaça de que Zamir podia fazer algo contra ele estava implícita, e dormir ao lado do antigo inimigo era sempre desconfortável. Era preciso lembrar que o tirano caído ainda tinha sua magia. Menos que uma sombra do que já fora, mas ainda um poder inimaginável para uma pessoa normal.

E Ruff agora era uma pessoa normal.

Ele sabia que, se quisesse, Zamir podia queimá-lo com um feitiço súbito, podia transformar o ar em veneno ou fazer seu sangue ferver. Logo depois seria vencido por Korin — a curta rusga no covil mostrara isso a todos. Mesmo assim, uma traição era possível. Tudo que garantia a segurança de Ruff era o fato de que Zamir queria continuar vivo mais do que se vingar. Algo lógico para um humano. Talvez nem tanto para um dragão.

A viagem fora tensa. Mas agora, perto do inferno e com semanas de desconforto em lenta ebulição, a animosidade era palpável.

— Durma tranquilo, Ruff Ghanor — disse Zamir, sem tirar os olhos dele. — Você já me venceu quando eu era um dragão. Venceu-me de novo e de novo nesta forma humana. Provou que até mesmo meus hobgoblins eram uma ameaça maior do que sou neste estado. Não tenho escolha a não ser respeitá-lo.

Ruff não disse nada.

Olhou para Korin, que assentiu em silêncio. Enfiou-se no saco de dormir, encostou a cabeça no travesseiro improvisado e adormeceu de pronto. O efeito de uma vida inteira de disciplina — dormindo quando podia, na estrada, em acampamentos militares, numa cela. No próprio subterrâneo, ao lado de um portal para o inferno e de um anão enlouquecido martelando numa bigorna. Quanto maior a tensão, mais rápido ele adormecia, para mais rápido acordar se fosse necessário.

Korin assumiu o primeiro turno de guarda.

— Você não tira os olhos de meus grimórios — disse Zamir. — Já estudou magia?

O túnel ficara em silêncio por horas, exceto pelo ressonar baixo de Ruff. Korin não precisava de distrações para se manter acordado. Treinado desde criança, entrava com facilidade no papel de sentinela. Ficava de pé, escudo no braço e espada na bainha, pronto para responder a qualquer perigo que viesse dos túneis.

Ou do acampamento.

— Você também deveria dormir — o príncipe falou, como resposta.

Zamir deu uma risada amarga.

— Uma das coisas que mais desprezo nos humanos — disse — é como vocês são adaptáveis.

— Você *despreza* isso?

— Humanos se rebaixam constantemente — o tirano caído pronunciou as palavras com asco deliberado. — Se há um problema, aprendem a lidar com ele, contorná-lo. Quando destruí o mosteiro onde seu pai cresceu, ele liderou o povo até uma cidade próxima. Patético.

— Não há nada de patético nisso.

— É o pensamento de um humano... O pensamento de alguém acostumado a se deixar vencer pela natureza, pelo tempo, pelos deuses.

— Ele triunfou.

— Um dragão não faria nada disso — Zamir continuou arengando. — Um dragão não abandonaria seu lar apenas porque foi destruído. Não começaria de novo, não construiria uma nova vida. Um dragão manteria seu orgulho. Viveria nas ruínas, enfrentaria seu inimigo de novo e de novo, até vencê-lo. Nunca mudaria de ideia, nunca se rebaixaria a ponto de admitir derrota.

Um momento de quietude.

— Há algumas horas você disse que a perseverança era a perdição dos humanos — Korin retomou o assunto. — Quando meu pai quis continuar, você preferiu descansar.

— Ao contrário de um humano, não tenho nada a provar a mim mesmo — Zamir resmungou. — Minhas vontades e necessidades são supremas. Se tenho fome, devo comer. Se tenho sono, devo dormir. Não me curvo ao que criaturas inferiores tentam impor a mim. Vivo onde quero. Durmo quando quero.

— É por isso que não está dormindo agora?

Havia tanta raiva no olhar de Zamir que Korin chegou a sentir pena. Era a expressão de uma criatura avassalada por um sentimento impotente, um ódio que não encontrava um alvo.

— Dragões dormem em seu covil, sobre suas riquezas — ele chiou. — É o correto, a forma como as coisas devem ser. Não importa a punição de Ruff Ghanor. Posso estar preso a um corpo humano, mas me recuso a ser um humano. Não vou aprender a dormir rapidamente no meio de uma jornada. Não vou me acostumar com a presença de meus inimigos.

— Eu não poderia me importar menos com isso.

Korin ficou um longo tempo em silêncio.

Contudo, foi ele mesmo a quebrá-lo:

— Seus grimórios contêm magia humana?

Zamir fitou-o por um tempo.

— A magia é uma só — respondeu.

— O que há neles?

— Truques sem valor — disse Zamir. — Fogo, destruição, luz, forças elementais. Coisas que faziam parte de mim mesmo antes da punição.

— E agora você precisa estudá-las?

O tirano caído concordou sem palavras.

— O que houve com seus outros grimórios?

— Está tentando me humilhar?

— Eu não confio em você, mas não o odeio — o príncipe deu de ombros. — Vou lutar contra você se precisar, mas não tenho razão para torturá-lo.

Zamir riu para si mesmo.

— Perdi a maioria de meus grimórios — falou. — Muitos, quando abandonei covis, ao ser derrotado por seu pai. Segui a lógica da Dama de Ferro, que apesar de tudo era humana, e tudo que consegui foi ter minhas posses roubadas. Fui obrigado a negociar outros para me manter vivo, para pagar meus hobgoblins. Tudo que me resta é isto, Korin Ghanor. A isto fui reduzido.

Korin ficou remoendo aquilo. De certa forma, parecia mais cruel da parte de Ruff tê-lo condenado à forma humana. Se Zamir estivesse morto, ao menos seria lembrado como uma fera terrível, o flagelo que dominara um reino durante séculos, após vencer o Devorador de Mundos. Da maneira como as coisas tinham acontecido, seria lembrado como um ancião maldoso e ressentido, que acumulou derrota sobre derrota nas mãos do mesmo homem. Seu pai havia lhe contado toda a história, dito que estivera prestes a matar Zamir e só não dera o último golpe porque Áxia havia implorado. Korin não sabia se Áxia fizera aquilo por piedade para com seu mestre ou por egoísmo.

— Existe apenas uma coisa nestes livros que não é um eco tosco do que já fui — disse Zamir. — Um conhecimento do qual nunca me desfiz. Algo que atraiu a Dama de Ferro.

Korin não perguntou, mas esperou que continuasse.

— O poder sobre a vida e a morte — Zamir explicou.

O príncipe era jovem, ainda que tivesse acumulado uma quantidade enorme de experiências naqueles últimos anos. Assim, não foi capaz de esconder o interesse ao ouvir aquilo. Mais que interesse: uma voracidade estranha. Um desejo que ele esquecera ter tido algum dia.

— Você é um necromante — disse Korin.

— Acha que um necromante é maligno?

Korin não respondeu.

— Você deve ter crescido ouvindo que apenas os deuses podem conceder a vida, Korin Ghanor — disse Zamir. — Por isso você reza, por isso se prostra. Apenas através da subserviência às entidades que querem destruí-lo você pode curar.

Korin escutava.

— Mas é mentira — o feiticeiro continuou. — Eu posso curar. Posso trazer alguém de volta da morte. Aqueles que possuem esse conhecimento recebem o título de necromantes, e essa palavra tem uma aura nefasta. Para que essa capacidade sempre esteja fora do alcance de todos que não sigam os deuses.

O príncipe se deteve por alguns instantes. As palavras do feiticeiro eram instigantes, mas o assunto era conveniente demais, preciso demais, feito para despertar seu interesse. O simples fato de estar falando sobre necromancia sugeria que soubesse algo sobre o passado de Korin.

— Como sabe que me interesso pela necromancia?

O tirano caído abriu um sorriso.

— Todos os humanos desejam esse poder — disse Zamir. — Todos vocês, sem exceção, perderam alguém para a força mais implacável que existe... A morte.

Sem notar o que estava fazendo, Korin se aproximou dele. Agachou-se a seu lado.

— Ou, se não perderam, temem essa perda mais do que tudo — o feiticeiro continuou. — Diga-me, Korin Ghanor... Para que usou a magia divina pela primeira vez?

— Para não morrer numa queda — ele respondeu. — Para impedir a morte de minha mãe.

— É claro — Zamir falou em voz baixa. — É para isso que os humanos rezam. Para adiar a morte. Mas rezar é *suplicar*. É admitir que essa dádiva está fora de suas mãos. Uma entidade distante decide ou não atender sua prece. Caso ela não tivesse sido atendida, sua mãe estaria morta.

— Eu sabia que seria atendida — ele foi rápido. — Rezei para meu pai.

Assim que disse isso, Korin soube que havia falado demais.

— Seja como for — Zamir ignorou o comentário. — Seria diferente se a vida e a morte dela dependessem apenas de você.

O príncipe de Ghanor deixou que aquelas ideias se assentassem.

— Você pode mesmo trazer pessoas de volta da morte?

— Serei franco com você, Korin Ghanor — disse Zamir. — Assim, saberá que não estou tentando convencê-lo de nada. Minha magia pode, sim, trazer pessoas de volta da morte... Mas elas não voltam iguais.

— Como assim?

— Seus corpos ficam distorcidos. Elas têm aparência cadavérica.

— Mas suas mentes...?

— Intactas.

Silêncio.

— Existe algum limite de tempo? — Korin perguntou. — Mesmo pessoas que morreram há meses, ou...

— Tudo é possível com o conhecimento certo.

Eles retomaram a marcha assim que Korin despertou. Os três engoliram rações de viagem, em silêncio. Ruff deu a ordem para que seguissem o mais rápido possível.

Korin, como de hábito, seguia na frente. Não só era mais ligeiro e vigoroso, seus olhos e ouvidos eram mais afiados. Servia como sentinela tanto quanto como batedor. No entanto, Ruff se esforçou para seguir mais rápido e alcançá-lo, deixando Zamir para trás.

— Tem certeza de que isso é seguro? — o príncipe perguntou. — Se ele ficar fora de nossa vista...

— O que Zamir disse a você durante a noite? — o rei interrompeu.

O silêncio de seu filho foi a confirmação de que ele precisava.

Ruff Ghanor passara anos afastado do príncipe, por sua própria incapacidade e pelos efeitos debilitantes da maldição. Mesmo assim, conhecia o rosto de Korin, pois era muito parecido com o seu. Desde que acordara, o garoto tinha um ar pensativo e fugidio. Evitava o olhar do pai e ficava perdido em elucubrações. Algo girava em sua mente. E Áxia era a prova de que Zamir era capaz de manipular humanos cheios de dúvidas.

— Por que acha que ele disse alguma coisa? — Korin retrucou.

— Zamir é perigoso, meu filho. Não há vergonha em se deixar enredar por suas palavras, mas você deve se manter atento. Não acredite em nada do que ele disser.

— Ele confessou que precisou vender seus próprios grimórios. Mostrou ser patético e derrotado.

— Não o subestime, Korin.

— Por que acha que ele pode me manipular?

— Ele pode manipular qualquer um. Sua influência sobre Áxia...

— *Não sou Áxia* — Korin disse em um sussurro alto. — Achei que isso havia ficado para trás. O que preciso fazer para que você entenda? Já salvei sua vida, rezo em seu nome, sou capaz de curar os feridos!

Silêncio.

— O que ele disse? — Ruff Ghanor insistiu.

Korin suspirou.

— Ele falou sobre necromancia — admitiu, enfim. — Está satisfeito, pai? É isso, falamos sobre necromancia. Eu ainda penso no rato que fui capaz de trazer dos mortos. Acha que sou maligno?

— Não — a voz de Ruff foi suave. — Eu estava errado naquela ocasião, Korin. Aqueles grimórios eram perigosos, mas eu deveria ter arranjado outros. Deveria ter convocado um tutor arcano para você. Trazer um animal de volta à vida é um instinto nobre.

Aquilo pegou o príncipe de surpresa.

— Mas sei que um rato não é seu grande objetivo — Ruff continuou. — Quem você gostaria de trazer de volta?

— Ernán.

A resposta imediata fez Ruff apenas assentir.

— Você é capaz de perdoar — ele disse. — Será um bom rei.

Korin ficou aliviado pelo fim daquela conversa. Não achava que seria capaz de manter a farsa.

— Não acredite em nada que eles disserem — Ruff avisou.

Uma onda de calor estonteante fez com que os três recuassem um passo. O imenso salão subterrâneo era tomado por cachoeiras estreitas de lava, que caíam em um lago ígneo, iluminando todo o ambiente com uma coloração alaranjada. Mesmo assim, a lufada de ar quente foi ainda mais forte quando a lava se abriu para mostrar um círculo feito de fumaça negra.

Milhares de criaturas mais adivinhadas e sentidas do que realmente vistas emergiram do portal, rastejando pelo teto e pelas paredes, flutuando no ar, escalando nuvens de fumaça como se fossem sólidas. Eram figuras quase humanoides, com braços e pernas, mas sempre um pouco *erradas*. Tinham longos chifres retorcidos, rabos serpenteantes, garras longas demais. Seus pés faziam barulho de cascos, suas risadinhas crepitavam como fogueiras.

Eles se espalharam por toda a caverna, ficando logo fora da vista. Sussurraram no ouvido de Korin, escaparam quando ele se virou. Seus sorrisos de dentes afiados surgiram em meio à escuridão, pipocando e desaparecendo quando eram percebidos de todo. Seu cheiro nauseabundo deixou as pernas bambas.

Um grupo deles, impossível dizer quantos, escolheu ficar à frente dos três. Confundiam-se uns com os outros, mas não se escondiam.

— *O Devorador de Mundos* — sibilou um deles.

— *Não mais* — outro fez troça. — *Apenas um mortal, prestes a se juntar a nós.*

— *E Zamir!* — um dos demônios passou a língua pelos lábios finos, pelos dentes afiados. — *Zamir fraco, Zamir sem a Dama de Ferro...*

— *Zamir rastejando para humanos.*

Ruff e o tirano caído deram um passo à frente, ao mesmo tempo. A zombaria dos abissais era semelhante para os dois e, naquele instante, estiveram unidos de uma forma estranha.

— Eu trouxe o antigo Devorador até aqui — Zamir proferiu, com tanta energia quanto era capaz. — Pois há uma nova Devoradora.

— *Bem sabemos* — uma das vozes se ergueu. — *Os mortais se voltam uns contra os outros, empurram-se ao abismo para que sejam os últimos a morrer...*

— *É um banquete!*

A caverna foi tomada de gargalhadas agudas.

— É um banquete agora — disse Ruff. — Mas vocês sabem que acabará.

— *Já derrotamos um Devorador...*

— E o segundo foi capaz de derrotá-los — Zamir cortou.

Ruff se surpreendeu com aquilo.

— Não finjam que me tratam como se fosse um mortal — o feiticeiro continuou, imperioso. — Fui criado pelo inferno, para derrotar o primeiro Devorador de Mundos, e triunfei! Mas o segundo me venceu. Invoquei o poder do inferno de novo e de novo ao longo dos anos, e Ruff Ghanor sempre nos derrotou.

— *Zamir* — vários demônios guincharam ao mesmo tempo. — *Somos ainda seus senhores.*

— Não tenho senhores — ele retrucou. — E todos nós estamos apenas rastejando em busca de migalhas. Apenas pela intervenção dos próprios deuses o segundo Devorador foi vencido. O inferno é incapaz de resistir à terceira Devoradora. Vocês, que se alimentam da maldade, do medo, da loucura, morrerão à míngua, como temiam desde o início. Podem dançar em seu próprio funeral, ou podem firmar um acordo com quem é capaz de impedir isso.

Os demônios ficaram em silêncio.

— Áxia usou todos nós — disse Ruff. — Todos nós fomos traídos por ela, e agora assistimos ao fim do mundo em suas mãos.

Eles fizeram ruídos de frustração e asco.

— Mas, de todos nós, demônios, mortais, dragões... Apenas eu a conheço de verdade — o rei de Ghanor encarou as formas abissais. — Sou o único que sobreviveu a Áxia, o único que ainda caminha sobre a terra e que testemunhou seu início. Apenas eu posso vencê-la.

— *Não ajudamos mortais* — disse um dos demônios. — *Se o inferno acabar, vocês acabarão antes.*

— Por isso proponho um pacto — disse Ruff Ghanor.

O salão adquiriu um tom mais escuro. Mesmo para os demônios, aquilo era uma ocasião portentosa. Eles conheciam o Devorador de Mundos como seu maior inimigo entre os mortais, aquele que rejeitara suas propostas desde sempre. Aquele que nunca ouvira suas mentiras, nunca se deixara ser tentado por suas ofertas.

Mais do que qualquer coisa que Ruff pudesse oferecer, aquilo já era atraente.

A queda inexorável de um mortal que, durante a vida toda, se esforçara para fazer o bem.

— Neste momento, não existe nenhum mortal com maior poder sobre exércitos, armas, estandartes — disse Ruff. — Mesmo que o mundo esteja ruindo, ainda posso manter o controle. Ainda posso enviar minhas tropas, impor a vontade dos deuses, como fiz no passado.

— *Você não sabe como o mundo da superfície reage à Devoradora.*

— Não interessa — ele deu de ombros. — Mesmo que haja revolta e guerra em cada feudo, cada aldeia. Mesmo que cada castelo tenha declarado sua própria independência, o chamado do Rei de Ghanor sempre terá peso. Posso unir as terras mais uma vez. Ou ao menos morrer tentando. Posso ser um mártir, um farol que guiará os mortais para sempre.

Silêncio escuro.

— Ou posso desistir — Ruff engoliu em seco.

Todos os demônios, visíveis e invisíveis, inclinaram-se para a frente com interesse. A saliva nauseabunda de seu apetite pingou na lava.

— *Explique-se.*

— Vocês sabem que seu banquete vem diminuindo desde que tomei o poder em Ghanor. Sabem que, mesmo com toda a guerra, todos os percalços, existe mais paz hoje em dia do que jamais houve antes. Sabem que minha linhagem perdurará. Meu filho já não vai mais precisar conquistar os reinos, nem livrar sua própria terra de um tirano.

Talvez o mundo acabe em breve, e vocês morrerão de fome... Ou talvez ele perdure, e vocês terão cada vez menos fartura.

— *Confia muito em sua própria habilidade.*

— Até hoje, nunca houve um desafio que eu não fosse capaz de vencer — disse Ruff. — Então, mais uma vez, o que ofereço é minha desistência. Deixarei que cada reino governe a si mesmo, sem me preocupar com sua moralidade. Permitirei que um feiticeiro maligno habite em minhas terras. Devolverei o mundo ao que era antes do primeiro Devorador.

Quando ambição, guerra, fome, traição e loucura assolavam as terras como uma mazela indomável.

Das sombras, eles ouviram guinchos de excitação, grunhidos de prazer antecipado.

— *Você diz que pode impedir a Devoradora e garantir que nosso banquete continue* — uma das coisas falou. — *E o que pede em troca?*

Ruff Ghanor respirou fundo.

Em sua vida, por mais que tentasse fazer o bem, de novo e de novo acabara escorregando para a maldade. Fosse trair Bellitz, fosse trancar livros em um porão, fosse proibir o próprio filho de pensar como desejava.

Mas estava prestes a cometer o ato mais maligno de sua existência:

— Peço que me entreguem três almas.

— *O que você está fazendo aqui, garoto?* — sussurrou um demônio. — *Um garoto tão bom. Não deveria estar tão perto do inferno.*

Korin estremeceu. Achava que havia se preparado para aquilo. Seu pai lhe dissera que seria acossado pelas vozes demoníacas. Mesmo assim, a realidade era mais inquietante.

— *Um garoto tão bom. Pena que seu pai o odeia.*

— *Ele entregaria sua alma para nós, se houvesse alguma vantagem.*

— *Levou-o para o covil de um dragão, sem se preocupar com sua segurança.*

— *Ele é perfeito. É um santo. Você pode apenas rastejar em sua sombra.*

— *Um garoto tão bom. É uma pena que sempre será um lacaio.*

Ruff e Zamir estavam mais à frente, concentrados em sua negociação. Não ouviram quando Korin disse:

— Também preciso de algo.

Caso seu pai escutasse, ele esconderia a verdade de alguma forma. Mas não foi necessário; as vozes demoníacas bloqueavam os ouvidos do rei.

— *Um garoto tão bom.*

— *Nós podemos ajudá-lo.*

— *Não precisa rastejar. Não precisa rezar ou implorar.*

— *Basta pedir.*

— *Um garoto tão bom.*

— *O que deseja?*

Korin estremeceu. Mal acreditava que iria mesmo fazer aquilo.

Mas, desde que Áxia lhe revelara pela primeira vez, ele imaginava como seria não estar sozinho.

Como seria ter alguém que o compreendesse.

Ele adorava seu pai como um santo. Mas sabia que a pessoa cometera erros graves. Um desses erros havia privado seu filho daquilo que mais ansiava.

Korin Ghanor pensava em erguer os mortos, mas não em erguer Ernán. Desejava, na verdade, pessoas muito mais parecidas consigo mesmo.

Os demônios estavam escutando. Ele então fez o pedido:

— Quero ter acesso ao que resta de meus três irmãos.

24 | As armas do rei

KORIN REZOU PARA São Ruff Ghanor, nos subterrâneos ainda fedendo a enxofre.

Seu pai estava dormindo. Zamir se recusava a admitir o cansaço, mas tinha se entregado ao sono há algumas horas, sentado, com um livro no colo. Era difícil conciliar a imagem do dragão vermelho das histórias com aquele ancião teimoso, mas isso não importava agora.

O que importava era a mensagem.

No silêncio quase absoluto dos túneis, Korin Ghanor juntou as mãos. Deixou-se invadir pela presença cálida, confortável, imperiosa e avassaladora do santo. A ideia de Ruff Ghanor, a figura criada nos relatos desde que ele cedera um par de botas a uma aldeã exausta, até quando conquistara o mundo. E agora, quando o estava salvando. Korin abriu um sorriso particular, para si mesmo e para São Ruff Ghanor, que não era o rei dormindo a poucos metros. Suas pálpebras fechadas filtraram a luz dourada que emanou de seu corpo.

Então, pedindo a dádiva de alguém que não existia, munindo-se do poder de sua própria crença de que São Ruff Ghanor deveria existir, ele tomou para si energia sagrada. Sentiu sua alma apanhando e manipulando aquela força, como se fosse mais um par de mãos. Moldou-a através da súplica. Uma súplica para o mundo, para a fé compartilhada.

Korin visualizou o Ruff Ghanor para quem rezava: o matador de dragão. O Santo de Pés Descalços. O guerreiro capaz de estar em dois lugares ao mesmo tempo. O general que comandava a própria terra a se esfacelar sob seu toque. O rei que tinha direito sobre tudo e sobre todos.

Foi mais uma vez invadido de uma sensação transcendente: louvor e elevação, quando a prece foi atendida. Se Ruff Ghanor não existia, era preciso criá-lo. E fora isso que ele tinha feito durante a infância. Fora isso que Hild fizera, durante uma jornada santa.

Ele sussurrou a mensagem, mal ousando macular as palavras com a materialidade do mundo. Era algo privado, para ele e para sua irmã, ambos unidos no que Ruff Ghanor, mais do que Ruff, lhes havia ensinado. Ambos compreendendo um ao outro na maneira como Ruff Ghanor, muito mais do que Ruff, os havia feito crescer.

Ela era sua irmã. Se não irmã de sangue ou de criação, irmã na fé. Era a peça que faltava no quebra-cabeça, desde o início. A relação entre os dois se completava naquele momento, em que ambos terminavam de cumprir uma missão para o rei e se entregavam a uma missão para o santo. O rei comandava o povo, o santo faria o povo sobreviver. O rei tecia suas estratégias, firmava seus acordos, concordava com seus meios-termos. O santo resolveria tudo de forma perfeita, como sempre fizera. O rei poupara um dragão, e agora usara-o para fazer um pacto com demônios. O santo matara o dragão e agora redimia um velho feiticeiro.

Só porque algo era mentira não significava que também não fosse verdade.

Korin Ghanor rezou, sussurrou, e sua mensagem partiu, procurando a alma de sua irmã sem errar o caminho. Ele soube quando foi ouvido — sentiu o sorriso dela e a conexão que os dois possuíam.

— *Já não era sem tempo, Pulga* — disse Hild. — *Estava começando a achar que eu e Bellitz precisaríamos resolver tudo sozinhas.*

Korin riu, em meio à situação trágica. Era o fim do mundo, eles estavam tentando encontrar o povo fugitivo de Ghanor, para pedir asilo a um reino desconhecido e então enfrentar uma inimiga enviada pelos deuses. Mesmo assim, ele riu, porque o desastre era a realidade do mundo, aquilo era o que acontecia com os súditos do rei. Os devotos do santo sabiam que tudo ficaria bem.

— *Zamir está conosco* — o príncipe devolveu. — *Meu pai fez um acordo...*

— *Você pode me contar esses detalhes depois, enquanto estivermos tomando um porre. Você já tem idade para tomar um porre, certo? Tem o que? Doze anos?*

Korin riu.

— *Conseguiram achar o caminho?* — ele perguntou.

— *Sua mãe está liderando Ghanor até as terras dos anões. Dianna e eu descobrimos...*

Korin sentiu a tristeza no fundo da alma de sua irmã. Uma sensação oca, uma impressão de vazio.

— *Dianna...?* — ele interrompeu.

Hild ficou em silêncio, mas não havia silêncio na comunhão. Ele soube sem que ela precisasse dizer.

— *Ela se martirizou* — disse Hild. — *Suportou um tormento inimaginável para me salvar, para que eu trouxesse o conhecimento de Urbaun Ab-Allahim. Dianna salvou Ghanor.*

Lágrimas de tristeza, saudade e orgulho escorreram pela face do príncipe. A lembrança do último treino que tivera com ela, ainda acompanhado por Ernán. A noção de que ela nunca mais lhe ensinaria nada. Korin sentiu a responsabilidade de conhecer os filhos de sua professora, de fazer parte da vida deles. Era um sentimento de adulto. Sentiu a obrigação que era também uma honra: garantir que a linhagem do Irmão Dunnius, de que seu pai tanto falava, continuasse a ser reconhecida pelos sacrifícios que fizeram pelo reino. Era um sentimento de rei.

— *Onde você está, Pulga? Os mapas e anotações do sábio são uma bagunça, mas posso tentar guiá-lo até aqui.*

— *Não se preocupe* — disse Korin. — *Eu vou achá-la, Hild.*

Por um instante, apenas aproveitaram o elo místico.

— *Acha que vai ficar tudo bem, Pulga?*

— *São Ruff Ghanor não deixaria que não ficasse.*

Eles primeiro ouviram o som de um reino inteiro viajando pelo subterrâneo.

Nos meses que se seguiram os túneis se tornaram gradualmente mais amplos, mais largos. No início era sutil: podia ser coincidência que pudessem agora caminhar lado a lado com conforto, que nunca precisassem se espremer por uma passagem que ameaçava deixá-los presos.

Então Ruff notou: o aumento deliberado e constante não era obra da natureza, mas engenharia anã. Ele não conhecera anões além do próprio Thondin, mas enxergava na delicadeza bruta daquele trabalho um toque da personalidade de seu antigo mestre ferreiro. Os túneis não pareciam trabalhados — pelo contrário, mantinham toda a aparência rústica e irregular da pedra bruta. No entanto, o rei se sentia mais e mais relaxado com o passar das semanas. Seu humor melhorava. Apenas com o olho treinado, e dedicando atenção máxima, ele conseguiu perceber que as irregularidades guardavam uma beleza pura, subliminar. A maneira como as rachaduras nas paredes se estendiam, o modo como os pedregulhos se empilhavam, o jeito como a rocha se encaixava em si mesma produziam uma estética única e primorosa.

Eles já estavam em território desbravado, conquistado e moldado por anões. Assim como um jardim podia conter arbustos, árvores e flores, todos presentes na natureza selvagem, mas arranjados de forma a agradar os sentidos, também aqueles túneis e salões eram cultivados. Era o interminável jardim de pedra dos anões.

Logo, todos os lugares por onde eles passavam era largos o bastante para abrigar batalhões, altos o suficiente para que estranhos pássaros subterrâneos planassem à vontade. Florestas de cogumelos e selvas de musgos lhes deram o que comer. Rios subterrâneos que desaguavam em um mar secreto lhes deram o que beber. Cavernas do tamanho de cidades, feitas inteiramente de cristais, lhes revelaram um tipo de beleza que não sabiam existir.

E por fim, quando os salões já eram tão vastos que possuíam suas próprias nuvens, quando os túneis já eram largos a ponto de suas paredes sumirem na escuridão vaga, quando já parecia estranho que, lá fora, pudesse haver um sol e um céu azul, eles ouviram o som de Ghanor.

Ruff segurou forte o ombro de seu filho. Korin viu que os olhos do rei brilhavam com lágrimas contidas. Aquele burburinho ecoando na vastidão fechada, o som de centenas de milhares de pessoas existindo em suas vidas cotidianas agora transformadas, era a confirmação final de que Ghanor ainda existia. As terras acima eram malditas, os castelos estavam vazios e as aldeias estavam abandonadas, mas nada daquilo era Ghanor. O rei tinha uma ligação com a terra, mas a terra não importava.

Eles desembocaram num pórtico circular que permitiria a passagem de um exército. A abertura dava para uma imensa rampa de aparência natural, uma colina suave que descia até uma área ainda maior.

E lá embaixo, nessa área gigantesca, a coluna marchava. Iluminada por dezenas de milhares de pontos bruxuleantes que eram tochas e lampiões, eles continuavam em frente. Com estandartes, carroças, animais, eles seguiam a Rainha Bellitz, que estaria em algum lugar na frente de todos.

Ruff ficou maravilhado. Seus súditos estavam vivos. Seu sonho perdurava.

Korin rezou e o pórtico foi tomado por uma forte luz dourada. O brilho logo chamou a atenção de alguns, que apontaram. Então, aos poucos, o reino de Ghanor olhou para cima, em direção ao pórtico luminoso, onde seu rei despontou trajando a armadura completa.

Todo o barulho cessou.

— Ghanor! — disse Ruff, erguendo o martelo, sua voz ecoando em todo o salão monumental, espalhando-se para cada ouvido, reverberando na pedra e tornando-se maior do que jamais fora. — Estamos juntos mais uma vez! Juntos triunfaremos!

O subterrâneo estremeceu quando o reino inteiro embarcou no mesmo cântico. Não era mais um exército ou uma cidade. Eram *todos*, cada criança e cada ancião, todas as gargantas de todos os súditos entoando a mesma palavra:

— *Ghanor! Ghanor! Ghanor!*

Ruff, Korin e Zamir desceram a colina, iluminados pelo brilho dourado sagrado, enquanto os súditos maravilhados gritavam o nome da dinastia. Chegou aos primeiros — uma família humilde, esfarrapada. Uma mãe que não devia ter metade da idade do rei, mas parecia ser mais velha que ele, com três filhos ainda não adultos. Ela se ajoelhou e lhe ofereceu uma tigela de arroz cozido.

Ruff aceitou e comeu a primeira colherada com prazer indizível. Tocou na testa da mulher.

— Eu a abençoo.

Então Ruff Ghanor andou entre eles, sem medo, sem pressa. Envolto pelo brilho dourado, abençoou todos que pediram a bênção, ouviu as histórias de lamúria e gratidão de todos que quiseram falar. Foram dias atravessando o reino em movimento, dias sem dormir, mas ele não sentiu sono. A fé de seu povo o alimentava, assim como ele via que estavam bem alimentados.

Chegando ao fim daquela jornada, que era o início da coluna, ele foi saudado por Fester de Salúria:

— Nem mesmo aqui embaixo a morte me encontra, Majestade. Estou pensando em usar roupas de cores chamativas. Talvez um chapéu maior. Temo que a morte não enxergue muito bem.

Por Edyriell, notando que ele trazia o feiticeiro:

— É um privilégio poder vê-lo de novo, Majestade. E uma honra saber que pude ajudá-lo com meus conselhos.

Pelo General Urko, que levava adiante o legado do primeiro Korin e da Companhia do Cão:

— Sofremos baixas, mas estamos bem, Majestade. Vira-latas são sempre mais durões.

Pelo velho Prior Niccolas, com um sorriso que não demonstrava há anos:

— São Arnaldo está de novo entre nós, Ruff. Mas sei que desta vez São Arnaldo é você.

Por Hild Osso-Oco, em sua armadura feita pelos mortífices, com sua postura orgulhosa:

— Bem-vindo, Ruff. Bem-vindo, Pulga. As coisas estavam começando a ficar chatas sem vocês estragando tudo.

E, finalmente, pela rainha.

Bellitz foi até ele. Ela estava mais magra, mais cansada. Havia rugas nos cantos de seus olhos e alguns fios de cabelo já estavam brancos. Comandar o reino cobrara seu preço.

Ela nunca fora tão bela.

O rei se curvou a ela e então a beijou. Bellitz abraçou o príncipe.

Então, enquanto o reino gritava seu nome e o tirano caído se afastava, a família real foi uma família mais uma vez.

O reino viajou por mais um mês antes de chegar a um túnel sem saída.

Os mapas não mostravam aquilo. Os escritos de Urbaun Ab-Allahim descreviam as passagens até o território dos anões, falavam de corredores gigantescos, capazes de abrigar populações inteiras, como se fossem território aberto. Todos os marcos apontados pelo sábio ancestral estavam corretos até ali — os rios subterrâneos, as elevações e declives, as florestas e as cavernas de cristais. Mas os batedores relataram não uma passagem fechada ou um desabamento. Era apenas rocha, parte das formações naturais do subterrâneo. Tão contínua e integrada quanto qualquer outra parede de qualquer outra caverna.

Ruff desconfiou daquilo. Talvez eles tivessem se perdido em algum lugar, talvez fosse preciso manobrar toda a coluna para retomar o caminho e achar o ponto onde haviam divergido dos mapas. Contudo, antes de fazer isso, enviou batedores à retaguarda, liderados por Edyriell, para garantir que a rota pela qual tinham vindo continuava lá.

Eles demoraram alguns dias para atravessar a coluna, traçar todo o caminho de volta, então retornar. O elfo pousou seu grifo em frente ao acampamento da família real, desmontou de um salto. O rei emergiu da tenda e ele fez uma mesura rápida.

— Majestade — disse Edyriell, um pouco sem fôlego — o caminho não existe mais.

— O que quer dizer? — perguntou Bellitz, saindo da tenda logo atrás do marido.

— Exatamente isso, Majestade. O caminho pelo qual viemos não está mais lá. Não houve nenhum desabamento, nenhum portal parece ter se fechado. Apenas não encontramos mais nenhuma saída. Estamos presos numa caverna imensa, mas totalmente isolada do resto do mundo.

Ruff olhou ao redor, como se fosse capaz de enxergar algo que os outros não viam.

— Achei que algo assim podia acontecer — disse. — Os anões conhecem meios de trabalhar pedra e metal que mal podemos imaginar. Assim como Thondin compreendia o potencial do metal e falava com ele, deve haver algum anão capaz de se comunicar com a pedra. Talvez estejamos sendo observados há muito tempo e agora estamos chegando perto demais.

Zamir se aproximou.

— Existem magias que podem destruir mesmo a rocha mais resistente — disse o tirano caído.

— Não vamos destruir nada. — Ruff continuou olhando em volta. — Não viemos até aqui em busca de destruição, mas de amizade.

Então, sem alterar a voz, Ruff dirigiu-se a pessoas que não estavam lá:

— Pedimos desculpas por entrar em seu território desta forma — disse o rei. — Teríamos enviado uma comitiva oficial, requisitando passagem, mas não somos capazes de notar onde está a fronteira.

Alguém perguntou com quem ele estava falando, Bellitz gesticulou para que fizessem silêncio.

— Agradeço por seu método não violento de nos barrar! — Ruff continuou. — Em vez de nos ameaçar com armas e exércitos, vocês fecharam as passagens. É algo inteligente, que impediu que algum soldado apavorado disparasse uma flecha sem receber ordem, ou que algum nobre exaltado puxasse a espada tentando defender seus vassalos. Vocês impediram que nosso primeiro contato fosse hostil, e por isso sou grato! Mas agora gostaria de dialogar com quem está nos ouvindo.

Nada.

— Sou Ruff Ghanor I, rei de Ghanor e Kottar — prosseguiu, sem se abalar com o silêncio. — Até há pouco tempo, governava todas as terras da superfície, com a exceção do deserto. Minha rainha, Bellitz, trouxe nosso povo inteiro ao subterrâneo porque o mundo está morrendo. Nossos plebeus, aldeões, fazendeiros e burgueses precisam de abrigo em um lugar que não seja maculado pela crença em uma santa assassina, enquanto seu rei lida com a situação.

A ausência de resposta o deixou ainda mais eloquente. Sem sentir, Ruff quase sorria ao explicar a situação trágica:

— Não ficaremos por mais que o tempo necessário e respeitaremos suas normas, costumes e leis. Esta é a maior missão diplomática da história de nosso mundo! Em vez de uma comitiva, todo o povo de Ghanor e de Kottar vem pedir sua ajuda e oferecer o que pudermos.

Abriu os braços, num gesto que englobava suas palavras, suas promessas e seu povo. Então fez uma mesura, mesmo que para ninguém.

Empertigou-se.

Um instante depois, anões começaram a emergir da pedra.

Eram centenas, depois milhares. Aquela caverna se perdia na distância, sozinha era quase do tamanho de um reino, mas não parecia haver nenhum ponto de onde não surgissem anões. Eles brotavam das paredes de rocha como se elas fossem água, deslizando sem fazer barulho e sem esforço aparente. Todos usavam o mesmo uniforme: túnicas em tons de marrom e cinza que faziam com que eles próprios parecessem pedregulhos. Cavalgavam o que, ao primeiro olhar, pareciam animais, mas também eram feitos de rocha: corpos atarracados sem cabeça, com duas patas longas. Quando as bestas pisavam no chão, não faziam qualquer ruído. Seus pés, apenas por um instante, se mesclavam à rocha. Nenhum dos anões portava armas, mas seu domínio sobre o ambiente não deixava dúvida de que seriam capazes de enfrentar um exército. Por bastante tempo, a caverna inteira pareceu borbulhar, libertando seus habitantes ao redor dos intrusos.

O povo de Ghanor e Kottar enxergou aos poucos o que acontecia. Houve reações de medo, populações inteiras de aldeias e cidades se encolhendo, recuando ao centro da coluna. Animais de carga e tração se agitaram. Mas nobres, líderes de comunidades e soldados mantiveram a calma.

Os anões não fizeram menção de atacar, mas seu enorme contingente cercou a população, com as mesmas táticas de um exército. Não havia lideranças aparentes, eles não trocaram uma palavra, nenhuma trombeta ou tambor de guerra soou. Apenas formaram fileiras sucessivas daqueles vigias sem armas, soldados sem armaduras, coordenados com perfeição, como se fossem um só.

Ruff Ghanor ergueu a mão, comandando sem palavras para que seus generais e conselheiros se mantivessem calmos. Nenhuma arma foi sacada. Ele aguardou, imóvel, até que o mundo ao redor cessou de borbulhar e expelir anões.

Um instante de quietude, então o teto da caverna se moveu.

Agora com o barulho ensurdecedor de uma centena de terremotos, a rocha moldou a si mesma como se fosse argila. Ghanor e Kottar foram banhados por poeira, pedrinhas, pequenos destroços. Houve gritaria, muitos pensaram que era um desabamento. Mas os anões montados permaneceram estáticos e o rei continuou imóvel.

Então, quando a luz das dezenas de milhares de tochas e lampiões mostrou o que ocorria, o povo da superfície ficou maravilhado.

O teto da caverna se moldou em um par de mãos. Mãos tão perfeitas, de movimentos tão fluidos, esculpindo a si mesmas com tamanha perfeição, que era impossível dizer com certeza que não pertenciam a um ser vivo. Mãos do tamanho de cidades, cada poro visível, cada dobra da pele de pedra respondendo com a maciez de pele viva.

As mãos se voltaram à vanguarda da coluna, onde estava a família real. Os dedos colossais se estenderam, num gesto de entrega. Uma figura solitária andava através das colinas criadas nas palmas das mãos, através de vales formados pelas dobras e linhas.

Quando chegou às pontas dos dedos, a figura se tornou visível de todo. Era uma anã trajada no mesmo uniforme cinzento e marrom de todos os outros. Ela não cavalgava uma das criaturas de pedra, mas seus passos nas mãos feitas de rocha eram tão suaves e ligeiros que ela dispensava qualquer transporte.

A anã fez uma mesura para Ruff. O tecido de sua túnica fazia um barulho esquisito.

Ruff entendeu que a túnica era feita de pedra, tão fluida e maleável quanto a pele das mãos de onde ela viera.

— Saudações, Majestade — disse a anã, sua boca se movendo, sua voz emanando em vibrações das paredes de toda a caverna. — Sou Zargaranna, Primeira Espira dos Geomantes. O que você chamaria de general máxima.

— Saudações, Zargaranna — disse Ruff, com um meneio de cabeça. — Peço desculpas por não saber onde se localizam suas fronteiras. Não sei nem mesmo o nome de seu reino. Mas solicito uma audiência com sua rainha ou seu rei, quem quer que seja.

Mesmo ao longe, foi possível discernir o sorriso da anã.

— Nosso reino não tem nome e não tem fronteiras — ela disse. — Vocês pisam sobre nosso reino todos os dias. O interior deste mundo pertence aos anões. Não há motivo para nomeá-lo, porque é tudo que existe. É o Subterrâneo.

— Reconheço sua soberania, Primeira Espira. Mas ainda preciso ter com seus governantes.

— Não há diferença entre reino, mundo e rei — Zargaranna fez um gesto amplo. — Somos governados pela terra. Ela nos diz o que fazer e nós obedecemos.

Ruff pensou por um instante.

— Então estou aqui para impedir um regicídio.

Não havia nome para o reino dos anões, que era o interior do mundo. Chamavam-no apenas de Subterrâneo e se consideravam senhores de tudo que havia abaixo da superfície. Mas as comunidades precisavam ser chamadas de alguma coisa. Aquela que era talvez a mais importante, onde eles agora estavam, chamava-se Útero de Pedra.

Ruff descobriu que, afinal, os relatos de Urbaun Ab-Allahim não eram totalmente precisos. O sábio falava no "reino dos anões", mas na verdade estava se referindo a Útero de Pedra, apenas uma das grandes comunidades anãs espalhadas pelo Subterrâneo. Um lugar tão vasto, com uma população tão grande, que poderia mesmo ser chamado de reino. Contudo, para os anões era o equivalente a uma cidade.

Os anões tinham exércitos tradicionais, que lutavam com machados e escudos, vestiam armaduras e obedeciam a hierarquias de comando familiares a quase qualquer povo. Contudo, essas eram forças consideradas menos importantes — tinham sido úteis no passado, quando houve guerra, e sua principal função atual era impedir o surgimento de tiranos em locais isolados de seu quase infinito território.

A defesa em larga escala estava a cargo dos Geomantes.

Geomantes eram anões magos, que tinham a capacidade de moldar a terra e a pedra, ouvir seus anseios, ceder a ela quando era necessário, dobrá-la a suas vontades quando imprescindível. A terra era o reino e o rei. Era o mundo e, por analogia, uma divindade. Não ouvia preces, não realizava milagres, mas concedia tudo de que os anões precisavam. Assim, os Geomantes eram soldados e sábios, guerreiros sagrados e cavaleiros que recebiam suas ordens diretamente do monarca. Zargaranna, a Primeira Espira, liderava todos os Geomantes e era uma das pessoas de maior prestígio e influência entre os anões.

— Não temos certeza sobre isso — disse Zargaranna —, mas acredito que os anões sejam o povo mais numeroso entre todos. Vocês só ocupam a superfície. Nosso território é todo o resto.

O rei de Ghanor ouvia as explicações da Primeira Espira, que parecia muito satisfeita em falar sobre seu povo. Ruff recebera permissão de adentrar Útero de Pedra, o lar de Zargaranna e de um dos maiores contingentes de Geomantes, com uma pequena comitiva. O resto do povo ficara para trás, na imensa caverna, onde estaria em segurança. A líder dos Geomantes garantira que a terra daria tudo que os visitantes precisavam: cogumelos suficientes para alimentar a população brotariam, fontes de água límpida surgiriam onde antes tudo era seco.

— Sabemos que existem limitações na superfície, porque viajantes anões relatam a maneira insana como vocês vivem — disse Zargaranna. — Aqui não há fome, não há miséria. A terra provê tudo de que precisamos. Basta pedir.

Ruff caminhava por uma passarela impossivelmente longa, que atravessava uma enorme seção daquela comunidade. Abaixo, centenas de milhares de anões viviam suas vidas. Eram comerciantes, ferreiros, guardas, alfaiates, taverneiros, como em qualquer cidade humana. Tudo feito de pedra e metal, iluminado por fungos fosforescentes e globos de luz mágica, mas muito reconhecível.

— Não existe nobreza aqui então? — Ruff perguntou.

— Na verdade, existe — a Primeira Espira disse, com naturalidade. — Existem até mesmo reis, em algumas partes... Mas todos obedecem à terra.

— Há um rei aqui?

— Não aqui, Majestade — ela sorriu. — Muitas vezes, nobres estrangeiros pedem para falar com o rei. Mas isso não adianta nada. Você precisa falar com a terra.

A passarela desembocava num imenso palácio moldado na pedra viva. Parecia rústico, uma montanha pontilhada de buracos que faziam as vezes de janelas. Contudo, uma vez que Ruff Ghanor adentrou a construção, viu-se num ambiente de conforto extremo.

O interior era tão bruto quanto o exterior: rocha que parecia natural, como se o palácio tivesse se formado espontaneamente pelas forças geológicas do Subterrâneo. Mas o chão irregular se adequava perfeitamente a seus pés. Mesmo sem nunca ter estado ali antes, o palácio parecia feito sob medida para o rei. A temperatura era agradável, exata para não provocar nenhum tipo de incômodo. A luz era difusa — nunca ofuscava, mas nunca obscurecia nada. Não havia decorações, mas cada centímetro das paredes, do chão e do teto possuía rachaduras e relevos esteticamente interessantes. Um corredor fluía de maneira natural até outro. Ruff teve a impressão de que nunca poderia se perder ou ficar cansado ao andar por ali.

— É magnífico — disse o rei.

— Este é o Palácio dos Intérpretes. É onde a terra fala conosco de maneira mais direta. Você não consegue enxergar, mas tudo está se modificando de forma sutil a seu redor, para acolhê-lo. É a terra lhe dando as boas-vindas, Majestade.

Ruff respirou fundo, sentindo um aroma agradável de pedra. Após a jornada longa e maçante, tudo acontecia com uma velocidade que ele mal conseguia acompanhar. Zargaranna não tinha meias palavras, não fazia questão de cerimônias. Concordara em trazê-lo ao palácio de imediato. Não precisara pedir qualquer permissão, não exigira que ele cumprisse nenhuma tarefa. Não havia nenhuma emergência que demandasse a atenção dela, nenhum motivo para tratar estrangeiros com hostilidade.

Aquilo, Ruff raciocinou, era segurança.

Os anões não tinham motivo para temer. Mesmo que a população inteira de Ghanor e Kottar resolvesse atacá-los, bastava que os Geomantes fechassem os caminhos, e o povo ficaria a salvo. Mesmo que Ruff enlouquecesse e decidisse atacar a Primeira Espira, ela podia sumir dentro da pedra.

E a grande monarca dos anões, a própria terra, não estava sobrecarregada com outras tarefas, pois era onipresente. Cada pequena necessidade de cada anão capaz de se comunicar com ela recebia a mesma atenção. Eles falavam da terra como uma entidade consciente, mas Ruff achava que suas intenções e pensamentos eram como os do metal: forças intrínsecas que estavam na substância inanimada, que precisavam ser interpretadas. Afinal, aquele era o Palácio dos Intérpretes.

Por todo o palácio, centenas de anões se cruzavam, de um lado para o outro, carregando tabuletas de pedra cheias de inscrições. Alguns usavam os corredores. Outros, portadores da magia dos Geomantes, emergiam das paredes, sumiam pelo chão. Era uma burocracia como a de qualquer reino, cheia de funcionários ocupados.

— Estão levando os éditos da terra — explicou Zargaranna.

— Levando para onde?

Ela deu de ombros.

— Às vezes, para generais, nobres de outras comunidades, grandes comerciantes. Outras vezes, para o garoto que começou a trabalhar como aprendiz de ferreiro hoje mesmo. Ninguém sabe o que a terra vai dizer, ou para quem.

Ele quis perguntar como os éditos eram proferidos, mas se conteve. Achou que em breve receberia a resposta.

E recebeu.

Zargaranna abriu uma passagem para o centro do palácio e Ruff Ghanor viu os intérpretes.

Centenas de anões estavam semifundidos às paredes de um imenso salão natural. Os intérpretes falavam sem parar, cada um em seu próprio tom contínuo e invariável. Em volta de cada um deles havia equipes de escribas sobre estruturas móveis penduradas no teto, transcrevendo em tabuletas de pedra tudo que eles diziam. De tempos em tempos, as tabuletas eram entregues a outros funcionários, que desciam pelos andaimes e levavam as ordens da terra a quem precisasse recebê-las.

Ruff precisou de alguns instantes para absorver tudo aquilo.

Antes que seus olhos fossem capazes de apreender todas as partes daquela máquina viva de monarquia, um jovem anão o interpelou.

— A terra tem instruções para você.

Entregou a Ruff uma tabuleta. Fez uma mesura e se afastou.

— Tudo acontece muito rápido entre os anões — ele murmurou, quase para si mesmo.

— Humanos é que são vagarosos — a Primeira Espira riu.

O primeiro dia de Ruff Ghanor entre os anões foi estonteante, mas ele teve tempo para se adaptar a seu modo de vida confiante, veloz, satisfeito.

Era estranho se comunicar com a terra. Não era o mesmo que falar com os deuses, embora também houvesse a necessidade de intérpretes. As divindades não escutavam os mortais; ouvir suas vozes absolutas podia enlouquecer ou matar um humano.

Já a terra ouvia tudo. E arranjava meios de ser ouvida.

De novo, Ruff precisou lembrar a si mesmo que provavelmente aquela não era uma entidade consciente. Os anões a chamavam de monarca, mas era uma coleção de possibilidades que aquele povo aprendera a compreender.

Ou assim ele achava.

De qualquer forma, a terra recebera Ruff Ghanor como um igual. Ela sabia qual era seu propósito ali. Sabia, porque ouvira as conversas dos humanos, que a Santa do Fim do Mundo trazia consigo a destruição de tudo. A terra lembrava do primeiro Devorador de Mundos.

E do segundo.

Descendo sozinho por uma interminável escadaria, Ruff sentiu as palavras escritas na tabuleta pesarem sobre si:

"Você foi capaz de me machucar, Devorador de Mundos.

Eu e você já fomos os maiores inimigos, ainda que você não soubesse. Você me consumia e com isso ganhava poder. Você foi o único mortal até hoje capaz de me ferir. O único mortal contra quem não fui capaz de revidar.

A terra é eterna. Mesmo que cada coisa viva que existe em mim morra, nada disso me afetará. Mesmo que tudo queime, mesmo que milhares de rochas caiam do céu sobre minha superfície, nada disso significa nada para mim.

Apenas você um dia foi um risco.

Eu e você somos opostos, Devorador. Eu sou eterna e você já foi o fim de tudo.

Você foi privado de seu poder, que agora pertence à terceira Devoradora. Ela também pode me ferir. Ela usa a crença dos mortais para que eu deixe de existir.

Ela é capaz de transformar todos os mortais em meus inimigos, e contra eles sou indefesa.

Eu tenho uma forma de me proteger, Devorador. Tenho a meu serviço o povo anão e os Geomantes. A você pertencia o terremoto, mas também a eles. Se todos os meus Geomantes usarem seu poder máximo, terremotos e vulcões podem exterminar os mortais da superfície. Então não haverá crença e não haverá ameaça para mim.

Se você se acha capaz de apresentar uma alternativa, deve primeiro provar que é digno de minha confiança."

Ele lembrava da sensação de convencer o metal, extrair dele o potencial máximo. A terra tinha potencial imensurável de proteger e destruir. Seria mesmo muito fácil matar todos os habitantes da superfície, assim acabando com a maldição, tirando todo o poder da Santa do Fim do Mundo. Era algo muito próximo do que os deuses desejavam. Ruff não tinha dúvidas de que, se algo assim fosse feito, o próximo Devorador de Mundos surgiria no Subterrâneo.

Assim, era preciso moldar a terra, da mesma forma que ele moldava o metal. Bloquear o potencial de destruição, trazer à tona o potencial de defesa. Unir superfície e Subterrâneo, fazer aquele conjunto de possibilidades e intenções latentes entender que um humano podia, afinal, ser igual a um anão.

Ruff desceu a escadaria por dois dias inteiros, até chegar a um lago de magma.

Começou a suar no mesmo instante, mas não se abalou. Trajava a armadura completa de Arcanium e assim pretendia continuar. Não eram as vestes de um artesão, mas aquele era seu maior feito — ao menos no entendimento da terra.

Às margens do lago de magma havia uma bigorna. No chão havia uma picareta.

Ruff se postou à frente do lago, contemplando a imensidão fechada da terra.

— Sou Ruff Ghanor — disse em voz alta. — O terremoto nunca foi meu maior poder. Nem mesmo minha linhagem. Nem mesmo a santidade, pela qual hoje meus clérigos realizam milagres.

A terra não parecia responder. Mas Ruff achava que começava a entendê-la. Começava a notar que sim, ela respondia.

A terra, em sua comunicação muda que nunca cessava, o estava desafiando. Ele era um habitante da superfície, alguém que nunca estivera no Subterrâneo antes de precisar. Enquanto tivera poder, ele a destruíra, sem nunca pensar nas consequências disso.

— Sou um rei, e sei que reis têm uma ligação intrínseca com a terra — continuou. — Talvez a palavra não signifique o mesmo. Talvez eu não esteja ligado à monarca dos anões. Talvez sua parte que tem ligação comigo seja tão pequena a ponto de não importar.

Respirou fundo, sentindo o calor extremo nas narinas.

— Nada disso é meu maior poder — disse Ruff Ghanor. — Todas essas são dádivas que recebi sem merecer. Meu maior poder, uma conquista apenas minha, é que sou o maior ferreiro do mundo.

O lago de magma borbulhou.

— Fui treinado por Thondin, que só pôde morrer porque consegui superá-lo! Ele não me deu nada, assim como o Arcanium não me deu nada. Precisei arrancar dele o conhecimento, tirar do Arcanium seu potencial pleno. Tornei-me mais anão do que um dos mais célebres anões!

Ruff ergueu o martelo.

— Deseja que eu prove ser digno de sua confiança? Muito bem! Tirarei de suas entranhas mais Arcanium! Tirarei do Arcanium tudo que ele pode ser! Farei com que essa minúscula parte de você seja melhor, seja plena, assim como já fiz antes! Sou Ruff Ghanor, e a mim pertence a forja!

A caverna estremeceu, o lago de magma rugiu.

— Não tenho medo — disse Ruff. — Se você é monarca dos anões, então também sou seu súdito. Se o rei governa sobre a terra, então também sou seu rei. E, se temos uma ligação, somos iguais.

Ruff Ghanor apanhou a picareta.

Começou o lento trabalho de mineração, em busca de um veio de Arcanium.

Ele lembrava que Thondin não entendia o conceito de sono.

Talvez tivesse algo a ver com sua ligação com a terra. Afinal, Ruff também não dormiu até que achasse o minério.

No calor do magma, sobre a bigorna, usando o martelo de Arcanium que fora capaz de quebrar o mundo, Ruff criou.

Martelou o metal que havia extraído da terra, sua irmã e sua igual, uma rainha com sua própria corte de túneis. A terra podia destruir e proteger. A cada martelada, Ruff sentia o potencial do metal, que era parte da terra, e impunha sua vontade a ele.

Entre destruir e proteger, a escolha era fácil.

A chapa de Arcanium começou a tomar forma.

Ruff Ghanor também não dormiu enquanto trabalhava na forja, suando sob a armadura. Não comeu enquanto descia o martelo de novo e de novo sobre o metal incandescente. Não bebeu água enquanto o magma fustigava-o com seu calor fundamental.

A cada martelada, a proteção vinha à tona mais e mais.

— Isto é você — disse Ruff, para a terra. — Uma parte é o todo. Isto é você, e você vai me proteger. Você vai proteger seu povo e o meu, porque estamos fazendo um pacto. Somos reis e lutamos juntos contra o maior dos inimigos.

Quando foi necessário, a terra fez surgir uma fonte límpida, onde Ruff temperou o Arcanium.

Ele moldou a chapa, até que adquirisse a forma perfeita. Então trabalhou nos detalhes, fazendo com que a beleza daquela peça fosse tão evidente quanto seria sua função.

— Uma parte é o todo. Você está aqui. Sua proteção, a proteção que dá a todos os anões, estará aqui.

Trabalhou a chapa até que, um dia, soube que não havia mais o que trabalhar.

Estava tudo ali. Sempre houvera aquele objeto no Arcanium bruto que ele extraíra dos veios da monarca. Ele só precisara descobri-lo, ajudá-lo a surgir, fazê-lo nascer em sua plenitude.

Ao fim de seu trabalho, Ruff Ghanor ergueu um escudo que continha em si toda a proteção da terra.

E soube que fora aceito.

Emergiu triunfante após um ano, sob urros de júbilo de humanos e anões.

25 | O último convite

RUFF TERMINOU DE subir a escadaria, emergiu de um fosso no chão, voltando enfim com o escudo de Arcanium.

O conselho de Ghanor, os Geomantes, Zamir e boa parte da nobreza anã estavam todos reunidos, aguardando a volta do rei após seu conclave com a terra. A caverna era escura, exceto por algumas tochas cerimoniais. As paredes eram decoradas com altos-relevos, contando as histórias dos reis, heróis, imortais e sábios que tinham ousado descer até onde a terra se tornava fogo.

Os joelhos de Ruff cederam e ele caiu. Bellitz se apressou para ampará-lo.

Ruff ergueu os olhos, sorrindo sem força, e enxergou a preocupação aguda no rosto de sua esposa. Passara mais um ano sem ela, mais uma vez encontrava as marcas da idade, mais uma vez pensou que havia se tornado ainda mais linda. Contudo, imaginou o que ela mesma via.

— Ruff... — disse Bellitz. — Você está bem?

— Estou ótimo — sua voz foi um coaxar seco. — Não se preocupe comigo, meu amor, eu...

Tentou se erguer. Mesmo com a força adicional da rainha, não foi capaz.

Ela se virou para pedir ajuda. Antes que falasse uma palavra, Edyriell e Korin já estavam sobre os dois.

Ruff sorriu de novo ao ver seu filho. Korin já era um adulto — talvez não de todo em sua mente, mas com certeza em seu corpo. Seus ombros largos contavam a história de uma vida de treinos e da herança de uma guerreira celestial. Seus olhos azuis já não brilhavam mais com a inocência juvenil. Ele segurou o pai por baixo das axilas, fez com que ficasse de pé.

— Eu me sentia tão forte lá embaixo... — disse o rei. — Não sei o que aconteceu.

— Não se preocupe com isso agora, meu amor — Bellitz respondeu.

— Trouxe um escudo. Nosso povo poderá ficar aqui.

— Eu sei — ela sussurrou e tirou seus cabelos suados do rosto. — Todos nós sabemos disso, porque a terra nos falou.

Korin tocou na cabeça de seu pai, a mão emitindo o brilho dourado. Ruff sentiu as dores sendo aliviadas. Conseguiu firmar as pernas, ficando de pé sem auxílio.

Então atravessou a caverna, recebendo as boas-vindas e congratulações de todos. Zargaranna olhava para ele com orgulho. Hild se curvou como para um santo.

E, saindo da caverna, passou para um dos maiores salões subterrâneos de Útero de Pedra, onde anões e humanos aguardavam sua chegada. Ruff sentiu as lágrimas fisgarem seus olhos, derramarem-se pelas rugas em seu rosto, quando as três populações o saudaram.

Ao longo daquele ano, os intérpretes anões ditavam tabuletas com as instruções da terra. Sua monarca falava sobre o rei da superfície que sabia extrair seus minérios. Sobre o pacto que ambos estavam firmando. Sobre como aquele homem havia, de sua própria forma, se tornado um anão. A terra exalava tudo de que ele precisava para viver, de forma que ele dispensava comida e água. A terra projetava para ele sua força, de forma que ele não precisava de sono ou descanso. E a terra julgava aquele humano, mas o considerava merecedor.

A imensa caverna-reino havia se expandido ainda mais, pela magia dos Geomantes. Abrira-se para acolher os refugiados de Ghanor e Kottar, para ser moldada em casas a tavernas, oficinas e estábulos, quartéis e igrejas. Os dois reinos da superfície tinham um lar, mais uma vez, depois da longa jornada.

— É tudo por sua causa, meu amor — disse Bellitz, mal sendo ouvida sob os gritos de comemoração.

Naquele ano, pessoas tinham nascido e morrido. Cidadãos de Ghanor e Kottar eram agora naturais do Subterrâneo, tinham no Subterrâneo seu descanso eterno. Humanos e anões tinham formado casais. Tudo porque o rei perseverara, trabalhara pelo tempo necessário para provar que podia ser um deles.

— Acho que preciso descansar agora, Bellitz — Ruff mal conseguiu forçar as palavras a saírem. — Depois precisarei de meu conselho.

— Você tem certeza do que está fazendo, garoto-cabra? — perguntou o prior.

Ruff não se surpreendeu ao vê-lo sentado ao lado de sua cama. O quarto de pedra bruta que tinham lhe designado era escuro, fresco, só um pouco úmido. Os lençóis eram macios. Ele não sabia por quanto tempo tinha dormido. Provavelmente ainda estava dormindo. A única figura nítida em sua visão era seu velho mestre, com seu rosto severo e hirsuto. Ruff pensou em como ele parecia jovem. Perto do próprio Ruff, o prior não passava de um garoto.

— É a única opção — respondeu, ficando sentado na cama, com bastante dificuldade. — Não será uma luta gloriosa, nem bela. Não será algo que os bardos vão cantar, não fará parte das histórias a meu respeito. Mas é o que precisamos fazer.

O prior assentiu, pensativo.

— Quantos anos você tem agora, garoto-cabra?

— Não sei — Ruff deu um meio riso. — Nunca soubemos, não é mesmo? Só sabíamos que eu era uma criança quando Dunnius e Niccolas me acharam.

— Quantas décadas, desde aquele dia?

— Sete.

Ao se ouvir dizer aquilo, Ruff ficou intrigado e maravilhado. Mais de setenta anos desde que ele emergira do Túnel Proibido. Fazia tanto tempo que ele não temia mais a velhice. A noção melancólica de estar para sempre preso na rotina do castelo ficara para trás. A ideia de que tudo passava muito rápido e ao mesmo tempo era estático já parecia uma inquietação juvenil. O medo da idade era como o medo das responsabilidades de adulto quando ele era um garoto. Apenas mais uma fase passageira. Algo que a maturidade anulava.

— Você possui sabedoria que eu nunca tive — disse o prior.

Ruff de novo sentiu as lágrimas brotarem, súbitas. Aquela era uma fragilidade que o prior nunca tivera.

— Não há problema — disse Ruff. — Acho que finalmente não preciso mais de conselhos.

Eles se olharam como iguais

— Você é um bom homem, garoto-cabra.

— Não — Ruff sorriu. — Eu sei o que existe no meu interior, sei que tenho vontade de fazer o bem. Mas não acho que ninguém seja realmente bom. Tudo que existe são nossas ações.

O prior ficou calado.

— Acho que precisava ouvir isso — disse o antigo mestre. — Tudo que existia dentro de mim era o mal, garoto-cabra. Mas eu tentei agir...

— Você fez o bem.

— Obrigado, Ruff — disse o prior. — Por tudo.

Ele acordou sabendo que tomara a decisão correta.

— Seu pai não desconfia de nada? — perguntou Zamir.

Korin fez que não.

Os passos do tirano caído ecoaram pela residência quase vazia. Mais uma indignidade na longa lista que Zamir acumulara desde que fora vencido por Ruff Ghanor: agora ele não habitava mais um covil, por mais miserável que fosse, conquistado por seu próprio poder, sua própria crueldade. Agora Zamir era um hóspede entre os anões. Recebera uma casa como caridade.

Sempre havia um ponto mais baixo ao qual decair.

A contrapartida daquilo era que, dentro do buraco que os anões haviam designado a ele, havia privacidade. Não mais estava sob as vistas do reino inteiro, não mais era vigiado pela rainha e seus lacaios. Naquela casa que fedia a humilhação, Zamir podia receber a visita de seu discípulo.

— Ontem fui capaz de reanimar um cavalo — disse Korin. — O maior animal até agora.

— Você está pronto — o mestre mexeu seus dedos, tamborilando um no outro. — Humanos e animais não são diferentes. Apenas formas de vida reles, menores, criadas pelos deuses para rastejar. Se consegue trazer da morte um cavalo, conseguirá trazer também um humano.

Korin folheou um dos grimórios. Passara aquele ano estudando o livro, sob a tutela de Zamir. Podia recitar quase qualquer passagem, apenas vendo de relance a página onde se encontrava, mas era apenas o começo. Cada palavra no tomo mágico continha em si uma gama de significados ocultos, e o poder que existia em cada uma só se revelava para quem entendia todos eles. Todas as implicações de uma sílaba ou da interação entre duas letras, tudo que havia no som, todo o histórico de quem criara aquelas noções ou as desenvolvera, tudo precisava ser compreendido. O príncipe dominara tudo aquilo. Mais do que conhecer o grimório, ele o *entendia*. Mais do que utilizar a magia, ele sabia por que ela funcionava.

Korin Ghanor era um necromante.

— Você é um discípulo ainda melhor que a Dama de Ferro — disse Zamir. — Ela era rápida e brilhante, mas nunca soube seguir instruções. Não conhecia os próprios limites.

— Você sabe que não serei seu escravo — Korin retrucou. — Não deixarei que venda a minha alma, nem que modifique meu corpo. Não adotarei outro nome, nem obedecerei a suas ordens.

Zamir estreitou os olhos.

— Nosso acordo perdura, Korin Ghanor. À medida que recuperar meu poder, minhas riquezas, meus grimórios, continuarei sua educação. Em troca, não quero sua subserviência. Quero que reconheça minha soberania.

— Eu serei rei dos humanos — disse Korin. — Você será rei dos monstros.

O príncipe não recebia mais aulas. Eles eram mestre e discípulo, mas seus encontros agora tinham a forma de longas discussões sobre a natureza da feitiçaria, os segredos do poder sobre a morte, as origens daquela força que permeava o mundo. Zamir sentia a confiança que o filho de Ruff Ghanor tinha nele.

De novo e de novo, o tirano caído garantira que não tinha interesse de se voltar contra seu pai. Pelo contrário: os dois tinham uma inimiga em comum e Zamir reiterava sua promessa de enfrentar Áxia ao lado dele.

Não era mentira.

Zamir desejava que Ruff Ghanor triunfasse. Desejava que eles vencessem a Dama de Ferro, que os refugiados voltassem ao reino. Desejava que Ruff morresse em paz, que Korin herdasse o trono sem problemas. Assim, ele próprio teria acesso a Korin Ghanor, seria seu maior aliado. Não haveria nenhum membro do conselho que o tivesse conhecido como tirano. Não haveria uma rainha celestial. Não haveria ninguém no poder, exceto aqueles que já tinham crescido vendo Zamir como um ancião indefeso, sempre derrotado, sempre afundando.

Só então Zamir, o Vermelho, poderia colocar em prática o ritual que vinha estudando há tanto tempo: tendo a confiança de Korin durante anos, poderia enganá-lo, prendê-lo e por fim sacrificá-lo.

Com a morte de um descendente de Ruff Ghanor, ele poderia voltar à forma de dragão.

— Vossa Majestade já teve a sensação de que está havendo uma festa e todos os seus amigos foram convidados? — perguntou Fester de Salúria. — Enquanto Vossa Majestade permanece na porta de casa, trajando sua melhor roupa, apenas esperando o convite de última hora?

— Para ser franco, não — disse Ruff.

— É uma sensação horrível, Majestade. Fico me perguntando quem ofendi, se posso fazer algo para consertar tamanha gafe e por que ninguém me avisou de minha rudeza. Todos os meus amigos e familiares foram convidados, Majestade, enquanto fico aqui, sozinho, tentando convencer a mim mesmo de que é apenas questão de tempo.

— Está falando da morte, Fester?

— Do que mais? — o Alto Coveiro deu um suspiro desolado. — Minha esposa, meus filhos, meus netos, todos foram levados. Quando ficamos presos naquela imensa caverna, tive esperança de que nossa comida acabaria e seríamos obrigados a recorrer ao canibalismo. Não tenho muita carne, Majestade, mas seria uma esperança! Contudo, lá se foram minhas chances quando Vossa Majestade conseguiu um belo acordo, os Geomantes surgiram e nos receberam.

— Sinto muito por meu descaso, Fester — não sem uma certa diversão.

— Não se preocupe, Majestade, a culpa é minha. Ou ao menos deve ser. Não sei o que fiz para ser amaldiçoado com tamanha longevidade! Vossa Majestade pensa que me exercito, que cuido de meu corpo? Pensa que evito beber demais? Pensa que durmo o suficiente? Nada disso, Majestade! Há anos faço tudo que posso para cortejar a morte, mas ela me ignora. Imaginei que, dada a fama dos anões, algum deles iria se irritar com minhas longas arengas e me calar com uma boa machadada. Infelizmente, são pessoas amigáveis e pacíficas. Não fui vítima de um reles desabamento, em todo nosso tempo no Subterrâneo.

Ruff deixou que continuasse falando, deleitado com o discurso.

— Pensei em ser devoto da Santa do Fim do Mundo, Majestade, desculpe-me dizer. Se fosse, eu poderia receber a dádiva da maldição e finalmente me ver livre dessa vida tão longa. Ou então seria descoberto, considerado culpado de alta traição e executado! Também um fim aceitável.

— Perdoe-me, Fester, mas não acho que seria capaz de executá-lo.

— Vossa Majestade tem muitos companheiros nesse clube dos que não desejam colaborar com minha morte. Mas enfim, foi tudo em vão. Não consigo ser um verdadeiro fiel dessa Santa, tanto quanto não conseguia ser um fiel de São Arnaldo, depois de uma vida inteira cultuando a morte. De qualquer forma, a vida continua. Infelizmente.

Fester de Salúria, o Alto Coveiro de Kottar e Ghanor, também tinha sua casa em Útero de Pedra. Requisitara que fosse em um cemitério, pois tinha saudades de seu reino natal. Para sua decepção ainda maior, descobrira que os mortos anões eram absorvidos pela rocha, em rituais presididos pelos

Geomantes. Alguém tentara animá-lo, dizendo que isso significava que a comunidade inteira era um enorme cemitério, mas não era a mesma coisa.

Assim, a toca-mansão de Fester era tão grandiosa e comum quanto todas as outras. Ficava perto da residência que os anões haviam construído para a família real de Ghanor, que também fazia as vezes de sede administrativa do reino refugiado. Fester costumava ir até a residência real para cumprir suas funções de Alto Coveiro, mas dessa vez era o rei que o visitava. Ambos sentados numa sala quase vazia, em bancos de pedra, tomando calvados nas caveiras dos filhos de Fester.

— E então, meu amigo? — Ruff perguntou. — Conseguiu o que lhe pedi?

Em resposta, Fester pousou a caveira de seu filho mais novo numa mesinha lateral. Ergueu-se, vasculhou um baú, retirou dele um grande rolo de pergaminho.

— Aqui está, Majestade — entregando o objeto a Ruff. — Sem acesso às bibliotecas de Kottar, foi um pouco mais difícil do que imaginei. Mas sim, esse conhecimento já havia sido compilado por estudiosos radicais no passado. Alguns afirmavam que era a única forma de realmente cultuar a morte.

O rei segurou o pergaminho enrolado, sentindo um peso que não estava lá. Puxou o cordão que amarrava o rolo, abriu-o parcialmente para ler as primeiras linhas. A letra rebuscada de Fester estabelecia todos os passos com um pragmatismo ao mesmo tempo reconfortante e amedrontador.

— Isso já foi testado alguma vez, Fester? Existe alguma comprovação?

— Impossível saber, Majestade — o Alto Coveiro deu de ombros. — Alguns antigos estudiosos afirmavam que, usando os produtos alquímicos certos, era possível detectar elementos espirituais. Assim, diziam eles, podiam comprovar que o processo tivera êxito. Mas, é claro, confiar nisso significa também confiar na veracidade dessa alquimia experimental em primeiro lugar. O bom senso diria que tudo não passava de experimentos falhos e resultados inconsistentes. O vapor alquímico é verde num momento, vermelho no outro. Houve detecção e mais tarde ausência de algo a ser detectado? Ou eram apenas cores bonitas?

Ruff assentiu, grave.

— Por razões óbvias, não pude testar esse método. Mesmo que conseguisse algum voluntário, precisaria de muitos voluntários para obter resultados que demonstrassem um padrão. Meu aprendiz, que eu treinava para ser Alto Coveiro, ofereceu-se para ser cobaia, quando contraiu a tosse do grilo mês passado. Mas o garoto se curou e depois morreu ao cair num fosso. Quando cheguei ao local do acidente, era tarde demais, não havia nada a ser detectado. Mais um convidado para a festa, Majestade.

— Mas a teoria é válida? — dessa vez, Ruff não engajou com a arenga.

— Tudo deve funcionar, Majestade — garantiu Fester. — É um ritual simples, se é que posso chamar de ritual. Envolve alquimia avançada, mas os produtos são estáveis e Vossa Majestade pode levá-los consigo já prontos. O mais importante é a ordem dos movimentos e da aplicação das substâncias.

Ruff desenrolou mais um pouco do pergaminho. A descrição que Fester fazia naquelas linhas meticulosas lembrava mais uma receita culinária do que um feito que poderia mudar o destino do mundo.

Mais uma parte do plano estava completa, de novo de forma perfeita.

Era improvável que ele tivesse conseguido a aliança de Zamir e logo em seguida dos demônios. Que Hild e Dianna tivessem obtido o caminho até as terras dos anões. Que Bellitz tivesse liderado o povo com sucesso pela terra amaldiçoada até o Subterrâneo. Que ele mesmo tivesse conseguido asilo entre aquele povo. E agora que Fester tivesse descoberto o ritual de que precisavam.

Ruff, mais uma vez, pensou em como o prior tivera razão. A força bruta não valera de nada em toda aquela jornada. A lógica, o conhecimento, a fé e a diplomacia tinham vencido a cada passo. A erudição o ajudava, mais do que qualquer coisa.

Restava só a última parte.

— Ele acha que vai ser executado — disse Hild.

— É uma religião bizarra, menina-javali — disse Ruff. — Sendo devoto de Áxia, ele morrerá de qualquer forma, mais cedo ou mais tarde.

— É como todos os outros — a guerreira deu de ombros. — Ele acha que, servindo a ela, sua hora vai demorar a chegar.

Os passos dos dois ecoavam no amplo corredor da residência real. Assim como todas as habitações construídas em Útero de Pedra para os hóspedes humanos, estava quase vazia. A pouca mobília era o que tinha sido trazido pelos refugiados, o que fora doado por nobres anões e peças de pedra moldada pelos próprios Geomantes. O estandarte do leão pendia nas paredes, lembrando a todos que, afinal, aquele ainda era o centro de poder de dois reinos, mas era impossível ignorar a aparência de lar provisório.

Alguns soldados saudaram o rei, mas as circunstâncias tinham diminuído a formalidade. Todos viviam mais próximos em Útero de Pedra. Não havia um castelo numa colina, mas uma grande casa próxima a tantas outras.

Isso, na verdade, agradava ao rei.

Hild tomou a frente quando eles chegaram à sala fechada no interior da residência. Um leve toque de sua mão envolta na manopla de ossos fez uma pesada porta de pedra se abrir. Cada parte, desde as folhas até as dobradiças, era feita de rocha, dando à passagem a aparência de uma bizarra formação natural. Não havia fechadura: a porta era pesada demais para ser aberta ao ser empurrada, exceto quando era tocada no local exato, que poucos conheciam. Se houvesse mais tempo, Ruff poderia ficar maravilhado com a engenharia mágica dos anões. Hild, mesmo que possuísse séculos à disposição, não poderia se importar menos.

A porta se fechou atrás deles, sem fazer barulho, as folhas se encaixando com perfeição, até que não parecia haver abertura nenhuma. A sala era iluminada por musgo fosforescente que crescia no teto irregular. Estava vazia, exceto por três cadeiras trazidas de Ghanor.

Numa delas havia um homem amarrado e amordaçado.

Era um nobre, pelas roupas e pelo porte. Claramente não havia passado nenhum tipo de necessidade durante a jornada e por todo o período da maldição. Seu físico bem nutrido e forte estava intacto. Devia ter pouco mais de quarenta anos e era óbvio que tivera uma juventude de treinos, cavalgadas, boas refeições e poucas doenças.

Não deveria ter nenhuma razão para cultuar a Santa do Fim do Mundo.

Ruff sentou a sua frente. Hild tirou a mordaça.

— Não me importo de morrer — disse o nobre. — Todos morrerão em breve!

— Como você se chama? — Ruff perguntou, em voz suave.

O nobre ficou desconcertado. Prisioneiros que ouviam aquela pergunta, ou qualquer outra que reconhecesse sua humanidade, sempre ficavam desconcertados.

— Sou o Conde Gyrlatt de Vale Ocre — disse. — Já sangrei muito por meu feudo, não tenho medo de lâminas...

— Cale-se, Gyrlatt — ainda com suavidade. — Não vamos falar de sangue ou de lâminas. Você não vai ser executado.

Ruff lembrava da própria fúria, anos atrás, ao lidar com traidores. Naquela época, parecia evidente para ele que tamanha raiva fosse justificada, pois um só traidor representava uma ameaça ao reino inteiro. Lembrava de que havia quase um prazer, ou ao menos fascinação mórbida, em ordenar uma execução necessária.

Naquele momento, sentado à frente do Conde Gyrlatt de Vale Ocre, com o mundo acabando lá fora, Ruff não conseguia pensar em uma única ocasião em que uma execução fosse necessária.

Era uma segurança estranha e deliciosa, que talvez ele estivesse aprendendo com os anões.

— Você é um devoto de Áxia, Gyrlatt — disse o rei. — Ela não ouve suas preces, não literalmente, mas recebe energia de sua devoção. Então você será minha trombeta de guerra, meu pombo com uma mensagem amarrada na pata. Quero que você reze para Áxia, Gyrlatt, enquanto minha própria clériga reza para mim. Assim, espero falar com sua senhora.

O prisioneiro ficou um tempo calado. Hild desamarrou suas mãos.

— Então? Pode fazer isso?

— Não serei executado?

Hild bufou de impaciência.

— Quer que eu arranje outro? Vamos jogar esse numa cela qualquer, posso distribuir uns sopapos por aí e descobrir quem mais é devoto dessa Santa fajuta.

— Posso rezar! — Gyrlatt se apressou.

— Muito bem — Ruff olhou para ele como um avô olharia para um neto um pouco lento. — Então reze.

O homem juntou as mãos e fechou os olhos. O mesmo gesto que tantos usavam para rezar a tantos santos diferentes. Parecia inócuo, mas com aquilo o conde entregava partes de si mesmo à Devoradora de Mundos.

Ele murmurava palavras ininteligíveis.

Era impossível impedir que houvesse um culto à Santa do Fim do Mundo entre os refugiados. Pela lógica, alguns anões já deveriam ter se convertido, embora ainda não houvesse relatos da maldição entre aquele povo. Em breve, se nada fosse feito, o Subterrâneo começaria a ser corroído pela crença maldita, e não haveria nada que os Geomantes pudessem fazer.

Por isso era preciso colocar um fim naquilo tudo.

Por isso, era preciso falar com Áxia.

Hild se ajoelhou à frente de Ruff, juntou as mãos assim como o devoto da inimiga. Fechou os olhos e deixou que um sorriso suave tomasse seu rosto.

Começou a brilhar.

Ruff não sabia se aquilo teria efeito. Ele era um santo e já fora capaz de invocar outros santos. A conexão de Áxia com seus devotos era inegável — ela fora trazida fisicamente ao Mosteiro do Leão pela reza de Korin. A aposta era que, manifestando um milagre, Hild exaltasse a faceta divina do Santo de Pés Descalços, e ela fosse conduzida pela oração de Gyrlatt.

— Ouça-me, Áxia — disse Ruff, em voz alta. *— Você deve ser capaz de me ouvir. Seu devoto está ouvindo.*

Nada.

— Você nunca foi capaz de me ignorar, Áxia. Mesmo quando deveria. Você sempre achou que tínhamos uma conexão. Você foi atrás de meu filho, você está matando meu reino. Seja amor ou ódio, seja saudade ou rancor, sei que você ainda sente algo por mim.

Hild e Gyrlatt rezavam.

— Então me ouça.

O Conde Gyrlatt de Vale Ocre abriu os olhos, mas apenas o branco surgiu por trás das pálpebras. Suas mãos caíram ao longo do corpo, como se ele fosse uma marionete. Ele abriu a boca, mas a voz que emergiu de sua garganta foi feminina e conhecida:

— É claro que sinto algo por você, Ruff — disse Áxia, pela garganta de seu devoto. *— Tudo que estou fazendo é por você. Tudo é culpa sua.*

Ruff olhou nos olhos vazios do conduíte da Santa.

— Estou velho, Áxia. Velho demais. Você também estaria, se não tivesse se entregado a Zamir, aos demônios, aos deuses.

— Nunca ficaremos velhos, Ruff. Sempre seremos dois garotos no mosteiro e na aldeia.

O coração de Ruff acelerou. Tudo parecia dar certo.

— Está na hora de acabar com tudo isso — disse o rei. *— Pessoas demais já sofreram por nossa causa.*

— Tudo já está acabando. O mundo está acabando.

— Isso é suficiente para você, Áxia? Vai ficar satisfeita se eu morrer de velhice, cercado por minha família e meus amigos, enquanto você lentamente devora o mundo em nome dos deuses? Não deseja mais vingança? Não quer me matar com as próprias mãos?

Áxia, na pele do conde, titubeou.

— Vamos nos encontrar pela última vez, Áxia. Um último confronto, até que um de nós dois morra. Nosso último momento juntos, nas ruínas do mosteiro e da aldeia.

— Já tivemos vários últimos momentos, Ruff. Você pensou que era o fim quando me enfrentou dentro da montanha, não? Por que acha que agora será diferente?

— Encontre-me nas ruínas do mosteiro — disse Ruff. *— Tenho algo que você deseja.*

O conde riu a risada fácil, zombeteira, cruel e doce de Áxia.

— Não há nada que eu deseje, Ruff Ghanor. Homem tolo, não há nada que eu possa querer. Vocês me tiraram tudo...

— As almas de Rion e Ulma.

Silêncio.

— Os deuses lhe disseram que seu irmão e sua antiga mestra ardiam no inferno, Áxia? Disseram que Rion estava sendo punido eternamente por não ser devoto e Ulma, por bruxaria? Eu fiz um pacto com os demônios. As duas almas estão comigo.

— Quando o mundo acabar, poderei tomá-las de volta.

— Se você não me encontrar nas ruínas do mosteiro, não haverá mais almas, Áxia. Não haverá nada restante de Rion e Ulma. Meus conselheiros descobriram um antigo ritual capaz de destruir almas. Tudo que ainda resta de seu irmão e de sua mestra vai se desvanecer em minhas mãos.

Áxia rilhou os dentes do conde.

— Você é um devoto de São Arnaldo — disse a Santa do Fim do Mundo. *— Você se preocupa em ser bom. Nunca faria isso.*

— Faça o teste — Ruff provocou. *— Já tiramos tudo um do outro, não é? Não tenho mais nada a perder, Áxia. Recuse meu desafio e saiba que Rion e Ulma serão destruídos para sempre.*

Lágrimas escorreram pelas faces do nobre.

— Não acredito que você faria isso depois que dediquei minha vida toda a você — disse Áxia.

— Encontre-me nas ruínas do mosteiro, Áxia. Pela última vez.

A comitiva estava pronta. Os Geomantes trabalhavam há alguns dias para abrir novas passagens à superfície. Ruff vestia a armadura de Arcanium, levava o elmo sob o braço. O martelo pendia de sua cintura. O escudo estava encostado na parede, pronto para ser empunhado.

O rei parou por um instante, reconhecendo o valor de cada um que iria compor aquele grupo. Eles voltariam à terra maldita, onde ele sentiria a doença do reino, e enfrentariam o fim do mundo. Áxia talvez chegasse com exércitos, com hordas, com legiões de fanáticos.

Ruff chegaria com pessoas de sua confiança.

Os Gladiadores, a tropa de guerreiros santos de Hild Osso-Oco, em suas armaduras funéreas. A própria Hild, é claro, estaria no comando — a melhor guerreira de Ghanor em sua batalha mais importante.

Zamir, o tirano caído. Alguém que o odiava, mas que tinha poder para enfrentar a Dama de Ferro. O único capaz de utilizar magia arcana potente o bastante para o combate que viria.

O Prior Niccolas, um homem santo de fé inabalável, apesar da idade avançada, insistira para acompanhá-los naquele momento derradeiro. Era provável que não sobrevivesse, mas ao menos morreria em seu antigo lar.

Fester de Salúria, o Alto Coveiro. Um homem pouco afeito a aventuras, mas que conhecia a fundo o ritual de destruição das almas. Caso fosse necessário cumprir a ameaça, seria útil tê-lo por perto. O risco apenas aumentava sua vontade de participar.

Edyriell, o único elfo em seu conselho, um mestre arqueiro, leal até o fim.

Por fim, Korin Ghanor, clérigo e príncipe. Um guerreiro temível, capaz de realizar milagres e treinado segundo os preceitos do prior.

Poderia morrer ao lado deles.

Ruff usara de leis obscuras e casos ambíguos para emitir um decreto. Segundo sua decisão real, Bellitz poderia governar Ghanor caso ele e Korin morressem, ainda que não pertencesse à linhagem real. A rainha então teria tempo para achar um herdeiro digno para o trono, usando quaisquer meios que precisasse.

Lá fora, nas ruas de Útero de Pedra, a comitiva já se reunia.

Ruff andou rumo à porta, para se despedir de Bellitz. Talvez para sempre.

Antes que saísse, a rainha cruzou a passagem, trajando sua armadura dourada, com uma espada na cintura, servos levando seu equipamento.

— O que está fazendo, Bellitz?

— Vou com vocês, meu amor — disse a rainha. — Não vou deixá-los sozinhos.

— O reino precisa de você — Ruff argumentou. — Caso nenhum de nós volte...

— Caso vocês não voltem, Ghanor será protegido por Urko. Além disso, estará sob a liderança de uma monarca muito mais sábia e poderosa do que eu. Os anões continuarão interpretando a vontade da terra, e ela o considera um igual.

— Bellitz, eu...

— Você acha que existe algo que possa me dizer que seja capaz de me convencer do contrário? — ela interrompeu. — Acha que algum argumento vai me manter longe de meu marido e de meu filho?

Ele sorriu:

— Não.

— É claro que não, Ruff. Já ficamos longe um do outro por tempo demais. Já passei toda uma eternidade longe de você, antes que nascesse. Chega.

Eles caminharam lado a lado, as mãos se tocando, como se fossem jovens. Ruff sentiu seu coração acelerar — após anos com Bellitz, estar com ela ainda era emocionante, instigante, até um pouco arriscado.

Eles deixaram a residência real. Milhares de anões e humanos observavam sua saída. Zargaranna comandava os Geomantes, lentamente criando uma escadaria que levava ao teto da caverna-reino, tão alto que parecia ser o céu.

Hild abriu um largo sorriso ao ver rei e rainha juntos. Não precisava de explicação para o que estava acontecendo. Korin, que falava com Zamir em voz baixa, se virou para contemplar seus pais indo se juntar à comitiva. Engoliu em seco e, sem sentir, inflou o peito de orgulho.

Fester de Salúria se aproximou deles, com seus passinhos rápidos.

— Vossa Majestade vai se juntar a nós?

— Sim, Fester — Bellitz sorriu. — Espero que não se importe.

— De maneira alguma! É uma alegria muito grande. Principalmente sabendo que Vossa Majestade, como humana e, se me permite dizer, já maltratada pela idade, pode também morrer nesta jornada — continuou tagarelando e chegando mais perto. — Sei que não deseja a morte, Majestade, mas apenas por ter a opção deveria se sentir abençoada! Na verdade, fico muito feliz por ver toda a família real reunida. Seria uma alegria se, por exemplo, vocês três morressem juntos. Imagino, por exemplo, um desabamento, ou uma turba enfurecida, ou um relâmpago, ou mesmo algum providencial monstro sanguinário a serviço de nossa algoz! Ou até mesmo traidores dentro do reino...

O sorriso de Fester se alargava. Ele chegou bem perto de Ruff.

Então parou de falar.

— Majestade — disse, a voz mal saindo. — Acho que estou feliz demais.

Fester de Salúria levou a mão ao lado esquerdo do peito.

Agarrou-se na armadura de Ruff. Mas então soltou-a e abanou, despedindo-se.

Sorriu de novo.

E caiu morto

26 | Devoradores de Mundos

RUFF GHANOR SE debruçava sobre o cavalo, fraco demais para se manter ereto na sela. O rosto magro, as bochechas fundas, as olheiras escuras como fossas sob os olhos injetados. Sua barba e seus cabelos eram brancos e quebradiços, sua pele era fina e enrugada sobre os ossos. A armadura de Arcanium mais uma vez dançava, solta e larga em seu físico esquálido.

A maldição sobre a terra era a maldição sobre o rei.

— Pai, você precisa descansar? — perguntou Korin.

Ruff ergueu a cabeça com dificuldade, o pescoço fino demais, os músculos cansados demais para sustentá-la. Seus olhos demoraram para focalizar o príncipe.

— Não podemos perder tempo, meu filho. Apenas reze por mim.

Clérigos do Santo de Pés Descalços oravam dia e noite para que seu rei conseguisse chegar ao fim da jornada. Todas as manhãs, Korin, Hild, Niccolas e os Gladiadores meditavam, concentrando o poder divino que recebiam de sua fé. Todas as noites, antes de se recolher, pediam a bênção do santo, para que se revertesse a ele mesmo. Talvez fosse a única razão pela qual Ruff Ghanor continuava vivo.

O reino decaíra desde que eles haviam estado ali pela última vez. Ruff e sua comitiva passaram pelas inúmeras aldeias e cidades vazias, pelos castelos abandonados. Nada disso era surpresa, com o povo refugiado no Subterrâneo. Contudo, nem mesmo a calamidade que os fizera deixar tudo para trás podia prepará-los para o estado de Ghanor.

Parecia não haver cor no reino. As poucas folhas que ainda restavam nas árvores eram esmaecidas, o verde mais sinal de doença do que de vida. Os troncos eram acinzentados. O solo poroso era seco e ao mesmo tempo alagado. Como já haviam testemunhado antes, a terra não absorvia água da chuva, mas deixava-a empoçada em valas que logo se transformavam em brejos. O céu era azul, mas não possuía beleza — era o azul de um inseto venenoso, o azul artificial de um produto alquímico. O sol ofuscava, obrigava todos a andar com os olhos cobertos por capuzes, queimava a pele enquanto os ossos continuavam frios.

Mesmo viajando por estradas conhecidas, eles se perdiam. Crateras no terreno dificultavam a interpretação dos mapas, apagavam pontos de referência. Na segunda semana desde que haviam emergido do Subterrâneo, eles se desviaram do caminho, procurando uma formação rochosa, até perceber que ela não existia mais.

A terra maldita avisava que o fim do mundo já estava em andamento. A Devoradora cumpria sua tarefa lúgubre.

O rei enfraquecido não conseguia liderar seu séquito, então Bellitz encabeçava a comitiva.

— Existe um castelo a algumas horas de viagem daqui — disse a rainha. — Uma das fortalezas ocupadas pelos capas vermelhas. Vamos continuar até lá. Dormir uma noite numa cama de verdade vai fazer bem para todos nós.

Apesar daquelas palavras, todos sabiam o que Bellitz queria dizer: uma noite confortável faria diferença para Ruff. Talvez fosse a diferença entre a vida e a morte.

— Vocês ouviram a rainha! — Hild anunciou para seus guerreiros, como se isso fosse necessário. — Apressem o passo, sacos de ossos! A maior batalha de nossas vidas está nos esperando!

— Ghanor! — os Gladiadores responderam com o grito mais elementar, mais primal e verdadeiro. — Ghanor! Ghanor!

Tanto a instrução de Hild quanto o brado de guerra tinham a mesma função: preencher o ar. Não havia quase barulho nenhum na terra maldita, ainda menos do que houvera antes. A sensação de pressão nos ouvidos, causada pelo silêncio bizarro, deixava todos desconfortáveis. Preenchê-lo com sons não diminuía o desconforto — as vozes não eram carregadas da forma que se esperava, emudeciam de repente. Assim como eles não tinham ouvido um desabamento à beira da Floresta Alta antes de descer ao Subterrâneo, agora precisavam gritar, ou falar ao pé do ouvido, para que fossem escutados em meio à quietude.

Não eram só pessoas, animais e plantas. Tudo estava morrendo.

O som.

A luz.

O ar.

Mesmo que Ruff fosse o mais afetado pela maldição, todos experimentavam uma fadiga extrema. Não era difícil respirar, mas a respiração não satisfazia. A sensação era a de estar no topo de uma montanha muito alta, mas nunca se acostumavam. Da mesma forma, continuavam com fome logo após comer, ainda que seus estômagos estivessem estufados a ponto de doer. Continuavam com sede após beber água, ainda que não conseguissem enfiar mais nenhum gole garganta abaixo.

— *Santo de Pés Descalços* — a voz de Korin chegou aos ouvidos de Ruff. — *Sua força nutre a terra, sua esperança é infinita. Continue vivo, por nós.*

A mão do príncipe brilhou e Ruff sentiu um pouco do calor divino penetrando através das placas da armadura, reconfortando seus músculos exaustos. Empertigou-se um pouco, segurou com mais força as rédeas da montaria.

— Obrigado, meu filho.

Fez o cavalo trotar, jogando terra seca para todos os lados, emparelhou com Bellitz.

— Achei que as coisas não estariam tão ruins — disse, quando chegou perto o bastante da rainha para ser ouvido.

— Temi que estivessem até piores — ela respondeu. — Ao menos ainda existem estradas, algumas plantas ainda sobrevivem...

— Tudo está piorando, Bellitz — a voz raspava a garganta para ser ouvida. — Teoricamente, quase não há devotos de Áxia no reino... Se a maldição se espalha pela crença, por que Ghanor afundou tanto?

— Você acha que os capas vermelhas se converteram? Será que o Duque Minimus nos traiu?

Ruff cofiou a barba. Alguns fios caíram pelo atrito leve.

— Os descendentes de Lurius Minimus não são como ele, é verdade — ponderou. — Mas o duque não me parece ser um grande devoto de coisa nenhuma. Ele certamente é egoísta, o que o tornaria um bom seguidor da Santa do Fim do Mundo, mas não acho que consiga abrir mão de conforto. Acho que se venderia a Zamir antes de se vender a Áxia.

— O que está pensando então?

— Estou pensando que vamos enfrentar um exército. Estou pensando que Áxia deve ter trazido hordas de fanáticos de todas as terras para o nosso lar.

Involuntariamente, a rainha olhou para trás, avaliando suas próprias forças. Não havia nem trinta Gladiadores. Zamir era um arcano poderoso, apesar de tudo, mas contar com ele como estratégia principal era no mínimo arriscado. Niccolas era capaz de milagres impressionantes, como demonstrara ao alimentar os refugiados, mas talvez seu corpo mortal simplesmente não aguentasse mais uma batalha. Hild e Korin eram excelentes guerreiros, além de portadores de bênçãos sublimes, e Edyriell continuava tão hábil quanto sempre fora. Eram talvez os únicos remanescentes da última era de heróis. Para enfrentar legiões de seguidores de Áxia, eles precisariam de todos os antigos heróis em sua plena forma. Ruff, com magia divina e o poder do Devorador. Bellitz ainda como um anjo. Johrgrund.

— Você está preparado para cumprir sua ameaça, Ruff? — ela perguntou.

— Sim.

— No passado, você conseguiu vencer sem comprometer sua moralidade. Mas agora...

— Estou preparado para fazer o necessário, Bellitz — Ruff interrompeu. — Até mesmo destruir as almas de dois inocentes.

O crepúsculo não trazia alívio da sensação do mundo sem cor. Quando o sol descia ao horizonte, as sombras ficavam mais compridas, mas também difusas. Os raios não adquiriam os tons ricos de laranja, vermelho e rosa; apenas se tornavam mais ofuscantes, concentrados, como se procurassem os olhos dos mortais para cegá-los.

Foi em meio a esse anoitecer agressivo e mortiço que eles chegaram ao castelo.

Era um forte simples, compacto e robusto. Duas torres, mais uma que desabara recentemente. Não tinha fosso, apenas portões fechados. As terras ao redor estavam vazias, as fazendas e aldeias mal reconhecíveis como tendo sido ocupadas há poucos anos. Mas, apesar de tudo, o estandarte do leão tremulava nas ameias. Deviam ser leais a seu rei.

Algum protocolo ainda era devido: Hild tomou a frente da comitiva, soprou uma trombeta.

Nada.

A guerreira insistiu. Impossível saber se o som chegava até o interior das muralhas.

— Abram os portões para seu rei! — ela gritou, tão alto quanto pôde. — Esta é a comitiva de Ruff Ghanor I, que chega para quebrar a maldição!

Finalmente, algum barulho lá dentro. Devagar, o portão se abriu. Assim que Hild e os outros puderam enxergar do lado de dentro, viram dois guardas exauridos, girando com dificuldade as manivelas que abriam as portas.

— Pedimos perdão, minha senhora — um deles ofegou. — Não temos comida, os poços secaram. Estamos fracos. Viemos tão rápido quanto possível.

A comitiva entrou no castelo, deparando-se com uma cena funesta.

Os ocupantes continuavam trajando os uniformes e as capas vermelhas. Todos se esforçavam para continuar em seus postos. Trataram a chegada da família real com a deferência necessária. Mas estavam tão magros que cada uma daquelas tarefas parecia impossível.

Os capas vermelhas se postaram em formação no pátio interno do castelo, enquanto Ruff e Bellitz lideraram a pequena coluna para dentro. Em sentido, os guardas tremiam de esforço. Um deles caiu de pura exaustão quando as pernas fraquejaram.

Um sargento emergiu de uma porta interna.

— De pé, guarda! — ordenou, sua voz se detendo bem antes do que seria natural. — O rei está entre nós e você fica deitado? Vai demonstrar o respeito que Ruff Ghanor merece!

— Não. — Ruff ergueu a mão para o militar. Sua voz não chegou até ele, mas o gesto foi reconhecido. — Leve-o à enfermaria. Esse homem precisa de cuidados.

O sargento chegou mais perto para ser ouvido. Com dificuldade, curvou-se em uma mesura profunda.

— Perdão, Majestade, mas peço que não nos ordene isso. Esta guarnição está firme no castelo desde que Vossa Majestade nos confiou esta missão. Permita que tenhamos nosso orgulho.

Ruff sentiu um nó na garganta.

Durante a maior parte de sua vida, recebera aquelas demonstrações de lealdade. Nunca, no entanto, haviam se tornado banais — e muito menos agora. O mundo estava acabando e tudo que aqueles guardas queriam era continuar servindo. Cuidados médicos podiam prolongar sua vida. Mas o que a tornava digna de viver era o orgulho.

Ruff respirou fundo, preparando-se para um grande esforço. Começou a apear do cavalo. Hild notou o que ele tentava fazer e saltou de sua própria montaria, para ajudá-lo.

O rei aceitou seu braço e ela o amparou até o guarda caído.

— Como é o seu nome, rapaz? — Ruff perguntou.

Hild precisou repetir para que ele entendesse.

— Malgur, senhor — o guarda gemeu.

— Malgur — Ruff disse, vagarosamente. — Seu rei tem uma ordem para você.

— Qualquer coisa, senhor.

— Fique de pé.

Malgur assentiu. Rilhou os dentes e começou a se erguer. Uma colega fez menção de ajudá-lo.

— Ele não precisa — disse Ruff. — É capaz de cumprir seu dever.

Com dificuldade, hesitando a cada movimento, Malgur se levantou. Ficou alguns instantes com as mãos aos lados do corpo, procurando equilíbrio. Por fim, conseguiu relaxar e ficou em sentido.

— Você me honra, Malgur.

— Obrigado, Majestade.

— Como recompensa por sua força — disse Ruff — será o primeiro a comer no banquete que está esperando por vocês.

Malgur controlou um soluço.

— Se não se importa, Majestade — disse — eu gostaria de ser o último. Gostaria de servir meus colegas.

Ruff Ghanor sorriu.

— Tenho certeza de que é capaz.

E foi.

Niccolas rezou naquela noite e o refeitório dos guardas foi agraciado com infindáveis tigelas de arroz cozido. Os guardas comeram como há muito não comiam. Sentiram-se saciados, tanto quanto a terra maldita permitia. Durante toda a refeição, Malgur andou de uma mesa a outra, garantindo que todos estavam servidos, até que enfim sentou, sob os aplausos dos demais.

Na mesa da comitiva real, o sargento comia ao lado de Ruff, Bellitz, Korin e Hild. A maior honra da vida do militar, em qualquer outra época. Naqueles dias, apenas uma questão prática.

— Ninguém aqui está cultuando a Santa maldita, Majestade — disse o sargento. — Mas estamos muito fracos.

— Falta de comida? — perguntou Bellitz.

— Isso é só uma parte — ele respondeu, baixando os olhos. — Estamos só... fracos.

O sargento descreveu a situação macabra em que eles se encontravam. Era o mesmo que a comitiva estava experimentando, mas ao longo de muito mais tempo: a comida não alimentava, o ar não enchia os pulmões, o sono não descansava. Eles se viam mais e mais exauridos a cada dia. Não houvera casos de ninguém amanhecendo sem uma parte do corpo, ou mostrando outros sinais de culto à Santa do Fim do Mundo, mas o castelo perdera uma das torres de forma inesperada.

— É como se Ghanor não conseguisse mais nos sustentar, Majestade — ele lamentou. — Como se... o reino não estivesse aqui por inteiro.

Hild e Bellitz se entreolharam. Isso dava crédito à hipótese de Ruff, de que Áxia tivesse trazido hordas de fiéis. Quanto mais gente acreditava que o mundo estava acabando, mais isso se tornava verdade.

Como eles vinham descobrindo desde a infância de Korin, era tudo uma questão de fé.

— Sargento — o rei começou, enfiando uma colherada de arroz na boca.

Contudo, não teve força para mastigar e engolir. Ruff tossiu, seu rosto ficando vermelho, os olhos numa expressão confusa. Não entendia o que estava acontecendo. A rainha o ajudou, até que ele conseguiu lidar com a bocada de comida e respirou mais uma vez.

— Sargento... — sua voz muito fraca.

— Deixe que eu resolvo tudo aqui — disse Bellitz. — Você precisa descansar, meu amor.

Korin ajudou-o a se levantar e conduziu-o para o quarto que tinha sido preparado.

Bellitz ficou alguns instantes observando o marido ser levado.

— Não se engane, sargento — ela disse, voltando-se de novo para ele. — Seu rei também está sofrendo com a maldição, mas não há motivo para temer. Ele tem um plano.

— Majestade — o militar sorriu. — Eu cresci tendo Ruff Ghanor como meu soberano. Por causa dele, tive o privilégio de nascer num reino livre. Minha mãe lutou na guerra e, por isso, pude ser um sargento no exército que protege o mundo inteiro. O rei não precisa provar nada para mim. Ele me defendeu por minha vida inteira. Uma noite de fraqueza não vai mudar nada.

Korin Ghanor colocou seu pai na cama.

— Sei que você já me viu em estado pior — disse o rei, com uma tentativa de sorriso. — Mas não lembro. Então isto é um pouco constrangedor.

— Você já me viu fazendo coisas bem piores, pai.

Ruff segurou o braço do filho, num gesto que continha mais coisas do que ele conseguiria expressar.

— Já tivemos essa conversa — disse o rei. — Mas é hora de tê-la de novo. Você sabe que fiz meu melhor, Korin.

— Eu sei.

— E agora, mais do que nunca, precisa estar preparado para assumir meu lugar.

— Não sabemos o que vai acontecer, pai.

— Mesmo que nossa vitória seja total e eu sobreviva... Quantos anos acha que ainda tenho pela frente? Quantos anos *quero* ter? Eu estou em paz, Korin. Confio em você, quero que tenha a oportunidade de reinar.

O rapaz mordeu os lábios.

— Tenho apenas mais um conselho para você, meu filho. Um conselho que ninguém pôde me dar, pois meu pai foi um clérigo que não era rei. E nem era meu pai, na verdade.

— Teremos tempo para isso...

— Não — Ruff sorriu. — Não há mais tempo. Então meu último conselho é sobre sua futura família, Korin.

O momento pesou sobre os dois. Korin era um adulto em quase tudo: como guerreiro, como devoto, como líder, como estudioso. Poucas pessoas tinham algo a lhe ensinar. Mas nunca experimentara a parte da vida da realeza que tinha a ver com casamentos de interesse, alianças, herdeiros ou até amor. Crescera com um trono unificado em seu futuro. Mesmo que as jovens nobres tivessem enxameado o castelo durante certas épocas, aquilo nunca fora uma preocupação real.

Contudo, enquanto a hora de entregar a coroa se aproximava cada vez mais, tanto pai quanto filho percebiam algumas inevitabilidades.

Korin precisaria de uma rainha, de um príncipe.

Ruff nunca conheceria seus netos.

— Nossa família tem no sangue magia e poder, mas também loucura — disse Ruff. — Somos tiranos em potencial. Os Ghanor que nasceram em meio à opulência foram tiranos. Eu, que nasci na miséria, quase fui um tirano. Não importa qual seja nosso início, Korin... Sempre podemos acabar como déspotas.

— Pai...

— Tenho certeza de que você não será um tirano — o rei continuou, desconsiderando o que seu filho diria. — Você é um bom homem, Korin. É melhor do que eu jamais fui. Mas precisa ter herdeiros, e precisa prepará-los.

Korin prestava atenção àquelas palavras. Mais do que quando entrara no quarto onde seu pai estava morrendo, uma vida atrás, havia uma sensação de testamento. O discurso era um réquiem.

— O reino precisa de um Ghanor no trono. Sem alguém da linhagem governando, o povo ficará sem rumo. Você vai prosperar com a terra e sofrer com ela. Você vai sangrar quando a terra for ferida, e vai explodir de júbilo quando ela florescer. Precisa garantir que seu filho entenda isso. Precisa criar alguém forte, sábio, justo, como eu criei.

— Isso não é verdade, pai — disse o príncipe.

Ruff franziu o cenho.

— Não acho que meu filho precisará ser tão extraordinário quanto você — Korin falou. — Sei que eu mesmo nunca chegarei a esse ideal, pois não preciso. Você garantiu que eu não precisasse, pai.

O rei tinha olhos marejados.

— Você me preparou, sim... — Korin sorriu. — Mas não como você mesmo foi preparado. Por mais que eu reclamasse, sempre fui livre. Minha vida não tem um objetivo único, como derrotar um dragão ou satisfazer os deuses. Eu só preciso ser o rei de Ghanor.

— Eu fiz meu melhor — Ruff disse, mais uma vez.

— Eu sei. E, porque você fez seu melhor a vida inteira, eu posso ser apenas um rei. Vou preparar meu filho tão bem quanto puder, mas espero que ele também não precise ser extraordinário. Espero que ele possa ser um tolo, um fanfarrão que bebe e come demais. Alguém que seja alvo de algumas piadas de seus súditos, mas que consiga viver tranquilo e morrer sem grandes feitos heroicos. Então que seu filho seja ainda menos notável e que assim siga para sempre.

Ruff foi avassalado pela sabedoria daquelas palavras. Se ele realmente tivesse conseguido criar uma época em que reis podiam ser apenas administradores e juízes, sua vida fora um sucesso maior do que podia almejar.

Aquilo, ele notou, era um mundo verde e bom.

Um mundo que não precisava de heróis.

Um mundo tedioso, onde os mortais pudessem ser pecadores sem medo da fúria divina.

Um mundo em que reis eram preguiçosos e príncipes eram audazes e ingênuos.

Foi pensando nisso que Ruff Ghanor fechou os olhos. Encostou a cabeça no travesseiro e sonhou com um mundo em que seus netos e bisnetos fossem tolos.

— Majestade — disse Edyriell.

Bellitz se voltou a ele, os olhos pesados de sono.

O refeitório estava quase vazio. Os capas vermelhas tinham se recolhido a seus dormitórios ou assumido seus postos de guarda. O sargento pedira licença. Apenas a rainha e Hild ainda sentavam à mesa, examinando mapas.

— Fale — Bellitz não escondeu uma ponta de impaciência.

O elfo respirou fundo. Era o único forasteiro ali. A comitiva era composta da família real, da pupila do rei e dos guerreiros de elite que ela treinara, além do monge que achara Ruff no Túnel Proibido. Até mesmo o maior inimigo de Ruff Ghanor tinha com ele uma história densa. Eram todos um clã, ligados uns aos outros por emoções compartilhadas, por experiências profundas.

Em comparação, Edyriell era só um conselheiro.

Ele admirava Ruff Ghanor e era grato ao rei por ter salvado a Floresta Alta. Mas sua conexão com o resto da comitiva era tênue. Qualquer outro arqueiro habilidoso cumpriria seu papel.

— Gostaria de sua permissão para algo, Majestade.

— Fale o que deseja, Edyriell.

— Gostaria de abandonar a comitiva.

Bellitz e Hild olharam para ele com surpresa.

— Você... — a rainha hesitou. — Vai voltar à Floresta Alta?

— Não, Majestade. Com sua permissão, gostaria de voltar à capital.

Hild começou a enrolar os mapas. Bellitz se ergueu, para olhá-lo nos olhos.

— Voltar à capital? Por que? Precisamos de você, Edyriell.

— Perdoe-me, Majestade, mas não precisam. Vão enfrentar a Dama de Ferro e legiões de seus fanáticos. Minhas flechas não vão fazer diferença e minha presença será, no máximo, tolerada.

— Você nunca teve medo de batalhas difíceis — a rainha disse, sem malícia.

— E continuo não tendo. Mas não serei importante nessa batalha. Enquanto isso, a capital está abandonada. Eu gostaria de guarnecer o Castelo de Ghanor, Majestade. Gostaria de defendê-lo caso inimigos tentem invadi-lo. Aí sim minhas flechas farão a diferença. Então, quando vocês voltarem, gostaria de estar lá para recebê-los.

Bellitz não respondeu.

— Eu nunca tive um papel em Ghanor, senhora. Sempre procurei servir ao rei da melhor forma que pude, porque sou grato a ele, mas nunca houve um lugar para mim. Agora acredito que meu lugar é na defesa do castelo.

— Você está vendo como esses guardas estão fracos — disse a rainha. — Sem os milagres de Niccolas e sem a comida que recebemos dos anões, você ficará tão fraco quanto eles.

— Tenho confiança em minha capacidade de aguentar qualquer provação. Desde que eu seja útil.

Bellitz olhou-o de cima a baixo, com admiração.

— Você tem filhos, não é mesmo, Edyriell?

— Sim, Majestade. Eles voltaram à Floresta Alta vinte anos atrás.

Ela deu um sorriso triste.

— Sinto muito por não os ter conhecido. Sinto muito por tudo que não falei a você ao longo dos anos.

— Vossa Majestade estava ocupada, sendo uma rainha e uma heroína.

Ele fez uma mesura profunda.

Então começou a arrumar suas coisas para a jornada solitária até a capital.

Eles notaram as primeiras presenças entre as árvores nuas da floresta morta. Primeiro acharam que eram lobos famintos, ou algum animal carniceiro procurando cadáveres. Podiam ser até mesmo ser monstros, como aranhas gigantes ou harpias. Mas então Hild enxergou com clareza:

— São humanos.

Humanos se esgueiravam nas sombras, escondiam-se no meio da mata amaldiçoada, espreitavam em buracos na terra. Não chegavam perto da comitiva real, não pareciam organizados em batalhões ou mesmo bandos.

Apenas olhavam de longe, corriam sobre as mãos e os pés quando alguém se aproximava.

A montanha desabada dominou a paisagem e as ruínas do mosteiro ficaram visíveis, enquanto as hordas de fanáticos animalescos se tornaram mais e mais numerosas. Era um dia claro, o céu quase branco, o sol agressivo e frio. O ar tinha cheiro de nada, nenhum vento balançava os galhos despidos das árvores. A comitiva real avançou devagar, os cavalos pisando com cuidado. Os Gladiadores vigiando ao redor, milhares de humanos esfarrapados ocupando cada espaço.

Eram mais do que hordas.

Eram populações.

Eles abriam caminho para a comitiva, mas não pareciam reconhecer o que era. Nenhum deles falou uma palavra, apenas chiaram e guincharam de raiva e medo. Muitos eram óbvias vítimas da maldição: faltava-lhes metade da cabeça, ou havia um rombo imenso onde deveria estar seu estômago. Arrastavam-se sem ossos, gesticulavam sem mãos.

Eram os fanáticos da Santa do Fim do Mundo, tão massacrados e diminuídos pela crença que haviam abandonado sua humanidade. Eram feras, milhares e milhares de feras que se comportavam como um único vagalhão de carne.

Ruff Ghanor mal conseguia erguer a cabeça sob o peso do elmo. Suas mãos tinham sido amarradas às rédeas, para que ele pudesse guiar o cavalo. Suas pernas estavam presas à sela. A boca aberta fazia força para inspirar o ar morto através de lábios gretados. Bellitz ia a seu lado, mantendo um olho nas hordas e outro no marido. Atrás deles, os Gladiadores faziam um perímetro. Zamir estava no meio, flanqueado por Hild e Korin. Niccolas ia na retaguarda, protegido pelos guerreiros sagrados.

Eram a muralha que defendia o mundo.

Ruff sentiu um cheiro familiar. Seus olhos foram tomados de lágrimas antes que ele entendesse o que era aquela memória. No meio do fedor de imundície dos milhares de fanáticos, do cheiro inquietante e neutro que a terra tinha adquirido, do odor metálico que invadia suas narinas sempre que ele trajava a armadura completa, sentiu um fiapo de cheiro de infância.

Talvez fosse impossível que, entre os escombros, depois de tantas décadas, restasse ainda algum aroma de incenso, de papel, de tinta. Talvez fosse impossível que o tempo não tivesse apagado aquele pedaço minúsculo e fundamental de sua vida.

Talvez fosse só o delírio de um rei sofrendo com sua terra, mas ele sentiu.

E então se empertigou.

Os olhos arregalados, impressionado com aquela volta ao lar, Ruff Ghanor enxergou um pedaço da torre, ainda com traços da face de São Arnaldo distinguíveis sob as trepadeiras, apesar da erosão e da destruição.

Ali estavam as ruínas de seu lar. Ele se sentiu de volta, muito mais do que sentira ao combater na montanha, no fim da guerra.

Um instante depois de discernir a torre entre os escombros, ele viu o altar profano.

Na frente das ruínas do mosteiro, Áxia ou seus fanáticos haviam erguido uma estátua. Uma coisa revoltante, feita de ossos e pedaços de madeira, amarrada com trapos, decorada com pedaços de animais. A estátua mostrava a figura da Dama de Ferro, com imensas asas de abutre nas costas.

O mosteiro de São Arnaldo fora conspurcado com a imagem da Santa do Fim do Mundo.

Ruff sentiu o peito inflar de indignação. Segurou forte as rédeas e emitiu um brado que não sabia existir em seu interior.

— *Áxia!* — gritou o Santo de Pés Descalços. — Venha me enfrentar pela última vez!

Dezenas de correntes de ferro negro emergiram do meio dos escombros, curvaram-se para baixo de novo, puxaram uma figura humanoide. A Dama de Ferro flutuou sobre as ruínas.

— Estou aqui, Ruff — disse Áxia. — No local de meu primeiro triunfo. No local onde você nunca me venceu. No local onde você sempre se entregou. Sempre fez o que eu queria.

Ruff estremeceu sobre a sela.

— Você pode voltar a ser o Devorador de Mundos, Ruff — ela abriu os braços. — Venha comigo. Nosso amor vai destruir o mundo que nos odeia.

Mais do que tudo, Ruff se surpreendeu ao entender que ela não mudara. Ele nem sentia mais as lágrimas que escorriam por suas bochechas, sob o elmo, pela lembrança do mosteiro. Mal registrava as imensas hordas dos dois lados, pois sabia que sua comitiva estaria atenta. Nem mesmo, naquele instante, pensava em Áxia como uma santa, como a Devoradora de Mundos, como a traidora de tudo que existia.

Ruff Ghanor percebeu que ela ainda era Áxia, a garota da aldeia.

Ele passara por tantas mudanças apenas nos últimos anos que mal conseguia se reconhecer. Aprendera a aceitar Korin, reconciliara-se com seu passado. Conquistara a paz consigo mesmo. Ruff se sentia verdadeiramente um ancião, e era feliz por isso.

Áxia passara por ainda mais do que ele ao longo da vida. Aprendera magia, vendera a alma aos demônios, fora mãe, fizera um pacto com os deuses. Mas não mudara. Voltava atrás em todas as mudanças, de novo e de novo. Por mais que tivesse dito que era o alvo da repulsa do mundo todo, enquanto Ruff seria o escolhido, na primeira oportunidade ela demonstrava o que pensava de verdade.

Achava que os dois eram odiados. Que possuíam alguma ligação intrínseca, única em toda a existência.

Áxia era muito inteligente. Mas a maldade era sempre burra.

E, deixando-se tomar pela maldade, Áxia estivera desde o começo abrindo mão de sua maior capacidade.

Ele tirou o elmo, para olhar seu rosto coberto por metal.

— Nunca existiu amor, Áxia — disse Ruff Ghanor. — Apenas desespero.

— Não minta para si mesmo, Ruff. — Ela flutuou mais para perto, suspensa pelas correntes. — E não tente mentir para mim, você nunca conseguiu. Seu grande estratagema foi me chamar para o local onde nos conhecemos. Foi me atrair com os dois presentes que mais desejei.

— Não são presentes.

— Você sabe que são — ela riu. — Você lembra de mim, Ruff. Você me conhece, assim como eu o conheço.

— Você ouviu meus termos quando falamos através de seu devoto — ele cortou a ladainha. — As almas de Rion e Ulma estão comigo. Se você não quer que elas sejam destruídas, abra mão de sua santidade. Disperse seus fanáticos.

— Você não vai destruir almas inocentes, Ruff.

— Não me teste, Áxia. Por mais que pense o contrário, você não me conhece.

— Você não vai fazer isso. E, mesmo que cumpra sua ameaça vã, o que está exigindo é impossível. Eu não posso abrir mão de minha santidade, assim como você não pode abrir mão da sua.

Ele engoliu em seco.

— Você pode morrer — disse Ruff Ghanor. — Sua vida pelas almas de Rion e Ulma. Entregue-se para a morte, deixe que os deuses procurem outro Devorador.

Então Áxia riu.

Um riso genuíno, de desprezo e superioridade.

— Você não entendeu nada.... Ora, Ruff, não seja simplório... Você deveria saber que nem mesmo a minha morte pode mudar alguma coisa. Acha que seus sacerdotes vão perder a magia divina quando você morrer? Por acaso seu querido São Arnaldo não é mais uma vez cultuado por clérigos milagrosos, mesmo depois que eu o matei?

— Áxia...

— Não há mais volta, meu amor — com suavidade apavorante. — A crença já se espalhou. A maldição já começou. Mesmo que eu morra, meus devotos continuarão a cultuar a Santa do Fim do Mundo.

Ruff sentiu uma onda de gelo se espalhar por seu corpo. Sem querer, roubou um olhar para Bellitz. Esperava encontrar nela alguma segurança, mas viu que a rainha também estava apavorada.

— Os deuses deram a mim o poder de Devoradora de Mundos — Áxia continuou. — Mas esse poder *já* foi usado. Não depende mais de mim. Não há como deter a crença, Ruff.

Quanto mais crença houvesse, mais a terra sofreria.

Quanto mais a terra sofresse, mais haveria razão para desespero.

Quanto mais o mundo parecesse acabar, mais devotos haveria para a Santa do Fim do Mundo.

Áxia gesticulou para seus fanáticos.

— Os verdadeiros Devoradores de Mundos são eles.

Ruff Ghanor não respondeu. Em vez disso, enfiou a mão num alforje preso à sela. Puxou dois globos de cristal. No mesmo movimento, esmagou-os com a manopla, fazendo pequenos estilhaços voarem para todos os lados.

Dos estilhaços surgiram duas nuvens de vapor, que aos poucos se condensaram em formas humanas.

A forma de um menino magriço.

E de uma velha senhora recurvada.

As almas de Rion e Ulma. Ambas acorrentadas pelo pescoço, as correntes seguras pela mesma mão que havia quebrado dos globos.

— Renegue a santidade — Ruff comandou.

— Você não vai fazer isso.

Com a outra mão, Ruff puxou do alforje um frasco com um líquido brilhante. Quebrou o vidro contra o peitoral da armadura e espalhou uma terceira nuvem de gás, dessa vez opaca e amarelada. Ele pronunciou algumas palavras numa língua desconhecida, então a fumaça se concentrou em torno das duas almas. Rion e Ulma berraram de agonia, suas formas translúcidas começaram a derreter.

— Não me teste, Áxia! Este foi o primeiro passo do ritual. Rion e Ulma estão sofrendo, mas suas almas ainda podem ser salvas. Se eu continuar...

— *Maldito!* — o urro da Santa do Fim do Mundo tomou toda a floresta morta, as ruínas, reverberou na montanha. — *Não sabe que me ama?*

Áxia jorrou fogo negro sobre a comitiva real. Suas correntes deram o bote, pontas de lança e anzóis farpados buscando os corpos dos inimigos. As hordas de devotos berraram ao mesmo tempo num rugido bestial e atacaram por todos os lados.

Zamir soltou uma gargalhada que era tanto forçada quanto genuína. Não havia humor naquilo, mas o tirano caído exprimia seu prazer ao gesticular com os dois braços, os dedos em movimentos complexos, criando uma onda de chamas dos dois lados da comitiva real. A terra maldita foi varrida à esquerda e à direita pelo maremoto de fogo que engolfou centenas de fanáticos. Os gritos de dor das vítimas de Áxia preencheram os ouvidos de todos, uma carnificina em um instante.

— Queimem, bípedes! — gritou o feiticeiro. — Queimem por servir a uma traidora!

Ruff sentiu um aperto no peito, tomado de repente pela noção de que aquele ato horrendo lhe favorecia. Mas não havia tempo para ambiguidades morais: o vagalhão de chamas negras de Áxia e o enxame de correntes chegavam simultaneamente sobre todos eles.

Os Gladiadores rezavam, emprestando-lhe energia santa. Ruff colocou o elmo e sentiu a velhice abandonar seu corpo, pois também não havia espaço para ela. Com uma mão ainda segurando as correntes das almas que derretiam, usou os calcanhares para esporear o cavalo e fazê-lo avançar relinchando. Um salto da montaria deixou-o à frente de todos, puxando os espíritos. Com o outro braço, pegou o escudo de Arcanium, encaixou as tiras num gesto fluido, ergueu-o à frente do corpo. A dor antiga pelo movimento repetido durante a vida toda fisgou-o, mas ele não deu importância.

— Renda-se, Áxia!

Um domo de energia translúcida se projetou do escudo que ele forjara com a assistência da própria terra. A chama negra se espalhou para os lados, cercando-o sem ferir ninguém, então se desfazendo, inofensiva. Dezenas de lâminas, espinhos metálicos, anzóis e farpas se chocaram com a semiesfera protetora. Algumas se estilhaçaram, outras só foram desviadas. Ruff sentiu cada impacto no escudo, no braço, no peito, na mandíbula, mas não fraquejou. A proteção era ainda maior do que o primeiro escudo que ele forjara, com Thondin. A força, a rapidez e o fôlego podiam tê-lo abandonado com as décadas, mas a inteligência só aumentara, a técnica se aprimorara, a paciência crescera.

O escudo não era a obra de um jovem — era sua obra-prima.

Ele conhecia Áxia demais. Conhecia-a tanto que, mesmo de longe, mesmo por trás da máscara metálica, mesmo através das chamas, das correntes e do campo de força, ele viu seu medo.

A Dama de Ferro não esperava por aquilo.

— Gladiadores! — chamou Hild. — Ataquem!

Ruff desfez o domo de energia e, no mesmo instante, os guerreiros de elite de Ghanor investiram com suas montarias sobre Áxia. Como um só, chegaram numa onda avassaladora, saltaram dos cavalos com armas em punho enquanto ela chegava, carregada pelas correntes.

Três deles foram retalhados na mesma hora pelas lâminas de ferro negro, os ossos de suas armaduras e o sangue de seus corpos se espalhando pelo campo maldito. Outros dois conseguiram se aproximar por baixo, golpearam com espadas, enterrando o metal no flanco desguarnecido da Dama de Ferro. Um terceiro voou para cima dela, um mangual pesado seguro com as duas mãos. Num movimento lento mas poderoso, brandiu a arma, a cabeça metálica pesada indo se chocar com o rosto da inimiga, que explodiu em sangue escuro.

Na mesma hora, o guerreiro foi trespassado por uma dezena de correntes. Sangue vazou pelas frestas da armadura, ele amoleceu suspenso no ar. Então as correntes puxaram a si mesmas para trás e ele foi destroçado.

Áxia caiu pesada no chão, erguendo uma nuvem de poeira opaca e pesada. Antes que Ruff e os outros conseguissem atacar, ela já estava de pé mais uma vez. As feridas nos flancos e no rosto cicatrizando a olhos vistos, o corpo retomando sua plena força.

— Você sabe que sou invencível, meu amor — disse a Santa do Fim do Mundo. — Agora mesmo, em Sammelen, uma família reza para mim, ao redor do leito de morte de seu filho mais novo. A tripulação de um navio de Zibrene amarra um abutre no mastro, para que eu permita que pesquem alguma coisa. Um chefe em Artus ordena que cada um de seus súditos sacrifique uma parte do corpo no altar que construiu no centro da aldeia. Eles se entregam a mim a cada minuto.

— *Cale a boca!* — as palavras de Hild degeneraram em um rugido, enquanto a guerreira se transformava no javali humanoide e saltava sobre Áxia.

O machado de Hild atingiu a Dama de Ferro no peito, com um clangor. O metal negro rachou, as presas buscaram o pescoço desprotegido. Áxia empurrou-a com uma manopla, as correntes saltaram sobre a guerreira sagrada.

Uma barragem de madeira nova, viva, cheia de pequenas folhas verdes eclodiu do solo, bloqueando o caminho das correntes.

— *São Arnaldo está com você!* — a voz cansada de Niccolas se fez ouvir em júbilo. — *A vida sempre vai protegê-la!*

Hild puxou a própria cabeça para trás, rosnando e roncando, trazendo consigo longos fiapos de carne. Áxia berrou, gesticulou com as duas mãos, suas chamas negras consumiram as plantas criadas pela magia divina.

A Dama de Ferro segurou Hild pelo elmo. Arrancou-a de si mesma, ainda golpeando o ar com o machado, buscando carne vulnerável com as presas.

— Matem-na! — berrou para seus fanáticos. — Devorem-na!

Arremessou Hild para o meio da horda e eles se fecharam sobre ela como vermes famintos.

— Hild! — Ruff gritou.

— Vou lutar com ela! — Korin empinou o cavalo. — Ghanor! Ghanor!

— Korin, não! — Bellitz gritou.

Parte do plano dependia de que o príncipe lutasse contra Áxia. A relíquia de São Ruff Ghanor, que ele carregava, era a única arma que fora capaz de deter a cura que a Santa recebia de seus fiéis. Mas o ímpeto de Korin foi mais forte que o planejamento.

Ele investiu a galope contra as hordas. Korin estava desarmado, mas levou a mão à cintura e puxou uma arma pequena, que quase sumia em meio ao caos. A adaga de presa de serpente, presenteada por Hild quando ele ainda era uma criança e tornada santa pela luta que eles travaram no Mosteiro do Leão, brilhou ao ser empunhada pelo príncipe. Korin ergueu-a alto, um farol na violência, e os fanáticos chiaram de dor e repulsa.

— Esta é a terra do Santo de Pés Descalços! — bradou o príncipe de Ghanor. — Para trás, devotos do fim do mundo!

Alguns recuaram como animais, tropeçando uns por cima dos outros, mas eram milhares. Muitos ainda queimavam pelas chamas de Zamir, mas não parecia haver fim para seus números. Os fanáticos mais bravos, ou mais insanos, pisotearam os mais covardes, ou ainda racionais, investindo contra ele. Correram com as mãos vazias em forma de garras, com ancinhos, com pedaços de pau, com espadas forjadas nos castelos mais nobres, com cetros e candelabros cravejados de joias. Eram plebeus, nobres, mercadores, cavaleiros, mendigos, todos reduzidos a um estado bestial homogêneo pelo desespero que Áxia trazia. Todos já tinham entregado a ela mais que seus corpos: suas mentes, suas almas.

— Morra primeiro! — gritou um deles, que ainda conseguia falar. — Morra antes de mim!

Korin desceu a adaga santa sobre o inimigo, o brilho deixando um rastro no ar. A ponta afiada penetrou em sua carne, a faixa de luz cortou como lâmina.

— Ghanor! Ghanor!

Korin galopou pelo meio dos fanáticos, abrindo espaço com a adaga, os cascos da montaria quebrando ossos, esmagando carne. Mas, além da quantidade, eles contavam com a loucura. Todos tomados pelo egoísmo, queriam que todos os outros morressem antes. Contudo, tinham certeza de que iriam morrer. Assim, entregaram suas vidas, deixaram-se ser cortados e atropelados, jogaram-se sobre o príncipe e o cavalo. A montaria tombou, Korin foi puxado para o meio da turba.

— Você matou meus filhos, Ruff! — disse Áxia. — Eu matarei o seu. De qualquer forma, ele pertence a mim! Korin é mais filho meu do que...

— *Nunca!* — rugiu Bellitz.

A rainha conseguira contornar a Dama de Ferro, galopando por entre as hordas, e atacou por trás, com a espada. As correntes foram defender Áxia como animais treinados, fechando-se em um escudo em suas costas. Outras se projetaram pelos flancos, na direção de Bellitz, enquanto a bruxa começava a olhar para trás.

Bellitz agora era apenas humana. E, sendo humana, já sentia a idade em seu corpo.

Mas Bellitz, mais do que ninguém ali, possuía experiência.

A guerreira celestial investiu com a montaria para a direita. As correntes se concentraram naquela direção, deram um bote onde ela estaria. Mas então a rainha saltou do cavalo, usando-o como isca. Rolou no chão num movimento perfeito, projetando-se para a frente sem sofrer qualquer dor, e foi capaz de penetrar as defesas de Áxia. As correntes atrás de si, sentiu o cheiro metálico e mortiço da Dama de Ferro, o frio que exalava de sua pele.

Áxia terminou o movimento do pescoço, entendendo o quão perto a rainha estava.

— Cure-se disso.

Bellitz enterrou a espada na parte das costas de Áxia que não estava protegida pelo metal. O mesmo ponto que fora atingido por Hild no Mosteiro do Leão — uma luta que todos eles tinham discutido e estudado extensivamente. Era uma faixa estreita, reduzida, mas suficiente para o movimento preciso que ela pretendia. Um movimento treinado durante milênios, impossível sem a combinação exata de conhecimento, técnica e força.

A lâmina partiu a espinha de Áxia logo acima do quadril.

E Bellitz sabia que ela seria curada, então não puxou a arma de volta.

Soltou o cabo da espada, ficando desarmada, mas impedindo que o ferimento fosse revertido por completo.

Áxia ficou mole, suspensa pelas correntes. A expressão de pavor em seu rosto foi um espelho do sorriso de triunfo da rainha de Ghanor.

— Valeu a pena — disse Bellitz, para si mesma. E então: — Eu te amo, Ruff.

Foram suas últimas palavras antes que uma torre feita de lâminas e farpas de ferro negro eclodisse do chão, engolfando-a, perfurando sua armadura, dilacerando sua carne, triturando seus ossos.

Ruff Ghanor mal registrou a onda de horror e arrependimento. Pedaços de pensamentos piscaram em clarões involuntários:

Ela realmente se foi.

Talvez esteja viva, de alguma forma.

Eu deveria ter insistido para que ficasse no Subterrâneo.

Áxia me tirou a pessoa que realmente amei.

Estou sozinho.

Ela nunca aceitaria uma morte menor que essa.

Antes de ser dominado por uma noção:

O sacrifício de Bellitz precisava valer a pena.

As correntes de Áxia se agitaram sem controle, enquanto a bruxa não conseguia se mover. A cena brutal e macabra não impediu que Ruff enxergasse a tática:

— Segure as almas! — gritou para a pessoa mais próxima, logo atrás.

Entregou os grilhões alquímicos que prendiam as almas de Rion e Ulma a Zamir.

Ruff forçou o cavalo a investir na direção de Áxia, ignorando os fanáticos que se desgarravam em sua direção e as correntes que chicoteavam para todo lado. Ele sabia que a desorientação duraria pouco. A Dama de Ferro experimentava dor e castigo pesado a seu corpo de forma diferente dos mortais; sua magia e seus poderes demoníacos não dependiam do físico. Assim, parte daquela vulnerabilidade era o choque da ferida horrenda. Logo, alguma corrente de Áxia arrancaria a espada e ela poderia se curar. Antes que a inimiga se recuperasse, o rei apeou da montaria a galope, sentindo o impacto pesado do chão nos joelhos e tornozelos. Correu ignorando a dor, então invocou uma parte do poder da armadura de Arcanium que não usava há anos.

Forçou seu corpo a realizar o movimento que fez todos os músculos das pernas queimarem de dor, explodirem em um esforço supremo, amplificado pelo metal imbuído de intenção e capacidade. Ruff saltou como saltara durante a luta com Zamir. Cruzou o ar, uma emoção juvenil fazendo o coração velho bater descontrolado. Abriu os braços, martelo e escudo em mãos, e chocou-se com Áxia num clangor de ferro e Arcanium.

Abraçou a Dama de Ferro, deixando o escudo atrás de suas costas, sentindo a ponta da espada de sua rainha roçar contra o abdome da armadura.

Áxia olhou para ele, o rosto a poucos centímetros de distância, distorcido de raiva, dor e esperança insana.

Uma corrente se aproximou girando, preparando-se para se enrolar no cabo da espada. Assim poderia puxá-la, libertar a Dama de Ferro.

— *Ruff...* — ela gemeu.

— Só nós dois agora, Áxia.

Abraçando-a, ele fez o escudo de Arcanium projetar o campo de energia em uma bolha.

A corrente que vinha arrancar a espada bateu na barreira translúcida e se desviou.

As correntes que seguravam Áxia suspensa no ar estavam presas no campo, faziam força para se soltar como animais encoleirados.

— Eu me livrei de todos que ficavam entre nós — Áxia grunhiu. — O prior. Os clérigos. Korin. Sua esposa. Seu filho. Todos que nos atrapalhavam, Ruff.

— Desista, Áxia. As almas de Rion e Ulma...

— Se você quiser se livrar deles também eu não me importo. O mundo está morrendo, Ruff. Nada mais importa. Só restaremos eu e você.

Ruff usou a mão do martelo para golpeá-la. A batida reverberou nas armaduras dos dois.

— Você foi vencida. Não está vendo? Nunca vai se recuperar desse ferimento.

— Eu não me importo. Vamos sofrer juntos.

Então uma das correntes, no interior da bolha, se partiu. Serpenteou, livre, e foi se enrolar no pescoço de Ruff. Por baixo do elmo, seu rosto ficou vermelho, então roxo.

— Você não é mais um clérigo, não é mais o Devorador de Mundos — ela disse. — É só um velho. Está fraco e doente, mas isso é bom, porque posso cuidar de você. E eu nunca vou me curar, então você poderá cuidar de mim.

Mais uma vez, como fora de novo e de novo, desde que eles eram crianças, Ruff percebeu que tentava impor a Áxia uma lógica que não existia. Ela não se importava com nada. Desde o início fora assim. Áxia não se importava em destruir seu lar, desde que outros também o perdessem.

Ela não queria deixar de sofrer.

Só queria que os outros também sofressem.

— Ou você prefere morrer? — ela sussurrou. — Vamos morrer juntos, Ruff. Então meus seguidores podem espalhar a maldição sozinhos. Podemos morrer juntos, meu amor.

As chamas negras eclodiram do corpo dela e Ruff percebeu que não havia nada que pudesse fazer.

— *Ruff Ghanor!* — a voz de Zamir, amplificada pela magia, penetrou na bolha de energia. — Desfaça a barreira!

Num instante, enquanto sufocava e sentia-se queimar, Ruff pensou se deveria confiar em seu maior inimigo.

Fechou os olhos, impôs sua vontade ao metal. O campo de força se desfez, soltando as correntes, deixando rei e bruxa vulneráveis ao mundo exterior.

Antes que pudesse perceber o que acontecia, uma rajada de fogo, tão quente que seu núcleo era branco, atingiu a Dama de Ferro pelas costas. Ruff foi também avassalado pelo calor, mas se soltou de Áxia antes de ser queimado. A corrente em volta de sua garganta afrouxou. Ele caiu pesado no chão.

Áxia se contorcia, o fogo colado nela como um parasita.

Os fanáticos enxamearam sobre Ruff. Ele não tinha fôlego, nem força nos músculos, para bloquear seus ataques. Sua visão foi tapada pelo frenesi sangrento dos devotos da Santa do Fim do Mundo, seus ouvidos tomados pelo clangor de paus e pedras batendo na armadura e no elmo.

Súbito, conseguiu respirar.

Uma manopla de ossos o ajudou a se erguer.

Ruff ficou de pé, as pernas bambas de cansaço, enquanto os Gladiadores faziam um círculo a sua volta. O chão estava coberto de seus cadáveres. Mas, para cada corpo de um Gladiador, havia cem corpos de fanáticos. Eram menos de dez guerreiros de elite agora.

Ele não enxergava Zamir ou Niccolas.

O chão a sua frente explodiu, enviando uma centena de inimigos pelos ares. O tirano caído abriu uma passagem por entre as legiões insanas e o rei enxergou seu mais antigo amigo, encolhido, ladeado por dois Gladiadores. Os guerreiros puxaram Niccolas, ele correu tão bem quanto podia até o rei.

Enquanto isso, Zamir também se aproximou, abrindo caminho com fogo, arrastando as duas almas agrilhoadas.

Entregou as correntes a Ruff.

Então todos estavam juntos e cercados, hordas por toda a volta. Áxia estava em algum lugar, com certeza ainda não vencida. No meio disso, Ruff percebeu que Zamir usava magia muito mais poderosa do que demonstrara até então.

Seu inimigo lhe dirigiu um sorriso.

Mas essa incerteza foi substituída por outra pergunta urgente:

— Onde estão Korin e Hild?

Korin sentiu um corte fundo em seu braço. Era difícil respirar e, a cada vez que tentava tomar fôlego, sentia uma pontada forte em seu flanco. Com certeza costelas quebradas. Um impacto imenso reverberou em seu elmo e por sua cabeça. Com uma lentidão confusa, ele raciocinou que deveria ser uma pedrada.

Korin Ghanor estava morrendo.

Aquela percepção arrancou-o de seu torpor. Não sabia há quanto tempo estava só encolhido no chão, coberto de fanáticos enfurecidos, deixando que fizessem com ele o que queriam. Podiam ser instantes, podiam ser minutos. Talvez tivesse perdido a consciência. O pouco que enxergava do céu, o sol branco ofuscante e os rostos em fúria e júbilo da horda passaram rápido em sua visão — estava sendo arrastado. Gargalhadas e urros por toda a volta, então algumas vozes coerentes, que ainda conseguiam formar palavras:

— *Sacrifício! Sacrifício!*

Korin foi jogado contra um altar de pedra. Com a visão periférica, enxergou enormes asas de abutre decorando o pequeno santuário. Estava cercado de devotos de Áxia. Uma sacerdotisa profana, o vestido nobre rasgado e imundo, asas negras presas às roupas ou costuradas às costas, empunhava um imenso gadanho.

— Santa do Fim do Mundo! — entoou a clériga. — Oferecemos o sangue de um infiel!

Korin tentou ficar de pé, mas seu tornozelo doeu horrivelmente. Ele não tinha mais força naquela perna, achou que algo estava quebrado.

Fechou os olhos.

Então um rugido bestial irrompeu do meio da horda.

Korin abriu os olhos, conseguiu se apoiar nos cotovelos para tentar enxergar o que acontecia. A sacerdotisa se deteve no meio do golpe, surpresa.

Abrindo caminho pelos corpos destroçados dos fanáticos, Hild Osso-Oco brilhava com luz dourada.

— Não precisa me salvar, Pulga! — ela urrou de júbilo. — Eu não sou salva! Eu salvo vocês!

A matança tinha se transformado em ritual, o rosnado era uma oração. Sua armadura de ossos estava coberta de sangue. Seu rosto de javali estava empapado, intestinos e pedaços de carne pendiam de suas presas. Um facão balançava, cravado em suas costas.

Ela golpeava com o machado, sem se preocupar com sua segurança, apenas cortando, decepando, retalhando em direção a Korin.

A sacerdotisa deu um grito de medo, fez menção de fugir. O príncipe aproveitou a chance:

— *Santo de Pés Descalços* — disse para si mesmo, para seu pai. — *Não deixe que eu morra sem usar meu conhecimento.*

A devoção mesclada a sua missão autoimposta fez com que a fé queimasse em seu peito. Korin Ghanor não podia morrer naquele momento, porque seu trabalho ainda não estava completo.

A luz dourada que emanou de seu corpo ofuscou a horda.

Ele ficou de pé. Seu tornozelo não doía. Suas costelas estavam intactas. Respirou sem sofreguidão.

Encarou a sacerdotisa.

— Vamos — desafiou. — Me mate. Faça seu pior.

A mulher arreganhava os dentes, tentava decidir entre cumprir sua devoção ou correr por sua vida.

— Sou seu príncipe e estou ordenando! — o brado de Korin fez com que eles se encolhessem. — Tente me matar!

Ela ergueu a lâmina recurvada.

Golpeou.

Suas próprias mãos detiveram o golpe a centímetros do alvo.

— Sou seu príncipe! — ele repetiu. — Sou seu rei! E nenhum de vocês cultuará a Santa do Fim do Mundo!

— Ninguém vai cultuar nada, porque estarão mortos! — Hild rugiu. *— Ghanor! Ghanor!*

A sacerdotisa teve tempo de berrar em pânico, antes que sua cabeça voasse livre ante o machado da guerreira sagrada.

Os fanáticos não conseguiam se aproximar de Korin. Tentavam se defender, tentavam sobrepujar Hild pela força dos números, mas apenas davam a ela mais diversão.

Era a chance.

Korin Ghanor puxou um pergaminho de dentro da armadura. Estendeu-o a sua frente.

Começou a recitar as palavras arcanas, fazer os gestos ritualísticos.

Dentro da montanha onde seu pai travara uma batalha titânica, forças demoníacas se agitaram.

Três almas no inferno sentiram o chamado de volta à terra.

Ruff tentava brandir o martelo e o escudo, mas seus braços não tinham mais força. Dois Gladiadores não saíam de seu lado, rezando o tempo todo, mas o brilho dourado esmaecia. As dores não iam embora, o vigor não bastava.

Nem mesmo os milagres de seus devotos seriam capazes de mantê-lo vivo, e os fanáticos continuavam chegando. Berrando de fúria e alegria sangrenta, rindo de sua própria morte, entregando-se à chacina na tentativa de se aproximar do rei.

Os corpos de três Gladiadores jaziam no solo impregnado de sangue. Eles haviam entregado a vida para defendê-lo. Havia só mais quatro lutando, além dos dois que rezavam a seu lado.

Niccolas se segurou em sua armadura, em busca de apoio para ficar de pé. O rosto do clérigo mostrava um medo infinito. Niccolas, que sempre soubera o que fazer quando Dunnius estava confuso. Niccolas, que fora decidido quando Dunnius estava amedrontado.

Nada em sua juventude de estudo e contemplação o preparara para aquilo. Era um ancião vendo o fim do mundo chegar em ondas. Sua única esperança era o morticínio.

E o morticínio era o domínio de Zamir.

O tirano fazia chamas brotarem do chão morto, consumindo tudo que havia pela frente. A fumaça de corpos carbonizados subia, irritava narizes e olhos. Ele gritava palavras arcanas, matava fanáticos tão rápido quanto eles conseguiam chegar.

Olhou para Ruff de esguelha. Havia prazer em sua expressão.

Zamir era muito mais poderoso, muito mais perigoso do que os fizera acreditar. Em seu covil, uma oração simples de Korin havia bloqueado sua magia, mas agora nada podia detê-lo. Ruff se viu indefeso frente ao inimigo que, por enquanto, era um aliado. Tudo que o feiticeiro precisava fazer era voltar as chamas contra ele, só por um instante, então continuar sua sanha. Ruff triunfara de novo e de novo sobre Zamir, mas agora não havia como triunfar. Estava sob o poder do tirano caído.

Seu único trunfo, as almas de Rion e Ulma, continuavam presas em grilhões.

Ele imaginou o quanto valia a pena torturar aqueles inocentes.

O plano falhara.

Áxia não se importava, não fraquejara ou hesitara. A única chance era a terceira alma, mas mesmo isso podia não funcionar caso o que ela tivesse dito fosse verdade: os Devoradores eram os mortais. A crença já havia se espalhado.

A batalha já estava perdida e os deuses tinham vencido.

Zamir gargalhava, mas foi calado por um bote súbito de várias correntes de ferro negro, surgidas do meio da fumaça. Caiu para trás, de repente vulnerável. Fez um gesto arcano, uma labareda jorrou de sua palma, queimando os humanos bestiais que se jogaram sobre ele. Os Gladiadores avançaram, cortando e esmagando, mas o perímetro fora quebrado.

Ruff urrou e fez força com as duas mãos para erguer o escudo. Deu alguns passos à frente, para ficar numa posição em que pudesse defendê-los com o campo de energia, mas sabia que isso era só um paliativo.

Notou o quanto era inútil continuar segurando as correntes e soltou-as.

As almas de Rion e Ulma flutuaram para o meio da horda, enquanto o rei tentava manter o escudo à frente do corpo. Um dos Gladiadores ajudou, segurando a borda por baixo. O outro se postou à frente, tentando afastar os fanáticos com sua espada.

Do meio da horda, o corpo distorcido de Áxia surgiu, pendurado nas correntes.

O fogo de Zamir derretera a espada de Bellitz, fundindo o metal à carne da Dama de Ferro. Ela não conseguira se recuperar do ferimento imposto pela rainha. Estava amolecida, os braços e as pernas pendendo, mas comandava centenas de correntes.

— *Só nós dois, Ruff.*

As correntes negras de Áxia acharam e seguraram as correntes alquímicas que prendiam as duas almas. Trouxeram-nas para perto dela.

— Você aceita que eles fiquem conosco então? — disse a Dama de Ferro. — Serão nossa nova família.

Ruff deu mais um passo. Conseguiu erguer o escudo, apoiando-o na coxa com um grunhido de esforço. Os dois Gladiadores seguraram o objeto pelas laterais.

Ele expandiu o domo de energia. Os fanáticos se jogaram contra o globo, bateram com os punhos, arranharam com as unhas.

Zamir estava no chão.

Niccolas, atrás de Ruff, segurava-se em sua armadura.

No momento em que o campo de força falhasse, tudo estaria perdido. Era questão de minutos até que todos eles morressem.

Ruff enfiou a mão sob a armadura de Arcanium e puxou de lá o terceiro globo de cristal.

Quebrou-o com a manopla. Os estilhaços formaram a figura de uma jovem esguia, de cabelos revoltos e expressão inteligente.

Ele sentiu ao mesmo tempo o olhar da Dama de Ferro e de Áxia.

Enquanto Hild matava, Korin lia de seu pergaminho.

— Eu os trago de volta! — fez um gesto arcano. — Eu invoco da morte os filhos de Ruff Ghanor e da Dama de Ferro!

Fumaça negra espiralou das rochas da montanha, das rachaduras do solo morto, do meio das sombras, do sangue que empapava a terra. Dividiu-se em três formas humanoides. Das três gargantas veio o mesmo grito, que tomou o campo de batalha:

— CAAAAAAOOOOOOS!

A alma de Áxia estivera no inferno, presa por todos aqueles anos.

Ruff não a prendeu numa corrente alquímica, nem começou o processo para destruí-la. Havia sido seu plano original, mas ele agora sabia o quanto era fútil.

Em vez disso, olhou nos olhos daquela Áxia jovem. E, por milagre ou alucinação, viu-se jovem também.

Eles estavam sentados em meio à floresta, quando aquela região ainda era viva. Ainda havia a aldeia e o mosteiro. Áxia nem mesmo era adulta — e, Ruff notou, ele também não era. Nada acontecera, eles tinham a vida inteira pela frente.

— Você sabe que essa não sou eu de verdade, certo? — Áxia perguntou. — Quando Zamir vendeu a minha alma, eu já tinha me vingado dos clérigos e dos aldeões. Já não era mais essa.

— Eu sei — Ruff deu de ombros. — Não acho que nada disso faça sentido. Não sei o que está acontecendo. Talvez eu esteja morrendo.

Ela riu e balançou a cabeça.

— Você é muito dramático! Com essa idade, só fala em morrer. Não pensou que talvez esteja sonhando, que...

— Não tenho essa idade, Áxia. E você está tentando me matar agora mesmo.

Ela deu um sorriso triste.

— Eu sei.

Áxia chegou mais perto dele. Sentou encostada em seu peito. Os cabelos revoltos fizeram cócegas no rosto de Ruff.

— Você acabou de matar minha esposa, Áxia. Passou anos tentando roubar meu filho. Você fez tudo o que pôde para arruinar minha vida. Este não é um momento doce. Se for uma lembrança, prefiro esquecê-la.

Ela suspirou.

— Eu podia ter nascido numa cidade — disse Áxia. — Não precisaria ser uma nobre, nem ter uma educação sofisticada. Minha mãe poderia ter sido quem foi, meu irmão poderia ter morrido ainda na infância. Bastava que eu tivesse nascido numa cidade, ou mesmo numa aldeia maior. Então não teria passado por tudo que passei. Tudo teria sido diferente.

Ele apertou os lábios.

— Tudo foi escolha sua, Áxia. Você poderia ter nascido onde nasceu e apenas esperado alguns anos para desfrutar da vida que desejava. Se tivesse esperado, você poderia ter sido esposa de um rei.

— Não — ela disse, com voz pequena. — Se tivesse ficado ao meu lado, você nunca seria rei. A maior crueldade que os deuses fizeram conosco foi ter feito com que nos conhecêssemos, Ruff. Nós sempre trouxemos o pior um do outro.

— É verdade.

Os dois inimigos ficaram assim por alguns minutos. Juntos, olhando a floresta, fingindo que eram jovens.

— Eu nunca amei você, Áxia — disse Ruff Ghanor. — Acho que essa é a verdade mais pesada, que nunca consegui admitir por completo. Eu quis amá-la. Quis que você fosse a pessoa que imaginei. Quis que fosse alguém interessante, que dominasse uma disciplina que eu nunca conseguiria entender. Mas você sempre quis apenas destruir. Nunca conseguiu criar nada.

— Eu também nunca consegui amá-lo — ela admitiu. — Mesmo agora, enquanto uma versão de mim diz que devemos ficar juntos, sei que é mentira. Você simplesmente tinha muito potencial, Ruff. Todos viam que iria fazer grandes coisas. Eu queria destruir isso. Era doloroso ter alguém assim por perto.

De certa forma, era a maior intimidade que haviam compartilhado. Era a verdade, despida de todas as camadas de meias palavras, delicadezas, medos, subterfúgios, racionalizações.

Eles não eram nada especial juntos. Ruff era alguém que tentava trancafiar outra pessoa num molde. Áxia era alguém que via a bondade e queria corrompê-la.

Só isso.

— O que você vai fazer com a minha alma, Ruff?

Ele deu de ombros.

— Nada. Vou deixá-la livre.

Não iria destruí-la, não iria tentar mudá-la, não iria combatê-la. Não tentaria impedir seu intuito destruidor, nem achar um truque para convencê-la do contrário.

Se o mundo estava condenado, se tudo falhara, Ruff Ghanor pensou que, no mínimo, poderia não cometer o mesmo erro mais uma vez. Não tentaria fazer Áxia ser o que não era.

Piscou e estava de novo no campo de batalha. As hordas de fanáticos forçando a entrada no campo de força. Zamir tentando se erguer. Niccolas segurando as placas de sua armadura.

A alma de Áxia olhando para ele.

— Não adianta mais lutar, Ruff — disse Niccolas, como se pudesse ouvir seus pensamentos. — Esse não é o caminho.

Não adiantava mais lutar.

Ruff respirou fundo e desfez a barreira translúcida.

A alma de Áxia sorriu para ele, flutuou de volta ao corpo.

Os fanáticos se jogaram para eles, em frenesi.

Os Cavaleiros do Caos galoparam em direção a Ruff.

Korin rezou para que tivesse tomado a decisão certa.

— Lutar nunca foi o caminho — disse Niccolas.

Ele fechou os olhos, enquanto um fanático derrubava-o no chão. Bateu a cabeça, sangrou, mas não deu importância.

— *São Arnaldo* — disse, com um sorriso. — *Eles só precisam de esperança.*

Um brilho dourado dominou a terra maldita, cegando as hordas. Nem mesmo Ruff ou Áxia, nem mesmo Zamir ou os Gladiadores conseguiam enxergar.

Quando o brilho se desvaneceu, tudo que antes era morto tinha se transformado em campos de arroz.

Antes que o fanático batesse em seu rosto, Niccolas ergueu a mão, com dificuldade. Ofereceu-lhe uma tigela de arroz cozido fumegante.

— O mundo não vai acabar — disse o clérigo. — Vocês podem comer à vontade.

O homem hesitou. Tentou sentir raiva, mas a alternativa era comida. Viu o rosto do clérigo, pleno de tranquilidade, mesmo enquanto estava ferido e prestes a ser morto. O fanático olhou a tigela de arroz, olhou os campos de arroz em volta. Era difícil acreditar que não havia esperança quando a vida brotava com tanto viço.

Ele aceitou a tigela.

Cheirou-a, pegou um pouco de arroz com os dedos. Levou-os a boca. Mastigou e engoliu.

Lágrimas correram por seu rosto.

— Vocês terão o que comer — disse Niccolas, enquanto se erguia. — Não podemos enfrentá-los, mas podemos alimentá-los. Comam.

Estendeu as mãos a outro fanático. De alguma forma, havia outra tigela de arroz cozido.

E a plantação madura só aumentava.

Ruff olhou aquilo com espanto.

— A guerra nunca resolveu nada, Ruff. O prior dizia que a erudição iria ajudar, mas é só uma palavra bonita. Todos nós precisamos de coisas mais simples.

Comida e esperança.

Niccolas teve tigelas de arroz cozido para cada um dos milhares de fanáticos. Nada os impedia de comer e seguir com a violência.

Mas, se havia fartura, de alguma forma o desespero não fazia mais sentido.

— Comam à vontade — ele repetiu, com um sorriso. — Nada nunca vai lhes faltar.

Ruff Ghanor desviou os olhos daquela cena, viu Áxia suspensa nas correntes.

Seus olhos se cruzaram.

— Eu entendo — disse a Dama de Ferro. — Mas ainda assim, preciso continuar.

Ruff suspirou, erguendo o martelo.

E ouviu:

— CAAAAAAAAOOOOOOOOS!

Com horror, Ruff Ghanor viu as três figuras demoníacas de seus filhos irromperem a galope no meio da multidão. Philip Anselmus, Ozz de Osbourne e Aliss McCooper, os trigêmeos criados por famílias reais diferentes. Frutos de um ritual de Áxia, destinados a derrotá-lo e destruir o Paraíso.

Ruff não entendeu como eles estavam lá, como haviam voltado.

Então, logo atrás, surgiu Korin.

O peito do rei afundou. A luta contra Áxia estava perdida, mas havia o consolo de que eles haviam feito tudo que podiam. Com aquelas hordas apaziguadas, havia a esperança de que, afinal, o mundo não acabasse.

Zamir abriu um enorme sorriso.

Ruff não precisou perguntar para entender o que havia acontecido. Desde criança, seu filho era fascinado por aquele tipo de magia.

— Por que...? — olhando para Korin.

E a resposta do príncipe foi simples:

— Eles são meus irmãos.

Korin estudara a necromancia. Korin fora discípulo de Zamir.

Assim como Áxia.

Ele agradeceu por Bellitz não estar viva para ver aquilo.

— Fuja! — disse o rei. — Eles são malignos, Korin! Você ainda pode...

— Confie em mim, pai.

Ruff se deteve.

Os três cavaleiros se aproximaram, sobre suas montarias, sem pressa.

Korin se empertigou e virou-se para Áxia.

— Você diz que não tem nada neste mundo, Dama de Ferro — a voz do príncipe foi límpida e alta, uma voz feita para ser ouvida. — Mas não é mais verdade. Seus três filhos estão de novo no mundo físico. Se o destruir, vai matá-los também.

A forma distorcida de Áxia se voltou aos três.

— Ainda posso fazer mais uma barganha — ela disse. — Os deuses ainda podem me ouvir. Vocês podem ser meus arautos, também Devoradores...

— Mãe — Philip Anselmus interrompeu.

Então Aliss McCooper disse apenas uma palavra:

— Acabou.

Silêncio.

Ozz de Osbourne fez um gesto para sua mãe, estendendo o braço.

As correntes levaram Áxia até ele.

— Os deuses são o inimigo, mãe — disse Ozz. — Deveríamos ser os Devoradores dos Céus.

Em silêncio, ela se deixou ser segura em seus braços, então colocada com delicadeza sobre sua sela.

— Vamos levá-la para casa, mãe — disse Philip Anselmus. — Para o inferno.

— Nós ficaremos neste mundo — Aliss McCooper sorriu, mostrando os dentes. — Lutando contra o inimigo.

A Dama de Ferro chorou.

— O mundo continuará existindo e seus filhos continuarão nele — disse Korin. — Mesmo no inferno, você terá esse conforto.

Áxia olhou para Ruff, e então para Korin.

— Obrigada.

E então Áxia, a Dama de Ferro, a Santa do Fim do Mundo, acompanhou seus três filhos de volta ao inferno, que era seu lar.

Onde demônios garantiriam que ficasse presa por toda a eternidade.

27 | A estrela dourada

HILD OSSO-OCO CHEGOU mancando, coberta de sangue, um braço pendente. Na outra mão, segurava o machado, apoiado no ombro. Seu rosto era de novo humano. Um olho fechado, todo um lado tomado por um enorme hematoma.

— Perdi alguma coisa? — ela sorriu com dentes vermelhos.

Ruff andou com dificuldade até ela e a abraçou.

— Você está viva, menina-javali.

— Tem muita gente viva por aqui, Ruff. Eles são nossos amigos agora? Eu estava começando a ficar aquecida.

Korin Ghanor estendeu a mão a Zamir, que ainda estava estirado no chão.

O feiticeiro aceitou. O príncipe ajudou-o a ficar de pé.

Niccolas distribuía tigelas de comida e os fanáticos, agora meros mortais confusos, se dispersavam no meio do arrozal.

O mundo ainda era maldito, mas não estava morto. Nunca estivera. Ao longe, a montanha desabada onde Ruff Ghanor fora encontrado pela primeira vez observava, calada, o fim daqueles eventos e o início de uma nova era. As ruínas do mosteiro e da aldeia eram as testemunhas do alvorecer de um mundo sem a Dama de Ferro, com Zamir e os Ghanor em trégua. Uma era sem um Devorador de Mundos, ao menos por enquanto.

O ciclo que começara com a busca por uma cabra perdida enfim estava completo. A seguir viriam novos perigos, novos desafios, novas realidades.

Ruff mal acreditava que havia sobrevivido.

Restavam seis Gladiadores. Estavam exaustos, alguns sentados no chão, outros rezando por seus companheiros mortos, ou ainda garantindo que ninguém decidisse voltar ao frenesi do fanatismo e atacar o rei.

— Descansem enquanto puderem — Hild se desvencilhou do abraço de seu rei, seu santo, seu pai. — Ainda precisamos tirar todo o povo daquele buraco. Então vai começar a reconstrução.

Ruff olhou em volta.

Por todo o horizonte, entremeados com a plantação de arroz, cadáveres e pedaços de correntes. O altar à Santa do Fim do Mundo conspurcava os restos da torre com a face de São Arnaldo. Ele podia ver a torre de ferro negro onde estava o cadáver de Bellitz. Seria preciso desmanchar aquela coisa horrenda, dar à rainha celestial o funeral que merecia.

Assim como acontecera com seu melhor amigo, tanto tempo atrás, Ruff precisaria agora aprender a viver sem sua esposa. Seria ainda mais difícil que a batalha que acabara de travar.

Mas ele não estava sozinho.

Voltou-se a seu filho. Viu-o falando qualquer coisa com Zamir, observando os ex-fanáticos que agora seriam seus súditos. A sensação de orgulho era maior que qualquer coisa. Korin Ghanor era um rei.

Foi até ele sem dizer nada e o abraçou.

O príncipe de Ghanor apertou seu pai contra o peito.

Ruff se afastou um pouco, manteve as mãos em seus braços. Fitou-o com admiração infinita.

— Obrigado, Korin. Obrigado por não ter me ouvido. Obrigado por ter tomado suas decisões. Obrigado por ser quem você é.

O príncipe sorriu, apesar de tudo.

Ainda precisaria de bastante tempo para lidar com a perda de sua mãe, para sopesar completamente as consequências de trazer de volta os Cavaleiros do Caos. Mas a verdade era só uma, e era reconhecida por todos:

— A vitória é sua, Korin — disse Ruff Ghanor. — Você estudou necromancia. Você reconheceu desde o começo que matar os trigêmeos foi errado. Você...

— Fiz o que o Santo de Pés Descalços me ensinou. — O príncipe respirou fundo. — Ofereci uma chance aos pecadores.

Os Cavaleiros do Caos eram apenas isso, afinal. Pecadores. Humanos que haviam nascido em circunstâncias fora de seu controle, jogados em um turbilhão de forças celestiais e demoníacas, cumprindo um papel que alguém escolhera para eles.

Assim como Korin.

Assim como Ruff.

O rei pausou por um momento, antes de admitir algo para si mesmo:

Assim como Zamir.

Ele se voltou para seu mais antigo inimigo, que havia usado sua magia para defendê-lo. Que havia sido um mestre para seu filho e, de certa forma, garantido a sobrevivência do mundo. Zamir, que lutara incansavelmente contra o primeiro Devorador. Que, por todas as atrocidades que cometera, cumpria o propósito para o qual fora criado.

Zamir havia se tornado um tirano, havia controlado as vidas de milhares de inocentes, mas achava que estava protegendo o mundo.

O prior, tanto tempo atrás, também tomara decisões difíceis. Escolhera relevar pelo menos um assassinato, em nome de um objetivo maior.

Naquele campo de batalha maldito e abençoado, nada mais era estanque. Nada era somente verde e bom. Nada era apenas uma mazela indomável. Tudo que acontecera até aquele momento, pelos atos de heróis e monstros, santos e demônios, colaborara para que o mundo continuasse.

Todos eles pertenciam ao mundo. Mesmo que não quisessem, estavam inexoravelmente ligados.

— Você foi um aliado valoroso, Zamir — Ruff estendeu a mão ao tirano.

— Sabe que nunca irei perdoá-lo — disse o feiticeiro.

Mas segurou a mão do rei.

— Por que escondeu sua magia? — Ruff perguntou. — Por que não revelou desde o início o poder que ainda possui?

— Antes de me dirigir a palavra, você matou meus hobgoblins, Ruff Ghanor — Zamir disse, num esgar. — Sempre precisei me proteger contra você.

Ruff não retrucou.

— Sei que vai continuar me odiando — disse o rei. — Mas não vou caçá-lo, não vou persegui-lo. Caso nossos caminhos se cruzem de novo, como inimigos, iremos nos enfrentar. Mas você hoje provou que pode ser um defensor de Ghanor.

Korin deu um passo na direção dos dois.

— Se desejar, Zamir — disse o príncipe — haverá um lugar para você como meu mago da corte.

A mente de Zamir fervilhava de possibilidades.

Ele precisava de tempo. Tempo e acesso ao herdeiro de Ruff Ghanor.

Com tempo, poderia preparar o ritual que descobrira. Com tempo, poderia construir o altar, inscrever as runas, conjurar as magias que impregnariam o local onde deveria ocorrer o sacrifício.

Então, matando um herdeiro do homem que o prendera na forma humana, ele poderia finalmente se libertar.

O ritual era longo. Dependia de meses, talvez anos de preparação. Antes que Ruff Ghanor e seu filho chegassem a seu covil, ele estivera pronto para travar uma guerra contra o rei. Precisaria reunir tropas, amealhar poder, traçar estratagemas. Então, um dia, poderia raptar um descendente da odiada linhagem real.

Mas, após a batalha, o descendente de Ruff Ghanor o convidava para seu castelo.

Oferecia acesso livre a si mesmo e a seus futuros filhos.

A chance de libertação e vingança se desenhava, as vítimas abriam os braços.

Zamir só precisaria esperar.

Ruff Ghanor sorriu para ele.

— Fico feliz de tê-lo poupado, Zamir — disse o rei desgraçado. — Korin tem razão... É preciso dar uma oportunidade aos pecadores.

A piedade no rosto do inimigo era palpável e repugnante.

Ruff Ghanor sentiu pena de seu antigo inimigo.

O que Zamir fizera nunca seria justificado, mas ele era apenas mais um pecador. E, se Korin decidisse acolhê-lo, Ruff respeitaria sua sabedoria.

O tirano caído então se voltou para ele, guinchando palavras mágicas num berro de puro ódio. Por instinto, Ruff começou a erguer o escudo, mas seu ombro explodiu de dor, os músculos não responderam.

— *Zamir!* — o rei gritou. — *Por que...*

As mãos do tirano caído brilharam num jato de chamas.

Ruff foi atingido em cheio no peito. Voou para trás, no meio do arrozal.

— *Maldito seja, Ruff Ghanor!* — gritou Zamir. — A vingança será minha!

Korin juntou as mãos em reza. Os Gladiadores saltaram de onde estavam, armas em riste na direção do feiticeiro. Hild ergueu o machado com a mão que ainda conseguia usar, correu para ele.

O Prior Niccolas viu Zamir conjurando uma muralha de fogo, bloqueando os guerreiros de Ghanor, recuando pelo campo de batalha devastado e fértil.

Abriu caminho pelo arrozal, empurrando as plantas para o lado, tentando correr até onde seu amigo jazia. Ruff estava deitado de costas, fumaça emergindo das frestas da armadura de Arcanium. Ele se mexeu, estendeu a mão para cima.

— *São Arnaldo, poupe sua vida* — disse Niccolas.

Ruff tentou dizer a Niccolas que já estava morto. Seu corpo apenas não tinha entendido isso ainda. Lembrava de ter ouvido aquelas palavras em algum lugar, de alguma pessoa.

Mas não conseguiu falar nada. Porque não havia em Ruff Ghanor mais nenhuma vida a ser poupada.

Ruff piscou, tentando enxergar o que estava acontecendo, em meio ao brilho dourado ofuscante.

— Vamos, preguiçoso — disse Korin. — Acha que não tenho mais nada para fazer a não ser esperar por você?

Ele riu, fazendo coro com a risada do amigo. Korin estendeu-lhe a mão e ele aceitou. Ergueu-se, tirou o pó da armadura.

Não sentia mais nenhuma dor.

— Estamos...? — Ruff começou.

— Não se preocupe com isso — Korin interrompeu-o. — Pensar demais sempre foi seu problema.

— Ou, às vezes, de menos.

Os dois riram.

— Acha que eu fiz tudo que podia? — Ruff perguntou. — Tudo que aconteceu...

— Há muito tempo avisei para você não virar um velho idiota — Korin cortou de novo. — Se não prestou atenção em mim nenhuma vez na vida, santidade-majestade-rei dos chatos, preste agora! Não seja um velho idiota!

Ruff sorriu.

— Pronto? — perguntou Korin.

— Acho que sim.

Ruff levou a mão aos olhos, tentando discernir o que era a luz dourada que dominava sua visão. Talvez fosse uma estrela.

— O que acha que fazemos com essa luz? — perguntou Ruff.

— Vamos atrás dela.

o filho da montanha

O FRIO TINHA dentes cortantes, mas naquela manhã o Prior Niccolas usava meias grossas, um manto pesado e um xale de lã. Uma cadeira acolchoada fora trazida especialmente para que ele pudesse acompanhar o fim da construção com todo conforto.

O arrozal não durara naquela região, mas as outras plantas haviam crescido em seu lugar. Como sempre fora, desde que os deuses decidiram criar aquele local. A floresta era verde e resistente, mesmo no inverno. Algumas camadas de vegetação cobriam as ruínas do mosteiro.

No sopé da montanha, acólitos, monges e trabalhadores iam e vinham. Ele respirou o ar gelado, lembrando de todos os amigos que não estavam mais lá.

— Está pronto — uma jovem clériga falou com voz suave.

Niccolas ficou um pouco surpreso. Nem notara a proximidade da garota. Ela se ordenara clériga bem depois da última batalha. Para ela, as histórias do rei eram apenas lendas.

— O senhor deseja ver? — ela perguntou.

— Sim, por favor — Niccolas olhou para cima, semicerrando os olhos para colocá-la em foco. — Ajude-me a levantar.

Ela ofereceu o braço para que ele segurasse, sustentou seu corpo com a outra mão. O prior não pesava quase nada.

A clériga conduziu Niccolas pela leve subida rochosa ao sopé da montanha. As solas das sandálias fizeram barulho na relva congelada, como fora no início de tudo. Todos que trabalhavam naquele local santo pararam o que estavam fazendo. Ficaram de pé, cabeças baixas em respeito à passagem do ancião.

— Não precisam fazer tanta cerimônia — disse Niccolas. — Só quero ver o local de descanso que prepararam para ele.

A única opção para aquele mausoléu simples fora a montanha. Mesmo parcialmente desabada, mesmo com todas as forças místicas que existiam em seu interior e a sua volta, Niccolas nem sequer cogitou outro lugar. O berço e a tumba seriam um só.

A jovem clériga conduziu-o por uma trilha. Tinham transformado parte da face da montanha numa entrada de castelo, esculpida na pedra viva em colunas e muralhas decoradas. Era um túmulo apropriado para a maior das linhagens reais.

Entraram na abertura que simulava os portões de uma fortificação. Passaram por uma câmara escavada na montanha, que conduzia a uma rampa de pedra bruta, irregular.

— Tome cuidado, prior — avisou a clériga. — Aqui é fácil tropeçar.

Niccolas riu da preocupação dela.

O caminho era todo iluminado por tochas. Os trabalhadores tinham deixado o local, respeitando a visita do prior. Apenas aquela jovem o acompanhava. Enfim, sem tropeçar, chegaram ao fim da rampa. Estavam em uma cripta enevoada.

Niccolas viu o sarcófago coberto de símbolos religiosos.

— Pode ir agora, minha filha — disse o prior. — Eu gostaria de ficar sozinho com ele.

— Tem certeza? Posso esperá-lo.

— Eu e esta montanha somos velhos amigos — ele sorriu. — Como é o seu nome, irmã?

— Hild, senhor — ela tentou disfarçar um sorriso de orgulho. — Em homenagem à heroína.

— Ah, claro... Um bom nome! Pode ir, Hild. Eu sei achar o caminho de volta.

Ela hesitou por um instante.

— Posso fazer uma pergunta?

— É claro, Hild — com a paciência de quem já havia feito as pazes com o tempo.

— Todas aquelas pessoas existiram mesmo? Hild Osso-Oco, o rei, a Rainha Bellitz, Korin, Dunnius, o prior, Dianna...

Ele fechou os olhos, achando graça.

— Todos existiram, e outros mais. Lurius. Johrgrund. Edyriell.

— E fizeram mesmo tudo aquilo?

Niccolas demorou alguns instantes para achar as palavras.

— Eles fizeram muito mais, Hild. Eles foram muito maiores do que você pode imaginar.

Ela ficou satisfeita com a resposta. Fez uma mesura e se retirou.

Niccolas ficou sozinho com seu amigo.

Chegou mais perto.

O sarcófago estava fechado. O funeral ocorrera anos atrás. Haviam transportado o corpo para cá já dentro do esquife, para enfim descansar. Ele jazeria ali com a armadura, o escudo e o martelo. Fora a decisão do novo rei — mesmo que o equipamento real de Arcanium fosse seu direito de nascença, pertencia a seu pai. Korin Ghanor trilhava seu próprio caminho.

Niccolas correu os dedos pela tampa do sarcófago, sentindo a pedra fria e a textura dos baixos-relevos.

— Adeus, Ruff — disse. — Você cumpriu seu dever.

A verdade completa só existia nas memórias do próprio Niccolas. Partes dela estavam nas lembranças dos heróis mais jovens, mas mesmo esses encontrariam seu descanso mais cedo ou mais tarde. Ruff Ghanor, a pessoa cheia de falhas e de esforço incansável, iria se perder.

Restaria apenas sua lenda.

Niccolas ouviu ruído de passinhos duros e leves adentrando a câmara. Olhou para trás e sorriu.

— Estive procurando por você — disse. — Bem-vinda de volta.

Era uma cabra.

AGRADECIMENTOS

DEZ ANOS DEPOIS de começar, a história de nosso sofrido amigo Ruff Ghanor está terminada. Dentre todas as decisões questionáveis ou obviamente erradas que ele tomou, dentre todas as agruras pelas quais passou, de uma coisa o Santo de Pés Descalços pode se orgulhar: ele mudou a minha vida.

Lembro nitidamente do momento em que recebi o primeiro e-mail de Alexandre Ottoni, perguntando se eu tinha interesse em "fazer um projeto em conjunto". Eu soube na mesma hora que nada mais seria igual. Soube que uma nova fase estava começando e que estava prestes a encarar novas responsabilidades, trabalhar com uma nova equipe, conhecer um novo público. E, mais importante, contar uma nova história.

Desde o início, quis que Ruff errasse. Errasse muito, errasse repetidamente, errasse em coisas que não perdoamos com facilidade. A história desse rei mítico seria uma jornada tão humana quanto eu fosse capaz de escrever. Através dele, poderíamos ver nossos próprios erros — e ficar aliviados porque não cometemos *todos* os erros dele. Seria a história de alguém genuinamente bom, mas também *repleto* de falhas. Às vezes, contar essa história foi um desafio. Houve momentos em que relutei em expor alguns erros graves, algumas decisões terríveis. Vocês devem lembrar do que aconteceu no volume dois...

Então não deixa de ser uma surpresa que seja tão difícil dar um adeus definitivo a Ruff.

Não pretendo voltar atrás, contar alguma "história perdida" ou inventar algum prelúdio. Quero encerrar esta saga por aqui. Isto é realmente um fim. Talvez por isso este volume tenha demorado tanto. Havia outros projetos, sim, outras prioridades, outros interesses. Mas, no fundo, eu sabia que, assim que colocasse o ponto final neste livro, estaria me despedindo para sempre de um amigo que fez muito por mim.

Mas chega de melodrama! Esperamos cinco anos por este fim, então é hora de agradecer a quem fez diferença durante todo esse tempo.

Obrigado a Alexandre Ottoni e Deive Pazos pela confiança ao longo dos anos, pela parceria cada vez mais próxima e por terem me escolhido para contar esta história. Quem diria que o dono do blog que eu lia em 2002 e o cara que aparecia sempre nos comentários teriam um papel tão importante na minha vida!

Obrigado a J.M. Trevisan, Marcelo Cassaro, Guilherme Dei Svaldi e Rafael Dei Svaldi por dividirem o mundo de Arton comigo — e, agora, por estarem também em Ghanor. Obrigado aos amigos do RPGzódromo por ajudar a manter a minha sanidade e permitir que seus personagens fossem sutilmente surrupiados para Ghanor.

Obrigado a Eduardo Spohr, por ser um paladino da literatura. Obrigado ao pessoal do Nerdcast por aguentarem tantos "cara, tu não consegue", culminando em alguns "cara, tu morreu".

Obrigado ao grupo (imediato e estendido) de *Fim dos Tempos*, por me ajudar num laboratório infinito de ideias. Obrigado a todos os funcionários da Jambô por tornar o trabalho possível e, mais do que isso, prazeroso.

E, claro, obrigado a vocês. Aos leitores, ouvintes, espectadores de *streams*, blogueiros, resenhistas, podcasters e todos os outros que estiveram aqui desde o começo, ou que estão chegando agora. Espero que a jornada tenha valido a pena! E, se estiverem embarcando agora, sejam muito bem-vindos.

É isso. Acabamos uma história, partimos para outra. Espero que continue sendo assim, até que eu já esteja morto demais para escrever!

JOVEMNERD.COM.BR

JAMBOEDITORA.COM.BR